गुज़रा हुआ ज़माना

ग़ुज़रा हुआ ज़माना

कृष्ण बलदेव वैद

राजकमल प्रकाशन

ISBN : 978-81-267-0496-5

मूल्य : ₹995

पहला संस्करण : 1981
तीसरा संस्करण : 2019
This book is printed on **Print on Demand** Technology : 2025

प्रकाशक : राजकमल प्रकाशन प्रा.लि.
1-बी, नेताजी सुभाष मार्ग, दरियागंज
नई दिल्ली-110 002
शाखाएँ : अशोक राजपथ, साइंस कॉलेज के सामने, पटना-800 006
पहली मंज़िल, दरबारी बिल्डिंग, महात्मा गांधी मार्ग, प्रयागराज-211 001
1, अनमोल सोराबजी सन्तुक लेन, धोबी तलाव, मरीन लाइंस, मुम्बई-400 002
वेबसाइट : www.rajkamalprakashan.com
ई-मेल : info@rajkamalprakashan.com

GUZRA HUAA ZAMAANA
by Krishna Baldev Vaid

चम्पा के नाम

बीरू का बयान

मेरा एक, और शायद एकमात्र असली, जन्म आज से पचीस बरस पहले उसके उपन्यास **उसका बचपन** में हुआ था। तब वह जवान था और मैं अनजान। उसकी उम्र तीस की थी और मेरी अनिश्चित। मुझे पैदा करने की प्रेरणा न जाने उसे किस सुर्ख़ सरोवर से मिली थी। अपनी उस पैदाइश का क़र्ज़ चुका देने की प्रेरणा मुझे उसी की संशयरत चुप्पी और शून्यरंजित शोर से मिली है। यह बात कुछ देर बाद कुछ साफ़ हो जाएगी।

मैं नहीं जानता कि मुझे पैदा करने के लिए उसे कैसे कैसे कष्ट उठाने पड़े थे, किन किन कुंठाओं से ऊपर उठना पड़ा था, कौन कौन सी मितलाहटों को मारना पड़ा था। वह शायद जानता हो, लेकिन उसने कभी बतलाके नहीं दिया। जब कभी पूछा है उसने पुचकारकर झटक सा दिया है—क्यों सोए हुए दर्दों को जगाते हो, भाई! यह नीमहारा मनहर अन्दाज़ ऐसे अवसरों पर वह हिन्दी साहित्य की मुख्यधारा से उधार ले लेता है, और मैं यह सोचकर सिकुड़ जाता हूँ कि उसकी नज़र में मैं भी किसी सोए हुए दर्द या खोई हुई दवा से ज़्यादा नहीं, या कम अज़ कम इस उपन्यास से पहले मैं यूँ ही सोचा करता था।

उसका बचपन, कुछ बूढ़े पाठकों को याद होगा, उसका पहला पूरा उपन्यास था, और मैं उसका पहला अधूरा अनायक। मुझसे पहले वह अपनी लाल पीली कहानियों में कुछ एक नुचेखुचे और मैले कुचैले पुतले बनाकर ही असन्तुष्ट हो जाता रहा था। वे पुतले उसके सुशील इशारों पर न तो खिलकर नाचते थे, न खुलकर रेंगते थे। उनमें से अधिकतर अब उसकी याद से उतर चुके होंगे, और बाक़ियों को याद कर उसे बकबकी सी शर्म महसूस होती होगी। जो हो, मुझ तक पहुँचते पहुँचते न जाने उसमें कहाँ से इतना आत्माधार आ गया था कि उसने मेरी काग़ज़ी काया में कुछ प्राण फूँक देने की हिम्मत कर दिखाई थी। या कम अज़ कम मेरी कामना मेरी कल्पना को यही सुझाती है। जब कभी उससे इस बारे में पूछा है उसने पुचकारकर टाल दिया है—क्यों बीती हुई विपदाओं को वापस बुलाते हो, भाई! और अब यह

सोचकर मुझे असीम सन्तोष मिलता है कि काफ़ी अरसे तक अपनी पैदाइश और उसकी परेशानियों के बारे में कुछ पूछने और उसकी जानलेवा पुचकार सुनने की नौबत ही नहीं आएगी।

वैसे मुझे इस बात पर नीमगर्म सा गर्व हमेशा रहेगा कि मैं उसका पहला अधूरा अनायक था, या हूँ। उसे भी धूमिल सा अभिमान तो होगा ही कि पचीस बरस बीत गए, मैं न एकदम समाप्त हुआ हूँ, न बेसुध। अभी तक उसके पीछे पीछे लुढ़कता लड़खड़ाता चला आ रहा हूँ। इस बीच कभी कभार मेरी तरफ़ मुड़कर वह यूँ मुस्कुरा देता रहा है जैसे मुझे मेरी सख़्तजानी पर शाबाशी दे रहा हो, या शायद सिर्फ़ एक फीका सा आश्वासन कि वह मेरे अस्तित्व से आगाह है, या शायद सिर्फ़ एक शर्मीला सा ताना कि मैं क्यों उसे शर्मिन्दा करने पर तुला हुआ हूँ। ख़ुद मैंने ये बरस ख़ामोशी और ऊब और उम्मीद की मिलीजुली ख़ाक फाँककर ही गुज़ारे हैं। इसीलिए मैं न सिर्फ़ उसके साथ साथ बड़ा और बलहीन हुआ हूँ बल्कि उसकी सब सीमाओं और कलाबाज़ियों का अधीर सुधीर साक्षी भी रहा हूँ। इसीलिए मेरा दावा है कि मैं उसे अन्दर तक जानता हूँ—उसी तरह जैसे कोई नालायक़ लेकिन ज़हीन लड़का अपने नाकाम लेकिन दिलचस्प बाप को। इसीलिए उसकी कोई असंगति मुझसे छिपी नहीं, उसके हर ऐब से मुझे उलझा हुआ प्यार है, उसकी हर बात में मुझे बीस ख़ामियाँ नज़र आती हैं, और हर ख़ामी के हज़ार कारण। इसीलिए मुझे भुरभुरा सा भरोसा है कि मैं उसी की आवाज़ में बोल रहा हूँ, उसी की ज़ुबान में लिख रहा हूँ।

नहीं, मैं न तो उस उदास मसख़रे की ख़ुशामद कर रहा हूँ, न किसी काले मज़ाक़ से उसे ख़ुश करने की कोशिश। मैं तो अपनी ही किसी नाक़िस सफलता पर सहमा सहमा सा इतरा रहा हूँ, जैसा कि जल्द ही साफ़ हो जाएगा।

मुझे वह मैली सी मखमली शाम देर तक याद रहेगी जब मैंने पहली बार अपना सुझाव उसके सिर पर सवार करना चाहा था। बाहर झीना झीना अँधेरा बरस रहा था, अन्दर धीमे धीमे वह रिस रहा था। अपने क्रन्दन कक्ष में ढीले दीवान पर औंधे मुँह पड़ा। जैसे कोई नीमजान बिच्छू हो। और एक अजीब जानलेवा आवाज़ में सारे जहान से पूछ रहा हो—मेरा क्या होगा! मुझे उसकी कराहों पर हँसी और दया तो आती ही है, ईर्ष्या भी कम नहीं होती। महसूस होता है जैसे कोई मसख़रा मरते मरते मुस्कुरा या कोई महात्मा मुस्कुराते मुस्कुराते मर रहा हो। और मैं फ़ैसला नहीं कर पाता कि उसे बचाने की कोशिश करूँ या मार डालने की पेशकश।

उस शाम भी उसकी आवाज़ में एक साथ रची बेनियाज़ी और याचना को पहचान मैं शशोपंज में पड़ गया था। मुझे यक़ीन था कि उस पर कोई नई शामत नहीं उतरी होगी, कि कुछ देर बाद वह न सिर्फ़ सँभल जाएगा बल्कि स्वीकार तक नहीं करेगा कि कुछ देर पहले वह कराह रहा था, लेकिन इसके बावजूद उस शाम उसकी आवाज़ में मुझे किसी क़रीबउलमर्ग बच्चे की सी उजली पुकार सुनाई दे गई थी, और

मुझे अपना वह भयातुर बचपन याद हो आया था जो मुझे उसी की बदौलत मिला था। इसीलिए शायद उस शाम मैंने अपनी हँसी और ईर्ष्या को दबाकर करुणासने लहजे में पूछा था—आज कोई नया दर्द उठ खड़ा हुआ है क्या?

जवाब में उसने अपना मुरझाया हुआ चेहरा उठाकर मेरी तरफ़ देखा ही था कि मैं समझ गया कि आज फिर वह वहाँ के लिए तड़प रहा था, कि आज फिर वह इस वहम से विचलित हो रहा था कि प्रवास ने उसका रहा सहा रस चूस लिया था, कि आज फिर वह बुनियादी सवालों की सलीब की तरफ़ बढ़ रहा था। उसे उस गई बीती हालत में देखते ही मैंने आव ताव देखे बग़ैर कह दिया था—मेरी सुनो तो तुम्हारी प्रवासपीड़ा प्रसवपीड़ा में बदल जाएगी, रुका हुआ काम फिर शुरू हो जाएगा, रस फिर लौट आएगा। मैं कई दिनों से देख रहा हूँ कि तुम कोरे काग़ज़ों को निहारते या तहस नहस करने के सिवा कुछ भी नहीं कर पा रहे। मेरी मानो और वह बेहूदा हाय हाय बन्द कर दो, किसी नए इलहाम के इन्तज़ार में और वक़्त बरबाद मत करो, बुनियादी सवालों को बालाए ताक़ रख दो, और अपने जवान इरादों पर अमल करते हुए अपने पहले उपन्यास को ही आगे बढ़ाने की कोशिश करो, कि उसी से तुम्हारा अधरंग दूर होगा, कि उसी से तुम्हारी तड़प मिटेगी।

यह कहकर मैं यकायक ग़ायब हो गया था, कि मुझे ख़तरा था कि अगर उसी शाम मैं उसके साथ किसी ख़ुश्क बहस में फँस गया तो मेरी बात बेअसर हो जाएगी।

न जाने मेरी बात का असर था या उसकी अपनी उमंगों के असुर, दूसरे दिन उसका चेहरा पीले काग़ज़ सा और आँखें लाल मिर्चों सी दिखाई दी थीं, गोया सारी रात उसने जाग और जलकर ही गुज़ारी हो। अब मेरा हौसला इतना ज़्यादा हो गया था कि कई दिनों तक बराबर मैं अपनी बात को आगे बढ़ाता और उसके बहानों को पीछे हटाता रहा था। उस लम्बी कशमकश की तस्वीर यहाँ ज़रूरी नहीं। यही कह देना काफ़ी है कि मैं उसके पीछे पड़ा रहा हत्ताकि एक शाम मैंने उसे उसी दीवान पर सीधे मुँह लेटे सीधी तरह मुस्कुराते देखा, और मैं समझ गया कि मेरा सुझाव मंज़ूर हो गया था।

यह बात नहीं कि उस दूसरी शमा के बाद उसके सब शक एकदम दूर हो गए हों, बल्कि अब तो उसने ऐसे ऐसे टेढ़े सवाल उठाने शुरू कर दिए कि कभी कभी अन्देशा होता कि उसकी बाक़ी उम्र उन्हें सीधा करने में ही नष्ट हो जाएगी। फिर भी मैं उसकी हर हुज्जत के जवाब में एक पैदाइशी बुद्धू की तरह एक ही जुमला दोहराता रहता—बड़े भाई, तुम शुरू तो करो!

मेरे मुँह से मुख्यधारावादियों का चहेता सम्बोधन सुनकर कभी कभी भयानक हँसी के कारण उसकी आँखें लबालब हो जातीं और मेरी बन्द। मैं उसकी मारू मुस्कुराहट को तो जैसे तैसे बर्दाश्त कर सकता हूँ लेकिन उसकी हौलनाक हँसी को नहीं। उस हँसी से तंग आकर ही आख़िर एक दिन मैंने निहायत कमीने अन्दाज़ में

कह दिया था—अगर अब तुमसे हँसने हिनहिनाने के सिवा कुछ होता हवाता नहीं तो सारा झंझट इस बार मुझे क्यों नहीं सौंप देते?

यह सुनते ही उसने हँसना बन्द कर दिया और मुस्कुराना शुरू। मुझे यक़ीन सा था कि वह और कुछ करे न करे, मेरी उस तंज़िया पेशकश को मंज़ूर कभी नहीं करेगा, क्योंकि इधर कई बरसों से अपनी हर कृति पर वह ख़ुद ही किसी घने बादल की तरह छाया रहता है। कई दिनों तक हमारी तकरार बन्द रही थी। जब कभी साक्षात्कार होता हम इधर उधर की हाँककर ही अलग हो जाते। फिर एक शाम मैं उसके क्रन्दनकक्ष से बाहर निकल ही रहा था कि उसकी भारी सी आवाज़ सुनाई दी—अच्छा तो, छोटे भाई, यह उपन्यास अब तुम्हारे हवाले है, तुम इसे जैसे चाहो चलाओ, जब चाहो कुचल डालो, हम तो किनारे खड़े हो तुम्हारी कलह देखेंगे।

उसका यह कहना था कि मैं बेहोश होकर उसके क़दमों में जा गिरा। कितनी मुद्दत बाद मुझे होश आया, मैं नहीं जानता, लेकिन जब मेरी आँखें खुलीं तो यह उपन्यास ख़त्म हो चुका था और उसकी चीख़ोपुकार फिर शुरू।

—बीरू

1

उसका बचपन का अन्त उसने शोर और सन्नाटे के अदृश्य संगम पर किया था। इस उपन्यास का आरम्भ मैं उसी संगम के प्रसंग से करना चाहता हूँ। उपन्यासकारों के ईश्वर मेरी सहायता करें!

कई दिन लापता रहने के बाद जब बाबा उस शाम उजड़े उजड़े से वापस लौटे थे तो मैं घर में अकेला था। माँ शिवजी के मन्दिर गई हुई थी, जहाँ सुबह शाम वह बाबा की ख़ैरियत और वापसी की भीख माँगने जाया करती थी। देवी मौक़ा पाते ही पारो के घर भाग गई थी। और मैं मलेरिए की दी हुई मीठी कमज़ोरी की गोद में पड़ा ऊँघ रहा था। कुछ ही देर पहले मैंने एक फ्रेमहीन आईने में अपनी सूरत देखकर उसे दीवार पर दे मारा था। काँच के टुकड़े इधर उधर बिखरे हुए थे। माँ की वापसी से पहले मैं उन्हें चुन समेटकर बाहर फेंक आना चाहता था, लेकिन चारपाई छोड़ने की ताक़त नहीं जुटा पा रहा था। यह ख़तरा भी था कि अगर कोई किरच हाथ पाँव में चुभ गई तो माँ लौटते ही देवी से लड़ना शुरू कर देगी, और मैं उन दोनों पर चिल्लाना।

उस टूटे हुए आईने को सँभालने के अलावा मैं बाबा के बारे में भी सोच रहा था। उनकी सूरत समेटने की कोशिश में कई बार आँखें बन्द कर चुका था, लेकिन लड़खड़ाते अँधेरे के सिवा कुछ नज़र नहीं आया था। आँखें खोलने पर भी कुछ क्षणों के लिए स्याही के चिथड़े ही सामने लहराते रहे थे, मानो मुझे बता रहे हों कि बाबा अब नहीं लौटेंगे। उनकी वापसी की उम्मीद दिन ब दिन मद्धिम होती जा रही थी, उनकी ग़ैरहाज़िरी का एहसास तेज़। फिर भी उस शाम मैं पूरे ज़ोर से यह कल्पना बार बार कर रहा था कि अगर बाबा उसी वक़्त मेरे सामने नमूदार हो उठें तो मैं उनसे क्या क्या पूछूँगा, उन्हें क्या क्या बताऊँगा, वह मुझे देखकर हँसेंगे या नहीं, मैं उनसे लिपटकर रोऊँगा या नहीं।

कुछ ही हफ़्ते पहले बाबा माँ और काके को लेकर वहाँ गए थे जहाँ चाचा रघुपत रहते थे और जहाँ से दादी की मौत की ख़बर आई थी। वह गाँव हमारे क़स्बे से बहुत दूर था। वहाँ तक पहुँचने के लिए गाड़ी के अलावा ऊँट और ख़च्चर की सवारी भी

करनी पड़ती थी। न जाने कितने साल या महीने पहले मैं भी बाबा के साथ वहाँ गया था। वापसी पर उस सफ़र और उस साफ़ सुथरे पहाड़ी गाँव की पत्थरजडी गलियों की टूटी फूटी ख़ूबसूरत यादें कई रातों तक मेरी नींद उचाट करती रही थीं, और माँ को दादी की बुराई करने का मौक़ा मिलता रहा था—मैं न कहती थी इसे साथ मत ले जाओ वहाँ। अब यह रात भर तिरबकता रहता है। पता नहीं उस पूतना दाई ने इसे क्या खिला पिलाकर इसका दिमाग़ ख़राब कर दिया है! पता नहीं अब इसका दिमाग़ कब ठीक होगा! पता नहीं होगा भी कि नहीं!

माँ और बाबा की ग़ैरहाज़िरी में मैं हर रात आँखें मूँदकर मुर्दा दादी को याद किया करता था। दादी याद नहीं आती थी, लेकिन उस गाँव की गलियाँ साफ़ नज़र आ जाती थीं, और उनमें घूमता घिसिटता हुआ काका। काका अभी बहुत छोटा था। यह सोचकर मुझे अजीब सी तसल्ली होती थी कि बड़ा होने पर उसे भी वह गाँव याद आया करेगा। लेकिन कुछ दिन बाद माँ एक बुग्चा सा उठाए अकेली ही घर लौट आई थी। उसने बताया था कि काके को गाँववालों की नज़र खा गई थी। उसे न ज़्यादा बुख़ार हुआ था न खाँसी। बस सोया सोया चला गया था। और बाबा? वह जेहलम के स्टेशन पर उसे अकेली छोड़कर न जाने कहाँ मर खप गए थे। साथ उसके सोने के कड़े भी ले गए थे। झपट्टा मारकर। स्टेशन पर उन्हें अपना कोई पुराना यार मिल गया था। कोई जुआरी शराबी। माँ उसका नाम लेने के बजाय बार बार अपना मुँह बिगाड़कर एक भद्दा सा मुहावरा दोहराती रही थी—भैड़े भैड़े यार भैड़ी फत्तों के! माँ को पक्का यक़ीन था कि बाबा उसके कड़े उड़ाकर ही घर लौटेंगे, लेकिन वह इस इन्तज़ार में भी रहती थी कि कोई उसके इस यक़ीन को किसी तरह तोड़ फोड़ डाले। हर आते जाते को सारा क़िस्सा सुनाकर कुरलाना शुरू कर देती थी—हाय मेरा हीरा पुत्तर! हाय मेरे सेर सेर के कड़े! हाय मेरा भोला घरवाला! मैं फ़ैसला नहीं कर पाता था कि वह काके के लिए कितना रो रही थी, कड़ों के लिए कितना, और बाबा के लिए कितना।

माँ की वापसी के बाद, और उसके रोने कुरलाने के बावजूद, कुछ दिनों तक यह उम्मीद मेरा मन बहलाती रही थी कि बाबा किसी दिन काके को उठाए ड्योढ़ी में आ खड़े होंगे, मैं दौड़कर उनकी टाँगों से लिपट जाऊँगा, उनकी जेब में पड़े माँ के कड़े खनखना उठेंगे, और माँ मारे ख़ुशी के गूँगी हो जाएगी। फिर धीरे धीरे यह उम्मीद नाराज़गी में बदलती गई थी, नाराज़गी उदासी में, और उदासी इस डर में कि बाबा अब कभी नहीं लौटेंगे।

ढीली चारपाई में निढाल पड़ा मैं शायद इस डर से निबट ही रहा था कि बाबा सामने खड़े दिखाई दे गए थे—उजड़े उजड़े से, नज़रें झुकाए, ख़ामोश। मैं हकबकाकर उठ खड़ा हुआ था और दौड़कर उनकी टाँगों से लिपट गया था। उन्होंने झुककर मुझे उठा लिया था। उनकी जेबों में से किसी खनक की आवाज़ नहीं आई थी।

उनकी आँखों में सुर्ख़ आँसू चमक रहे थे, मेरी में पीले सवाल टिमटिमा रहे होंगे, जिन्हें बुझाने के लिए ही शायद बाबा ने मुझे अपनी छाती से सटा लिया था। उनकी दाढ़ी की नर्म चुभन और पुचकार की गर्म आवाज़ से मुझे इतना सुख मिला था कि मैं सब सवाल एकदम भूल गया था। उस वक़्त मुझे एक ही अन्देशा था—माँ किसी भी लम्हे लौट आएगी और घर में कुहराम मच जाएगा। मैं चाहता था कि उसी तरह मुझे अपने सीने से सटाए बाबा बाज़ार में जा खड़े हों ताकि सबको पता चल जाए कि वे वापस आ गए थे।

—यह शीशा कैसे टूटा, बेटा?

—मैंने इसे दीवार पर दे मारा था।

बाबा झल्लाए तो नहीं, लेकिन उनकी बाँहें कुछ ढीली हो गईं। मुझे चारपाई पर उतारकर वह बिखरे हुए काँच को समेटने लगे। मैं उनका ध्यान अपनी तरफ़ खींचना चाहता था, लेकिन किसी ऐसे सवाल से नहीं जिससे उन्हें रंज हो। मैं उन्हें यक़ीन दिलाना चाहता था कि मुझे कड़ों के नुक़सान का कोई ग़म नहीं था।

—तेरी माँ ने आकर शोर तो बहुत मचाया होगा?

अगर वह मेरी तरफ़ देख रहे होते तो उन्हें मालूम हो जाता कि मैं माँ के बारे में किसी सवाल का कोई जवाब नहीं देना चाहता था। माँ के बहाने शायद वे मुझसे ही कोई बात, कोई समझौता करने की कोशिश कर रहे थे। मुझे ख़ामोश देखकर उन्होंने अपना सवाल दुहराया नहीं। काँच के टुकड़े उठा उठाकर एक ठीकरे में डालते रहे—जैसे कोई बूढ़ा मदारी अपना खेल दिखा चुकने के बाद इधर उधर फेंके गए पैसे चुन रहा हो और तमाशबीनों की कंजूसी पर हैरान हो रहा हो। बार बार झुकने से उनकी पगड़ी और ढीली होती जा रही थी। कुछ ही दिनों में वह सिकुड़ कितने गए थे? उनका सामान कहाँ था? उनके कपड़े इतने मैले क्यों थे? मेरा गला गिच्च होता जा रहा था।

—दफ़्तर से कोई आदमी तो नहीं आया था?

—आया था।

—कब?

—कल।

—कौन था?

—चपरासी।

—क्या कहता था?

—एक काग़ज़ दे गया था।

यह सुनते ही वे और वीरान हो गए। ठीकरा एक कोने में रखकर मेरे पास आ बैठे। पगड़ी उतारकर उन्होंने चारपाई के पाए को पहना दी। अब वह एक मैले सफ़ेद उपले सी दिखाई दे रही थी, और उनका सिर एक मैले सफ़ेद कद्दू सा।

—वह काग़ज़ पता है कहाँ रखा है?

—नहीं। माँ ने कहीं सँभालकर रखा था।

यह सुनते ही बाबा ने अपना सिर थाम लिया।

—वह कहाँ गई है?

—मन्दिर।

—काग़ज़ में क्या लिखा था, कुछ पता है?

—नहीं।

मैं हैरान था कि वे उस काग़ज़ से इतना डर क्यों रहे थे। ख़्वाहिश हुई कि कह दूँ कि उस काग़ज़ में कुछ भी नहीं लिखा था। कुछ देर ख़ामोश रहने के बाद वे मानो मेरी हैरानी दूर करने के लिए ही धीमी आवाज़ में बोले—दो ही बातें हो सकती हैं, या तो नौकरी से जवाब या यहाँ से तबादिला। बाद में पता चला था कि उस काग़ज़ में उन्हें यही इत्तला दी गई थी कि उन्हें और छुट्टी नहीं मिलेगी।

उनका मन बहलाने के लिए मैंने उन्हें माँ और नरेश की नक़ली माँ—जिसे सब बहनजी कहकर बुलाते थे, और माँ फफ्फेकुट्टन कहकर—की लड़ाई के बारे में बताना शुरू कर दिया। बाबा अनमने से सुनते रहे और उस काग़ज़ के बारे में सोचते रहे। मैं चाहता रहा था कि वह अपने आप मुझे बता दें कि वह इतने दिन कहाँ ग़ायब रहे थे, माँ के कड़ों का उन्होंने क्या किया था, काके को क्या हुआ था, वह माँ को जेहलम के स्टेशन पर अकेली छोड़कर कहाँ चले गए थे, क्यों चले गए थे। लेकिन जूँही मेरी आँखें उनकी तरफ़ उठतीं, उनका सिर झुक जाता, और मेरे सवाल मुरझा जाते।

मैं उन्हें माँ और देवी की लड़ाइयों के बारे में बता ही रहा था कि देवी और पारो दरवाज़े में खड़ी दिखाई दीं। पारो ने वहीं से हाथ जोड़ दिए, देवी बढ़कर बाबा के पास ज़मीन पर बैठ गई। जूँही बाबा ने उसके सिर पर हाथ फेरा वह फफक फफककर रोने लगी। बाबा ने हाथ उठाकर अपने माथे पर रख लिया। उनका चेहरा बिगड़ता हुआ देखकर मेरा गला फिर गिच्च हो गया। पारो दरवाज़ा बन्द करती हुई बाहर निकल गई। कुछ देर तक हम तीनों चुपचाप रोते रहे। फिर अचानक फटाक से दरवाज़ा खुला, और माँ आँधी की तरह अन्दर आ गई। मेरे आँसू रुक गए। मैंने उठकर दरवाज़ा बन्द कर दिया। मेरी टाँगें थर थर काँप रही थीं। वापस बाबा के पास जाने के बजाय मैं रसोई की दहलीज़ पर आ बैठा।

—मेरे कड़े कहाँ हैं?

माँ के दोनों हाथ फैले हुए थे, और उसकी आवाज़ फूली हुई।

—मैं पूछ रही हूँ मेरे कड़े कहाँ हैं?

उसकी आवाज़ में नाराज़गी और नफ़रत यूँ भरी हुई थी जैसे ग़ुब्बारे में हवा। बाबा अपने घुटनों को अपनी बाँहों में बाँधे हुए यूँ नज़र आ रहे थे जैसे कोई देहाती

चोर थानेदार के सामने बँधा बैठा हो। माँ ने आगे बढ़कर उनकी जेबें टटोलनी शुरू कर दीं। मुझे लगा जैसे वह उन्हें गुदगुदा रही हो। इस बीच देवी उठकर मेरे पास आ खड़ी हुई थी।

—किस रंडी को दे आए हो मेरे कड़े!

रंडी लफ़्ज़ पर बाबा हड़बड़ाकर उठ खड़े हुए, और माँ ने पूरे ज़ोर से अपनी छाती और माथा पीटना शुरू कर दिया।

—मैं आज टोटे टोटे करके रख दूँगी अपने! मैं आज तुम्हारे सिर चढ़कर मर जाऊँगी। मैं आज सारा शहर इकट्ठा कर लूँगी। नहीं तो बताओ मेरे कड़े किस रंडी को, किस रंडी को, किस रंडी को...!

माँ बाबा के ऐन सामने खड़ी, सिर झुकाए, दोनों हाथ ताबड़तोड़ अपने माथे पर मार रही थी, जैसे कोई दरबारी गायिका फ़र्शी सलाम करते करते अचानक पागल हो गई हो। बाबा की मुट्ठियाँ बँधी हुई थीं और उनके जबड़े कसे हुए। मुझे ख़तरा था कि वह भी माथा पीटना शुरू कर देंगे। लेकिन उन्होंने माँ को कन्धों से पकड़कर झँझोड़ दिया, और माँ लड़खड़ाती हुई ड्योढ़ी के दरवाज़े से जा टकराई। तभी वह दरवाज़ा न जाने कैसे खुल गया और बाहर खड़े लोग अन्दर घुस आए। उन्हें देखते ही माँ ने रोना शुरू कर दिया। माँ का सिर दरवाज़े की कुंडी से टकराकर फट गया था। वह बार बार अपने सिर को छू रही थी और अपने ख़ून को देख देख चीख़ें मार रही थी। औरतें उसके इर्दगिर्द घेरा डाले खड़ी थीं। तभी मैंने देखा कि बाबा पगड़ी उठाकर उस अँधेरी कोठरी की तरफ़ भाग रहे थे जिसमें से वैसी ही वीरान और गर्म बू आया करती थी जैसी कि माँ की देह से। ख़्वाहिश हुई कि मैं भी वहीं जा छिपूँ, लेकिन बाबा ने दरवाज़ा अन्दर से बन्द कर लिया था।

मैं यह ख़ैर मना ही रहा था कि माँ कुछ देर बाद ख़ामोश हो जाएगी कि उसने शोर मचाना शुरू कर दिया—हाय दरवाज़ा खुलवाओ, हाय उसे तोड़ दो, अगर उसने अपने आपको कुछ कर लिया तो मेरा क्या होगा, मेरे बीरू का क्या होगा! मैं हैरान था कि वह देवी का नाम क्यों नहीं ले रही। देवी दाँत पीस रही थी और एक ही सुर में कहे जा रही थी—ले लिये कड़े! ले लिये कड़े! ले लिये कड़े! मैं उसे चुप कराने के लिए उसकी सलवार का पायँचा खींच रहा था। मुझे एक ख़तरा यह था कि माँ और सब कुछ भूल देवी पर पिल पड़ेगी और दूसरा यह कि कहीं मेरे खींचने से देवी की सलवार न खुल जाए।

गली के लोग यूँ अन्दर आते चले जा रहे थे जैसे उन्हें बुलावा भेजा गया हो। मैं केशव की नज़रों से बचने की कोशिश में मुड़ मुड़कर मैली रसोई में झाँक रहा था। तमाशबीनों में से कुछ बाबा को आवाज़ें दे रहे थे, कुछ दरवाज़ा तोड़ने की धमकी, कुछ पुलिस को बुला लाने की, और कुछ चुपचाप खड़े सब कुछ यूँ देख सुन रहे थे जैसे किसी दूसरे क़स्बे या मुल्क के हों, और हमारे घर का हंगामा उनकी समझ

से तो बाहर हो लेकिन दिलचस्पी से नहीं। कोठरी में से किसी हरकत या हूँ हाँ की आवाज़ नहीं आ रही थी, जैसे बाबा अन्दर जाते ही बेहोश हो गए हों।

कुछ देर पहले जब माँ बाबा के सामने खड़ी माथा पीट रही थी तो मैं हमेशा की तरह उन दोनों में तक़सीम होना शुरू हो गया था। दोनों के बिगड़े चेहरों पर खिली उनकी अँगारा आँखों को देख यूँ महसूस हुआ था जैसे वे मेरे माँ बाप न हों, एक दूसरे के जानी और पुराने दुश्मन हों। इतने दिनों के बाद बाबा से मिलकर जो मीठा सा कीचड़ मेरे गले में अट आया था, अब काँटों के गुच्छे में बदलता जा रहा था। बाबा का हाथ उठा ही था कि मेरे जबड़े शिकंजे की तरह कस गए थे और मेरी आँखें बुझ गई थीं। मैंने इस ख़तरे से सहमना शुरू कर दिया था कि बाबा माँ को मार डालेंगे। इस ख़तरे की तह में यह ख़्वाहिश भी छुपी बैठी थी कि वे उसे मार डालें। इस ख़्वाहिश के साए में यह उम्मीद भी अँगड़ा रही थी कि माँ के साथ मैं भी मर जाऊँगा।

माँ की लहूलुहान उँगलियाँ एक अजीब सी इबारत हवा में लिख रही थीं। मेरी आँखें उस इबारत पर जमी हुई थीं, और मैं सोच रहा था कि माँ कुछ ही देर में सबके सामने दम तोड़ देगी, फिर कोठरी का दरवाज़ा तोड़ दिया जाएगा, बाबा को गिरफ़्तार करके काले पानी भेज दिया जाएगा, देवी को नरेश और उसकी नक़ली माँ के पास लाहोर, और मुझे या तो लालामूसा के यतीमख़ाने में और या चाचा रघुपत के पास गाँव में, जहाँ दादी की मौत हुई थी और काके को लोगों की नज़र ने निगल लिया था। यतीमख़ाने के ख़याल के साथ ही कुछ मिमियाते हुए पतलेपतंग लड़के सूरदास का कोई भजन गाते हुए सुनाई दिए थे, और मैंने आँखें बन्द कर ली थीं। फिर उस गाँव की उलझी पत्थरजड़ी गलियों ने एक लिश्कारा मारा था, और मैंने आँखें खोल दी थीं। इस कल्पना से कि उस गाँव के लोगों की नज़र मुझे भी निगल जाएगी, एक भयानक सा मज़ा मिला था। उसी मज़े में लिपटा हुआ मैं खिसककर रसोई में जा खड़ा हुआ था। दरवाज़ा अन्दर से पूरी तरह बन्द नहीं कर सका था, क्योंकि कुंडी टूटी हुई थी। लेकिन उस ढीले से दरवाज़े के पीछे खड़ा मैं महफ़ूज़ था, क्योंकि सब लोगों का सारा ध्यान बाबा की कोठरी की तरफ़ था।

रसोई में मैला अँधेरा था, धुएँ की मरी हुई कड़वाहट थी, और माँ की खट्टी मीठी महक। कुछ देर तक मैं गुमसुम खड़ा रहा। फिर एक कोने में मुझे मरे हुए साँप सी एक रस्सी दिखाई दे गई। मेरी आँखें उस पर यूँ जम गईं जैसे उसे उठाने की कोशिश कर रही हों। बाहर का शोर बेगाना होता महसूस हुआ। वह रस्सी हमारी गाय या शायद उसके बछड़े की थी। कुछ ही महीने पहले दोनों की जान एक ही दिन निकल गई थी। डंगर डॉक्टर के मुताबिक़ उन्हें अफ़रावा हो गया था, माँ के मुताबिक़ उन्हें जलालपुरनी की नज़र खा गई थी। आख़िर तक माँ गाय के मुँह में बनफ़्शे की चाय और बछड़े के मुँह में कड़वी गोली ठूँसती रही थी। दोनों की जान बहुत मुश्किल से निकली थी।

रसोई में हाँफता हुआ सा खड़ा मैं न जाने कितनी देर तक टिकटिकी बाँधे उस रस्सी को घूरता रहा। फिर उसे उठाकर मैंने अपने गले में डाल लिया। एक मितिलाहटमिली झुरझुरी महसूस हुई। गर्दन यूँ फड़कने लगी जैसे कभी कभी आँख फड़कने लगती है। मैंने रस्सी में एक गाँठ देकर उसके दोनों सिरों को धीरे धीरे खींचना शुरू कर दिया। अब हर लम्हे बाहर का शोर धीमा और बेगाना होता जा रहा था, मेरे जबड़े कसते जा रहे थे, आँखों में से अँधेरा और धुआँ निकल रहा था, टाँगों में से हवा। मैं बार बार न जाने क्यों यह दुआ माँग रहा था कि मेरी गर्दन टूट जाए, मेरा सिर लुढ़ककर एक तरफ़ जा गिरे, लेकिन मेरा धड़ सीधा खड़ा रहे। शायद किसी सपने में मैंने इसी क़िस्म का कोई नज़्ज़ारा देखा था। आख़िर जब मैं होशोहवास की आख़िरी खौफ़नाक सीमा पर खड़ा झूल रहा था तो बाहर का बेगाना शोर ख़ामोशी में बदल गया था और अन्दर का मैला अँधेरा रोशनी में।

उसका बचपन का अन्त उसने इन लफ़्ज़ों पर किया था: उधर बाबा के कमरे का दरवाज़ा टूटता है, इधर रसोई में खड़ा बीरू धड़ाम से नीचे गिर पड़ता है। नीचे गिर जाने से बीरू के गले में पड़ा फन्दा कुछ ढीला पड़ जाता है और बाहर से आ रहा शोर फिर धीरे धीरे उसके कानों में भनभनाने लगता है।

मेरा अपना अन्त कर देने से उसे न जाने किस संस्कार या संकोच या मोह ने रोक लिया था, लेकिन मुझे राहत इसी सम्भावना से मिलती है कि उसके मैले मन के किसी रौशन कोने में यह उम्मीद उसी वक़्त उग आई होगी कि अगर उसने मुझे ज़िन्दा छोड़ दिया तो मैं ज़रूर कभी न कभी उसकी क़लम और कल्पना पर फिर सवार हो जाऊँगा।

उस घरेलू हंगामे के बाद महीनों तक मैं इस कल्पना से कच्ची सी सनसनाहट बटोरता रहा था कि ऐन उस घड़ी जब मैं उस रस्सी से अपना गला घोंट रहा था, बाबा अपनी पगड़ी से अपना गला घोंट रहे थे। कई दिनों तक मैं इस मौज से खेलता रहा था कि उन्हें एक तरफ़ ले जाकर सब कुछ पूछ लूँ, सब कुछ बता दूँ। उनके सिवा किसी और को अपनी अधूरी आत्महत्या के बारे में बताने की ख़्वाहिश मन में एक बार भी नहीं उठी थी। दरअसल उस दिन के बाद मैं देवी और माँ से परहेज़ सा करने लगा था, गोया उन दोनों ने ही मिलकर मेरा गला घोंट दिया हो। देवी से दूर रहना कठिन नहीं था। माँ को दूर रखना क़रीब क़रीब नामुमकिन था। देवी दिन रात या तो पारो के घर घुसी रहती थी या अपनी ही किसी कैफ़ियत में गुम। पारो और उसकी पोपली माँ मुझे पसन्द तो थीं लेकिन इतनी नहीं कि मैं अपने घर से बचने के लिए उनके

घर में घुसा रहता। देवी की दुनिया में मुझे दिलचस्पी तो थी, लेकिन इतनी नहीं कि मैं अपनी दुनिया से बेरुख बना रहता। माँ के दस्तूर में उस शाम के बाद भी कोई ख़ास फ़र्क़ नहीं आया था। वह हर वक़्त या तो बाबा और देवी से झगड़ती रहती या मुझसे दया और हमदर्दी की भीख माँगती रहती। बाबा दिन भर बाहर रहने के बाद गई रात घर लौटते लेकिन धुत्त होकर नहीं। माँ ख़ुद तो उनका मुँह सूँघने की हिम्मत न करती लेकिन मुझे इशारे करती रहती। मुझे अब उसके शक पर ग़ुस्सा आने लगा था। बाबा अब उसके हर हमले या उलाहने का जवाब ख़ामोशी से देने लगे थे। मुझे उनकी ख़ामोशी से वैसा ही डर लगता था जैसा कि क़स्बे की मसान से।

काके की मौत, माँ के कड़ों, पैसे की कमी, अपने गुणों और देवी की बुराइयों के बारे में मैं कुछ भी नहीं सुनना चाहता था। माँ की हर हरकत और शिकायत पर अब मैं उसी तरह बेक़ाबू हो जाता जैसा कि कुछ ही दिन पहले तक बाबा। मेरी हर भभक पर माँ का मुँह इतना सा हो जाता। वह बार बार अपने कान छूकर मुझसे पूछती—मैं तेरी माँ हूँ या कौन हूँ? यह सौदाई सा सवाल वह पहले सिर्फ़ देवी से पूछा करती थी, लेकिन तब उसकी आवाज़ में इतना रंज और अचम्भा नहीं होता था। उसकी सहमी हुई सूरत देख मुझे उस पर और ग़ुस्सा आता और अपने आप से और घृणा।

सो माँ और घर से दूर रहने के लिए मैं भी बाबा और देवी की तरह हर वक़्त घर से ग़ायब रहने लगा। सूरज डूबते ही घर लौट आओ, नंगे सिर धूप में मत घूमो, सिखड़ों और मुसलों के साथ मत खेलो, कंजरियों की गली में भूलकर भी न जाओ, किसी के हाथ से कोई भी सफ़ेद चीज़ लेकर मत खाओ, शूम के घर में क़दम मत रखो, ताश को हाथ न लगाओ—इसी क़िस्म की कितनी ही वर्जनाओं को मैंने चुपचाप तोड़ना शुरू कर दिया। अगर माँ किसी बात को पकड़कर बैठ जाती तो मैं तड़ातड़ अपना माथा पीट लेता, और वह हक्की बक्की सी मेरा मुँह देखती रहती। बाद में बहुत ही भीगी हुई आवाज़ में समझाती—यह आदत बहुत बुरी है, मेरे लाल, इससे तो सारा नसीबा फूट जाएगा तेरा, अपने बाप की हालत नहीं देखता तू, और मैं समझती थी कि बड़ा होकर तू मुझे सुख देगा...।

उसे सुख देने की ज़हमत और ज़िम्मेदारी से बरी हो जाने के लिए ही शायद कभी कभी मैं अकेले में भी माथा पीट लिया करता था। वह मेरी उभरी हुई मोटी मोटी नसों को सहलाने के लिए अपना खुरदरा हाथ बढ़ाती तो मैं उछलकर पीछे हट जाता। वह आहत आवाज़ में पूछती—मैं तेरी माँ हूँ या कौन हूँ? अगर ऐसे अवसरों पर वह अपने अरमानों का गट्ठर उठाकर मेरे पास आ बैठती तो मुझे उस पर न तरस आता, न प्यार। जी चाहता कि भागता हुआ शूम के घर पहुँच जाऊँ और उसकी बीवी की गोद में सिर रखकर हमेशा के लिए आँखें मूँद लूँ।

शूम का असली नाम शाम सिंह था, उसकी बीवी का न मालूम क्या। शूम और बाबा पक्के दोस्त थे, हालाँकि माँ के मुताबिक़ उन दोनों में दिन रात का फ़र्क़

था—बाबा भोले बादशाह थे, शूम शैतान का नाना। उसी सिखड़े की कुसंगत का असर था कि बाबा हर वक़्त लूर लूर घूमते रहते थे, बात बात पर अपना माथा पीट लेते थे, सारी कमाई जूए शराब में बहा देते थे, सौ बहाने बनाकर और बीस चक्कर काटकर हर शाम शूम की बेहया बीवी के पास जा बैठते थे। माँ को यक़ीन था कि वह खसमखानी बरसों से बाबा के कान भर रही थी। शुरू बचपन में मैं हैरान हुआ करता था कि शूम की बीवी ऐसा क्यों और कब किया करती थी। एक अरसे तक मुझे यह इन्तज़ार और उम्मीद रही थी कि किसी रोज़ छिपकर देख सकूँगा कि यह बाबा के कानों में क्या भरती है और कैसे। लेकिन अब मुझे पता चल गया था कि उसके ख़िलाफ़ माँ को असली शिकायत यही थी कि वह उम्र में माँ से काफ़ी कम नज़र आती थी और अक़्ल शक्ल में काफ़ी बड़ी और बढ़िया। उसका जिक्र आते ही माँ लाल पीली हो जाती थी। मज़ाक़ में भी उसकी तारीफ़ हमारे घर में मना थी।

ख़ुद मुझे शुरू से ही शूम के घर जाकर उसकी बीवी को इधर उधर चलते फिरते देखने में, उससे गुदगुदी करवाने में, उसकी महक सूँघने में, चुपचाप उसके पास बैठ उसके पाँव की तरफ़ बिटर बिटर देखते रहने में बहुत मज़ा मिलता था। जब कभी माँ बाबा को बुला लाने के लिए कहती तो मैं दौड़ता हुआ शूम के घर पहुँच जाता। अक्सर वहाँ न बाबा होते न शूम, लेकिन माँ की हिदायत के मुताबिक़ उल्टे पाँव लौट जाने के बजाय मैं काफ़ी काफ़ी देर तक वहीं खेलता रहता। जो वह देती खा लेता, हालाँकि माँ ने उसके हाथ से लेकर कभी कुछ न खाने का हुक्म दे रखा था।

घर से बेरुख़ी और आज़ादी के उस नए दौर में कभी कभी स्कूल के बाद झूमता झामता मैं शूम के घर पहुँच जाता। रास्ते भर दुआएँ माँगता रहता कि शूम और बाबा उस वक़्त वहाँ न हों, मेरा कोई दोस्त मुझे उधर जाते हुए देख न ले, शूम की बीवी घर में ही हो, मलमल का कुरता पहने हुए हो, ज़्यादा उदास न हो, मैं ख़ुद उसे ज्यादा गन्दा या उदास या छोटा नज़र न आऊँ, मुझे देखते ही वह मेरा बस्ता लेकर एक तरफ़ रख दे और मुझे अपने गले से लगाकर धीमे धीमे सुबकना या मुस्कुराना शुरू कर दे, ताकि मैं अपने घर को भूल कुछ देर के लिए उसी में लुप्त हो जाऊँ।

इन्हीं ख़यालों में खेलता खेलता जब मैं उसके सामने जा खड़ा होता तो वह अक्सर मेरे बस्ते में से लटकती हुई मेरी दुम को देख हँस उठती और मैं मुरझा जाता। छुट्टी होते ही मैं पगड़ी उतारकर उसे बस्ते में ठूँस देता था, लेकिन उसका एक सिरा हमेशा बाहर लटकता रहता था। लड़के उसे मेरी दुम कहकर मुझे छेड़ते थे। अक्सर कोई न कोई लड़का उसे खींचकर भाग जाता, और मैं उसके पीछे भागने के बजाय बैठकर बस्ता बाँधना शुरू कर देता। लड़के चोट मारते—बीरू दब्बूई ओय! मैं दब्बू तो था ही, लेकिन मुझे शूम की बीवी के पास पहुँचने की उतावली भी बहुत होती थी। मेरी कोशिश यही होती कि लड़के मुझे बस्ते और पगड़ी में उलझा हुआ छोड़कर आगे बढ़ जाएँ। जब मैं बाज़ार के बीचोबीच किसी बुढ़िया की तरह

उकड़ूँ, बैठा धीरे धीरे अपनी कॉपियाँ और किताबें ठीक कर रहा होता तो खटका लगा रहता कि केशव आकर सिर पर खड़ा हो जाएगा और पूछना शुरू कर देगा कि मुझे किसने धक्का दिया था। केशव को और बीमारियों के अलावा सवाल पूछने की बीमारी भी थी। कोई बात अपने आप उसकी समझ में आती ही नहीं थी। उसके सारे सवाल मुझे ही सुनने पड़ते थे। वह हर वक़्त यूँ मेरे साथ चिपका रहता जैसे जुड़वाँ भाई हो। मुझे उस पर दया भी आती थी, झुँझलाहट भी। उसकी माँ अक्सर मेरी सराहना करती। कहती—बीरू बहुत बीबा है, कभी केशव को छेड़ता नहीं। कभी कभी जब वह मुझे खींचकर अपने फैले हुए पेट से सटा लेती तो मुझे महसूस होता जैसे वही जगत माता हो। कभी कभी केशव से पीछा छुड़ाने के लिए भी मैं स्कूल से सीधा घर लौटने के बजाय शूम के घर चला जाता था, लेकिन उसे यही बताता कि मैं असलम के घर जा रहा था।

शूम का घर एक साफ़ और सुनसान गली में था, जो हमारे घर से दूर थी, और जिसे माँ ने मुसलों की गली का नाम दे रखा था और मैंने लैला की गली का। माँ को शूम और उसकी बीवी के ख़िलाफ़ एक शिकायत यह भी थी कि वे सिखड़े होकर भी मुसलों की गली में रह रहे थे। एक मुद्दत से वह मौक़ा बेमौक़ा कहती चली आ रही थी—हुआ एक साल, दो साल, वो तो वहाँ जम ही गए हैं; सिखड़ों के बाल भी उल्टे, मत भी उल्टी; न धरम का ख़याल, न शरम का; किसी दिन किसी मुसले मुश्टंडे के साथ उसने मुँह काला न कर लिया तो मेरा नाम बदल देना; इसीलिए तो उनके घर कोई बाल बच्चा नहीं होता।

किसी ज़माने में माँ का मन्तक़ समझने की कोशिश में मै रुआँसा हो जाता था। अब समझ गया था कि उसकी दुनिया भी निराली थी और दलीलें भी।

उस गली से मेरे अपने लगाव की एक छोटी वजह यह भी थी कि वह गली मुसलमानों की थी। दूर से ही भुने हुए गोश्त और मसाले की महक आनी शुरू हो जाती थी। नथुने नाच उठते थे। मुँह में पानी भर जाता था। जी चाहता था कि दरवाज़ों पर टँगे बोरियों के परदों को उठाकर देखूँ कि अन्दर क्या पक रहा था। एक दरवाज़े पर एक उजली सी हरी चिक लटकी रहती थी। उसके पास से गुज़रते वक़्त हर बार यह हसरत मेरा मन उमेठ लेती थी कि काश वैसी ही करारी सी एक चिक हमारे दरवाज़े पर लटक रही होती। उस दरवाज़े के सामने कभी कभी मंज़ूरे का बाप यूँ टहल रहा होता जैसे कोई थका हुआ सिपाही किसी जेल के बाहर पहरा दे रहा हो या कोई हारा हुआ शेर किसी पिंजरे का इन्तज़ार कर रहा हो। क़स्बेवालों ने उसे मेजर का ख़िताब दे रखा था, लेकिन था वह सिर्फ़ सूबेदारमेजर। उसकी दो बीवियाँ थीं—एक बूढ़ी, एक जवान। कोई कहता कि मंज़ूरा बूढ़ी का बेटा था, कोई कहता जवान का। वह पढ़ता तो हमारे स्कूल में ही था, लेकिन हर एक से अलग अलग और ऊपर ऊपर रहता था। उसकी अकड़फूँ तोड़ने के लिए हम उसे दो माओं वाला मंज़ूरा कहकर

छेड़ते थे, और असलम माशूक़ माँ का मंजूरेनज़र कहकर।

मंजूरे का बाप बुढ़ापे के बावजूद बहुत बारोब नज़र आता था। उसकी मूँछें अपने ताव के लिए सारे इलाक़े में बेमिसाल मानी जाती थीं। कोई उनका मुकशबला तलवार से करता, कोई तीर से, लेकिन असलम हमेशा मरे हुए बिच्छू से। अपने दरवाज़े के सामने टहलता हुआ वह उन्हें यूँ सहलाता रहता जैसे सुला भी रहा हो, उकसा भी। उसे देखते ही मेरा दम ख़ुश्क हो जाता था। उस हरी चिक की तरफ़ आँख उठाने की हिम्मत नहीं होती थी। कान लपेटकर मैं शूम के घर की तरफ़ लड़खड़ाता हुआ बढ़ता रहता, लेकिन ख़तरा बना रहता कि किसी भी लम्हे पीछे से एक कड़कती हुई आवाज़ आएगी—ख़बरदार, जो एक क़दम भी और उठाया तो!

शूम की बीवी अक्सर ड्योढ़ी में बैठी या लेटी टुकुर टुकुर खुले दरवाज़े की तरफ़ देख रही होती। उसकी घनी उदासी देखकर मेरा गला भर आता। लेकिन जूँही उसकी आँखें मेरी सूरत से टकरातीं, उसका चेहरा खिल उठता और मेरा गला खुल जाता। हर बार मैं इस अन्देशे में बँधा हुआ उसके दरवाज़े पर जा खड़ा होता था कि वह ख़ुश हो जाने के बजाय खफ़ा हो जाएगी और पूछेगी—तू स्कूल से सीधा अपने घर क्यों नहीं गया? यहाँ क्या लेने आया है? हर बार उसकी ख़ामोश ख़ुशी को देखते ही मेरा अन्देशा उड़ जाता।

जब मैं छोटा हुआ करता था तो वह मुझे बेटा कहकर बुलाती थी और मैं उसे मासी कहकर! माँ को बहुत ग़ुस्सा आता था। कहती—ख़बरदार जो तूने उस खसमखानी को मासी वासी कहकर बुलाया तो! बड़ी आई बेटा कहनेवाली! अपना क्यों नहीं कर लेती? तोते चिड़ियाँ तो बना ले पहले।

अब न जाने कब से उसने मुझे बीरा कहकर बुलाना शुरू और मैंने उसे मासी कहकर बुलाना बन्द कर दिया था। जैसे हमने कोई गुप्त और अधूरा सा समझौता कर लिया हो। जैसे उसने अपनी शर्तें पूरी कर दी हों, और अब इस इन्तज़ार में हो कि मैं अपनी कब पूरी करूँगा। चूँकि मैं उसके लिए कोई नया सम्बोधन नहीं चुन पाया था, इसलिए हर मुलाक़ात के पहले कुछ लम्हे मेरे लिए बहुत कठिन होते थे। वह तो बात बात में बीरा बीरा करती रहती और मैं उसका मुँह देखता रहता, या उसके पाँव। एक तरफ़ तो यह ख़्वाहिश होती कि दिल और मुँह कड़ा करके उसे लैला के नाम से बुलाना शुरू कर दूँ, दूसरी तरफ़ यह ख़तरा दबाए न दबता कि वह खिताब सुनते ही वह बेतहाशा मारना पीटना शुरू कर देगी या हँसना, कि आख़िर उसकी नज़रों में तो मैं अब भी एक छोटा सा झेंपू लड़का ही था, जिसका बाप उसके घरवाले का दोस्त था, जिसकी माँ उसकी जानी दुश्मन थी, और जिसके बस्ते में से पगड़ी का एक सिरा सूअर की दुम की तरह लटकता रहता था।

औरों के लिए मैं बीरू था, उसके लिए बीरा—इस छोटे से फ़र्क़ पर मैं मन ही मन बहुत ख़ुश हुआ करता था। उस ख़ुशी के बावजूद उसके सामने जा खड़े होते ही

मुझे अपने मैले और मुचड़े हुए कपड़ों के कारण इतनी ख़िफ़्फ़त महसूस होती कि जी चाहता उन्हें वहीं तार तार कर दूँ। उसके कपड़े हमेशा करारे और बाल हमेशा बने सँवरे रहते थे। माँ कहा करती थी—उस बेहया को चिड़ियाँ तोते बनाने से ही फ़ुर्सत नहीं, उसे बच्चा हो तो कैसे!

मुझे उससे साबुन और सफ़ाई की ख़ुशबू आया करती थी। महसूस होता जैसे वह अभी अभी नहा धोकर आई हो। उसके पाँव भी कभी मैले नहीं होते थे। हाथों से कभी घी या प्याज़ की बू नहीं आती थी। उसके पास बैठा मैं चोरी चोरी उसे सूँघता सा रहता था। ख़ुद उसे मुझसे मिट्टी और पसीने और स्याही की बू ही आती होगी। जब वह मेरी पीठ थपक या सहला रही होती, या मेरे गुच्छमगुच्छ बालों में अपनी अँगुलियाँ फँसाकर उन्हें खींच रही होती तो मुझे मज़ा तो आता ही, शर्म भी बहुत महसूस होती। डर बना रहता कि वह रुककर मेरी गन्दगी का मज़ाक उड़ाना शुरू कर देगी, या मुझे डाँटना। एक ख़्वाहिश यह होती कि बिलकुल ढीला होकर उसके साथ सट जाऊँ, एक यह कि सँभलकर उससे परे हटकर बैठ जाऊँ। नतीजा यह होता कि मज़े के बावजूद मैं काफ़ी देर तक कसा सा रहता। मेरी झेंप की परवाह किए बग़ैर वह मुझे यूँ दुलारती पुचकारती रहती जैसे उसने मेरे बहाने या अलावा किसी और को अपने पास बुला बिठा लिया हो, जैसे वह उसे बहला भी रही हो और उससे बहल भी। मैं नज़रें नीची किए उसकी डूबी हुई ममतालू आवाज़ पर झूमता हुआ एक अजीबोग़रीब आलम में पहुँच जाता, और वह यूँ बोलती रहती जैसे किसी जाहिल से बातें कर रही हो या कोई जाहिलाना जाप।

—तू स्कूल से सीधा मेरे घर आया है, बीरा? मुझसे मिलने! मैं सदक़े जावाँ! सारे दिन का थका मेरा बीबा बीरा! आवे खाँ! तुझे भूख नहीं लगती सकूल में? अब तो तेरे पेट में चूहे दौड़ रहे होंगे। है न बीरा? तू बोलता क्यों नहीं? गूँगा हो गया है, मेरा बीरा! अच्छा ताँ बोल क्या ख़ातर करूँ तेरी? क्या खाएगा? कुछ नहीं? वह किस बस्त का नाम है, बीरा! वह तो मुझे बनानी भी नहीं आती। तुझे आती है तो सिखा दे मुझे। सिखाएगा? वह तो तेरी बोहटी ही बनाकर खिलाएगी। अच्छा ताँ बोल बोहटी कैसी लेगा? लम्बी या गींडी? काली या गोरी? मोटी या पतली? शहरी या पेंडू? देख ताँ स्याही कितनी मल रखी है! तू स्याही खाता है, बीरा! स्याही अच्छी लगती है? उससे दिमाग़ तेज़ होता है? अब बोल भी दे, बीरा! हँस भी दे। नहीं ताँ कराँ कुतकुताड़ियाँ? कराँ? हड्डियाँ ताँ देख! तू मेरे घर रहे ताँ मैं तुझे इतना खिलाऊँ, इतना खिलाऊँ कि तू मोटा ठुस्स हो जाए। मोटा ठुस्स बनेगा, बीरा! अच्छा ताँ बोल तेरी माँ क्या खिलाती है तुझे?

माँ का नाम सुनते ही मैं उस बेगाने आलम से यूँ वापस लौट आता जैसे कोई ज़रूरी बुलावा मिल गया हो। तब पास बैठी बड़ी सी वह माँ की ही एक नक़्ल सी नज़र आती, अपना ज़िस्म मज़बूरियों में जकड़ा हुआ महसूस होता, अपनी उड़ान

टूटती हुई, और अपनी काली नीली तमन्नाएँ सब तुर्श होती हुईं। कभी कभी उसे मेरी बदमज़गी का अन्दाज़ा हो जाता। वह मुझे बहाल करने के लिए अन्दर से मेवा मिठाई उठा लाती, और मेरा जी चाहता कि बस्ता उठाकर पाँव पटखता हुआ घर की तरफ़ चल दूँ। कभी कभी उसे मेरी बिगड़ी हुई कैफ़ियत का पता न चलता। वह बराबर अपनी बहकी हुई आवाज़ में न जाने क्या क्या कहती चली जाती, हत्ताकि मैं फिर उसी नीले आलम में जा गुम होता, जहाँ से माँ का ज़िक्र मुझे वापस खींच लाया था।

उस आलम की नीलाहट में उस गली का सन्नाटा उसी तरह घुलामिला रहता था जिस तरह उस गली के सन्नाटे में शूम की बीवी का ख़ूबसूरत सूनापन। उसके घर बैठे बैठे मुझे बार बार यह वहम होता रहता जैसे हम उस क़स्बे की हदों से दूर किसी मस्जिद में बैठे हुए हों। उसकी आवाज़ मुझ तक यूँ आती जैसे कई परदों में से छनकर आ रही हो। मैं सोचता कि मुसलमानों की गली में रहते रहते वह भी आधी मुसलमान हो गई थी। उसे काली मलमल के कुरते में देखकर मुझे असलम की माँ, फल्लो जुलाहिन, और ताज़िए के पीछे पीछे चलती सीने पीटती कंजरियाँ एक साथ याद आ जातीं। अगर वह काली तहमद में होती तो मेरी नज़रें उसकी जगमगाती हुई पिंडलियों को टटोलती रहतीं, उसकी नज़रें मेरी बुझी हुई नज़रों को। वह मुझे छेड़ती—तू इतना शर्मीला क्यों है, बीरा, बोल ताँ तू लड़का है या लड़की? मैं उससे पूछना चाहता कि वह हमेशा इतनी उदास क्यों रहती थी, लेकिन इस सवाल के लिए मुनासिब लफ़्ज़ न मिलते।

वैसे मैंने उसकी उदासी के कारण अपने मन में छुपा रखे थे। एक तो यही था कि उस गली की परदानशीन मुसलमान औरतों से उसका मेलजोल बहुत कम था, दूसरा यह कि वह बेऔलाद थी, और तीसरा यह कि वह ऐसे शूम की बीवी थी, जिसके पास माँ के लफ़्ज़ों में न अक़्कश्ल थी न शक्कल और न कोई और गुण। माँ को तो ख़ैर अपने अलावा हर इंसान में हज़ार ख़राबियाँ नज़र आती ही थीं, मुझे भी शूम में कोई ख़ूबी दिखाई नहीं देती थी। मुझे भी माँ की तरह उसमें और बाबा में दिन रात का फ़र्क़ नज़र आता था। हैरानी होती थी कि बाबा उसे कैसे बर्दाश्त करते होंगे। उसकी पगड़ी हर वक़्त ढीली रहती थी और मुँह खुला। उसके पास खड़े होने पर महसूस होता जैसे उसकी झाड़ीनुमा दाढ़ी के बीचोबीच एक बदबूदार फूल खिला हुआ हो। एक कमीनी सी हँसी हर वक़्त उसकी भरी हुई मूँछों के पीछे से झाँकती रहती, गोया वह यही सोच सोचकर ख़ुश हो रहा हो कि उसकी बीवी बहुत ख़ूबसूरत थी।

कुछ लोग माँ की तरह खुलेआम कहते फिरते थे कि उस भैंसे शूम के घर बच्चा तो एक तरफ़ चूहा भी नहीं पैदा होगा, कुछ कहते वह शूम तो था ही, नामर्द भी था, और कुछ ऐसे भी थे जो मानते थे कि क़सूर उस कम्बख़्त की कंजूसी या नामर्दी का नहीं, उसकी बाँकी बीवी के बाँझपन का ही था। अक्सरियत वैसे उन्हीं लोगों की थी जिनके मुताबिक़ ये सब बाधाएँ एक साथ अपना अपना काम कर रही थीं, और शूम

की बीवी की गोद हरी भरी होने से पहले इन सबका एक साथ दूर होना ज़रूरी था।

उस क़स्बे में हर बेऔलाद औरत को बाँझ और बेहया मान लिया जाता था, और हर बेऔलाद मर्द को नामर्द या लौंडेबाज़। किसी को इस दलील में कोई दरार नज़र नहीं आती थी। दूसरे मज़ेदार मसलों के अलावा कभी कभी यह मसला भी हमारी टोली पर हावी हो उठता था। असलम हमारी बहस की रहनुमाई करता, हरदयाल और जीता हैरानकुन हल पेश करते, केशव बेचारा हैरान होता रहता, और मैं यह सोचता रहता कि अगर इन हरामियों को मेरा भेद पता चल गया तो ये मेरे बारे में न जाने क्या क्या सोचेंगे। गहरे सोच विचार के बाद हम इस नतीजे पर पहुँचते थे कि उस मसले का हल हमारे हाथों में नहीं था, कि जब तक हम जवान नहीं होते बाँझों के दु:ख बाँझों के बिहारी स्वामी पूर्णानन्द ही दूर करते रहेंगे और नामर्दों की मदद क़स्बे के ख़ानदानी हकीम। लौंडेबाज़ों की देखभाल, हम जानते थे, हमारी जवानी के बाद भी क़स्बे के ख़ूबसूरत लौंडों को ही करनी पड़ेगी। केशव को अक्सर इस बात पर हैरानी होती थी कि हमारी टोली में एक भी ख़ूबसूरत लौंडा नहीं था।

ख़ानादानी हकीमों में अव्वल नम्बर पर था हकीम ज़हूरबख़्श, जिसके मुरीद दावा किया करते थे कि वह मरीज़ की हाय सुनकर ही उसका मरज़ पहचान लेता था। लौंडों में अव्वल नम्बर पर था एक तख़रीला लड़का, जिसे सब लोग तो किंग कहकर बुलाते ही थे, क़स्बे की दीवारें भी उसके नाम और काम की दुहाई देती थीं। लौंडेबाज़ों का सरदार माना जाता था किंग का आशिक़, मास्टर मोहनलाल बैंडमास्टर, जिसके आख़िरी नाम में ज़ेर ज़बर की तब्दीली अक्सर होती रहती थी। नामर्दों का नम्बरदार था चँबेली का चाकर, जिसका असली नाम उसके असली काम के नीचे दब गया था, और जिसकी बीवी चँबेली किसी ज़माने में कई बार भाग चुकी थी, और हर बार नए यार के साथ। और बाँझों की बेगम असलम के मुताबिक़ फल्लो जुलाहिन थी, जो अपने दर्दनाक माहिए और बेशुमार मर्दों के लिए सारे इलाक़े में बेनज़ीर थी, लेकिन मैंने यह रुत्बा शूम की बीवी को ही दे रखा था, हालाँकि खुलकर उसे बाँझों की बेगम कहने की हिम्मत मुझ में नहीं थी। इसीलिए शायद केशव कभी कभी मेरी तरफ़ यूँ देख लेता था जैसे किसी बेग़ैरत ग़द्दार की तरफ़। उसे न जाने कैसे पता चल गया था कि मैं मन ही मन शूम की बीवी को बाँझपन और बाँकपन में फल्लो जुलाहिन से बेहतर मानता था, लेकिन असलम की मुखालिफ़त करने से डरता था। केशव का मुझे या किसी और को कुछ पता नहीं चलता था। कभी तो इकहरी से इकहरी बात उसकी समझ में नहीं आती थी, और कभी गहरी से गहरी गुत्थी उस पर अपने आप खुल जाती थी। असलम मुझे समझाता—बीरू, तू कुछ नहीं समझता। तू मुश्तमारी के नुक़सान तो जानता है, फ़ायदे नहीं जानता। केशव को दूसरों का भेद बूझ लेने की महारत मुश्तमारी से ही मिली है, उसी तरह जैसे रावण मास्टर को। अगर वे दोनों इसी तरह जुटे रहे तो उनसे किसी का कोई भी भेद छिपा नहीं रहेगा।

मुश्तमारों का तो मुझे मालूम नहीं लेकिन बाँझों के बारे में मेरा अपना पोशीदा मत उन दिनों यही हुआ करता था कि उन्हें मेरे दिल का हाल मालूम था। शुरू बचपन से ही मैं चुपचाप उनसे इश्क़ मारता चला आ रहा था। किसी ज़माने में चँबेली पर मस्त हुआ करता था। उसे देखते ही मेरा दिल रुक जाता था, नब्ज़ तेज़ हो जाती थी, होंठ ख़ुश्क हो जाते थे, तलवों से पसीना चूने लगता था, आँखें नीची हो जाती थीं, नाख़ूनों से धुआँ फूट निकलता था, टाँगें खोखली हो जाती थीं—गज़रेकि लाइलाज बालिग़ प्यार की सब जानी पहचानी अलामतें मुझ नाबालिग़ पर एक साथ पिल पड़ती थीं। माँ उसके घर की तरफ़ जाने से मना करती रहती थी, मैं किसी न किसी बहाने हर वक़्त उसी के घर के आसपास मँडराता रहता था। कभी कभी माँ न जाने किस सिलसिले में यह ऐलान कर देती—किसी दिन वह औतरी तुझे या तेरे बाप को लेकर कहीं भाग जाएगी।

माँ नहीं जानती थी—या शायद जानती भी हो—कि मैं अक्सर इस सम्भावना के सपने लिया करता था, हालाँकि उस ज़माने में मैं अभी ज़मीन से ज़्यादा ऊपर नहीं उठा था, मेरे पाँव अक्सर नंगे रहते थे, और मेरी गालें अक्सर गीली। वैसे बात मशहूर थी कि चँबेली जब भागने पर आती थी तो हिन्दू मुसलमान या बच्चे बूढ़े में कोई तमीज़ नहीं करती थी।

चँबेली का चेहरा अब याद नहीं आता, न ही यह कि उसे एक बार अलिफ़ नंगा कहाँ और कैसे देखा था, न ही यह कि हक़ीक़त में देखा था या सपने में, या उन दोनों की किसी सूनी सरहद पर, लेकिन अब भी कभी कभी उसका जिस्म सामने यूँ लहक उठता है जैसे घटाटोप अँधेरे में कोई बल खाता शोला या साँप। और उस नंगी और बेझिझक कौंध से मेरा अपना जिस्म कँपकँपा उठता है और मेरी आँखें रौशन हो जाती हैं। वैसी कँपकँपी और रौशनी किसी दूसरे जिस्म की जगमगाहट से नहीं मिलती।

जिस उजड़े ज़माने को यहाँ आबाद कर रहा हूँ उसमें चँबेली की चालढाल तो काफ़ी ढीली पड़ चुकी थी, उसका चालचलन क़रीब क़रीब वैसे का वैसा ही था। मुझे अब भी वह बहुत मीठी लगती थी। बातचीत में उसका ज़िक्र या मन में उसका ध्यान उठते ही मैं एक गुप्त राग अलापना शुरू कर देता—मैं चँबेली को एक बार अलिफ़ नंगा देख चुका हूँ। किसी लड़के को बताने की ख़्वाहिश के साथ ही यह ख़तरा उठ खड़ा होता है कि वह कह देगा कि वह न सिर्फ़ उसे अलिफ़ नंगा देख चुका है बल्कि उसे अपना अलिफ़ भी दिखा चुका है। यह अन्देशा बराबर लगा रहता कि किसी दिन केशव मेरे दिल का चोर पकड़ लेगा और कड़ी आवाज़ में पूछेगा—बीरू, तुझे नंगी औरतों में क्या नज़र आता है?

यूँ तो फल्लो जुलाहिन भी किसी ज़माने में चँबेली की ही तरह बदमाश और बदनाम हुआ करती थी लेकिन उसका मैदानेअमल हमेशा निस्बतन बड़ा रहा था, और उसके मर्द हमेशा निस्बतन बड़े। उसकी निगाह साहूकारों और ज़मींदारों से

नीचे नहीं उतरती थी। चँबेली के यार अक्सर ग़रीब लेकिन गबरू मुसलमान हुआ करते थे। बात मशहूर थी कि चँबेली को पैसे की चाह नहीं, उसे तो कोई और ही बीमारी है। फल्लो को भी वह बीमारी तो थी ही, साथ खाने पहनने का शौक़ भी था। इसीलिए उसके आशिक़ अक्सर बूढ़े और अमीर और नामर्द होते थे। इसीलिए वह ज़्यादा देर तक किसी एक के पास टिकती नहीं थी। इसीलिए सब लोग उसकी दिलेरी की दाद देते थे।

केशव मुझसे पूछता रहता था—बीरू, फल्लो और चँबेली को कौन सी बीमारी है? शुरू शुरू में ख़ुद मुझे भी उस बीमारी के बारे में साफ़ साफ़ कुछ मालूम नहीं था। जब हुआ तो उन दोनों की जवानी ढल चुकी थी। चँबेली ने भागना बन्द कर दिया था और स्वामी पूर्णानन्द के बाग़ में जाना शुरू। अब वह गली के हर मर्द को भाई और हर बच्चे को बेटा कहकर बुलाने लगी थी। फल्लो जुलाहिन का चराग़ भी बुझ चुका था। अब वह लोगों के मवेशी चराकर अपनी गुज़र करती थी, माहिया गाकर अपना मन बहलाती थी, और अपने कारनामों के क़िस्से सुनाकर दूसरों का। चँबेली के बारे में लोग एक दूसरे को बताते फिरते—जब से इसने भागना बन्द किया है, इस पर चरबी चढ़ती चली जा रही है। केशव बहुत ही दुखी होकर पूछता—भागने न भागने का चरबी से क्या ताल्लुक़? मेरी माँ को ही देखो; वह तो कभी किसी के साथ नहीं भागी; वह क्यों शुरू से ही इतनी मोटी है? असलम उसे और उलझा देता—बाँझ और बदमाश औरत बुढ़ापे में हमेशा मोटी हो जाती है; क़ुरान शरीफ़ में लिखा है, मैंने अपनी आँखों से पढ़ा है। केशव उसके मुँह पर तो कुछ न कहता, बाद में मुझे पकड़ लेता—बीरू, क्या असलम सच बोल रहा था? मैं उसे समझाता—केशव, तू पागल है, तुझे मालूम होना चाहिए कि असलम कभी सच नहीं बोलता। यह सुनकर केशव मेरी तरफ़ यूँ देखता जैसे कह रहा हो—अगर यह सच है तो तू उसका दोस्त क्यों?

वैसे वह चाहता तो यह एतराज़ भी उठा सकता था कि असलम का मक़ौला फल्लो जुलाहिन पर क्यों लागू नहीं होता था, कि वह क्यों सूखी सोटी होती जा रही थी। उसके बारे में लोग एक दूसरे से कहते फिरते—फल्लो के फलफूल मुरझा गए लेकिन उसका नख़रा टख़रा नहीं गया। काली मलमल का कुरता और चाबी के लट्ठे की तहमद बाँधकर वह बाज़ार में जहाँ कहीं जा खड़ी होती, उसके इर्दगिर्द क़द्रदानों का घेरा बँध जाता। कोई उसे सिगरेट पेश करता, कोई दिल थामकर पूछता—आज क़त्लेआम क्यों? छोटे छोटे दुकानदार उसे छेड़ते रहते और वह सिगरेट के कश लगाती लगाती कहीं और पहुँच जाती। लोग समझ जाते कि उसे गुज़रा ज़माना याद आ रहा था, जब वह खुलेआम क़स्बे के सब बड़े बड़े ज़मींदारों और कुछ साहूकारों की रखैल रह चुकी थी। किसी ने उसे बच्चा नहीं दिया था। लोग कहते कि वह कमनसीब तो बाँझ थी ही, उसके मर्द भी सब नामर्द ही निकले, नहीं तो उसे एकाध बार हमल तो ठहर ही जाता, बात आख़िर तक पहुँचती न पहुँचती। वह ख़ुद भी

यही शिकायत करती। असलम कहता—बकवास करती है। बाँझ को हमल ठहर ही नहीं सकता। वैसे भी साहूकारों के बारे में तो मान सकता हूँ कि वे सूद और दाल खा खाकर खोखले हो जाते हैं, लेकिन ज़मींदार भला क्यों नामर्द होगा। नामर्दी की बीमारी सिर्फ़ हिन्दुओं को होती है। गोश्त खानेवाला मुसलमान कभी नामर्द नहीं होता।

फल्लो अपने मुसलमान यारों से ज़्यादा नाराज़ नज़र आती थी। कभी कभी अपने क़िस्से सुनाती सुनाती यकायक तैश में आ जाती और बड़े बड़े ज़मींदारों और उनकी बीवियों के नाम ले लेकर मोटी और मरदानी गालियाँ उगलने लगती। सुननेवाले समझ जाते कि बात मज़ाक़ की हद से बाहर निकल गई थी। तब अगर इत्तफ़ाक़ से यानीकि वहाँ पहुँच जाता तो कुछ ही देर में फल्लो सँभलकर फिर हँसना हँसाना शुरू कर देती। कुछ लोगों की राय में जब से उसका दिमाग़ ठिकाने पर नहीं रहा था तब से उसमें और यानीकि में याराना सा शुरू हो गया था। एक दूसरे को देखते ही दोनों लैला मजनूँ की अदाकारी शुरू कर देते थे। असलम हमें समझाता—पागल मर्द आख़िर तक आशिक़ी से बाज़ नहीं आता, और बाँझ औरत आख़िर तक बदमाशी से। मरते दम तक वह बच्चे की उम्मीद में किसी न किसी मर्द को अपने सीने से लगाए रहती है, ख़ासतौर पर मुसलमान औरत, क्योंकि गोश्त खानेवाली औरत की हबस कभी नहीं मरती।

केशव इस बात पर बहुत झुँझलाता। सीधा उससे तो कुछ न कहता, मेरा मग्ज़ चाटता रहता—इस असलम की हर बात उल्टी क्यों होती है? अब तू ही बता, बीरू, मेरी माँ क्या मुसलमान है, या बाँझ है, वह क्यों गोश्त खाती है? बता! तुझे हँसी किस बात पर आ रही है? उस हरामी ने तेरा दिमाग़ भी ख़राब कर दिया है। मेरी माँ...।

केशव को कुछ लड़के 'माँ का यार' कहकर छेड़ते थे। वह जब कभी अपनी माँ के बारे में बोलना शुरू करता, बोलता ही चला जाता। और मुझे अपने बचपन की कुछ बातें टूट फूटकर याद आती रहतीं। उसकी माँ तब भी बहुत मीठी और काफ़ी मोटी हुआ करती थी। मैं किसी न किसी बहाने उसके आसपास मँडराता रहता था, ताकि वह मुझे खींचकर अपने पेट से सटा ले और मेरा सिर मुँह चूमना शुरू कर दे। उसकी देह से नीमगर्म दूध की महक आती थी, उसके मुँह से छोटी इलाइची की। मैं उसकी घुली खिली आवाज़ का मुक़ाबला माँ की रूखी फूटी आवाज़ से और उसके उजले कपड़ों का माँ के मैले लत्तों से किया करता था। गली की औरतों में वह मीठी छुरी के नाम से मशहूर थी, लड़कों में नौ मन की धोबिन के नाम से। माँ अक्सर कहा करती थी—सियालकोटनें हमेशा मुँह की मीठी और दिल की काली होती हैं। मैं मन ही मन बड़ा होकर सियालकोट में जा बसने के मंसूबे बाँधा करता था।

मोटापे और मिठास के अलावा केशव की माँ अपनी बेशर्मी के लिए भी कम मशहूर नहीं थी। टाँगें पसारकर अपनी ड्योढ़ी में पड़ी रहती थी। हर आनेवाले को सब कुछ दिखाई देता था। इधर मोटी इतनी हो गई थी कि लेटी हुई होती तो उसका पेट

एक तरफ़ लुढ़क जाता, बैठी हुई होती तो उसके सामने बैठ जाता, चल रही होती तो उसके आगे आगे थरथराता थिरकता रहता। माँ ने कहना शुरू कर दिया था—जितनी मोटी होती जाती है, उतनी ही बेशर्म भी क्योंक ये सियालकोटनें होती ही ऐसी हैं। असलम कभी कभी पक्के मुँह से पूछ लेता—केशव, तेरी माँ हामिला तो नहीं? केशव जवाब देता—तू पागल है! पच्चास की उम्र में अब तू उसे हमल ठहराएगा! मैं उसे समझाता—केशव, तू समझता क्यों नहीं, वह तो मज़ाक़ कर रहा है। केशव झिड़क देता—तुम दोनों को मज़ाक़ के अलावा कुछ और भी सूझता है कभी!

इधर चँबेली और केशव की माँ बहनें बन गई थीं। हर रोज़ पतली सफ़ेद धोतियाँ बाँधकर स्वामी पूर्णानन्द के बाग़ की तरफ़ निकल जातीं। रास्ते तो और भी थे लेकिन वे अक्सर बाज़ार के रास्ते से ही जातीं। उनकी धोतियों में से पीली रौशनी छन छनकर इधर उधर बिखरती रहती। दारी बज़ाज़ केशव को छेड़ता—केशव, मैं तो तेरी माँ की टाँगों के लिश्कारे से अन्धा हो जाऊँगा किसी दिन। माँ कहती—मैं सब जानती हूँ ये कुटनियाँ वहाँ क्यों जाती हैं? मैं पक्का मुँह बनाकर पूछ लेता, क्यों, तो वह मुझे डाँट देती—तेरी जीभ बहुत लम्बी होती जा रही है! स्कूल में लड़के केशव को तंग करते—तेरी माँ सरकारी साँड के पास क्यों जाती है, केशव? वह छोटा सा मुँह बनाकर मुझसे पूछता—बीरू, लोग स्वामीजी को सरकारी साँड क्यों कहते हैं? मेरी माँ तो उनकी बहुत बड़ाई करती है। कहती है, स्वामीजी की सेवा करने से मन की मुरादें पूरी हो जाती हैं। मैं उसकी तरफ़ कड़ी नज़र से देखता और हिदायत देता—देख केशव, यह बात भूलकर भी किसी और को मत बताना। केशव मेरी तरफ़ यूँ देखता जैसे मेरी बेमतलब पाबन्दी को तोड़ने पर तुला हुआ हो।

केशव को सब पाबन्दियाँ और भेद बेमतलब और बोझिल नज़र आते थे। अगर उससे कहा जाता कि वह पेट का कच्चा है तो उसे सख़्त चोट पहुँचती, और वह छटपटाकर जवाब देता—कोई जो चाहे कहे, मुझसे झूठ नहीं बोला जाता। हक़ीक़त यह थी कि उससे न सिर्फ़ झूठ नहीं बोला जाता था बल्कि सच बोले बग़ैर रहा नहीं जाता था। उसका बस चलता तो कोई बात किसी से कुछ देर के लिए भी पोशीदा न रहती, हर कोई हर वक़्त हर किसी के सामने नंगा नाचता नज़र आता। इसीलिए मेरी कोशिश यह रहती थी कि मेरा कोई भेद केशव को मालूम न हो, और उसकी यह कि मैं भेदभाव से ऊपर उठ जाऊँ। देर सबेर न जाने कैसे उसे सब कुछ मालूम हो जाता था। हरदयाल और जीता उस पर इलज़ाम लगाते कि उसे छुपकर देखने और सुनने की बीमारी थी। वह मानता था कि छुपकर देखने में उसे कुछ मज़ा आता था, लेकिन छुप छुपकर सुनने में उसे कोई तुक नज़र नहीं आती थी। असलम को यक़ीन था कि मुश्तमारी की बदौलत ही केशव को ग़ैब का इल्म हासिल हो गया था। जो हो मुझे शक था कि केशव को शूम की बीवी के साथ मेरे इश्क़ के बारे में सब कुछ मालूम था। इसीलिए वह कई बार मुझे सलाह दे चुका था कि मैं बेधड़क

होकर असलम से कह दूँ कि मेरी राय से शूम की बीवी ही बाँझों की बेगम थी। स्कूल छूटते ही वह बिटर बिटर मुझे घूरना शुरू कर देता था जैसे बता रहा हो कि उसे मालूम था कि आज मैं फिर कोई बहाना बनाकर शूम की बीवी का दीदार करने जाऊँगा। मैं हैरान था कि उसने अभी तक मुझसे दोटूक पूछा क्यों नहीं था—बीरू, तू उसका सच्चा आशिक़ है या झूठा?

मैं केशव से इस क़िस्म के किसी सीधे सवाल की उम्मीद कर ही रहा था कि एक दिन असलम ने मुझे एक और ही चेतावनी से हिला दिया। उस दिन मैंने किसी बहाने से केशव को झटक दिया था। स्कूल छूटे कुछ ही देर हुई थी। घंटे की झंकार मेरे कानों में काँप रही थी। मैं फाटक के पास बैठा शूम के घर की तरफ़ जाने का इरादा भी बाँध रहा था और अपना बस्ता भी। अपनी दुम को बस्ते के अन्दर दबाए रखने में दिक़्क़त हो रही थी। यूँ भी मैं कान मुँह लपेटकर कुछ देर वहीं बैठा रहना चाहता था ताकि लड़कों की भीड़ कम हो जाए। स्कूल ख़त्म होते ही सब लड़के तरह तरह की शैतानियों में मस्त हो जाते थे, और मैं इस कशमकश में कि अपने घर जाऊँ या शूम की बीवी के घर। उस दिन भी मैं इसी उधेड़बुन में फँसा बैठा दबी नज़रों से इधर उधर देख ही रहा था कि असलम अपनी तरफ़ आता हुआ दिखाई दिया। उसकी मुस्कुराहट किसी मारू फूल की तरह खिली हुई थी।

—बीरू, केशव कहाँ है?

—मेरी जेब में।

—और तू ख़ुद?

—मतलब?

—भोला मत बन।

—बुझारतें मत डाल।

—तो बता कहाँ जाने की तैयारी कर रहा है?

—लाहोर।

—सीधा जवाब दे।

—सच, मैं यहाँ से सीधा लाहोर जा रहा हूँ। अपनी इस दुम पर सवार होकर। तू भी चल। हफ़ीज़ा देखकर हैरान हो जाएगी। बोल, चलेगा?

—बीरू, जिस लाहोर के लिए तू तड़प रहा है, वह तुझे भी ले डूबेगा और तेरे बाप को भी।

—बकवास मत कर, असलम, सीधी तरह बात कर।

—अच्छा तो बेटा सुन। उस बूढ़ी लैला का ख़याल छोड़ दे।

—उसे बूढ़ी लैला मत कह!

—किसे?

—बता, तुझे किसने बताया है?

—क्या?

—चालाकी नहीं चलेगी, असलम! बता, तुझे किसने बताया है? केशव ने?

—अच्छा तो तू उस मुश्ते को बता चुका है?

—नहीं, लेकिन तुम ख़ुद कहते हो कि उस मुश्ते को सब कुछ अपने आप मालूम हो जाता है।

—मुझे भी। हालाँकि मैं मुश्ता नहीं।

—लेकिन कैसे?

—इश्क़ और मुश्क़ छुपाए नहीं जा सकते। और फिर मैं तो वैसे भी तेरी ईचीबीची जानता हूँ।

मैं यह सोचकर सहमने लगा था कि अगर सचमुच उसे मेरे बारे में सब कुछ मालूम है तो शायद यह भी मालूम हो कि किसी ज़माने में मैं उसकी बहन हफ़ीज़ा से हक़ीक़ी इश्क़ किया करता था। वह मुझसे उतनी ही बड़ी थी जितनी कि देवी। मैं मन ही मन उसकी मिठास का मुक़ाबला देवी की कड़वाहट से किया करता था। अब उसकी शादी हो चुकी थी। वह लाहोर रहती थी। मुझे उसकी सूरत भूलती जा रही थी, लेकिन उसकी हँसी मेरे कानों में अक्सर गूँज उठती थी, कभी कभी किसी उलझे हुए सपने में वह मुस्कुराती दिखाई दे जाती थी, और मैं फ़ैसला नहीं कर पाता था कि वह असलम की माँ थी या बहन। असलम को शायद यह भी मालूम होगा कि मुझे उसकी माँ भी बहुत अच्छी लगती है। अपनी माँ से कहीं ज़्यादा। शायद ही मेरे किसी दोस्त को मेरी माँ या बहन अच्छी लगती हो। शायद ही मेरा कोई दोस्त हर वक़्त अपनी माँ या बहन का मुक़ाबला दूसरों की माँओं या बहनों से करता रहता हो। असलम को यह भी मालूम होगा कि मैं अपनी माँ और बहन से दूर रहने के लिए कभी उसके घर घुसा रहता हूँ, कभी केशव के घर, और कभी शूम की बीवी के घर। किसी किसी सपने में माँ और देवी इतनी बदली हुई नज़र आती हैं, इतनी ख़ूबसूरत और साफ़ और मीठी, कि मेरी नींद टूट जाती है। एक दिन ऐसा भी आएगा कि शूम की बीवी की सूरत भी मुझे भूल जाएगी। उसकी आवाज़ शायद हमेशा सुनाई देती रहे। बाक़ी सब आवाज़ों से अलग। ख़ासतौर पर माँ की आवाज़ से। तू स्कूल से सीधा मेरे घर आया है, बीरा? काके की सूरत अब सपनों में भी दिखाई नहीं देती। न ही दादी की। दादी को याद करता हूँ तो एक गठरी सी सामने आ गिरती है। ढीली और मैली। काका अगर मर न गया होता तो वह भी मेरी तरह माँ से लड़ता रहता। किसी दिन मैं भी मर जाऊँगा। मेरा हाफ़िज़ा तो शायद मर ही चुका है। असलम को यह भी मालूम होगा कि मैं माथा पीटता हूँ। केशव का दिमाग़ मुश्तबाज़ी से ख़राब हो रहा है, मेरा माथा पीटने से। शायद शूम की बीवी से इश्क़ का असर भी हो रहा है। असलम को शायद यह भी मालूम होगा कि मैं भी कभी कभी मुश्त मार लेता हूँ। बाद में बहुत डर लगता है। रोने की तबीयत होती है। असलम को शायद यह भी

मालूम हो कि मुश्त मारते वक़्त या यूँही कभी कभी मैं आँखें बन्द करके उसकी बहन हफ़ीज़ा की तस्वीर उतारने की कोशिश करता हूँ और कभी कभी चँबेली के उस अलिफ़ नंगे जिस्म की जिसे मैंने एक बार न जाने कब और कहाँ देखा था। असलम को मेरी ईचीबीची मालूम है, इसीलिए उसे बाबा के बारे में भी कोई ऐसी बात मालूम है जो शायद मैं भी नहीं जानता। पूछना चाहिए कि उसने बाबा का नाम क्यों लिया?

—बीरू, तू शायद अपनी बूढ़ी लैला की याद में खो गया है। बेटा, अगर इश्क़ ही लड़ाना है तो अपनी उम्र की कोई ढूँढ। शूम की बीवी से तो मंज़ूरे की माँ भी छोटी होगी। अच्छा यह तो बता कि कभी उसका दीदार भी किया है या नहीं?

—नहीं।

—तुझे तो आजकल और कोई नज़र ही नहीं आती होगी। जिधर देखता हूँ उधर तू ही तू है!

—असलू, मज़ाक़ मत कर।

—तो और क्या करूँ! अबे, मजनूँ के बच्चे, अपनी माँ की उम्र की औरतों को अपने बाप दादा के लिए छोड़ देना चाहिए। उनसे इश्क़ उल्लू ही किया करते हैं। या उल्लू के पट्ठे। और उनका अंजाम हमेशा बुरा होता है। क़ुरानपाक में मोटे हुरूफ़ में लिखा है कि क़यामत के दिन उनकी बूढ़ी लैलाएँ उनसे नज़र तक नहीं मिलाएँगी। अब तू ही बता, बीरू, कि तू उल्लू है या उल्लू का पट्ठा या सिर्फ़ संजीदा?

क़ायदे के मुताबिक़ संजीदा में दिए गए गन्दे इशारे पर मुझे हँसी आ जानी चाहिए थी, लेकिन मेरा गला अचानक यूँ अट आया था जैसे असलम ने मज़ाक़ ही मज़ाक़ में मुझे किसी जानलेवा अंजाम के सामने ला खड़ा कर दिया हो। वह उम्र और क़द और शायद समझबूझ में मुझसे बड़ा था। मैं शुरू बचपन से ही उसे अपना हीरो मानता चला आया था, ख़ासतौर पर मज़ाकबाज़ी में। इसीलिए शायद उसकी हर बात का मुझ पर गहरा असर होता था, और उसके हर मज़ाक में से मुझे कोई नसीहत या हिदायत झाँकती नज़र आ जाती थी। जो हो मैंने अपने गले में अटके हुए गोले को किसी तरह निगल लिया, अपने बस्ते को एक आख़िरी गाँठ दी, अपनी दुम को आख़िरी बार बस्ते के अन्दर धँसाया, और उठकर असलम से कहा—हम दोनों संजीदे हैं, फ़र्क़ अगर है तो यही कि तू मुसलमान संजीदा है और मैं हिन्दू संजीदा। चलो देखें हरदयाल और जीता किसे अंगुश्त दे रहे हैं।

शायद असलम के बताए हुए बुरे अंजाम से बचने के लिए ही मैं कई दिनों या महीनों तक अपने छोटे से दिल पर एक बड़ा सा पत्थर रखकर शूम की बीवी को भूल जाने की कोशिश में दूर से ही उसके लिए तड़पता रहा था। ख़तरा लगा रहता कि केशव किसी दिन पकड़कर पीटना शुरू कर देगा—तू बहुत बेवफ़ा है, बीरू, अब उसे देखने तक नहीं जाता, हर वक़्त कुमारी की तरफ़ ही देखता रहता है, भूखे कुत्ते की तरह! केशव ने तो मुझे नहीं लताड़ा, लेकिन ख़ुद अपनी नज़रों में मैं बहुत

तेज़ी से गिरता जा रहा था, क्योंकि शूम की बीवी के हुज़ूर से ग़ैरहाज़िरी के उस कठिन दौर में मैंने अपनी ही गली में रहनेवाली नख़रेबाज़ लाहोरन कुमारी के लिए भी ललचाना शुरू कर दिया था। वह मेरी उम्र की तो नहीं थी, लेकिन शूम की बीवी से कई साल छोटी थी, बाँझ थी, और एक ऐसे वाहियात आदमी की बीवी थी जो मेरी नज़र में उतना ही नीच था जितना शूम। ज़ाहिर है मैंने यह सब उस वक़्त साफ़ साफ़ तो नहीं सोचा होगा, लेकिन अपने तरीक़े से मैं असलम की हिदायत पर अमल ज़रूर कर रहा था। उसने कहा था कि मुझे अपनी उम्र की किसी लड़की से इश्क़ लड़ाना चाहिए। अपनी उम्र की लड़कियाँ मुझे उन दिनों निहायत गन्दी और नादान नज़र आती थीं। असलम ने, मज़ाक़ में ही सही, यह भी कहा था कि शूम की बीवी से तो मंज़ूरे की माँ भी छोटी होगी। मंज़ूरे की माँ को मैंने अभी तक ख़्वाब में भी नहीं देखा था, लेकिन मुझे यक़ीन था कि दारी बज़ाज़ की बाँकी बीवी कुमारी मंज़ूरे की माँ से भी छोटी थी।

कुमारी के साथ उस आरज़ी लगाव का भी असर था और शूम की बीवी को भूल न पाने का भी, मैं मन ही मन उन दोनों का मुक़ाबला कुछ इस क़ायदे और क़रीने से किया करता था जैसे हेडमास्टर के लिए देहाती और शहरी ज़िन्दगी पर मज़मून लिखा जा रहा हो। उम्र और दूसरे फ़र्क़ों के बावजूद कुछ बुनियादी बातों और आदतों में वे दोनों सगी बहनें नज़र आती थीं। दोनों के बदन चुस्त और आँखें वीरान थीं। दोनों के कपड़े हमेशा करारे और बाल अक्सर बने सँवरे रहते थे। दोनों के पैरों से रोशनी टपकती थी। कुमारी अपने चोबारे की खिड़की से बाज़ार की रौनक़ देखा करती थी, शूम की बीवी अपनी ड्योढ़ी के दरवाज़े से गली का सूनापन। दोनों की आँखों में हरदम उम्मीद टिमटिमाती रहती थी। दोनों की आवाज़ सुरीली और चाल लोचदार थी। बोल रही होतीं तो महसूस होता जैसे गा रही हों, चल रही होतीं तो महसूस होता जैसे बुला रही हों। दोनों के दाँतों का मुक़ाबला मक्की के दानों या क़ीमती मोतियों से किया जा सकता था। और दोनों को खुजलाने का शौक़ था। बात को बीच में ही छोड़कर वे पीठ या पेट या सीना या रान खुजलाना शुरू कर देती थीं। मुझे उनकी यह आदत अच्छी भी लगती थी, बुरी भी। अच्छी इसलिए क्योंकि उन्हें खुजली करते देख मुझे अजीब सा, अनजाना सा, मज़ा आता था। बुरी इसलिए क्योंकि उस मज़े पर मुझे अजीब सी, अनजानी सी, शर्म महसूस होती थी।

वैसे खुजलाने की लत या बीमारी क़स्बे के हर बाशिन्दे को थी। मिसल मशहूर थी कि इस क़स्बे में पैदा होनेवाला बच्चा खुजलाता पहले है, रोता बाद में। डॉक्टर अल्ला दित्ता अक्सर अपने मरीज़ों को यह तसल्ली देता सुना जाता—यहाँ की आबोहवा में ही कोई नुक़्स है, वर्ना कोई वजह नहीं कि मेरी दवा से खुजली दूर न हो। असलम डॉक्टर दित्ते की हर बात पर बीस एतराज़ उठाता था। कहता—यह मोटा डॉक्टर नहीं, पहलवान है। मेरा अन्दाज़ा है कि ईरान में ही किसी डॉक्टर को मारकर इसने

उस बेचारे की डिग्री भी चुरा ली होगी और उसकी मेमें भी। अब उन बेचारियों को यहाँ ले आया है। टीका लगाना तक तो आता नहीं उल्लू को! टूटी यूँ पकड़ता है जैसे साँप हो। इसकी दवा से खुजली दूर होगी? आबोहवा न आबोहवा! अगर आबोहवा में ही कोई ख़राबी होती तो हर एक को खुजली सिर्फ रानों और सीने में ही न होती! यारो, इस खुजली का इलाज डॉक्टर अल्ला दित्ते के पास नहीं। होता तो उसकी मेमों को हर वक़्त ईरान याद न आता। कभी उन बेचारियों को ग़ौर से देखो तो तुम्हें पता चल जाएगा कि उनकी खुजली दरअसल खुजली है ही नहीं, वह तो अक़्लमन्द के लिए एक इशारा है, इशारा!

केशव सुनते सुनते यूँ सिर हिलाना शुरू कर देता जैसे उसकी गर्दन टूट गई हो। कहता—इस हरामी की कोई भी बात मेरी समझ में नहीं आती। बात खुजली की हो रही है और यह कहाँ से कहाँ पहुँच गया है। असलम कहता—केशव, जाकर अपनी माँ से पूछना, वह तुझे समझा देगी, वह मेरी हर बात समझती है। मुझे ख़तरा लगा रहता कि केशव सचमुच जाकर अपनी माँ को सब कुछ बता देगा। सो मैं उसे मना करता रहता—केशव, माँ को कुछ न बताना; वह सुनकर नाराज़ होगी; ऐसी बातें माँ को नहीं बताते; असलम तो तुझसे मज़ाक़ कर रहा था। केशव ऐसे मौक़ों पर हमेशा मेरी तरफ़ यूँ देखता जैसे पूछ रहा हो—तुम मेरे दोस्त हो या दुश्मन? बहरहाल, कुमारी और शूम की बीवी में एक मेल यह भी था कि वे दोनों जब कभी और जहाँ कहीं खुजलातीं, बड़े अन्दाज़ और पूरी नज़ाकत से खुजलातीं। केशव की माँ या चँबेली या जलालपुरनी की तरह पूरे पंजे से नहीं, बल्कि एक ही अँगुली से, बाक़ी सब अँगुलियों को अलग हवा में टाँगकर, जैसे अपने जिस्म को कुरेद रही हों, या उसे किसी हरकत पर आमादा कर रही हों, या उस पर कुछ लिख रही हों। मुझे उनकी यह अदा पसन्द भी थी और नापसन्द भी। पसन्द इसलिए क्योंकि मैं भी असलम की तरह मानता था कि अक़्लमन्द के लिए इशारा ही काफ़ी है। नापसन्द इसलिए क्योंकि मैं चाहता था कि कभी कभी तो वे दोनों भी दूसरी औरतों की तरह खुलकर खुजलाएँ और मैं देख सकूँ कि मैं अन्धा या बेहोश होता हूँ कि नहीं।

वैसे कुमारी नज़ाकत और नख़रे टख़रे के बावजूद कई बातों में बिल्कुल लापरवाह और बेझिझक हुआ करती थी। सिर तो अक्सर नंगा रखती ही थी, कभी कभी सीना भी कमोबेश खुला ही छोड़ देती थी। ख़ासतौर पर हुमस के दिन यह सम्भावना बनी रहती थी कि किसी भी लम्हे सब कुछ नज़र आ जाएगा। कभी कभी वह गली की नाली पर बैठी पेशाब करती भी दिखाई दे जाती थी, लेकिन धोती या साड़ी को अपनी टाँगों के इर्दगिर्द तम्बू की तरह यूँ ताने हुए कि जान पड़े बैठी अंडे दे रही है। मैं मन ही मन झल्लाता कि अगर उसे बेशर्मी ही करनी है तो कम अज़ कम उठते बैठते एक झलक तो दे दिया करे। मेरी इस शिकायत के जवाब में ही एक दिन हरदयाल ने शेख़ी मार दी थी—तू उसका पड़ोसी होकर भी एक झलक के लिए तरस रहा है,

मैं तेरी गली में भी नहीं रहता और कई बार उसकी गोरी टाँगों की बहार देख चुका हूँ। और जीते ने फ़ौरन जोड़ दिया था—और मैं उसकी काली झाड़ी के जलवे। असलम ने भी उसकी तरफ़दारी करते हुए कहा था—बीरू, अगर उसे दिखाने का शौक़ न होता तो उसके ब्लाउज़ के बटन हर वक़्त ढीले या टूटे हुए न रहते, और न ही वह हर वक़्त कहीं न कहीं बैठी पेशाब करती नज़र आती; उसे ही नहीं सब हिन्दू औरतों को दिखाने का शौक़ है; और सब मुसलमान मर्दों को भी। साहूकारों की बात दूसरी है। वे न हिन्दू हैं न मुसलमान, वे सिर्फ़ सूदखोर हैं। फल्लो जुलाहिन की बात भी छोड़ दो। वह मुसलमान नहीं। वह सिर्फ़ औरत है। पेशेवर माशूक़ा। उसी तरह जैसे मुमताज़ शान्ति। आधी हिन्दू, आधी मुसलमान। लेकिन, बीरू, तू चारचिश्मा है, तुझे तो किताबों के सिवा कुछ नज़र नहीं आता। तेरे सामने तो अगर कुमारी कपड़े उतारकर खड़ी हो जाए तो भी तू यही समझेगा कि सामने कोई किताब या किताबी तस्वीर खड़ी है। अगर तू अन्धा न होता, बीरू, तो अब तक कई बार उसे न सिर्फ़ देख चुका होता बल्कि दिखा भी।

असलम बोलता चला गया था, हरदयाल और जीता हँसते, केशव हैरान होता, और मैं आँखें बन्द कर कुमारी को अपने सामने अलिफ़ नंगी इतराते देखता और महसूस करता रहता था जैसे मेरे पाँव तले की ज़मीन आसमान में बदलती जा रही हो। असलम ने शायद मेरे चेहरे से मेरी चोरी को भाँप लिया था। तक़रीर तोड़कर बोला था—बीरू, आँखें बन्द करके तो तू उसे देख ही सकता है, कभी आँखें खोलकर भी देख लिया कर, कि आख़िर उसका चोबारा तेरे चोबारे से चार हाथ की दूरी पर ही तो है, चार कोस की पर तो नहीं!

चोबारे की खिड़की में खड़ी वह न जाने किस बात पर या किसे देख देखकर हँसती मुस्कुराती रहती थी। नीचे बाज़ार में से गुज़रनेवाला हर मनचला एक सुस्त नज़र दुकान के फट्टे पर बैठे दारी की तरफ़ फेंक देता था और एक तेज़ नज़र ऊपर खड़ी कुमारी की तरफ़। बात मशहूर थी कि कुमारी अपने बाप को भी आँख मारने से बाज़ नहीं आती। आँख मारने का उसका अन्दाज़ ख़ास लाहोरी बताया जाता था—जिसे वह आँख मारती है उसकी तो जान निकल जाती है, पास खड़े आदमी को पता तक नहीं चलता। असलम के मुताबिक़ मुमताज़ शान्ति भी वैसी सफ़ाई से आँख नहीं मार सकती थी। जब उसकी उस्तादी की तारीफ़ हो रही होती तो मैं सोचता रहता कि शूम की बीवी बेचारी को शायद ही आँख मारनी आती हो। इस सोच से मुझे एक अजीब सा रंज होता। सब जानते थे कि इश्क़मुआश्क़े के लिए आँख मारने में महारत ज़रूरी है। ख़ुद मुझे बहुत दिक़्क़त होती थी। अक्सर अकेले में मश्क़ किया करता था, लेकिन जूँही एक आँख झपकता, दूसरी साथ झपक जाती थी, और यूँ महसूस होता था जैसे कोई अन्धा चुँधिया रहा हो। असलम कहा करता था कि चारचिश्मा आँख मार भी ले तो कोई फ़र्क़ नहीं पड़ता। ऐनक उतारकर आँख

मारने का सवाल ही पैदा नहीं होता था, क्योंकि ऐनक के बग़ैर मेरी आँखें किसी चीज़ या चेहरे पर एक सेकिंड के लिए भी नहीं ठहर पाती थीं। सो मुझे डर लगा रहता था कि अगर किसी रोज़ कुमारी या शूम की बीवी ने मुझे आँख मार भी दी तो मैं किस आँख से जवाब दूँगा। इसीलिए मैं कुमारी की खिड़की की तरफ़ नज़र नहीं उछालता था, और इसीलिए मैं शूम की बीवी की आँखों में अपनी आँखें डालने से डरता था।

अपने चोबारे की खिड़की में खड़े होकर हँसने मुस्कुराने, राह चलते हर मर्द को आँख मार देने, बन ठनकर इधर उधर बेमतलब इठलाने, और नाली के किनारे बैठ अंडे देने के अलावा कुमारी को गाने गुनगुनाने का शौक़ भी था। उसके चोबारे से अक्सर बाजे की आवाज़ आती थी। हर बार लाहोर से कुछ नए रिकॉर्ड और नई तानें ले आती। उसकी वापसी के बाद कुछ दिनों के लिए उसका चोबारा माँ के लफ़्ज़ों में कंजरख़ाने में बदल जाता। उसकी गुनगुनाहट उसके साथ साथ गली में घूमती रहती। कुछ लोगों ने उसे बुलबुलेहिन्द का ख़िताब दे रखा था, कुछ लड़कों ने मुमताज़ शान्ति नम्बर दो का, कुछ बूढ़ियों ने लाहोरन रंडी का और मैंने मन ही मन हीराबाई का। हीराबाई न जाने कौन थी, न जाने थी भी कि नहीं, लेकिन जब कभी मैं अकेले में उसे हीराबाई के नाम से याद करता मुझे हँसी आ जाती। डर लगा रहता था कि किसी दिन केशव मुझे अकेला खड़ा हँसता देख लेगा और यह पूछकर चौंका देगा—बीरू, तू कुमारी को हीराबाई के नाम से क्यों याद करता है, नाम तो मीराबाई ही होना चाहिए। बाद में जब वह पागल हो गया था तो मुझे ही नहीं हर किसी को डर लगा रहता था कि वह उसके दिल का भेद सबके सामने खोलकर रख देगा।

शूम की बीवी को मैंने कभी गाते गुनगुनाते तो नहीं सुना था, लेकिन मुझे यक़ीन था कि जो सोज़ उसकी आवाज़ में था वह कुमारी की आवाज़ में हो ही नहीं सकता था, क्योंकि सोज़ के लिए जिस उदासी और लय को मैं उस ज़माने में भी ज़रूरी मानता था, वे कुमारी के हावभाव में कहीं नहीं थे। उसकी आँखें बेशक बाँझपन के कारण वीरान रहती थीं, लेकिन आँख मारने की आदत ने शायद उस वीरानी में भी सुर्ख़ सी शोख़ी मिला दी थी। जिस सोज़ से शूम की बीवी मुझे 'बीरा' कहकर बुलाती थी, वह सोज़ मुझे कुमारी के 'बीरू' में सुनाई नहीं देता था। सोज़ भरी आवाज़ का दरजा क़स्बे की नज़र में बहुत ऊँचा था। गदागरों की सदाओं में तो सोज़ और दर्द की तलाश या उम्मीद की ही जाती थी, खौंचेवालों को भी उनकी आवाज़ों में से उठते हुए दर्द के मुताबिक़ ही अच्छा या बुरा बनाया जाता था। एक गदागर हमारी गली में साल में सिर्फ़ एक बार आता था, लेकिन उसकी दर्दसनी आवाज़ सुनते ही हम सब काम छोड़ छोड़कर उसके इर्दगिर्द जमा हो जाते थे। इसी तरह मलाई की बर्फ़ बेचनेवाले पूर्बिए शीते की आवाज़ सुनते ही गलीवालों के गले भर आते थे। उसकी आवाज़ की तारीफ़ कभी कभी माँ भी कर दिया करती थी। कहती—बेचारा अपने बालबच्चों से दूर इस बदेश में बैठा है, इसकी आवाज़ सुनकर मेरा दिल तुफ़ूँतुफ़ूँ

करने लगता है। क़स्बे में चार मस्जिदें थीं, तीन मन्दिर थे, और एक गुरुद्वारा था। कंजरियों की गलीवाली मस्जिद के मुल्ला की बाँग में जो बुलन्दी और सोज़ था, वह असलम की राय में न दूसरे मुल्लाओं की बाँगों में था, न पुजारियों की आरती में, न भजनीकों की आवाज़ों में, और न भाईजी के पाठ या बाहर से आनेवाले रोगियों के शब्दों में। एक दिन स्कूल छूटने के बाद यह बहस हो ही रही थी कि हरदयाल और जीता असलम के ख़िलाफ़ अड़ गए। हरदयाल बोला—तू भेड़ों और बकरियों को एक ही आवाज़ से हाँक रहा है। जीते ने जोड़ा—गुरुद्वारे का भाई और बाहर से आनेवाले रागी पक्के राग अलापते हैं, जिनका मुक़ाबला बाँगों, भजनों और आरतियों से किया ही नहीं जा सकता। असलम कुछ देर तक कड़वा मुँह बनाए उनकी दलीलें सुनता रहा, फिर कड़ककर बोला—बेवक़ूफ़ गुरमुखो, सिर्फ़ सोज़ की बात हो रही है, सोज़ की, आवाज़ या राग शाग की नहीं। इसी बीच केशव ने मेरे कान में फुसफसाना शुरू कर दिया था—बीरू, सोज़ का असली मतलब क्या होता है?

सोज़ का असली मतलब तो शायद असलम भी न बता पाता, लेकिन सोज़ की पहचान में उसका कोई मुक़ाबला नहीं था। कुछ कबूतरों की ग़ुटरग़ूँ में भी उसे सोज़ सुनाई दे जाता था, और कुछ कोयलों की कूक में भी उसे सोज़ की कमी महसूस होती थी। मुहर्रम के दिनों में ताज़िए के पीछे पीछे टहलतीं, सीने सहलातीं और गाने गातीं कंजरियों के काले कुरतों, गोरी बाँहों और लम्बी ज़ुल्फ़ों के ज़िक्र के साथ साथ उनकी आवाज़ों के सोज़ की जाँचपरख भी वह बराबर किया करता था। उसकी राय में कुंजाह से आई हुई कंजरियों की आवाज़ों में जो जज़्बा और दर्द था वह लाहोर से आई हुई या क़स्बे की अपनी कंजरियों की आवाज़ों में नहीं था। वह तो यहाँ तक कह देता था कि मुमताज शान्ति की आवाज़ में मिठास तो है, सोज़ नहीं, और सोज़ के बग़ैर मिठास यूँ ही है जैसे हड्डी के बग़ैर गोश्त।

सोज़ के लिहाज़ से ख़ुद मुझे शूम की बीवी और कुमारी की आवाज़ में वैसा ही फ़र्क़ सुनाई देता था जैसा कि कुछ क़द्रदानों को फल्लो जुलाहिन और मुमताज़ शान्ति की आवाज़ में। इस फ़र्क़ को अक्सर यूँ पेश किया जाता था—फल्लो ज़ालिम गाती नहीं, कुरलाती है, इसीलिए उसके माहिए का असर सीधा दिल पर होता है। मुमताज़ शान्ति को गाना तो आता है, रुलाना नहीं आता। सच तो यह है कि आवाज़ में सोज़ उतना ही होगा, जितना कि दिल में दर्द।

क़स्बे के बड़े बड़े शाइर—सुन्दर सिंह सुन्दर, ग़ुलाम रसूल ज़ायिर, मास्टर बिहारी लाल वगैरह—भी अक्सर बाज़ार में कहीं न कहीं खड़े इसी मौज़ू पर बहस करते सुनाई दे जाते। उनकी बहसें और बैत सुनते सुनते मैं शूम की बीवी और कुमारी के आपसी मुक़ाबले में बह जाता, और कभी कभी इतनी दूर निकल जाता कि याद न रहता कहाँ से मुक़ाबला शुरू किया था। तब यह तमीज़ भी मुश्किल हो जाती कि उन दोनों में से किस पर मैं दिल से फ़िदा था और किस पर सिर्फ़ दिल बहलाने

के लिए। बाद में आराम से सोचने पर यही नज़र आता था कि शूम की बीवी से तो मैं रूहानी इश्क़ कर रहा था, कुमारी से जिस्मानी। रूहानी और जिस्मानी इश्क़ का फ़र्क़ उस क़स्बे में रहनेवाले हर छोटे बड़े को घुट्टी में ही पिला दिया जाता होगा, क्योंकि अक्सर बात बात में इसका ज़िक्र आता था। इस फ़र्क़ का एक साफ़ सबूत यही था कि शूम की बीवी के बारे में सोचने पर तो मेरे अन्दर से सर्द आहें उठती थीं, कुमारी का ख़याल आते ही मेरे जिस्म में जान आ जाती थी।

शूम चूँकि बाबा का दोस्त था और नामर्दी के लिए बदनाम, इसीलिए स्कूल के कुछ शरारती लड़के असलम की ग़ैरहाज़िरी में मुझे छेड़ते—बीरू का बाप शूम की बीवी का बूढ़ा आशकीयओय! इस बेढब से ताने पर मुझे यह सोचकर ख़ुफ़िया सी ख़ुशी भी होती थी और खौफ़ भी कि बाबा और मैं एक ही औरत के चक्कर में फँसे हुए थे। खटका लगा रहता था कि किसी न किसी दिन माँ पर भी यह भेद खुल जाएगा, और वह माथे पर हाथ मार मार अपनी वह मारू कहावत दोहराने लगेगी—जैसा बाप वैसा बेटा! असलम की मनाही के अलावा इस अन्देशे ने भी काफ़ी अरसे के लिए मुझे शूम की बीवी से दूर रखा होगा। और कुमारी को लेकर एक नई और दिलचस्प अफ़वाह ने शायद इस दूरी को बर्दाश्त करने में मेरी मदद की होगी।

उन्हीं दिनों दारी बज़ाज़ और कुमारी के बारे में एक पेचीदा सी अफ़वाह उड़ निकली थी, जिसका सार यह था कि दारी लवे लौंडों को बरग़लाकर अपने चोबारे पर ले जाता था, वहाँ उन्हें ख़ूब खिलाता पिलाता था, पैसे देता था, और फिर उनसे बदमाशी करता था। कुछ लड़कों का कहना था कि कुमारी भी उन बदमाशियों में शामिल होती थी। बढ़ चढ़कर। सब मानते थे कि दारी को बजाने का शौक़ उतना नहीं था, जितना कि बजवाने का। एक दिन असलम ने हम सबको समझाया था कि दारी को ज़रूर ममेसियों की बीमारी होगी। फिर उसने इस बीमारी की अलामतें वग़ैरा बताकर कहा था—तुम हैरान क्यों होते हो, दारी के अलावा इस क़स्बे में और भी बहुत से हैं जिन्हें यही बीमारी है। उनमें से कुछ ऐसे भी हैं जिन्हें पता तक नहीं कि उन्हें यह बीमारी है। उनके नाम तुम सुनो तो तौबा तौबा करने लगो। इसलिए उनके नाम मैं तुम्हें नहीं बताऊँगा। बस यह याद रखो कि यह बीमारी बहुत पुरानी है। कई हज़ार साल पहले इसका हमला यूनान पर हुआ था। बड़े बड़े फ़िलास्फ़र इसकी लपेट में आ गए थे। वहीं से सिकन्दरेआज़म और उसके सिपाही इसे हमारे मुल्क में लाए थे। कुछ तारीख़दानों का कहना है कि हिन्दुस्तान से सिकन्दर की वापसी की असली वजह यही बीमारी थी। मैं यह नहीं मानता, लेकिन मेरी कौन सुनता है!

कुछ लड़के क़स्में खाते थे कि उन्होंने अपनी आँखों सब रंगरलियाँ देखी थीं। और कुछ ऐसे भी थे जो बिला झिझक मानते थे कि वे ख़ुद दारी और कुमारी के बीचोबीच एक ही पलंग पर लेट कई मज़े लूट चुके थे, लेकिन जूँही दारी ने उन पर हाथ फेरना शुरू किया था तो वे उछलकर खड़े हो गए थे, और उन दोनों को माँ

बहन की सुनाकर चोबारे से नीचे उतर आए थे। उनसे पूछा जाता कि वे चोबारे पर चढ़े क्यों थे तो वे खट से जवाब देते—कुमारी को देखने दिखाने के लिए और दारी को मज़ा चखाने के लिए! असलम को यक़ीन था कि अगर वे हरामी सच बोल रहे थे तो उन्हें अभी से ममेसियों की शिकायत शुरू हो गई थी, और उनका अंजाम कभी भी अच्छा नहीं होगा। खुद मुझे उन लड़कों से रश्क भी होता था और उनकी शेख़ियों की सच्चाई पर शक भी। शक के बावजूद कई दिनों तक जी चाहता रहा था कि किसी रोज़ हिम्मत बाँधकर दगड़ दगड़ उस चोबारे पर चढ़ जाऊँ। अकेला ऊपर जाने के ख़याल से साँस ख्शुश्क हो जाती थी, किसी से साज़िश करने के ख़याल से कान सुर्ख़।

दारी नाम का ही बज़ाज़ था, उसका असली पेशा अंगुश्तबाज़ी था। दिन भर अपनी ख़ालमख़ाली दुकान के फट्टे पर बैठा अपनी रानें खुजलाता और बाज़ार में से गुज़रनेवाली देहातिनों से छेड़छाड़ करता रहता था। सब जानते थे कि वह अपने बाप मेलेशाह की मौत का इन्तज़ार कर रहा था। मेलेशाह के पास मनों सोना था। दारी खुलेआम कहता फिरता था कि अपने बाप की मौत के बाद सब कुछ बेचबाचकर वह कुमारी के साथ लाहोर चला जाएगा और वहाँ जाकर ऐश करेगा। मेलेशाह खुलेआम कहता फिरता था कि अगर दारी ने बेटा न पैदा किया तो वह उसे फ़ारग़ख़त्ती दे देगा और सारा पैसा सनातन धर्म मन्दिर को दे जाएगा। कुमारी खुलेआम कहती फिरती थी कि उसे न किसी के बेटे की ज़रूरत थी, न किसी के पैसे की। इसीलिए सब लोग एक दूसरे से पूछते फिरते थे कि कुमारी को किस चीज़ की ज़रूरत थी।

जब कभी मैं दारी की दुकान के पास से गुज़र रहा होता तो वह मेरा हाथ पकड़कर मुझे अपनी तरफ़ खींचना शुरू कर देता। जब मैं बहुत छोटा हुआ करता था तो वह मुझे छेड़ा करता था—बोल, बीरू, तेरी माँ मज़े में है कि नहीं? इधर उसने पूछना शुरू कर दिया था—बोल, बीरू, दुम कुटवाएगा कि थाने जाएगा? जब वह मुझे अपनी तरफ़ खींच रहा होता तो एक ख़्वाहिश यह होती कि उसका हाथ काट खाऊँ, दूसरी यह कि कह दूँ, मैं कुमारी की दुम कूटना चाहता हूँ। कभी कभी वह मुझे देखते ही शोर मचाना शुरू कर देता—होनहार बिरवा के चिकने चिकने पात! उसके मुँह से यह मरी हुई कहावत यूँ निकलती जैसे एक जानदार गाली हो। अगर कभी वह मुझे पकड़कर अपने पास बिठाने में कामयाब हो जाता तो अपना मुँह मेरे कान से लगाकर कहता—लाहोर जाकर सारा वक़्त पढ़ाई लिखाई में ही बर्बाद न करना, दुम भी ज़रूर कूटना, कॉलेज के लड़कों को दुम कूटने का शौक़ बहुत होता है। उसके मुँह से आ रही बू का असर होता या उसकी बदबूदार बात का, मैं उसी दम उठकर भाग खड़ा होता, और उसकी फटी फूहड़ सी हँसी मेरे पीछे पीछे भागती हुई सुनाई देती।

दारी और कुमारी रहते किसी और गली में थे, लेकिन उनका चोबारा हमारी गली

में था। बात मशहूर थी कि मेलेशाह ने उन्हें वह चोबारा सिर्फ़ बेटा पैदा करने के लिए दे रखा था। चोबारे की एक खिड़की बाज़ार की तरफ़ खुलती थी, एक हमारे मकान की तरफ़। बाज़ारवाली खिड़की में खड़ी होकर कुमारी रौनक़ मेला देखती थी और हर किसी को आँख मारती थी। दूसरी खिड़की में खड़ी होने के लिए अव्वल तो उसे वक़्त या बहाना ही नहीं मिलता होगा, साथ यह डर भी ज़रूर रोक लेता होगा कि माँ उसका मुँह तोड़ डालेगी। ख़ुद मुझे माँ उसके चोबारे की तरफ़ बिटर बिटर देखने से दिन में कई बार मना करती थी। पूछती थी—तू उस रंडी के चोबारे की तरफ़ क्यों देखता रहता है? जानता नहीं वह कितनी लुच्ची है?

शूम की बीवी से दूरी के उस दौर में मैं कई दिनों के लिए बीमार भी रहा था। उस वक़्त तो वह बीमारी बेसबब ही दिखाई दी थी, बाद में यह ख़याल ख़ुश करता रहा था कि हो न हो वह बुख़ार जुदाई का ही था। उन दिनों ऊपरवाले कमरे में खिड़की के पास लेटा लेटा मैं चोरी चोरी कुमारी के चोबारे की तरफ़ देखता और शूम की बीवी को याद करता रहता था। माँ पकड़ लेती तो पुचकारना शुरू कर देती—उधर न देखा कर बेटा, तुझे कितनी बार समझा चुकी हूँ; उसकी नज़र बहुत बुरी है, बहुत भूखी है। तू बाँझों को नहीं जानता। मेरे बापू कहा करते थे, अच्छे भले आदमी को निगल जाती है। उसी की नज़र से तो तू बीमार पड़ा है। मेरी बात क्यों नहीं सुनता तू! लाहोरनों से परमात्मा दुश्मन को भी बचाए! लेकिन तू है कि हर वक़्त मुँह उठाकर उसी की तरफ़ देखता रहता है! मैं तेरी माँ हूँ या कौन हूँ? मेरी बात का असर क्यों नहीं होता तुझ पर?

वह बोलती रहती और मैं ख़्वाब लेता रहता कि किसी दिन जब माँ मन्दिर गई हुई होगी तो कुमारी उस खिड़की में आ खड़ी होगी, अलिफ़ नंगी, और मैं उसे देखते ही खिल उठूँगा, वह मुझे आँख मारकर मुस्कुरा देगी, मैं उसकी आँखों से आँखें लड़ाता लड़ाता उड़कर उसके पास पहुँच जाऊँगा, और वह मुझसे पूछेगी—बीरू, तू मुझे प्यार करता है या उसे जो तुझे बीरा कहती है?

जब कभी मुझे बुख़ार चढ़ता था, उड़कर कहीं न कहीं पहुँच जाने का जुनून भी मेरे सिर पर सवार हो जाता था। माँ बड़बड़ाती—बेहोशी में पता नहीं क्या क्या बोलता रहता है तू, मैं तो डर डर जाती हूँ; यह बुख़ार नहीं, यह तो कोई और ही बला नज़र आती है। दिल के अँधेरे में यह तमन्ना सुलगती रहती कि जब कभी मुझे बुख़ार चढ़े तो माँ दिन भर मन्दिर में बैठी रहे या हकीम ज़हूरबख़्श के दवाख़ाने में, देवी पारो के घर या गली में, और बाबा अपने दफ़्तर या शूम के घर, ताकि मैं अकेला पड़ा उड़ता रहूँ। या अपनी हथेलियों की लकीरों में अपना भूत और भविष्य पढ़ता रहूँ।

मेरी उड़ानें कभी मुझे कुमारी के कन्धे पर ले जा बिठातीं, कभी शूम की बीवी की ड्योढ़ी में, कभी लाहोर, कभी पेशावर, कभी विलायत, कभी लायलपुर, कभी कंजरियों की गली में, कभी फल्लो जुलाहिन की गोद में, कभी शाम प्यारी के महल

की छत पर, कभी स्वामी पूर्णानन्द के बाग़ में, कभी यानीकि की पीठ पर, कभी बादशाह के सफ़ेद घोड़े की पीठ पर। बाईं हथेली की तरफ़ घूरता घूरता मैं कभी दादी की महकती हुई गोद में जा सोता, कभी चाचा रघुपत के होंठों में जड़े जलते हुए नगीने पर नज़रें जमा देता, कभी उस उजले पथरीले गाँव में पहुँच जाता जहाँ दादी की मौत हुई थी और काके को गाँववालों की नज़र ने खा लिया था, कभी बाबा को माँ पर झपटते देखता, कभी माँ को देवी पर, कभी अपनी पैदाइश से पहले की माँ की कल्पना करता, कभी देवी की पैदाइश से पहले की माँ की। बाईं हथेली में से उठनेवाली सब यादों और कल्पनाओं का सिलसिला कई घुमावों के बाद हमेशा एक ही नज़ारे पर टूटता था—मैं एक दूधिया सफ़ेद गाय के फूलते हुए पेट की तरफ़ टिकटिकी बाँधे देख रहा हूँ और डर रहा हूँ कि जब वह फटेगा तो मेरा सिर साथ फट जाएगा।

बीमारी में अपने हाथों को निहारने की बुरी आदत तो मुझे शुरू से ही थी, हथेलियों को पढ़ने का तरीक़ा सबसे पहले मुझे केशव ने ही सिखाया था—मोटी सी बात यह है, बीरू, कि बाईं हथेली की लकीरों में वह सब कुछ लिखा रहता है जो हमें अपने ख़ानदान से मिल चुका है, जिस पर हमारा कोई ज़ोर नहीं, और दाईं हथेली की लकीरों में वह सब कुछ जो हमें अपनी हिम्मत से मिलेगा। मैं उसकी मोटी सी बात पर जितना सोचता, वह मुझे उतनी ही बारीक नज़र आती। जब अपनी दाईं हथेली की लकीरों के जाल में फँसा हुआ अपना भविष्य मेरी पकड़ में न आता तो मैं अपना हाथ केशव की तरफ़ बढ़ा देता। वह देर तक उसे यूँ देखता रहता जैसे पहली बार देख रहा हो। मुझे बेसब्र देखकर कहता—तू समझता नहीं, बीरू, लकीरें बराबर बदलती रहती हैं। अगर ऐसा न होता तो बार बार हाथ देखने की ज़रूरत ही न रहती। ले, अब ध्यान से सुन। तेरी उम्र इस बीच कुछ और लम्बी हो गई है। तू इतना बूढ़ा होकर मरेगा कि सब लोग तुझसे तंग आ जाएँगे। कम अज़ कम दो शादियाँ होंगी और ज़्यादा से ज़्यादा एक बच्चा। पिछली बार जब तूने हाथ दिखाया था तो शादी एक भी नहीं लिखी थी और बच्चे दो नज़र आते थे। पचपन की उम्र में न जाने तू किस चक्कर में एक बार विलायत जाएगा। साठ की उम्र में एक महीने के लिए तेरा दिमाग़ ख़राब हो जाएगा। एक बूढ़ी औरत अपनी सारी जायदाद इस शर्त पर तेरे नाम कर देने पर राज़ी हो जाएगी कि तू अपनी बीवी को छोड़कर उसकी बेटी से शादी कर ले। तुझे तरह तरह की बीमारियों के इलाज के लिए इलाक़े के सब हकीमों के पास बारी बारी जाना पड़ेगा।

मैं सुन सुनकर हैरान होता रहता। हर बार मेरी मुसीबतों में कई जानलेवा इज़ाफ़े हो जाते थे। हर बार मैं उसके चेहरे पर या लहजे में शरारत या मज़ाक़ की कोई झलक देखने की कोशिश करता, हर बार वहाँ ठोस संजीदगी और कठोर सच्चाई के सिवा कुछ नज़र न आता। अगर मैं कह देता—केशव, तू भी मज़ाक़ करने लगा—तो वह

तैश में आ जाता—बीरू, मैं मर जाऊँगा लेकिन मज़ाक़ नहीं करूँगा। उसकी संगीन पेशीनगोइयों पर पूरे अविश्वास के बावजूद हर बीमारी के दौरान मैं अपनी हथेलियों की तरफ़ यूँ घूरता रहता जैसे कोई दूध पीता बच्चा दो भारी और बड़ी किताबें एक साथ पढ़ रहा हो।

उस बीमारी के दौरान अपने भविष्य के बारे में तो मैं किसी आख़िरी नतीजे पर नहीं पहुँच सका था, लेकिन अपनी दोनों माशूक़ाओं का मर्म मैंने पहचान लिया होगा—कुमारी बुनियादी तौर पर तोताचिश्म और बदमाश थी, शूम की बीवी वफ़ादार और शरीफ़! 'बदमाश' और 'शरीफ़' क़स्बे के चहेते लफ़्ज़ों में से थे, और उनका इस्तेमाल इनसानों के अलावा हैवानों के बारे में भी किया जाता था। गलियों में घूमनेवाले अनगिनत कुत्तों में से कुछ को शरीफ़ बताया जाता था, बाक़ियों को बदमाश। यही तमीज़ क़स्बे के घोड़े, बैलों, गधों, ख़च्चरों और ऊँटों में भी की जाती थी। गाएँ और भैंसें सब शरीफ़ मानी जाती थीं, बन्दर सब बदमाश। असलम हर बदमाश औरत को हर शरीफ़ औरत से ज़्यादा दिलकश, ज़हीन, और दिलचस्प मानता था। इसीलिए मेरे एक खुफ़ियातरीन फ़ैसले के मुताबिक़ शूम की बीवी बुनियादी तौर पर शरीफ़ होने के साथ साथ और ज़्यादा बुनियादी तौर पर बदमाश भी थी।

उन दोनों के दूसरे और कम बुनियादी फ़र्क़ों से भी उस बीमारी के दौरान मुझे काफ़ी कोफ़्त होती रही थी। कुमारी पढ़ी लिखी तो कम ही थी, लेकिन दिखाई ज़्यादा देती थी। उसकी बोली में लाहोर बोलता था। यूँ मुँह बिगाड़ बिगाड़कर बात करती जैसे कोई मेम अंगेज़ी बोल रही हो। शूम की बीवी कुछ पढ़ी लिखी तो थी लेकिन दिखाई अनपढ़ देती थी। उसकी बोली में उसका गाँव बोलता था। उसकी आवाज़ तो काफ़ी उजली थी लेकिन लहजा काफ़ी अल्हड़ था। उसकी चाल ढाल भी कुमारी के मुक़ाबले में देहाती नज़र आती थी। इसीलिए बैठी या लेटी हुई मुझे वह ज़्यादा अच्छी लगती थी, चलती या मचलती हुई कुमारी। अपनी ढीली चारपाई में डूबा पड़ा मैं उन दोनों को मिलाकर उनमें से एक नई अनोखी सी औरत उसार लेने की कोशिश करता रहता था।

लेकिन उन दोनों के जिस फ़र्क़ ने आख़िरकार फ़ैसलाकुन तरीक़े से मुझे शूम की बीवी का सच्चा आशिक़ बना दिया था, वह भी पूरी सफ़ाई से उस बीमारी के दौरान ही मुझ पर ज़ाहिर हुआ था। शूम की बीवी को मैं यक़ीनन अच्छा लगता था, और हर बार मुझे देखकर उसके चेहरे पर धूप खिल आती थी। कुमारी का कुछ पता नहीं चलता था। उसका रंग रूप बिलावजह बदलता रहता था। कभी तो वह ऐसी मुलायम और माशूक़ाना नज़रों से देखती जैसे कोई नंगी दावत दे रही हो। तब जी चाहता कि उछलकर उसका मुँह चूम लूँ, पकड़कर उसे अपनी दुबली टाँगों में दबा लूँ, या उसके बाल खींचकर रफ़ूचक्कर हो जाऊँ, और कभी वह इतनी अलग और बेलाग हो जाती कि मुझे यक़ीन हो आता कि मैं उसकी नज़र में गली के दूसरे

मैले कुचैले लड़कों में से ही एक नाबालिग़ सा लड़का था, जिसकी माँ से उसे डर लगता था, और जो ख़ुद हरवक़्त उसकी तरफ़ एक बेघर बलूँगड़े की तरह देखता रहता था। उसका दीदार तो दिन में कई बार हो जाता था, लेकिन मज़ा नहीं आता था। छूने छुआने का मौक़ा एक बार भी नहीं मिला था। शूम की बीवी का दीदार करने के लिए कोशिश करनी पड़ती थी, माँ से झूठ बोलना पड़ता था, कैशव को धोखा देना पड़ता था, असलम से आँखें चुरानी पड़ती थीं, मंज़ूरे के बाप के पास से गुज़रना पड़ता था। इसीलिए उससे हर मुलाक़ात की मस्ती कई कई दिनों तक रहती थी। और हर बार किसी न किसी बहाने से मैं उसके किसी न किसी अंग को कम से कम एक बार ज़रूर छू लेता था। उसका कह नहीं सकता, मुझे हर बार यूँ महसूस होता था जैसे किसी अँगारे या अंगूर को छू लिया हो।

इसी अन्दरूनी बहस मुबाहिसे का ही एक असर यह हुआ था कि उस बीमारी के आख़िरी दिनों में मैं दिमाग़ी तौर पर कुमारी से कमोबेश आज़ाद हो गया था और शूम की बीवी का कमोबेश ज़रख़रीद ग़ुलाम। सो मैंने दिल ही दिल में ठान रखा था कि ठीक होते ही, बुरे अंजाम के अन्देशे को दबाकर मैं उसके हुज़ूर में जा खड़ा हो सरेतसलीम ख़म कर दूँगा और कहूँगा कि मिज़ाज़े यार में क्या आ रहा है। इस मिसरे का इस्तेमाल हम सब नासमझ मौक़ा बेमौक़ा एक आम मन्त्र या मुहावरे के तौर पर किया करते थे, और असलम हमें समझाता रहता था—बेवक़ूफ़ो, इस मिसरे का इशारा ख़ुदा की तरफ़ है, किसी ख़ाकी यार की तरफ़ नहीं।

उस बीमारी के आख़िरी दिनों में शूम की बीवी का ख़याल ही मेरा ख़ुदा बन गया था। उसकी याद में मेरे होंठ हर वक़्त ख़ुश्क रहते थे, आँखें हर वक़्त डबडबाई हुईं। माँ इधर उधर जाती मेरे माथे पर अपना मैला हाथ रख देती और कहती—कख न जाने का बुख़ार तो उतर गया है, बाई और ख़ुश्की अभी नहीं गईं। उस बीमारी के बाद जब पहली बार मैं शूम की बीवी से मिला तो मेरे मुँह से तो एक लफ़्ज़ भी नहीं निकला था, लेकिन आँखों से कई आँसू एक साथ टपक पड़े थे। उसने उन्हें अपने करारे दोपट्टे के पल्लू से पोंछकर मुझे अपनी नर्म गर्म देह से सटा लिया था और झुककर मेरे झुके हुए सिर पर एक हल्का सा बोसा रख दिया था। मुझे महसूस हुआ था जैसे उसने एक साथ मुझे बहुत छोटा भी कर दिया और बहुत बड़ा भी।

इश्क़ अरबी के उन ख़ुशआवाज़ लफ़्ज़ों में से एक है जिसका और जिसमें से उपजनेवाले दूसरे तमाम लफ़्ज़ों का इस्तेमाल उस क़स्बे में यूँ किया जाता था जैसे वे लफ़्ज़ पंजाबी के ही हों—ख़ासतौर पर हमारे स्कूल में जो था तो सिक्खों का, लेकिन जहाँ उर्दू फ़ारसी का ज़ोर था और बहुत से मास्टर मुसलमान थे और बाक़ी मुसलमान नज़र आते थे। इश्क़, इश्क़पेचा, आशिक़ी, माशूक़, माशूक़ा वग़ैरह

लफ़्ज़ों को लड़के हर वक़्त हवा में उछाल उछालकर यूँ हँसते रहते थे जैसे कोई बड़ा क़ानून तोड़ देने के बाद अपने डर को छुपाने की कोशिश कर रहे हों। सब एक दूसरे से पूछते रहते—क्यों यार आजकल किससे इश्क़पेचा लड़ा रहे हो? अगर कोई असलम से यह सवाल पूछ लेता तो वह फ़ौरन जवाब देता—मजाज़ी तेरी माँ से, हक़ीक़ी अपने ख़ुदा से। सवाल पूछनेवाला सन्नाटे में आ जाता, क्योंकि मजाज़ी और हक़ीक़ी इश्क़ का असली फ़र्क़ बहुत कम लड़कों को मालूम था। मोटे तौर पर असलम ने हमें बता रखा था कि मजाज़ी इश्क़ का मतलब महज़ याराना होता है, जो कि हर एक के बस की बीमारी है, और हक़ीक़ी इश्क़ का मतलब इबादत, जिसकी तौफ़ीक किसी किसी ख़ुशकिस्मत में ही होती है। यह भारी बात हमारे गले से नहीं उतरती थी, ख़ासतौर पर केशव के गले से, क्योंकि अरबी, फ़ारसी के लफ़्ज़ सुनते ही उसकी समझ बूझ लड़खड़ाने लगती थी। उसने एक दिन मुझे पकड़ लिया था—बीरू, उस हरामी को तू ही समझा कि वह एक तो सीधी सादी ज़ुबान में बात किया करे और दूसरे बात बात में सीधा हर एक की माँ तक न पहुँच जाया करे, नहीं तो यहाँ किसी दिन हिन्दू मुस्लिम फ़साद उठ खड़ा होगा। केशव को बहुत पहले क़स्बे के अमन अमान की चिन्ता लग गई थी। जब कभी रावण प्रार्थना के बाद सारे स्कूल को उस दिन की ताज़ा ख़बरें सुनाता सुनाता पाकिस्तान और मुस्लिम लीग और क़ायदेआज़म का मज़ाक़ उड़ाने लगता तो केशव मेरे कानों में फुसफुसाना शुरू कर देता—यह राक्षस इस क़स्बे में हिन्दू मुस्लिम फ़साद करवाके रहेगा। बहरहाल, उस दिन उसे ठंडा करने के लिए मैंने यही कहा था—केशव, तू क्यों कलपता है, वह तेरी माँ तक तो नहीं पहुँचता; पता नहीं तू उसके मज़ाक़ कब समझेगा! सुनकर उसने मेरी तरफ़ यूँ देखा था जैसे असलम के साथ मिलकर मैंने भी हर एक की माँ तक पहुँचना शुरू कर दिया हो।

उसे मालूम नहीं था कि मुझे उन दिनों न किसी की माँ अच्छी लगती थी, न बहन, कि मुझे शूम की बीवी से ही फ़ुर्सत नहीं थी, कि अब मैं उसका मुक़ाबला कुमारी से कभी नहीं करता था, कि मुझे अपने आप में आशिक़ों की और उसमें माशूक़ों की सारी जानीमानी अलामतें साफ साफ़ नज़र आने लगी थीं। मेरा चेहरा ज़र्द रहता था, आँखें सुर्ख़, आहें सर्द, बाल बेढब, कपड़े तार तार, बातें बहकी बहकी, और मन अनमना। बाग़ों पर बियाबानों का गुमान होता था, फूलों पर उसकी आँखों का। रात करवटों में कटती थी, दिन दिवास्वप्नों में। जुदाई का एक एक मिनट महीने के बराबर महसूस होता था, मिलन का एक एक घंटा घड़ी के बराबर, लेकिन जो मज़ा उससे दूर रहकर तड़पने में आता था, वह उसके पास जाकर तड़पने में नहीं। उसे लम्बे लम्बे ख़त लिखने की और उसकी शान में छोटे छोटे शेर कहने की ख़्वाहिश होती थी। उधर उसका रूप और ऊपर चढ़ा हुआ दिखाई देने लगा था, उसकी अदाएँ और क़ातिलाना। कभी उसकी वफ़ादारी पर शक होता तो कभी अपनी ईमानदारी

पर। उस पर दिलोजान से क़ुर्बान हो जाने की, उसके लिए किसी पहाड़ में से दूध की नहर निकाल लाने की, सितारों से उसकी माँग और फूलों से उसकी गोद भर देने की नामुमकिन आशिक़ाना उमंग तरह तरह की बेवक़ूफ़ियों पर उकसाती रहती थी, लेकिन उसकी रुसवाई का डर हर बेवक़ूफ़ी से बचा ले जाता था।

उन दिनों माँ और केशव की माँ में शायद आरज़ी सी सुलह थी, और माँ ने उससे कह दिया होगा कि मैंने खाना पीना और सीधे मुँह बात करना बन्द कर रखा था। एक दिन मैं मुँह और बस्ता लटकाए स्कूल से वापस लौट रहा था कि केशव की माँ और चँबेली मटकती चली आती दिखाई दीं। वे दोनों सज धजकर स्वामी पूर्णानन्द के बाग़ की तरफ़ जा रही थीं, मैं बुझा सूजा सा अपने घर की तरफ़। केशव की माँ ने दूर से ही दुलारा। पास पहुँचकर उसने मुझे अपने पेट से सटाकर पीठ पर यूँ हाथ फेरना शुरू कर दिया जैसे मुझे अभी अभी वहाँ चोट लगी हो। मैं मारे शर्म के उसके पेट में गड़ता जा रहा था, और वह ऊँची आवाज़ में कहे जा रही थी—बेटा, तूने खाना पीना क्यों बन्द कर दिया है, तेरी माँ बिचारी चिन्ता में आधी हो गई है, तुझे उसकी रोटी अच्छी नहीं लगती तो तू मेरा पुत्तर क्यों नहीं बन जाता, मक्खन खिला खिलाकर इतना मोटा कर दूँगी कि...। इस बीच उसकी देखा देखी चँबेली ने भी पुचकारना शुरू कर दिया था—तेरी माँ का डर न हो तो मैं तुझे अपने घर में ही रख लूँ, और ऐसी ऐसी ख़ातरें करूँ, ऐसी ऐसी मिठाइयाँ खिलाऊँ कि...। वे दोनों बोलती जा रही थीं और मैं दबा सटा उनकी बातों और बाँहों की महक सूँघता हुआ सोच रहा था कि शूम की बीवी क्यों उनकी तरह खुलकर मुझसे बात या प्यार नहीं करती। फिर जूँही उलझी हुई झेंप की जगह उलझी हुई लज़्ज़त लेने लगी तो मैं एक झटके से उन दोनों से अलग हो गया। और उनकी फूहड़ हँसी का मुक़ाबला शूम की बीवी की शर्मीली हँसी से करता हुआ आगे बढ़ गया।

घर में अगर माँ को यह शिकायत रहने लगी थी कि मैं खाता पीता कम और बोलता कड़वा था, तो स्कूल में मास्टरों को यह कि मैं दिल लगाकर काम नहीं करता था। रावण को यह शिकायत सबसे ज़्यादा थी, और उसका शोर भी सबसे ज़्यादा था। वह अब हर रोज़ मेरे काम में कई ग़लतियाँ निकालकर मेरे कान खींचता मसलता रहता था। आख़िर एक दिन न जाने किस ज़ुर्म की सज़ा के तौर पर मुझे कुरसी पर खड़ा कर उसने यह एलान कर दिया—बच्चा, तुझे भी केशव की बुरी इल्लत लग गई है। तेरी आँखों और रंगत से साफ़ पता चलता है। इसीलिए तेरा हाफ़िज़ा कमज़ोर होता जा रहा है। इसीलिए अब तेरी समझ में कुछ नहीं आता। बच्चा, जब तक तू बुरी इल्लत नहीं छोड़ेगा, मैं तेरा पीछा नहीं छोड़ूँगा।

मैं ख़ुश था कि मेरी असली बीमारी की भनक अभी उसे नहीं मिली थी, हरदयाल और जीता नाच रहे थे कि रावण ने मुझे भी रगड़ना शुरू कर दिया था, असलम नाराज़ था कि मैंने अपनी नई इल्लत के बारे में उसे बताया क्यों नहीं था, और केशव

यह जानने के लिए उतावला हो रहा था कि अगर मेरा हाफ़िज़ा सचमुच कमज़ोर हो गया तो उसे हिसाब के सवाल कौन समझाएगा।

उस दिन भी दूसरे दिनों की तरह मैं उन सबको झटककर स्कूल से सीधा शूम की बीवी के घर ही गया था, क्योंकि अब स्कूल के बाद उसे देखे बग़ैर घर लौटने का ख़याल ही नहीं उठता था। केशव को चकमा देने में काफ़ी मुश्किल होती थी। ख़तरा लगा रहता था कि वह ख़फ़ा होकर मेरा परदाफ़ाश कर देगा। इस ख़तरे के बावजूद अब मेरा जुनून इतना ज़्यादा बढ़ गया था कि जब तक दिन में दो तीन बार शूम की बीवी को देख नहीं लेता था, दिल की धड़कन ठीक नहीं होती थी। कभी कभी जब शाम को दही या दियासलाई ख़रीद लाने के लिए मुझे बाज़ार भेजा जाता तो मैं भागता हुआ मंज़ूरे की गली में पहुँच जाता। उस वक़्त मंज़ूरे का बाप गली में नहीं होता था, लेकिन यह अन्देशा बना रहता था कि शूम अपने घर के सामने खड़ा पहरा देता नज़र आ आएगा और मेरी शाम मनहूस हो जाएगी। अगर दरवाज़ा बन्द होता तो मैं जल्दी से दहलीज़ को छूकर ही आगे बढ़ जाता, अगर खुला होता तो पाँव से काँटा या कंकर निकालने के बहाने मैं वहाँ एक आध मिनट रुक जाता। अगर उसकी झलक दिखाई दे जाती तो सारी शाम उसी का नशा चढ़ा रहता। घर लौटने पर माँ पूछती—इतनी देर कैसे लग गई तुझे?

स्कूल से वापसी के वक़्त अब वह हमेशा ड्योढ़ी में बैठी नज़र आती थी, उदास और गुमसुम, जैसे मेरे इन्तज़ार में ही डूबी हुई हो। स्कूल की सारी थकन उसे देखते ही दूर हो जाती थी। बात बेशक अब भी कोई ख़ास नहीं होती थी, लेकिन महसूस यही होता था जैसे मैंने अपना सारा हाल उसे सुना दिया हो। वह कुछ देर के लिए मेरा हाथ अपने हाथ में दबाकर यूँ बैठी रहती थी जैसे कुछ कहने जा रही हो, लेकिन कहती कुछ नहीं थी। उसका हाथ मुझे साबुन की नई टिकिया सा साफ़ और नर्म नज़र आता था, अपना किसी ठीकरे सा सख़्त और मैला। अब उसने मेरे हाथों पर पुती स्याही का ज़िक्र छोड़ दिया था। लेकिन अब भी कभी कभी वह मेरी पीठ सहलाते सहलाते अचानक गुदगुदा देती थी, और मैं मुड़ तुड़कर आधा उसकी गोद में आधा चारपाई पर बिछ जाता था। आँखें बन्द हो जाती थीं। महसूस होता था जैसे मुझे किसी कुएँ में गिरा दिया गया हो। कभी कभी वह अचानक अन्दर चली जाती, मानो उसे कोई ज़रूरी काम याद आ गया हो, और मैं वहीं मदहोश और बेजान सा लुढ़का लेटा रह जाता। कुछ देर बाद जब वह बाहर आती तो यूँ भारी और बेगानी सी, जैसे भेस बदलकर लौट आई हो। खाने के लिए जो कुछ देती मैं उसे कड़वी गोली की तरह निगल लेता, और वह ममतालू नज़रों से मुझे देखती रहती। मैं समझ जाता कि उसने अपने बाँझपन और मेरी कमसिनी के बारे में सोचना शुरू कर दिया था। मैं फिर एक मैला और मामूली सा लड़का होकर रह जाता। कुछ देर और जकड़ा सिकुड़ा सा बैठा रहने के बाद जब मैं उठ खड़ा होता तो वह साथ उठ खड़ी होती।

कभी कभी मेरी गर्दन पर हाथ रखकर वह मुझे यूँ झुला सा देती जैसे कोई आख़िरी पैग़ाम दे रही हो। मैं पाँव तक काँप जाता। महसूस होता जैसे कोई जादू सा हो रहा हो। डर लगा रहता कि अगर किसी ने देख लिया तो दोनों बदनाम हो जाएँगे। यह ख़तरा एक साथ ख़ूबसूरत और ख़ौफ़नाक नज़र आता। क़स्बे की दीवारों पर जगह जगह उसका और अपना नाम लिखा नज़र आता, हर गली कूचे में उसके और अपने क़िस्से उड़ते सुनाई देते। फिर अपनी चुँधियाई हुई आँखों के नीचे नीला सा अँधेरा झिलमिलाता हुआ दिखाई देता। उसी अँधेरे में लिपटा हुआ मैं कभी अपने घर पहुँच जाता, कभी किसी बेघर की तरह डाँवाडोल इधर उधर घूमता भटकता रहता।

अगर उस गश्त में ज़्यादा देर से जाती तो मुझे देखते ही माँ दनदनाना शुरू कर देती—बोल, कहाँ कहाँ टक्करें मारकर आया है? शरम तो नहीं आती तुझे? यह कोई वक़्त है घर आने का! मैंने सारा शहर छान मारा है। बोल, कहाँ मर गया था? बोलता क्यों नहीं अब? साँप सूँघ गया है क्या? जैसा बाप, वैसा बेटा! कीड़े मकोड़े की बहार और सवेरे का भुक्खा भाणा तू पता नहीं कहाँ कहाँ...।

वह भुनभुनाती रहती, मैं बुत बना खड़ा रहता। आख़िर एक दो बार मुझे झँझोड़कर वह ख़ुद रोने बैठ जाती। उसकी गँदली रुलाई पर मुझे बहुत ग़ुस्सा आता। अगर बदक़िस्मती से देवी उस वक़्त घर में होती तो वह भी उसकी लानतों और शिकायतों की लपेट में आ जाती। जब वह भी उसी की सी भद्दी आवाज़ में चीख़ना चिल्लाना शुरू कर देती तो मैं उस पर झपट पड़ता। माँ मेरी तरफ़ यूँ देखती जैसे मैंने उसके किसी जानी दुश्मन को मार भगाया हो। मैं आँखों ही आँखों में देवी से मुआफ़ी माँगने की कोशिश करता और सोचता कि सारा क़ुसूर मेरा था। अगर ऊपर से बाबा आ जाते तो माँ हम दोनों को भूलकर उन पर पिल पड़ती। वे कुछ देर तक सुनी अनसुनी करते रहते। माँ उन्हें ख़ामोश देखकर और दिलेर हो जाती। कभी उन्हें शराबी जुआरी कहकर उकसाती, कभी शूम की बीवी का शैदाई कहकर। कभी कड़ों के लिए रोना शुरू कर देती, कभी काके के लिए। कभी आटे का ख़ाली टीन उठा लाती, कभी घी का ख़ाली डिब्बा। आख़िर बाबा बेक़ाबू हो जाते। उनके चेहरे पर ग़ुस्से और दर्द की ज़र्दी फैल जाती। फिर वह अपने माथे को या माँ को पीटना शुरू कर देते, और मैं घर से बाहर दौड़ जाता। काफ़ी देर तक इधर उधर डोलता रहता, और घर पाँव से उलझी हुई रस्सी की तरह मेरे साथ साथ इधर उधर घिसिटता रहता।

ऐसी शामों के बाद की रातें भयानक होतीं। नींद बार बार कच्चे धागे की तरह टूटती रहती, लेकिन खुलकर करवट बदलने की हिम्मत न होती। हल्की से हल्की आवाज़ या हरकत पर माँ अपनी ढीली चारपाई से उछलकर मेरी ढीली चारपाई पर आ बैठती। महसूस होता जैसे अपना बूढ़ा बचपन लौट आया हो। ख़्वाहिश होती कि माँ के पेट पर लात मारकर उसी वक़्त घर से बाहर निकल जाऊँ। माँ मुँह ही मुँह में जाने क्या क्या बोलती जपती रहती। उसका एक खुरदरा हाथ मेरे माथे को

दबाता रहता, एक मेरी पीठ को सहलाता रहता। अगर मौसम गर्मियों का होता तो मैं बदबूदार छत से दूर खिंचे सितारों जड़े आसमान में किसी जुगनू की तरह उड़ता टिमटिमाता रहता। अगर मौसम सर्दियों का होता तो मैं अँधेरी कोठरी में पड़ा महसूस करता रहता जैसे रात किसी काले रीछ की तरह कभी किसी कोने में जा खड़ी होती हो, कभी किसी कोने में। मेरा ख़ून इस ख़तरे या शायद ख़्वाहिश से सूख सूख जाता कि रात के दौरान मैं उठकर बाबा और माँ को मार डालूँगा, या देवी उठकर माँ को, या माँ उठकर बाबा और देवी को, या बाबा उठकर माँ को, या रात का वह काला रीछ उछल उछलकर हम सबको।

ऐसी रातों के बाद की सुबहें अवसाद लदी होतीं। घर में कोई किसी दूसरे से आँख न मिलाता। न स्कूल जाने को मन करता, न छुट्टी मारकर घर बैठे रहने का, लेकिन दिन भर माँ को बर्दाश्त करना नामुमकिन नज़र आता, स्कूल का सामना करना महज़ मुश्किल। सो केशव का इन्तज़ार और माँ की मनुहार की परवाह किए बग़ैर मैं पगड़ी, बस्ता उठाकर स्कूल के लिए चल पड़ता। शूम के घर की तरफ़ से होकर जाने की हवस एक ठंडी आह में बदलकर रह जाती। हरदयाल और जीता मेरे सूजे हुए मुँह की नक़लें उतारकर मुझे हँसाने की कोशिश करते, असलम उन दोनों की नक़लें उतार उतारकर। प्रार्थना के बाद जब ग्यानीजी दाढ़ीमढ़ा मुँह टेढ़ा किए गुंजलदार आवाज़ में अरदासा बोल रहे होते तो मैं आँखें बन्द किए यह दुआ माँगनी शुरू कर देता कि मैं उसी वक़्त एक चिड़िया में बदल जाऊँ और अहाते में खड़े बूढ़े पेड़ की सबसे ऊँची टहनी पर जा बैठ चहचहाना शुरू कर दूँ। ड्रिल के दौरान मेरे कान उस पेड़ पर बैठी चहचहाती चिड़ियों की तरफ़ उठे रहते और मेरा मन उनसे जा मिलने की तमन्ना से सिहरता रहता। ड्रिल के बाद मैं डरना शुरू कर देता कि रावण फिर मेरे हाफ़िज़े की कमज़ोरी को ले बैठेगा, हेडमास्टर हुक्म देगा कि मैं हैमलेट या पोर्शिया की कोई तक़रीर सारी क्लास को सुनाऊँ, और मौलवी नज़ीर अहमद पूछेगा कि मौलाना हाली की वह नज़्म मुझे अज़बर हुई है या नहीं। आधी छुट्टी के वक़्त मैं केशव से छुपता इधर उधर फिर रहा होता कि उसकी आवाज़ सुनाई देती—बीरू, आज फिर तू मेरे लिए नहीं रुका! आजकल तुझे इतनी जल्दी क्या पड़ी रहती है? तेरी माँ ने ये पराँठे दिए हैं। कह रही थी कि तूने कल रात भी कुछ नहीं खाया था। आजकल तुझे भूख क्यों नहीं लगती? अच्छा ज़रा हिसाब की कॉपी तो देना, मैं जल्दी जल्दी दो सवालों की नक़ल...।

तब याद आता कि हिसाब की कॉपी तो मैं लाया ही नहीं था। मास्टर देसराज की गालियों की कल्पना से टाँगों में कँपकँपी शुरू हो जाती। केशव सलाह देता कि दोनों पेटदर्द का बहाना बनाकर उसी वक़्त घर लौट जाएँ। घर लौट जाने के ख़याल के साथ ही मास्टर देसराज की गन्दी गालियाँ मीठी गोलियों में बदल जातीं।

ऐसे दिनों के बाद कुछ दिनों तक मैं अपनी ज़िन्दगी और सारी दुनिया से इतना

बेज़ार हो जाता कि शूम की बीवी की गोद में जा गिरने, कुमारी के साथ अलिफ़ नंगा जा लेटने, हेडमास्टर की बेटी का लड्डू सा मुँह काट खाने, मुमताज़ शान्ति के सीने पर सिर रखकर गहरी या आख़िरी नींद सो जाने, असलम की माँ को अपनी माँ बना लेने, केशव की माँ के पेट पर चढ़कर कूदने, जीते की बहन बालो के साथ लाहोर भाग जाने, स्वामी पूर्णानन्द के बाग़ में आग लगा देने, शाम प्यारी के महल पर हमला बोल देने, या कंजरियों की गली का बिलवामंगल बन जाने के ख़याल से भी न आँखों में कोई खुमार आता न होंठों में कोई शोख़ी। केशव पूछता रहता—तू हर वक़्त सोचों में डूबा रहता है, तेरा दिमाग़ भी नहीं थकता? उसे चिन्ता लगी रहती कि अगर मेरा दिमाग़ थक गया तो उसे स्कूल का काम कौन करवाएगा। माँ हवा से कहती रहती—भगवान जाने इसे फिर किस डायन की नज़र लग गई है! असलम भी कभी कभी दूसरों की छेड़छाड़ में शामिल हो जाता और गाना शुरू कर देना—लैला लैला पुकारूँ मैं बन में, हाय लैला बसी मोरे मन में। केशव हैरान होता—यह असलम सीता माता को लैला लैला क्यों कहता रहता है, बीरू? हरदयाल मुझे देखते ही मुक्का बाँधकर नारा लगाता—बैजू बावरा! जीता जवाब देता—ज़िन्दाबाद! केशव हैरान होता—ये दोनों तुझे बैजू बावरा क्यों कहते हैं, बीरू? रावण मेरे कान मरोड़ता मरोड़ता भूल जाता कि मेरे कान मरोड़ रहा है, केशव के नहीं। उसकी आँखें अधमुँदी हो जातीं, उसकी आवाज़ भद्दी, और मेरे कान लाल दर्द के दो लोथड़े। वह बार बार एक ही फ़िक़रा दोहराता रहता—बच्चा केशो, तू बुरी इल्लत छोड़ेगा या नहीं, छोड़ेगा या नहीं, हैं, छोड़ेगा या नहीं...। आख़िर केशव से न रहा जाता। वह यूँ उठ खड़ा होता जैसे अखाड़े में उतर रहा हो। लड़कों के कान खड़े हो जाते, मेरे और लाल। केशव की लम्बी साँस उसकी हिम्मत और फ़ैसले का एलान करती सुनाई देती। फिर वह सीना तानकर अमर शहीद हक़ीक़त राय की सी आवाज़ में पुकार उठता—मास्टरजी, मैं यहाँ हूँ! लड़के मारे ख़ौफ़ के खिखिया उठते, रावण मारे ख़िफ़्फ़त के काला कोयला हो जाता। मुझे छोड़कर वह केशव के कान मरोड़ने मसलने में जुट जाता और पूछना शुरू कर देता—बच्चा केशो, तू बुरी इल्लत कब छोड़ेगा, छोड़ेगा या नहीं, हैं, छोड़ेगा या नहीं, हैं...। बाद में केशव बार बार मुझसे पूछता रहता—तू ख़ुद रावण से नहीं कह सकता था कि तू बीरू है, केशव नहीं? मैं समझ न पाता कि वह अपनी हिम्मत पर पछता रहा था या इतरा रहा था। फिर मेरी लगातार चुप्पी से तंग आकर वह चिल्लाता—तू आजकल न जाने किस दुनिया में रहता है?

बेज़ारी के उन जानलेवा हमलों से निपटने के लिए मैंने घर के अँधेरे और धुएँ से दूर कुछ ऐसे उजले और उजाड़ मुक़ाम चुन रखे थे जहाँ जाकर गुम हो जाने के लिए कभी कभी मुझे न क़दम उठाने पड़ते न आँखें बन्द करनी पड़तीं; जहाँ पहुँचते ही यूँ महसूस होता था जैसे सारे जंजाल कट गए हों, और जहाँ से वापसी पर यूँ जैसे कोई बूढ़ा एक उम्र किसी ऊँची दुनिया में गुज़ारकर नीचे की दुनिया की हर शै और

बाशिन्दे पर एक बेगानी सी निगाह दौड़ा रहा हो।

वे उजले और उजाड़ मुक़ाम अब भी अक्सर मेरी याद को आबाद और रौशन करते रहते हैं; कभी कभी मुझे इस दुनिया के उजाले और उजाड़ से इतना ऊपर उड़ा ले जाते हैं कि मैं न यहाँ का रहता हूँ न वहाँ का।

मिसाल के तौर पर टेढ़ी लकीर सी खिंची वह बेरियोंवाली सड़क जिसकी धूल पर मक्की के बारीक आटे का गुमान होता था। इतनी सुनसान और ठंडी कि शक हो आप कोहकाफ़ पर जा बैठे हैं। न परिन्दों की पुकार, न लड़कों का शोर। उन बेरियों पर अब बेर नहीं लगते थे। बाँझ बेरियोंवाली सड़क। उन पर भूतों का बसेरा बताया जाता था। बूढ़े लोगों की बातों पर उस ज़माने का ज़िक्र बूर की तरह उभर आता था जब उन बेरियों के बेर इतने मीठे और मोटे हुआ करते थे कि सारा क़स्बा बदहज़्मी का शिकार हो जाता था। मैं अक्सर वहाँ अकेला घूमता रहता था। कभी मन ही मन में, कभी वैसे। मानो किसी ख़ास भूत की तलाश में। एक बार मैंने फल्लो जुलाहिन को वहाँ एक घनी बेरी के नीचे लेटे देखा था। उसे मेरी आहट सुनाई नहीं दी होगी। मैं दूर खड़ा उसकी धीमी धीमी गुनगुनाहट सुनता और सोचता रहा था कि वह गुज़रे ज़माने को याद कर रही होगी। उस सड़क पर आहिस्ता आहिस्ता चलते वक़्त यह उम्मीद बनी रहती थी कि अचानक कोई बेर कहीं गिरा पड़ा नज़र आ जाएगा और मैं फ़ैसला नहीं कर सकूँगा कि वह बेर असली था या नक़ली।

या मिसाल के तौर पर अराइयों का कुआँ। आबादी से दूर एक हरी भरी दुनिया का महवर जिसका पानी गर्मियों में आबेहयात की याद दिलाता था और सर्दियों में किसी शाही हमाम की। रहट की रेंगती हुई आवाज़ जिसमें मुझे अपनी मरहूम दादी की कराहें सुनाई देती थीं। उदास बूढ़ा बैल। सदियों के बोझ से झुका हुआ। कभी कभी जब और कोई वहाँ नहीं होता तो मैं उसके पीछे पीछे चलता हुआ एक दो चक्कर लगा लेता था। जैसे उसकी कैफ़ियत में शरीक हो रहा होऊँ। कुएँ के आसपास ताश के पत्तों सी बिखरी पड़ी क्यारियों में दौड़ता हुआ पारे सा पानी। तरकारियों की कच्ची चिकनी महक। रंगबिरंगी मुर्ग़ियों की मसरूफ़ चुनचुनाहट। कभी कभी कोई अराइन वहाँ वुज़ू करती दिखाई दे जाती तो मेरी नज़रें यूँ झुक जातीं जैसे वह मुसलमान सीता हो और मैं हिन्दू लक्ष्मण। ऊपर आसमान में तैरती हुई चीलें। अचानक कोई चील चीख़ उठती, जैसे मुझे किसी ख़तरे से ख़बरदार कर रही हो। वहाँ पहुँचते ही एक बेहूदा सी उम्मीद और एक मीठा सा डर मन को उमेठना शुरू कर देते थे। अकेला होने पर मैं इधर उधर नज़र दौड़ाकर कुएँ के किनारे जा खड़ा होता। हिम्मत बाँधकर कुएँ में झाँककर काँपता हुआ पीछे हट जाता। महसूस होता जैसे अपने अन्दर झाँक लिया हो। ख़्वाहिश होती कि किसी को इस एहसास के बारे में बताऊँ। यह ख़तरा रोक लेता कि अफ़वाह फैल जाएगी कि बीरू भी यानीकि और बादशाह की तरह दीवाना होता जा रहा है। एक दिन वहाँ यानीकि खड़ा अपने आप से बातें करता

दिखाई दे गया था। उसने बताया था कि थोड़ी ही देर में बादशाह भी वहाँ पहुँच रहा था, फिर उसने पूछा था कि क्या मुझे भी बादशाह ने ही वहाँ बुलाया था। मेरे न करने पर वह बहुत हैरान हुआ था—तब तो तुम्हें यहाँ देखकर बादशाह बिगड़ जाएगा। यानीकि यह मीटिंग खुफ़िया है। हम दोनों बैठकर क़स्बे के अमन के बारे में बातचीत करेंगे। यानीकि हिन्दू मुस्लिम इत्तहाद के बारे में। किसी को बताना मत! इस क़स्बे के लोग बहुत बेईमान हैं। ख़ासतौर पर साहूकार। और वह मोटी महरानी। यानीकि शाम प्यारी। अब तुम भाग जाओ। यानीकि अपने घर!

और फिर वह रेल का पुल जिसकी पटरी पर डगमगाते झूलते वक़्त यूँ महसूस होता था जैसे कोई कलाबाज़ किसी दरिया के ऊपर तने रस्से पर टँगा अपने करतब दिखा रहा हो। जी चाहता रहता था कि पीछे या सामने से गाड़ी आ जाए। चीख़ें मारती हुई। पाँव झनझना उठें और मैं उसी तरह डगमगाता झूलता रहूँ। वैसे सीटी सुनते ही मैं पटरी से उतर जाता था। पास से भागती हुई गाड़ी की तरफ़ आँखें झपक झपककर देखते हुए महसूस होता था जैसे गाड़ी में बैठे लोग मुझे तड़ातड़ तमाचे मार रहे हों। बाद में सिर बड़ी मुश्किल से सँभलता था। हर आए साल कोई मवेशी या आदमी उस गाड़ी के नीचे आ जाता था। अफ़वाह थी कि टुंडे घड़ीसाज की टाँगें उसी गाड़ी ने काटी थीं।

पटरी पर गुमसुम बैठा मैं कंकर उठा उठाकर इधर उधर फेंकता रहता था और पासवाले मसान के बारे में सोचता रहता था। हरदयाल कहता था कि मन लगाकर उस मसान के बारे में सोचने पर अपने आप से जलते हुए मांस की बू आनी शुरू होती जाती थी। कभी कभी जब मैं उस बू को सूँघने में कामयाब हो जाता तो महसूस होता था जैसे कोई मुहिम पूरी कर ली हो। उस मसान में भी एक कुँआ था और एक अखाड़ा जिसके किनारे बैठा मसान का अधमरा सा पुजारी कसरत या कुश्ती करनेवाले पहलवानों को दावपेच सिखाया करता था। लड़के कहते थे कि आधी रात के वक़्त उस पुजारी के इर्दगिर्द डायनों का नंगा नाच होता था। कुछ लड़के कसमें खाते थे कि उन्होंने अपनी आँखों से सारा तमाशा कई बार देखा था। वे बताते थे कि डायनों के पैर उल्टे होते हैं, कि उनके सामने नंगे हो जाओ तो वे भाग खड़ी होती हैं। मुझे यक़ीन नहीं आता था। लेकिन रेल की पटरी पर चलते झूलते मैं अक्सर भूतों और डायनों के बारे में सोचता रहता था। कभी रावण के माँ बाप के कंकाल उछलते कूदते नज़र आ जाते थे, कभी जलालपुरनी के लम्बे लम्बे दाँत, और कभी उस अधमरे पुजारी की जली हुई आँखें। उस मसान में जा गुम हो जाने की ख़्वाहिश इस ख़ौफ़ पर ख़त्म होती थी कि अगर एक बार वह पूरी हो गई तो किसी को वहाँ का आँखों देखा हाल नहीं सुना सकूँगा। रात को जब कभी हड़बड़ाकर जग जाता तो माँ पूछना शुरू कर देती कि मैं उस दिन मसानवाले कुएँ पर तो नहीं गया था। वह कहती कि जलालपुरनी का भूत ही मुझे चैन से सोने नहीं देता था।

जब माँ जलालपुरनी के भूत से झगड़ रही होती तो मैं अक्सर मास्टर मलावासिंह की मौत की याद में खो जाता। उस पर बिजली गिरी थी। बिजली के बारे में यह वहम आम था कि वह सिर्फ़ उन इंसानों पर गिरती थी जिनसे उसे ख़ास प्यार या बैर हो। कहावत थी कि बिजली और भगवान से बचाव नामुमकिन है। सारा क़स्बा हैरान होता रहा था कि मास्टर मलावा सिंह आधी रात के वक़्त मसानवाले कुएँ पर कर क्या रहा था। कुछ लोगों को दाल में काला नज़र आता रहा था—उन्हें उसकी मौत का ग़म उतना नहीं था जितना उस काले को न जानने का—बाक़ियों ने काफ़ी दिनों की बहस के बाद फ़ैसला कर लिया था कि उस बेचारे की मौत ही उसे बिस्तर से उठाकर बेवक़्त वहाँ ले गई होगी। अधमरे पुजारी ने ही सबसे पहले उसकी जली भुनी लाश को देखा था। अगर उसके बाल और बूट भी जल गए होते तो उसे पहचानना मुश्किल हो जाता। उसके बचे खुचे मुर्दे को न नहलाया गया था न उठाया गया था, बस वहीं जल्दी से जला दिया गया था। हमारा स्कूल उसकी याद में एक दिन के लिए बन्द रहा था। कुछ दिनों के बाद हम सब कई दिनों तक अराइयों के कुएँ से भी दूर एक खेत में जा खड़े हो उसका मातम करते रहे थे—हाय मलावा! हाय मलावा! शुरू कमोबेश झूठ मूठ के रोने से किया करते थे, ख़त्म सचमुच की हँसी पर। मास्टर मलावा सिंह हमारे स्कूल में नया नया ही आया था। आते ही सख़्ती के लिए मशहूर हो गया था, और लोहा सिंह के नाम से बदनाम।

बेज़ारी के हमलों के दौरान अगर रात को कभी आसमान में ऊधम सा मच जाता और बिजली अपने दाँत दिखाने शुरू कर देती तो मैं आँखें भींचकर दुआएँ माँगता कि मेरी मौत भी मुझे छत से उड़ाकर मसानवाले कुएँ पर ले जाए। और मेरे दोस्त उसी खेत में जा खड़े हो मेरा मज़ाक़िया मातम किया करें—हाय बीरू! हाय बीरू! और मेरा भूत उनके सिरों पर उड़ता फिरे। और शूम की बीवी को जब मेरी याद सताए तो उसके मुँह से बेसाख़्ता निकल जाया करे—हाय बीरा! हाय बीरा! और अगर शूम सुनकर उस पर नाराज़ हो और उससे पूछे कि वह मुझे क्यों याद कर रही थी तो वह तिड़ककर जवाब दे—तू चुप रह!

गुमशुदगी के लिए मेरी मनपसन्दतरीन जगह कंजरियों की गली की मलिका एक गुमसुम नीली मस्जिद ही हुआ करती थी। उसके अन्दर मैं एक बार भी नहीं गया था। ख़्वाहिश वहाँ से गुज़रते वक़्त हर बार होती थी। ख़तरा लगा रहता था कि किसी ने देख लिया तो समझेगा कि मैं सूअर का मांस या मल फेंकने के लिए ही वहाँ भेजा गया था, और फिर हिन्दू मुस्लिम फ़साद उठ खड़ा होगा। असलम तसल्ली दिया करता था—बीरू, अन्दर से सब मस्जिदें एक सी होती हैं, एकदम वीरान, जैसे किसी बेवा की माँग। किसी दिन मैं तुझे दरवाज़े से दिखा दूँगा।

उस मस्जिद के पास से गुज़रते वक़्त मेरे क़दम रुक रुक जाते थे। जी चाहता रहता था कि उसकी ठंडी दीवार से पीठ लगाकर वहीं बैठ जाऊँ, वहीं बैठा रहूँ।

कोई पूछे, तुम कौन हो, तो जवाब दूँ, मैं इस गली का बिलवामंगल। वहाँ पहुँचते ही महसूस होता था जैसे मेरा कोई घर हो न घाट, भूत हो न भविष्य, माँ हो न बाप, दीन हो न ईमान, जैसे दुनिया भर में किसी से मेरा कोई सरोकार न हो, कोई ख़तरा या उम्मीद या शिकायत न हो। पाँव यूँ काँपते रहते थे जैसे उनके नीचे की ज़मीन फिसलता पानी हो। उस मस्जिद के नीले गुम्बदों की तरफ़ देखता देखता मैं नीचे के धुएँ और अँधेरे से दूर उड़ जाता था—एक ऐसे आलम में जिसकी ऊँचाई और तनहाई की दहशत और राहत से मैं उन्हीं दिनों आश्ना होना शुरू हो गया था।

गुमशुदगी का हर भरपूर हमला किसी हल्की या भारी बीमारी में बदलकर रहता था। महसूस होता था जैसे कोई इधर उधर टक्करें मारकर फिर अपने असली ठिकाने पर लौट आया हो। माँ फिर मन्दिर जा जाकर मन्नतें माँगना शुरू कर देती थी और हकीमों और डॉक्टरों के पास जा जाकर नुस्ख़े और दवाइयाँ। भरोसा पूरा न उसे भगवान पर था न किसी डॉक्टर या हकीम पर। अगर विलायत पास डॉक्टर साहनी उन दिनों क़स्बे में ही होता तो वह भी उसकी कोशिशों और शिकायतों की लपेट में आ जाता। जब कभी वह उसे पकड़ लाती तो मुझे बहुत शर्म महसूस होती। मैं सोचता कि हमारे घर की गन्दगी और माँ की हरकतों को देखकर वह क्या सोचता होगा। मुझे उससे विलायत की ख़ुशबू आती थी, और उसकी सादगी पर हैरानी हुआ करती थी। वह जब आता, हँसता हुआ। मेरे माथे को छूता, नब्ज़ पर सरसरी सी उँगलियाँ रखता, जीभ देखता, आँ आँ करने के लिए कहता, और जल्दी से मुझे एक साजिशी सी आँख मारकर माँ को फ़ैसला सुनाता—इसे मामूली सा मौसमी बुख़ार है, माँजी, अपने आप उतर जाएगा, आप घबराएँ नहीं।

माँ उसकी तरफ़ यूँ देखती जैसे किसी नीमहकीम की तरफ़। मुझे डर लगा रहता कि कह देगी—ख़बरदार, जो मुझे माँजी कहा तो! उसकी पीठ मुड़ते ही वह उसकी मुरम्मत शुरू कर देती—न टूटी लगाता है न मीटर; डॉक्टरोंवाला रोबदाव ही नहीं इसमें; जब देखो हँसता नज़र आता है; विलायत पास डॉक्टर भी कभी तहमद बाँधकर घूमते हैं? मुसलों की तरह? दबाई तक तो देता नहीं, बुख़ार अपने आप उतर जाएगा! यह भी कोई जादू है? अब कोई पूछे मैं इसकी माँ बराबर हूँ! अगर इतना लायक़ होता तो सात समुन्दर पार जाकर टक्करें न मारता। मौसमी बुख़ार न इसका सिर! इसीलिए तो मैं अपना इलाज नहीं करवाती इससे। जब जाओ कह देता है, माँजी, आप वहमी हैं। वहमी न इसका सिर! अगर मुझे कोई बीमारी नहीं तो मेरा कलेजा क्यों तुफ़ूँतुफ़ूँ करता रहता है? अन्धा भी देख सकता है। वह डॉक्टर ही क्या जो बीमार की बात ही न माने? अब मैं इसे कभी नहीं बुलाऊँगी। लेकिन करूँ क्या, जब तेरा पिंडा तत्ता हो जाता है तो मुझे हाथ पैर पड़ जाते हैं, मैं पागल हो जाती हूँ। अच्छा, सच सच बता, तूने माई माया या उस शूमनी के हाथ से लेकर कुछ खाया पिया तो नहीं? बेटा, मैं कितनी बार...।

माँ के मुताबिक़ मेरी हर बीमारी की जड़ या तो मेरी दिमाग़ी ख़ुश्की थी या किसी दुश्मन की दी हुई कोई सफ़ेद चीज़। ख़ुश्की को दूर रहने के लिए वह मेरे मुँह में कड़वे बादाम और मैला मक्खन ठूँसती रहती थी। अगर पैसे न होते तो मेरे सिर को सरसों का तेल पिलाने पर तुल जाती। दुश्मनों के बचाव के लिए वह अपनी हिदायत दोहराती रहती कि मैं भूलकर भी फ़ुलाँ फ़ुलाँ के हाथ से कोई चीज़ लेकर न खाऊँ। कभी कभी न जाने क्यों वह माई माया को भी अपने दुश्मनों में शामिल कर लेती और हुक्म देती—ख़बरदार, जो तूने उसका कोई काम किया या उससे लेकर कुछ खाया तो! माई माया अपनी जवाँमर्दी और ख़ुदमुख़्तारी के लिए उतनी ही मशहूर थी जितनी कि अपने बुढ़ापे और कंजूसी के लिए। वह न किसी से कोई काम करवाके ख़ुश होती थी, न किसी का कोई काम करके। रूखा सूखा खाती थी, और रूखा सूखा बोलती थी। दिन भर या तो दौरे पर रहती या ड्योढ़ी में बैठी चरखा कातती और उसकी घूँ घूँ के साथ साथ राग से अलापती रहती। कुछ लोगों का कहना था कि वह अपनी आसामियों के नाम ही गुनगुनाया करती थी। बस सिर्फ़ एक काम के लिए वह पिछले कुछ सालों से मुझे इस्तेमाल करती चली आ रही थी—हर महीने अपने भाई मायादास के नाम एक ऊलजलूल जवाबी कार्ड लिखवाने के लिए। मायादास का जवाब न जाने वह किससे पढ़वाया करती थी। मुझे शक था कि मायादास या तो मनघड़न्त था या मर चुका था, लेकिन माई माया के पास बैठकर उसकी बूढ़ी आवाज़ में से उसकी इबारत निकालने, उसकी झुर्रियों और भवों की अजीबोग़रीब हरकतों पर हैरान होने, उसके ठेठ पंजाबी मुहावरों को उर्दू में बदलने की कोशिश करने, और उसके बेपनाह बुढ़ापे की खट्टी बू सूँघने की मुझे आदत हो गई थी। कभी कभी महसूस होता जैसे अपनी मरहूम दादी ही लौट आई हो। साथ ही माँ की बन्दिश को तोड़ने का मज़ा भी दिन ब दिन मेरे लिए और ज़रूरी होता जा रहा था। वैसे माँ को मालूम होना चाहिए था कि माई माया के हाथ से कोई सफ़ेद या स्याह चीज़ लेकर खाने की तो नौबत ही नहीं आ सकती थी। मिसल मशहूर थी कि वह किसी को अपने तन की मैल तक देकर ख़ुश नहीं थी।

मेरी बीमारियाँ किसी दवा दविश से नहीं बल्कि इसी दलील से दूर होती थीं कि जब तक बीमार रहूँगा, माँ की लगातार निगरानी और नसीहतों से रिहाई नामुमकिन होगी। यह दलील यूँ तो हर वक़्त मेरे मन में मौजूद रहती होगी, लेकिन इसका दबाव कभी कभी धीमा ज़रूर हो जाता होगा। हर बीमारी के दौरान मैं इस इन्तज़ार और उम्मीद में भी कसा रहता था कि अबकी बार शायद बाबा से खुलकर बातें कर सकूँगा, लेकिन माँ हमें अकेले बैठने का मौक़ा ही नहीं देती थी। वह मेरी बीमारी को भी तोड़ मरोड़कर बाबा के ख़िलाफ़ एक कुन्द हथियार में बदल देती थी। मैं बिगड़ता तो वह बैठ किसी बीमार या मुँह बिसूरती बच्ची की तरह रोना शुरू कर देती, और मुझे महसूस होता कि वे सारे बन्धन जिन्हें बड़ी मुश्किल से मैंने कुछ ढीला किया

था फिर मुझे कसने लगे थे।

बेजारी, ग़ुमशुदगी, और बीमारी के हर दौरे के बाद मेरी उम्र एक दो बरस बढ़ जाती थी, मेरा क़द एक आध इंच ऊँचा हो जाता था, मेरी ज़िद्द कुछ और मज़बूत हो जाती थी, और मेरा मन कुछ और मैला। किसी से इस सब कुछ के बारे में खुलकर बात नहीं हो पाती थी। ख़्वाहिश उठती रहती थी कि हो। जी चाहता कि किसी रोज़ सब कुछ शूम की बीवी के कानों में उँडेल दूँ, या उसके नाम एक नंगे से ख़त में, लेकिन यह यक़ीन रोक लेता था कि वह काला कसैला सब कुछ उसकी समझ में नहीं आएगा, क्योंकि मेरी अपनी समझ में वह अभी तक नहीं आया था। अगर कभी अपनी समझ को सँवारने के ख़याल से उस सब कुछ में से एक छोटी सी फाँक काटकर केशव के सामने रख देता तो महसूस होता जैसे उसी की सी भोली भुरभुरी बातें मेरे मुँह से निकल निकलकर मेरा मुँह चिढ़ा रही हों। मैं अचानक चुप हो जाता तो वह चिल्लाता—तू समझता है तेरी बातें मेरी समझ में नहीं आतीं, यही न? एक बार शूम की बीवी के नाम एक बेधड़क ख़त लिखना शुरू किया था, और फिर यह सोचकर उसे बन्द कर दिया था कि शायद मायादास माई माया के नाम वैसे ही ख़त लिखता होगा।

बेज़ारी, ग़ुमशुदगी, और बीमारी के हर हमले के बाद चाहते न चाहते मैं फिर कुछ दिनों के लिए कुमारी और शूम की बीवी के बीच कटता बँटता रहता था। तब अपनी बेवफ़ाई पर अफ़सोस होता, अपने इश्क़ की सच्चाई पर शक, और अपने दिल की तक़सीम पर दुःख। अपने आपको बहुतेरा बहकाता कि कुमारी से मेरा सरसरी और एकतरफ़ा याराना था और शूम की बीवी से अन्धा और एकतरफ़ा इश्क़, लेकिन इससे आत्मा को तसल्ली न होती। उल्टा यह यक़ीन सालना शुरू कर देता कि जब तक मैं उन दोनों में से किसी एक से लौ नहीं लगाऊँगा, उसे ख़बर तक नहीं होगी।

सो जब तक अन्दर यह धुन्ध मची रहती, मैं शूम की बीवी से दूर रहता, गोया अन्देशा हो कि उसे मेरे मन की मैल मेरे चेहरे पर पुती नज़र आ जाएगी। स्कूल में मन बहकावे के लिए बढ़ चढ़कर शरारतें करता। रावण मेरे कान मसलता और मुझे कच्चा चबा जाने की धमकियों से मेरा दम ख़ुश्क करता रहता। लड़के छेड़ते, बीरू को भी अब पर लग रहे हैं। और असलम मेरी पीठ ठोंकता रहता। हरदयाल हाशियाआराई करता—बीरू जितना बाहर है, उतना ही अन्दर भी। जीता जोड़ता—उतना नहीं, उससे दुगुना। केशव दोनों को झिड़क देता—तुम लोगों को इस बकवास में क्यों इतना मज़ा आता है? असलम पक्के मुँह से पूछता—केशव, पहले यह बता कि तुझे मुश्तबाज़ी में क्यों इतना मज़ा मिलता है? केशव का ग़ुस्सा एक लम्हे के लिए हैरत में बदल जाता। फिर वह यूँ चीख़ उठता जैसे किसी ने उसका पाँव कुचल डाला हो—तुझे इस बकवास और मेरी इल्लत में कोई फ़र्क़ ही नज़र नहीं आता? असलम समझ जाता कि केशव आपे से बाहर हो गया था। वह उसी पक्के मुँह से कहता—अपने

शागिर्द से पूछो कि इस बकवास और इस इल्लत के मज़े में क्या फ़र्क़ है। केशव कड़ककर कहता—बीरू मेरा शागिर्द नहीं! बाक़ी सब खिलखिला उठते, मैं किसी तरह हँसी पर क़ाबू पाकर उसकी तरफ़ यूँ देखता जैसे कोई नालायक़ शागिर्द अपने बिगड़े हुए उस्ताद की तरफ़।

स्कूल के बाद देर तक मैं केशव को साथ लिए इधर उधर डोलता रहता और उसके सीधे सादे सवालों के आड़े तिरछे जवाब जुटाता रहता। बीच बीच में वह फ़र्ज़ पूरा करने के लिए मुझे याद दिला देता कि अगर हम देर से घर लौटे तो मेरी माँ हम दोनों का दुम्बा बना देगी। उसकी माँ कभी उस पर नाराज़ नहीं होती थी। उन आवारागर्दियों के दौरान कभी कभी वह अपनी माँ की शान में क़सीदे से पढ़ने लगता। जैसे सचमुच माँ का यार हो। अफ़वाह थी कि बेतहाशा मुश्तबाज़ी की आदत उसे अपनी माँ की वजह से ही पड़ गई थी। वह अफ़वाह हरदयाल ने ही फैलाई होगी, क्योंकि एक दिन वह दौड़ा दौड़ा मेरे पास आकर बोला था—बीरू, मैं अभी अभी अपनी आँखों से केशव और उसकी माँ को एक दूसरे के सामने अलिफ़ नंगे नहाते देखकर आया हूँ! केशव उछल उछलकर नल चला रहा था और उसकी माँ नल के नीचे कुबड़ी सी खड़ी मल मलकर नहा और सीताराम, सीताराम जपे जा रही थी।

हरदयाल ने उसका मुक़ाबला नौ मन की धोबिन से करते हुए अपने कानों को हाथ लगाकर कहा था कि अगर वह कुछ देर और वहाँ बैठा उस बला और केशव के बिल्ले को देखता रहता तो ज़रूर बेहोश हो जाता। असलम ने सुनकर फ़ैसला सुनाया था कि अगर वह सच बोल रहा था तो केशव का अंजाम बुरा होगा। मुझे इस क़िस्से पर न सिर्फ़ हैरानी हुई थी बल्कि हरदयाल से रश्क भी। मैं बरसों से तक़रीबन हर रोज़ केशव के घर जा रहा था लेकिन मैंने कभी वह नज़्ज़ारा नहीं देखा था। सो मैं उसी वक़्त सीधा केशव के पास जा पहुँचा। उसने न सिर्फ़ बिला झिझक सारे क़िस्से की तस्दीक़ कर दी बल्कि शायद मेरे रश्क का अन्दाज़ा भी लगा लिया। बोला—बीरू, तू इतना हैरान परेशान क्यों हो रहा है? अगर तुझे यक़ीन नहीं आ रहा तो तू भी कल सबेरे आकर ख़ुद देख क्यों नहीं लेता? मुझे महसूस हुआ जैसे वह कई दिनों से अपने ख़ास ख़ास दोस्तों को वही दावत देता आ रहा हो।

उस रात देर तक आँखें बन्द किए मैं चँबेली के चुस्त चौकस जिस्म की याद और केशव की माँ के चौड़े चकले जिस्म को देखने की कोशिश में खोया अपने खिले हुए फूल से खेलता रहा। कभी कभी शूम की बीवी और कुमारी के जिस्मों की झलक भी दिखाई दे जाती, और मैं यूँ झुरझुरा उठता जैसे किसी ने पानी छिड़क दिया हो। माँ पूछती—त्रिबक क्यों रहा है तू? सौ बार कहा है सोने से पहले ओम् नमो भगवते वासुदेवा कह लिया कर दो तीन बार! रात भर सब जिस्म बार बार एक दूसरे में बदलते बिगड़ते रहे, और दूसरे दिन मुँह अँधेरे मैं केशव के दरवाज़े पर जा खड़ा हुआ था। दरवाज़ा उसकी माँ ने खोला। वह यूँ नज़र आई जैसे मेरा ही

इन्तज़ार कर रही हो। देखते ही अपने दस्तूर के मुताबिक़ मेरा सिर पकड़कर उसने अपने पेट से लगा लिया और मुझे पुचकारना शुरू कर दिया। उस दिन भी हमेशा की तरह उसकी देह से मुझे नीमगर्म दूध और अपने बचपन की महक आई। इतने में केशव भी कोठे से नीचे उतर आया था। मैं यह सोचकर सर्द हुआ जा रहा था कि वह बोल उठेगा—माँ, बीरू हम दोनों को नंगा नहाते देखने के लिए आया है, जल्दी करो, नहीं तो हमें स्कूल के लिए देर हो जाएगी! या इसी तरह की कोई सच्ची साफ़ बात। लेकिन दरवाज़ा बन्द होते ही जिस फुरती से उसने कपड़े उतारने शुरू कर दिए, उससे मुझे शक हुआ कि उसने रात को ही माँ को सब बता दिया होगा। उसकी माँ एक कोठरी में चली गई थी। ड्योढ़ी में नल यूँ खड़ा था जैसे वह भी उन दोनों को देखने के लिए उतावला हो रहा हो। अब केशव मेरी तरफ़ यूँ देख रहा था जैसे कह रहा हो—पहले मुझे देख लो, फिर उसे देखना! कपड़ों के बग़ैर वह काफ़ी कच्चा और बेडौल सा दिखाई दिया, और उसका अलिफ़ किसी बेजान चूहे सा। उसके खुफ़िया ख़शख़शी बालों को देख जी चाहा कि पाजामा ढीला करके देख लूँ कि मेरे बाल कहीं उड़ तो नहीं गए।

मैं शुरू होनेवाले तमाशे के बारे में सोच सोचकर सुर्ख़ हो ही रहा था कि उसकी माँ की शहदरची आवाज़ सुनाई दी—बेटा, पहले मुझे नहा लेने दो, मुझे चँबेली के साथ स्वामाजी के बाग़ में जाना है। फिर मैंने देखा कि वह थल थल करती नल की तरफ़ बढ़ती आ रही थी। मुझे अपनी आँखों पर यक़ीन नहीं आया। केशव मेरी तरफ़ देख रहा था जैसे पूछ रहा हो—अब यक़ीन आया? मैं अभी आँखें झपक ही रहा था कि केशव ने उछल उछलकर नल चलाना शुरू कर दिया, उसकी माँ ने मल मलकर नहाना, और मैंने रुक रुककर अँगड़ाना। एक ख़्वाहिश यह हो रही थी कि दरवाज़ा खोलकर हरदयाल के पास पहुँच जाऊँ और कहूँ—यार, तू बिल्कुल सच बोल रहा था। और दूसरी यह कि उन दोनों को धमकी दूँ कि अगर वे उसी वक़्त कपड़े नहीं पहन लेते तो मैं ज़ोर ज़ोर से रोना शुरू कर दूँगा। और तीसरी यह कि अपने कपड़े उतार दूँ और केशव से कहूँ—जा तू हरदयाल और जीते को बुला ला, नल मैं चलाता हूँ! अब याद नहीं कि उस वक़्त एक ख़्वाहिश यह भी हुई थी कि नहीं कि एक साथ तीन तीन ख़्वाहिशें न सताया करें।

नल के नीचे कुबड़ी सी बनी खड़ी धीरे धीरे घूमती हुई केशव की माँ 'सीराम सीराम' तो कर ही रही थी, साथ न जाने किस बात पर हँस भी रही थी। उस हँसी से उसकी बेशर्मी और मेरी बेबसी में इज़ाफ़ा हो रहा था। मेरी नज़रें कभी उसकी मांसल पीठ को दो हिस्सों में बाँटती हुई खाई में से बहती हुई उसके नितम्बों से नीचे फिसल जातीं, कभी उसके लटकते हुए स्तनों से टकराती हुई उसके पेट से नीचे। केशव मुड़ मुड़कर मेरी तरफ़ देख रहा था, जैसे कह रहा हो, अब जी भर के देख ले, फिर न कहना! मुझे किसी इशारे की ज़रूरत नहीं थी। मेरा गला रेतीला हुआ जा

रहा था, आँखें अँगारा, और टाँगें मोम। मैं झुक झुककर झाँक रहा था। जब नल की आवाज़ अचानक बन्द हो गई तो उस छोटी सी ड्योढ़ी में हाँफ़ता हुआ नंगा खड़ा केशव काफ़ी बड़ा सा दिखाई देने लगा, जैसे वर्जिश ने उसका क़द वगैरा बढ़ा दिया हो। उसकी माँ अब आँखें बन्द किए और हाथ बाँधे यूँ खड़ी थी जैसे कोई बूढ़ी बाँदी मुझसे अपनी बेशर्मी की मुआफ़ी माँग रही हो। मैं आँखें फाड़ फाड़कर उसकी तरफ़ यूँ देख रहा था जैसे कह रहा होऊँ कि वह बेशर्म तो थी, बूढ़ी अभी नहीं हुई थी। बाद में केशव ने बताया था कि वह हर सुबह नहाने के बाद कुछ देर तक उसी तरह सीधी खड़ी होकर स्वामीजी पूर्णानन्द के दिए किसी गुरुमन्त्र का जाप करती करती उसके बाग़ में पहुँच जाती थी। अगर जल्दी ही आँखें खोलकर उसने खिले मुँह मेरी तरफ़ देखना न शुरू कर दिया होता तो शायद मैं भी उसकी बग़लों में से झाँकती हुई गीली मूँछों और उसके फूले हुए पेट के नीचे छिपी बैठी भीगी बिल्ली को देखते देखते अपनी सुधबुध खोकर स्वामीजी के बाग़ में ही पहुँच गया होता। मैं बेक़रार हो ही रहा था कि उसने दोनों हाथों से अपने जिस्म को यूँ निचोड़ना शुरू कर दिया मानो उसे उसी वक़्त याद आया हो कि वह नहाकर हटी थी। फिर एक नटखट मोटी लड़की की तरह अपने पाँव की उँगलियों पर नाचती हुई सी वह कोठरी में चली गई, और मैं ठगा सा वहीं खड़ा रह गया।

अब केशव नल के नीचे जा बैठा, और मैंने अनमने हाथों से नल चलाना शुरू कर दिया। केशव कहे जा रहा था—बीरू, ज़रा ज़ोर से चला, तुझमें जान नहीं है क्या? मैं जवाब देना चाहता था कि मेरी जान उसकी माँ ने निकाल दी थी। मैं सोच ही रहा था कि उसके बाबू उस वक़्त कहाँ थे कि पीछे से उसकी माँ की मीठी आवाज़ आई—बेटा बीरू, तू भी आज यहीं नहा ले, हमारे नल का पानी अमृत वरगा है! है कि नहीं? मैंने मुड़कर देखा। वह धोती लपेट रही थी और तपाक से मुस्कुरा रही थी। उसकी खुली चोली में से दो बड़ी बड़ी आँखें मुझे यूँ घूर रही थीं जैसे कह रही हों कि मेरा अंजाम बुरा होगा।

कई दिनों तक वह नज़्ज़ारा मेरे सामने खिंचा बिछा रहा था। कई दिनों तक मैं एक पुरानी और नई उलझन में एक साथ फँसा रहा था। पुरानी का ताल्लुक़ उस ज़माने से था जब मैं ज़मीन से ज़्यादा ऊपर नहीं उठा था, और केशव की माँ आते जाते मुझे पकड़कर अपने पेट से सटा लिया करती थी, और मेरा जी चाहता था कि मैं वहीं सटा सटा सो जाऊँ और वह मेरा सिर मुँह चूमती रहे। उसी ज़माने में ही शायद मैंने हक़ीक़त और ख़्वाब की किसी सूनी सरहद पर चँबेली का जलता जगमगाता हुआ जिस्म भी देखा था। उस ज़माने में उन दोनों में से किसी एक से खेलता खेलता दूसरी की गोद में जा बैठता था। मन ही मन में। माँ के मुक़ाबले में तब वे दोनों उतनी ही मीठी और प्यारी नज़र आती थीं जितनी कि अब असलम या पारो की माँ। इस मुक़ाबले से उन दिनों भी एक मद्धिम सी शर्म और स्याह सा सुख महसूस होता था।

चँबेली चूँकि बाँझ और केशव की माँ से ज़्यादा बदनाम थी, इसलिए मेरी सोचों का सिलसिला शुरू उसी से होता था। लेकिन चूँकि वह मेरी पहुँच से ऊँची हुआ करती थी, इसलिए वह सिलसिला ख़त्म केशव की माँ पर ही होता था। कोशिश यही रहती थी कि किसी न किसी बहाने केशव की माँ के रास्ते में पड़ जाऊँ, और जब वह मुझे प्यार कर रही हो तो आँखें मूँदकर चँबेली की गोद में जा बैठूँ, और उन दोनों को पता भी न चले। उस दिन के नज़्ज़ारे का एक असर यही हुआ था कि मैं कई दिनों तक उन पुरानी यादों के बादलों में अपने भूत की बनती बदलती तस्वीरें उकेरता रहा था।

मेरी नई उलझन का ताल्लुक़ इस अन्देशे से था कि अगर सँभला नहीं तो मुँह अँधेरे उठकर केशव के दरवाज़े पर जा खड़ा होने, उसकी माँ का दीदार माँगने, और फिर घर लौटकर मुश्त मारने की आदत पड़ जाएगी, और मैं भी केशव की तरह सारे स्कूल में मुश्ते के नाम से बदनाम हो जाऊँगा। हर आदत को क़स्बे में कमोबेश बुरा माना जाता था, और हर बदनाम शख़्स को कमोबेश अच्छा। यह उन बेशुमार ख़ासियतों में से एक थी जिनके सहारे हमारा क़स्बा सारे इलाक़े का सरदार समझा जाता था।

बहरहाल, मैंने हर रोज़ तो नहीं हर इतवार को केशव के घर जाना शुरू कर दिया। वक़्त के अन्दाज़े में कभी कभी ग़लती हो जाती तो केशव बहुत नाराज़ होता। हर बार न तो उसकी माँ के जिस्म का जलवा दिखाई देता, न पहली बार की सी सुर्ख़ कैफ़ियत पैदा होती। लेकिन उम्मीद बनी रहती, और सुबह को एक सहारा सा मिल जाता, ख़ासतौर पर हर उस सुबह को जिसकी शुरुआत हमारे घर में किसी भभक या बहस से हुई हो। केशव और उसकी माँ अक्सर वहीं नहा लेने का न्योता देते रहते, मैं हर बार झूठ बोल देता कि मैं नहा चुका था। उनके सामने सारे कपड़े उतारने के ख़याल से ही मैं ख़ाली सा हो जाता था, लँगोट वग़ैरह बाँधकर नहाने के ख़याल से शर्म आती थी। जितनी देर वे नहाते रहते, मैं निहत्था सा दम साधे खड़ा रहता, जैसे मुझे कोई सबक़ दिया जा रहा हो। केशव बीच बीच में मेरी तरफ़ यूँ देख लेता जैसे पूछ रहा हो, क्यों बे बुद्धू, कुछ समझ में आया? और उसकी माँ यूँ, जैसे दिलासा दे रही हो, घबराओ नहीं बेटा, धीरे धीरे सब कुछ समझ में आ जाएगा।

मुझे यह उम्मीद सी तो थी कि केशव अपने घर मेरी हफ़्तावारी हाज़िरी के बारे में अपने आप किसी को कुछ नहीं बताएगा, लेकिन भरोसा न मुझे था, न ख़ुद उसे। सब जानते थे कि अगर उसे सच बोलने की बुरी आदत न होती तो उसकी दूसरी बुरी आदत का पता रावण को नहीं चलता। असलम कहता कि अगर उसे दूसरी बुरी आदत न होती तो शायद वह सच बोलने की बुरी आदत से भी बचा रहता। जिस दिन उसने सारी जमाअत के सामने अपनी दूसरी बुरी आदत के बारे में सच बोला था, उसी दिन से रावण ने बाक़ी सबसे भी सच बुलवाने की मुहिम शुरू कर रखी थी। अब वह पढ़ाता कम ही था। हर वक़्त किसी न किसी लड़के के कान मसलता या

उसकी मसें उखाड़ता रहता, और केशव का हवाला दे देकर दोहराता रहता—बच्चा, अपने उस्ताद से सबक़ सीख! अगर बुरी आदत नहीं छोड़ सकता तो कम अज़ कम झूठ बोलना ही छोड़ दे! हम इस इन्तज़ार में रहते कि किसी दिन वह ग़लती से हेडमास्टर की लड़की—जो एक कोने में अकेली बैठी न जाने किन सोचों में ग़र्क़ रहती थी—को भी यही सलाह देने लगेगा, वह जाकर अपने बाप से कह देगी, और रावण को स्कूल से और हमें रावण से छुट्टी मिल जाएगी। असलम इस इन्तज़ार में शामिल न होता। कहता—तुम सब उल्लू हो! तुम्हें पता नहीं कि रावण को हेडमास्टर के ऐसे ऐसे राज़ मालूम हैं कि इधर उसे नौकरी से जवाब मिला नहीं, उधर उसने हेडमास्टर का परदाफ़ाश किया नहीं! इसीलिए रावण मनमानी करता है। बाक़ी रही लाडो; वह बेचारी तो इतनी भोली है कि उसे इल कोको का भी पता नहीं। उसके सामने केशव नंगा खड़ा हो जाए तो भी कुछ नहीं समझेगी!

मुझे डर लगा रहता कि किसी दिन केशव कपड़े उतारकर उसके सामने उछलना और उससे पूछना शुरू कर देगा—क्यों लाडो, कुछ पता चला?

जब हरदयाल और जीते ने सबको बताना शुरू कर दिया कि केशव और उसकी माँ सिर्फ़ नहाते ही नहीं, नंगे नाचते भी थे, तो मुझे यह ख़तरा रहने लगा कि किसी दिन केशव तैश में आ जाएगा और सबको इकट्ठा करके कहेगा—हरदयाल और जीता झूठ बोलते हैं! बीरू से पूछ लो! बीरू हर इतवार हमें नहाते देखता है। क्यों बीरू, तूने कभी हमें नाचते देखा है? हमारा दिमाग़ ख़राब हो गया है क्या? उछल उछलकर नल चलाने को तुम नाचना कहोगे?

इसी क़िस्म की किसी तक़रीर को रोके रखने के लिए एक दिन मैंने केशव को समझाने की कोशिश की—केशव, तू उनकी बातों से चिढ़ा मत कर। उनकी तो आदत है अंगुश्तबाज़ी की। और, केशव, किसी को भूलकर भी यह मत बताना कि मैंने भी तुझे और तेरी माँ को कई बार देखा है, समझे, नहीं तो वे मेरा नात्क़ा बन्द कर देंगे। उसने वही जवाब दिया जिसका मुझे अन्देशा था—बीरू, मैं अपने आप किसी को नहीं बताऊँगा। मैं समझ गया कि उसने सच बोलने की गुंजाइश रख ली थी। महसूस हुआ जैसे मेरी जान किसी ऐसे फ़रिश्ते के क़ब्ज़े में हो जिसे सच्चाई मेरी जान से कहीं ज़्यादा अज़ीज़ थी।

सो जब एक दिन असलम ने रावण की सी आवाज़ में मुझसे पूछा कि क्या मैं वाक़ई हर इतवार केशव और उसकी माँ को आमने सामने मुहम्मदी अशनान करते देखता था तो मुझे हैरानी नहीं हुई, ग़ुस्सा ज़रूर आया। उस दिन स्कूल से सीधा शूम की बीवी के घर जाने की तबीयत नहीं हुई, गोया डर हो कि उस तक भी वह ख़बर पहुँच चुकी होगी। जब केशव साथ हो लिया तो मैंने उसे झटकने की कोई कोशिश नहीं की। सोचा रास्ते में उसे रगड़ूँगा। लेकिन वह उस रोज़ किसी और ही रंग में था। अपनी माँ के गुण भी गा रहा था और यह भी कहे जा रहा था कि उसके बाबू

उसकी माँ से बहुत दुखी थे। यह ख़बर मेरे लिए नई नहीं थी—सारी गली जानती थी कि केशव की माँ अपने घरवाले को गधा समझती थी—लेकिन केशव के मुँह से पहले वैसी शिकायत कभी नहीं सुनी थी। कोई और दिन होता तो मैंने सारी सच्चाई निकाल ली होती, लेकिन उस दिन मैं केशव से ख़फ़ा था, इसलिए ख़ामोश रहा। उन्हीं दिनों गली में अफ़वाह फैली हुई थी कि केशव के बाबू कई दिनों से ग़ायब थे। एक दो बार पहले भी वह अफ़वाह उड़ चुकी थी। मैं केशव से उसके बारे में नहीं पूछना चाहता था। ख़तरा था कि वह ईचीबीची बताने लगेगा, और मैं ऊब उठूँगा। उस रोज़ उसे यह चिन्ता भी सता रही थी कि अगर हरदयाल और जीते को पता चल गया तो वह अफ़वाह सारे स्कूल में फैल जाएगी। वह बार बार कहे जा रहा था—बीरू, अगर यह अफ़वाह सच्ची होती तो बात और थी, लेकिन यह तो बिल्कुल झूठी है, बिल्कुल झूठी। मेरे बाबू तो घर में ही बैठे हैं।

मुझे यक़ीन था कि वह सच बोल रहा था, उसे भरोसा होना चाहिए था कि मुझे यक़ीन था। मैं उसे यह सलाह देने की सोच ही रहा था कि वह अपने बाबू को साथ लेकर एक चक्कर बाज़ार का क्यों नहीं लगा आता, कि उसने कहा—बीरू, आज तुझे पहले मेरे घर चलना होगा, मैं तुझे कुछ दिखाना चाहता हूँ। उसका लहजा बहुत गिलगिला था। मुझे उस पर तरस भी आया और यह जानने की ख़्वाहिश भी हुई कि वह उतना ख़स्ताहाल क्यों था। लेकिन पहले मैं अपना ग़ुस्सा निकाल लेना चाहता था। सो मैंने कहा—पहले यह बता कि तूने असलम को क्यों बताया?

मैंने देखा कि वह मेरा इशारा समझ गया था, जिस पर मुझे कुछ हैरानी भी हुई और ख़ुशी थी। इशारे अक्सर उसकी समझ में नहीं आते थे। वह चिटख़कर कहा करता था कि उसे इशारों से नफ़रत थी, कि उससे जिसे जो कहना हो, सीधे और साफ़ लफ़्ज़ों में ही कहे!

मैंने अपनी तसल्ली के लिए दोहराया—मैंने तुझे कहा नहीं था कि किसी को मत बताना? अब वे सब मुझे तो तंग करेंगे ही, तेरी माँ को भी और बदनाम करेंगे।

उसने अब मेरी तरफ़ यूँ देखा जैसे पहली बार देख रहा हो और आइन्दा कभी न देखने का इरादा बाँध रहा हो। फिर उसे शायद मेरे हाल पर रहम आ गया। हिक़ारत भरे लहजे में बोला—तू उन बदमाशों से इतना दबता क्यों है? मेरी तरफ़ देख! अगर मुझे अपनी माँ की बदनामी का डर नहीं तो तुझे अपनी बदनामी का इतना डर क्यों? अगर तेरा दिल साफ़ है तो तुझे किसी की कोई परवाह नहीं होनी चाहिए, किसी की भी, समझे!

उसने उँगली बात के धड़कते दिल के ऐन ऊपर रख दी थी। मेरा दिल तो साफ़ नहीं था लेकिन उसकी हिक़ारत मेरे लिए नई थी। आमतौर पर ऐसे मौक़ों पर उसके लहजे में मैली सी खीझ के अलावा और कोई उलझाव नहीं होता था, लेकिन इधर हमारे रिश्ते में एक नया ख़म सा आ गया था। उसने बात बात पर मुझे डाँटना शुरू

कर दिया था। अगर मेरा दिल साफ़ होता तो शायद मैं उससे भी हर वक़्त डरता न रहता। मेरा जी चाहा कि हाथ जोड़कर कह दूँ—केशव, मेरा दिल साफ़ नहीं, इसीलिए तो मैं तुम दोनों के सामने नंगा नहा नहीं सकता। लेकिन इस डर ने रोक लिया कि वह डपट देगा—जब तक तेरा दिल साफ़ नहीं होता तू मेरे घर में क़दम नहीं रख सकता। मैं इस शर्त के लिए तैयार नहीं था, क्योंकि हर इतवार को नींद खुलते ही उसके दरवाज़े पर जा खड़े होने की तलब तंग करने लगती थी। उसकी माँ का हँसता हुआ जिस्म इतना प्यारा लगने लगा था कि मन होता रहता था कि मैं भी केशव के साथ मिलकर उसके गुण गाता फिरूँ। कई बार बुरे अंजाम से बचने के लिए इरादा बाँधता कि आइन्दा मुँह अँधेरे उसके घर नहीं जाऊँगा, फिर उसी वक़्त उसे तोड़ भी देता, मानो ख़तरा हो कि कमबख़्त अगर एक बार जम गया तो टूटेगा नहीं। कभी इस कयास से ख़ुशी होती कि शायद कुमारी और शूम की बीवी की तरह केशव की माँ से भी मुझे किसी न किसी क़िस्म और दर्जे का इश्क़ होता जा रहा था, कभी इस हक़ीक़त पर अफ़सोस कि जब से हफ़ीज़ा की शादी हुई थी मेरी नज़र अपनी उम्र के आसपास की उम्र की किसी माशूक़ा पर नहीं रुकी थी। हर वक़्त हर जगह मोटे काले हुरूफ़ में लिखा नज़र आता—अगर तू सँभला नहीं तो तेरा अंजाम बुरा होगा! तब कभी कभी भविष्य के किसी ऊँचे झरोखे में खड़ी जीते की बहन बालो अपने बाल सँवारती और मुस्कुराती नज़र आ जाती, जैसे पैग़ाम भेज रही हो, मैं तुम्हारा इन्तज़ार करूँगी।

जब तक मैं केशव की झिड़की का जवाब सोचता रहा, वह चुप रहा, मानो उसने फ़ैसला कर लिया हो कि किसी माक़ूल जवाब के बाद ही कोई और बात की जा सकती थी। आख़िर मेरे मुँह से निकला—दिल की सफ़ाई की बात नहीं, केशव, और न ही तेरी माँ की बदनामी की। असली डर मुझे तेरे बाबू की बदनामी का ही है।

केशव यूँ रुक गया जैसे वह डर उस पर भी उसी लम्हे लपक पड़ा हो। मेरा तुक्का निशाने पर जा बैठा था। मुझे भी रुक जाना पड़ा। दारी की दुकान पास ही थी। शायद कुमारी चोबारे की खिड़की में खड़ी हो। अगर दारी ने मुझे देख लिया तो आवाज़ देगा, बीरू, अपनी माँ से कहना मेरा हिसाब कब चुकाएगी! और फिर वह एक हलाक होते हुए बकरे की सी आवाज़ मैं हँसना शुरू कर देगा। या केशव को कहेगा, आओ माँ के लाल, आओ! दारी के डर के बावजूद मैंने उसके चोबारे की तरफ़ आँख उठा ही दी। खिड़की बन्द थी। दारी की दुकान का फट्टा भी ख़ाली पड़ा था। शायद ऊपर रंगरलियाँ हो रही हों। कुमारी की पीली पतली टाँगें गुलेल की तरह छत की तरफ़ उठी हुई नज़र आईं। अगर वह ख़ुद खिड़की में खड़ी दिखाई दे गई होती तो मैंने ज़रूर उसे आँख मार दी होती। कुछ दिनों से असलम मुझे आँख मारने का सबक़ दे रहा था। मैंने मश्क़ के तौर पर कुमारी की बन्द खिड़की को एक साथ दो तीन आँखें मार दीं।

—सच

केशव की आवाज़ अराइयों के कुएँ में से आती हुई सुनाई दी।

—सच।

—तेरा मतलब है कि हरदयाल और जीता अफ़वाह उड़ा देंगे कि बाबू भी...।

पता नहीं वह क्या कहने जा रहा था, लेकिन मैंने इतने तपाक से दो तीन बार सिर हिलाया कि उसने फ़िक़रा बीच में ही तोड़ दिया। अब उसके चेहरे पर हवाइयाँ उड़ रही थीं। मैं उसे इतना डरा देना चाहता था कि वह इतवार की सुबह के प्रोग्राम के बारे में सच बोलना बन्द कर दे। असलम ने वायदा किया था कि अगर मैं केशव की माँ के नंगे जिस्म के जलवे लेना बन्द कर दूँगा तो वह किसी न किसी तरह हरदयाल और जीते का मुँह भी बन्द कर देगा। उसे मेरे अंजाम की चिन्ता थी, मुझे यह कि अगर वह अफ़वाह उड़ती उड़ाती माँ के कानों में जा पहुँची तो केशव की माँ का अंजाम बुरा होगा। अपने दिल में मैंने पक्का फ़ैसला किया हुआ था कि असलम के साथ किए इक़रार को मैं एक इतवार के लिए भी नहीं निभाऊँगा। बहरहाल मैं केशव के दिल में कोई ऐसा डर बिठा देना चाहता था कि वह ज़रूरत पड़ने पर सफ़ेद झूठ बोलने पर भी राज़ी हो जाए।

—केशव, तेरा दिल साफ़ है तो क्या हुआ, सारी दुनिया का तो नहीं, और ख़ासतौर पर उन हरामियों का तो हरगिज़ नहीं! अगर तू अपने बाबू की बदनामी नहीं चाहता तो तुझे झूठ बोलने के लिए भी तैयार रहना होगा।

—सच?

—सच।

मेरा दाव चल रहा था। केशव की आँखें मेरी तरफ़ यूँ उठी हुई थीं जैसे किसी फ़रिश्ते की शैतान की तरफ़, या किसी इंसान की फ़रिश्ते की तरफ़। मैंने पहले कभी उसके चेहरे पर वैसी परेशानी और बेचारगी नहीं देखी थी।

—केशव, तू किसी और बात से डर या न डर, अपने बाबू की बेइज़्ज़ती से तो डरना ही होगा।

अब वह सिर झुकाए खड़ा था, गोया अपनी सच्चाइयों पर भी शर्मिन्दा हो और सच बोलते चले जाने की मजबूरी पर भी।

—दिल साफ़ होने का मतलब यह नहीं कि हर किसी को हर बात बताते फिरो। एक बात और, तू अपनी माँ को अपने बाबू से जुदा नहीं कर सकता। अगर एक की बदनामी होगी तो दूसरे की साथ होगी।

मेरा लहजा किसी ऐसे मशहूर माहिर का सा था जिसने बरसों इसी समस्या को सँवारने में बर्बाद कर दिए हों।

—केशव, अगर तेरी ज़ुबान से सच्चाई इसी तरह चूती रही तो किसी दिन किंग के नाम की तरह तेरी माँ का नाम भी हर दीवार पर लिखा नज़र आएगा। साथ

उसकी तस्वीर खिंची होगी। नीचे लिखा होगा, नंगी मुमताज़ शान्ति! एक कोने में तेरे बाबू की तस्वीर भी होगी। नीचे लिखा होगा, केशव के बाबूजी फिर ग़ायब हो गए!

केशव ने गली की तरफ़ बढ़ना शुरू कर दिया। मुझे ख़तरा हुआ कि कहीं मैंने उसे ज़रूरत से ज़्यादा न डरा दिया हो। सो मैं लपककर उसके साथ जा मिला।

—केशव, नाराज़ होने से काम नहीं चलेगा। मैं तेरे ही फ़ायदे के लिए कह रहा हूँ। अगर आइन्दा उन्हें कुछ न बताने का वायदा कर दोगे तो मैं यह ज़िम्मा लेता हूँ कि तेरे बाबू की गुमशुदगी की अफ़वाह स्कूल में नहीं फैलेगी। मैं असलम से कहकर उन दोनों का मुँह बन्द करवा दूँगा।

केशव के क़दम सुस्त पड़ गए। अब हम अपनी गली में थे। सामने माई माया बैठी चरख़ा कात रही थी और घूँ घूँ कर रही थी। उसका चेहरा किसी छोटे से कारख़ाने की तरह चल रहा था और भवें बिच्छुओं की तरह उछल रही थीं। मेरा मन हुआ कि केशव को भूल माई के पास जा बैठूँ और कहूँ—जब तक माया दास के नाम ख़त नहीं लिखवाओगी, उठूँगा नहीं। उसी वक़्त केशव बोला—बीरू, पहले मेरे घर चल।

उसकी आवाज़ की नंगी आजिज़ी पर मुझे तरस आ गया। मैं समझ गया कि उस पर और दबाव डालना ठीक नहीं। मैं उस वक़्त उसकी माँ से मिलने के मूड में नहीं था, लेकिन अपनी माँ का सामना भी नहीं करना चाहता था। हर रोज़ की तरह घर के पास पहुँचते ही मेरा चेहरा चूर हो गया था। मुझे ख़तरा था कि माँ दरवाज़े पर खड़ी मेरा इन्तज़ार कर रही होगी। केशव को मेरे साथ देखकर सुलगना शुरू कर देगी—उस बुद्धू की संगत में रहकर तू भी बुद्धू हो जाएगा। ख़बरदार, जो कभी भूलकर भी उसका जूठा खाया तो! उसकी माँ को तू नहीं जानता। बहुत बुरी औरत है। जितनी ऊपर से मीठी है, उतनी ही अन्दर से मैली है। लेकिन तू मेरी सुनता ही नहीं। तू भी मेरे हाथों से निकलता जा रहा है। देवी की तरह। तुझे भी मेरे दुश्मन अच्छे लगते हैं। माँ की सौत, बेटी की सहेली!

माँ के बारे में सोचता सोचता मैं इतना मुरझा गया कि ख़्वाहिश हुई कि वहीं से वापस मुड़ जाऊँ और बाज़ार का चक्कर काटकर शूम की बीवी के क़दमों में जा गिरूँ।

—बीरू, तू नहीं चल रहा मेरे घर?

उसके लहजे में कुछ ऐसी ठंडक थी या मेरे मन में कोई अनजाना खटका, मुझे महसूस हुआ जैसे वह किसी बहुत भारी मुसीबत में हो और मुझसे बार बार मदद माँग रहा हो।

—केशव, अगर मेरी माँ दरवाज़े पर खड़ी न मिल गई तो चलूँगा। नहीं तो कुछ देर बाद आ जाऊँगा।

हमारा दरवाज़ा ख़ुशक़िस्मती से बन्द था। माँ शायद देवी की तलाश में निकली हुई थी। इधर उसने फिर उसे तंग करना शुरू किया था। उसे यक़ीन था कि पारो उसका बेड़ा ग़र्क़ करके रहेगी। उसे मालूम था कि लाहोर से नरेश और उसकी नक़ली माँ

के ख़त देवी के नाम पारो की मारफ़त ही आते थे। उसने एलान कर रखा था, अगर एक भी ख़त उसके हाथ लग गया तो वह देवी के हाथ पाँव तोड़ देगी।

केशव के घर का दरवाज़ा माई माया के मुँह की तरह खुला था। ऐसा लग रहा था जैसे अभी अभी कोई अन्दर गया हो या बाहर निकला हो। केशव ने मेरी तरफ़ यूँ देखा जैसे पूछ रहा हो कि मैं कौन था, या बता रहा हो कि वह कौन था या कह रहा हो—तू कौन और मैं कौन! मैंने उसकी तरफ़ यूँ देखा जैसे कह दिया हो—जो पूछना या बताना या कहना चाहते हो साफ़ साफ़ तरीक़े से पूछो या बताओ या कहो कि इशारों से मुझे नफ़रत है! तब वह सिर मारता हुआ सा आगे बढ़ गया, और मैं सिर झुकाए उसके पीछे पीछे हो लिया, मानो हम उस जानी पहचानी ड्योढ़ी में दाख़िल होने के बजाए किसी घने जंगल में घुस रहे हों। अन्दर क़दम रखते ही मेरी निगाह उस नल पर आ टिकी, गोया वही उस घर में मेरा असली हमदर्द हो। वह उस वक़्त एक ऐसे अजीब और उदास परिन्दे सा नज़र आया जिसके पर नोच लिए गए हों। उसे देखकर न जाने क्यों मुझे यक़ीन सा हो गया कि केशव मुझे कोई ऐसा अनोखा नज़्ज़ारा दिखाएगा जिसके मुक़ाबले में तब तक के देखे सब नज़्ज़ारे फीके पड़ जाएँगे।

केशव ने दरवाज़ा यूँ बन्द किया जैसे सूई में धागा डाल दिया हो, और कुंडी यूँ चढ़ाई जैसे किसी सोए हुए बच्चे को थपक दिया हो। फिर वह जूते उतारने बैठ गया। मुझे भी उसने वैसा ही करने का इशारा किया। उसका चेहरा किसी चोर या कोतवाल का सा दिखाई दे रहा था। मेरी अपनी कैफ़ियत किसी क़ैदी की सी थी। मेरा ख़याल था कि हमारी आहट सुनते ही उसकी माँ मुस्कुराती हुई हमारे पास आ खड़ी होगी, हम दोनों को पकड़कर अपने पेट से सटा लेगी, और मैं सिर से पाँव तक झनझना उठूँगा। एक धीमी सी उम्मीद यह भी थी कि शायद केशव ने अपनी माँ से तय कर रखा हो कि उस दिन वे दस्तूर के ख़िलाफ़ शाम को भी नहाएँगे और मुझे भी अपने साथ नहाने पर मजबूर कर देंगे। मैं अन्दर ही अन्दर उस जबर के लिए तैयार था, क्योंकि मुझे मालूम था कि मेरी झेंप अपने आप नहीं टूटेगी। मैं केशव से कहना चाहता था कि वह तमाशा न करे और माँ से आवाज़ देकर कहे—बीरू आ गया है! लेकिन उसने अपनी एहतियात और हरकतों से ऐसा समाँ बाँध रखा था जिसे तोड़ना किसी आइने को तोड़ देने के बराबर होता।

हमारे इर्दगिर्द सारा घर ऊँघ सा रहा था। नीचे की दोनों कोठरियों के मोटे ढीले दरवाज़े बन्द थे। ऊपर जानेवाली सीधी सँकरी सीढ़ियाँ सोई पड़ी थीं। केशव और मैं यूँ खड़े थे जैसे किसी तीसरे का इन्तज़ार कर रहे हों। मेरा पेट भूख से अकड़ा हुआ था। तभी एक कोठरी में से एक अन्धी सी आवाज़ आई। वह किसी के कराहने की भी हो सकती थी, फुसफुसाने की भी। केशव ने मेरी तरफ़ यूँ देखा जैसे कह रहा हो, अब मंज़िल दूर नहीं। वह आवाज़ एक लय में बदलती जा रही थी। चारपाई की चरमराहट भी उस लय में शामिल थी। हम दोनों एड़ियाँ उठाए उस कोठरी की

तरफ़ बढ़ रहे थे। नहाने के बाद केशव की माँ पाँव की उँगलियों पर नाचती हुई सी उसी कोठरी की तरफ़ भागती थी। अब हम दोनों भी तक़रीबन भाग ही रहे थे। मैंने मुड़कर एक नज़र उस नल पर डाली। वह अब किसी ऊँघते हुए नंगे पहरेदार सा दिखाई दे रहा था।

दरवाज़े के दोनों पाटों में कई टेढ़ी मेढ़ी दरारें और छोटे छोटे छेद थे। केशव ने अपनी आँखें एक पाट से यूँ सटा लीं जैसे किसी ख़ुर्दबीन से। मुझे इशारे से उसने दूसरे पाट की तरफ़ धकेल दिया। कुछ देर तक मैं उसे किसी कुत्ते की तरह सूँघता रहा और सोचता रहा कि केशव ने बड़े छेदोंवाला पाट ख़ुद ले लिया होगा। मुझे ऐनक की वजह से भी दिक़्क़त हो रही थी, और ठीक तरह से एक आँख बन्द न कर पाने की वजह से भी। मेरी मोटी नाक भी मेरी नज़र का रास्ता रोक रही थी। ऐनक उतारकर देखा तो महसूस हुआ जैसे कोठरी के अन्दर मैला सा समुन्दर ठाठें मार रहा हो और उसके किनारे दो मगरमच्छ एक दूसरे से गुत्थमगुत्था हो रहे हों। आख़िर काफ़ी कोशिशों के बाद अपनी आँखों की मदद से उतना नहीं जितना कि अपने कानों और कल्पना की मदद से, मैं अन्दर के हिलते लहराते अँधेरे को टटोलने पढ़ने में कामयाब हो गया—केशव की माँ किसी मर्द के नीचे दबी हुई थी, और दोनों बुरी तरह फुँकार रहे थे।

अगर मुझे यह ख़तरा न होता कि लगातार दबाव से या तो दरवाज़ा खुल जाएगा और या मेरी ऐनक टूट जाएगी, और शायद यह भी कि अगर मैं पीछे नहीं हटा तो केशव मुझे बालों से खींचना शुरू कर देगा, और शायद यह भी कि वह मर्द बाहर निकलकर नहाने लगेगा, और शायद यह भी कि माँ पीछे से आकर मुझे पीटना शुरू कर देगी, और शायद यह भी कि केशव के बाबू आकर हम से पूछना शुरू कर देंगे कि हम क्या देख रहे थे, और शायद यह भी कि केशव की माँ अन्दर से आवाज़ दे देगी—बेटा, बाहर खड़े क्या कर रहे हो, दरवाज़ा खुला है, अन्दर आ जाओ, डरो नहीं—अगर ये सब और इसी तरह के और कई ख़तरे मेरे अन्दर ऊधम न मचा रहे होते तो मैं न जाने कितने दिनों तक उस दरवाज़े के साथ सटा उल्टी सीधी बातें सोचता रहता! केशव की पीठ पर हाथ रखकर मैंने उसकी तरफ़ यूँ देखा जैसे कह दिया हो—आओ अब कहीं और चलें, क्योंकि यह सब तो मैंने समझ लिया है। जवाब में उसने मेरा हाथ झटककर मेरी तरफ़ यूँ देखा जैसे कह रहा हो—तू अभी ख़ाक भी नहीं समझा! जब मैंने उसे एड़ियाँ उठाए दूसरी कोठरी की तरफ़ बढ़ते हुए देखा तो थोड़ी सी हिचकिचाहट के बाद मेरी एड़ियाँ भी अपने आप उठ गईं।

दूसरी कोठरी में अँधेरा शायद कम था, या शायद उसके दरवाज़े के छेद बड़े थे, या उसमें कहीं से कुछ रोशनी आ रही थी, या शायद मेरी आँखों को ऐनक और नाक की रुकावट के बावजूद सूराख़ों और दरारों में से झाँकने का तरीक़ा आ गया था। अन्दर एक ढीली चारपाई पर सफ़ेद सलवार कमीज़ पहने केशव के बाबू यूँ

सीधे लेटे हुए थे जैसे कोई मुर्दा उठ जाने से पहले आख़िरी आराम कर रहा हो। मैं बिदककर पीछे हट गया। केशव को भी जैसे मैंने ही पीछे खींच लिया हो। अब मैं सचमुच सब कुछ समझ गया था, लेकिन मुझे शक था कि केशव को अभी भी मेरी समझ बूझ अधूरी लग रही होगी। मैं उसे बताना चाहता था, मैं समझ गया था कि उसके बाबू दूसरी कोठरी में हो रही कार्रवाई के कारण ही अपनी कोठरी में जा छिपे होंगे और गली में अफ़वाह फैल गई होगी कि वे गुम हो गए थे। उसी वक़्त यह अन्दाज़ा भी मेरे मन में उठ खड़ा हुआ था कि वह अफ़वाह उसकी माँ ने ही फैलाई होगी। मैं किसी इशारे से यह अन्दाज़ा केशव तक पहुँचाना चाहता था। उसी वक़्त यह शक भी मेरे दिल में उग पड़ा था कि उसके बाबू उसी कोठरी में पड़े पड़े हर इतवार, बल्कि हर सुबह, उस नल और उन दोनों के नहाने की आवाज़ों को सुनते होंगे। मैं केशव से यह भी पूछना चाहता था कि वह ग़ैर मर्द कौन था, हिन्दू था या मुसलमान, उसका दिल साफ़ था या नहीं। शायद मैं अन्दर ही अन्दर इस ख़तरे से भी परेशान हो रहा था कि अगर हमने उन दोनों को ख़बरदार नहीं किया तो केशव के बाबू किसी सफ़ेद भूत की तरह मरे मरे से अपनी कोठरी से बाहर निकल आएँगे और दूसरी का दरवाज़ा तोड़कर उन दोनों के ऊपर जा गिरेंगे और कहेंगे—मैं दूसरी कोठरी में लेटा सब सुन रहा था! इस सब कुछ में केशव को शरीक करने के लिए ही मैंने दूसरी कोठरी की तरफ़ कई तरह के इशारे करने शुरू कर दिए थे। केशव ने समझा होगा कि मैं वापस दूसरी कोठरी की तरफ़ लौटने के लिए उतावला हो रहा था या इशारों से उसे आँखों देखा हाल समझाने की कोशिश कर रहा था। उसके चेहरे पर हैरत और हिक़ारत की आमेज़श से बनी बिगड़ी एक मुस्कुराहट उभर आई, लेकिन उसकी एड़ियाँ उस तरफ़ उठ गईं। अचानक मेरा जिस्म हर क़िस्म के डर से गूँज उठा। मैंने लपककर पगड़ी बस्ता और जूते उठा लिए, एक ललचाई हुई सी निगाह उस नल पर डाली—वह अब किसी रूठे हुए रिश्तेदार सा दिखाई दिया—उन दोनों बन्द दरवाज़ों की तरफ़ देखा, उनके पीछे छिपे उन तीनों को एक बार इकट्ठा देखने की नाकाम कोशिश की, और केशव से नज़रें मिलाए बग़ैर कुंडी उतारकर बाहर निकल गया। बाहर शाम की फटी पीली धूप इधर उधर यूँ बिखरी पड़ी थी जैसे गली भर में बच्चों के फटे पुराने पोतड़े।

अब यूँ याद आता है कि उस अनुभव के इर्दगिर्द उड़ने और उसमें से फूटनेवाले अँधेरे और उजाले को अभी पूरी तरह अपना भी नहीं पाया था कि उससे मिलते जुलते लेकिन ज़्यादा जटिल एक और अनुभव से पाला पड़ गया था। अब कभी कभी यूँ भी महसूस होता है मानो पहला अनुभव ही कुछ दिन बाद और बड़ा होकर एक भयानक भेस बदलकर फिर से मेरे सामने आ खड़ा हुआ हो। उन दोनों के बीच

के अन्तराल की लम्बाई याद नहीं आती, न ही उसके दौरान उठा कोई हंगामा। ज़ोर लगाने पर वह ज़माना एक ज़र्द धुन्ध में खो जाता है, जिसमें लिपटा हुआ मैं फिर शूम की बीवी के दरवाज़े पर जा खड़ा होता हूँ।

दरवाज़ा किसी दुखियारे की तीसरी आँख की तरह खुला है। सामने तिरछी बिछी चारपाई पर एक दूधिया दोपट्टा किसी बीमार बच्चे सा सोया पड़ा है। चारपाई के नीचे दो घिसी हुई चप्पलें एक दूसरी पर चढ़ी सरगोशियाँ कर रही हैं। सन्नाटा गली में बुढ़िया के बालों की तरह बेमतलब इधर उधर उड़ रहा है। मेरी नज़र के एक किनारे पर मंज़ूरे के मकानवाली वह करारी चिक टँगी हुई है। मंज़ूरे का बाप अपने पहरे से ग़ैरहाज़िर है। मैं ड्योढ़ी में दाख़िल हो जाता हूँ। चप्पलें चुप हो जाती हैं, दोपट्टा उसी तरह दुबका पड़ा रहता है। जी चाहता है कि दरवाज़ा बन्द कर दूँ और दोपट्टे के साथ लेट झूठमूठ सुबकना शुरू कर दूँ ताकि वह अन्दर से आकर कहे—चालाक बीरा! रसोई का दरवाज़ा खुला है। वहाँ साफ़ सुथरे अधूरे अँधेरे के सिवा कुछ नहीं। कमरे का दरवाज़ा बन्द है। उसके पीछे कुछ हो रहा है। मेरे कान और रोएँ खड़े हो जाते हैं। जी चाहता है कि चारपाई को इधर उधर घसीटकर उस फुसफुसाती ख़ामोशी को फाड़ डालूँ, ताकि वह दरवाज़ा खोलकर पूछे—बीरा, तू पागल हो गया है? एड़ियाँ उठाकर उस दरवाज़े की तरफ़ उड़ना शुरू कर देता हूँ। कोई आवाज़ न पैदा करने की कोशिश में कमरे में से फूटती आ रही सूखी स्याह आवाज़ों को सुना अनसुना कर रहा हूँ। दरवाज़े के पास पहुँचते ही जिस्म एक बेगाने बोझ में बदल जाता है और दरवाज़ा एक झीने परदे में। उसे धकेलकर अन्दर घुस जाता हूँ। नज़रें बाबा की पीठ से टकराकर शूम की बीवी की टाँगों पर बिखर जाती हैं, जो एक टेढ़ी गुलेल की तरह मेरी तरफ़ उठी हुई हैं। उसके पैर परिन्दों से दिखाई देते हैं। बाबा की गर्दन मेरी तरफ़ मुड़ी हुई है, जैसे उनके नीचे पड़ी शूम की बीवी ने ही उसे मरोड़ दिया हो। वे उठने की कोशिश भी कर रहे हैं और पड़े रहने की भी। मैं उनकी ढीली पगड़ी से परे शूम की बीवी के कसे हुए चेहरे की तरफ़ देख रहा हूँ। उसका मुँह किसी छोटी सी खिड़की की तरह खुला है, उसकी आँखें दो छोटे से दरवाज़ों की तरह बन्द। उसका माथा किसी मैदान की तरह ख़ाली है। मुझे महसूस होता है कि वह या तो मर रही है या मर चुकी है। कई ख़्वाहिशें एक साथ मुझ पर झपट पड़ती हैं—उलटे पाँव बाहर भाग जाऊँ, आगे बढ़कर उसकी टाँगों से लिपट जाऊँ, बाबा की पगड़ी खींच लूँ, रोना चिल्लाना शुरू कर दूँ, चुपचाप खड़ा देखता रहूँ। मैं इन ख़्वाहिशों से लड़ झगड़ ही रहा होता हूँ कि पास शूम खड़ा नज़र आ जाता है, जैसे छत से टपक पड़ा हो या चारपाई के नीचे से निकल आया हो। वह मोहमल गालियाँ बक रहा है और बार बार पाँव पटख़ रहा है, जैसे किसी ख़ारिशज़दा कुत्ते या ज़िद्दी बिल्ली को भगाने की कोशिश कर रहा हो। मैं हैरान हूँ कि उसने मुझे मारना पीटना क्यों नहीं शुरू कर दिया। शायद उसने मुझे देखा ही नही। शायद उसने

कुछ भी नहीं देखा। शायद मैंने भी कुछ न देखा हो। शायद कुछ हुआ ही न हो। बाबा अब चारपाई पर खड़े लड़खड़ा रहे हैं और तहमद बाँधने की कोशिश कर रहे हैं। उनकी पगड़ी जैसे अपने ही आप खुलती जा रही हो। शूम की बीवी चारपाई के पास खड़ी सलवार ऊपर खींच रही है और खाँस रही है, जैसे बात बदलना चाह रही हो। उसकी कमीज़ का किनारा उसकी ठोड़ी के नीचे दबा हुआ है, और उसका कसा हुआ पेट मेरी नज़र के नीचे। जूँही बाबा चारपाई से नीचे उतरते हैं, शूम उन पर पिल पड़ता है। मैं शूम की बीवी की नज़र से नज़र मिलाने की कोशिश में उन दोनों को कुछ लम्हों के लिए एकदम भूल जाता हूँ, जैसे उनके झगड़े से मेरा कोई सरोकार न हो और अपने झमेले में उनका दख़ल मुझे नामंज़ूर हो। वह मुझे देखा अनदेखा कर इधर उधर देखे जा रही है, जैसे कोई चीज़ या पत्थर ढूँढ़ रही हो, या जैसे उसे डर हो कि माँ भी वहीं कहीं छुपी बैठी होगी। मैं उसके माथे पर जड़े मोतियों से मन बहला ही रहा होता हूँ कि वह एक पराई आवाज़ में चिल्लाना और वाहियात घरेलू गालियाँ उगलना शुरू कर देती है। मैं मितिला उठता हूँ। उधर बाबा और शूम एक दूसरे के इर्दगिर्द यूँ नाच से रहे हैं जैसे दो अधेड़ पहलवान झूठमूठ कुश्ती लड़ रहे हों। बाबा बिल्कुल ख़ामोश हैं, वह बराबर बके जा रहा है। बाबा बार बार उसे परे हटाने और ख़ुद पीछे हटने की कोशिश कर रहे हैं, वह बार बार उनसे मानो लिपटने की। उनकी पगड़ियाँ कभी उनकी टाँगों से उलझ जाती हैं, कभी उन दोनों को एक दूसरे से बाँध सा देती हैं। मैं चाहता हूँ कि शूम की बीवी चुप हो जाए। शायद उसने अभी तक मुझे देखा ही न हो। शायद इसीलिए वह गालियाँ उगल रही हो। जी चाहता है कि हाथ उठाकर आवाज़ दूँ, मैं यहाँ हूँ! नंगे पाँव खड़ी बड़बड़ाती वह माँ की ही बहन सी नज़र आती है। मैं चकरा जाता हूँ। जी चाहता है कि लपककर एक हाथ उसके मुँह पर रख दूँ, दूसरे से उसके बाल खींच लूँ, ताकि वह होश में आ जाए। उधर शूम का जूड़ा खुल गया है और एक खट्टी बू कमरे में अपनी जगह बना रही है। मैं ख़ैर मना ही रहा होता हूँ कि माँ वहाँ मौजूद नहीं कि वह नमूदार हो जाती है, नंगे पाँव, गन्दे कपड़ों में लिपटी हुई सी, जैसे किसी घूरे पर से उड़कर आ गई हो। वह एक खुरदरी सी कहावत दोहराए जा रही है, जिसे मानो उसने उसी मौक़े के लिए वहीं खड़े खड़े घड़ लिया हो। वह कहावत मेरी समझ से बाहर है, लेकिन शूम की बीवी उसे समझते ही एक शोले की तरह लपक उठती है। दोनों हाथ बाबा की तरफ़ फेंक फेंककर फूहड़ आवाज़ में चिल्लाना शुरू कर देती है—बुड्ढा बदमाश! बुड्ढा बदमाश! माँ जैसे इसी इलज़ाम के इन्तज़ार में हो। छलाँग मारकर चारपाई के पैताने जा खड़ी होती है और उस पर झुककर उसे यूँ घूरना शुरू कर देती है जैसे उसे सूँघ भी रही हो, और यह सुना भी कि सारा क़ुसूर उसका है, सारा क़ुसूर उसका है! शूम और बाबा में आरज़ी समझौता हो गया दिखाई देता है। वे पास पास खड़े अपनी अपनी पगड़ी बाँध रहे हैं और चारपाई पर टिकटिकी, जैसे देखना चाहते हों

कि वह माँ के जवाब में क्या चीख़ती है। एक पल के लिए कमरा पक्की ख़ामोशी में कस जाता है, जैसे सबको एक साथ लक़वा मार गया हो। फिर माँ यकायक किसी फोड़े की तरह फूट पड़ती है, शूम फिर फूँफूँ करना शुरू कर देता है, उसकी बीवी फिर बुड्ढा बदमाश, बुड्ढा बदमाश की रट लगा देती है, और बाबा मेरी तरफ़ यूँ देखते हैं जैसे कह रहे हों—बेटा, अब तू ही इन सबसे मेरा पीछा छुड़ा सकता है! तभी बाहर से मंज़ूरे के बाप की बारौब फ़ौजी आवाज़ टलहती हुई सी अन्दर आती है—सरदार शाम सिंह! शूम का मुँह फ़ौरन बन्द हो जाता है। वह सिर मारता हुआ ड्योढ़ी की तरफ़ बढ़ता है। बाबा धीमे से मुझे कहते हैं—बेटा, तू इसे घर ले जा। माँ फटी हुई आवाज़ में मुझसे पूछती है—तू क्या कर रहा है यहाँ? मैं शूम की बीवी की तरफ़ यूँ देखता हूँ जैसे माँ के सवाल का जवाब उसी की जेब में हो, और माँ मेरी तरफ़ यूँ जैसे कह रही हो, जैसा बाप वैसा बेटा, और शूम की बीवी बाबा की तरफ़ यूँ जैसे कोई शोख़ लड़की किसी बुड्ढे बदमाश की तरफ़। बाबा हम सब पर एक ख़स्ता सी नज़र डालकर सिर झुकाए ड्योढ़ी की तरफ़ बढ़ जाते हैं, जैसे शूम की मदद के लिए ही उधर जा रहे हों। माँ मेरा हाथ पकड़कर मुझे भी उसी तरफ़ खींचना शुरू कर देती है, जैसे उसे ख़तरा हो कि बाबा हमें वहीं छोड़कर ख़ुद कहीं और भाग जाएँगे। और हमें जाते देखकर ही मानो शूम की बीवी इतनी दुखी हो उठती है कि फफक फफककर रोना शुरू कर देती है। माँ बड़बड़ाती है—फफ्फेकुट्टन! मैं हाथ छुड़ाकर ड्योढ़ी में खड़े लड़कों के गुच्छे में जा शामिल होता हूँ और डरना शुरू कर देता हूँ कि वे सब पूछना शुरू कर देंगे—क्या हुआ, क्या हुआ! मंज़ूरे का बाप शूम को धमका रहा है—सरदार शाम सिंह, हमारी गली में इस तरह के तमाशे नहीं होंगे! यह क़ायदा शरीफ़ों का नहीं। अगर शोरशराबा मचाना है तो किसी और गली में जाकर मचाओ!

एक हकीमनुमा आदमी बाबा से पूछता है—हुआ क्या, कुछ पता भी तो चले!

मैं होशियार हो जाता हूँ। बाबा का जवाब सुनना चाहता हूँ।

—हुआ कुछ भी नहीं, शेख़जी, इस बेवक़ूफ़ का दिमाग़ ख़राब...।

माँ बीच में ही बोल उठती है—मैं सब जानती हूँ, मैं बेवक़ूफ़ नहीं!

शूम मंज़ूरे के बाप से ज़रा अलग होकर चिल्लाता है—मेरा दिमाग़ ख़राब नहीं हुआ, शेख़जी, इस हरामी का दिल...।

मंज़ूरे का बाप कड़क उठता है—ज़ुबान सँभालकर, सरदार शाम सिंह! देखते नहीं कि औरतें पास खड़ी हैं?

मैं सोच रहा हूँ कि शायद मंज़ूरे की माँ नज़र आ जाए। मंज़ूरा मेरे पास ही खड़ा है। मैं शुक्र मना रहा हूँ कि हरदयाल और जीता और असलम और केशव वहाँ नहीं। मुझे ख़तरा है कि अगर मैंने शुक्र मनाना बन्द न किया तो वे सब उड़कर वहाँ पहुँच जाएँगे।

बाबा कह रहे हैं—हुआ कुछ नहीं, शेख़जी, मैं इस कमीने से मिलने इसके घर आया तो इसकी...।

शूम उछलकर छलक सा पड़ता है—ख़बरदार, जो कुछ और कहा तो!

बाबा उसकी तरफ़ यूँ देखते हैं जैसे अपनी ख़ामोशी की क़ीमत तय कर रहे हों। शेख़जी निराश नज़र आते हैं, मंज़ूरे का बाप ख़ुश। वह शेख़जी को समझाता है—शेख़ साहिब, इन दोनों का कोई ज़ाती मुआमला होगा, हमें क्या, जैसे चाहें उसे निबटाएँ, लेकिन हमारी गली में ये तमाशे नहीं होने चाहिए!

शेख़जी उसकी तरफ़ यूँ देखते हैं जैसे कह रहे हों—क्यों नहीं होने चाहिए? यह गली तेरे बाप की नहीं। फिर वे शूम से मुख़ातिब होकर कहते हैं—क्यों भाई हुआ क्या, कुछ पता भी तो चले!

माँ सबसे मुख़ातिब होकर कह रही है—मैं सब जानती हूँ!

मुझे ख़तरा है कि वह फिर वही खुरदरी कहावत दोहराने लगेगी, और शूम की बीवी फिर मचल उठेगी। वह अन्दर न जाने क्या कर रही है। शायद कपड़े बदल रही हो। उसका दोपट्टा अब भी चारपाई पर चुपचाप सोया पड़ा है। मेरा जी चाहता है कि उसके पास बैठ जाऊँ। डरता हूँ कि माँ डाँटना शुरू कर देगी। हैरान हूँ कि वह पूरी तरह तड़प क्यों नहीं रही। शूम की बीवी शायद अन्दर दोपट्टा ही ढूँढ़ रही हो। मंज़ूरे का बाप ख़ाली चारपाई पर बिछे पड़े दोपट्टे की तरफ़ यूँ देख रहा है जैसे कहनेवाला हो—हमारी गली में ये तमाशे नहीं होने चाहिए!

शेख़जी शूम से पूछ रहे हैं—सरदारनीजी अन्दर बैठी रो क्यों रही हैं, बाहर क्यों नहीं आतीं, कुछ पता भी तो चले!

बाबा उसकी तरफ़ यूँ देखते हैं जैसे इल्तिजा कर रहे हों—शेख़जी, उस बला को ख़ुदा के लिए अभी अन्दर ही बैठी रहने दीजिए—और शूम यूँ जैसे पूछ रहा हो—शेख़जी, आप भी बुड्ढे बदमाश हैं क्या?—और मंज़ूरे का बाप यूँ जैसे फ़रमान जारी कर रहा हो—हमारी गली में ये तमाशे नहीं होंगे—और माँ यूँ जैसे झिड़क रही हो—मुसलों का यहाँ कोई काम नहीं!—और मैं यूँ जैसे मेरे सब दर्दों की दवा उन्हीं के पास हो।

शूम शेख़जी के पास पिचका सा खड़ा कोई लँगड़ी सी सफ़ाई दे ही रहा होता है कि अन्दर से एक कुरलाहट दौड़ती हुई बाहर आती है, जैसे उसकी बीवी को किसी ने हलाल करना शुरू कर दिया हो, या जैसे उसने फ़ैसला कर लिया हो कि बाहर जमी भीड़ को रो धोकर ही खदेड़ा जा सकता है।

शेख़जी आवाज़ उठाते हैं—सरदारनीजी को हो क्या रहा है, कुछ पता भी तो चले!

मंज़ूरे का बाप पुकार उठता है—सरदार शाम सिंह!

माँ दाँत पीसकर कहती है—अब रोकर सच्ची हो रही हैं, फफ्फेकुट्टन!

मैं डर रहा हूँ कि शेख़जी माँ से पूछ लेंगे—माँजी, आप मुँह ही मुँह में क्या मिनमिना रही हैं, कुछ पता भी तो चले!

शूम वह दूधिया दोपट्टा उठाकर अन्दर भाग जाता है, जैसे उसकी बीवी उसी दोपट्टे के लिए ही बिलबिला रही हो, या जैसे वह दोपट्टे को उसके मुँह में ठूँसकर फिर बाहर आ जाएगा और शेख़जी को वही लँगड़ी सफ़ाई देना शुरू कर देगा।

शेख़जी को अपनी तरफ़ बढ़ते देख बाबा उचककर ड्योढ़ी से बाहर निकल जाते हैं। मुझे उनकी फुर्ती पर हैरानी होती है। मंज़ूरे का बाप शेख़जी की तरफ़ यूँ देखता है जैसे कहना चाहता हो—शेख़ साहिब, चलिए, तमाशा ख़त्म हो गया! मंज़ूरा अपने बाप के पास जा खड़ा होता है जैसे कहनेवाला हो—अब्बा जान, आपको अम्मी जान याद कर रही हैं। माँ मेरा हाथ पकड़कर मुझे दरवाज़े की तरफ़ खींचना शुरू कर देती है। मैं हाथ छुड़ा लेता हूँ। एक हसरत भरी नज़र उस तिरछी बिछी चारपाई पर डालता हूँ, एक उस कमरे के दरवाज़े पर जहाँ खड़ा शूम किसी बदसूरत शैतान सा नज़र आता है। शूम की बीवी कहीं नज़र नहीं आती। माँ मेरी तरफ़ हाथ बढ़ा ही रही होती है कि मैं छलाँग मारकर बाहर भाग जाता हूँ, जैसे बाबा को पकड़कर वापस वहीं ले आने का काम मैंने अपने ज़िम्मे ले लिया हो। गली के मोड़ पर पहुँचकर पीछे की तरफ़ देखता हूँ। शूम के दरवाज़े पर कुछ लड़कों से घिरी खड़ी माँ किसी खोई हुई भिखारिन सी दिखाई देती है।

उस दिन के बाद याद नहीं कितने दिनों तक घर में माँ का ही राज रहा था। वह हर वक़्त किसी पागल महारानी की तरह दनदनाती रहती, हम सब डरे हुए दरबारियों की तरह बग़लें झाँकते रहते। वह शिकायतों और तानों से बाबा को कौंचती रहती, बाबा सिर झुकाए सब सुनते रहते। मुझे उनके धीरज पर हैरानी होती। किसी ज़बर्दस्त धमाके का खटका बराबर लगा रहता। माँ कभी कभी मुझे घर से बाहर धकेलना शुरू कर देती—तू कुछ खेला कूदा भी कर, हर वक़्त घर में घुसा रहता है, रोटी कैसे हज़म होगी? मैं समझ जाता कि वह शूम की बीवी के बारे में बाबा से खुलकर लड़ने झगड़ने के लिए मौक़ा ढूँढ रही थी। उससे पहले उसने मेरी या देवी की मौजूदगी की कभी कोई परवाह नहीं की थी। मेरी कोशिश रहती कि माँ और बाबा कभी घर में अकेले न रहें। स्कूल से मैं दौड़ता हुआ घर लौट आता। माँ शक करती रहती कि मैं छुट्टी से पहले ही आ गया था। केशव ने भी मेरे साथ चिपकना कुछ कम कर दिया था। सुबह को भी मैं टालमटोल करता रहता और माँ शोर मचाती रहती कि मुझे स्कूल को देर हो जाएगी, लेकिन मैं तभी घर से बाहर निकलता जब बाबा। यह उम्मीद बनी रहती कि किसी रोज़ वे मेरी तरफ़ देखकर आँख झपक देंगे और मैं समझ जाऊँगा कि वह मेरी मदद और हमदर्दी की सराहना कर रहे थे। जी चाहता

रहता कि किसी रोज़ उनसे कह दूँ कि मुझे सब मालूम था, बता दूँ कि मैं उनकी तरफ़ था, पूछ लूँ कि वे फिर कभी उधर गए थे या नहीं। लेकिन उनका चेहरा या तो कीचड़ सा गिचगिचा दिखाई देता या चट्टान सा सख़्त। उनकी नज़रें किसी ऐसे नुक्ते पर टिकी रहतीं जो मुझे नज़र तक न आता। फिर भी यह उमंग मुझे गरमाती रहती कि किसी रात जब माँ और देवी गहरी नींद में डूबी हुई हों, बाबा मेरी चारपाई पर आ लेटें और मुझे अपनी आपबीती सुना दें।

आपबीती और जगबीती के आपसी फ़र्क़ का मुझे एक अरसे से मद्धिम सा अन्दाज़ा था। शुरू बचपन में कभी कभार जब घर में शान्ति होती तो बाबा रात को लम्बी लम्बी कहानियाँ सुनाया करते थे। वे सब कहानियाँ तक़रीबन एक ही तरीक़े से शुरू होती थीं—एक था राजा। उसे अक्सर रात को नींद नहीं आती थी। एक रात जब देर तक करवटें बदलने और तारे गिनने के बाद भी उसे नींद नहीं आई तो उसने अपने बूढ़े वज़ीर को बुलवाया और कहा कि वह उसे कोई ऐसी कहानी सुनाए जिसे सुनते सुनते उसकी आँखें बन्द हो जाएँ। वज़ीर ने हाथ जोड़कर पूछा—हे राजन, जगबीती सुनाऊँ या आपबीती!

इस नुक्ते पर हमेशा मेरी साँस रुक जाया करती थी। मैं इस उम्मीद से कस जाता था कि शायद आज राजा आपबीती की ही फ़रमाइश कर दे, लेकिन उस राजे को न जाने क्यों हर बार जगबीती ही अच्छी लगती थी। मैं सोचता कि वह बूढ़ा वज़ीर भी हर बार मेरी तरह मायूस हो जाता होगा—वर्ना उसने कभी तो राजा से कह दिया होता—हे राजन, आज तो आपबीती ही सुनाऊँगा, चाहे मारो चाहे छोड़ो। कभी कभी मैं उस वज़ीर की सुनाई हुई जगबीतियों में उसकी और अपनी और बाबा की और उस राजे की आपबीतियों के अक्स देखने में इतना मस्त हो जाता कि बाबा समझते मैं सो गया था। कभी कभी मुझे यक़ीन हो जाता कि वह बूढ़ा वज़ीर ज़रूर अपनी जगबीतियों में अपनी आपबीतियों को भी मिला देता होगा। कभी कभी मुझे यह शक़ हो जाता कि शायद बाबा भी जगबीती के बहाने आपबीती ही सुना रहे थे। और कभी कभी यह कि जगबीती और आपबीती में कोई ख़ास फ़र्क़ नहीं था, और वह बूढ़ा वज़ीर यूँ ही उस राजे को बेवक़ूफ़ बना रहा था। जब कभी मैं इस ख़तरनाक नतीजे के आसपास पहुँच जाता तो मेरी नींद बिल्कुल उड़ जाती, और बाबा थकी सी आवाज़ में माँ से कहते—अब तू ही सुला इसे।

माँ मुझे सुलाने के लिए अक्सर अपनी उस चहेती कहानी का सहारा लिया करती थी जिस पर मुझे नींद के बजाए हँसी ही आती थी। कहानी सुनाने का उसका अन्दाज़ तो अटपटा था ही, आवाज़ भी अजीब हुआ करती थी। कहानी के इर्दगिर्द की दुनिया में वह बार बार किसी बच्ची की तरह गुम हो हो जाती और पूछती—मैं कहाँ थी, क्या कह रही थी? साथ साथ वह एक उँगली से मेरा सिर भी टटोलती रहती थी। मुझे बहुत आराम मिलता था। महसूस होता था जैसे एक मोटा सा कीड़ा मेरे

बालों में रेंगता हुआ मेरी खुजली को मज़े में बदलता जा रहा हो। ख़तरा लगा रहता था कि माँ किसी भी लम्हे कहानी को भूलकर मेरे सिर की ख़ुश्की को ले बैठेगी, बाबा से बादामरोग़न और घी के लिए पैसे माँगने शुरू कर देगी, बाबा कुछ देर चुप रहने के बाद झल्ला उठेंगे, और सारी कैफ़ियत फिर कड़वी हो जाएगी। लेकिन जिस रात रास्ते की सब आलायशों और रुकावटों के बावजूद माँ उस कहानी को आख़िर तक ले जाती, उस रात वह उस कहानी का आख़िरी फ़िक़रा डूबी हुई आवाज़ में तीन बार दोहराती—लच्छमी आवे कुलच्छमी जावे, लच्छमी आवे कुलच्छमी जावे, लच्छमी आवे...। तीसरी बार को बाबा हमेशा बीच में ही टोक दिया करते थे—बस बस, इतना ही काफ़ी है। अगर माँ मौज में होती तो उस टोक की परवाह किए बग़ैर तीसरी बार को पूरा करके एक लम्बी साँस लेती, मानो उसने कुलच्छमी को सदा के लिए घर से निकाल दिया हो। अगर उसे तैश आ जाता तो मेरे बालों से उँगली निकालकर बाबा से झगड़ना शुरू कर देती, और मुझे महसूस होता कि कुलच्छमी कभी कहीं और नहीं जाएगी। अगर बाबा मौज में होते तो वह झगड़ा जल्द ही मज़ाक में बदल जाता, और हम सब मिलकर तीन बार लच्छमी का स्वागत करते और कुलच्छमी को रुख़सत।

बाबा बताया करते थे कि माँ की बड़ी बहन का नाम तो कुछ और ही था लेकिन उसके लच्छन सब कुलच्छमी के से ही थे। साथ धीमी आवाज़ में यह भी कह दिया करते थे कि माँ ख़ुद भी किसी कुलच्छमी से कम नहीं थी। माँ शिकायत करती कि बाबा ने उसकी बहन को तो लच्छमी का ख़िताब दे रखा था, ख़ुद उसे कुलच्छमी का। जब बाबा मौज में होते और माँ शोर मचा रही होती तो वे नारा सा लगा देते—लच्छमी आवे कुलच्छमी जावे!

मैं हैरान हुआ करता था कि माँ की नज़र में वह कहानी जगबीती थी या आपबीती। मैंने उसे आपबीती के ज़ुमरे में ही रखा हुआ था, लेकिन अगर मैंने अपनी हैरानी का पीछा किया होता तो आपबीती और जगबीती का आपसी फ़र्क़ शायद उसी ज़माने में कुछ और साफ़, कुछ और कम, हो गया होता।

शूम की बीवीवाले हंगामे के बाद घर में माँ के मातमी राज के उस दौर में मैं अक्सर अपने उड़े उड़े से बचपन की यादों को यूँ खोजता खोदता रहता था जैसे वह सुहाना और सुनहरा हो और उसे बीते कुछ साल नहीं कई सदियाँ हो चुकी हों, या जैसे उसको एक जाँसोज़ जगबीती में बदल देने की ख़्वाहिश ने मुझे परेशान करना शुरू कर दिया हो। जी चाहता रहता कि किसी रोज़ बाबा के साथ अकेले बैठकर उन यादों की नुमाइश लगा दूँ, ताकि माँ के साथ अपने और उनके तमाम उलझावों का मुकम्मल सा मुआइना हो सके, लेकिन न तो कोई मौक़ा मिलता, न माक़ूल लफ़्ज़ सूझते। और मैं अपनी तिलमिलाहटों की पोटली उठाए बाबा की ख़ामोशियों के इर्दगिर्द मँडराता रहता।

शुरू बचपन से ही मुझे महसूस होना शुरू हो गया था कि बाबा ग़ुस्से या नशे में माँ पर कितना ही बिगड़ बरस क्यों न लें, ग़ुस्सा या नशा उतर जाने पर उन्हें उसकी तमाम हरकतों पर हँसी आती थी या अफ़सोस। इसीलिए शायद शुरू बचपन से ही मैं यह चाहता चला आ रहा था कि बाबा मुझे अपना हमराज़ बना लें, मेरे साथ मिलकर खुली ज़ुबान से माँ की मूर्खताओं पर नाराज़ हों या उनका मज़ा लें, और कभी भी उसे या अपने आपको पीटें नहीं। एक तरफ़ तो मैं यह चाहता था कि माँ उनसे दबकर रहे, दूसरी तरफ़ जब कभी मैं उन्हें माँ की किसी रट या राढ़ पर बेक़ाबू हो उस पर टूट पड़ते देखता, और माँ किसी डरे हुए जंगली जानवर की तरह सहम जाती तो मेरी हमदर्दी का रुख़ उसकी तरफ़ मुड़ जाता और हैबत का उनकी तरफ। महसूस होता जैसे उनकी दस्तदराज़ी उनकी ग़लती का सुबूत हो और उसकी दहशत उनके ज़ुल्म का नतीजा।

शूम की बीवीवाले हंगामे के बाद जब बाबा कई दिनों तक गुमसुम बने माँ की लानत मुलामत सुनते रहे तो मुझे यक़ीन हो गया कि वे गुज़रे हुए ज़माने की यादों को भी खोज खोद रहे थे और कोई कड़ा सा प्रायश्चित भी कर रहे थे, जिसके बावजूद माँ उन्हें मलियामेट करने पर तुली हुई नज़र आती थी। उसी क़िस्म का दमघोट माहौल माँ के कड़ोंवाली घटना के बाद कई दिनों तक घर में तना रहा था। इसलिए भी मेरा जी चाहता रहा था कि अपनी उम्र और लाइल्मी की हदों को तोड़कर बाबा से कह दूँ कि मुझे मालूम था कि शूम की बीवी ने उन्हें धोखा दिया था, कि मैं आइन्दा कभी उस जैसी तोताचश्म औरत के जाल में नहीं फँसूँगा, कि माँ जल्द ही वह सारा क़िस्सा भूल जाएगी, कि मुझ पर उस वारदात का कोई बुरा असर नहीं हुआ था।

बेशक मुझे साफ़ साफ़ यह मालूम नहीं था कि शूम की बीवी ने बाबा को या मुझे क्या धोखा दिया था, लेकिन सदमा सर्द हो जाने पर मैं यह सोच सोचकर अन्दर ही अन्दर उबलता रहा था कि उसने बाबा को भद्दी घरेलू गालियाँ दे देकर, बुड्ढा बदमाश कह कहकर, मेरी आँख से आँख न मिलाकर, और रो चिल्लाकर सबकी आँखों में धूल झोंकने की कोशिश ज़रूर की थी। अगर उस सारे तमाशे के दौरान वह ख्शाुद, ख़ामोश और हक्की बक्की बनी रही होती, या एक तरफ़ बैठकर सुबकती सी रहती, तो मैंने ज़रूर उसे मुआफ़ कर दिया होता। कई दिनों तक यह ख़्वाहिश किसी ख़राश की तरह मुझे तंग करती रही थी कि हिम्मत बाँधकर बाबा से पूछ लूँ कि उसने उन्हें धोखा दिया था या नहीं, कि उन्होंने उसे मुआफ़ किया था या नहीं।

इधर मैं अपनी उलझनों के नीचे दबा घुट घुल रहा था, उधर वह वारदात किसी नई वबा की तरह खुल फूलकर स्कूल में फैलती जा रही थी। क़स्बे की एक मनपसन्द कहावत के मुताबिक़ सच्चाई सात परदों को फाड़कर बाहर निकल आई थी और सबके सामने नंगी होकर नाच रही थी। असलम ने उसका नाच देखने के बाद ही शायद एक दिन मुझे पकड़कर पूछ लिया—बीरू, तू ही बता कि हुआ क्या था?

मुझे मानो उसी दोटूक सवाल का इन्तज़ार हो, मैंने उसे सब कुछ बता दिया और महसूस किया जैसे किसी ने मुझे किसी मल्बे के नीचे से निकाल लिया हो।

असलम ने मेरा बयान सुनने के बाद फ़ैसला सुनाया—बीरू, उस बेवफ़ा बाँझ ने तुम तीनों को उल्लू बनाया है। एक तरफ़ तो उसने तेरे बाबा से उस शाम मिलने का पैमान पक्का किया हुआ था, दूसरी तरफ़ शूम को सब बता रखा था, क्योंकि वह उन दोनों की दोस्ती तुड़वाना चाहती थी। वर्ना शूम का बाप भी ऐन मौक़े पर नहीं पहुँच सकता था। ये औरतें अजीब होती हैं, बीरू। तुझे इनका कुछ पता नहीं। इन्हें यार भी चाहिए, आशिक़ भी, और ख़ाविन्द भी। और बच्चे भी।

अगर कोई और दिन होता तो मैंने असलम की बात को बढ़ाया चढ़ाया होता, मज़े लिए होते, लेकिन उस वक़्त मैंने जिरह सी करते हुए कहा—अस्लू, ऐन मौक़े पर पहुँच जाने से कुछ साबित नहीं होता। आख़िर मैं भी तो ऐन मौक़े पर पहुँच ही गया था, मुझे तो किसी ने कुछ नहीं बताया था!

असलम ऊँची सी आवाज़ में बोला—तेरी बात दूसरी है, बीरू, तू आशिक़ है, ख़ाविन्द नहीं। आशिक़ के पास तीसरी आँख होती है, जबकि ख़ाविन्द कमबख़्त आमतौर पर अन्धा होता है।

मैं उसकी बात पर ग़ौर कर ही रहा था कि उसने पक्के मुँह से कहा—बीरू, केशव को मत बताना कि तू ऐन मौक़े पर भी मौजूद था।

लेकिन असलम से बात करने के बाद मेरा बोझ इतना कम हो गया था कि मैंने उसी दिन केशव को भी तक़रीबन सब कुछ बता दिया और महसूस किया कि मैंने भी उसे वैसा ही नज़्ज़ारा दिखा दिया है जैसा कि कुछ दिन पहले उसने मुझे दिखाया था। वह न हैरान हुआ न ख़ुश, मानो उसे पहले ही सब कुछ मालूम हो, या वह भी उसी मौक़े पर मौजूद रहा हो, या उसे वैसे मौक़े आम मिलते हों। और कुछ कहने के बजाय बोला—बीरू, अब तू न मेरे घर आता है, न मुझे साथ स्कूल ले जाता है, बात क्या है?

मैंने कहा—कोई बात नहीं, केशव, लेकिन...।

—तो कल सुबह सवेरे आ जाना, इकट्ठे नहाएँगे।

मैंने उसकी तरफ़ यूँ देखा जैसे कह दिया हो कि उसे अठखेलियाँ क्यों सूझ रही थीं। उसने जवाब में आँख मार दी, जैसे कह रहा हो—नहाने का तो बहाना ही है, बीरू, कल आओगे तो ऐसे ऐसे जलवे दिखाऊँगा कि शूम की बीवी ने भी नहीं दिखाए होंगे। उसका बदला हुआ हुलिया देखकर यूँ लगा था जैसे उसके माँ बाबू भी बदल गए हों, और अब उन तीनों ने मिलकर नहाना शुरू कर दिया हो।

केशव की मेहरबानी थी या सच्चाई की, मैं नहीं जानता, लेकिन एक दिन मैं पीपल के नीचे बैठा बस्ता बाँध रहा था कि हरदयाल और जीता आकर मेरे सिर पर खड़े हो गए। उनकी आँखों में शरारत भरी हुई थी। मैं समझ गया कि उन्हें पता चल

गया था कि मैं सिर्फ़ मौक़े पर ही नहीं बल्कि ऐन मौक़े पर भी मौजूद था। असलम और केशव से बात करने के बाद अगर मैं हल्का न हो गया होता तो मुझसे उनका मज़ाक बर्दाश्त न हो पाता। मुझे महसूस हुआ जैसे वे दोनों मेरा मन बहलाने के लिए ही एक नाटक सा कर रहे हों। और तब मैंने भी उस नाटक में मज़ा सा लेना शुरू कर दिया।

—बीरू, तू ऐन मौक़े पर कैसे जा पहुँचा?

—पाँव के बल या आँखों के?

—तुझे पता कैसे चला कि वहाँ क्या तमाशा होनेवाला था?

—सुपना आया था या इलहाम हुआ था?

—तू बाबा को बुलाने गया था?

—या शूम की बीवी को बिलोने?

—वहाँ पहुँचकर तूने क्या देखा?

—क्या सुना?

—क्या सोचा?

—क्या समझा?

—जब तूने अपने बाबा को उस बेवफ़ा के ऊपर चढ़े देखा तो तेरे दिल पर क्या गुज़री?

—तुझे अपनी आँखों पर यक़ीन आया कि नहीं?

—तेरे दिमाग़ को कितने धक्के लगे?

—तेरी हैरत गुम हुई कि नहीं?

—तेरे अज़ीज़ ने कोई अँगड़ाई ली कि नहीं?

—तेरे मुँह से बेसाख़्ता कुछ निकला कि नहीं?

—तुझे उस ग़ार का दीदार मिला कि नहीं?

—कहीं तूने भी अपनी तीसरी टाँग को उखाड़ना तो नहीं शुरू कर दिया?

—तेरे बाबा हिल रहे थे या नहीं?

—वह हाय हाय कर रही थी या नहीं?

—तेरे बाबा तुझे देखकर चिल्लाए या नहीं?

—तू उन्हें देखकर रोया या हँसा?

—शूम की हालत कैसी थी?

—वह गरज रहा था या गिड़गिड़ा रहा था?

—तेरी माँ ने क्या किया?

—क्या कहा?

—वह पहले किस पर बरसी?

—जब वह वहाँ पहुँची तो हो क्या रहा था?

—शूम की बीवी कहाँ थी?
—शूम क्या कर रहा था?
—जब तुम लोग बाहर आए तो मंज़ूरे के बाप ने क्या पूछा?
—मंज़ूरे की माँ भी वहाँ थी या नहीं?
—मंज़ूरे का मुँह कैसा था?
—शेख़ साहिब की दाढ़ी कैसे हिल रही थी?
—बीरू, ईचीबीची नहीं बताएगा तो हम इसी तरह बोलते बकते रहेंगे।
—अगर ईचीबीची नहीं बता सकता तो उसकी सी सी का सुर ही सुना दे।
—अगर वह सी सी कर रही थी तो ज़रूर उसे मज़ा आ रहा होगा।
—अगर यह मामला अदालत में गया तो तुझसे यही सवाल पूछे जाएँगे।
—और उससे भी!
—और शूम से भी!
—यह मत भूल, बीरू, कि सच्चाई छुप नहीं सकती बनावट के असूलों से!
—कि ख़ुश्बू आ नहीं सकती कभी काग़ज़ के फूलों से!
—ज़माना नाम है मेरा तो मैं सबको मिटा दूँगा!
—मुझको है तेरी जुस्तजू मुझको तिरी तलाश है।
—मुबारिक, मुबारिक, मुबारिक, मुबारिक!
—जाने जहाँ कहाँ है तू मुझको तिरी तलाश है!
—सफ़ाई को रखो हमेशा अज़ीज़!
—ऐ ख़याले पाक मेरे ख़ाली खूली क्यों है तू?
—एक गुल पे हो फ़िदा बुलबुल तू हरजाई न बन!
—गुफ़्तार का ग़ाज़ी वह भी बना!
—सारे जहाँ से अच्छा हिन्दुस्ताँ हमारा!
—तिरे सामने आसमाँ और भी हैं।
—तू हाय गुल पुकारे मैं चिल्लाऊँ हाय दिल।
—उधार मुहब्बत की कैंची है!
—आज का काम कल पर मत छोड़ो।
—यह दुनिया आनी जानी है।
—क्या बूदोबाश पूछो हो पूरब के साकिनो!
—लायी हयात आए क़ज़ा ले चली चले।
—बहती फिरेंगी हश्र में फ़रदें हिसाब की!
—हम तो डूबे हैं सनम तुझको भी ले डूबेंगे!
—बाज़ आ, बाज़ आ, बाज़ आ!
—बीरू के बच्चे बाज़ आ!

उन्हीं दिनों स्कूल में सालाना मुआइने की तैयारियाँ हो रही थीं, इसलिए पढ़ाई लिखाई बन्द थी। सारा स्कूल सफ़ाई और सजावट में जुटा हुआ था। सफ़ाई के नाम पर हर रोज़ धूल उड़ाई जा रही थी, डेस्कों को इधर उधर घसीटा जा रहा था, पंखों को पोंछा झाड़ा जा रहा था, क्यारियों को पानी और प्यार दिया जा रहा था, और दीवारों को सफ़ेदी और दुलार। सजावट के नाम पर स्कूल के गेट और हर कमरे की हर दीवार पर सबक़आमोज़ कहावतें, सनसनीख़ेज़ नसीहतें और दर्दनाक शेर लिखे या टाँगे जा रहे थे, जिनकी वजह से असलम के लफ़्ज़ों में हमारा स्कूल किसी हज्जाम की दुकान में बदल गया था और हरदयाल और जीता दो दीवानों में। वे हर वक़्त उन कहावतों और शेरों को ही दोहराते रहते थे। अगर कोई हँसता तो वे उस पर नाराज़ होने का बहाना ऐसे पक्के अन्दाज़ से करते कि हँसनेवाला रोने पर उतर आता और वे फिर अपना पाठ शुरू कर देते। उस दिन वे वाही तबाही बोल ही रहे थे कि केशव भी वहीं आ खड़ा हुआ, और कुछ देर कसा रहने के बाद फट उठा—बीरू, इन दोनों को कह दे कि अगर इनकी बकबक बन्द न हुई तो मैं या इनकी जान ले लूँगा या अपनी!

केशव की धमकियों पर अक्सर हम सबको सिर्फ़ हँसी या हैरानी ही हुआ करती थी, लेकिन उस रोज़ उसकी आवाज़ में कोई ऐसी कड़क थी या चेहरे में कोई ऐसी ज़र्दी कि हम सहम गए, जैसे उसने अचानक कपड़े फाड़ डाले हों या सिर फोड़ लिया हो। हरदयाल और जीता बेजान से हो गए। मैंने उसकी तरफ़ यूँ देखा जैसे वह कोई वहशी या अजनबी हो। उसके मुँह के कोनों में झाग के नन्हे नन्हे बुलबुले से जमा हो रहे थे और उसकी आँखें यूँ जगमगा रही थीं जैसे किसी अन्धे की हों। इन्हीं अलामतों पर ग़ौर करने के बाद असलम ने बाद में हमें बताया था कि अगर हम केशव की कड़क सुनकर सहम न गए होते तो वह उसी वक़्त पागल हो गया होता। उसने ही यह सलाह भी दी थी कि हम केशव की माँ को समझाएँ कि वह उसे हकीम ज़हूरबख़्श के पास ले जाए, क्योंकि पागलपन और मिर्गी और मुश्तबाज़ी वगैरा का इलाज या तो पीरों फ़क़ीरों के पास होता है या ख़ानदानी हकीमों के पास। आख़िर में उसने हमें यह तसल्ली भी दी थी कि मिर्गी के मरीज़ ख़तरनाक नहीं होते, ख़ौफ़नाक भले ही हों, और उनकी नज़र बहुत तेज़ और गहरी होती है, इसीलिए उनकी आँखें यूँ जगमगाती हैं जैसे किसी अन्धे की।

ये बातें तो बाद की हैं, उस वक़्त यही हुआ कि हरदयाल और जीता तो जल्द ही ग़ायब हो गए, और मैं केशव के पास यूँ खड़ा रह गया जैसे उसकी देखभाल का काम मुझे मिल गया हो। मुझे ख़तरा था कि वह मुझ पर ख़फ़ा होना शुरू कर देगा, लेकिन वह किसी सूखे पौधे सा खड़ा रहा। कुछ देर बाद जब मैं बस्ता उठाकर गेट की तरफ़ मुड़ा तो वह चुपचाप मेरे साथ हो लिया जैसे मेरा ही साया या सगा भाई हो। उसकी आँखें अब बुझती हुई दिखाई दीं और वे झाग के बुलबुले बैठते हुए।

मैं इस ख़तरे में कस गया कि वह झपटकर मेरी गर्दन दबोच लेगा और पूछेगा—तू क्यों उन मसख़रों की बातों में मज़ा ले रहा था? इस ख़तरे में रास्ता तेज़ी से कट गया। गली के मोड़ पर उसकी माँ यूँ मुस्कुराती खड़ी नज़र आई जैसे हर रोज़ हमारा स्वागत करने के लिए वहीं आ खड़ी होती हो। उसे देखते ही मैं दौड़ता हुआ अपने घर की तरफ़ बढ़ गया, जहाँ किसी ख़ाली मैदानेजंग का सा सन्नाटा छाया हुआ था।

दूसरे ही दिन स्कूल में अफ़वाह उड़ निकली कि बेतहाशा मुश्तबाज़ी की वजह से बेचारे केशव पर बेतहाशा मिर्गी के दौरे पड़ने लगे थे। उसके बाद मुझे यह डर लगा रहता कि वह किसी दिन मुझे पकड़कर डाँट देगा—देख लिया! और मुँह लगा उन मसख़रों को! और मज़े ले उनकी बातों में!

लेकिन अब केशव किसी और ही आलम में रहने लगा था। लड़के उसे 'मिर्गी' या 'मुश्ता' या 'माँ का यार' कहकर छेड़ते तो वह उनकी तरफ़ यूँ देखता जैसे कोई दादा किन्हीं दूध पीते बच्चों की तरफ़। हरदयाल और जीता वह अफ़वाह फैलाने के बाद दूसरी शरारतों में महव हो गए थे, असलम उनकी रहनुमाई में, और मैं इस तशवीश में कि रावण किसी दिन सारी क्लास के सामने केशव को रगड़ना शुरू कर देगा और केशव के मुँह से फिर झाग छूट उठेगी। लेकिन मेरी हैरानी की हद न रही जब एक दिन रावण ने हेडमास्टर की बेटी और केशव के सिवा हम सबको कुर्सियों पर खड़ा हो जाने का हुक्म दिया और ख़ुद हकलाना सा शुरू कर दिया—तुम सब नालायक़ हो। और कमीने भी। केशव को 'मिर्गी' कहकर छेड़ते हो, मुझे 'रावण' कहकर। मैं सब जानता हूँ। मैं न अन्धा हूँ न बहरा! तुम्हें पता भी है कि मिर्गी क्या होती है? तुम्हें शर्म आनी चाहिए! मालूम होना चाहिए कि उस बेचारे को मिर्गी की शिकायत नहीं। उसे एक ही बीमारी है! बुरी आदत की। वह तुम सबको भी है। मैं सब जानता हूँ। फ़र्क़ सिर्फ़ यही है कि केशव सच बोलता है और तुम सब झूठ। और यह कि उसकी बुरी आदत अब हद से ज्यादा बढ़ गई है। लेकिन अगर तुम लोग बाज़ नहीं आए तो तुम्हारा अंजाम भी बुरा होगा, तुम्हारा दिमाग़ भी कमज़ोर हो जाएगा। सो कान खोलकर सुन लो। अगर आइन्दा किसी ने केशव को 'मिर्गी' और मुझे 'रावण' कहकर छेड़ा तो मैं उसकी खाल उधेड़ दूँगा, उसे कच्चा चबा जाऊँगा...।

उसका चेहरा ज़र्द हो गया था, आँखें जगमगा उठी थीं, और मुँह के कोने बुलबुलों से लबरेज हो गए थे। मैं इस इन्तज़ार में एड़ियाँ उठा ही रहा था कि वह ग़श खाकर गिर पड़ेगा और हम सब छलाँग लगाकर उस पर टूट पड़ेंगे कि उसकी कड़क फिर सुनाई दी—आज सारा घंटा तुम सब इसी तरह सीधे खड़े रहोगे! अगर कोई ज़रा भी हिला जुला तो मैं उसका ख़ून पी जाऊँगा!

दूसरे दिन स्कूल में पढ़ाई लिखाई हुई थी न सफ़ाई सजावट, क्योंकि हर कमरे की हर दीवार पर और हर डेस्क की पीठ पर और हर पंखे की फट्टी पर कोयले या काली स्याही से लिखा हुआ था—रावण मुर्दाबाद!—और हेडमास्टर ने हुक्म दिया

था कि जब तक दीवारें और डेस्क और पंखे साफ़ नहीं होंगे और कोई सफ़ाई या सजावट नहीं होगी।

उस सफ़ाई के दौरान केशव मुझसे शूम और उसकी बीवी और बाबा के बारे में ऊबड़ खाबड़ सवाल पूछता रहा था, और मैं उसे कभी चुप रहकर और कभी चिल्लाकर टालने की कोशिश करता रहा था। और हैरान होता रहा था कि उस दिन जबकि मैं उस हंगामे को इर्दगिर्द की गहमागहमी की वजह से बार बार भूल भूल जाता था, वह कमबख़्त क्यों मुझे उसकी याद दिलाने की हर मुमकिन कोशिश कर रहा था। आखिरकार जब जब मैं उसकी पूछताछ से बिल्कुल जांबलब हो गया तो उसने आहिस्ता सी आवाज़ में बताया—बीरू, तुझे शायद पता नहीं कि शूम और उसकी बीवी यह क़स्बा छोड़ गए हैं। उसका तबादला हो गया है। अब उनके मकान में कोई मुसलमान रहता है। अगर यक़ीन न हो तो ख़ुद जाकर देख ले।

इस ख़बर को सुनकर मुझे जो सदमा हुआ उसमें ख़ुशी की मिलावट भी ज़रूर रही होगी, क्योंकि उन दिनों मुझे डर लगा रहता था कि किसी रोज़ किसी कमज़ोर लम्हे में मैं शूम की बीवी के पास पहुँच जाऊँगा और उससे निहायत रूखी आवाज़ में पूछ लूँगा—तूने मुझे और मेरे बाबा को धोखा क्यों दिया?

2

दहकता हुआ सन्नाटा। जैसे एक मैला नीला खेमा। जो किसी की किसी भी ग़लत या ग़ैरज़रूरी हरकत या आवाज़ या हसरत से किसी भी पल उखड़ या फट या उड़ सकता हो। या जैसे कोई सोया हुआ जिन्न। जिसने फूँक मारकर सारे क़स्बे को कुछ देर के लिए एक उजड़े हुए क़ब्रिस्तान में बदल दिया हो।

मैं एक बेगाने भूत सा गली के उस मुँह पर खड़ा हूँ जो बाज़ार में खुलता है। गली की दाँतों सी नन्ही नाहमवार ईंटें हुमस उगल रही हैं। आसमान किसी ऊँचे रेगिस्तान सा नज़र आता है, बाज़ार किसी बीमार बुढ़िया के बेरौनक़ चेहरे सा। एक काला कुत्ता मेरे क़दमों में खड़ा डबडबाई हुई आँखों से मेरी तरफ़ देख और कुछ पीले पैग़ाम मेरी तरफ़ फेंक रहा है—मैं भी आवारा हूँ, तुम मुझे नहीं जानते, लेकिन मैं न सिर्फ़ तुम्हें जानता हूँ, बल्कि तुम्हारे अंजाम को भी, तुम मुझे भी अपने साथ लाहोर क्यों नहीं ले जाते? तुम्हें इस कड़कती धूप में भी चैन नहीं!

मैं अपने इस बातूनी दोस्त की टिकटिकी को काटने के लिए आसमान की तरफ़ उड़ जाता हूँ, जहाँ हम दोनों से बेख़बर एक बेख़ुद चील सारा आसमान अपने पंखों पर उठाए जड़ी खड़ी दिखाई देती है। कुत्ता मुझे बेरुख़ देख रूठकर कान खड़खड़ाता हुआ वापस गली में मुड़ जाता है, जैसे माँ से मेरी शिकायत करने जा रहा हो। तभी एक कव्वा कहीं से उतर आकर सन्नाटे को फाड़ना शुरू कर देता है—घबराओ मत! घबराओ मत! मुझे अपनी मरहूम दादी की एक भूली बिसरी कहावत याद हो आती है—भादों की धूप देखकर भरत ने दिया था रो! पहली बार सुनने पर कुछ भी समझ में नहीं आया था। कव्वा कह रहा है—यह धूप भादों की नहीं! मैं पाँव पटख़कर उसे परे उड़ा ख़ुद बाज़ार में दाख़िल हो जाता हूँ। जैसे अन्देशा उठ खड़ा हुआ हो कि अगर उसी वक़्त वहाँ से हिला नहीं तो वह कुत्ता कान खड़खड़ाता हुआ वापस लौट आएगा और वह कव्वा मेरे सिर पर आ बैठेगा।

कुछ दिन बाद मैं लाहोर चला जाऊँगा, असलम गुजरात, हरदयाल और जीता अमृतसर। सिर्फ़ केशव क़स्बे में रह जाएगा। वह दसवीं में दूसरी बार फ़ेल हो गया

है। कहता है अब इम्तिहान में नहीं बैठेगा। कहता है—तुम लोग पढ़ो, मैं डंडे मारूँगा। जब से नतीजा निकला है, उसकी माँ कहती है, वह हर वक़्त हँसता रहता है। उससे पूछो तो पूछता है—हँसने पर भी रोक लगाओगे? कहता है—फ़ेल हो गया हूँ तो क्या हुआ, तुम लोग कॉलेज जाओ, मैं सारी उम्र यहीं रहूँगा, माँ के पास, माँ का यार, मिर्गी, मुश्ता! जब से नतीजा निकला है, असलम कहता है, केशव की ज़ुबान में ज़हर घुल गया है और उसका दिमाग़ एकदम खिल उठा है। हर वक़्त चोटें मारता रहता है, हमें भी और अपने आपको भी। लेकिन अब हम सब उससे इतना डरने लगे हैं कि हमारे मुँह से उसके सामने कोई बात नहीं निकलती। वह कहता है—अब कोई सीधे मुँह मुझसे बात तक नहीं करता। ठीक है। तुम लोग कॉलेज जाओ, मै क़स्बे का पहरा दूँगा, इसकी ख़ाक छानूँगा, यानीकि के साथ मिलकर। जब तुम लोग अगली छुट्टियों में घर आओगे तो देखोगे कि मैं महसूल की चुंगी पर बैठा मक्खियाँ मार रहा हूँ! जब से उसने हमें और अपने आपको लताड़ना शुरू किया है हम सब उससे तो एक तरफ़ एक दूसरे से भी आँख नहीं मिला पाते। असलम कहता है, हमारी कोशिश यही होनी चाहिए कि उसे तैश न दिलाएँ, वरना उसे फिर दौरा पड़ सकता है।

माँ मुझे समझाती रहती है कि अगर मेरे तालू को धूप लग गई तो मैं भी केशव की तरह पागल हो जाऊँगा। माँ ने अभी से फ़ैसला कर लिया है कि केशव का दिमाग़ ख़राब हो गया है। उसे इस बात पर ख़ुश होते देख मुझे इतना ग़ुस्सा आता है कि जी चाहता है कि हर वक़्त कड़कती धूप में नंगे सिर और नंगे पाँव घूमता रहूँ हत्ताकि मेरा तालू और तलवे जल जाएँ और मैं भी केशव की तरह जली कटी बोलना शुरू कर दूँ। आज भी शायद मैं इसी ख़याल से अपनी गश्त पर निकल पड़ा हूँ।

बाज़ार में दाख़िल होते ही मैं हमेशा की तरह बाईं तरफ़ मुड़ जाता हूँ। इस बाज़ार की एक ख़ूबी यह है कि इसमें कहीं से किसी तरफ़ क्यों न निकल जाओ, घूम फिर कर आख़िर वहीं पहुँच जाओगे जहाँ से कुछ देर पहले चले थे। इसीलिए लोग बार बार बाज़ार में एक दूसरे से टकराते रहते हैं, और उनके मुँह से बेसाख़्ता निकल जाता है—ज़मीन गोल है! मैं अपनी गश्त बाईं तरफ़ से इसलिए शुरू करता हूँ क्योंकि उस तरफ़ का बाज़ार दो तीन बल खाकर ही कुछ फ़ासले के लिए एक बेगानी सी गली में खो जाता है। उस गली के मकान बहुत पुरानी ईंटों के हैं। असलम के मुताबिक़ वह गली मुग़लों के ज़माने की है। मकानों के दरवाज़े खिड़कियों से दिखाई देते हैं और खिड़कियाँ रोशनदानों सी। असलम कहता है इन मकानों में मुग़लों के सिपाही रहा करते थे। हज़ारों बार उस गली में से गुज़र लेने के बाद भी मैं उसकी या उसमें रहनेवालों की अजनबियत को दूर नहीं कर सका। इसलिए भी उसमें से गुज़रना मुझे पसन्द है, और शायद इसलिए भी कि वहाँ चलते वक़्त यह ख़तरा बना रहता है कि कोई न कोई भुरभुरा मकान मेरे क़दमों की आहट सुन मुझ पर आ गिरेगा। इस ख़तरे की वजह से शायद मैं उस गली में दाख़िल होते ही बेख़ुद सा हो जाता हूँ, और मुझे

पता नहीं चलता कि कहाँ वह ख़त्म हो जाती है और कहाँ उसी का वह कुशादा और नया और ख़ुशहाल टुकड़ा शुरू हो जाता है, जिसे आम लोगों ने कंजरियों की गली का नंगा नाम दे रखा है, असलम ने मुमताज़ शान्ति स्ट्रीट का लाहोरी नाम, और मैंने लैला के कूचे का नज़रकुशा नाम।

उस कूचे तक पहुँचते पहुँचते मैं आज भी थोड़ी थोड़ी देर के लिए रास्ते की उन दुकानों पर रुकूँगा, जिनके मालिक इस वक़्त मुँह खोले सो या आँखें बन्द किए खुजला रहे होंगे। जब से लाहोर जाने की बात पक्की हुई है, मैं ख़ुद कच्चा कच्चा सा रहने लगा हूँ। माँ और बाबा मेरा सामान बाँधते खोलते रहते हैं, मैं अजीबोग़रीब इरादे। माँ इस ख़तरे की ख़ाक उड़ाती रहती है कि लाहोर जाने से पहले ही मैं बीमार पड़ जाऊँगा, मैं इस क़स्बे की ख़ाक छानता रहता हूँ, गोया मुझे मोतियों की तलाश हो। या गोया यह धीमा सा अन्देशा अभी से मेरे अन्दर जल उठा हो कि अब यह क़स्बा दिन ब दिन बेगाना होता चला जाएगा और इसमें काटी ज़िन्दगी और इससे बँधी यादों की धूल ही मेरे पास बची रह जाएगी।

बहरहाल, बाईं तरफ़ मुड़ते ही मेरी नज़र सरदारी की दुकान पर पड़ती है। वह इस वक़्त मेरे दिल की तरह वीरान पड़ी है। दारी ख़ुद किसी सूअर की तरह सोया पड़ा खर्राटे मार रहा है। वर्ना मुझे देखते ही चिल्लाना शुरू कर देता—आ गया, आ गया, लाहोरी लड़का आ गया! आजकल उसके मुँह पर यही मोहमल सा मज़ाक़ चढ़ा रहता है। कभी कभी पकड़कर मेरे कान से मुँह लगाकर कह देता है—लाहोर जाकर दुम कूटना। उसके मुँह से शायद मेरे कान को भी बू आती होगी। कुमारी ऊपर चोबारे में पसरी पड़ी होगी। पलंग पर। जम्पर पेटीकोट ढीला किए। उसकी खिड़की खुली और ख़ाली है। अगर वह वहाँ खड़ी होती तो भी मैं उसे आँख न मार पाता। कहती है लाहोर में मुझे मिलेगी, अपने बाप के घर खाने पर बुलाएगी। माँ को न जाने कैसे पता चल गया है। वह कई बार हिदायत दे चुकी है—ख़बरदार जो उसके बाप शाप के घर गया तो! मेरा वहाँ जाने का कोई इरादा नहीं। मुझे अब उसमें कोई ख़ूबी या ख़ूबसूरती नज़र नहीं आती। लेकिन उसे देखते ही एक बार शूम की बीवी को देखने की ख़्वाहिश फिर जाग उठती है। उसकी सूरत उभारे नहीं उभरती। असलम कहता है—इससे यह साबित होता है कि तू बड़ा हो गया है, और यह भी कि जूँ जूँ तू बड़ा होता जाएगा, अपने से बड़ी औरतों से तुझे नफ़रत होती चली जाएगी। मुझे शूम की बीवी से नफ़रत नहीं, बस एक उलझा हुआ सा रंज ही कभी कभी मन को उमेठ देता है। ख़ुशक़िस्मत हूँ कि वे दोनों क़स्बा छोड़ गए हैं, वर्ना किसी दिन दौड़ता हुआ उसके दरवाज़े पर पहुँच जाता। अलविदा कहने। लाहोर जाने से पहले किसी दिन दगड़ दगड़ से सीढ़ियाँ चढ़ जाऊँगा और कुमारी से कहूँगा—आ गया, आ गया, लाहोरीमल आ गया! वह आँखें मल या मटका ही रही होगी कि मैं उसके सीने को मुचड़ मसलकर दगड़ दगड़ करता सीढ़ियाँ उतर जाऊँगा। असलम कहता है कि हर

हारे हुए इंसान के अन्दर एक दरिन्दा दुबका बैठा रहता है। हर वक़्त। मौक़े की ताक में। मेरे अन्दर आजकल एक अजनबी छुपा बैठा है। और वही मुझे कहीं भी चैन से बैठने नहीं देता। न ही आराम से किसी से कोई बात करने देता है। असलम कहता है—बीरू, तू जब लाहोर से लौटेगा तो तुझे सुर्ख़ाब के पर लगे होंगे। वह गुजरात नहीं जाना चाहता। कहता है कि वहाँ के बारे में सोच सोचकर उसके और उसके बेटे के बाल सफ़ेद होते जा रहे हैं। उसके अब्बा कहते हैं कि गुजरात में तपेदिक़्क़ का एक मशहूरोमारूफ़ हकीम है जिसने उन्हें गारंटी दी है कि एक ही साल में असलम के फेफड़े फूलों की तरह साफ़ हो जाएँगे। माँ को न जाने कैसे असलम की बीमारी के बारे में पता चल गया है। उसके घर जाने से मना करती रहती है। कभी गिड़गिड़ाकर, कभी गालियाँ देकर। कहती है—उस मुसले के मुँह की हवाड़ तेरे मुँह में चली गई तो मैं क्या करूँगी। असलम को न जाने कैसे पता चल गया है कि माँ मुझे मना करती रहती है। कई बार कह चुका है—बीरू, तू तन्दुरुस्त रहना चाहता है तो मुझसे दूर ही रहा कर। तेरी माँ ठीक ही कहती है। मैं बुरा नहीं मानूँगा। क्योंकि मैं चाहता हूँ कि तू लाहोर जाए। तपेदिक़्क़ बुरी बला है, बीरू; जिसे लग जाती है उसका अंजाम बुरा होता है। जब से असलम को अपनी सूखी खाँसी की असली वजह पता चली है, उसके मज़ाक़ में उदासी आ मिली है। अब वह हँसता है तो होंठ खींचकर, खाँसता है तो हँसी का बहाना सा करता हुआ। मेरी बेचैनी का एक कारण यही है कि मैं उसके घर जाने से कतराता भी रहता हूँ, वहाँ जाना भी चाहता हूँ। उसकी बहन हफ़ीज़ा लाहोर से आई हुई है। अब मुझे उससे कोई झेंप महसूस नहीं होती। उसने भी लाहोर में मुझे अपने घर बुलाने का वायदा किया है। माँ को उसके वायदे का पता न जाने क्यों नहीं चला। किसी दिन हफ़ीज़ा को अलग ले जाकर असलम का हाल पूछूँगा। वह सूखता सा जा रहा है। उसकी अम्माँ उसे कॉलेज नहीं भेजना चाहती। लेकिन उसके अब्बा अड़े हुए हैं। असलम बताता है—अब्बा जान का बस चला तो मेरी जान गुजरात में जाकर ही निकलेगी। उनके सर पर आला तालीम का भूत भी सवार है और उस हकीम का भी। बीरू, जब दो भूत एक साथ किसी के सर पर सवार हो जाएँ तो ख़ुदा ही ख़ैर कर सकता है!

दारी ने सुरसुराना शुरू कर दिया है। मुझे अपनी समाधि कहीं और जाकर लगानी होगी। कुछ क़दम चलकर मैं मेलेशाह की बैठक के सामने जा खड़ा होता हूँ। वह भी टाँगें टेढ़ी किए सोया पड़ा है। दमकती हुई तिजोरी के क़दमों में। किसी मदमस्त पुजारी सा। तिजोरी के माथे से लटकती हुई लक्ष्मी जिसकी हराम की कमाई की रक्षा कर रही है। हर वक़्त किसी बूढ़ी कंजरी या जवान दुलहन या अधेड़ हिजड़े की तरह सजा धजा रहता है—गले में सोने की ज़ंजीर, कानों में मुन्द्रियाँ, आँखों में सुरमा, बालों में ख़िज़ाब, उँगलियों में अँगूठियाँ, कपड़ों में कलफ़ और चाल में बला की चालाकी। दूसरे साहूकारों की सी कंजूसाना सिकुड़न तो उसके आव भाव में नहीं,

लेकिन उनकी दूसरी सब सिफ़तें उसमें भी मौजूद हैं। जब कोई असामी न हो तो वह बाज़ार की तरफ़ पीठ और तिजोरी की तरफ़ मुँह किए उसके साथ सटा सा यूँ बैठा नज़र आता है जैसे उसे कोई लम्बी कहानी भी सुना रहा हो और पानी भी दे रहा हो। असामियों के सामने भी उसकी सदा चुँधियाई हुई आँखें तिजोरी की तरफ़ यूँ हुमकती रहती हैं जैसे बीमार बच्चियाँ अपनी माँ की तरफ। वैसे सब जानते हैं कि यह तिजोरी उसने सिर्फ़ अपनी आँखें सेंकने, अपनी असामियों पर रौब जमाने, और चोरों को धोखा देने के लिए ही रखी हुई है। असल मालमता—मनों चाँदी, सेरों सोना, ढेरों रुपए—उसके घर पड़ी एक बड़ी तिजोरी में महफ़ूज़ हैं, जो उसने लाहोर या विलायत से मँगवाई थी, और जिसे न कोई चोर तोड़ सकता है, न कोई आग जला सकती है, और जिसे उसके बेटे दारी ने भी किसी सपने में ही देखा होगा।

मेलेशाह खुलेआम दारी की शिकायत करता है, दारी खुलेआम मेलेशाह की बुराई। कभी कभी भरे बाज़ार में वे यूँ एक दूसरे के सामने डट खड़े होते हैं जैसे सौतेले भाई हों। मेलेशाह मुँह मरोड़कर कहता है—अगर तू नामर्द और निखट्टू न होता तो हर वक़्त बैठा ही ही न करता रहता, कोई कमाई कर रहा होता! दारी दाँत पीसकर धमकी देता है—मैंने किसी दिन तेरा गला न घोंट दिया तो कहना मैं अपने बाप का बेटा नहीं! मेलेशाह बड़े मलाल से जवाब देता है—तू पैदा होते ही मर क्यों नहीं गया! दारी दहाड़ता है—मैं तुझे मारकर ही मरूँगा। फिर वह उस पर झपट ही रहा होता है कि कोई तमाशबीन पकड़कर उसे समझाना शुरू कर देता है—तू बिल्कुल गधा है, सरदारी लाल! अपने बाप पर हाथ नहीं उठाते! दारी को जब और कोई चोट नहीं सूझती तो चीख़ना शुरू कर देता है—हराम की कमाई हराम में ही जाएगी, हराम में ही जाएगी, हराम...। मेलेशाह इस पेशीनगोई को सुनते ही काँपना और तमाशबीनों से पूछना शुरू कर देता है—लोगो, सुन रहे हो इस हरामी की बात, सुन रहे हो कि नहीं?

उनकी हर टक्कर के दौरान लोग इस इन्तज़ार में रहते हैं कि आज उनमें से किसी एक के मुँह से उनकी लड़ाई की असली वजह निकलकर सबके सामने नंगी खड़ी हो जाएगी, लेकिन अभी तक यह नौबत नहीं आई। बाज़ार के कई अड्डों पर अक्सर उस असली वजह को बार बार बेपर्दा किया जाता है। कुछ लोगों को यक़ीन है कि जब से दारी की माँ बैकुंठ सिधार गई है मेलेशाह ने दारी की बीवी को बुरी नज़र से देखना शुरू कर दिया है। कुछ लोगों की राय में बात अगर देखने तक ही रहती तो न दारी को इतना दुख होता, न उन्हें मर्यादा के टूट जाने का इतना खटका, लेकिन, वे कहते हैं, वह बूढ़ा तो अपने बेटे का घर आबाद करने पर तुला हुआ है, डंके की चोट कहता है कि जो काम उस नामर्द से नहीं हुआ उसे अब वह ख़ुद करके दिखाएगा! बेशतर लोगों को न दारी का दुख दिखाई देता है न मर्यादा के पहरेदारों के खटके का ख़ुलूस, उन्हें सिर्फ़ मेलेशाह की बदमाशी और उसकी बहू की बेहयाई ही

दिखाई देती है और इन्हीं दोनों हक़ीक़तों में ही उन्हें असली मज़ा आता है। इन लोगों का नुमाइन्दा विश्वा पहलवान चरस का दम लगाकर अपने चेलेचाँटों को अपनी आपबीतियाँ सुनाते सुनाते कुमारी और मेलेशाह का गुणगान यूँ शुरू कर देता है जैसे वे दोनों भी उसी के ही दो रूप हों। कुछ लोग दुहाई देते हैं—यारो, होश की बात करो, कहाँ वह लाहोर की हूरपरी और कहाँ वह बूढ़ा हिजड़ा! इसी जुमले के जवाब में ही एक बार विश्वे पहलवान ने कहा था—कुमारी को दरअसल शक्ल सूरत से कोई सरोकार नहीं; उसे तो माल की हवस है या मज़े की। माल उसे मेलेशाह से ही मिल सकता है, इसलिए वह उसकी सेवा नहीं करेगी तो क्या करेगी? मज़ा उसे न दारी से मिल सकता है न दारी के बाप से, क्योंकि दारी को लौंडों की लत है और मेलेशाह को शहवत सिर्फ़ अपनी असामियों पर ही आती है, इसलिए बेचारी कुमारी क़िस्मत की मारी मज़े के लिए इधर उधर ही मुँह मारती है। यानीकि, यारो, यह मामला इतना सीधा नहीं जितना कि तुम समझते हो। होता तो यानीकि को इस पर हर तीसरे रोज़ तक़रीर न करनी पड़ती, और न ही यह बात फ़ैसले के लिए बादशाह तक पहुँचती।

बादशाह का फ़ैसला तो मैंने अभी तक सुना नहीं, लेकिन यानीकि की तक़रीरों का लुब्बेलुबाब यही है कि दारी और कुमारी मिलकर उस बूढ़े मगरमच्छ को फाँसने की कोशिश कर रहे हैं, क्योंकि वे उसका मालमता हथियाना चाहते हैं, यानीकि उन्हें ख़तरा है कि अगर वे ख़बरदार न रहे तो मेलेशाह सेरों सोना और मनों चाँदी किसी और के नाम कर जाएगा और वह दिखावे की ख़ाली तिजोरी उनके नाम, हालाँकि उन्हें मालूम होना चाहिए कि वह ऐसा करेगा नहीं, सिर्फ़ ऐसा कर जाने की धमकियाँ ही देगा, क्योंकि जब से उसकी अपनी बीवी मरी है वह आज़ाद हो गया है, यानीकि पागल हो गया है, यानीकि हुआ नहीं लेकिन हो जाने का बहाना करने की उसे आज़ादी मिल गई है, और उसने हर जने खने की बीवी को देखकर खाँसी शाह की तरह खाँसना शुरू कर दिया है, यानीकि कुमारी चाहती है कि उसका खूसट ससुर बेशक उससे अपने तलवे चटवा ले या उसके ख़रबूज़े सूँघ ले लेकिन पैसा उसके नाम कर दे, यानीकि दारी को अगर ग़ुस्सा है तो यही कि उसके बाप ने अभी तक ऐसा किया क्यों नहीं और दारी के बाप को शिकायत यही है कि दारी समझता क्यों नहीं कि वह पैसा उसे अपनी जान से भी ज़्यादा प्यारा है, यानीकि सौ बातों की एक बात यह कि पैसा ही सारी बेईमानियों की बुनियाद है, पैसा ही बेटे को बाप से भिड़ाता है और पैसा ही बहू को ससुर के साथ जा लिटाता है, यानीकि इसी तरह की मिसालों की कोई कमी नहीं, न इस क़स्बे में, न इस मुल्क में, न इस दुनिया में, मिसाल के तौर पर बाली भवन, यानीकि बाली भून, वाले तहसीलदार को कौन नहीं जानता, वह भी तो अपनी छोटी भौजाई को डंके की चोट बजा ही रहा है, हालाँकि वह उस बदमाश की बेटी के बराबर है, यानीकि जब तक पैसे से प्यार रहेगा, जिस्म का ब्योपार भी रहेगा, इसीलिए तो कंजरियों का धन्धा ख़त्म हो ही नहीं सकता,

यानीकि क़ुसूर न मेलेशाह का है न दारी का न कुमारी का, क़ुसूर उस साली तिजोरी का है, जिसमें इस इलाक़े के ग़रीब किसानों के गाढ़े पसीने की कमाई और उनकी बहू बेटियों के गहने बन्द पड़े हैं, यानीकि...।

यानीकि की हर तक़रीर में दुनिया भर की बातें और दलीलें गुत्थमगुत्था रहती हैं, इसलिए उसकी किसी भी तक़रीर का लुब्बेलुबाब निकालकर रख देना आसान नहीं। बहरहाल, मुझे उसी की उलझी हुई राय सबसे ज़्यादा रिझाती है। फिर भी यक़ीन नहीं आता कि कुमारी सचमुच सिर्फ़ पैसे के लिए ही मेलेशाह से फँसी हुई है। उसे उसके बिस्तर में देखकर बेइख़्तियार क़ै सी आ जाती है। असलम नाराज़ होता है—बीरू, अब तू लाहोर जा रहा है, यह बुद्धूपन यहीं छोड़ जा, केशव के लिए, हालाँकि आजकल तो वह भी हवा से बातें करने लगा है।

जब से असलम को अपनी बीमारी का असली नाम मालूम हुआ है, उसके लहजे में उकताहट और उसके तंज़ में तुर्शी उतर आई है। अब वह इधर उधर की आराइशों से बहलने के बजाय सीधा हर बात की तह तक पहुँचकर यूँ मुस्कुराना शुरू कर देता है जैसे मर भी रहा हो और मार भी। शिकायत करो तो नीमशहीदाना अन्दाज़ में जवाब देता है—दिक़्क़ के मरीज को दुनियादारी से क्या मतलब, बीरू? मौत जब सामने खड़ी हो, रखरखाव मुश्किल हो जाता है। चन्दरोज़ा मेहमान हूँ, जो मुँह में आएगा, बकूँगा, कोई चहके या चीख़े, मेरी बला से!

कभी सोचता हूँ कि असलम भी केशव की तरह कड़वा हो गया है, कभी समझता हूँ कि वह अब भी दरअसल हर मुसीबत को मज़ाक में ही बहाता है, फ़र्क़ यही आया है कि अब उसके मज़ाक का रुख ज़्यादातर उसकी अपनी तरफ़ ही रहता है, और उसकी ज़ुबान में बेलिहाज़ बारीकी आ गई है। असलम कहता है कि अगर गुजरात के उस ख़ानदानी हकीम ने उसे बचा लिया तो वह मौत पर एक लम्बी नज़्म लिखेगा। जब से बीमार पड़ा है, बात बात में बड़े बड़े शाइरों को ले आता है, जैसे ग़ालिब और इक़बाल उसके दोस्त हों। केशव को यक़ीन होता जा रहा है कि असलम या तो पागल हो जाएगा या शाइर। हरदयाल कहता है कि तपेदिक़्क़ का इलाज हकीमों के पास नहीं। जीता जोड़ता है, अगर होता तो हिन्दुस्तान में इस बीमारी का बोलबाला इतना ज़्यादा न होता। शायद असलम को डॉक्टर साहनी के पास जाना चाहिए। उससे कहूँगा, लेकिन वह मानेगा नहीं। कहेगा—बीरू, उसमें और अल्लादित्ते में यही फ़र्क़ है कि वह हिन्दू है और अल्लादित्ता मुसलमान; डॉक्टरी दोनों की माता का ही माल है, न होती तो साहनी की बेटी बेटा न बनी फिरती और अल्लादित्ते की मेमें मैं मैं न करती रहतीं।

अफ़वाह है कि डॉक्टर साहनी इस बार राजे को अपने साथ लन्दन ले जाएगा। जब से आया है, बीवी से लड़ रहा है। वह कहती है कि वह भी साथ जाएगी। वह जवाब देता है—तू क्या करने जाएगी वहाँ? तेरा यार तो यहीं है। इस बहस पर वह

रोने बैठ जाती है और राजा उसे चुप कराने। केशव बताता है उसके घर से सब कुछ सुनाई देता है। डॉक्टर साहनी कई बार बीवी को पीट भी चुका है। कभी तो वह चुपचाप पिटती रहती है, कभी चिल्लाना शुरू कर देती है—बस वहाँ से यही सीखकर आते हो! शरम तो नहीं आती। इतनी बड़ी बेटी के सामने हाथ उठाते और बकवास करते! केशव कहता है कि राजा उसी वक़्त चीख़ उठता है—मैं बेटी नहीं, बेटा हूँ! और डॉक्टर साहनी बीवी को छोड़कर राजे को पकड़ लेता है—तू लड़की है, लड़का नहीं! और इस पर राजा भी रोने बैठ जाता है। केशव कहता है कि डॉक्टर साहनी पिछली बार बीवी से कह गया होगा कि अगर उसने राजे का लिबास विबास न बदला तो वह अगली बार उसे अपने साथ लन्दन ले जाएगा और उसकी माँ को मास्टर बिहारी लाल के लिए यहीं छोड़ जाएगा, इसीलिए इस बार जब से आया है यही कहे जा रहा है कि वह राजे को तो साथ ले जाएगा और उसकी माँ का मुँह तक नहीं देखेगा मरते दम तक।

असलम कहता है कि राजे का रंग ढंग अब बदल ही नहीं सकता, कि यह तो उन्हें पहले ही पता होना चाहिए था कि अगर उसे लड़कों का सा नाम देंगे, लड़कों के से कपड़े पहनाएँगे, लड़कों का सा खाना खिलाएँगे, लड़कों की सी गालियाँ देंगे, लड़कों की सी ज़ुबान बुलवाएँगे, लड़कों के स्कूल में भेजेंगे तो उसकी हरकतें लड़कों की सी नहीं होंगी तो लड़कियों की सी होंगी? असलम न जाने क्यों इस बात पर बोलता बोलता लाल पीला हो जाता है। अगर क़ुसूर पर बहस हो रही हो तो वह फ़ैसलाकुन आवाज़ में कहता है—क़ुसूर राजे का नहीं; उस बेचारे को क्या पता? न ही उसकी माँ का है; उस बेचारी को तो मास्टर बिहारी लाल की मालिश से ही फ़ुर्सत नहीं। क़ुसूर सारा डॉक्टर साहनी का है। पहले तो उसे बेटा बनाकर ख़ुश होता रहा, अब चाहता है कि वह बेटी बन जाए रातोंरात! कोई जादू का खेल है! इसीलिए तो मैं कहता हूँ, बीरू, कि डॉक्टर साहनी नाम का ही विलायत पास है, अक़्ल उसमें उतनी ही है जितनी कि मोटे दित्ते में।

क़ुसूर किसी का भी क्यों न हो, राजे की हालत आजकल काफ़ी ख़राब है। लड़कियों से वह खेलना नहीं चाहता, लड़के उसे कहते हैं—पहले दिखा, फिर खेलने देंगे। केशव को उस पर बहुत तरस आता है। वह कहता है—अगर मुझे तुम लोगों का डर न होता तो मैं हर वक़्त उसी के साथ घूमता खेलता। मुझसे कहता है—जब तू लाहोर चला जाएगा तो मैं राजे से शादी कर लूँगा, फिर देखूँगा कि कौन उसे छेड़ता है! जब वह यह धमकी दे रहा होता है तो मैं उसके पक्के चेहरे में किसी मज़ाक की चरमराहट ढूँढ़ता रहता हूँ। फिर उसे समझाता हूँ—केशव, वह अभी बच्चा है, तू क्यों चिन्ता करता है इतनी? ज़रा और बड़ा हो जाएगा तो ख़ुद ब ख़ुद समझ जाएगा कि वह लड़का नहीं लड़की है।

एक बार इसी तरह की कोई बात हो ही रही थी कि केशव बोल उठा था—बीरू,

तू बहुत रूखा है। तुझे न किसी पर तरस आता है न किसी पर प्यार। तू बस बहस करना ही जानता है। या बिख़ए उधेड़ना। राजा अब बच्चा नहीं। न ही उसकी गुत्थी समझ से सुलझ सकती। कभी आँखें खोलकर देखा भी है उसकी तरफ़? कभी बैठकर सोचा भी है उसके बारे में? इस मामले में तो वह हरामी असलम ही तुझसे ज़्यादा समझदार है। लेकिन बात सिर्फ़ समझने की ही नहीं।

सुनकर मैं दंग रह गया था। केशव जब से फ़ेल हुआ है, इतना तेज़ हो गया है कि जी चाहता है कि किसी तरह उसे लाहोर भेज दूँ और ख़ुद यहीं रह जाऊँ। आजकल उसे राजे का वहम सा हो गया है। जहाँ कहीं उसे रोते देखता है उसके पास जाकर उसे पुचकारना शुरू कर देता है। असलम ने कहना शुरू कर दिया है—इन दोनों का अंजाम बुरा होगा! केशव के मुताबिक़ राजा लन्दन नहीं जाना चाहता—वह वहाँ जाकर करेगा क्या? बाप की मेम उसे नहीं चाहिए। उसे अपनी माँ चाहिए। और डॉक्टर साहनी उसकी माँ को कभी साथ नहीं ले जाएगा। क्योंकि उसे अंग्रेज़ी नहीं आती। अब यह भी कोई दलील है, बीरू? इस उम्र में उसे अंग्रेज़ी आएगी? बूढ़े तोते पढ़ नहीं सकते। लेकिन असली वजह कौन नहीं जानता! लन्दन में दो बीवियाँ एक साथ रखी ही नहीं जा सकतीं। क़ानूनन मना है। न भी हो तो वहाँ दो तलवारें एक म्यान में समा ही नहीं सकतीं। यहाँ की बात दूसरी है। और राजा तो वैसे भी मास्टर बिहारी लाल को ही अपना असली बाप मानता है। कुदरती बात है, जो आदमी उसकी माँ को पसन्द आएगा, वही उसे भी। मास्टर बिहारी लाल बेशक पीता बहुत है, लेकिन कभी उस पर हाथ नहीं उठाता। उसकी अपनी बीवी बहुत बूढ़ी और बेवक़ूफ़ हो गई है। उसका बस चले तो वह तो राजे की माँ से शादी भी कर ले। लेकिन डॉक्टर साहनी ने तो बस इस बार एक ही रट लगा रखी है, कहता है, मैंने तुझे अंग्रेज़ी के लिए मास्टर रखकर दिया और तूने उससे कुछ और ही सीख लिया! ख़ुद सात समुन्दर पार जा बैठा है, बीवी को यहाँ बिठाकर अंग्रेज़ी सिखा रहा है! और राजे को तू बच्चा मत समझ, बीरू। वह हमसे तीन चार साल छोटा ज़रूर है, लेकिन उसे सब कुछ मालूम है। माँ कहती है, लड़कियों को होश लड़कों से बहुत पहले आ जाती है। राजा लाख अपने आपको लड़का समझे, है तो लड़की ही!

राजा जिधर से गुज़र जाए, कोई न कोई लड़का आवाज़ दे देता है—राजा, तेरे आम खट्टे हैं या मीठे? राजा गन्दी गालियाँ उगलने लगता है, और देखने सुननेवाले दंग रह जाते हैं। असलम कहता है—नौबत अभी आमों तक नहीं आई, अभी तो कच्चे नींबुओं की ही बहार है; अगर आमों की बहार से पहले ही उन लोगों ने मार पीटकर राजे को लड़की न बना दिया तो वह सारी उम्र इसी तरह गालियाँ ही बकता रहेगा। हरदयाल कहता है—अगर वह हमारे स्कूल में पढ़ रहा होता तो उसके नींबू कब के आमों में बदल गए होते। जीता जोड़ता है—अगले साल जब हम कॉलेज से घर आएँगे तो आमों की बहार आ चुकी होगी। केशव एलान करता है—अगले साल मैं

राजे से शादी कर लूँगा और देखूँगा कि कौन उसके आमों की तरफ़ आँख उठाता है।

असलम के मुताबिक़ केशव का दिमाग़ तेज़ तो हुआ ही है, तेज़ी से ख़राब भी हो रहा है, और रफ़्तार अगर यही रही तो शायद हमारे कॉलेज जाने से पहले ही वह पूरा पागल हो जाए। वह पागल हो या न हो, बदल इतना गया है कि मैं उससे कोई बात नहीं कर सकता, क्योंकि वह हर वक़्त राजे की ही रट लगाए रहता है। असलम सिर हिला हिलाकर कहता है—इन दोनों का अंजाम बुरा होगा!

मैं राजे के बारे में सोचता सोचता भूल गया हूँ कि अगर यहाँ से हिला नहीं तो मेलेशाह धोती उठाकर अपने आपको पंखा करने लगेगा। बात मशहूर है कि मेलेशाह की नींद बहुत कच्ची है, क्योंकि उसे दिन रात चोरों का खटका लगा रहता है, क्योंकि उसे अपने सिवा सब या तो चोर नज़र आते हैं या चुग़द। कुछ लोगों को यक़ीन है कि वह सोता नहीं, सिर्फ़ सोने का बहाना करता है, ताकि अपना शौक़ पूरा कर सके। उसे भी कुमारी की तरह दिखाने का शौक़ है। अगर किसी ने मुझे यहाँ खड़े उसकी उठी हुई टाँगों की तरफ़ देखते पकड़ लिया तो समझेगा कि मुझे देखने का शौक़ है। शौक़ हो या न हो, मुझे देखने से परहेज़ नहीं, बल्कि मैं चाहता हूँ कि एक झलक मिल जाए ताकि सबको आँखों देखा माल दिखाकर इस बहस को ख़त्म कर दूँ कि मेलेशाह सचमुच का हिजड़ा है या सिर्फ़ मुहावरे का। सचमुच के हिजड़े क़स्बे में दो तीन से ज़्यादा नहीं, मुहावरे के दो तीन सौ से कम नहीं। असलम के मुताबिक़ सचमुच के हिजड़ों का हथियार न होने के बराबर होता है और मुहावरों के हिजड़ों का बेकार। तिजोरी के क़दमों में गिरा पड़ा सा मेलेशाह इस वक़्त किसी हिजड़े के बजाय एक सजेधजे सूअर सा ही नज़र आ रहा है। मैं आगे बढ़ जाता हूँ।

मनियारीवाला ग्यानी मेरी तरफ़ देख तो रहा है लेकिन मैं उसे दिखाई नहीं दे रहा, क्योंकि वह इंसान के भेस में उल्लू है। जब तक कोई उसके पास जाकर दो तीन बार उसकी आँखों के सामने हाथ न लहराए और दो तीन ऊँची आवाज़ें न दे, वह न देखता है न बोलता है। लेकिन जब बोलता है तो उसे बुलवानेवाला अपनी बेवक़ूफ़ी पर रो देने पर मजबूर हो जाता है। उसकी आवाज़ यूँ निकलती है जैसे उसकी दाढ़ी में छिपी बैठी कोई टटीरी पुकार रही हो, मुझे इस नर्क से निकालो। उसकी दुकान में न लेटने की जगह है न खड़े होने की। अपने बैठने के लिए उसने कुछ ऐसा इन्तज़ाम कर रखा है कि दुकान के रंग बिरंगे कूड़े में वह एक मैली मूरत सा जड़ा हुआ नज़र आता है। मुँहअँधेरे पता नहीं किस वक़्त कहाँ से आकर उस जगह में जम जाता है और दिन भर किसी भी हाजत के लिए हिलता नहीं। इसीलिए शायद उसकी दुकान के सामने बदबू की बाड़ सी बनी रहती है। उसे तोड़कर कोई ग्राहक अगर उसकी समाधि भंग कर देने की हिम्मत या हिमाक़त कर दे तो ग्यानी पहले तो काफ़ी देर तक उसे और अपने आपको अपनी ख़ुफ़िया ज़ुबान में कोसता है, फिर उससे पूछता है कि उसे कौन सी चीज़ किस मतलब के लिए चाहिए, और

फिर वहीं बैठा बैठा हाथ बढ़ाकर वह चीज़ न जाने कैसे ढूँढ निकालता है और उस ग्राहक के मत्थे मारकर फिर अपनी दुनिया में गुम हो जाता है। किसी को मालूम नहीं कि वह क्या सोचता है, कितना समझता है, कहाँ रहता है, क्या बकता है, क्यों जीता है। मैं जब कभी उसे देखता हूँ यह सोचे बग़ैर नहीं रह सकता कि उसके अन्दर इस वक़्त क्या हो रहा है लेकिन अभी तक एक बार भी मेरी सोच सफल नहीं हुई। असलम कहता है—बीरू, जिस दिन तूने उसके दिल की बात बूझ ली, मैं समझूँगा तुझे ग़ैब का इल्म आ गया है। मैं दरअसल उसके दिल की बात नहीं उसके दिमाग़ की बनावट देखना चाहता हूँ। असलम कहता है—उसके लिए तो, बीरू, तुझे उसकी खोपड़ी खोलनी होगी, यानीकि उन करोड़ों जूओं का मुक़ाबला करना होगा, जिनका उसके बालों में बसेरा है।

न जाने क्यों मुझे वहम सा लगा रहता है कि किसी दिन इस ग्यानी की तन्द्रा अपने आप टूट जाएगी और फिर इसके मुँह में से ऐसे ऐसे मोती झड़ गिरेंगे कि सब लोग सब काम छोड़ छाड़कर उन्हें ही समेटना शुरू कर देंगे। यानीकि को भी ग्यानी में गहरी दिलचस्पी है। कई बार उसे उसकी दुकान के सामने खड़े उसकी तरफ़ टिकटिकी बाँधे देखा है। ख़ासतौर पर दोपहर के वक़्त जब बाज़ार ख़ाली हो और ग्यानी अपने ध्यान में पूरी तरह धँसा हुआ हो तो यानीकि उसके ऐन पास जा खड़ा होता है और उसकी दाढ़ी की तरफ़ यूँ झुक सा जाता है जैसे उसे चूम और उसमें छुपी उस टटीरी से पूछ रहा हो, बोल कि तेरी क्या मर्ज़ी है! यानीकि बूढ़ा हो गया है लेकिन बच्चों की सी शरारतों से बाज़ नहीं आता। इसीलिए शायद क़स्बेवालों को उसके पागलपन से प्यार है। सब एक दूसरे से कहते फिरते हैं, पागल तो और भी बहुत हैं लेकिन यानीकि के क्या कहने! इसीलिए मैं उम्मीद करता हूँ कि किसी दिन उसे ग्यानी का राज़ मालूम हो जाएगा। शायद उसे वह राज़ मालूम ही हो। शायद जब वह उसकी दाढ़ी में झाँक रहा होता है तो उस टटीरी को यही बता रहा होता है कि वह सब जानता है। इस वक़्त यानीकि यहाँ होता तो शायद उसकी देखादेखी मैं भी बदबू की बाड़ तोड़कर ग्यानी के पास जा खड़ा हो उसकी दाढ़ी या आँखों में झाँकना शुरू कर देता। असलम शायद ठीक ही कहता है—बीरू, तू लाहोर जाकर भी इसी क़स्बे की गलियों में भटकता रहेगा, यहीं के पागलों को याद करता रहेगा; सो मेरी मान और लाहोर जाने का ख़याल छोड़ दे; मेरे साथ गुजरात चला चल, वह ज़्यादा दूर नहीं, जब भी उदासी होगी, यहाँ आ जाया करेंगे।

असलम गुजरात नहीं जाना चाहता। कहता है—वह भी कोई शहर है, न तीन में न तेरह में! असलम दरअसल कहीं भी नहीं जाना चाहता। कहता है—अगर मरना ही है तो कॉलेज जाकर क्या करूँगा? मरने के लिए भी बी.ए. की डिग्री चाहिए? असलम मज़ाक तो करता है, लेकिन मौत से डरता बहुत है। मैं लाहोर जाना चाहता हूँ। बात मशहूर है, जो लाहोर नहीं गया, पैदा ही नहीं हुआ। अगर आज यानीकि कहीं

मिल गया और मौज में हुआ तो उससे लाहोर के बारे में पूछूँगा। फिर वह घंटों वहाँ के क़िस्से सुनाता रहेगा। उसे लाहोर का कोना कोना याद है हालाँकि उसे वहाँ गए एक ज़माना गुज़र गया है। मुझे भी इस क़स्बे का कोना कोना याद रहेगा। एक ज़माने तक। यानीकि अक्सर लाहोर का नक्शा अपनी तक़रीरों में यूँ उतारता रहता है जैसे वह उसके सामने बिछा हुआ हो। कभी कभी किसी बाग़ या बाज़ार की बात करते करते उसकी आँखों में आँसू आ जाते हैं, लेकिन उसकी मुस्कुराहट नहीं मिटती। कहता है—बेशक अब लाहोर बदल गया होगा, लेकिन पुराने शहर और माशूक़ कितने ही क्यों न बदल जाएँ भूलते नहीं, यानीकि उनकी याद किसी दर्द की तरह दिल में बैठी रहती है और उसे उमेठती रहती है, यानीकि उसे आराम से धड़कने भी नहीं देती, इसीलिए वह शाम प्यारी, यानीकि वह वाहियात औरत, अभी तक मुझे भूली नहीं, हालाँकि अब वह इतनी फूल गई है कि मैं उसे देखना तक नहीं चाहता, यानीकि अगर वह ख़्वाब में भी आ जाए तो मैं आँखें बन्द कर लेता हूँ, यानीकि खोल देता हूँ।

लाहोर और शाम प्यारी का ज़िक्र आते ही यानीकि की तक़रीर में बिखराव और ग़ुस्से के बावजूद एक ख़ूबसूरत उदासी उतर आती है। लाहोर जाकर शायद मैं भी इस क़स्बे को और शूम की बीवी को इसी तरह याद किया करूँगा। सरेबाज़ार तक़रीर करने की हिम्मत नहीं होगी। वैसी हिम्मत के लिए पागलपन ज़रूरी है। हर हिम्मत के लिए कुछ न कुछ पागलपन ज़रूरी है। शायद पोशीदा तौर पर इस क़स्बे के सब बाशिन्दे पागल हैं। असलम को यक़ीन है कि किसी दिन मैं भी यानीकि की तरह कहीं मज्मा लगाकर खड़ा हो जाऊँगा। जब हिम्मत की कमी की शिकायत करता हूँ तो वह ढारस बँधाता है—बेटा, वह भी आ जाएगी; पहले पागलपन आता है, फिर हिम्मत! शायद कुछ पागलपन मुझमें आ चुका है। और कुछ हिम्मत भी। वर्ना इतनी देर तक यहाँ खड़ा न रह सकता। ग्यानी की घुड़कियों से सब समझदार डरते हैं। एक वहम सा क़ायम हो गया है कि ग्यानी को सताने से दुःख मिलता है, यानीकि को सताने से सुख, क्योंकि ग्यानी सीधा आदमी है। अपने आप किसी को कुछ कहता नहीं, चुपचाप उल्लू की तरह बैठा जपजी का पाठ करता रहता है और जुएँ मारता रहता है। दुकानदारी तो एक बहाना है। उसका असली काम तो भगती है भगती। इसीलिए तो वह ग्राहकों से लड़ता है। उसे तो सिर्फ़ मींह बरसाने के लिए तंग करना चाहिए। शर्तिया बात है कि जब वह शोर मचाता है तो ख़ूब बारिश होती है। वाह गुरु महाराज से उसकी तपिश देखी नहीं जाती। उसके मुक़ाबले में यानीकि पूरा शैतान है। उसे तंग करो तो वह और ख़ुश होता है। तंग करनेवाले को भी मज़ा आता है, उसे भी। वह पागल नहीं, हरामी है। मसख़रा। रोता है तो भी हँसता हुआ नज़र आता है। किसी क़स्बेवाले की कोई करतूत उससे छुपी नहीं, दुनिया भर की कोई बात नहीं जो उसे मालूम न हो। डॉक्टर साहनी कहता है कि वह पागल नहीं, जीनियस है, किसी और मुल्क में होता तो वह दुनिया भर में मशहूर हो जाता। लोग

यही बात यानीकि से कहते हैं तो वह हँसकर जवाब देता है—डॉक्टर साहनी से कहो मुझे शोहरत नहीं चाहिए, मुझे औरत चाहिए! और फिर वह काफ़ी देर तक डॉक्टर साहनी को रगड़ता रहता है। मैं किसी दिन डॉक्टर साहनी से लन्दन के बारे में पूछूँगा। असलम कहता है—लाहोर और लन्दन में कोई ख़ास फ़र्क़ नहीं, लन्दन में गोरी मेमों का राज है, लाहोर में काली मेमों का। मैं डॉक्टर साहनी से पूछना चाहता हूँ कि क्या यानीकि सचमुच का जीनियस है। और यह भी कि जीनियस का असली मतलब क्या होता है। और यह भी कि अगर यानीकि जीनियस है तो बादशाह या ग्यानी या माँ या मैं क्यों नहीं? शायद जीनियस बनने के लिए तक़रीर करने का जुनून ज़रूरी हो। असलम कहता है, जीनियस बनते नहीं, पैदा होते हैं। हो सकता है डॉक्टर साहनी ने मज़ाक ही किया हो। और कई ख़िताब भी तो दे चुका है वह यानीकि को! क़स्बे का नीत्शे! किसी दिन पूछूँगा—डॉक्टर साहिब, यह नीत्शे कौन था? किसी दिन पकड़कर सब कुछ पूछ लूँगा। राजे के बारे में भी। मास्टर बिहारी लाल के बारे में भी। कहूँगा—मैं भी जीनियस हूँ। पूछूँगा—आपका दिल लन्दन में नहीं लगता? आपकी मेम का नाम क्या है? वह गोरी है या काली? और जब वह मुझे पीटना शुरू कर देगा तो कहूँगा—आपने विलायत से यही सीखा है? आपको शर्म नहीं आती है? आपकी बीवी मास्टर बिहारी लाल की मालिश क्यों करती है? और वह मेरी हिम्मत पर हैरान रह जाएगा। कहेगा—बीरू, तुम बहुत बहादुर हो, मैं तुम्हें अपने साथ लन्दन ले जाऊँगा। मैं जवाब दूँगा—पहले मुझे यह समझाइए कि जीनियस कैसे बना जाता है?

अगर खाँसीशाह की सूखी खाँसी ने मुझे और ग्यानी को एक साथ उखाड़ न दिया होता तो शायद मैं यहीं खड़ा खड़ा सूख जाता। ग्यानी को मैं अब नज़र आ रहा हूँ। उसने आँखें बन्द कर ली हैं। जैसे मुझे आगे बढ़ जाने का मौक़ा दे रहा हो। सोया हुआ ग्यानी जागते हुए ग्यानी से ज़्यादा दिलचस्प है। मेरे लिए। और कम ख़तरनाक। सबके लिए। अगर छिड़ उठा तो तूफ़ान आ जाएगा। फ़सलें तबाह हो जाएँगी। मैं इस वक़्त उसकी टटीरी की पुकार नहीं सुनना चाहता। मेरे सामने आसमाँ और भी हैं। खाँसीशाह की दुकान की तरफ़ बढ़ जाता हूँ। वह औंधे मुँह पड़ा हौंक रहा है। जैसे कोई कंजूस जानवर। उसकी दुकान की सजावट भी एक तिजोरी ही है। लेकिन ठिगनी सी। जैसे बूढ़े की बुख़ारी। या बच्चे का खिलौना। शायद उसने भी असली तिजोरी कहीं और ही छुपा रखी हो। वैसे अफ़वाह यही है कि नक़द माल वह हमेशा अपने सीने से बाँधे रहता है। इसीलिए उसका सीना उभरा उभरा रहता है। और उसकी पीठ झुकी झुकी सी। सामने से सिपहसालार नज़र आता है, पीछे से हातो। इसीलिए उसे क़दम क़दम पर रुककर हौंकना या खाँसना पड़ता है। इसीलिए उसकी खाँसी और दमे का कोई इलाज नहीं। इसीलिए किसी को उस पर तरस नहीं आता। अफ़वाह यह भी है कि उसे खाँसने और हौंकने की आदत है, बीमारी नहीं।

और यह भी कि आदत नहीं, सिर्फ़ बहाना है, ताकि लोगों की नज़र उसकी दौलत की तरफ़ न जाए। सोना चाँदी उसने कहीं दबाकर रखा हुआ है। किसी ऐसी जगह जिसका पता भगवान को भी नहीं। असलम कहता है भगवान को उसका पता हो न हो, अल्ला को ज़रूर होगा, और अगर पाकिस्तान बन गया तो वह सारा माल किसी मुसलमान को ही मिलेगा। बेशक सदियों बाद। और उसकी सब बीमारियाँ भी उसी बदक़िस्मत को मिल जाएँगी। खाँसी। दमा। नहूसत। उस बेचारे की बीवी डूब मरेगी, बच्चे होंगे नहीं। जब वह किसी नाली के किनारे बैठा खाँस या हौंक रहा होता है तो कुछ लोग उसकी तरफ़ यूँ देखते हैं जैसे उसका दमा नकली और बलग़म बनावटी हो। और कुछ यूँ जैसे कह रहे हों, लानत है ऐसी दौलत पर! और सब एक दूसरे की तरफ़ यूँ जैसे तसल्ली दे रहे हों, इससे तो हम ही अच्छे! मेलेशाह उसके मैले कपड़ों का मुक़ाबला अपनी लशलश पोशाक से करके ख़ुश होता रहता है—मुझे तो शरम आती है यह मानते हुए कि यह मरदूद मेरा भाई है! खाँसीशाह कई बार कह चुका है कि वह किसी का भाई वाई या चाचा ताया नहीं। यानीकि के मुताबिक़ माई माया को छोड़कर सब साहूकार एक दूसरे के सगे सम्बन्धी हैं। रिश्ते में भी और वैसे भी। वह कहता है कि खाँसीशाह अगर अब भी तौबा कर ले और सूद ब्याज बटोरना बन्द कर दे तो उसका दमा दूर हो जाएगा और खाँसी कम। उसकी हर सियासी तक़रीर आजकल इसी तान पर टूटती है—अगर इस क़स्बे के साहूकार इस इलाक़े के ग़रीब किसानों का ख़ून चूसना बन्द नहीं करेंगे तो वही ग़रीब किसी दिन उनका ख़ून चूसने पर उतर आएँगे, और वह दिन अब दूर नहीं, यानीकि बहुत पास है, यानीकि पाकिस्तान की माँग अगर पूरी हो गई तो देखना कि क्या होता है यहाँ, कैसे ईंट से ईंट बजती है, यानीकि अगर आप लोगों को मेरी बात पर यक़ीन न आ रहा हो, यानीकि आप समझते हों कि मैं पागल हूँ यानीकि सिरफिरा हूँ तो जाकर सरदार हिम्मत सिंह से पूछिए, वह भी आपको यही बताएगा कि दातुनशाह और माई माया को छोड़कर इस क़स्बे के सब साहूकार ज़हरीले साँप हैं।

खाँसीशाह से यानीकि को ख़ास नफ़रत है। उसे वह अपनी हर तक़रीर में एक बदसूरत नमूने या बदबूदार मिसाल के तौर पर पेश करता है। कहता है—खाँसीशाह की मनहूस सूरत की तरफ़ देखो, यानीकि उस पर थूककर उससे पूछो कि उसे हराम की कमाई से क्या हासिल हुआ? खाँसी! दमा! कभी न ख़त्म होनेवाला नजला! बदहज़मी। क्या फ़ायदा ऐसे पैसे का, यानीकि जब उस उल्लू के पट्ठे की अरथी निकलेगी तो उसके दोनों हाथ भी सिकन्दरेआज़म की तरह ख़ाली होंगे, लेकिन उसका मुक़ाबला मैं उस बड़े बादशाह से नहीं, किसी छोटे ठनठन गोपाल से ही करूँगा, यानीकि मेरी नज़रों में वह न सिर्फ़ नीच है बल्कि बेवक़ूफ़ भी, यानीकि अगर वह खाता पीता और ऐश उड़ाता तो उसे मुआफ़ किया जा सकता था...।

दातुनशाह की दुकान इस वक़्त बन्द है। दोपहर वह अपनी बैठक में गुज़ारता है।

हुक़्क़ा पी और कोई जासूसी नॉवल पढ़ रहा होगा। दातुनों के अलावा वह किताबें भी बाँटता है। जो किताबें ख़ुद पढ़ लेता है, बैठक के बाहर रख देता है। जिसे ज़रूरत हो उठा ले लाए। वहाँ से गुज़रते वक़्त मैं हमेशा रुककर उन नावलों को उलट पलट लेता हूँ। उनके सनसनाते नाम मुझे मज़ा देते हैं—खून का बदला ख़ून! बेरहम हसीना! अँधेरे में चीख़! तिलिस्मी तहख़ाना! बहराम डाकू! दरवाज़े पर लटकती हुई बारीक चिक में से अन्दर बैठा दातुनशाह साफ़ दिखाई नहीं देता, लेकिन पंखे की आवाज़ और हुक़्क़े की बुलबुलाहट साफ़ सुनाई दे जाती है। दातुनशाह का तम्बाकू अपनी ख़ुशबू के लिए मशहूर है। कहा जाता है कि उसमें गुलाब के फूल पिसे रहते हैं। सुबह शाम दातुनशाह दुकान में बैठता है और दातुनें बाँटता है। उसकी दुकान में एक साफ सुथरी दरी, दो गाओदुम तकियों, कई तरह की दातुनों, दातुन काटने छाँटने के औज़ारों और एक चमकदार लोटे के सिवा और कोई सामान नहीं। जब दातुन माँगनेवालों की भीड़ ज़्यादा हो तो उसका चेहरा गोभी के फूल की तरह खिल उठता है, और उसके हाथ यूँ खुल जाते हैं जैसे कोई बूढ़ा बादशाह अपनी दौलत लुटा रहा हो। सूदख़ोरी का धन्धा उसने बरसों पहले छोड़ दिया था। तभी उसने अपनी तिजोरी भी उठवा दी होगी। दातुनें बाँटते वक़्त वह छोटे बड़े, अमीर ग़रीब, हिन्दू मुसलमान में कोई तमीज़ नहीं करता। जिसको जैसी और जितनी चाहिए उठाकर दे देता है। उसके हाथों में ऐसी बरकत है कि उसकी दातुनें कभी ख़त्म नहीं होतीं। मुँहअँधेरे उठकर सैर को निकल जाता है, और जब लौटता है तो दातुनों से लदाफदा। यानीकि अक्सर अपनी तक़रीरों में उसे एक ख़ूबसूरत नमूने या ख़ुशबूदार मिसाल के तौर पर पेश करता है—सब साहूकारों को दातुनशाह से सबक़ सीखना चाहिए, यानीकि रिटायर हो जाना चाहिए, और कोई परोपकारी शौक़ पाल लेना चाहिए, यानीकि अपने और अपने बाप दादा के पापों का प्रायश्चित भी करना चाहिए और लोकसेवा का सुख भी लेना चाहिए, यानीकि मेलेशाह को चाहिए कि वह अपनी गली की सफ़ाई किया करे और खाँसीशाह को चाहिए कि वह बनफ़्शे और मुलट्ठी की चाय बनाकर सब बीमारों में बाँटा करे।

यानीकि कहता है कि दातुनशाह के दिल में किसी दिन अचानक ऐसी लहर उठेगी कि वह सारा पैसा ग़रीबों में बाँटकर ख़ुद हर की पौढ़ी पर जा बैठेगा। किसी को इस पेशीनगोई पर यक़ीन नहीं आता, हँसी सबको आती है। सिर्फ़ असलम को इन सब बातों पर बहुत ग़ुस्सा आता है। उसे दातुनशाह और दूसरे साहूकारों में कोई बुनियादी फ़र्क़ नज़र नहीं आता। उसे बाल की खाल उतारने की आदत है। कहता है—अगर नौ सौ चूहे खाकर बिल्ली हज्ज पर चली जाए तो तुम उसे मुसलमान मान लोगे? दातुनशाह पाखंडी दाता है। दातुनों में दाम नहीं लगते, और न ही दातुनें बाँट देने से सब गुनाह मुआफ़ हो जाते हैं। दातुनशाह की असलियत जानना चाहते हो तो फल्लो जुलाहिन से पूछो, वह बताएगी कि वह कितना बेईमान है।

दातुनशाह का गुण गाते वक़्त यानीकि भी फल्लो का ज़िक्र तो ज़रूर करता है, लेकिन किसी और ही तरीक़े से—अगर दातुनशाह न होता तो सबके दाँत पके हुए बेरों की तरह झड़ गए होते, सबके मुँह उसी तरह वीरान यानीकि ख़ाली हो गए होते जिस तरह कि मनियारीवाले ग्यानी का, जो है तीस का लेकिन नज़र तिरानवे का आता है, या जिस तरह मेरा या मेरी प्यारी बहन फल्लो का, यानीकि सबको एक एक दाँत से दस दस दाँतों का काम लेना पड़ता, यानीकि अगर दातुनशाह दस पन्द्रह साल पहले दातुन दान शुरू कर देता तो इस वक़्त मेरे मुँह में कम अज़ कम इक्कीस दाँत होते, यानीकि ये सीटियाँ आपको सुनाई न देतीं, और फल्लो बेचारी दर ब दर की ठोकरें खाने के बजाय कहीं बेगम बनी बैठी होती, यानीकि इस क़स्बे के जाहिलों को उसे फल्लो जुलाहिन कहकर बुलाने की हिम्मत न होती, और न ही दातुनशाह से उसकी दोस्ती ख़त्म होती, यानीकि दाँतों की वजह से ही वह बेचारी बेवक़्त बूढ़ी हो गई है, इसीलिए मैं एलान करता रहता हूँ कि दातुनशाह का एहसान किसी को नहीं भूलना चाहिए, यानीकि सबको याद रखना चाहिए।

फल्लो इस वक़्त शायद बेरियोंवाली सड़क के किनारे लेटी गुज़रे ज़माने को याद कर रही होगी। जब से चौधरी चिराग़ हुसैन ने उसे छोड़ा है, वह बहुत बेहाल रहने लगी है। किसी दिन उस सड़क की सैर भी करूँगा। दोपहर के वक़्त। अगर वह वहाँ लेटी दिखाई दे गई तो उसके पास जा बैठूँगा। कहूँगा, मुझे अपनी कहानी सुनाओ। उसकी एक कहानी नहीं, कई हैं। कहूँगा, सब मुझे सुना डालो, एक एक करके। उसे भी मालूम हो गया कि मैं लाहोर जा रहा हूँ। आजकल मवेशी भी नहीं चराती। हर एक से शिकायत करती फिरती है, अब किसी काम में दिल नहीं लगता। असलम के मुताबिक़ क़ुसूर दिल का नहीं, उस बीमारी का है जो बुढ़ापे में भी उसे झख मारने पर मजबूर करती रहती है। केशव की माँ वाली बीमारी। कुमारी का भी यही हाल होगा। बुढ़ापे में। शूम की बीवी का भी। अब वह न जाने किस शहर में रहती है। शक्ल तक याद नहीं आती। बुढ़ापे में आया करेगी। बुढ़ापे में सारा गुज़रा ज़माना याद आया करेगा। लोगों को पकड़ पकड़कर अपने क़िस्से सुनाया करूँगा। किसी दिन फल्लो से कहूँगा, मासीजी, मुझे क़िस्सेगोई के गुर सिखाओ। असलम कहता है कि उसे एक स्कूल खोल लेना चाहिए। इश्क़पेचे के दावपेच सिखाने चाहिए। फिर देखो कैसे दिल लगता है उसका। किसी दिन कहूँगा, मासीजी, मैं लाहोर जा रहा हूँ, मुझे दो चार दाव सिखा दीजिए। पकड़कर पुचकारना शुरू कर देगी। या पीटना। असलम कहता है—आजकल उसका कोई भरोसा नहीं; कभी तो बड़ी से बड़ी बात को हँसी में उड़ा देती है, कभी छोटी से छोटी बात पर ईंटें उठा लेती है; इसीलिए तो यानीकि ने उसे बहन बना लिया है; इसीलिए तो आजकल वह चौधरी चिराग़ हुसैन के पीछे पड़ा हुआ है; कहता है उसका असली नाम चौधरी चुग़द हुसैन है; इसीलिए तो आजकल फल्लो उसी के गुण गाती है; कहती है, यार

तो कई मिले, भाई एक ही मिला; यह बात दूसरी है कि किसी ज़माने में यानीकि भी उसका यार ही हुआ करता था।

किसी किसी मौज में यानीकि एलान कर देता है कि वे दिन दूर नहीं जब फल्लो चौधरी चुग़द हुसैन को भूलकर फिर चहकना चमकना शुरू कर देगी और वह ख़ुद फिर उस पर फ़िदा हो जाएगा, बतौर भाई नहीं, बतौर यार। असलम कहता है—इस हरामी की ज़ुबान में पता नहीं क्या तासीर है कि इसके मुँह से जो उल्टी सीधी निकलती है पूरी होकर रहती है। और उधर उस फल्लो का कोई दीन ईमान नहीं। उसे इस उम्र में भी मर्द चाहिए। कोई भी मर्द। इसलिए तैयार रहो, किसी दिन लाहोर से लौटोगे तो सुनोगे कि यानीकि मुसलमान हो गया है या फल्लो हिन्दू, और दोनों मियाँ बीवी मिलकर सबकी ऐसी तैसी फेर रहे हैं।

मैं उन दोनों को तक़रीरें करते और माहिया गाते और बाज़ू में बाज़ू डाले बाज़ार की सैर करते देखता हूँ तो मुझे हँसी आ जाती है। अगर टुंडा लाट हस्बेमामूल अपनी घड़ी की मुरम्मत में न डूबा होता तो समझता कि मैं उसी पर हँस रहा हूँ। मुझे उस पर हँसी नहीं आती, उससे डर लगता है। अभी भी। माँ कहा करती है बचपन के डर बुढ़ापे तक साथ रहते हैं। टुंडा लाट कई बार मुझे सपनों में भी दिखाई दे चुका है। उसी घड़ी पर झुका हुआ, जिसे वह बरसों से ठीक कर रहा है। कभी कभी वह घड़ी फटे हुए जूते में बदल जाती है और टुंडा लाट एक कुबड़े मोची में। सपनों में भी उसके इर्दगिर्द बासी और बेसूरत सब्ज़ियों के टोकरे रखे रहते हैं। सपनों में भी सोचता रहता हूँ कि उन सब्ज़ियों के नाम क्या हैं। किसी किसी सपने में मैं बहुत छोटा हो जाता हूँ और वह इतना मोटा कि मुझे अपनी आँखों पर यक़ीन नहीं आता। वैसे भी वह काफ़ी मोटा है। इसीलिए हर वक़्त बैठा रहता है। बैसाखियाँ पास बेकार लेटी रहती हैं। किसी किसी सपने में वह उन बैसाखियों से सब्ज़ी ख़रीदनेवाली औरतों को मार रहा होता है। कभी कभी उन औरतों में माँ भी नज़र आ जाती है। लोग कहते हैं जबसे उसकी टाँगें कटी हैं, उसे औरतों से नफ़रत हो गई है। असलम कहता है कि किसी ज़माने में वह भी फल्लो से फँसा हुआ था। मुझे यक़ीन नहीं आता। असलम नाराज़ होता है—तुझे किसी बात पर यक़ीन आता भी है! असलम कहता है कि टाँगों के साथ उसका लट्टू भी कट गया था, इसीलिए उसकी आवाज़ बदल गई है। उसकी आवाज़ बहुत महीन और मुलायम है। जैसे उसके अन्दर कोई औरत बैठी हुई हो। एक बार एक सपने में मैंने रावण को उसी की सी आवाज़ में बोलते सुना था। अब जब उसे देखता हूँ रावण याद आ जाता है।

टुंडे लाट की टाँगें न जाने कब कटी थीं। शायद मेरी पैदाइश से भी पहले। किसी को ठीक ठीक कुछ मालूम नहीं। कभी कभी मैं अपनी पैदाइश से पहले के क़स्बे को देखने की कोशिश करता हूँ। बूढ़ों को जवान और जवानों को बच्चा बनाकर। और टुंडे लाट को टाँगें देकर! अजीब सा अँधेरा उतर आता है, अजीब सा डर महसूस

होता है। एक दिन बाबा ने दूर से इशारा करके कहा था—तू उस मकान में पैदा हुआ था। जब कभी उस मकान के पास से गुज़रा हूँ, कँपकँपी सी शुरू हो जाती रही है। वह टेढ़ा सा मकान मुसलमानों की एक तंग लेकिन साफ़ सुथरी सी गली में है। माँ कहती है कि मैं दो ही तीन महीनों का था जब उसने बाबा से लड़ झगड़कर वह मकान छुड़वा दिया था, क्योंकि दाएँ बाएँ सब मुसले ही मुसले थे। लेकिन, वह कहती है, उन्हीं दो तीन महीनों का असर है कि मुझे मुसले अच्छे लगते हैं। उसे यक़ीन है कि किसी मुसली ने ज़रूर मुझे चोरी चोरी अपना दूध पिला दिया होगा। उस गली में जाने का कोई मौक़ा या बहाना नहीं मिलता। फिर भी इधर दो तीन बार असलम को साथ लेकर उस मकान तक हो आया हूँ। कँपकँपी के बावजूद। जैसे उस औरत की तलाश हो जिसने शायद चोरी चोरी मुझे अपना दूध पिलाया था। हर बार जी चाहा था कि उस दरवाज़े पर लटकते हुए टाट को हटाकर अन्दर घुस जाऊँ और जो वहाँ नज़र आए उससे कहूँ, मैं उसी मकान में पैदा हुआ था। हर बार वहाँ जाने पर महसूस हुआ है जैसे अपनी पैदाइश से पहले के क़स्बे की एक झलक देख ली हो।

कभी पूरा यक़ीन नहीं आता कि मेरी पैदाइश से पहले यह क़स्बा यहीं था, कि मेरी मौत के बाद यह नहीं रहेगा। यक़ीन आए न आए, मैं जानता हूँ कि यह क़स्बा ही नहीं सारी दुनिया मुझसे पहले यहीं थी, मेरे बाद यहीं रहेगी। एक दिन इस उधेड़बुन की बात असलम से की थी। वह बोला था—अगर अभी से तेरी यह हालत है तो लाहोर जाकर तेरा हाल बुरा होगा। आँखें बन्द करके तू यहीं के ख़्वाब लेता रहेगा। मर मैं रहा हूँ, डर तू रहा है। अरे बुद्धू, यह दुनिया ही नहीं, यह सारी कायनात तेरे और मेरे बाद इसी तरह रहेगी। क़यामत तक। लेकिन तू ठहरा किराड़। उस मुसली के दूध के बावजूद। तुझे क़यामत में यक़ीन कहाँ होगा! तुझे तो किसी भी बात पर यक़ीन नहीं आता। न आए, लेकिन यह तो तू भी मानेगा कि यह आलम सारा फ़ानी है। तू माने न माने, मैं तो जान गया हूँ। जब कभी थूक में ख़ून देख लेता हूँ अपनी मौत गुजरात में बैठी इन्तज़ार करती नज़र आ जाती है। उस ख़ानदानी हकीम के दवाख़ाने में। फिर भी मेरे दिमाग़ में यह सवाल नहीं उठता कि मेरे बाद यह क़स्बा या दुनिया या कायनात यहीं रहेगी या नहीं। मैं जानता हूँ कि सब इसी तरह रहेगा। क़यामत तक। और शायद उसके बाद भी। सच तो यह है, बीरू, क़यामत में मुझे भी यक़ीन नहीं हालाँकि मैं हिन्दू नहीं। हो सकता है बचपन में मुझे किसी हिन्दुआनी ने अपना दूध पिला दिया हो। चोरी चोरी। किसी को बताना नहीं। कोई बेवक़ूफ़ वर्ना मुझे मार डालेगा। कोई कट्टर मुसलमान। आजकल उनकी कोई कमी नहीं। लेकिन तू लाहोर जा रहा है, तुझे क्या? कभी यह भी सोचा है कि तेरे लाहोर चले जाने के बाद यह क़स्बा यहीं रहेगा कि कहीं और उड़ जाएगा? कभी यह भी सोचा है कि अगर पाकिस्तान बन गया तो इस क़स्बे का क्या होगा!

असलम अब कभी कभी ऐसी आवाज़ में बोलता है जैसे उसका दिल सचमुच इस

दुनिया से उचाट हो गया हो। जैसे वह किसी दूसरे किनारे पर जा खड़ा हो। कह रहा हो, अपनी बला से बूम रहे या हुमा रहे। अगर वह वाक़ई गुजरात जाकर और बीमार हो गया, या मर गया, तो यहाँ मेरा एक भी दोस्त नहीं रहेगा। केशव से कटता जा रहा हूँ। जब से उसे राजे का वहम हुआ है। और जब से वह फ़ेल हुआ है। हरदयाल और जीता सच्चे सिक्ख बनते जा रहे हैं। कहते हैं, मुसलमानों का कोई भरोसा नहीं। असलम को वे असली मुसलमान नहीं समझते। कहते हैं, अगर पाकिस्तान बन गया तो सब मुसलमान उनके जानी दुश्मन हो जाएँगे। असलम समेत। इसीलिए, कहते हैं, वे अमृतसर जा रहे हैं। अगर पाकिस्तान बन गया तो वहीं रह जाएँगे। और उनके घरवाले भी सामान उठाकर वहीं जा बसेंगे। उनकी सलाह है कि मैं भी लाहोर का ख़याल छोड़ दूँ और अमृतसर में उनके साथ ख़ालसा कॉलेज में ही दाख़िला ले लूँ। लाहोर, कहते हैं, मुसलमानों का शहर है, अमृतसर ख़ालसों का। असलम कहता है कि पाकिस्तान तो बनेगा तो बनेगा, इन दोनों का दिल दिमाग़ अभी से बिगड़ गया है। जो बातें पहले मज़ाक में कहा करते थे, वही अब पक्के मुँह से कहने लगे हैं, यानीकि संजीदे हो गए हैं। पहले ख़ुद सिक्खों और सिक्खनियों का मज़ाक उड़ाया करते थे, अब हर मज़ाक पर मरने मारने पर उतर आते हैं। अब उनके सामने मनियारीवाले ग्यानी की जुओं का ज़िक्र भी मना है और यह नारा लगाना भी कि राज करेगा ख़ालसा और सत सिरी अकाल कहते वक़्त मुस्कुराना भी। अगर उन दोनों का यही चलन रहा तो उनसे दोस्ती नहीं रहेगी। छुट्टियों में घर आया करूँगा तो उखड़ा उजड़ा सा इसी तरह अकेला घूमता फिरूँगा। किसी आवारा कुत्ते की तरह। पुरानी यादों को सूँघता हुआ। कभी यहाँ कभी वहाँ। और यह टुंडा लाट इसी तरह अपनी घड़ी पर झुका नज़र आएगा। अगर यह भी अमृतसर न भाग गया तो। या इसे भी किसी हिन्दू या मुसलमान ने मार न डाला तो। मारकाट के ख़याल से ही मेरे तो रोंगटे रेंगने शुरू हो जाते हैं। हरदयाल आजकल अक्सर मुझे सुनाकर कहता रहता है—हिन्दू कमज़ोर और बुज़दिल क़ौम है। जीता हर बार जोड़ देता है—सिक्ख ही हिन्दुओं की रक्षा कर सकते हैं। अब उनकी जुमलेबाज़ियों पर हँसते हुए भी डर लगता है।

इस टुंडे लाट के बारे में किसी को ठीक ठीक मालूम नहीं है कि यह हिन्दू है या मुसलमान। किसी ज़माने में माँ को न जाने क्यों इस सवाल में बहुत दिलचस्पी हुआ करती थी। उसकी राय उसकी मौज के मुताबिक़ बदलती रहती थी। जब वह जली हुई होती तो वह उसे न सिर्फ़ मुसला नज़र आता था बल्कि मुसल्ली भी। जब कभी कभार वह खिली हुई होती तो वह उसे न सिर्फ़ हिन्दू नज़र आता था बल्कि ब्राह्मण भी। अब उसके अन्दाज़े बन्द हो गए हैं। या शायद मैंने ही उन्हें सुनना बन्द कर दिया है। एक बार असलम ने कह दिया था कि टुंडा लाट न हिन्दू है न मुसलमान, वह तो उखड़ा हुआ ईसाई है, इसीलिए इतना चुपचुप और उदास रहता है। केशव इस बात पर बहुत परेशान हुआ था। मुझसे पूछता रहा था—उखड़े हुए ईसाई क्या

सचमुच इसी तरह चुपचाप और उदास रहते हैं? क्यों? वे होते कौन हैं? आते कहाँ से हैं? क्या वह मोटी डॉक्टरनी भी उखड़ी हुई ईसाइन है? वह तो हर वक़्त ही ही ही करती रहती है। आख़िर तंग आकर जब मैंने उसे बता दिया था कि असलम मज़ाक कर रहा था तो उसकी परेशानी ग़ुस्से में बदल गई थी। कड़ककर बोला था—बीरू, उसके मज़ाक मेरी समझ में क्यों नहीं आते! जब मैंने उसे ठंडा करने के लिए कहा था कि उसके मज़ाक मेरी समझ में भी नहीं आते तो उसने मेरी तरफ़ यूँ देखा था जैसे कह रहा हो, मज़ाक मत करो, मैं सब समझता हूँ। और मैंने चिल्लाना चाहा था, केशव, मेरे सब मज़ाक तेरी समझ में क्यों आ जाते हैं?

वह आजकल अक्सर टुंडे लाट की दुकान पर बैठा नज़र आता है। चुपचाप। उसकी बग़ल में। जैसे उसका बेटा या शागिर्द या लौंडा हो। या पहरेदार। या उसी का एक और रूप। अगर कोई गाय या गधा या औरत या कव्वा सब्ज़ियों के टोकरों में मुँह या हाथ या चोंच मारने लगे तो केशव उसे रोक देता है। अक्सर सिर्फ़ आँख या हाथ के इशारे से। जैसे कह रहा हो, देखते नहीं कि उस्ताद काम कर रहा रहा है? मुझे देखा अनदेखा कर जाता है। जैसे कह रहा हो, अब हमारे रास्ते अलग हो गए हैं। अगर मुँह चढ़कर पूछ लूँ कि वह क्या कर रहा है तो कड़ाक जवाब मिलता है, जो मेरी मर्ज़ी! घड़ी पर झुके हुए टुंडे लाट की तरफ़ झुका रहता है। जैसे उसकी मदद कर रहा हो। या दिलजोयी। या ख़ुशामद। या घड़ी की आवाज़ सुनने की कोशिश। या अपनी कोई शिकायत सुनाने की। या शायद सिर्फ़ यह पूछने की कि वह उखड़ा हुआ ईसाई है या नहीं? सीधा टुंडे लाट से अगर कोई उसका असली नाम पूछ ले तो वह सीधा सा जवाब देने के बजाय जलभुन जाता है—तुम यही जानना चाहते हो न कि मैं हिन्दू हूँ या मुसलमान? ताकि अगर मारकाट शुरू हो जाए तो तुम्हें आसानी रहे। साफ़ साफ़ क्यों नहीं पूछ लेते? कहो तो दिखा दूँ तहमद उठाकर? मैं हिन्दू हूँ न मुसलमान, मैं सिर्फ़ इंसान हूँ, कर लो मेरा जो करना! पाकिस्तान का शोर क्या मचा है, तुम सब शैतान होते जा रहे हो! ख़बरदार, जो फिर कभी किसी ने मुझसे मेरा असली नाम पूछा तो!

आमतौर पर टुंडा लाट यूँ बैठा रहता है जैसे गूँगा हो। इसीलिए उसे उबलता देखकर तमाशाई ख़ुश हो जाते हैं। कुछ लोगों को शक है कि टुंडा लाट सी.आई.डी. का आदमी है, बरसों से भेस बदलकर क़स्बे में बैठा है, बोलता कम है सुनता ज़्यादा है, दिन रात दुकान में ही काटता है, घड़ीसाज़ी, सब्ज़ीफ़रोशी तो बहाने हैं, अगर सचमुच का घड़ीसाज होता तो सब्ज़ियाँ न बेचता, और अगर सचमुच का सब्ज़ीफ़रोश होता तो हर वक़्त एक ही घड़ी में न घुसा रहता। कुछ लोग तो कहते हैं कि वह घड़ी घड़ी नहीं, वायरलेस की मशीन है, जिसके ज़रिए से वह सारी रिपोर्ट सरकार को देता है। हरदयाल और जीता कुछ दिन पहले तक कहा करते थे कि उसकी टाँगें दरअसल कटी हुई नहीं, कि सी.आई.डी.वाले मेकअप में माहिर होते हैं,

कि वे बैसाखियाँ दरअसल बन्दूकें हैं, कि टुंडा लाट दरअसल टोडी बच्चा है। उनसे पूछा जाता—अगर उसकी टाँगें कटी हुई नहीं तो कहाँ हैं? नज़र क्यों नहीं आतीं? तो वे तुनककर जवाब देते—अगर इतनी आसानी से नज़र आ जाएँ तो सी.आई.डी.वाले उसे नौकरी से निकाल न दें? हरदयाल कहता— उसके टुंड देखने में असली नज़र आते हैं, दरअसल नक़ली हैं। जीता जोड़ता—वह जब चाहे अपनी टाँगों को अन्दर खींचकर उन्हें टुंडों में बदल सकता है, और जब चाहे बाहर धकेलकर टाँगों में। अगर एतराज़ किया जाता कि किसी ने उसकी टाँगों को कभी देखा क्यों नहीं तो हरदयाल जवाब देता कि देखनेवालों ने कई बार देखा है, और जीता जोड़ देता कि अगर वह हर ऐरे ग़ैरे को अपने करतब दिखाने लगे तो सी.आई.डी.वाले उसे नौकरी से निकाल न दें? अगर उनसे पूछा जाता कि वह सी.आई.डी.वालों के लिए करता क्या था तो वे दोनों मिलकर बोल उठते—जासूसी। इस लफ़्ज़ का जादू असलम के सिवा सबको लाजवाब कर देता था। ऐसे ही किसी मौक़े पर असलम ने एलान कर दिया था कि उसकी अपनी तफ़्तीश के मुताबिक़ टुंडा लाट न हिन्दू था न मुसलमान न सी.आई.डी. का आदमी, वह तो बस उखड़ा हुआ ईसाई था।

हरदयाल और जीते के इन मज़ाकों का ही असर है कि कभी उसकी कटी हुई टाँगें सपनों में चलती फिरती नज़र आ जाती हैं और कभी उसके टुंड उनमें टँगे हुए। अब हरदयाल और जीता मज़ाक में नहीं, वैसे यक़ीन करने लगे हैं कि टुंडा लाट सी.आई.डी. का तो है ही, उसकी असली ड्यूटी यह है कि वह क़स्बे के मुसलमानों की मदद करे। उन्हें हिन्दुओं और सिक्खों के सब भेद बताता रहे ताकि जब मारकाट शुरू हो तो फ़तह मुसलमानों की हो। उनके अलावा और लोगों को भी यही शक होगा, क्योंकि इधर सरदार हिम्मत सिंह अपनी हर तक़रीर में इस अफ़वाह की तरदीद करने लगा है। कई बार कह चुका है कि टुंडे लाट का सी.आई.डी.वालों से कोई सरोकार नहीं, हो ही नहीं सकता, होता तो उसे पता न चल गया होता, क्योंकि उसने सी.आई.डी.वालों के पीछे अपने जासूस छोड़ रखे हैं, और वैसे भी उसे टुंडे लाट पर भरोसा है, क्योंकि किसी ज़माने में वे दोनों हमप्याला और हमनवाला हुआ करते थे, और उसका कोई पुराना साथी पाकिस्तान के हक़ में हो ही नहीं सकता। हरदयाल और जीते पर इन तक़रीरों का असर उल्टा हुआ। वे कहने लगे हैं कि उन्हें हिम्मत सिंह के हर पुराने साथी की ईमानदारी पर शक है, कि शायद हिम्मत सिंह ख़ुद भी सी.आई.डी. का ही आदमी है, नहीं तो अंग्रेज़ों ने उसे मरवा दिया होता, क्योंकि वह हर तक़रीर में उन्हें हज़ार गालियाँ देता है।

मुझे उनके इस शक पर यक़ीन नहीं आता। हिम्मत सिंह के हर लफ़्ज़ से सच्चाई टपकती है। उसी तरह जैसे उसके माथे से पसीना। और उसके पटों से तेल। और उसकी आँखों से सुर्ख़ी। सी.आई.डी. का एक न एक आदमी हर वक़्त उसका पीछा करता है। साए की तरह। सिर झुकाए। जैसे सबसे मुआफ़ी माँग रहा हो। बीसियों

बार वह जेल जा चुका है। सैकड़ों लाठियाँ खा चुका है। नारा लगाता है तो उसके गले की सब नाड़ियाँ नज़र आती हैं। शेरेगुजरात। चलता है तो ज़मीन काँपती है। चिल्लाता है तो आसमान। कहता है कि उसकी ज़िन्दगी बापू ने बदल दी। नहीं तो कहीं बैठा शराब पी रहा होता। अब भी। कहता है अब उसे एक ही नशा है। देश की आज़ादी का। और एक ही ऐब। पान का। जहाँ से गुज़र जाता है, वहाँ अपनी पीक के निशान छोड़ जाता है। किसी ज़माने में दस नम्बरिया था। आज़ादी के बाद सूबे का गवर्नर बन जाएगा। नेहरू और आज़ाद तक उसे ज़ाती तौर पर जानते हैं। चार जमाअत पढ़ा नहीं लेकिन तक़रीरों में ऐसे ऐसे हवाले देता है कि हैरत गुम हो जाए। इसीलिए तो डॉक्टर साहनी भी उससे डरता है। कहता है, इस क़स्बे में दो ही आदमी हैं जिन्हें शायद जीनियस कहा जा सके—यानीकि और हिम्मत सिंह। आजकल उन दोनों में ख़ूब बनती है। कभी जब वे एक साथ सारे बाज़ार का दौरा कर रहे होते हैं, तो किसी की हिम्मत नहीं होती कि यानीकि को छेड़े। वह भी यूँ पक्का मुँह बना लेता है जैसे सचमुच का कांग्रेसी नेता हो। हिम्मत सिंह का बड़ा भाई। कभी कभी दोनों टुंडे लाट की दुकान पर बैठकर घंटों न जाने क्या क्या साज़िशें करते रहते हैं। टुंडा लाट अपनी आँख से वह ख़ुर्दबीन सी उतार देता है, घड़ी को एक तरफ़ रख देता है, और दोनों हाथों से अपने ठूँठ दबाकर यूँ बैठ जाता है जैसे उन दोनों का बाप हो। उनकी सरगोशियाँ किसी को सुनाई नहीं देतीं। पास जाने की किसी की हिम्मत नहीं होती। दूर खड़े हो सब अड़ोसी पड़ोसी अन्दाज़े लगाते रहते हैं कि वे तीनों क्या खिचड़ी पका रहे हैं। हरदयाल और जीता कहते हैं कि तीनों पागल हैं। और ख़तरनाक। हिन्दुओं और सिक्खों को मरवाकर रहेंगे। उन्हीं की वजह से क़स्बे के मुसलमान शेर बने फिरते हैं। वे आख़िर तक अहिंसा की रागिनी अलापते रहेंगे, हिन्दू मुस्लिम इत्तहाद की दुहाई देते रहेंगे, और मुसलमान अन्दर ही अन्दर पाकिस्तान और क़त्लेआम की तैयारियाँ करते रहेंगे।

टुंडा लाट इस वक़्त न सी.आई.डी. का नज़र आ रहा है न टुंडा लाट। आसपास से बेख़बर अपनी अनमोल घड़ी पर यूँ झुका हुआ है जैसे उसे दोनों जहान की ख़बरें दे रहा हो। या अपने अन्दर झाँक रहा हो। असलम कहता है कि दोपहर के वक़्त जब और लोग ऊँघ रहे होते हैं वह उस घड़ी से इल्तिजा करनी शुरू कर देता है, अब चल भी पड़, कमबख़्त। हर रोज़ की इबादत के बावजूद वह चाहता यही होगा कि वह घड़ी न चले। क्योंकि उसी की बदौलत वह घड़ीसाज़ कहलाता है। और उसी के सहारे महात्मा बुद्ध बना बैठा रहता है। जब अपनी इबादत में ग़र्क़ हो तो उसे कुछ दिखाई सुनाई नहीं देता। ख़ासतौर पर दोपहर को। जब उसे किसी ग्राहक का ख़तरा नहीं होता। तब उसके दोनों ठूँठ यूँ बारी बारी उठते बैठते रहते हैं जैसे उसे सलाम कर रहे हों। जैसे कि इस वक़्त। जब औरतें उसकी सस्ती और बेरंगोबू सब्ज़ियों को टटोल रही होती हैं तो वे ठूँठ और होशियार हो जाते हैं। जैसे कह रहे

हों, हमें भी टटोलो। जीता कहता है, औरतें उसकी दुकान पर सब्ज़ी ख़रीदने नहीं उन शिवलिंगनुमा ठूँठों की ऊठक बैठक देखने ही जाती हैं। इसीलिए खी खी करती रहती हैं। जिस पर उसे ग़ुस्सा आ जाता है। जिससे वे ठूँठ और बेक़रार हो उठते हैं। और वे औरतें और बेहया। हरदयाल जोड़ता है कि किसी किसी औरत को देखकर उसका असली ठूँठ भी उठ खड़ा होता होगा। जिस पर उसे ख़ुद हैरानी होती होगी। क्योंकि अफ़वाह के मुताबिक़ उसे औरतों से नफ़रत है। और उसका असली ठूँठ अगर है तो उसे किंग जैसे किसी लौंडे पर ही उठना चाहिए। शायद ठूँठों की वजह से ही उसकी घड़ी ठीक नहीं हो रही। जूँही वह एक पुर्ज़ा फ़िट कर लेता होगा, दूसरा अपनी जगह से खिसक जाता होगा। किसी किसी शाम फल्लो जुलाहिन उसके पास बैठी नज़र आ जाती है। तब उनके पास कोई नहीं फटकता। दूर से वे यूँ नज़र आते हैं जैसे भाई बहन हों। वह उसके ठूँठों को छू छूकर उसे अपने दुखड़े सुनाती है। वह उसकी तरफ़ यूँ झुका नज़र आता है जैसे उन दुखड़ों पर आँसू बहा रहा हो। उन ठूँठों के कारण वह ख़ुद इतना कड़ा नज़र आता है कि न उसके दुखड़ों का अन्दाज़ा लगाया जा सकता है, न उसकी उम्र का। हालाँकि मुझे अन्दाज़े लगाने की बीमारी है। एक अफ़वाह के मुताबिक़ उसकी टाँगें पहली जंगेअज़ीम में ही कट गई थीं। दूसरी के मुताबिक़ उससे भी पहले गाड़ी के नीचे आकर। इस क़स्बे में नहीं। क्योंकि तब यहाँ गाड़ी नहीं आई थी। तीसरी के मुताबिक़ वह पैदाइशी टुंडा है। इसीलिए उसके माँ बाप ने उसे कहीं किसी रूड़ी पर फेंक दिया था। फिर पता नहीं वह कैसे बचा, किस बला का दूध पीकर बड़ा हुआ, और कैसे और कब इस क़स्बे में आकर जम गया। एक अफ़वाह यह भी है कि बचपन में ही अपने नालायक़ माँ बाप को मज़ा चखाने के लिए उसने ख़ुद एक कुन्द आरी से अपनी टाँगों को काट दिया था। मुझे इनमें से किसी अफ़वाह पर पूरा यक़ीन नहीं आता। न ही इनमें से कोई इतनी दिलचस्प नज़र आती है जितनी कि जीते की यह बात कि दरअसल उसकी टाँगें कटी हुई नहीं, जादू की हैं, और उसके अन्दर ही कहीं छुपी बैठी रहती हैं। हाथी के खाने के दाँतों की तरह। दिलचस्प और दहशतनाक बात। जैसे कोई भूतैली कहानी। या डरसना सपना। लाहौर जा रहा हूँ। यानीकि पैदा हो रहा हूँ। यहाँ के डर अब यहीं छोड़ जाने चाहिए। आगे बढ़कर टुंडे लाट को बता दूँ। मैं तुमसे डरता हूँ। डरता चला आ रहा हूँ। बचपन से। तुम्हारी टाँगें सपनों में दौड़ती फिरती नज़र आती रहती हैं। खुलकर बात कर दो तो डर उड़ जाता है। भूत के सामने नंगे हो जाओ तो वह भस्म हो जाता है। या कम अज़ कम ग़ायब।

आजकल खुलकर कोई बात हो ही नहीं पाती। किसी से भी। किसी भी डर के बारे में। खुतखुती सी लगी रहती है। जी न जाने क्या चाहता है। बेमतलब भटकता रहता हूँ। लाहोर जाकर तो और भी आवारा हो जाऊँगा। पता नहीं रहूँगा कहाँ। होस्टल का ख़र्च कहाँ से आएगा। माँ अक्सर कहती रहती है, आज कड़े होते तो काम

आते। बाबा कभी कभी गाँववाली ज़मीन और मकान बेच डालने की बात करते हैं। उस पर चाचा रघुपत का क़ब्ज़ा है। माँ को जब और कुछ नहीं सूझता तो वह उसे गालियाँ देने बैठ जाती है। बाबा कहते हैं जब तक पाकिस्तान का फ़ैसला नहीं होता कोई उस ज़मीन, मकान को ख़रीदेगा नहीं। उस गाँव की पत्थरजड़ी गलियाँ कभी कभी सपनों में दिखाई दे जाती हैं। दादी और काका की सूरतें उन सपनों से उलझी रहती हैं। बाबा कहते हैं, उस सारे इलाक़े में मुसलमानों का बहुत ज़ोर है। उस गाँव का ज़िक्र अख़बारों में नहीं आता। दंगों का ख़तरा वहाँ दिन ब दिन बढ़ता जा रहा है। बाबा कहते हैं, पाकिस्तान बनने से पहले ही वहाँ पाकिस्तान बना हुआ है। उन्हें चाचा रघुपत की चिन्ता भी लगी रहती है और जायदाद की भी। माँ को सिर्फ़ जायदाद की। वह कहती है, उस अफ़ीमची को कुछ नहीं होगा। वह अक्सर बाबा को याद दिलाती रहती है, मैं न कहती थी कि बँटवारा कर लो! आजकल घर में अक्सर यही झगड़ा चलता रहता है। मेरे कालिज के ख़र्च को लेकर। मेरी फ़ीस तो शायद मुआफ़ हो जाएगी। लेकिन होस्टल का ख़र्च कैसे चलेगा? इसीलिए मैं चाहता हूँ कि देवी की शादी नरेश से हो जाए। कुछ दिन पहले वह और उसकी नक़ली माँ कह गए थे, बीरू हमारे पास ही रहेगा। वे राजमहल रोड पर रहते हैं। मेरे कॉलेज के नज़दीक। कुछ दिन बाद वे दोनों फिर आ रहे हैं। देवी और पारो खुसर पुसर करती रहती हैं, माँ फूँ फूँ। बाबा ने भी दबी ज़ुबान से कहना शुरू कर दिया है कि लड़का बुरा नहीं। माँ कहती है—लड़का बुरा हो न हो, माँ तो बुरी है! कहती है—वह उसकी माँ वाँ है ही नहीं। कहती है—लड़का भी निखट्टू है, इतना बड़ा हो गया है और कोई काम वाम नहीं करता। देवी कहती है—उनके पास काफ़ी पैसा है। माँ कहती है—लेकिन वह पैसा आया कहाँ से? कहती है—अगर उस काली कलूटी ने फिर शादी की बात उठाई तो वह उसकी टाँगें तोड़ देगी। बाबा उसे समझाते हैं—होश की बात कर, भलीलोक, बेटी घर बैठी बूढ़ी होती जा रही है, उधर पाकिस्तान का शोर है, तू आख़िर चाहती क्या है?

कई सालों से यह सिलसिला चलता आ रहा है। इसकी कोई सिलवट मेरे लिए नई नहीं। पाकिस्तान के शोर और लड़ाई की ख़बरों की तरह हम सब इस बहस के भी आदी हो गए हैं। मैं हैरान हूँ कि नरेश ने कहीं और शादी क्यों नहीं कर ली। वह अपनी नक़ली माँ के इशारों पर नाचता है। मैं हैरान हूँ कि उसकी नक़ली माँ क्यों इतने सालों से देवी के ही पीछे पड़ी हुई है। माँ कहती है कि देवी जैसी भोली और बेवक़ूफ़ लड़की उसे और कहाँ मिलेगी। देवी इस बीच बूढ़ी हो गई है, मैं जवान। उसकी आँखों के नीचे छाइयाँ बिछ गई हैं। मेरी मूँछें फूट रही हैं। देवी ने कह दिया है कि अगर माँ न मानी तो वह नरेश के साथ लाहोर भाग जाएगी। या गाड़ी के नीचे सिर देकर मर जाएगी। बाबा भी इस धमकी पर बहुत बिगड़े थे। देवी पर भी और माँ पर भी। अलग अलग भी और एक साथ भी। मुझे देवी की दिलेरी पर हैरानी हुई

थी। माँ पागल हो उठी थी। फिर ठंडी होने पर रोने बैठ गई थी। अब कुछ शान्त है। सब ख़ामोशी से उनके आने का इन्तज़ार कर रहे हैं। माँ का कुछ पता नहीं कि उन्हें देखकर क्या कह दे, क्या कर दे। कभी कभी अकेले में मुझसे पूछ लेती है कि क्या वह मुश्टंडा मुझे सचमुच पसन्द है। वह तो मुझे नापसन्द नहीं लेकिन उसकी नक़ली माँ के नख़रे और झूठी मिठास मुझे अब पसन्द नहीं। न ही उन दोनों का तौर तरीक़ा। लेकिन मैं अपनी राय खुलकर नहीं देता। शायद देवी की धमकी से डरता हूँ। और शायद उसकी शादी की ज़िम्मेदारी अपनी ज़ुबान और ज़मीर पर ले लेने से भी। माँ सारी उम्र कहती रहेगी, मैं न कहती थी! या, अगर तूने ज़ोर न लगाया होता तो मैं कभी न मानती। लेकिन इस डर के बावजूद मैं अन्दर ही अन्दर दुआ माँगता रहता हूँ कि यह शादी हो जाए। जल्द अज़ जल्द। दुआ न जाने किससे माँगता हूँ? क्योंकि विश्वास मुझे नहीं। नास्तिक हूँ। देवी तो ख़ैर चाहती ही है। और नहीं तो माँ की फटकार से ही उसे रिहाई मिल जाएगी। शादी के बाद नरेश कोई और काम कर लेगा। गाने बजाने के अलावा। उसकी आवाज़ में मुझे असली सोज़ सुनाई देता है। उसकी माँ की आवाज़ में नक़ली। दोनों मिलकर गाते हैं तो अटपटा सा समाँ बँध जाता है। माँ उसे मिरासिन कहती है। पिछली बार पारो के घर उनके भजन सुने थे। माँ को पता चल जाता तो ख़ूब लड़ाई होती। अगर इस बार भी माँ ने लड़ झगड़कर उन्हें भगा दिया तो यह शादी नहीं होगी। नरेश की माँ कहती है उसके बेटे को रिश्तों की कमी नहीं। माँ कहती है अगर कमी नहीं तो कर क्यों नहीं लेती? इतने सालों से क्यों पीछे पड़ी हुई है हमारे? इसीलिए ना कि वह देवी का बेड़ा ग़र्क़ करना चाहती है, और किसी का नहीं? पता नहीं कहाँ की दुश्मनी निकाल रही है! अगर यह शादी न हुई तो होस्टल का ख़र्च कहाँ से आएगा? लाहोर जाने का ख़याल ही छोड़ देना पड़ेगा। यहीं कहीं कोई नौकरी कर लूँगा। लेकिन मुझे नौकरी देगा कौन? महसूल की चुंगी पर भी कोई नहीं बैठने देगा। केशव का असिस्टेंट बन जाऊँगा। लेकिन मैं अभी से नौकरी के चक्कर में नहीं फँसना चाहता। बरसों से कॉलेज की आस लगाए बैठा हूँ। बरसों से माँ कहती चली आ रही है कि लोगों के बर्तन माँजने पड़ें तो भी वह मुझे लाहोर ज़रूर भेजेगी। मेरे नाना ने मरने से पहले उसे यही नसीहत दी थी। काश कि वह उसे बर्तन माँजने का तरीक़ा भी सिखा गए होते! जब माँ उनकी नसीहत दोहराती है तो बाबा मेरी तरफ़ देखकर मुस्कुरा देते हैं। जैसे कह रहे हों, तेरी माँ से बर्तन मँजवाएगा कौन? और मैं जवाबन मुस्कुरा देता हूँ। जैसे कह दिया हो, कोई नहीं। हर बर्तन में राख बैठी रहती है। हर दाल सब्ज़ी में किरक। हर कपड़े में साबुन। हर कोने में कूड़ा। हर बात में शिकायत। हर शिकायत में ताना। माँ से तो पैसे लेकर भी काम करवाने पर शायद ही कोई राज़ी हो। फिर भी उसकी पेशकश पर मेरा गला भर आता है। शायद बाबा का भी। वह अक्सर डॉक्टर साहनी की माँ की मिसाल दे देकर अपने आपको और मुझे मज़बूत करती रहती है—उस बेचारी की हिम्मत

से ही उसका बेटा विलायत पास हो गया, इतना बड़ा डॉक्टर बन गया! फिर शायद उसे याद आ जाता है कि वह बेचारी अपने बेटे का सुख देखे बग़ैर ही मर गई थी। और वह उसकी मौत पर भी नहीं पहुँच सका था। और उसने वहाँ विलायत में मेम को घर बिठा लिया है। और उसकी अपनी बीवी मास्टर बिहारी लाल से फँसी हुई है। और उसकी बेटी अपने आपको बेटा समझती है। और उसने कभी मान के नहीं दिया कि माँ को वहम के अलावा कोई बीमारी है। और उसने कभी उसे टूटी लगाकर नहीं देखा। और इन सोचों के असर से माँ के माथे पर झुँझलाहट की एक झाड़ी सी खिल आती है। जैसे डॉक्टर साहनी की माँ की मिसाल देकर उसने कोई ग़लती कर दी हो। या जैसे नाना की नसीहत के बारे में उसके दिमाग़ में कई बुनियादी सवाल उठ खड़े हुए हों। या जैसे उसी घड़ी उसे इलहाम हो गया हो गया कि पढ़े हुए बेटे से गुढ़ा हुआ बेटा बेहतर होता है। हर लिहाज़ से।

टुंडे लाट की दुकान पीछे छूट गई है। शायद किसी सपने में ही टुंडे का सामना हो सके। या शायद लाहोर से लौटकर। माँ के ख़याल ने मुझे बेख़बर कर दिया होगा। और मेरे क़दमों को तेज़। मुग़लों की गली भी ख़त्म होनेवाली है। और लैला का कूचा शुरू। शूम की बीवी को भी मैं लैला कहा करता था। मन ही मन में। और उसकी गली को लैला की गली। मज़ाक में। अब उस मकान में कोई मुसलमान रहता है। दरवाज़े पर एक चिक टँगी रहती है। मंज़ूरे का बाप अब भी अपने मकान के सामने टलहता रहता होगा। बूढ़ा पहरेदार। लैला का कूचा। वहाँ की आबोहवा ही अलग है। वहाँ पहुँचते ही महसूस होगा कि किसी दूसरे आलम में दाख़िल हो गया हूँ। जहाँ न धुआँ है न अँधेरा। धूप भी वहाँ नर्म नज़र आती है। इस वक़्त भी शायद कोई उजली अधेड़ कंजरी किसी दहलीज पर बैठी नज़र आ जाए। पान चबाती। सब दरवाज़ों पर ख़सख़स की टट्टियाँ टँगी रहती हैं। पास से गुज़रते वक़्त ठंडी हवा में घुली हुई मुसलमानी ख़ुशबुएँ। असलम कहता है, इनमें आधी किसी ज़माने में हिन्दू हुआ करती थीं। मुमताज़ शान्ति आधी हिन्दू है। सिर्फ़ नाम से ही नहीं, ख़ून से भी। हिन्दू मुस्लिम इत्तहाद की गाती बजाती मिसाल। कहती है इस क़स्बे में दंगा नहीं होने देगी। पाकिस्तान बने न बने। कहते हैं, लाहोर में अपने चोबारे में उसने लिखकर लगा रखा है—मज़हब नहीं सिखाता आपस में बैर रखना! सुनहरी हुरूफ़ में। हमारे स्कूल की तरह। उसके हुज़ूर में पहुँचकर हिन्दू मुसलमान सब एकमेक। लाखों दिलों की मलिका। हज़ारों बिस्तरों की बेगम। बरसों से लाहोर बैठी राज कर रही है। रात की रानी। अब तो फ़िल्मों में भी काम करने लगी। शायद पेशा छोड़ दिया हो। बिल्कुल नहीं छोड़ा होगा। कभी कभी। जब कभी क़स्बे में आती है, रौनक़ आ जाती है। तब इस गली में से गुज़रो तो सिर झूम उठता है। तरह तरह की तानें। हर मकान में मजलिस। साथ बहुत सी सहेलियाँ ले आती है। नौजवान नाज़नीनें। तब यह गली शीशे की तरह चमक उठती है। मुमताज़ शान्ति सलीक़े की पोशाक पहनकर सारे बाज़ार का

चक्कर काटती है। हर एक से दुआ सलाम। जगह जगह ठहरकर बातचीत। ठहरी हुई। किसी की हिम्मत नहीं होती कि छेड़छाड़ करे। सब बाअदब होकर देखते सुनते रहते हैं। पीछे पीछे कुछ फ़ासले पर दो पहलवान। जिन्हें देखकर ही दम ख़ुश्क हो जाए। बाडीगॉर्ड। कभी कभी साथ कोई सहेली। या बुआ। इस गली की सब बूढ़ी कंजरियाँ उसकी बुआएँ। हर एक का माहाना लगा हुआ है। मज़े से बैठी खाती हैं। मुहर्रम के दिनों में बूढ़ी कंजरियाँ भी काली पोशाक पहनकर ताज़िए के पीछे पीछे पीटती नज़र आ जाती हैं। जिस साल मुमताज़ शान्ति क़स्बे में हो, मुहर्रम मेले में बदल जाता है। उसके इर्दगिर्द लाहोर से उसके साथ आई हुई कंजरियों की बहार को देखकर सबके दिल टूट टूट जाते हैं। असलम कहता है, क़स्बे के सुन्नियों को तब बहुत ग़ुस्सा आता है। असलम ख़ुद सुन्नी है न शीआ। कहता है, मैं तो मुमताज़ शान्ति का शागिर्द हूँ। मज़हब के मुआमले में। या कहो कि उसका छोटा मामा। कहता है, अगर गुजरात जाकर मर न गया तो डिग्री लेकर वापस यहीं आ जाऊँगा। और इस नीली मस्जिद का इमाम बन जाऊँगा। ऐसी ऐसी पुरसोज़ बाँगें दिया करूँगा कि मुर्ग़ भी मात खा जाएँ। और हिन्दू भी मुसलमानों के साथ एक ही सफ़ में खड़े होकर नमाज़ पढ़ने लगें। न कोई बन्दा रहे, न कोई बन्दानवाज़। मैं असलम से नमाज़ सीखना चाहता हूँ। लेकिन उसे ख़ुद अभी पूरी नहीं आती। कहता है, हफ़ीज़ा को आती है। लाहोर जाकर हफीज़ा से मिलूँगा। मज़ंग में रहती है। मुसलमानों का मशहूर मुहल्ला! शायद। जाकर कहूँगा, हफ़ीज़ा आपा, नमाज़ सीखने आया हूँ। उसका ख़ाविन्द मारने पर उतर आएगा। कहूँगा, मैं आधा मुसलमान हूँ। दिन में कई बार कलमा पढ़ लेता हूँ। क़ुरान की कुछ आयतें भी याद हैं। असलम के मुताबिक़ अगर सुन्नतें करवा लूँ तो पूरा मुसलमान हो जाऊँगा। मैं दरअसल न हिन्दू हूँ, न मुसलमान। मैं भी मुमताज़ शान्ति का ही शागिर्द। लाहोर जाकर उसके चोबारे में जाऊँगा। विश्वे पहलवान से उसका पता ले लूँगा। या यहीं बैठी किसी नाज़ुक नानी से। नानी नहीं, दादी। किसी के पास जाकर कह देना चाहिए, दादी, मुझे गोद ले लो। दो साल पहले माँ की तलाश में था, अब दादी की तलाश में। माँ को पता चल जाए तो दादी को गालियाँ देने बैठ जाए। मरने के बाद भी पीछा नहीं छोड़ रही मेरे बेटे का। माँ यहाँ भी मेरा पीछा नहीं छोड़ रही। या शायद मैं माँ का। मेरा क्या होगा!

इस गर्मी में भी इस गली में न हवाड़ है न घुटन न वीरानी। दिन में तीन बार माश्की छिड़काव करते हैं। शायद इत्र का। या आबेहयात का। मुमताज़ शान्ति ने हुक्म दे रखा होगा। दरियादिल है। जानती है कि उसकी ग़ैरहाज़िरी में भी लोग इस कूचे का तवाफ़ करते रहते हैं। उसके जाँनिसार। अनजान। कड़कती धूप में। जब उसकी बुआएँ आराम कर रही होती हैं। गुज़रे ज़माने को सीने से लगाए। या शायद अपने गए बीते क़द्रदानों को। लेकिन वे तो रात को ही आते होंगे। चोरी चोरी। चौधरी चिराग़ हुसैन। और शायद मेलेशाह। मुमताज़ शान्ति भी बूढ़ी होकर यहीं आ जाएगी।

किसी दहलीज़ पर बैठी हुक़्क़ा पिया करेगी। और गुज़रे ज़माने की याद के कड़वे घूँट। उसकी असली उम्र का किसी को कुछ पता नहीं। असलम कहता है, कंजरी की उम्र उसके जिस्म से जुड़ी रहती है, और उसका जिस्म उसकी कमाई से। इस क़स्बे में किसी को किसी की सही उम्र मालूम नहीं। सब एक दूसरे को टोकते रहते हैं। मैंने पहली बार मुमताज़ शान्ति को न जाने किस उम्र में देखा था। उसने मुझे अभी तक नहीं देखा। उसकी कई तस्वीरें टँगी हुई हैं। मेरी मन मस्जिद में। मस्जिदें मन्दिरों के मुक़ाबले में ज़्यादा साफ़ और सादी और पुरसकून। क्यों? नीली मस्जिद के पास खड़े दो पेड़। साएदार। सदाबहार। नाम नहीं आते। आहिस्ता आहिस्ता झूम रहे हैं। मस्जिद के मीनारे साथ साथ हिलते हुए महसूस होते हैं। और उनके ऊपर का नीला आसमान भी। जैसे दोनों का हौल पड़ रहा हो। यहीं क्यों न लेट जाऊँ। शाम तक लेटा रहूँ। कोई पूछे, क्या कर रहे हो तो कह दूँ; शान्ति का इन्तज़ार। कौन हो? शान्ति का शैदाई। पूछनेवाले को यक़ीन हो जाएगा कि सी.आई.डी. का हूँ। शैदाई होने का बहाना कर रहा हूँ। हिन्दुओं का जासूस। पाकिस्तान का दुश्मन। मैं कह दूँगा, मैं आधा मुसलमान हूँ। यक़ीन नहीं आता तो दिखा दूँ? आते जाते कुत्ते से बातचीत। खुलकर। क्यों भाई, लैला की गली के कुत्ते हो? तो आओ, तुम्हें सीने से लगा लूँ। लेकिन पहले यह बताओ कि तुम पाकिस्तान के हक़ में हो या ख़िलाफ़? मैं बाद में बताऊँगा। हिन्दू हो या मुसलमान? सिक्ख हो या सहजधारी? शीआ हो या सुन्नी? आर्यसमाजी हो या सनातनधर्मी? कुत्ते समझ जाएँगे कि मैं शैदाई हूँ। सी.आई.डी. का हो ही नहीं सकता। जब कुत्तों से उकता जाऊँगा तो जूते उतारकर मस्जिद के अन्दर वुज़ू करने बैठ जाऊँगा। इमाम ऊँघ रहा होगा। गुज़रे ज़माने की यादों में डूबा हुआ। कहूँगा, मियाँ, नमाज़ सिखा दो। शौक़िया सीखना चाहता हूँ। मुझे अरबी से इश्क़ है। यह इमाम असलम के मुताबिक़ इस क़स्बे का नहीं। क़सूर का है। पहले हिन्दू था। मुमताज़ शान्ति के इश्क़ ने उसे मुसलमान बना दिया। एक बार लाहोर गया था। सैर करता कराता हीरामंडी जा पहुँचा। और फिर मुमताज़ शान्ति के चोबारे पर। उसे देखते ही उस पर फ़िदा हो गया। उसने लाख मना किया लेकिन वह माना नहीं। उसने कहा, मैं पेशेवर औरत हूँ, तुम मेरा पीछा छोड़ दो और ख़ुदा से लौ लगा लो। उसने तो उसका मन बहलाने के लिए कह दिया होगा, लेकिन उस बेवक़ूफ़ पर ऐसा असर हुआ कि वह उसी दिन मुसलमान हो गया। और अब वही इस मस्जिद का इमाम है। असलम की यह कहानी सच्ची हो न हो, मुझे पसन्द है। असलम कहता है कि वह बाँग नहीं देता, फ़रयाद करता है। मैं कहूँगा, मियाँ, मुझे भी फ़रयाद करना सिखा दो। वह समझेगा कि मैं उसका मज़ाक उड़ा रहा हूँ। जूँही वह बाँग शुरू करता है, सारी गली ऊपर की तरफ़ उड़ती हुई महसूस होती है। आज भी शायद ऐसा हो। लेकिन मैं शायद वक़्त से पहले आ गया हूँ। या बाद। मस्जिद की दीवार से पीठ लगाकर खड़ा हो जाता हूँ। पाँव से काँटा निकालने के बहाने। उँगली पाँव के तले को टटोल

रही है, आँखें मुमताज़ शान्ति के मकान को। जहाँ उसकी सगी बुआ रहती है। जो देखने में हिन्दू भी नज़र आती है और मुसलमान भी। मुमताज़ शान्ति की तरह। उसका नाम और ख़ून भी शायद मिलाजुला हो। दरवाज़े पर ख़सखस की टट्टी। मैं एक लम्बी साँस से उसकी ख़ुशबू को अन्दर तक खींच लेता हूँ। आँखें बन्द हो जाती हैं। एक ख़ूबसूरत बुढ़िया गद्दे से ओट लगाए बैठी है। हुक़्क़ा गुड़गुड़ा रही है। आओ, अज़ीज़, आओ। मुमताज़ से मिलने आए हो? वह तैयार हो रही है। तुम्हारे लिए। मेरे पास बैठो। इधर। मैं उस कान से बहरी हूँ। कहो तो नाम क्या है माशाल्ला! यह नाम तो निहायत बच्चकाना है। इसे बदल डालो। मुमताज़ के बाहर आने से पहले। उसी का सा कोई चुन लो। मिलाजुला सा। दो मज़हबों को मिलानेवाला। मैं मदद करूँ। मंगत हुसैन। पसन्द नहीं आया? तो रसूल चन्द। यह भी नहीं जँचा? तो लो रहमत नारायण! मुस्कुरा रहे हो तो यही ठीक है। आओ अब एक कश लगाओ। मुँह इधर करो। अरे अज़ीज़, आँखें खोलकर। लेकिन तुम्हारा सर क्यों तप रहा है? इतनी धूप में सर के बल आए हो? और आ भी कैसे सकते थे। मैं भी सठिया गई हूँ। और एक ज़माना था कि मुमताज़ को मात किया करती थी। नज़ाकत में भी और ज़हानत में भी। आवाज़ में भी और सोज़ में भी। बिस्तर में भी और बाहर भी। हैरान क्यों हो रहे हो? मैं लखनऊ में पैदा हुई। वहीं पली। इस क़स्बे में तो तक़दीर ही ले आई। ख़ैर। कुछ और पियोगे? लेकिन अभी तो तुम्हारे मुँह से दूध की महक आती है। हर तीसरे रोज़ यहाँ आ जाया करो। माँ की नज़र बचाकर। मैं सब सिखा दूँगी। लाहोर जा रहे हो। वहाँ मुमताज़ से मेलजोल रखना। कॉलेज से सीधे उसके चोबारे में। बहुत जल्द जवान हो जाओगे। बस एक बात मानो। दाल वाल बन्द कर दो और गोश्त वोश्त शुरू। फिर देखो बदन की बहार। अरी, मुमताज़, अब आ भी जाओ। रहमत नारायण बेक़रार हो रहा है। आई, बुआ अम्माँ, अभी आई! और फिर वह छनछन करती बाहर आ जाती है। मुझे अपनी बुआ के क़दमों में बैठा देखकर मुस्कुरा ही रही होती है कि मैं उठकर फ़र्शी सलाम बजा लाता हूँ। वह झुककर मेरा हाथ पकड़ लेती है। फिर मुझे बालों से खींचकर सीने से लगा लेती है। कहीं मैं उसका गुज़रा हुआ ज़माना तो नहीं? बेसुध होकर उसे दबोच ही रहा होता हूँ कि बुआ की उबली हुई आवाज़ आती है। अज़ीज़, तुम तो बिल्कुल नौसिखिए निकले। तुम्हें तो गलूगीर होने का सलीक़ा ही नहीं आता। बेटा, बिटिया का दम तो मत निकालो। अदब और अन्दाज़े से काम लो। पहली मुलाक़ात है। मैं मुरझाकर अलग हो जाता हूँ तो वे दोनों हँसना शुरू कर देती हैं। मैं रोने को हो आता हूँ। बुआ पुचकारती है। मुमताज़, इस मासूम का वहाँ ख़ास ख़याल रखना। इसे अपना लाहोर दिखाना। होनहार नज़र आता है। और आधा मुसलमान। किसी ग़रीब हिन्दू घराने में पल पिघलकर पिलपिला हो गया है। इसे पुख़्ता करना होगा। पिलापिलू कर। और प्यार से भी। अच्छा अब तुम दोनों मुझे इजाज़त दो। तुम इसका तन मन बहलाओ, मैं बाहर बैठकर पहरा दूँगी।

और गुज़रे ज़माने को लोरियाँ। ख़ुदा हाफ़िज़! मेरी आँखें खुल जाती हैं। और जिस्म झनझना उठता है। इमाम ने बाँग शुरू कर दी है। सारी गली उसकी आवाज़ के साथ साथ उड़ती हुई महसूस होती है। सामने एक दहलीज़ पर सचमुच की बुढ़िया बैठी पान पपोल रही है। और सीधी मेरी तरफ़ देख रही है। या कम अज़ कम महसूस मुझे यही होता है। मेरी ऐनक ठीक नहीं। लाहोर जाकर बदलवाऊँगा। अब चल देना चाहिए। पीछे से आवाज़ आएगी, रहमत नारायण, रुको! नहीं, बुआ अम्मा, अब और नहीं रुक सकता। सारे क़स्बे की सैर करूँगा। फिर मिलूँगा। किसी नीले सपने में। मुमताज़ को मेरा सलाम। अर्शी। शाम को शायद फिर आ जाऊँ। गोश्त की ख़ुशबू सूँघने। अब तो सीधा विश्वे पहलवान के अड्डे पर जाकर ही दम लूँगा। वहाँ इस वक़्त शाम प्यारी की शिकायतें हो रही होंगी। और मुमताज़ शान्ति की तारीफ़ें। सो ख़ुदा हाफ़िज़, बुआ अम्मा!

कुछ दूर तक उस इमाम की दर्दभरी बाँग मेरे पीछे पीछे दौड़ती है। और उस बुढ़िया की नशीली नज़र भी। जैसे किसी किसी सपने में कोई भूत या परिन्दा या भैंस या काग़ज़ का पुरज़ा। गली ख़त्म होते ही फिर बाज़ार बल खाने लगता है। डॉक्टर अल्ला दित्ते का दवाख़ाना इस वक्त बन्द है। नाम का दवाख़ाना। दरअसल दुकान। डॉक्टर इस वक़्त आराम कर रहा होगा। दोनों मेमों के दरम्यान लेटा। वे उसे फ़ारसी की ग़ज़लें सुना रही होंगी, वह उन्हें पंजाबी के ख़र्राटे। जागता हुआ भी सोया हुआ नज़र आता है। गले में से हर वक़्त खर खर की आवाज़। पेट इतना बड़ा जैसे पाँच बच्चे अन्दर बैठे पल रहे हों। असलम कहता है उसने कभी अपने पाँव नहीं देखे। कहता है देख ही नहीं सकता। दवाख़ाने में वही दस बीस शीशियाँ पड़ी हुई हैं जो वह कई साल पहले ईरान से लाया था। देखने में इतना बारोब और भारी डॉक्टर नज़र आता है कि असलम के सिवा कोई खुलकर उसकी पोल नहीं खोलता। उसके दवाख़ाने की बग़ल में ग़ुलाम नबी नानबाई की दुकान है। वह बेचारा दमे का मरीज़ है। सारी दोपहर हाँफ़कर गुज़ारता है। इस वक़्त भी तड़प रहा है। कहते हैं, उसकी मलाई बहुत मैली होती है। असलम कहता है अल्ला दित्ते की ऊटपटाँग दवाइयों ने ही बेचारे की खाँसी को दमे में बदल दिया है। और अब दमे को दिक़्क़ में बदल रही हैं। इसलिए असलम ने अल्ला दित्ते से इलाज करवाने से साफ़ इनकार कर दिया था। हालाँकि उसके अब्बा ने बहुत ज़ोर लगाया था। ग़ुलाम नबी की दुकान ज़्यादा चलती नहीं। चल ही नहीं सकती, क्योंकि उसी क़तार में दो तीन दुकानें छोड़कर हरे हलवाई की दुकान है। हरा अपनी सफ़ाई और कारीगरी और सच्चाई के लिए मशहूर है। दूध में एक क़तरा पानी नहीं मिलाता, और न ही मलाई में एक चुटकी मैदा या कोई और मवाद। उसका दही मिठास के लिए मशहूर है और सोडा बुलबुलों के लिए। उसका बर्फ़ी की धाक लाहोर में भी बैठी हुई है। शाम प्यारी और मुमताज़ शान्ति ने बिठा रखी है। जब क़स्बे में आती हैं, सेरों बर्फ़ी बँधवाकर साथ ले जाती हैं। इस वक़्त हरे

की दुकान साफ़ सुथरी और ख़ाली पड़ी हुई है। हरा ख़ुद दुकान में नहीं। कहते हैं उसका एक मुसलमान औरत से याराना है। नूराँ अराइन से। बहुत कम लोगों ने उसे देखा है, क्योंकि वह क़स्बे में बहुत कम आती है। अराइयों के कुएँ से कुछ फ़ासले पर उसका छोटा सा झोंपड़ा है। शायद मैंने वहाँ उसे देखा हो। दोपहर के वक़्त हरा साइकल लेकर वहीं पहुँच जाता है। उसकी अपनी बीवी बहुत साल पहले मर गई थी। नूराँ का घरवाला भी। असलम कहता है कि अगर मज़हब की मुसीबत न होती तो दोनों ने कब की शादी कर ली होती, कितने बच्चे पैदा कर लिए होते। जब से पाकिस्तान का शोर बढ़ा है, मुसलमानों ने हरे की दुकान का बायकाट कर दिया है। हिम्मत सिंह कई बार इस बायकाट के ख़िलाफ़ बोल चुका है। हिन्दू मुस्लिम इत्तहाद के सिलसिले में। लेकिन नूराँ का नाम खुलकर नहीं लेता। मुसलमानों से डरता है। न ही हिन्दुओं और सिक्खों से खुलकर कहता है कि वह मुसलमानों के साथ मिल बैठकर खाएँ पिएँ। हिन्दुओं और सिक्खों से डरता है। इसीलिए केशव कहता है कि दिलेरी में यानीकि और हिम्मत सिंह में कोई मुक़ाबला नहीं। असलम कहता है कि जब तक हिन्दू और सिक्ख ग़ुलाम नबी की मैली मलाई नहीं खाएँगे, मुसलमान पाकिस्तान की रट नहीं छोड़ेंगे! ग़ुलाम नबी गन्दा है तो क्या हरे के अलावा दूसरे हिन्दू सिक्ख हलवाई गन्दे नहीं? असलम कहता है, वह हलवाई ही क्या जो गन्दा न हो! नन्थू शेरे की पकोड़ियों में से क्या कीड़े मकोड़े नहीं निकलते? और अगर ग़ुलाम नबी गन्दा है तो मुसलमान क़साई भी तो गन्दे हैं। उसकी दुकान से हिन्दू गोश्त क्यों ख़रीदते हैं? उस पर जो मक्खियाँ बैठी नज़र आती हैं वे क्या मुसलमान नहीं? असलम आजकल जब इस तरह ऊलजुलूल बोल रहा होता है तो केशव उस पर नाराज़ नहीं होता। कहता है, इस मामले में मैं असलम के साथ हूँ।

यानीकि खुलेआम हरे को सलाह देता रहता है कि वह मुसलमान बन जाए और नूराँ से निकाह कर ले, यानीकि नाम बदल ले, और क़स्बे में मुस्लिम सिक्ख मिलाप की एक मिसाल क़ायम कर दे, ताकि बाक़ी आशिकों को भी ताक़त मिले, यानीकि वे छुप लुककर इश्क़ लड़ाना छोड़ दें, यानीकि अगर किसी मुसलमान मनचले की आँख किसी हिन्दू अबला या सिक्ख सूरमी से लड़ जाए तो वह भी हरे सिंह की तरह अपना मज़हब बदल देने की हिम्मत कर सके, क्योंकि औरत ज़ात बेचारी अभी इस क़ाबिल नहीं हुई कि मज़हबी मूर्खों के मुक़ाबले में खड़ी हो सके, यानीकि उसे अपने यार का सहारा चाहिए, वह मज़हब नहीं बदल सकती, वह अपने यार के साथ भाग तो सकती है, उससे ब्याह अभी नहीं कर सकती, यानीकि नूराँ से यह उम्मीद करना ग़लत होगा कि वह सिक्ख हो जाए, और हरे से यह कि वह एक मुसलमान को अपने घर ले आए,

इसीलिए...। हरा हाथ जोड़ देता है—यानीकि, तू कौन सी दुश्मनी निकाल रहा है? अभी तो मुसलमानों ने ही बायकाट किया है, अगर तू इसी तरह बकता रहा तो

हिन्दू सिक्ख भी कर देंगे...! लेकिन उसका यह डर बेबुनियाद है। उस जैसा साफ़ और कारीगर हलवाई सारे क़स्बे में नहीं। सब मुसलमान भी बायकाट में शामिल नहीं हुए। उसका दूध और दही सुबह शाम ख़त्म हो जाता है। बर्फ़ी की एक टुकड़ी तक नहीं बचती। बोतलें कभी पूरी नहीं पड़तीं। फिर भी हरा आजकल पीला पीला रहने लगा है। कुछ लोगों का अन्दाज़ा है कि नूराँ को हमल ठहर गया होगा। कुछ कहते हैं कि नूराँ को हमल ठहर नहीं रहा। लेकिन असलम के मुताबिक़ हरे सिंह का पीलापन इस बात का सबूत है कि उसका इश्क़ असली है और उसकी जान ख़तरे में। क्योंकि क़स्बे के मुसलमानों के दिमाग़ आजकल बिगड़े हुए हैं। और उन्होंने अन्दर ही अन्दर उसे धमकाना शुरू कर दिया होगा!

हरे सिंह की जान ख़तरे में हो न हो, उसकी दुकान के सामनेवाला बशीरा दर्ज़ी अब आख़िरी दमों पर ही नज़र आता है। सब हकीमों ने उसे जवाब दे दिया है। उनके मुताबिक़ उसका जिगर जल गया है। डॉक्टरों के पास वह जाता नहीं। कहता है, अल्ला दित्ता उल्लू है। डॉक्टर साहनी ने एक बार जबरन उसे देखा था। दुकान पर ही। वह कहता है उसके अन्दर फोड़ा हो गया है। गेंद बराबर। उसका इलाज विलायत में भी नहीं। कुछ दिन पहले तक बशीरा चलती फिरती लाश कहलाता था। हर वक़्त इधर उधर डोलता रहता था। मेरी तरह। जैसे जाने से पहले हर चीज़ को हसरत से देख दुलार रहा हो। अब दिन भर दुकान में पड़ा रहता है। अपनी पुरानी मशीन के क़दमों में। बहुत बढ़िया कपड़े सीता था। अब उसकी दुकान में एक भी कपड़ा नहीं। कभी कभी उसकी बूढ़ी माँ उसके पास बैठी नज़र आ जाती है। वह हर एक से शिकायत करती रहती है कि बशीरा घर में नहीं बैठता। वह हर एक को बताता रहता है कि वह मरना नहीं चाहता। इधर उसकी आवाज़ बिल्कुल बन्द हो गई है। फिर भी बोलने से बाज़ नहीं आता। सूखी सी फुँकार हर राहगुज़र की तरफ़ फेंक देता है—मैं मरना नहीं चाहता। मैंने अब उसकी तरफ़ नहीं देखा। उसकी हड्डियों में जड़ी हुई सी उसकी उजली उजली आँखों का सामना अब मुझसे नहीं होता। कई बार उन्हें सपनों में देख चुका हूँ। उनमें से ही जैसे उसकी आवाज़ आ रही होती है, मैं मरना नहीं चाहता। औरों को भी वह ज़रूर नज़र आता होगा। आजकल। सपनों में। हरे सिंह को तो शायद हर रात। कहते हैं वह कई महीनों से उसे एक सेर दूध मुफ़्त दे रहा है। बिलानाग़ा। कहता है कि जब तक वह ज़िन्दा है, देता रहेगा। उसी की देखादेखी ग़ुलाम नबी ने भी शुरू कर दिया है। लेकिन अब बशीरे को न दूध हज़्म होता है न पानी। उसकी माँ सबसे कहती रहती है, उसका कलेजा छलनी हो गया है। मैंने कई बार चाहा है कि असलम से खुलकर बात करूँ। मौत के बारे में। बशीरे के बारे में। फिर डर जाता हूँ कि वह और डरा देगा। उसके मज़ाक अब बहुत बेरहम होते जा रहे हैं। कहता है, गुजरात जाकर मैं भी बशीरे की तरह सूखकर बिच्छू सा हो जाऊँगा। और हर एक से कहता फिरूँगा, मैं मरना नहीं चाहता! कहता है, लेकिन

सच तो यह है, बीरू, कि मैं जीना नहीं चाहता। किसी और से बताता नहीं क्योंकि जानता हूँ कि कोई मानेगा नहीं। मान तू भी नहीं रहा, लेकिन कम अज़ कम सुन तो रहा है। जब तू लाहोर चला जाएगा तो मैं दीवारों से बातें किया करूँगा। गुजरात में।

मैं अब पीपलवाले चौक में आ खड़ा हुआ हूँ। पीपल के नीचे विश्वा पहलवान बैठा हुआ है। गोठ मारकर। किसी ज़माने में रुस्तमेपंजाब कहलाता था, अब कांगड़ी पहलवान। पीठ पीछे। मुँह पर अब भी सब लोग उसे उस्ताद कहकर बुलाते हैं। या बजरंगबली। जबसे उसने महाबीर दल पर क़ब्ज़ा कर लिया है। इस वक़्त उसके इर्दगिर्द उसकी चंडाल चौकड़ी जमी हुई है। चिलम चल रही है। ताश चल रही होती तो मैं उसके पास बैठ न सकता। न ही तबीयत होती। अब कोई मुझे उठाएगा नहीं। सबकी आँखें चढ़ी हुई हैं। विश्वा ग़ुज़रे ज़माने के क़िस्से सुना रहा है। मैं उन्हें कई बार सुन चुका हूँ। हर बार नया मज़ा मिलता है। ख़ासतौर पर जब वह चरस के नशे में चूर हो। इस वक़्त वह शाम प्यारी की शिकायत कर रहा है। जिसका सुन्दर महल इस क़स्बे का बकिंघम पैलेस कहलाता है। डॉक्टर साहनी ने ही उसे यह नाम दिया था। शाम प्यारी को वह क्वीन विक्टोरिया कहता है। किसी किसी सपने में मुझे वह अपने महल से भी बड़ी दिखाई देती है। जब वे दोनों साथ साथ खड़े या उड़ते हुए नज़र आ जाते हैं तो मैं फ़ैसला नहीं कर पाता कि मैं दो महल देख रहा हूँ या दो शाम प्यारियाँ। हक़ीक़त में मैंने उन दोनों को दूर से ही देखा है। और दबी दबी निगाहों से। उसे चन्द एक बार। उसके महल को कई बार। जब शाम प्यारी यहाँ नहीं होती। और उसका महल ख़ाली होता है। जिन लोगों ने शाम प्यारी को पास से देखा है उनके मुताबिक़ उसके सब दाँत मसनूई हैं। हरदयाल कहता है कि उसके बाल भी बेगाने हैं। जीता जोड़ता है उसका सीना भी। असलम कहता है कि उसके चचेरे भाई अकरम के मुताबिक़ उसकी मोरी भी। अकरम किसी ज़माने में उसका मालिशिया था। और अब कई सालों से उसे नौजवान सप्लाई कर रहा है। जिन्हें कुछ ही दिनों में चूस चासकर वह वापस भेज देती है। फिर वे अकरम के काम आते हैं। क्योंकि उन्हें ऐश की आदत पड़ चुकी होती है। और अकरम के पास शाम प्यारी का दिया हुआ अन्धा पैसा है। वह ख़ुद किसी ज़माने में उसका चहेता चाकर हुआ करता था। उसके कई काम किया करता था। तब वह इतनी बूढ़ी नहीं थी। न ही इतनी भूखी। तब भी एक आदमी से उसकी तसल्ली नहीं होती थी। वह अकरम को साथ लाहोर ले गई थी। वहीं उसने बाल काटने की ट्रेनिंग ली थी। किसी अंग्रेज़ी उस्ताद से। और फिर शाम प्यारी उससे उकता गई होगी। और अकरम शायद उससे। क्योंकि उसे अब लौंडेबाज़ी में ही असली मज़ा आने लगा था। शायद उस अंग्रेज़ ने ही उसे आदत डाल दी हो। या शायद शुरू से ही उसके अन्दर उस आदत के बीज हों। असलम के मुताबिक़ इस क़स्बे की आबोहवा ही ऐसी है इसीलिए साठ फ़ीसदी लड़कों को यह इल्लत है। और विलायत के पचास फ़ीसदी गोरों को। और दुनिया भर के सौ

फ़ीसदी हज्जामों को। इसीलिए वह अकरम से बाल नहीं कटवाता। मैंने एक बार कटवाए थे। बहुत पैसे लेता है। असलम कहता है, अगर तू उसे पसन्द आ जाता तो वह एक पैसा न लेता। और शायद तेरी सिफ़ारिश शाम प्यारी से कर देता। और वह तुझे लाहोर बुला लेती। और कॉलेज का सारा ख़र्च ख़ुद देती। लेकिन तू कॉलेज जाने से पहले ही उसके अन्दर यूँ गुम हो जाता जैसे समुन्दर में शबनम। असलम की बेमिसाल मिसालें। कहता है, इस क़स्बे में तुझे जितने चलते फिरते मुर्दे नज़र आते हैं, उनमें से आधों का रस उसी बला ने निचोड़ा था। अकरम को छोड़कर। वह खूब हट्टा कट्टा है। क्योंकि वह उसके साथ तो रहा, उस पर आशिक़ नहीं हुआ। विश्वे पहलवान की तरह। या यानीकि की तरह। उसके दो मशहूर शिकार। ज़ख़्म ख़ुर्दा। अभी तक पूरी तरह बहाल नहीं हुए। अब क्या होंगे! मजनूँ की तरह मारे मारे फिरते हैं। गुज़रे ज़माने को सीने से लगाए। और उसकी बेवफ़ाई को।

विश्वा उसका शौफ़र हुआ करता था। न जाने कब। न जाने कितने सालों तक। न जाने यानीकि से पहले या बाद। कोई उससे सन के बारे में पूछे तो तैश में आ जाता—सन को मारो गोली! वक़्त का सही सही हिसाब यहाँ कोई नहीं रखता। टुंडा लाट शायद इसीलिए उस घड़ी को घूरता रहता है। और वह उसे। कहती होगी, पहले क़स्बेवालों को वक़्त देखना सिखाओ। विश्वा दिन के वक़्त उसकी गाड़ी चलाता था, रात को उसे। इसीलिए दिन में कई टक्करें मारता था। कहता है, दोनों मर गए होते तो अब यह क़िस्से सुनाने की मुसीबत तो न होती। कभी कभी बहुत कड़वा हो उठता है। दिन का शौफ़र। रात का शौहर। सिर्फ़ एक हरफ़ का हेरफेर। यहाँ सब साले ज़ुबानदान हैं। पैदाइशी। मेरे समेत। आबोहवा ही ऐसी है। इसीलिए तो विश्वे की नशीली क़िस्सेगोई में इतना मज़ा लेता हूँ। ऐसा नक़्शा खींचता है कि सुननेवाला ऐन मौक़े पर पहुँच जाए। मुँह में पानी आ जाता है। और पाजामे में जान। उसके चेले इस वक़्त कहीं और पहुँचे हुए हैं। मैं उनमें से किसी को नहीं जानता। पहचानता सबको हूँ। सबके सब चुप्पू। चरसी। शायद विश्वे की क़ताकलामी करने से डरते भी हों। एक एक क़िस्सा इक्कीस बार सुन चुके होंगे। बस हुंकारा भरते रहते हैं। बीच बीच में पीपल के पत्ते तालियाँ बजा देते हैं। विश्वा मुँह ऊपर कर पत्तों में छिपी बैठी चिड़ियों को चुप रहने का हुक्म दे देता है। अब किसी क़िस्से को समेट रहा है। एक आख़िरी ख़स्ता ख़याल में—क़िस्सा कोताह यह, यारो, कि वह हरामज़ादी देखने में तो एक अमीर और मोटी औरत ही है, लेकिन है दरअसल आदमरस निचोड़ने की एक अनथक मशीन! उसकी हवस कोई नहीं मिटा सकता! जिसे यक़ीन न आए मेरी तरफ़ देख ले। और यानीकि की तरफ़ भी। किसी ज़माने में मेरा सीना किसी मैदान से कम नहीं था। और मेरी मछलियाँ हर वक़्त फड़कती रहती थीं। उसके शिकंजे में परमात्मा दुश्मन को भी न फँसाए! और अब तो वह देखने में भी भूखी शेरनी सी हो गई है। जिसे यक़ीन न आए जाकर देख ले। अब उसे नौजवान मुसले चाहिए। जिसे

यक़ीन न आए जाकर अकरम नाई से पूछ ले। लेकिन मैं क्यों हलाल हो रहा हूँ। मेरी बला से! चाहे तो कुत्तों से फड़वाए, चाहे तो चीतों से! मुझे क्या!

कश खींचता हुआ विश्वा किसी रसनिचुड़े रुस्तम सा नज़र आता है। जब शाम प्यारी ने उसे निकालकर एक नया शौफ़र रख लिया था तो न जाने कितने महीने या साल वह लाहोर में ही धक्के खाता रहा था। दिन को किसी की टमटम चलाता था और रात को हीरामंडी जाकर किसी की टाँगों में पड़ा रहता था। जब कभी शाम प्यारी की याद ज़्यादा बेहाल कर देती तो धुत्त होकर उसके बँगले के सामने जा खड़ा होता था। और ऐसी ऐसी गालियाँ बकता था कि सुननेवाले अश अश कर उठते थे। कभी कभी उन गालियों के नमूने पेश करता करता अब भी वह उसी बँगले के सामने जा खड़ा होता था। तब उसका दुखड़ा किसी से नहीं सुना जाता। लोग उसे समझा बुझाकर ठंडा तो कर देते हैं, लेकिन वह देर तक उबलता रहता है। अन्दर ही अन्दर। जैसे कि अब। शायद मेरे आने से पहले अपनी उन मशहूर गालियों के कुछ नमूने पेश कर चुका हो। मुझे उसके हर क़िस्से से सच्चाई की करारी सुगन्ध आती है। और आपबीती की आवाज़। क्योंकि शाम प्यारी की खाल उधेड़ने के साथ साथ वह अपनी खाल भी उधेड़ता रहता है। हर क़िस्सा मज़ाक़िया अन्दाज़ से शुरू करता है और मारू नुक़ते पर ख़त्म। जैसे कोई गाते गाते गड़गड़ाने लगे या हँसते हँसते रोने। या खाते खाते मितिलाने। कुछ देर ख़ामोश रहने के बाद फिर शुरू हो जाएगा। शाम प्यारी से निबट लेने के बाद अक्सर मुमताज़ शान्ति की तरफ़ मुड़ जाता है। उसकी याद से उसे शान्ति मिलती है। हालाँकि इधर मुसलमानों के ख़िलाफ़ बोलने लगा है। हरदयाल और जीते की तरह। यानीकि कई बार उसे लताड़ चुका है। इसी पीपल के नीचे। जब से यह अफ़वाह उड़ी है कि विश्वा महाबीर दल को एक ख़ुफ़िया फ़ौज में बदल रहा है। मुसलमानों का मुक़ाबला करने के लिए। कहता है, जब तक मैं ज़िन्दा हूँ पाकिस्तान नहीं बन सकता। कहता है, इस क़स्बे के सब मुसले अन्दर ही अन्दर हिन्दुओं और सिक्खों को लूटने मारने की तैयारियाँ कर रहे हैं। यानीकि उसे समझाता रहता कि वह अपनी ज़ुबान को लगाम दे नहीं तो कोई बेवक़ूफ़ उसे मार डालेगा। विश्वा कहता है कि उसे मौत की कोई परवाह नहीं। लेकिन मुमताज़ शान्ति को वह मुसलमान नहीं मानता। कहता है, उसकी बात ही दूसरी है, वह मेरी बहन है। उसने एलान कर रखा है कि अगर उसने किसी को ऐसा वैसा कुछ कहते पकड़ लिया तो वह वहीं उसका कचूमर निकाल देगा। वैसे वह अब अपनी बात के अलावा किसी चीज़ का और अपने अलावा किसी और का कचूमर निकाल देने के क़ाबिल नहीं रहा। सब जानते हैं। फिर भी उसकी धमकियों से सहम ज़रूर जाते हैं। क्योंकि महाबीर दल के सब मनचले उसके इशारों पर नाचते हैं। मैं महाबीर दल का नहीं। मैं पूरा हिन्दू भी नहीं। मैं तो आधा मनचला भी नहीं। मैं सिर्फ़ निचल्ला हूँ। अगर विश्वा इसी तरह गुमसुम रहा तो उठकर कहीं और चल दूँगा। अगले अड्डे

की तरफ़। जहाँ शायद यानीकि ने रौनक़ लगा रखी हो। लेकिन विश्वा खाँस रहा है। किसी क़िस्से से पहले की झूठी खाँसी को मैं पहचानता हूँ।

हाँ तो यारो, वह शुरू कर देता है, उन दिनों एक तो माल की कमी रहती थी और दूसरे यह ग़म कि सारा रस उस राँड ने निचोड़ लिया है। इसलिए हीरामंडी में भी आराम नहीं मिलता था। पीकर वहाँ भी सारी सारी रात उसी को पुकारता रहता था। प्यार में नहीं। ग़ुस्से में गालियाँ दे देकर। कंज़रियाँ कहतीं—पहलवान, उसमें ऐसी क्या ख़ूबी थी जो हममें नहीं। नशा उतर जाने पर अपनी हरकतों पर बहुत शर्म आती थी। कभी दिल करता कि बोरिया बिस्तर बाँधकर चल दूँ। घर की तरफ। घर के बुद्धू की तरह। फिर सोचता कि लोग कहेंगे, आ गए! लेकिन लाहोर में पड़े रहने की असली वजह यही थी कि मैंने उस ख़बीस से बदला लेने का ख़याल अभी छोड़ा नहीं था। हर तीसरे रोज़ तरह तरह के इरादे बाँधकर उसके बँगले के सामने जा खड़ा होता था। लेकिन गेट पर हर वक़्त दो हट्टे कट्टे हरामी खड़े रहते थे। उसके बाडीगॉर्ड। अपनी हालत यह होती थी कि नशे में चूर। गालियाँ तो दे सकता था लेकिन उन हरामियों को एक तरफ़ हटाकर अन्दर नहीं जा सकता था। उसने उन्हें हिदायत दे रखी होगी कि मुझे हाथ न लगाएँ, नहीं तो उन्होंने मुझे मार डाला होता। ख़ैर क़िस्सा कोताह यह कि एक रात इत्तफ़ाक़ से मैं गिरता पड़ता एक चोबारे पर जा चढ़ा।

विश्वा रुक जाता है। मेरी साँस साथ रुक जाती है। वह आगे बढ़ने से पहले एक कश लगा लेना चाहता है। और शायद यह देख लेना भी कि सुननेवाले सो तो नहीं गए। वे जाग तो रहे हैं लेकिन सोए सोए से। मैं कहना चाहता हूँ, उस्ताद, मैं हमा तन गोश हूँ। इस मुहावरे से मुझे मुहब्बत है। वह तो कई मुहावरों से है। हीरामंडी का नाम सुनते ही मैं हमा तन गोश हो जाता हूँ। असलम कहता है, लाहोर जाकर कहीं हीरामंडी में ही डेरा न डाल लेना। एक बार जाऊँगा ज़रूर। नहीं कई बार। मुमताज़ से मिलने। कुमारी को साथ लेकर। उसे वहीं कहीं एक चोबारा ले दूँगा। कहूँगा, मैं तुम्हारी कमाई से ही कॉलेज जा सकता हूँ। उस दारी को अब भूल जाओ। शायद मुमताज़ शान्ति मेरा वज़ीफ़ा लगा दे। माहाना। दरियादिल है।

...तो जनाब क्या देखता हूँ कि वहाँ मजलिस जमी हुई है। बड़े बड़े रईस चौकड़ी मारकर बैठ हुए हैं। सबके हाथों में अंग्रेज़ी शराब का एक एक जाम। सबके कपड़े ज़र्क़ बर्क़। सबकी आँखों में इन्तज़ार। सबके होंठों पर मुस्कुराहट। एक तरफ़ तीन साज़िन्दे। दूसरी तरफ़ दो बाअदब बाँदियाँ। एक कोने में एक गुड़िया सी बुढ़िया बैठी पान बना रही है। सारा कमरा यूँ सजा हुआ है जैसे किसी बेगम की बैठक। मेरा तो नशा यह नक्शा देखते ही एकदम उतर गया। मैंने सोचा, मैं कहाँ आ गया हूँ! फिर ख़याल आया कि ज़रूर कोई ख़्वाब होगा। लेकिन तभी एक दरवाज़े से फूलों से लदी फदी एक ख़ूबसूरत औरत उस कमरे में आती दिखाई दी, और मैं तो बेहोश होते होते बचा। यह तो ख़ुशकिस्मती समझो कि उसकी निगाह उसी वक़्त मुझ पर

नहीं पड़ गई। और यह भी कि किसी और ने भी मुझे देखा नहीं। सबकी आँखें उस हूर पर ही जा जमी थीं। साज़िन्दों ने साज़ छेड़ दिए और बुलबुलेहिन्द ने अपना पुरसोज़ तराना। अब और कोई वक़्त होता या और कोई तवायफ़ तो मैंने वहीं रोना शुरू कर दिया होता। गाना सुनते ही उन दिनों मुझे वह ज़ालिम याद आ जाती थी। लेकिन मैं मुमताज़ शान्ति को देख देखकर इतना दंग हो रहा था कि मुझे अपनी वह बेहया माशूक़ा भी भूल ही गई थी। अब एक तरफ़ तो मुझे ऐसा मज़ा आ रहा था कि हवा ढीली हुई जा रही थी, दूसरी तरफ़ मुझे अपनी ख़स्ताहाली पर शर्म आ रही थी, और तीसरी तरफ़ मैं यह सोच रहा था कि अगर उसने मुझे पहचान लिया तो क्या होगा और अगर न पहचाना तो क्या...!

लाहोर जाकर मुझे भी इसी सवाल का सामना करना पड़ेगा। मुमताज़ शान्ति के चोबारे के नीचे खड़े होकर। या हफ़ीज़ा की दहलीज़ पर। और इसी क़िस्म के दूसरे कई कड़े सवालों का। नाबालिग़ों को शायद उधर हीरामंडी में जाने ही न दिया जाता हो। मैं तो बुढ़ापे में भी नाबालिग़ ही नज़र आऊँगा। दिन के वक़्त शायद इजाज़त हो। सिर्फ़ देखने की। उसकी बुआ से एक सिफ़ारिशी चिट्ठी लेता जाऊँगा। या विश्वे पहलवान से। कहूँगा, मुमताज़ आपा, मुझे यहीं नौकर रख लो। होस्टल का ख़र्च नहीं चल रहा। क़द्रदानों को पान पेश किया करूँगा। पीकदान साफ़ कर दिया करूँगा। और साज़िन्दों के साज़। और तुम्हारे जूते। और...।

....मुझे अपने आपसे बू आ रही थी। अपने कपड़े निहायत मैले नज़र आ रहे थे। जेब में वेल देने के लिए एक कौड़ी तक नहीं थी। और उधर वह नाच रही थी, गा रही थी, और उसके क़द्रदान वाह वाह कर रहे थे। मुड़कर सीढ़ियाँ उतरना मुहाल नज़र आ रहा था और वहीं खड़े रहना नामुमकिन। पता नहीं कितनी देर तक यह शशोपंज और चलता रहता। पता नहीं कि अगर मैं ग़श खाकर वहीं गिर गया होता तो क्या होता। शायद कोई दलाल वलाल मुझे उठाकर नीचे फेंक आता और उसे ख़बर भी न होती। आख़िर तुम जानो कई मुफ़्तख़ोरे मख़्मूर हर रात वहाँ जा खड़े होते होंगे। लड़खड़ाते हुए। और धक्के खाकर नीचे उतर आते होंगे। लेकिन इन अन्दाज़ों को मारो गोली। हुआ यही कि मैं मुँह खोले उसकी तरफ़ देख ही रहा था कि उसकी आँखें मेरी आँखों से टकरा गईं। उसके हाथ हवा में उठे रह गए, उसके पाँव वहीं रुक गए, और उसकी तान वहीं टूट गई। गोया उसने कोई भूत देख लिया हो। सारी मजलिस और साज़िन्दे सकते में आ गए थे। मैं सोच ही रहा था कि क्या करूँ, क्या न करूँ, कि उसकी सुरीली आवाज़ आई—भाई जान! मेरी तो जान में जान आ गई। और मेरी झिझक एकदम दूर हो गई। मैंने आगे बढ़कर उसका हाथ थाम लिया। और वह उचककर मेरे गले लग गई। सबके सामने। अब मेरे कान लाल अंगारा हो रहे थे। मेरी आँखें लबालब थीं। और मेरा दिल मछली की तरह तड़प रहा था। मारे ख़ुशी और फ़ख़र के। क्योंकि उसने मेरी साख रख ली थी। न सिर्फ़ मुझे पहचान

लिया था, बल्कि भाई जान कहकर सबके सामने मेरी गर्दन ऊँची कर दी थी। ख़ैर तो क़िस्सा कोताह यह, यारो, कि जब वह मेरे साथ लिपटी हुई थी, मैंने मौक़ा देखकर उसके कान में कह दिया, मुमताज़ मेरी जेबें इस वक़्त एकदम ख़ाली हैं! मुझे कहना नहीं चाहिए था। अभी तक मुझे अपनी ज़लालत पर शर्म आती है। लेकिन मुँह से निकली हुई बात वापस नहीं लौट सकती, न ही कमान से निकला हुआ तीर। उसने सुन तो लिया लेकिन कहा कुछ नहीं। सबसे मुख़ातिब होकर बोली—यह हैं मेरे भाई जान! रुस्तमे पंजाब! हमारे क़स्बे की मशहूर हस्तियों में से एक। विश्वानाथजी! मैं तो, यारो, उसके मुँह से अपना पूरा नाम सुनकर ही सन्नाटे में आ गया। मैंने सोचा कि अगर इसे मेरा पूरा नाम मालूम है तो यह शाम प्यारी के बारे में भी सब जानती होगी। बाद में पता चला कि उसे मेरी सारी रूदाद मालूम थी। अब मुझे ख़तरा यह था कि उसकी महफ़िल में बैठे ते मोटे मोटे आदमी मुझ पर हँसना शुरू कर देंगे और मैं बेक़ाबू होकर उन्हें पीटना। यह मत भूलो कि उस ज़माने में मैं बात बात पर मरने मारने पर उतर आता था। मेरा नशा बेशक उतर चुका था लेकिन मेरी ग़ैरत में कोई कमी नहीं आई थी। बहरहाल, वहाँ बैठे अमीर शौक़ीनों में से कोई न हँसा न मुस्कुराया। सबने उठ उठकर मुझसे हाथ मिलाया और अपने पास बैठने के लिए जगह पेश की। लेकिन मुमताज़ मुझे अन्दर ले गई। मैंने सोचा कि अलग ले जाकर ख़फ़ा होगी। कहेगी, उस्ताद, अगर आना ही था तो यह हालत बनाकर तो न आते। लेकिन उस बेचारी के माथे पर एक भी बल नहीं था। एक बाँदी हमारे पीछे पीछे अन्दर आ गई थी। मुमताज़ ने उसे हुक्म दिया कि वह मेरा मुँह हाथ धुलवाए, और मुझसे कहा—भाई जान, आपके लिए एक नया जोड़ा यहीं इस बिस्तर पर रख दूँगी, आप जब तक तैयार होकर बाहर नहीं आते, मजलिस वहीं की वहीं रुकी रहेगी। वह जोड़ा उसने ऐसे ही मौक़ों के लिए रखा होगा। मैंने पूछा नहीं। मैं तो अपनी क़िस्मत पर ही हैरान हो रहा था। क़िस्सा कोताह यह कि जब कुछ देर बाद मैं नया कुरता वग़ैरह पहनकर बाहर निकला तो महफ़िल मेरे इन्तज़ार में ख़ामोश बैठी थी। बैठते ही मैंने भी एक जाम उठा लिया। मछली वग़ैरह की एक पलेट मेरे सामने रख दी गई। उस बुढ़िया ने मुझ से घर की ख़बरें पूछनी शुरू कर दीं। अब मैं उसे क्या बताता कि मेरा न कोई घर था न बाहर। जो झूठ मूठ मुँह में आया बोलता रहा और मछली वग़ैरह खाता रहा। जब पलेट साफ़ हो गई तो मेरा प्याला फिर भर दिया गया। और तब मुमताज़ ने सबसे मुआफ़ी सी माँगी और मुझसे पूछा—क्यों भाई जान, अब अगर आपकी दुआ और इजाज़त हो तो करूँ शुरू? तुम लोग यक़ीन नहीं करोगे कि मुझे उस वक़्त यूँ महसूस हुआ जैसे मेरी सगी बहन मुझसे बात कर रही हो। मैं सरूर में तो आ ही चुका था, सो मैंने पुचकार कर कह दिया—हाँ ताजो, कर दो! अभी तक हैरान हूँ कि सबके सामने ताजो कहकर बुलाने की हिम्मत मुझमें कैसे आ गई? ख़ैर तो क़िस्सा कोताह यह कि...।

मैं हैरान हो रहा हूँ कि उस रात की एक एक बात उसे अभी तक कैसे याद रह गई है? हू ब हू! असलम कहता है कि हू ब हू किसी को कुछ याद नहीं रहता। हर याद में कोई न कोई कमोबेशी अपने आप हो जाती है। हर क़िस्सा कमोबेश झूठा होता है। मुझे तो अपने सपने भी याद नहीं रहते। हू ब हू। लेकिन सपने तो शायद ही किसी को याद रहते हों। असलम कहता है अगर उसी वक़्त जागकर उन्हें लिख लो तो बात दूसरी है। क़लम दवात हर वक़्त पास रहनी चाहिए। और कोरे काग़ज़। मैं लाहोर जाकर यही किया करूँगा। हर रात के सपनों का इन्दराज। हर रात। फिर उनमें से ऊटपटाँग क़िस्से निकालूँगा। जिनकी समझ किसी को नहीं आएगी। उल्टे सीधे अफ़साने। दीवाने के ख़्वाब। मुझे तो पुरानी बातें बहुत कम याद रहती हैं। पूरी तरह। फिर भी उन्हें खींचतान कर पूरी कर ही लेता हूँ। अपने मतलब के लिए। बूढ़ा होकर इसी पीपल के नीचे आ बैठूँगा। चिलम लेकर। और अपनी सब आपबीतियाँ भी। विश्वे पहलवान से सीखे हुए सब दावपेच काम आएँगे। पता नहीं मेरे क़िस्सों में से किसी को सच्चाई की सुगन्ध आएगी या नहीं? विश्वा पहलवान भी ज़रूर बढ़ा घटाकर ही सुनाता होगा। हर क़िस्सा। अपनी मौज के मुताबिक़। और अपने मुरीदों को मज़ा देने के लिए। सौ फ़ीसदी सच्चाई रूखी होती है। असलम के मुताबिक़। अब पहलवान अपने क़िस्से का रस निचोड़ रहा है। मुझे अब चल देना चाहिए। अभी नहीं। उसका आख़िरी बयान सुन लूँ।

...बस वह दिन और यह दिन, मैंने हीरामंडी की तरफ़ मुँह नहीं किया। लाहोर कई बार जा चुका हूँ, लेकिन क्या मजाल जो उस तरफ़ क़दम भी उठा हो। हालाँकि मुमताज़ शान्ति ने उस रात रुख़्सत करने से पहले कहा था—भाई जान, यह आपका अपना घर है, जब आपका जी चाहे, आइए, कोई तकुल्लफ़ नहीं, कोई तक़ाज़ा नहीं। लेकिन उस रात उसकी सीढ़ियाँ उतरते उतरते ही मैंने फ़ैसला कर लिया था कि आइन्दा हीरामंडी नहीं जाऊँगा। मन की मौज ही समझो। लाहोर छोड़ देने का फ़ैसला भी उसी तरह हो गया था। अपने आप। अन्दर ही अन्दर। शराब छोड़ देने का भी। और बाक़ी सब बदमाशियाँ भी। उस हरामज़ादी शाम प्यारी का ख़याल भी उसी रात छूट गया था। अपने आप। मुमताज़ शान्ति की शराफ़त का ही असर रहा होगा। अब बस एक ही इल्लत रह गई है। दम लगाने की। किसी दिन यह भी छूट जाएगी। अब मुमताज़ शान्ति जब भी आती है मुझे पैग़ाम मिल जाता है। और मैं कोई छोटी मोटी चीज़ लेकर उसे मिलने चला जाता हूँ। उसे मिलकर दिल को ऐसी ठंडक मिलती है कि क्या बताऊँ। और उधर वह बेवफ़ा कुत्ती जब कभी यहाँ आती है तो मैं कुछ दिनों के लिए फिर पागल हो जाता हूँ। जैसा कि तुम लोगों ने देखा ही होगा। मेरे मुँह से गालियों के सिवा कुछ निकलता ही नहीं। गुज़रा हुआ ज़माना फिर याद आ जाता है। और उसका ज़ुल्म। हालाँकि अब मुझे चाहिए कि उसे भूल जाऊँ, मुआफ़ कर दूँ। आख़िर वह अपनी फ़ितरत से लाचार है। क़ुसूर उसका नहीं, उसकी

हवस का है। लेकिन क्या करूँ दिल नहीं मानता। उसका ज़िक्र आते ही गुज़रे हुए ज़माने की याद के साथ मुँह में ज़हर घुल जाता है। और कुछ बेवक़ूफ़ ऐसे भी हैं जो उसकी सख़ावत की तारीफ़ें करते नहीं थकते। कहते हैं, उसी के दान से सनातन धर्म का सारा धन्धा चलता है। चलता होगा। लेकिन सोचने की बात तो यह है, यारो, कि इतना पैसा उसने कमाया कहाँ से? इसी इलाक़े के मुसलमानों का ख़ून चूस चूसकर ही तो! और अगर उस पैसे में से थोड़ा सा इस क़स्बे के हिन्दुओं को वह सनातन धर्म के जलसे वलसे के लिए दे भी देती है तो इसमें सख़ावत की क्या बात! असल बात तो यह है कि उसकी सारी कमाई हराम की है, कि उसके सारे यार अब मुसलमान हैं, कि वह परले दर्जे की कमीनी और बेवफ़ा है। और कुछ वाहियात लोग ऐसे भी हैं जो मुमताज़ शान्ति को तो कंजरी समझते हैं और उसे सुन्दर महल की महारानी। आकर मुझसे असलियत पूछें। मैं उन्हें बताऊँगा कि कंजरी कौन है और महारानी कौन, कि शरीफ़ कौन है और शोहदी कौन, कि औरत कौन है और कुत्ती कौन! मैं बताऊँगा...।

मैं उठ खड़ा होना चाहता हूँ। लेकिन यह उम्मीद उठने नहीं देती कि शायद यानीकि भी यहीं आ जाए। अगर आ गया तो वह अपनी शिकायतें शुरू कर देगा। उसका अन्दाज़ ज़्यादा उलझा हुआ है। वह क़िस्सा नहीं सुनाता, तक़रीर करता है। और मज़ाक। विश्वे के चेले शायद अपने उत्साद को ख़ुश और चुप रखने के लिए ही वाह वाह कर रहे हैं। हुमक हुमककर। जैसे उसने कोई कमाल कर दिखाया हो। या कोई नज़्म सुना दी हो। उसे शाइरी का शौक़ है। लेकिन वह किसे नहीं? इस क़स्बे में शाइरों की तादाद तोतों से ज़्यादा है। कहते हैं कि विश्वे की सब नज़्में शाम प्यारी की शान में हैं। कुछ पंजाबी में और कुछ उर्दू में। लेकिन वह किसी को सुनाता नहीं। डरता होगा कि लोग मज़ाक उड़ाएँगे। कहेंगे कि एक तरफ़ तो उसे कुत्ती कहता है, दूसरी तरफ़ उसी की तारीफ़ में तरह तरह की नज़्में। मैं भी शाइरी करता हूँ। लेकिन सुनाता नहीं। डरता हूँ कि लोग मज़ाक उड़ाएँगे। कहेंगे, पैदा अभी हुआ नहीं और शाइर बन बैठा है! अब लाहोर जाकर पैदा हो जाऊँगा। वहाँ झिझक टूट जाएगी। अपनी नज़्मों का बंडल लेकर मुमताज़ शान्ति के साज़िन्दों के सामने रख दूँगा। कहूँगा, इन्हें बजाओ! नहीं, मेरी नज़्में मेरे अन्दर ही दफ़न रहेंगी। मेरा दीवान आखिर तक मख़्फ़ी। किसी पोशीदा बीमारी की तरह। मरने से पहले उन्हें जला दूँगा। एक एक करके। शायद कुछ फिर भी कहीं बची पड़ी रह जाएँ। असलम कहता है कि वह अपनी वसीअत में लिख जाएगा कि उसकी सब नज़्में क़स्बे के शाइरों में बाँट दी जाएँ। बराबर बराबर। मज़हब की तमीज़ किए बग़ैर। असलम अपनी मौत का ज़िक्र यूँ करता है जैसे वह सामने खड़ी हो। कहता है, अगर एक साल में ठीक न हुआ तो ख़ुदकुशी कर लूँगा। कहता है कि वह बशीरे दर्ज़ी की तरह तड़पना नहीं चाहता। आजकल मौत के मज़्मून पर नज़्में लिख रहा है। दिन रात।

कहता है, ख़्वाब में भी नज़्मों के ही ख़याल आते रहते हैं। असलम का कुछ पता नहीं चलता। आजकल। कभी लगता है कि मज़ाक कर रहा है, कभी कि मर रहा है। उसके मुताबिक़ विश्वे की चरस का ख़र्च भी शाम प्यारी ही देती है। अन्दरख़ाने। अकरम की मार्फ़त। यानीकि विश्वा उसी के माल पर ऐश उड़ा रहा है। ख़ुद भी पीता है, दूसरों को भी पिलाता है। ऊपर से उसे गालियाँ देता है, अन्दर से दुआएँ। गालियाँ दूसरों को धोखा देने के लिए, दुआएँ अपने आपको। इस बात की गहराई मेरी पहुँच के नीचे है। मैं हैरान हूँ कि वह विश्वे की बकबक बर्दाश्त क्यों करती है। चाहे तो उसे चुप करवा सकती है। पिटवा विटवाकर। अपने किसी मुसलमान मुश्टंडे से। दंगों से डर जाती होगी। या सोचती होगी, बकता रहे, मेरा क्या बिगाड़ रहा है। उसका अब कोई क्या बिगाड़ेगा! असलम ने अकरम से सुना है कि किसी ज़माने में वह दिलोजान से विश्वे पर मस्त रहती थी। उस ज़माने में भी उसने और कई मर्द तो रखे हुए थे, लेकिन विश्वा उन सबका सरदार हुआ करता था। अकरम ने अपने कानों सारा क़िस्सा सुना है। कई बार। ख़ुद उसके मुँह से। उसी की मालिश करते वक़्त। कई बार। अगर विश्वा नशा कर करके नामर्द न हो गया होता तो वह कभी उसे नौकरी से न निकालती। नामर्दी भी वह मंजूर कर लेती लेकिन पहलवान ने उसे पीटना शुरू कर दिया था। पिटने में भी उसे मज़ा तो आता था, लेकिन साथ यह डर भी लगा रहता था कि किसी दिन वह उसे मार ही डालेगा। असलम कहता है कि अकरम ने शाम प्यारी की पीठ पर कई निशान देखे हैं। अपनी आँखों से। और उन पर कई बार हाथ फेरा है। उसे मालिश करते हुए। अकरम के मुताबिक़ शाम प्यारी अभी तक विश्वे को अपने दिल से नहीं निकाल सकी। कभी कभी पीकर उसी को पुकारने बैठ जाती है। अब भी। कभी कभी यानीकि को भी याद कर लेती होगी। शायद उसका सारा ख़र्च भी वही देती हो। अकरम के मुताबिक़ उसने अपने ख़ास ख़ास पुराने यारों की पेंशन बाँध रखी है। अकरम को भी मिला करेगी। बुढ़ापे में। अभी तो वह दल्लाली ही लेता है। असलम कहता है कि अमीर औरतों को अपने नौकरों चाकरों से ही असली मज़ा मिलता है। यह बात भी शायद उसने अकरम से ही सुनी होगी। जब से वह बीमार पड़ा है, अकरम उसका दिल बहलाने के लिए उसे शाम प्यारी की अय्याशियों का आँखों देखा हाल सुनाता रहता है। कहता है, सुन्दर महल में कम अज़ कम एक सौ कमरे होंगे। और वह ज़ालिम कभी एक रात से ज़्यादा एक कमरे में नहीं सोती। वैसे रात को तो वह सोती ही बहुत कम है। पीकर जब धुत्त हो जाती है तो सारे कपड़े उतारकर इधर उधर उछलना शुरू कर देती है। किसी की हिम्मत नहीं होती कि उसे मना करे। बस अकरम का कहा कभी कभी मान लेती है। कभी कभी उस पर न जाने कैसा जनून चढ़ जाता है कि नौकरों को गन्दी गन्दी गालियाँ देने लगती है। हालाँकि अकरम एक चाबुक सी निकालकर उसके सामने खड़ा हो जाता है। और वह उसे हुक्म देती है कि वह उसे पीटे। नंगे बदन। अकरम

के मुताबिक़ यह बुरी आदत उसे विश्वे पहलवान ने ही डाल दी होगी। अब वह ख़ुद तो पीपलवाले चौक के नीचे जा बैठा है, उसका चस्का अकरम को पूरा करना पड़ता है। जितने दिन वह यहाँ रहती है, सुन्दर महल में ऊधम सा मचा रहता है। दिन रात बिजली के कारख़ाने की अजीब सी आवाज़ सारे क़स्बे में सुनाई देती रहती है। जैसे सैकड़ों बीमार बशीरे सूखी बैठी आवाज़ में एक साथ एलान कर रहे हों, हम मरना नहीं चाहते, हम मरना नहीं चाहते! रात को जब प्रेमे पानवाले की दुकान के सिवा सारा क़स्बा अँधेरे में सो खो जाता है तो सुन्दर महल यूँ जगमगा उठता है जैसे उसे आग लग गई हो। लोग एक दूसरे से कहते रहते हैं, सारी करामात पैसे की है। और बिजली के उस छोटे से कारख़ाने की। जो उसने सिर्फ़ अपने महल के लिए लगवा रखा है। लाखों की लागत से। जिसे देखने के लिए लोग दूर दूर से आते हैं। लेकिन हरदयाल और जीता नहीं मानते। कहते हैं कि वह कारख़ाना तो सिर्फ़ दिखावे का एक खिलौना ही है। बिजली तो वह ख़ुद ही पैदा करती है। अपने ख़ुफ़िया कारख़ाने से। अकरम के भेजे हुए नौजवानों की मदद से। जिन्हें पहले वह ख़ूब खिलाती पिलाती है, फिर उनसे अपना कारख़ाना चलवाती है। हरदयाल कहता है कि अगर वह चाहे तो सारे क़स्बे के लिए बिजली पैदा कर सकती है। जीता जोड़ता है, सारे क़स्बे के लिए ही नहीं, सारे सूबे के लिए। हरदयाल जवाब देता है, सारे मुल्क के लिए। जीता जोड़ता है, सारे जहान के लिए। फिर दोनों मिलकर कहते हैं, दोनों जहान के लिए! हमारी छत से सुन्दर महल की मुम्टी नज़र आती है। उस पर एक सितारा सा जड़ा रहता है। कभी कभी मैं उस सितारे पर नज़रें जमाकर सुन्दर महल में पहुँच जाता हूँ। शाम प्यारी किसी मस्त हथिनी की तरह नाचती हुई नज़र आती है। अलिफ़ नंगी। अकरम के भेजे हुए नौजवानों से घिरी हुई। मुझे मज़ा भी आता है मितली भी। फिर एक फूँक मारकर महल में आग लगा देता हूँ। अफ़रातफ़री मच जाती है। शोलों को आसमान की तरफ़ लपकते हुए देखता हूँ, शाम प्यारी को सड़क की तरफ़। जहाँ क़स्बे के दिलजलों का हुजूम खड़ा तालियाँ पीट रहा होता है। विश्वे और यानीकि और फल्लो जुलाहिन की रहुनमाई में।

पीपल के पत्ते भी तालियाँ बजा रहे हैं। हुमस टूट रही है। महसूस होता है जैसे गर्दन पर कोई ठंडी फूँकें मार रहा हो। विश्वा अब सिर झुकाए बैठा है। जैसे कोई मन्त्र पढ़ रहा हो। कोई नया क़िस्सा शुरू करने से पहले। उसकी आँखें बन्द हैं। उसके चेलों की भी। अगर उठा नहीं तो मेरी भी हो जाएँगी। मेरे लिए इनकी चरस का धुआँ ही काफ़ी है। शाम तक झूमता रहूँगा। केशव कहीं मिल गया तो कहेगा, आज फिर तुझसे बू आ रही है। उसकी नाक बहुत तेज़ है। यानीकि कहीं और रुक गया होगा। उसका कोई एक अड्डा नहीं। मस्तमौला है। मेरी तरह। पहलवान शायद पूछ ले, कहाँ जा रहे हो? कह दूँगा, कहीं नहीं। सच बोलता हूँ झूठ की आदत नहीं मुझे। स्कूल याद आ रहा है। लाहोर जाकर स्कूल का मुक़ाबला कॉलेज से करता

रहूँगा। और क़स्बे का लाहोर से। पाँव सो गए हैं। इन्हें भी चरस चढ़ गई होगी। इन्हें यहीं छोड़ जाऊँ?

प्रेमे पानवाले की दुकान इस वक़्त वीरान पड़ी है। वह ख़ुद अन्दर सो रहा होगा। आधी रात तक उसके यार दोस्त उसके पास बैठे रहते हैं। बाक़ी की रात वह अकेला गद्दी पर बैठा सुपारी काटता रहता है। किसी ज़माने में यू.पी. से आकर यहाँ न जाने क्यों बस गया था। कहते हैं कि उसके अपने वतन में अकाल पड़ गया था। कहते हैं कि वह और मलाई की बरफ़वाला शीता पीछे से एक ही गाँव के हैं और इकट्ठे ही यहाँ आए थे। न जाने कब। उनकी उम्रों के बारे में बीसियों अन्दाज़े हैं। शायद सब ग़लत। शीता अभी तक इस क़स्बे को बदेस मानता है। बात बात में अपने गाँव की याद में बह जाता है। कहता है कि मरेगा वहीं जाकर। किसी को उसकी किसी भी बात की पूरी पूरी समझ नहीं आती। इतने बरसों के बाद भी उसकी बोली नहीं बदली। हालाँकि उसकी बीवी यहीं की है। उसी की तरह काली। अगर मुँह न खोले तो वह भी उसी के वतन की नज़र आए। दो बच्चे भी हैं। बिल्कुल हिन्दुस्तानी नज़र आते हैं और ठेठ पंजाबी बोलते हैं। प्रेमा छड़ा छाँड़ है। कहता है कि अब यही उसका वतन है। पंजाबी बोलता है। लेकिन अपनी ही लय में। ग़ुस्से में हो तो अपनी भाषा में ही शोर मचाता है। कहता है कि यहीं जिएगा, यहीं मरेगा। सपने शायद वह भी अपने ही वतन के लेता हो। दिन में। क्योंकि रात, कहते हैं, जागकर ही काटता है। शाम होते ही उसकी दुकान किसी दुलहिन की तरह दमक उठती है। और वह ख़ुद भी। दो गैस शाँ शाँ करना शुरू कर देते हैं। और वह ख़ुद सज धजकर शान से अपनी गद्दी पर बैठ जाता है। जैसे कोई दूल्हा। या दुलहन। गले में मोतिए के तीन चार हार। मुँह में दो तीन पान। आँखों में सुर्ख़ी और सुरमा। गर्दन में सोने की जंज़ीरी। माथे पर मोटा सा तिलक। कानों में मुन्द्रियाँ। उँगलियाँ अँगूठियों से लदी हुईं, और होंठ मुस्कुराहटों से। पता नहीं क्या अमल करता है। तम्बाकू तो खाता ही होगा, शायद भाँग भी पीता हो। कुछ लोग कहते हैं कि सीधा आदमी है, यूँ ही मस्त रहता है। शेर के पंजे जैसा पान एक पैसे में देता है। हर पान में पचीस मसाले। लोग हैरान होते हैं कि लड़ाई की वजह से सब चीज़ें तो ऊपर चढ़ती जा रही हैं, प्रेमे का पान वहीं का वहीं खड़ा है। हालाँकि सारे क़स्बे में पान की एक ही दुकान है। कुछ लोग कोशिश करके देख चुके हैं, लेकिन और दुकान चलके नहीं दी। लोग कहते हैं उसकी आधी कमाई तो गैसों में ही ग़र्क़ हो जाती होगी। उसे रेशनी का वहम है। अगर कभी उसका एक गैस भी ख़राब हो जाए तो आफ़त आ जाती है। कुछ लोग कहते हैं कि उसे अँधेरे से डर लगता है, इसीलिए वह सारी रात सोता नहीं। वह कहता है कि अगर उसके पास पैसा तो हो वह भी शाम प्यारी की तरह अपनी दुकान के लिए एक छोटा सा बिजली का कारख़ाना लगवा ले। किसी और चीज़ और ख़्वाहिश की बात नहीं करता। कहता है कि उसे ज़्यादा कमाई की क्या ज़रूरत है। पीछे गाँव में भी उसका कोई सगा

सम्बन्धी नहीं। सब उसी अकाल में मर खप गए होंगे। अपनी हवस वह दूसरों के बच्चों को देख देखकर ही पूरा कर लेता होगा। कहते हैं कि कहता है कि सब कुछ शीते के बच्चों के नाम कर जाएगा। पान पकड़ाते वक़्त आँखों में आँखें डालकर मुस्कुराना शुरू कर देता है। कभी कभी हाथ भी दबा देता है। अब तो नहीं, बचपन में उसकी दुकान पर जाने से डर लगता था। केशव की राय में वह मुस्कुराता नहीं, उसका मुँह ही ऐसा है। हर वक़्त पान पपोलता रहता है, इसलिए हर वक़्त लगता यही है कि कुछ कहने की कोशिश में नाकाम हो रहा है। और नाकामी पर शर्मिन्दा। और शर्म को छुपाने के लिए ही मुस्कुरा रहा है। लेकिन केशव को यक़ीन है कि वह न कुछ कहना चाहता है न मुस्कुराना, उसका बस मुँह ही ऐसा है। और शायद माथा भी। जो हर वक़्त पसीने में तर रहता है। या शायद तेल में। या शायद उन गैसों की रोशनी में यूँ ही चमकता रहता है। जैसे काला पत्थर। अगर उसका मुँह कभी खुला देख लूँ तो लगता है कि कोई लहूलुहान ज़ख़्म देख लिया हो। अब तो नहीं, बचपन में वह लाल काला ज़ख़्म सपनों में भी दिखाई दिया करता था। किच किच करता हुआ। कभी कभी मुँह प्रेमे का होता था, माथा बाबा का। बहुत झुँझलाहट होती थी। आवाज़ के बजाय उस मुँह में से धुआँ सा फूटता रहता था। या शायद भाप। और फिर वह अराइयों के कुएँ में बदल जाता था। उस ज़माने में बाबा रोज़ रात को प्रेमे की दुकान पर जा बैठते थे। माँ के लफ़्ज़ों में मुँह लाल करने के लिए। मुझे भी कई बार जाना पड़ता था। उन्हें बुलाने के लिए। अगर रात अँधेरी होती तो माँ साथ जाती थी। वह फ़कीरे की दुकान के पास रुक जाया करती थी। प्रेमा मुझे देखते ही मुस्कुराना शुरू कर देता था। इसीलिए मैं केशव की बात नहीं मानता। जानता हूँ कि प्रेमा न सिर्फ़ मुस्कुराता है, बल्कि बुरी तरह मुस्कुराता है। जैसे कह रहा हो कि उसे सब मालूम है। लेकिन वह कुछ कहेगा नहीं। क्योंकि कह नहीं सकता। अब बाबा पान नहीं खाते। मैं कभी कभी खा लेता हूँ। माँ के डर के बावजूद। या शायद उस डर की वजह से। या शायद उसे मिटाने के लिए। या शायद माँ को डराने के लिए। वह कहती है कि लाहोर जाकर मैं सिगरेट भी पीने लगूँगा। ठीक ही कहती है। मेरा इरादा यही है। असलम कहता है कि बहुत नेक इरादा है, कि उसे तपेदिक़ न हो गया होता तो वह भी ऐसा ही करता। रोज़ शाम के खाने के बाद एक पान। साथ एक सिगरेट। चाँद बीबी मारका। और कभी कभी एक घूँट शराब। माल्टा मारका। खाने से पहले। बाबा ने शायद शराब इसी डर से छोड़ दी हो। माँ ने मनवा लिया होगा कि मेरे सामने मिसाल न रखें। बाबा बेरंग होते जा रहे हैं। जब मुझे मिलने लाहोर आया करेंगे तो दोनों बाप बेटा मिलकर मज़े उड़ाएँगे। वहाँ प्रेमे के पानों जैसे पान देखने को भी नहीं मिलेंगे। न ही हरे हलवाई की बरफ़ी—न ही शीते की बरफ़। न ही गंगा राम की ख़स्ता ख़ताइयाँ। न ही उसकी साँवली बीवी। और उसका तोता गंगाराम। और दातुनशाह की दातुनें। और टुंडे लाट के टुंड। और मुमताज़ शान्ति की शराफ़त। और

उसकी आवाज़। और फल्लो जुलाहिन का फक्कड़पन। और यानीकि का दिमाग़। और उसकी तक़रीरें। और बादशाह की दाढ़ी। और उसका सफ़ेद घोड़ा। और सुस्ते सोमे के मुरमुरे। और किंग के नख़रे। और बशीरे की बीमारी। और अल्ला दित्ते की मेमें और डॉक्टर साहनी की सादगी। और हक़ीम ज़हूरबख़्श की हिकमत। और शाम प्यारी की शानोशौकत। और उसकी मोटी मोटी बदमाशियाँ। और विश्वे पहलवान की शेख़ियाँ। और उसकी चरस मंडली। और खाँसीशाह की कंजूसी। और बक्के जर्राह का नश्तर। और हिम्मत सिंह के पटे। और उसकी निडरता। और माई माया की हिम्मत। और उसका बुढ़ापा। और कुन्दन सुनार की कारीगरी। और चौधरी चिराग़ हुसैन की मूँछें। और ग्यानी मनियारीवाले की गन्दगी। और हमारे स्कूल की पढ़ाई। और दूसरे स्कूल की टीमटाम। और शेख़ों की मशीन का घुग्घू। और शास्त्रीजी की भाषा। और फ़क़ीरे की ऐक्टिंग।

इस गिनती में गुम गिरता पड़ता मैं शायद अपने घर पहुँच गया होता, लेकिन फ़क़ीरे की दुकान की महक मुझे रोक लेती है। वह पकोड़ियों के लिए बेसन घोल रहा है, और सामने सनातन धर्म मन्दिर के दरवाज़े में लोहे की कुर्सी पर बैठे झूलते हुए शास्त्रीजी अपने मुँह में मिसरी। बहुत मीठा बोलते हैं। पता नहीं कहाँ के हैं। कोई उन्हें बंगाल का बताता है, कोई बिहार का। सबको पता है कि पंजाब के नहीं। हो ही नहीं सकते। उनका पहरावा ही अलग है। और लहजा भी। हर वक़्त मुस्कुराते रहते हैं। या शायद उनका मुँह ही ऐसा है। प्रेमे पानवाले के मुँह की तरह। शायद वे भी शीते और प्रेमे के गाँव के ही हों। और उसी अकाल के मारे यहाँ आ पड़े हों। मैं उनके बारे में बहुत कम जानता हूँ। वे मेरे बारे में कुछ भी नहीं जानते होंगे। हालाँकि हज़ारों बार मैं उनके पास से गुज़र चुका हूँ। कभी कभी जब वे फ़क़ीरे के साथ राम या सीता के बारे में किसी बहस में मस्त हों तो मैं किसी न किसी बहाने से उनके पास रुक जाता हूँ। जब छोटा था तो किसी बहाने की ज़रूरत नहीं हुआ करती थी। अभी इतना बड़ा नहीं हुआ कि उनके साथ खुलकर बात कर सकूँ। उनकी बहसों का सिर पैर न तब दिखाई देता था न अब। लेकिन उनकी आवाज़ें तब भी मज़ेदार थीं, अब भी। फ़क़ीरा नाक में बोलता है। कुछ लोग उसे नूनग़ुंन्ना कहकर छेड़ते हैं। क्योंकि उसके मुँह में एक भी दाँत नहीं, इसलिए उसका हर लफ़्ज़ सी सी करता हुआ बाहर आता है, शास्त्रीजी का ठंडी हवा में लिपटा हुआ सा। कभी कभी दोनों एक साथ बोलना शुरू कर देते हैं तो लगता है जैसे कोई अजीब साज़ बज उठा हो।

सनातन धर्म सभा के सालाना जलसे में हर बार एक जलतरंग बजानेवाला उस्ताद अपने करतब दिखाता है। सारे जलसे का इन्तज़ाम शास्त्रीजी की देखरेख में रहता है। वे पता नहीं कहाँ कहाँ से करारे भजनीक और उपदेशक बुलवा लाते हैं। दो तीन दिनों के लिए क़स्बे की कैफ़ियत ही बदल जाती है। उसी तरह जैसे रामलीला के दिनों में। कई दिन पहले से ही प्रभातफेरियाँ शुरू हो जाती हैं। जुलूस के दिन हिन्दू

मुस्लिम फ़साद का ख़तरा तना रहता है। ख़ासतौर पर पिछले दो सालों से। जब से पाकिस्तान की पुकार पक्की हुई है। जलसे की कार्रवाई शास्त्रीजी चलाते हैं। बड़ी हुशियारी से। दान दोहने में माहिर हैं। हिन्दी बहुत गूढ़ बोलते हैं। लेकिन हर लफ़्ज़ को इस तरह सजा सजाकर जैसे क़शीदाकारी कर या सौग़ात बाँध रहे हों। हर फ़िक़रे के इर्दगिर्द उनके पतले पीले हाथों के तीतर बटेर से उड़ते रहते हैं। जैसे वे गूँगे और बहरे और बेवक़ूफ़ सभासदों के लिए अपनी मुश्किल मुश्किल बातों का तरजुमा सलीस हरकतों में करते जा रहे हों। इसीलिए कहा जाता है कि शास्त्रीजी की बातें दूध पीते बच्चे और दूध पिलाती अनपढ़ औरतें भी आसानी से समझ लेती हैं। उनकी विदेशी सी भाषा के बावजूद।

फ़क़ीरा एकदम अनपढ़ बताया जाता है। लेकिन शास्त्रीजी की संगत में रहकर बातें यूँ करने लगा है जैसे बनारसी पंडित हो। कहते हैं कि उसका हाफ़िज़ा इतना तेज़ है कि जो बात एक बार सुन लेता है कभी भूलता नहीं। सारी रामायण उसे मुँह ज़ुबानी याद है। और सारी गीता। और आधा गुरुग्रन्थ साहिब। और क़ुरान की कई आयतें। बात बात में कोई न कोई श्लोक या चौपाई या बचन बोल देता है। बात मशहूर है कि फ़क़ीरा पकोड़ियाँ तो सिर्फ़ पेट भरने के लिए तलता है, उसकी जान दरअसल रामलीला में ही अटकी रहती है। न जाने कब से सीता का पार्ट अदा कर रहा है। शायद जब न उसकी दाढ़ी उगी होगी न मूँछ। और अभी तक रामलीलावालों को उस जैसी सीता नहीं मिली। हालाँकि अब न उसके मुँह में कोई दाँत बाक़ी बचा है न सिर पर कोई बाल। किसी की हिम्मत नहीं होती कि उससे कहे कि वह अब कोई और पार्ट ले ले। लड़के उसे देखते ही गाना शुरू कर देते हैं—सीता सीता पुकारूँ मैं बन में, हाय सीता बसी मेरे मन में। किसी ज़माने में मैं भी उसे छेड़ा करता था। वह बहुत चिढ़ता नहीं। कुछ लोगों का कहना है कि वह अपने आपको सीता का अवतार समझता है, कुछ का कि बहुत भारी ऐक्टर, और कुछ का कि सीता का पार्ट करते करते उसकी आवाज़ ही नहीं, उसकी अदाएँ भी औरतों की सी हो गई हैं। जो हो, जब वह सज धजकर स्टेज पर आता है तो सब लोग दंग रह जाते हैं। यूँ लगता है कि सचमुच की सीता सबके सामने आ खड़ी हुई हो। किसी की हिम्मत नहीं होती कि हँसे या कोई आवाज़ कसे। लेकिन जूँही वह बोलना या गाना शुरू करता है तो आह आह और वाह वाह का शोर मच जाता है। जैसे रामलीला नहीं, मुमताज़ शान्ति का मुजरा हो रहा हो। और फिर शास्त्रीजी पर्दा हटाकर सामने आते हैं। फ़क़ीरा एक तरफ़ हो जाता है। शास्त्रीजी सबसे प्रार्थना करते हैं कि वे शान्तिपूर्वक रामलीला का आनन्द लें। और जब लोग फिर भी चुप नहीं होते तो शास्त्रीजी बहुत ही शीतल आवाज़ में यह धमकी देते हैं कि अगर सभा में इसी तरह शोर रहा तो रामलीला को वहीं समाप्त कर दिया जाएगा। और जब इस धमकी का भी किसी पर कोई असर नहीं होता तो विश्वा पहलवान अपनी हनुमान की पूँछ हिलाता हुआ सामने आ जाता

है और कड़ककर कहता है—ख़ामोश! ख़बरदार, अगर किसी ने चूँ की आवाज़ भी निकाली तो! और फिर उसके चेले चाँटे चारों तरफ़ फैल जाते हैं। और लोग उनकी गालियों और लाठियों के डर से कुछ देर के लिए सँभल जाते हैं। लेकिन जूँही सीता राम के क़दमों से लिपटकर या रावण को दुत्कारकर या हनुमान को दुलारकर कोई तान निकालती है तो सभा में फिर हलचल सी मच जाती है। किसी तरफ़ से हाय की आवाज़ आती है तो किसी तरफ़ से हँसी की। कोई फ़कीरे की नक़ल में गुनगुनाना शुरू कर देता है तो कोई विश्वे पहलवान की नक़ल में चिंघाड़ना। जिस सीन में वे दोनों आमने सामने हों, वह सीन रुक रुककर ही आगे बढ़ता है। विश्वा अपना चेहरा उतार उतारकर दहाड़ता है और अपने चेलों का नाम ले लेकर उन्हें हिदायतें देता है कि पंडाल के किस कोने में जाकर किस तरह शोर को शान्त करें। इस सारे हंगामे के बावजूद फ़कीरा एक पल के लिए भी नहीं भूलता कि वह सीता का पार्ट कर रहा है। सिर झुकाए खड़ा रहता है। हत्ताकि लोगों को ख़ुद ही शर्म सी आ जाती है और वे ख़ामोश हो जाते हैं।

किसी ज़माने में बाबा रावण का पार्ट किया करते थे। तब भी, वे बताते हैं, सीता का पार्ट फ़कीरा ही किया करता था और हनुमान का विश्वा पहलवान। राम का पार्ट क़स्बे के कई लोग कर चुके हैं। कैकई का एक बार यानीकि ने भी किया था। अभी तक लोग उस साल की रामलीला की बात करते हैं तो लोट पोट हो जाते हैं। क्योंकि उस साल हर रात कोई न कोई नया तमाशा खड़ा हो जाता। यानीकि को सँभालना तो मुश्किल था ही, बाक़ी सब भी शायद कुछ दिनों के लिए बेक़ाबू हो गए थे। ऐसा लगता था कि रामलीला के बजाय स्टेज पर सचमुच के लड़ाई झगड़े हो रहे हों। राम का पार्ट उस साल दारी बज़ाज़ ने किया था, और दशरथ का मेलेशाह ने। दोनों बीच बीच में अपना अपना पार्ट भूलकर एक दूसरे पर बिगड़ना शुरू कर देते थे। और फिर यानीकि कैकई की सी आवाज़ में उन दोनों को डाँटना शुरू कर देता था। कुछ पता नहीं चलता था कि वे कब यूँ ही जो मुँह में आ रहा था बोल रहे थे और कब याद किया हुआ पार्ट। उस साल भी फ़कीरे ने अपना पार्ट पूरी संजीदगी से किया था। मुझे उस साल की रामलीला की सारी बातें याद नहीं। लेकिन चूँकि कई लोगों से कई बार सुन चुका हूँ, इसलिए लगता यही है कि याद हों। अगर शास्त्रीजी और विश्वे पहलवान ने मिलकर सारा सिलसिला सँभाल न लिया होता तो रामलीला पहले दिन ही ख़त्म हो गई होती। कुछ लोगों का ख़याल है कि सारी शरारत शाम प्यारी की थी। उसी ने राम का पार्ट दारी को और दशरथ का मेलेशाह को दिलवा दिया था। शास्त्रीजी से कहकर। क्योंकि उनसे उसका शरीका है। क्योंकि उसका ख़ाविन्द मेलेशाह की दूर की किसी मासी का लड़का था। इसीलिए मेलेशाह हर वक़्त शाम प्यारी की निन्दा करता रहता है। क़स्बे की सारी ख़बरें उसके जासूस उसके कानों तक पहुँचाते रहते हैं। इसीलिए उसने शास्त्रीजी से मिलकर यह साजिश की थी कि

वे किसी तरह मेलेशाह और दारी को एक दूसरे के सामने कर दें। एक ही स्टेज पर। वह देखना चाहती थी कि वे क्या तमाशा करते हैं। और शास्त्रीजी ने पता नहीं कैसे बाप बेटे को राज़ी कर लिया था। हालाँकि उससे पहले न कभी मेलेशाह ने एक्टिंग की थी और न दारी ने।

पता नहीं इस क़िस्से में कितनी सच्चाई है। लेकिन इसमें कोई शक नहीं कि शास्त्रीजी शाम प्यारी के इशारों पर नाचते हैं। विश्वे पहलवान को उनके ख़िलाफ़ बस यही एक शिकायत है। वह खुलेआम उनसे कहता रहता है कि वे उस चुड़ेल की चापलूसी छोड़ दें। वे सरे बाज़ार उसे समझाते रहते हैं—बिसवानाथजी, अगर रानीजी आज दान देना बन्द कर दें तो न रामलीला का ख़र्च चल सके न बार्सिक अधिबेसन का। उन्हें यह ख़तरा भी है कि अगर सनातन धर्म सभा कमज़ोर पड़ गई तो सब लोग आर्यसमाजी हो जाएँगे। विश्वा तैश में आकर कह देता है, होते हैं तो हो जाएँ! लेकिन फ़कीरा यह सुनकर तड़प उठता है। कहता है कि पहलवान बहुत क्रोधी आदमी है, कि हनुमान का पार्ट अब किसी और को मिलना चाहिए, कि अगर वह इसी तरह शाम प्यारी के ख़िलाफ़ बोलता रहा तो वह बिगड़ जाएगी, कि अगर पहलवान में इतनी ही अनख है तो वह अन्दरख़ाने उससे अपना सारा ख़र्च क्यों लेता है, कि वह गुण तो मुमताज़ शान्ति के गाता है, गुड़ शाम प्यारी का ही खाता है। इस पर विश्वा चिल्लाता है कि वह न किसी का गुड़ खाता है न किसी के गुण गाता है, कि उसे तो चार चुटकी चरस चाहिए, जिसका इन्तजाम महादेव ख़ुद कर देते हैं। फ़कीरा जवाब देता है कि महादेव किसी की चरस का इन्तज़ाम अपने आप नहीं करते, किसी के ज़रिए ही करवाते हैं। शास्त्रीजी दोनों में बीचबचाव की कोशिश करें तो दोनों उन पर बरस पड़ते हैं। फ़कीरा कहता है—सारा क़ुसूर आपका है, आप ही ने इस लपोटसंखिए को सिर पर चढ़ा रखा है। और विश्वा कहता है—अगर आप उस औरत की ख़ुशामद छोड़ दें तो इस पोपली सीता को मैं सीधा करके रख दूँ। विश्वा इन बहसों के दौरान यूँ दमक उठता है जैसे दोपहर का सूरज। कुछ लोगों को डर है कि उसका शाप कभी ख़ाली नहीं जाता। फ़कीरा कहता है कि उसे शाप देने का हक़ ही नहीं। विश्वा कहता है कि वह किसी कमीने को कोई शाप देना ही नहीं चाहता, कि उसे किसी से कोई सरोकार नहीं, कि वे लोग अपनी रामलीला के लिए कोई नया हनुमान चुन लें, कि वह महाबीर दल का काम भी छोड़ देगा। लेकिन सब जानते हैं कि जीते जी न फ़कीरा सीता का पार्ट किसी और को लेने देगा न विश्वा हनुमान का। इस हक़ीक़त के बावजूद कि देखने सुनने में फ़कीरा अब सीता के बजाय बूढ़ी भीलनी सा नज़र आता है और विश्वा हनुमान के बजाय बेचारे जटायु सा। असलम कहता है कि सनातनधर्मी अगर दिमाग़ से काम लें तो सीता का पार्ट किंग को दे दें और हनुमान का हिम्मत सिंह को। लेकिन किंग को तो पार्ट याद ही नहीं हो पाएगा। मास्टर ग़ुलाम रसूल से मरवा मरवाकर उसकी मत भी मारी गई है।

और हिम्मत सिंह को कांग्रेस के काम से ही फ़ुर्सत नहीं। वैसे भी वह मानेगा नहीं। आजकल मुसलमानों से मेलजोल बढ़ाने की कोशिश में है। कई बार लाहोर जाकर मुमताज़ शान्ति से भी मिल आया है। अगर कोई मेरी माने तो सीता का पार्ट मुमताज़ शान्ति को और हनुमान का बक्के जर्राह को मिल जाए।

फ़कीरे की पकोड़ियों ने बुड़बुड़ाना शुरू कर दिया है। शायद उससे मेरी शिकायत कर रही हैं। इस बीरू से ख़बरदार रहो कि इसका कोई दीन धर्म नहीं। बेसन और तेल की मिलीजुली महक उड़ रही है। शास्त्रीजी के मुँह में पानी आ रहा होगा। मेरा मुँह भी अचानक भर आया है। थूक को निगलकर आगे की तरफ़ बढ़ जाना चाहिए। या शायद झेंप को झटककर शास्त्रीजी की तरफ़। जै सीताराम! नमस्ते कहने में आसानी महसूस होगी। फ़क़ीरे ने सुन लिया तो ख़फ़ा हो जाएगा। शास्त्रीजी ख़फ़गी के बावजूद मुस्कुराते रहेंगे। सोचेंगे, नए ख़यालों का लड़का है, शायद आर्यसमाज में जा फँसा हो। पूछेंगे तो कह दूँगा, शास्त्रीजी, मैं तो अभी कहीं भी नहीं फँसा। लाहोर जाकर शायद फँस जाऊँ। क्योंकि आर्यसमाजी कॉलेज में जा रहा हूँ। सुनता हूँ कि वहाँ वेदपाठ ज़रूरी है। इसीलिए आपसे हिन्दी सीखना चाहता हूँ। और अगर हो सके तो संस्कृत भी। मुझे ज़ुबानदानी का शौक है। और मुहावरेबाज़ी की बीमारी। हमारे स्कूल के सब लड़कों को है। किंग को छोड़कर। उसे एक और बीमारी है। आपको नहीं बताऊँगा। आप मानें न मानें सनातन धर्म के बारे में मैं बहुत कुछ जान गया हूँ। रामलीला देख देखकर। और आपके व्याख्यान सुन सुनकर। और भजनीकों के भजन। और कीर्तन। और माँ की कटी फटी कथाएँ। सत्य नारायण की कथा मुझे अज़बर है। और लच्छमी और कुलच्छमी की भी। आपको यक़ीन न हो तो सुनाऊँ? पहले इन पकोड़ियों को चुप करवा दीजिए। शास्त्रजी सोचेंगे कि यह लड़का तो सिरफिरा है। लाहोर जाकर तो बिल्कुल लम्पट हो जाएगा। इसे यहीं रोक लेना चाहिए। क्यों बेटा, किसके बेटे हो? शास्त्रीजी, किसी का नहीं। क्योंकि मैं पैदा नहीं हुआ था, आसमान से गिरा था। बड़े बड़े ओलों के साथ। एक तरह का अवतार हूँ। आधा हिन्दू, आधा मुसलमान। उर्दू फ़ारसी अपने स्कूल से सीख चुका हूँ। थोड़ी सी अरबी भी। मौलवी नज़ीर हुसैन की मेहरबानी से। और शायद बाबा की से भी। उन्हें भी ज़ुबानदानी का शौक़ है। आपको भी ज़रूर होगा। शास्त्रीजी सोचेंगे कि देखने में तो बुद्धू नज़र आता है, बातें यूँ बनाता है जैसे कोई जोगी या विद्वान हो। कह दूँगा, शास्त्रीजी, आप ग़लत सोच रहे हैं। मैं तो अभी कुछ भी नहीं! वे शोर मचाना शुरू कर देंगे, हमें इस शैतान से बचाओ! यह तो अन्तर्यामी है। हमारे मन की मैल तक पहुँच रहा है। और फ़क़ीरा उछलकर हमारे पास आ खड़ा होगा। और मुझसे पूछेगा, पुत्तर, तू इस उम्र में इतना शैतान कैसे हो गया? जवाब दूँगा, चाचाजी, मैं जितना बाहर हूँ उतना ही अन्दर भी। शुरू से ही। अगर आपको यक़ीन न हो तो जाकर रावण से पूछ लीजिए। रामलीलावाले रावण से नहीं, चाचाजी, रावण मास्टर से!

लाहोर जाने से पहले उससे मिलने जाऊँगा। कहूँगा, मास्टरजी, लाहोर जाकर आपकी सब नसीहतों पर अमल करूँगा। बुरी आदत छोड़ दूँगा। झूठ बोलना भी। आपको आपके असल नाम से याद किया करूँगा। सोने से पहले। ताकि आप मेरे सपने में आकर मेरी मूँछें न उखाड़ें। रावण सोचेगा, अब इस बेवक़ूफ़ को समझ आ गई है। कह दूँगा, आप ग़लत सोच रहे हैं, मास्टरजी, मुझे कोई समझ वमझ नहीं आई, मैं तो आपकी टाँग खींच रहा हूँ। रावण की टाँग कोई नहीं खींच सकता। असलम कहता है कि उसकी टाँगें नहीं, शहतीर हैं। हेडमास्टर से भी मिलूँगा। और उसकी लाडो से भी। कहूँगा, इसे मेरे साथ भेज दीजिए। पढ़ा लिखाकर लायक़ बना दूँगा। जितनी देर यहाँ रहा, इससे डरता रहा। वहाँ जाकर इसे डराऊँगा। कहेंगे, लेकिन तुम तो आर्यसमाजी कॉलेज में जा रहे हो। वहाँ तो लड़कियाँ नहीं पढ़तीं। तो क्या हुआ, कहूँगा, यह भी लड़का ही है। एक क़िस्म का। अपनी क़िस्म का एक बेशक नहीं। जूड़ा बनाकर पगड़ी बाँध ले तो लड़का, पगड़ी उतारकर चुन्नी ओढ़ ले तो लड़की। जूड़ा खोलकर नंगे सिर घूमे तो आगे से लड़की, पीछे से लड़का। और फिर उसे तो लड़कों के साथ पढ़ने की आदत हो गई है। सो, हेडमासाहिब, इसे मेरे साथ नत्थी कर दीजिए। अगर वहाँ कोई आर्यसमाजी इसकी तरफ़ उँगली उठाएगा तो मैं उसे और उसकी उँगली को काट खाऊँगा। फिर कहूँगा, महाशाजी, आप हैरान न हों, हमारे क़स्बे का पानी ही ऐसा है। इस उम्र में कुछ लड़कों को ख़ारिश लग जाती है, कुछ को ख़रबूज़े। ख़बरदार, जो फिर कभी आपने इसकी छाती को छूने की कोशिश की तो! हेडमास्टर हैरान हो जाएगा कि पास होते ही इसे इतने पर कैसे लग गए! कल तक तो इसकी नाक ही बहा करती थी, आज इसकी राल भी टपकने लगी! और वह भी हमारी इकलौती लाडो पर! इसे सबक़ सिखाना चाहिए। और फिर उनका हुक्म होगा कि मैं उनकी बीवी की टाँगें दबाऊँ। दस घंटे। और मैं कहूँगा, मैं तो यही चाहता था, हेडमासाहिब! मैंने तो हमेशा उन हट्टे कट्टे देहाती मुसलमानों से हसद किया है जिनसे आप इनकी सेवा करवाते हैं। यक़ीन न आए तो असलम को बुलाकर पूछ लीजिए। उस बेचारे की बड़ी ख़्वाहिश है कि गुजरात जाने से पहले एक बार इनकी मुट्ठीचापी कर सके। और फिर मैं मांस के उस पीले पहाड़ के क़दमों में जा बैठूँगा। सोचूँगा कि कहाँ से शुरू करूँ। काफ़ी देर तक सोचता रहूँगा। हत्ताकि हेडमास्टरनी शिकायत करेगी, दारजी, यह काग़ज़ी पहलवान तो किसी काम का नहीं। कब से बैठा मेरा पेट देख रहा है। और मैं उछलकर उस पर चढ़ जाऊँगा। और उसे लताड़ना शुरू कर दूँगा। हत्ताकि वह हाय हाय करना बन्द कर देगी। और हेडमास्टर ख़ुश हो जाएगा। कहेगा, जो काम जाट लड़के एक साल में नहीं कर सके, तूने एक दिन में कर दिया। ज़रूर तेरी लताड़ में कोई जादू होगा। बस अब तू लाहोर का ख़याल छोड़ दे। इस हरामख़ोर की ख़िदमत कर। मैं तुझे यहीं पढ़ा लिखाकर अपने स्कूल में नौकरी दिलवा दूँगा।

हमारे स्कूल के मास्टरों को बाक़ायदा तनख़्वाह नहीं मिलती। फिर भी वे ख़ुश रहते हैं। रूखी सूखी खाकर। और लड़कों को मार पीटकर। क्योंकि सारा क़स्बा उनकी इज़्ज़त करता है। ख़ासतौर पर हेडमास्टर की। जिसकी लियाक़त की लाहोर तक धूम है। मैं भी उसे मानता हूँ। इसीलिए शायद मुझे उसकी बीवी बहुत बुरी लगती है। असलम कहता है कि वह उस बेचारे पर हुकूमत करती है। बीमारी का बहाना बनाकर। इसीलिए वह सारा दिन स्कूल में ही दनदनाता रहता है। लेकिन वह उसे आराम से वहाँ भी नहीं बैठने देती। पैग़ाम भेजती रहती है कि उसे फिर ग़श आ गया है। और फिर उस बेचारे को घर दौड़ना पड़ता है। सब काम छोड़कर। असलम कहता है कि वह खाती बहुत है। इसीलिए इतनी मोटी है। इसीलिए हर वक़्त पलंग पर पड़ी रहती है। लम्बे तड़ंगे लड़कों के इन्तज़ार में। जिनसे कभी कभी तो वह मालिश भी करवा लेती है। लड़के हेडमास्टर से डरते तो बहुत हैं, लेकिन बातें बनाने से बाज़ नहीं आते। सारा दिन सिरगोशियाँ करते रहते हैं। कहते हैं कि उसकी बाँहों और टाँगों में कोई फ़र्क़ नहीं। कि वह साँस लेती है तो लगता है जैसे कोई मगरमच्छ फुँकार रहा हो। असलम कहता है कि उसे और कोई बीमारी हो न हो, हिस्टिरिए की बीमारी ज़रूर होगी। पहली बार जब उसने हम सबको इस विलायती बीमारी के बारे में बताया था तो केशव के कान खड़े हो गए थे। क्योंकि उसे शक हो गया था कि उसकी माँ को भी यही बीमारी थी। इसीलिए वह मोटी होती जा रही थी। असलम ने उसे बहुतेरा समझाया था कि उसकी माँ को हिस्टिरिया हो ही नहीं सकता, क्योंकि वह हर वक़्त हश्शाश बश्शाश रहती है। फिर उसने केशव की नज़र बचाकर हम सबको आँख मार दी थी। बाद में उसने बताया था कि हिस्टिरिए के दौरे उसी औरत को पड़ते हैं जिसकी हवस पूरी न हो। अपने या पराए मर्द से। असलम के मुताबिक़ हेडमास्टर से अपनी बीवी की हवस पूरी नहीं होती। हालाँकि वह ख़ूबसूरत है, हट्टा कट्टा भी है, शिकार भी खेलता है और वालीबाल भी। असलम के मुताबिक़ हवस ऐसी अजीब चीज़ है कि पूरी हो जाए तो पतले पतंग आदमी से हो जाए, न हो तो हाथी से भी न हो। उसने बताया था कि केशव की माँ ज़रूर अपनी हवस इधर उधर से पूरी करवा लेती होगी। और मुझे वह नज़्ज़ारा याद हो आया था। पता नहीं वह आदमी कौन था। केशव के बाप का ही कोई दोस्त था या कोई राह जाता अजनबी। हरदयाल और जीते ने बहुत जिरह की थी। क्योंकि इधर उन दोनों ने असलम की हर बात में घुँतरें निकालनी शुरू कर दी हैं। कहने लगे हैं कि वह हर वक़्त हिन्दुओं और सिक्खों का ही मज़ाक़ उड़ाता रहता है। असलम को इस इलज़ाम से इतना दुख पहुँचता है कि वह मज़ाक़ छोड़कर मुँह बना लेता है। मुझसे पूछता रहता है कि क्या मैं भी उसे तंगदिल मुसला समझने लगा हूँ। उसकी सूखी संजीदगी से मुझे बहुत रंज पहुँचता है। मैं कई बार हरदयाल और जीते से झगड़ चुका हूँ। हिस्टिरिए की जिरह के दौरान भी मैं उनके ख़िलाफ़ था। उन दोनों की दलील यह थी कि असलम किसी

मुसलमान औरत के हिस्टिरिए की कहानियाँ क्यों नहीं बनाता। अगर पुराना ज़माना होता तो असलम ने यह कहकर टाल दिया होता कि गाय का गोश्त खानेवालों को न हिस्टिरिया होता है न हर्निया। या यह कहकर कि क़ुरान शरीफ़ पढ़नेवालों को कोई बीमारी नहीं होती। या यह कहकर कि बेचारे मुसलमानों को और कम बीमारियाँ हैं जो उन्हें हिस्टिरिया भी हो। लेकिन उस रोज़ उसने मोटे से मुँह से मंजूरे की माँ के हिस्टिरिए की कई कहानियाँ सुनाई थीं। जो उसने अकरम से सुनी थीं। जिसने वे सब मंज़ूरे के बाप से सुनी थीं। जो हर हफ़्ते अकरम से हजामत बनवाता है। और उसे अपने दुखड़े सुनाता है। लेकिन हरदयाल और जीते की उन कहानियों से तसल्ली नहीं हुई थी। उन्हें शक है कि वह उनकी माँ बहन के बारे में भी बातें बनाता होगा। और मेरी माँ बहन के बारे में भी। असलम कभी कभी बालो की बात मुझसे कर लेता है। दबी ज़ुबान से। जैसे उसे डर हो कि नाराज़ हो जाऊँगा। या जाकर जीते से कह दूँगा। बालो असलम को बहुत अच्छी लगती है। मुझे भी। बहुत तेज़ी से जवान होती जा रही है। उम्र में जीते से छोटी है, क़द में बड़ी। जीते को ज़रूर शक होगा कि असलम बालो से इश्क़ करता है। करता रहे। मैं भी तो करता हूँ। चोरी चोरी। बातें बनाने में मैं ख़ुद असलम से कम नहीं। और हरदयाल और जीता मुझसे। वे भी ज़रूर पीठ पीछे मेरी माँ और देवी के बारे में बातें बनाते होंगे। और असलम की माँ और हफ़ीज़ा के बारे में। किसी ज़माने में हरदयाल हफ़ीज़ा को कच्चा खा जाने की बात किया करता था। असलम के मुताबिक़ शायद माँ को भी हिस्टिरिए की बीमारी हो। मुझे यक़ीन है कि उसे अगर हू ब हू यह बीमारी न भी हो तो इससे मिलती जुलती कोई बीमारी ज़रूर होगी। कोई नहीं कई। लेकिन उसकी बीमारी की वजह उसकी हवस नहीं होगी। असलम से कहूँगा तो वह कहेगा कि अपनी माँ की हवस किसी किसी को ही नज़र आती है। या इसी क़िस्म की कोई करारी कहावत। असलम ने उसी रोज़ हिस्टिरिए का एक इलाज भी बताया था। हकीम ज़हूरबख़्श का आज़माया हुआ। अगर मरीज़ को साल में सात बार जोंकें लगवा दी जाएँ तो उसे बहुत आराम मिलता है। गन्दा ख़ून निकल जाने से उसकी हवस में कमी हो जाती है और बीमारी पर क़ाबू। हिस्टिरिएवाली जिरह के बाद ही एक रात मुझे अजीब सा सपना आया था। दूसरे दिन सारा याद तो नहीं रहा था, लेकिन असलम को सुनाते सुनाते मैंने खींचतान कर उसे पूरा कर लिया था। हेडमास्टर की बीवी मेरे सामने बिछी छटपटा रही थी। शायद हमारे स्कूल के अहाते में। या शायद पीपलवाले चौक में। या शायद शाम प्यारी के महल के सामने। हकीम ज़हूरबख़्श और बक्का जर्राह उस पर झुके हुए उससे कुछ पूछ रहे थे। और तीन मुसलमान लड़के उसे लताड़ रहे थे। मुझे हैरानी हो रही थी कि वे गिर क्यों नहीं जाते। फिर दिखाई दिया था कि तीनों के हाथों में एक एक लाठी थी। जिसके सहारे वे उसकी रानों पर खड़े लड़खड़ा रहे थे। उनकी सूरतें याद नहीं आतीं। यह भी याद नहीं आता कि किस निशानी की बिना पर मैंने

उन्हें मुसलमान मान लिया था। शायद उनकी लाठियों से ही। असलम ने पूछा था कि उनकी लाठियाँ ऊपर या नीचे से छिली या कटी हुई तो नहीं थीं। लेकिन मेरी नज़रें हकीम ज़हूरबख़्श पर ही जमी हुई थीं। जो एक बोतल लिए खड़ा था। और मरीज़ से कह रहा था कि वह उसे क़ारूरे से भर दे। नहीं तो उसका इलाज नामुमकिन होगा। मैं कहना चाहता था कि लेटे लेटे वह उस बोतल को नहीं भर सकेगी। तभी हकीम ने उस बोतल को बड़ी एहतियात के साथ उसकी टाँगों में टिका दिया था। असलम ने पूछा था कि मैं सचमुच का सपना सुना रहा था कि मनगढ़न्त। फिर उसने कहा था कि मेरा अंजाम बुरा होगा, कि ऐसे ख़्वाबों की ताबीर ख़ौफ़नाक होती हैं लेकिन मैं उसकी ताबीर अभी नहीं सुनना चाहता था। क्योंकि अभी काफ़ी कुछ बाक़ी था। बक्के जर्राह की जेब में जोंकें भरी हुई थीं। जिन्हें वह एक एक करके हेडमास्टरनी के पेट पर सजा रहा था। देखते देखते वे जोंकें फूलकर चूहों में बदलती जा रही थीं। तभी हरदयाल और जीता न जाने कैसे वहाँ पहुँच गए थे। जीते ने इशारे से मुझे यह समझाना चाहा था कि असलम हेडमास्टरनी को मारने की कोशिश कर रहा था। और वे जोंकें जोंकें नहीं थीं, बिच्छू थे। मैं हैरान था कि सिर्फ़ इशारों से उसने इतना कुछ मुझे कैसे बता दिया। मैंने उसे समझाने की कोशिश की थी कि वह बक्के जर्राह को ही असलम समझ रहा था। इस पर हरदयाल ने हँसना शुरू कर दिया था और जीते ने रोना। मैं उन दोनों को एक दूसरे के हवाले करके हेडमास्टरनी के पास जा खड़ा हुआ था। जो अब शाम प्यारी में बदल गई थी और उस बोतल को मुँह से लगाए गटागट पी रही थी। मैं उसकी शिकायत करने के लिए हकीम ज़हूरबख़्श की तरफ़ बढ़ ही रहा था कि मुझे याद हो आया था कि जोंकें उसका खून पी रही थीं और वह शायद अपने पेशाब से बनी कोई देसी शराब। लेकिन अब वहाँ न कोई हकीम था न कोई जर्राह और न वे लड़के और न हरदयाल और जीता। शाम प्यारी टाँगें पसारे एक तख़्त पर लेटी थी और बोतल को हिला हिलाकर मुझे अपने पास बुला रही थी। तीन चार जोंकें अब भी उसके पेट से चिपकी हुई थीं। उनमें से एक की एक आँख मुझे एकटक देख रही थी। जैसे जानती हो कि सारा क़ुसूर मेरा था। मैं अचानक थककर चूर हो गया था, लेकिन वहाँ से हिलना नहीं चाहता था क्योंकि अब मुझ पर साफ़ हो गया था कि मैं सुन्दर महल के ही किसी जगमगाते जशन में जा खड़ा हुआ था। मेरी हैरत गुम हो रही थी और हवा बन्द। उधर सामने से उसकी बोतल मुझे बुला रही थी। मैं सोच रहा था कि अगर मैंने हिम्मत से काम न लिया तो वह समझ जाएगी कि मैं उसके किसी काम नहीं आ सकता और वह अकरम या किसी और चाकर को बुलाकर मुझे महल से बाहर निकलवा देगी। सो मैंने एक लम्बी साँस ली और उससे कहना

चाहा...लेकिन इससे पहले कि मेरा मुँह खुलता, मेरी आँखें खुल गई थीं। आधी रात के उजले अँधेरे में अजनबी से आसमान के नीचे बदबूदार छत पर मेरे इर्दगिर्द

मेरे घरवालों की लाशें कसमसा रही थीं। जैसे कोई उन्हें धीमी आग पर भून रहा हो। और मुझे महसूस हुआ था जैसे किसी जादूगरनी ने फूँक मारकर महल को झोंपड़े में बदल दिया हो और राजकुमार को कुम्हार में।

असलम की ताबीर अभी तक मेरी याद में ताज़ा है। क्योंकि वह उस ख़्वाब से ज़्यादा ख़ौफ़नाक़ है। उसके मुताबिक़ लाहोर पहुँचते ही मैं हीरामंडी में जाना शुरू कर दूँगा। बहाना यह बनाऊँगा कि मुमताज़ शान्ति को ढूँढ़ रहा हूँ। लेकिन असली वजह यही होगी कि वहाँ मुझे यहाँ की याद सताया करेगी। ख़ासतौर पर मोटी मोटी औरतों की। ख़ासतौर पर शाम प्यारी की। जिसकी शक्ल हेडमास्टरनी से और केशव की माँ से मिलती है। जिन्हें मैं बरसों से देखता चला आ रहा हूँ। और जो मुझे रात को भी चैन नहीं लेने देतीं। लाहोर जाकर वे जोंकों की तरह मेरी याद से चिपक जाएँगी। और सपनों के दस्तूर के मुताबिक़ भेस बदल बदलकर मुझे भरमाया करेंगी। उन्हीं से भागकर मैं हीरामंडी जाना शुरू कर दूँगा। दिन को पढ़ाई किया करूँगा, रात को रंडियों की पिटाई। अपनी छोटी सी लाठी से। हालाँकि इतना कमज़ोर हो जाऊँगा कि लाठी के बग़ैर चल फिर नहीं सकूँगा। उस आर्यसमाजी कॉलेज में अफ़वाह फैल जाएगी कि बीरू बदमाश हो गया है। और बीमार। कॉलेज से निकाल दिया जाऊँगा। और जब घर लौटूँगा तो घरवाले मुझे हकीम जहूरबख़्श के पास ले जाएँगे। और वह बक्के जर्राह से सलाह करने के बाद यह फ़ैसला सुनाएगा कि मेरा ख़ून ख़राब हो गया है और दिमाग़ हो रहा है। इसीलिए मैं लड़खड़ाता रहता हूँ। लाठी के सहारे के बावजूद। इस कच्ची उम्र में। इसलिए मुझे जोंकों की ज़रूरत है। नहीं तो मुझे भी हिस्टिरिया हो जाएगा। हालाँकि क़ायदे से यह बीमारी अधेड़ उम्र की औरतों को ही होनी चाहिए। असलम के मुताबिक़ अगर कोशिश की जाए तो मेरे ख़्वाब के कई और ख़ौफ़नाक मतलब भी निकाले जा सकते हैं। मिसाल के तौर पर यह कि अगर हरदयाल और जीता इसी तरह बकते रहे और मुसलमानों ने पाकिस्तान की रट बन्द न की तो दंगे होकर रहेंगे। इसीलिए मुझे वे लाठियाँ दिखाई दी थीं। वैसे, असलम कहता है, उन लाठियों के और कई मतलब भी निकाले जा सकते हैं। उसकी ताबीर के मुताबिक़ मेरा ख़्वाब यह इशारा भी कर रहा है कि शाम प्यारी एक जोंक है। जो एक ज़माने से मुसलमानों का ख़ून चूस रही है। और अगर दंगे हुए तो मुसलमान उसे मार डालने की कोशिश करेंगे। लेकिन वह उन्हें पैसे का लालच देकर अपनी जान बचा लेगी। और आख़िर असलम इस नतीजे पर पहुँचता है कि अगर मैं लाहोर जाकर ख़बरदार न रहा तो मेरा अंजाम बुरा होगा। और इस पर भी कि जब जोंकें मेरा ख़ून साफ़ कर रही होंगी तो वह ख़ुद दूसरे जहान में बैठा मेरा इन्तज़ार कर रहा होगा। आख़िरी इशारा उसे इस बात से मिलता है कि हरदयाल और जीता तो मेरे ख़्वाब में मौजूद थे, वह नहीं था। और न ही केशव। जिससे वह यह अन्दाज़ा लगाता है कि शायद केशव भी इस जहान से कूच करनेवाला है।

उस ख़्वाब की ख़ाक फाँकता हुआ अब बक्के जर्राह के खानदानी शफ़ाख़ाने के सामने आ रुका हूँ। जिसका साइनबोर्ड मुझे हँसा रहा है। हरे हरूफ़ में कई क़िस्म के फोड़े फुंसियों के शर्तिया इलाज का एलान। और हर क़िस्म के चीरे की पेशकश। एक कोने में चाँद सितारा, दूसरे में एक हाथ और उसमें एक नश्तर। जो किसी छुरे सा नज़र आता है। बाज़ार में जगह जगह इस बोर्ड का मज़ाक़ उड़ाया जाता है। और बक्के की बड़ों का भी। सब जानते हैं कि बक्का ख़ानदानी जर्राह नहीं। कि आज से कुछ ही साल पहले तक वह एक मामूली नाई हुआ करता था। अब भी कुछ बड़े बड़े लोगों के बाल वही काटता है। आम लोगों को यह कहकर टाल देता है कि उसे मरीज़ों से ही फ़ुर्सत नहीं मिलती। सुबह शाम उसके शफ़ाख़ाने पर भीड़ लगी रहती है। इस वक़्त वह एक बुढ़िया से जिरह कर रहा है। उसके उस्तरे और नश्तर सामने दीवार पर टँगे हुए चमक रहे हैं। जब कोई मरीज़ न हो तो उन्हें पालिश करता रहता है। अफ़वाह है कि उसके कुछ नश्तर चाँदी के हैं। उसने ख़ास हिदायतें देकर कुन्दन सुनार से बनवाए थे। ख़ास ख़ास चीरों के लिए। हर चीरे के बाद नश्तर को साबुन से धोता है और हवा में लहरा लहराकर सुखाता है। फिर एक साफ़ सूखे कपड़े से पोंछता है। अगर ज़रा सा धब्बा भी देख ले तो उस पर थूककर उसे रगड़ना शुरू कर देता है। उसका दावा है कि चम्बा डॉक्टर भी इतनी सफ़ाई नहीं रखता।

चम्बे की डिस्पेंसरी बक्के के शफ़ाख़ाने के ऐन सामने है। इस वक़्त बन्द है। चार बजे खुलेगी। चम्बा एकदम अंग्रेज़ है। वक़्त का पाबन्द। दोपहर को आराम करता है। कहता है कि डॉक्टर अगर अपनी सेहत का ख़याल नहीं रखेगा तो मरीज़ों को ख़ाक ठीक करेगा। लेकिन असली वजह और ही है। उसकी बीवी, कहते हैं, उससे दस पन्द्रह साल छोटी है। दूसरी है। पहली पिछले साल ही मरी थी। कई साल बीमार रहने के बाद। उसमें से उसका बड़ा लड़का भी उसकी नई बीवी से बड़ा नज़र आता है। मैंने उसे देखा नहीं लेकिन सुनता हूँ कि बड़ी नाज़ुक है। बारह से चार तक चम्बा उसी की सेवा करता है। ख़ासतौर पर जब स्कूल बन्द हो तो। उसका बेटा दूसरे स्कूल में पढ़ता है। वह भी चम्बा है। लोग कहते हैं कि सब सौतेले बेटे पूरण भगत की तरह नहीं होते, कि जब तक वह पुरानी नहीं होती चम्बे को उसका ख़ास ख़याल रखना ही चाहिए। चम्बा कहता है कि उसे पैसे का लालच नहीं। लेकिन फ़ीस पहले लेता है, नब्ज़ बाद में देखता है। लोग कहते हैं कि उसे लालच हो न हो, उसका इलाज़ बहुत महँगा है। इसीलिए उसके पास जाने से पहले बहुत से लोग हकीम ज़हूरबख़्श को ही आज़माते हैं। उसकी तश्ख़ीस बहुत तेज़ है। लेकिन इलाज इतना लम्बा कि लोग तंग आ जाते हैं। हालाँकि वह पैसे बहुत कम लेता है। ख़ासतौर पर ग़रीब ग़ुरबा से। फिर भी कुछ मरीज़ उसकी शिकायतें चम्बे से करते हैं। और वह उनके मुँह पर चपत सी मार देता है—और जाओ उस मुल्ला के पास! साइंस इतनी तरक़्क़ी कर गई है और तुम लोग अभी तक अपने वहमों पर ही अड़े हुए हो!

यह बात नहीं कि चम्बे को मरीज़ों की कमी हो, लेकिन उसे बक्के जर्राह से जलन ज़रूर होती होगी। इसीलिए शायद वह उससे झगड़ता रहता है। बक्का कहता है—बकता रहे, मुझे क्या! ख़ुदा ने अगर मेरे हाथों में शफ़ा दे दी है तो मैं क्या कर सकता हूँ? चम्बे को जलन क्यों होती है? मैं तो उससे नहीं जलता। जो उसकी तक़दीर में लिखा है, उसको मिलकर रहेगा, जो मेरी तक़दीर में, वह मुझे। लेकिन चम्बा तमाशबीनों से मुख़ातिब होकर कहता है—सवाल तक़दीर का नहीं, न ही जलन का, सवाल सफ़ाई का है! और फिर वह अपनी डिस्पेंसरी में उड़ रही मक्खियों की तरफ़ इशारा करके कहता है कि वे सारी मक्खियाँ बक्के की गन्दी नाली से आ आकर उसकी दुकान में अंडे देती रहती हैं। बक्का मज़ाक़ उड़ाता है—इसका दिमाग़ इसकी नई बीवी ने ख़राब कर दिया है; अब मक्खियों पर मेरा नाम लिखा हुआ है क्या? जब कभी वे दोनों एक दूसरे के सामने डट जाते हैं तो सारा बाज़ार इकट्ठा हो जाता है, लेकिन कोई बीच बचाव नहीं करता। सब डरते हैं कि किसी दिन उन दोनों की वजह से ही क़स्बे में हिन्दू मुस्लिम फ़साद उठ खड़ा होगा।

बक्का बड़े बड़े ऑपरेशन शफ़ाख़ाने के सामनेवाली नाली के किनारे बैठकर ही करता है। इसीलिए नाली के कीचड़ में ख़ून मिला रहता है। और मैले पीले फाहे। और पुरानी पट्टियाँ। बक्का कहता है कि नाली की सफ़ाई कमेटीवालों के ज़िम्मे है। कमेटीवाले कहते हैं कि वे दिन में दस बार किसी नाली की सफ़ाई नहीं कर सकते। इतने जमादार उनके पास नहीं। चम्बा कहता है कि बक्का जान बूझकर गन्दगी मचाता है, वर्ना कम अज़ कम उन पट्टियों को तो एक तरफ़ कर दिया करे, ताकि नाली के बहाव में रुकावट न आए। इधर बक्के ने कहना शुरू कर दिया है कि कमेटी में हिन्दुओं का ज़ोर है, इसीलिए उसकी नाली की सफ़ाई बाक़ायदा तौर पर नहीं होती, और चम्बा हर वक़्त चपर चपर करता रहता है। कुछ ही दिन पहले की बात है कि बक्के ने बहस के दौरान सबके सामने तहमद उठाकर चम्बे से कह दिया था—उखाड़ लो अगर उखाड़ सकते हो तो! तुम्हारे डर से मैं अपना शफ़ाख़ाना बन्द नहीं करूँगा! मैं तो उस मौक़े पर मौजूद नहीं था, लेकिन केशव कहता है कि उसने अपनी आँखों से सब देखा था, और देखकर दंग रह गया था, क्योंकि बक्के के हुलिए वग़ैरह से पता नहीं चलता कि उसका हथियार इतना बड़ा होगा। उस दिन से कहते हैं, चम्बा चुप चुप रहने लगा है। कोई पूछे तो कह देता है, बेहयाई का जवाब बेहयाई से नहीं दूँगा।

बक्का बुढ़िया को झिड़क रहा है। ऊँची आवाज़ में। उसका मुँह देखते ही मुझे हनुमान की याद आ जाती है। ज़रूर उसके बाप दादा हिन्दू रहे होंगे। बक्का कह रहा है—बेबे, बेवक़ूफ़ी की बात मत कर! मैं तुझसे पैसे ले ही कैसे सकता हूँ! बस, अब मुझे ज़्यादा तंग मत कर। तेरा पोता है तो मेरा बेटा भी तो है। बस अब इसे घर ले जा और इस मरहम का लेप लगा दे। बाक़ी काम भगवान कर देगा! 'भगवान' से

मैं चौंक जाता हूँ। बुढ़िया हिन्दू होगी। उसकी बग़ल में बैठा फुंसियों से जड़ा हुआ सा एक लड़का मक्खियाँ उड़ा रहा है। मुझे याद हो आता है कि एक बार बक्के ने मेरा इलाज भी किया था। डेढ़ दो साल पहले। जब मेरी पीठ पर रातोंरात तीन फोड़े निकल आए थे। जिनमें एक माँ के लफ़्ज़ों में, आमले के बराबर था, बाक़ी के दो बंटों के। और उन्हें देखते ही माँ बेहोश हो गई थी। क्योंकि उनका जामुनी सा रंग उस रसौली से मिलता था, जिससे मेरे नाना की मौत हुई थी। नाना जब कभी याद आते हैं, उनकी रसौली साथ याद आ जाती है। उसी की वजह से शायद वह याद आते हैं। क्योंकि उनकी मौत के वक़्त मैं माँ के मुताबिक़ दो तीन साल से ज़्यादा और बाबा के मुताबिक़ चार पाँच साल से कम नहीं था। मेरे फोड़े देख देखकर माँ कई दिनों तक रोती रही थी। उसे यक़ीन था कि वे तीनों रसौलियाँ मुझे मेरे नाना ही दे गए थे। क्योंकि मैं उनकी गोद में बैठकर उनकी रसौली से खेलता रहता था और वे कहते रहते थे—बेटा, इस बला को मत छू! मुझे अब उनकी एक ही बात याद आती है। वह भी इसलिए कि माँ अभी तक उसे दिन में दस बीस बार दोहरा देती है—जानकी, तू अब चिन्ता न किया कर, तेरा बेटा तेज़ी से बड़ा हो रहा है; वह मुझे बहुत सुख देगा। और मैं हूँ कि अभी तक बड़ा नहीं हुआ। न ही मैंने माँ को कोई सुख दिया है। शायद ही कभी दे सकूँ। बक्के के पास ले जाने से पहले माँ तीन चार दिन अपने पुल्टिस लगाती रही थी। और मन्दिर जा जाकर मन्नतें मानती रही थी। लेकिन वे फोड़े फटने के बजाय फूलते जा रहे थे। हर आध घंटे बाद माँ उन्हें देखकर कह देती थी—अब तो बंटे भी आमले जितने हो गए हैं, अब और क्या होगा! मुझे दर्द इतना नहीं जितना कि यह डर कि मैं भी नाना की तरह उन फोड़ों से ही मर जाऊँगा। और माँ को सुख देनेवाला कोई नहीं बचेगा। काका पहले ही मर चुका था। देवी और बाबा उसे आख़िर तक दुख ही देते रहेंगे। लेकिन बक्के ने एक ही नज़र में भाँप लिया था कि मेरे फोड़े जड़ोंवाले नहीं थे, ख़ून की ख़राबी की वजह से ही निकल आए थे। लगाने के लिए उसने पीली सी बदबूदार मरहम दी थी, और पीने के लिए चौअर्क़ा। घर जाकर माँ उस मरहम को बार बार सूँघती रही थी। उसके मुताबिक़ उसमें हल्दी के सिवा कुछ भी नहीं था। लेकिन लगाते ही मेरी पीठ में ठंडी सी चुनचुनाहट होने लगी थी। जैसे उसे पिपरमेंट खिला दिया गया हो। इस पर माँ ने कहना शुरू कर दिया था कि हल्दी के अलावा उसमें पिपलें भी मिली होंगी। चौअर्क़े में पता नहीं कौन सा ज़हर घुला हुआ था, कि अभी तक न मुँह का ज़ायक़ा ठीक हुआ है न मुँह। बक़ौल बक्का दवा जितनी कड़वी हो उतनी ही कारगर भी होती है। लेकिन उस कड़वाहट के बावजूद फोड़े फूलते ही चले गए थे। आख़िर चम्बे से ही चीरा दिलवाना पड़ा था। क्योंकि माँ अड़ गई थी कि उस क़साई से चीरा नहीं दिलवाएगी, कि वह जिस उस्तरे से हजामत वजामत बनाता है, उसी से चीरे देता है, कि मुसलों को सफ़ाई से पता नहीं क्यों इतनी नफ़रत है। मैं अपनी

अकड़ी हुई पीठ से इतना तंग आ चुका था कि अगर चम्बे ने चीरा न दिया होता तो शायद मैंने नाख़ूनों से ही अपनी पीठ को फाड़ डाला होता। अभी तक उन फोड़ों के निशान मेरी पीठ पर खुदे हुए हैं। अभी तक घर में उन फोड़ों की बात होती है। और बक्के की बुराई। उसके कमाल का एक और नमूना भी मुझे याद आ रहा है। जब एक आवारा गधे ने दुलत्ती मारकर केशव का मुँह तोड़ दिया था। और उसकी माँ उसे बक्के के पास ले गई थी। और बक्के ने उसके जबड़े पर उसी पीली मरहम का लेप लगाकर पट्टी बाँध दी थी। और कहा था कि उसे एक महीना सिर्फ़ अंगूर का रस पिलाया जाए। केशव के मुँह से आँ आँ के अलावा कोई आवाज़ नहीं निकलती थी। वह न मुँह बन्द कर सकता था न खुलकर उबासी ले सकता था। लेकिन ख़ुश रहता था, क्योंकि उसे स्कूल के काम से छुट्टी मिल गई थी। और रावण की लानतों से भी। और हमारी छेड़छाड़ से भी। लेकिन अंगूर का रस पी पीकर वह पतला होता जा रहा था। जैसे दिक़्क़ का मरीज़ हो। आख़िर एक महीने के बाद उसकी माँ उसे लालामूसा ले गई थी। एक अंग्रेज़ डॉक्टर के पास। जिसने देखते ही कह दिया था कि उसका निचला जबड़ा टूटा हुआ था। फिर तीन महीनों तक उसके दाँतों को तारों से बाँध दिया गया था। बेचारा केशव अब बात करता तो किसी को कुछ समझ नहीं आती थी। जिस पर केशव को इतना ग़ुस्सा आता कि उसकी आँखों में आँसू आ जाते। लेकिन वह फिर भी ख़ुश रहता था। क्योंकि स्कूल का काम उसे नहीं करना पड़ता था। जब उसकी तारें कट गईं तो उसका जबड़ा तो जुड़ गया था, लेकिन मुँह ज़रा सा टेढ़ा नज़र आने लगा था। अभी तक उसका मुँह सीधा नहीं हुआ। जब मुस्कुराता है तो और टेढ़ा नज़र आता है। इसीलिए वह मुस्कुराता बहुत कम है। कहता है कि बड़ा होकर दाढ़ी रख लेगा। ग्यानी मास्टर की तरह मुँह मरोड़ मरोड़कर बातें किया करेगा, लेकिन किसी को पता नहीं चलेगा कि उसका मुँह टेढ़ा है या उसकी बातें। असलम कहता है कि उसी दुलत्ती से केशव का दिमाग़ भी ज़रूर हिल गया होगा। इसीलिए कभी तो वह किसी पैदाइशी बुद्धू की तरह एकदम गुमसुम हो जाता है। केशव असलम की इस तश्ख़ीस की ताईद करता है। बताता है कि कभी कभी उसके सिर में ऐसा शोर सा मच जाता है कि जब तक वह ऊटपटाँग बोले नहीं, उसे शान्ति नहीं मिलती। और कभी कभी उसका सिर यूँ ख़ाली हो जाता है जैसे किसी गधे का हो। उसे शक है कि उसके दौरे भी शायद उसकी दुलत्ती की वजह से हों। कहता है कि किसी दिन लालामूसा जाकर उस अंग्रेज़ डॉक्टर से बात करेगा। लेकिन असलम को यक़ीन है कि उसके दौरों का ताल्लुक़ उसकी मुश्तबाज़ी से ही है, कि शादी के बाद वह ठीक हो जाएगा। शायद इसीलिए इधर केशव ने राजे से शादी करने की ठान ली है। लेकिन असलम को शक है कि राजे से केशव की दोस्ती उसके दिमाग़ की ख़राबी का ही एक और सबूत है, कि अगर उस गधे ने दुलत्ती न मारी होती तो केशव कभी ऐसा बेवक़ूफ़ाना ख़्वाब न लेता।

बुढ़िया उठ रही है। उसका पोता उठने से इनकार कर रहा है। उसे शायद बक्के की मक्खियों से खेलने में मज़ा आने लगा हो। बक्का तहमद झाड़ रहा है। शायद मरीज़ों की भीड़ के लिए तैयार हो रहा हो। मैं उससे नज़रें नहीं मिलाना चाहता। अभी तक यह डर गया नहीं कि वह पूछ लेगा, तूने चम्बे से चीरा क्यों दिलवाया था। चार बजने ही वाले होंगे। मैं चलना शुरू कर देता हूँ। कुन्दन सुनार की दुकान की तरफ़। उसकी टिक टिक की आवाज़ सुनाई दे रही है। वह दोपहर को भी आराम नहीं करता। उसकी दुकान से सुहागे की महक आती है। और ख़ुद उससे गुज़रे हुए ज़माने की। और उसकी ख़ुफ़िया ज़िन्दगी की। जिसके बारे में क़स्बे में कई अफ़वाहें हैं। जिनका लुब्बेलुबाब यह है कि वह कई पापड़ बेल चुका है। जिनमें से एक की वजह से वह कई साल गुजरात की बड़ी जेल में बन्द रहा था। इसीलिए शायद उसके इर्दगिर्द ख़ामोशी का एक जंगला सा खड़ा रहता है। उसकी लगातार टिकटिक के बावजूद। जब से जेल से बाहर आया है, किसी से बग़ैर मतलब के कोई बात नहीं करता। उसकी कारीगरी की धूम सारे इलाक़े में है। लेकिन लोग उसे काम बहुत कम देते हैं। डरते हैं कि वह ज़ेवर वग़ैरा लेकर ग़ायब हो जाएगा। कहते हैं कि वह तो यहाँ वक़्त ही काट रहा है। कि जब उसके दूसरे सब साथी जेल से बाहर आ जाएँगे तो वह फिर उनके साथ मिलकर जाली नोट बनाना शुरू कर देगा। क्योंकि मामूली ज़ेवर वग़ैरा बनाकर उसकी तसल्ली नहीं होती। हो ही नहीं सकती, क्योंकि एक तो उसका दिमाग़ बहुत तेज़ है, और दूसरे उसे हराम की कमाई का चस्का पड़ गया है। लेकिन वह मामूली क़िस्म का धोख़ेबाज़ नहीं। दूसरे सुनारों की तरह रत्ती माशे का हेरफेर नहीं करता। इसीलिए कुछ औरतें उसके ग़ायब हो जाने के ख़तरे के बावजूद अपने कड़े वग़ैरह उसी से तुड़वाती हैं। जिससे उसकी दाल रोटी तो चल ही जाती है, लेकिन चस्का पूरा नहीं होता। असलम उसका मुक़ाबला पुराने ज़माने के कीमियागरों से करता है। जिनके बारे में मुझे ज़्यादा मालूम नहीं। मालूम शायद असलम को भी न हो। सिवाय इसके कि वे सुहागे को सोने में बदल देने के लिए सालों तक तरह तरह के तजुर्बे करते रहते थे। शायद कुन्दन भी अब वैसा ही कोई तजुर्बा कर रहा हो। उसकी टिक टिक इतनी बारीक और साफ़ है कि बाज़ार के सारे शोर से अलग सुनाई दे जाती है। जैसे किसी दूसरी दुनिया के दिल की धड़कन हो। इस वक़्त दूसरा शोर बहुत कम है। इसीलिए वह और ऊँची सुनाई दे रही है। जैसे मेरे कानों में ही कोई घड़ी सी चल रही हो।

कुन्दन सुनार घड़ीसाज़ भी रह चुका है। किसी ज़माने में। मेरी होश से पहले। अब भी अगर किसी की घड़ी रुक जाए तो वह उसे उसी के पास ले जाता है। हालाँकि अब उसे इस काम में कोई दिलचस्पी नहीं रही। न ही उसके पास कोई औज़ार हैं। न ही उसे नज़र ठीक आता है। लेकिन अगर मौज में हो तो एक मिनट में घड़ी ठीक कर देता है। बग़ैर खोले। बस हिला जुलाकर ही। लोग उसका मुक़ाबला टुंडे लाट से

करते रहते हैं। कहते हैं, एक वह है कि उससे एक घड़ी भी ठीक नहीं हो रही, इतने सालों से, और एक कुन्दन सुनार है कि अगर उसके पास सरमाया हो तो घड़ियों का कारख़ाना खोल ले। एक अफ़वाह के मुताबिक़ दुनिया भर में शायद ही कोई ऐसा ताला हो जिसे वह एक मामूली सी तार से न खोल लेता हो। अब तो वह किसी से बात ही नहीं करता, लेकिन किसी ज़माने में लोग उसे आज़माने के लिए उससे कुकराली के बने हुए अटूट ताले खुलवाते रहते थे। जिन्हें बड़े बड़े चोर भी नहीं तोड़ सकते। कहते हैं कि किसी ज़माने में वह चोरी चक्कारी भी किया करता था। मेरी होश से पहले। अब भी साहूकार उससे बहुत डरते हैं। इसीलिए सबने विलायती तिजोरियाँ रखी हुई हैं। हालाँकि उन्हें मालूम है कि कुन्दन सुनार की तार उन्हें भी खोल सकती है। क़स्बे में या आसपास कहीं कोई चोरी हो तो उसे थाने से बुलावा आ जाता है। पूछताछ के लिए कि वह चोरी के वक़्त कहाँ था। और सलाह मशवरे के लिए भी। क्योंकि इलाक़े के सब जानेमाने चोरों के सब दावपेच वह जानता है। और ताला देखकर ही बता सकता है कि उसे किसका हाथ लगा होगा। एक अफ़वाह के मुताबिक़ वह अपनी शोहरत या बदनामी से इतना तंग आ गया है कि अब उसकी एक ही तमन्ना है, और वह यह कि कोई उसे उसके कारनामों की याद न दिलाए। क्योंकि थाने से लौटकर हर बार वह अपने बेटे विलायतीराम को पास बिठाकर फूट फूटकर रोता है और उसे सीधे रास्ते पर चलने की नसीहत करता है। यह अफ़वाह असलम फैला रहा है। विलायतीराम और किसी से तो बात तक नहीं करता, असलम को सब कुछ बता देता है। असलम के मुताबिक़ वह आजकल अपने बाप के पीछे पड़ा हुआ है कि मरने से पहले वह उसे सब गुर सिखा दे, नहीं तो वह भूखों मर जाएगा। क्योंकि क़स्बेवाले कभी उस पर एतबार नहीं करेंगे, कभी उसे कोई काम नहीं देंगे। हालाँकि ज़ेवर वग़ैरह वह भी ख़ूब बना लेता है। क्योंकि सुनारों का हुनर तो उसे अपने बाप दादा से विरसे में मिल ही चुका है। और वैसे भी वह कब का स्कूल छोड़ छाड़कर अपने बाप के पास बैठा उसी की तरह टिकटिक कर रहा है। लेकिन उससे उसकी तसल्ली नहीं होती। असलम कहता है कि वह चाहता है कि वह भी अपने बाप की तरह नाम पैदा करे, जाली नोट बनाए, जेल जाए, घड़ियाँ बनाए, और वे सब पापड़ बेले जो उसका बाप बेल चुका है। असलम के मुताबिक़ दिमाग़ विलायतीराम का भी बहुत तेज़ है, उसे सिर्फ़ बाप के ख़ास ख़ास गुर चाहिए, और उसकी शाबाश। लेकिन कुन्दन की दिली ख़्वाहिश यही है कि उसका बेटा फिर से स्कूल जाना शुरू कर दे और पढ़ लिखकर कहीं कोई बाक़ायदा नौकरी कर ले। छोटी मोटी। क्योंकि असलम के मुताबिक़ उसे एक तो अपने बेटे की लियाक़त पर यक़ीन नहीं आता, और दूसरे वह यह नहीं चाहता कि उसके मर जाने के बाद हर ऐरा ग़ैरा उसे देखकर मुँह उधर कर ले और कहे—जैसा बाप वैसा बेटा! विलायती ने असलम को बताया है कि उसका बाप आजकल बात बात में मौत को ले आता है,

हालाँकि उसे कोई बीमारी शीमारी नहीं। और न ही वह ज़्यादा बूढ़ा है। दिखाई भले ही दे। विलायती के लफ़्ज़ों में जो आदमी हर वक़्त गुज़रे ज़माने की यादों में ही डूबा रहे, वह बूढ़ा नहीं नज़र आएगा तो और क्या? विलायती कहता है कि अगर उसकी माँ ज़िन्दा होती तो वह घर से भाग गया होता। कब का। क्योंकि उसे यक़ीन हो गया है कि उसका बाप उसे कुछ नहीं सिखाएगा। और न ही उसके लिए कुछ छोड़कर जाएगा। क्योंकि, उसके मुताबिक़, इस खबर में कोई सच्चाई नहीं कि कुन्दन सुनार ने उन जाली नोटों के बंडलों को या चोरी के माल को कहीं दबाकर रखा हुआ है। विलायती अपने घर की दीवारों को ठोंक बजाकर भी देख चुका है और फ़र्शों को खोद उखाड़कर भी। एक बार कुन्दन ने उसे पकड़ लिया था। और अपने माथे पर हाथ मारकर कहा था—विलायती, तू नालायक़ तो है ही, कमीना भी है। और उसके बाद उनमें ख़ूब लड़ाई हुई थी। विलायती ने असलम को बताया था कि उसने उसका गला घोंट दिया होता, लेकिन तब तक उसने यह उम्मीद छोड़ी नहीं थी कि किसी दिन तो उसके बाप को उस पर रहम आ जाएगा, और नहीं तो वह उसे ताले खोलने का तरीक़ा तो सिखा ही देगा। अगर वह भी नहीं तो शायद पत्ते लगाने का भेद ही बता दे। और अगर वह भी नहीं तो शायद घड़ियाँ ठीक करने का हुनर ही सिखा दे। ताकि वह लाहोर जाकर अपनी क़िस्मत आज़मा सके।

बाप तो गुजरात तक ही गया था, बेटा लाहोर के सपने ले रहा है। बाज़ारवालों को भी उसके वलवलों के बारे में पता होगा। कुछ दुकानदार ताश खेलते खेलते शर्तें बाँधने लगते हैं कि कुन्दन सुनार के मरने की देर है कि विलायती बेलगाम हो जाएगा। और दुकान मकान बेच बाचकर लाहोर भाग जाएगा। और वहाँ किसी ऐसे संगीन जुर्म में पकड़ लिया जाएगा जिसकी सज़ा उम्र क़ैद होगी या फाँसी। मुझे हैरानी होती है कि कोई काले पानी का नाम क्यों नहीं लेता। मैं दिल ही दिल में 'काले पानी' का जाप करता रहता हूँ। किसी को पता चल जाए तो कहे कि पागल हो गया हूँ। हुआ नहीं, हो जाऊँगा। अगर लाहोर जाकर भी इसी तरह भटकता रहा तो। आवारागर्दी की आदत बहुत बुरी है। न जाने रावण इसके ख़िलाफ़ क्यों नहीं बोलता। जब उसे मेरे पागलपन की ख़बर मिलेगी तो बोलना शुरू कर देगा। कहा करेगा, केशव और बीरू दो दोस्त थे; एक को हाथ चलाने की इल्लत थी, दूसरे को पाँव पटखने की; दोनों का दिमाग़ ख़राब हो गया; एक तो अब भी यहीं टक्करें मारता है, दूसरा लाहोर में। मैं लाहोर से रावण के नाम गुमनाम ख़त लिखा करूँगा—आली जनाब रावण साहिब...। लेकिन वह मेरा दस्तख़्त पहचान लेगा। हेडमास्टर के पास जाकर शिकायत करेगा—हेडमासाहिब, देखिए तो उस पिद्दी से बीरू की बदतमीज़ी...। हेडमास्टर को यक़ीन नहीं आएगा—सैकंड मासाहिब, मैं उस लड़के को जानता हूँ; बहुत भोला है; लाहोर जाने से पहले मिलने हमारे घर आया था; सरदारनीजी उस वक़्त हाय हाय कर रही थीं; पूरे दस घंटे उनकी टाँगें लताड़ता रहा; जाते वक़्त कह गया था कि

लाडो को भी जल्द ही अपने पास बुला लेगा और दिन रात एक करके उसे लायक़ बना देगा; मैंने बहुत समझाया कि लाडो को लियाक़त नहीं चाहिए, लेकिन वह यही कहता रहा कि वह अपनी लियाक़त लाडो में डालकर ही रहेगा; इसीलिए, सैकंड मासाहिब, मैं नहीं मानता कि यह ख़त उसका है; और अगर हो भी तो आफ़त क्या आ गई; आख़िर और लड़के भी तो आपको रावण के नाम से ही बुलाते हैं; और फिर लाहोर की तो हवा ही ऐसी है; वहाँ पहुँचकर तो पिद्दी को भी सुर्ख़ाब के पर लग जाते हैं! और हेडमास्टर की बेरुख़ी पर रोता हुआ रावण उनके दफ़्तर से बाहर निकल आएगा। और क्लास में जाकर किसी लड़के के बाल खींचने शुरू कर देगा।

विलायती बाप की बग़ल में बैठा मानो उसी की नक़ल में टिकटिक कर रहा है। शायद लाहोर के सपने देखता हुआ। दोनों बाज़ार की तरफ़ पीठ किए बैठे हैं। नज़र नहीं आता कि क्या बना या सँवार रहे हैं। शायद वक़्त ही काट रहे हों। या एक दूसरे को कोई पोशीदा पैग़ाम भेज रहे हों। बेतार बर्क़ी। कुन्दन उससे मश्क़ करवा कर रहा होगा। सोना कूटने की। या शायद ताले खोलने के लिए कोई ख़ास तार तैयार कर रहे हों। कुन्दन ने सोचा होगा कि मामूली तार से वह नालायक़ कोई ताला नहीं खोल सकेगा। विलायती ने रो धोकर बाप को राज़ी कर लिया होगा कि वह उसे कुछ गुर सिखा ही दे। और कुन्दन ने कहा होगा, बरख़ुरदार, अगर बड़े होकर बदनाम होना चाहते हो तो सबसे पहला सबक़ तो यही है कि एक साल तक चुपचाप मेरी बग़ल में बैठकर टिकटिक करो। दिन रात। इससे एक तो तुम्हें सब्र करने का तरीक़ा आ जाएगा, दूसरे बारीकी और सफ़ाई से टिकटिक करने का। यह मत भूलो कि यह टिकटिक तुम्हारे हर काम आएगी। लेकिन यह याद रखो कि अगर एक टिक भी बेसुरताल की हो गई तो सारा सबक़ शुरू से शुरू करना पड़ेगा। वैसे मुमकिन है कि विलायती ने सब गुर सीख ही लिए हों। और अब बाप की मदद से जाली नोटों के लिए कोई नया ठप्पा तैयार कर रहा हो। या कोई और ईजाद। क्योंकि एक अफ़वाह यह भी है कि कुन्दन कारीगर सुनार और नामी चोर वग़ैरह तो है ही, परले दर्जे का साइंसदान भी है, कि अगर अंग्रेज़ों का राज न होता और कुन्दन के दिमाग़ में कई तरह के फ़तूर और उसकी तक़दीर में कई तरह के नुक़्स न होते तो वह बहुत ऊँचा चढ़ गया होता। इसीलिए हिम्मत सिंह अपनी तक़रीरों में कभी कभी कुन्दन का ज़िक्र भी कर देता है। अंग्रेज़ी राज की लानतों की एक मिसाल के तौर पर। कहता है कि अगर मुल्क आज़ाद होता तो कुन्दन जैसे बादिमाग़ आदमी को आधी उम्र जेल में न गँवानी पड़ती, तो उसकी ईजाद की हुई चीज़ों से सारी जनता को फ़ायदा होता। पता नहीं विलायती के दिमाग़ में भी वैसे ही फ़तूर होंगे या नहीं, उसकी तक़दीर में भी वैसे ही नुक़्स होंगे या नहीं। लोग मज़ाक़ करते हैं कि विलायती ज़रूर अपने बाप का ही नहीं, इस क़स्बे का नाम भी रौशन करेगा, अगर पाकिस्तानी न बन गया तो। कुछ लोगों ने तो दबी ज़ुबान से यह कहना भी शुरू कर दिया है कि विलायती

का नाम पाकिस्तान की वजह से ही रौशन होगा, कि आजकल वह अपने बाप से मिलकर गोला बारूद बनाने में ही जुटा हुआ है, क्योंकि उसे यक़ीन है कि पाकिस्तान बने न बने, दंगे ज़रूर होंगे, और उसका गोला बारूद हाथोंहाथ बिक जाएगा, और उसे सारी उम्र के लिए टिकटिक से छुट्टी मिल जाएगी। इस अफ़वाह के मुताबिक़ बाप बेटा दोनों दिन को तो दूसरों की आँखों में धूल झोंकने के लिए दुकान में बैठे टिकटिक करते रहते हैं, रात को अपने घर बैठकर बारूद से बोरियाँ भरते रहते हैं, कि उन्हें माल से मतलब है, मज़हब से नहीं, इसीलिए डंके की चोट कहते हैं कि वे बारूद बेचते वक़्त हिन्दू मुसलमान में कोई तमीज़ नहीं करेंगे। असलम कहता है कि यह अफ़वाह ज़रूर उनके और अमन के किसी दुश्मन ने ही फैलाई होगी, क्योंकि विलायती इतना ज़लील और बेअसूल हो ही नहीं सकता।

मैं थोड़ी देर उनकी दुकान की दहलीज़ पर बैठकर आराम कर लेना चाहता हूँ। लेकिन अगर बैठ गया तो ऊँघना शुरू कर दूँगा। सो अँगड़ाता हुआ रहमत क़साई की दुकान की तरफ़ बढ़ जाता हूँ। वह अपने सिर पर उल्टे टँगे हुए दो बकरों को पानी के छींटे दे रहा है। बकरों की लाशें दो मैले कपड़ों में लिपटी हुई हैं। उन पर बैठी मक्खियाँ छींटों के बावजूद बैठी रहती हैं। मांस की महक से बोझल। दो तीन कुत्ते बाज़ार में बैठे रहमत से बातें कर रहे हैं। रहमत छुरों और टोकों से घिरा यूँ नज़र आता है जैसे गोश्त के अलावा गँडासे भी बेचता हो। उसकी आँखें हर वक़्त ख़ून से लबरेज़ नज़र आती हैं। जैसे विश्वे पहलवान की। और जिस्म सूखा। जैसे बशीरे दर्ज़ी का। जब उसके आसपास ग्राहकों का घेरा न हो तो वह यूँ दिखाई देता है जैसे क़साई न हो, कोई मरीज़ हो। मुझे उसके बारे में कुछ भी मालूम नहीं। सिवाय इस अफ़वाह के कि आजकल कभी कभी वह अपने क़ीमे में गाय का गोश्त भी मिला देता है। इसीलिए हिन्दू अब उसकी दुकान पर नहीं जाते। इसीलिए शायद वह और ज़्यादा नाराज़ और खोया खोया सा रहने लगा है। अगर फ़साद छिड़ उठे तो इन्हीं छुरों से बकरों के बजाय बच्चों के गले काटे जाएँगे। यह ख़याल किसी चमकते हुए छुरे की तरह मेरे दिमाग़ पर झपटकर मुझे आगे की तरफ़ धकेल देता है।

टेढ़ी मस्जिद के सामने मौलवी साइकलवाला हस्बेमामूल एक साइकल के पेच कस रहा है और उसका बेटा एक दूसरी साइकल को पंक्चर लगा रहा है। जब से पैदा हुआ हूँ, इन दोनों को इसी तरह चुपचाप अपने अपने काम में जुटे हुए देख रहा हूँ। जैसे इन्हें किसी झगड़े रगड़े से कोई वास्ता न हो। जब से होश में आया हूँ, हैरान हूँ कि मौलवी को इस काम में किसने डाला, कि मौलवी ने अपने बेटे को इस काम में क्यों फँसा दिया। मौलवी को हकीम होना चाहिए था, उसके बेटे को मुल्ला। दोनों की दाढ़ियाँ एक सी लम्बी हैं। मौलवी की दाढ़ी का रंग सुर्ख़ है, और बालों का सफ़ेद। लोग एक दूसरे से पूछते फिरते हैं कि मौलवी बालों को मेहँदी क्यों नहीं लगाता। और यह भी कि उसका बेटा कहीं हक़ीक़त में उसका भाई या

हमजोली तो नहीं। इस शक की जड़ उनकी आपसी मुशाबिहत में है, जिसकी वजह से वे उम्रों के फ़र्क़ के बावजूद एक से बूढ़े या जवान नज़र आते हैं। ख़ासतौर पर दूर से। और पीछे से। जब काम पर झुके हुए हों तो। ख़ुद मुझे उनके आपसी रिश्ते में ख़ास दिलचस्पी नहीं। लेकिन उन्हें हर वक़्त काम में मग्न देखकर अक्सर सोचना शुरू कर देता हूँ कि वे तेल मैल के बावजूद इतने बेदाग़ कैसे बने रहते हैं, कि उनकी दाढ़ियाँ अक्सर साइकलों के पहियों और ज़ंजीरों में फँस जाती होंगी, कि वे कभी एक दूसरे पर चिल्लाते क्यों नहीं, कि दोपहर को उनकी दुकान पर जो दो बुर्क़ापोश औरतें बैठी दिखाई दे जाती हैं, उनमें से कौन किसकी बीवी है, कि वे उन्हें रोटी खिलाकर उसी वक़्त घर क्यों नहीं लौट जातीं, कि मौलवी साइकलों की मुरम्मत के अलावा टेढ़ी मस्जिद की सफ़ाई क्यों करता है, कि उसका बेटा अगर सचमुच समझबूझ के लिहाज़ से पूरा सूरा नहीं तो उसे कभी कभी बाँग देने का काम क्यों दे दिया जाता है? इस आख़िरी सवाल का जवाब एक दिन असलम ने यही दिया था कि उस बुद्धू की आवाज़ में सोज़ बहुत है, उसे अरबी का एक हरफ़ तक भले ही न आता हो। दूसरे सवालों को सुनकर वह बहुत ख़फ़ा हुआ था—बीरू, पता नहीं, तुझे बेकार बातों में क्यों इतना मज़ा आता है!

मुझे दरअसल मज़ा बहुत कम बातों में आता है। मैं वक़्त काटने के लिए ही बेकार बातों में मज़ा लेता हूँ। या लेने का बहाना करता हूँ। और घर से बाहर रहने के लिए भी। और उसे भुलाए रखने के लिए भी। इसीलिए मैं उन लोगों की इज़्ज़त करता हूँ जिन्हें वक़्त काटने के लिए कोई ख़ास जतन नहीं करना पड़ता। मिसाल के तौर पर ये दोनों मौलवी। जब देखो, जुटे हुए हैं। जैसे सारी दुनिया का दारोमदार इन्हीं दोनों के काम पर हो। न किसी से कोई तकरार न कोई तक़ाज़ा। शायद बड़ा होकर मैं भी इनकी तरह ही कड़ा हो जाऊँ। लेकिन करूँगा क्या! मेरा तो किसी भी काम में मन नहीं लगेगा। किसी भी काम में मुझे महारत नहीं होगी। न ही किसी महारत से मुझे तसल्ली मिलेगी। बड़ा होकर तो मैं और बेज़ार हो जाऊँगा। मुझे तो पैदाइशी बुद्धू होना चाहिए था। या पागल। असलम कहता है कि अगर अब भी सब कुछ छोड़छाड़कर शाह दौले की दरगाह में जा बैठूँ तो यक़ीनन कुछ ही दिनों में मेरा दिमाग़ और हुलिया बदल जाएगा। और मुझे वक़्त काटने की ज़हमत से आज़ादी मिल जाएगी। फिर मुझे न दूसरों के बारे में बेकार अन्दाज़े लगाने की ज़रूरत रहेगी, न अपने बारे में। शायद असलम के इस सुझाव का ही असर है कि कभी कभी सपनों में शाह दौले की चुहियाँ मेरा मुँह चूमती रहती हैं। सपनों में आजकल असलम भी अक्सर दिखाई दे जाता है। कभी इस जहान में, कभी किसी दूसरे जहान में। हैरान होता रहता हूँ कि मैं मरे बग़ैर उसके पास कैसे पहुँच गया। किसी किसी सपने में उससे कोई बात नहीं हो पाती। हालाँकि वह बिलकुल पास बैठा होता है। फिर सोचता हूँ कि यही ग़नीमत है कि दिखाई तो दे रहा है, कि मैं तो शायद ही किसी को दिखाई

दूँ। मरने के बाद। सपनों में। लेकिन मैं तो अब भी किसी किसी को ही दिखाई देता हूँ। हक़ीक़त में भी। सारा बाज़ार घूम आया हूँ, लेकिन किसी ने मुझे बुलाया तक नहीं। न ही मैंने किसी को। न मैं किसी का न कोई मेरा। मुझे अपने आपसे ही फ़ुर्सत नहीं। और अपने अन्दाज़ों से। अगर किसी ने देखा भी होगा तो यही सोचकर चुप रह गया होगा कि यह यतीम यहाँ का नज़र नहीं आता। तो मैं कहाँ का नज़र आता हूँ?

हकीम ज़हूरबख़्श अपने दवाख़ाने में बैठे अपने ख़ुदा को याद कर रहे हैं। जब कोई मरीज़ न हो तो आँखें बन्द करके तस्बीह फेरते रहते हैं। तब बिल्कुल गुरु नानक से नज़र आते हैं। जाकर उनसे अपनी शिकायत करनी चाहिए—हकीम साहिब, मुझे इसी उम्र में बेज़ारी की बीमारी क्यों लग गई है? वे कहेंगे—अज़ीज़, पहले अपना क़ारूरा दिखाओ! असलम कहता है कि उन्हें क़ारूरा देखने का शौक़ है। और शायद सूँघने का भी। ख़ासतौर पर औरतों का। उनके दवाख़ाने के दरवाज़े के पास पेशाब का एक छोटा सा तालाब सा बना रहता है। ख़ासतौर पर बरसात के मौसम में। कहते हैं कि उस तालाब की महक बेमिसाल है। हकीम साहिब कभी कभी उस पर चूने या फ़ीनाइल का छिड़काव करवा देते हैं। लेकिन अपने मरीज़ों से नहीं कहते कि वे क़ारूरे की बोतलें कहीं और ले जाकर ख़ाली करें। सुबह से दोपहर तक उनके दवाख़ाने पर देहातियों की भीड़ रहती है, शाम को मुक़ामी मरीज़ों की। सबके हाथों में क़ारूरे की बोतलें पकड़ी रहती हैं। मुसलमानों के हाथों में बड़ी बड़ी, हिन्दुओं के में छोटी छोटी। असलम कहता है कि मुसलमानों को पेशाब बहुत खुलकर आता है। ख़ासतौर पर देहाती मुसलमानों को। ख़ुराक का असर भी है और सुन्नत का भी। हकीम साहिब बोतल को हाथ नहीं लगाते। मरीज़ बोतल को उनकी आँखों से ऊपर ले जाकर उसे आहिस्ता आहिस्ता घुमाता है। देखते देखते हकीम साहिब का मुँह अपने आप खुल जाता है। जैसे वह भी क़ारूरे को ग़ौर से देख रहा हो। किसी ज़माने में मैं हर तीसरे रोज़ बीमार पड़ जाता था। माँ मुझे पकड़कर हकीम साहिब के पास ले जाती थी। रास्ते में समझाती रहती थी कि सारा हाल मुझे ख़ुद ही बताना होगा, क्योंकि उसे हकीम साहिब से शर्म आती थी। शर्म मुझे भी बहुत आती थी। ख़ासतौर पर क़ारूरे की शीशी ऊपर उठाकर उसे आहिस्ता आहिस्ता घुमाते वक़्त। असलम कहता है कि जब मरीज़ बोतल या शीशी को घुमा रहा होता है तो हकीम साहिब क़ारूरे की ख़ुशबू और रंग के सहारे तश्ख़ीस कर रहे होते हैं। उनके सवालों की नक़्ल असलम बड़े मज़े ले लेकर उतारता है। ख़ासतौर पर उन सवालों की जो हकीम साहिब औरतों से पूछते हैं। चलती हो तो छाती भारी हो जाती है? रात को नींद नहीं आती? आँखों के सामने साए से नाचते रहते हैं? ख़ारिश कहाँ कहाँ होती है? पेशाब रुक रुककर तो नहीं आता? दिल ज़ोर ज़ोर से तो नहीं धड़कता? तालू पर हाथ रखो तो क्या महसूस होता है? सीने में सुलगन होती है? बलग़म बुलबुलेदार है कि दूसरी? टाँगों में मीठा मीठा दर्द रहता है? पेट में गुड़गुड़ तो नहीं होती? पिछली

माहवारी कब आई थी? साथ सफ़ेद ख़ून तो नहीं आया था? दिन में उबासियाँ कितनी आती हैं? कानों में सूँसूँ तो नहीं होती? अंग मुड़ मुड़ जाते हैं? अपने मर्द के पास गए कितने दिन हो गए हैं? रोंगटे तो नहीं खड़े होते?

असलम हकीम साहिब की नक़्ल इस नफ़ासत से लगाता है कि आँखें बन्द कर लो तो लगता है कि हकीम साहिब ही अपनी धीमी और नर्म आवाज़ में किसी औरत के सब परदे चाक कर रहे हों। औरतों के लिए उनके दवाख़ाने में एक अलग कोना बना हुआ है। अगर मरीज़ बुर्क़ापोश हो तो उनकी आवाज़ और बारीक हो जाती है। कभी वह अपना कान उस औरत के मुँह पर लगाकर मुँह खोल देते हैं, और कभी अपना मुँह उसके कान से लगाकर अपने हाथों के तोते उड़ाने लगते हैं। दूर से यही नज़र आता है जैसे कोई बूढ़ा मजनूँ किसी बुर्क़ापोश लैला से राज़ोनियाज़ की बातें कर रहा हो। असलम कहता है कि बुर्क़े में हाथ डालकर उसकी नब्ज़ के अलावा पता नहीं और क्या क्या टटोल लेते होंगे। किसी ज़माने में आसपास के ज़मींदारों की बीवियों वग़ैरह को देखने के लिए हकीम साहिब घोड़े पर सवार होकर उनके घर पहुँच जाते थे। अब उन्हें सफ़र रास नहीं आता। इसलिए क़स्बे से बाहर बहुत कम जाते हैं। अगर किसी बड़े ज़मींदार की बीवी वग़ैरह उनके दवाख़ाने पर पहुँच जाए तो दूसरे मरीज़ों को कुछ देर के लिए बाहर धकेल दिया जाता है। सब अपनी अपनी बोतलें उठाकर उस तालाब के इर्दगिर्द बैठ जाते हैं, अन्दर दवाख़ाने में हकीम साहिब, असलम के लफ़्ज़ों में, उस बीमार औरत के गले लगकर गुज़रे ज़माने की यादों के इर्दगिर्द।

किसी ज़माने में मुझे हैरानी हुआ करती थी कि क्या हकीम साहिब को भी आम आदमियों की तरह पेशाब या पाख़ाना आता होता, कि क्या वे भी अपने साफ़ सफ़ेद कपड़ों के नीचे मेरी ही तरह नंगे होंगे, कि क्या वे भी कभी कभी क़स्बे के दूसरे मर्दों की तरह अपनी बीवी से बेहयाई करते होंगे। असलम की बातें सुन सुनकर अब मेरी हैरानी दूर हो गई है। उसके मुताबिक़ सिर्फ़ दाढ़ी रख लेने से ही कोई आदमी इतना सूफ़ी या पारसा नहीं हो जाता कि जिस्म की ज़रूरतों और दिल की कदूरतों से आज़ाद हो जाए, कि बुढ़ापे में कुछ लोग और बदमाश और बेईमान हो जाते हैं, कि हकीम और डॉक्टर तो वैसे भी सब अव्वल दर्जे के हरामी होते हैं, क्योंकि उन्हें मौक़े बहुत मिलते हैं और उनसे उनके मरीज़ों का कोई भेद छुपा नहीं रह सकता। सबूत के तौर पर असलम शाम प्यारी की मिसाल देता है, जो बीमारी के बहाने क़स्बे के सारे हकीमों और डॉक्टरों से अपने मोटे जिस्म के एक एक इंच का मुआइना कई बार करवा चुकी है। उसने अकरम से सुना है कि वह जब कभी लाहोर से आती है, अपने यारों के अलावा कम अज़ कम एक बार हकीम साहिब को भी ज़रूर याद कर लेती है। और हकीम साहिब अब हालाँकि अपने दूसरे हिन्दू मरीज़ों को देखने उनके घर जाने से साफ़ इनकार कर देते हैं, शाम प्यारी का इशारा पाते ही दुम हिलाते हुए

उसके महल पर पहुँच जाते हैं। असलम कहता है कि अकरम ने कई बार अपनी आँखों से उन्हें उसके पसरे हुए पेट पर झुके हुए देखा है। अपनी लम्बी दाढ़ी समेत। जब वे उसका पेट वग़ैरह टटोलते होंगे, वह उनकी दाढ़ी वग़ैरह से खेलती रहती होगी। शाम प्यारी से मैं हर क़िस्म की बेशर्मी और बदमाशी की उम्मीद कर सकता हूँ। हकीम साहिब के बारे में खुलकर अन्दाज़े लगाने में मुझे अभी भी हिचकिचाहट होती है। असलम कहता है कि उस हरामज़ादी के पास जाने से पहले वे मुट्ठी भर कुश्ते और माजूनें फाँक लेते होंगे, क्योंकि उसे तो असली मतलब उनकी हुशियारी से ही है, उनकी हिकमत से नहीं, क्योंकि उसे तो एक ही बीमारी है, जिसका इलाज किसी दवा से हो ही नहीं सकता, किसी के डंडे से बेशक हो जाए। इधर असलम ने एक और सवाल पर हैरान होना शुरू कर दिया है। कहता है कि उसकी समझ में नहीं आता कि शाम प्यारी की प्यास अगर अकरम के सप्लाई किए हुए नौजवानों से नहीं बुझती तो हकीम साहिब से कैसे बुझती होगी। कहता है कि वह हकीम साहिब की हवस मिटाने के लिए ही उन्हें अपने महल पर बुलाती होगी, अपनी हवस मिटाने के लिए नहीं। फिर पूछता है कि उसे क्या पड़ी है कि उस बूढ़े और सूखे मुसलमान की हवस मिटाने के लिए इतनी तकलीफ़ उठाए और आख़िर इस शक पर पहुँच जाता है कि शाम प्यारी हकीम ज़हूरबख़्श को ख़ुश रखना चाहती है ताकि दंगों के दौरान उसके महल और माल को कोई आँच न आए। और आँख मारकर साथ यह जोड़ देता है कि अपनी इस्मत लुट जाने का डर उस लुटेरी को बिल्कुल नहीं।

इधर हकीम साहिब ने तहसील की मुस्लिम लीग और क़स्बे की ख़ाकसार पार्टी को अपनी मुट्ठी में बाँध लिया है, यानीकि वे एक के सदर बन गए हैं, दूसरी के सरदार। इसलिए असलम के शक में एक नया खम आ गया है। अब उसने कहना शुरू कर दिया है कि शाम प्यारी हकीम साहिब को ख़ुश रखने के लिए उन्हें अपने जिस्म के जलवे दिखाने के अलावा बेल्चों और दूसरे हथियारों वग़ैरह के लिए बेहिसाब पैसा भी दे रही है। असलम अकरम की मदद से इस मुआमले की तफ़तीश कर रहा है। मुझे उसकी कड़ी हिदायत है कि मैं अपना मुँह बन्द रखूँ, ख़ासतौर पर केशव के सामने, नहीं तो बच्चे बच्चे को सारी बात का पता चल जाएगा और उसकी तफ़तीश बीच में ही रुक जाएगी। कहता है कि वह ठीक मौक़े पर ख़ुद सारा परदाफ़ाश कर देगा, बस सबूत मिलने की देर है। वैसे सबूत के बग़ैर भी उसे अपने इस यक़ीन में किसी शक की गुंजाइश नज़र नहीं आती कि मुस्लिम लीगिए और ख़ाकसार ख़ुफ़िया तौर पर ख़ूनख़राबे की तैयारियाँ कर रहे हैं, उसी तरह जैसे महावीर दल और सिंह सभा वाले। असलम के मुताबिक़ हकीम साहिब सारे इलाक़े के कट्टर मुसलमानों के सरग़ना हैं, उन्हें भड़का रहे हैं, क्योंकि पाकिस्तान बने न बने, मारकाट होकर रहेगी। असलम हाथ पर हाथ मार मारकर कहता है कि मौलवी और मुल्ला उस मारकाट में बढ़ चढ़कर हिस्सा लेंगे। जब मैं उसकी इस बात पर

सिर हिलाता हूँ तो वह चिल्ला उठता है—तू सिर क्यों हिला रहा है? मुसलमानों के बारे में मुझे ज़्यादा पता है या तुझे? हिन्दुओं की बात दूसरी है। उन्हें तो चैन की बंसी चाहिए। और चने की दाल। और वह भी कभी कभी। उन्हें किसी चीज़ पर तैश नहीं आता। ख़ासतौर पर पुजारियों और पंडितों को। लेकिन सिक्खों और मुसलमानों को हलाल और झटका चाहिए। और वह भी हर रोज़। इसलिए उनका ख़ून बात बात पर उबल पड़ता है। ख़ासतौर पर मज़हब और पंथ के नाम पर दोनों दीवाने हो जाते हैं। ख़ासतौर पर मुल्ला और भाई। जिसकी दाढ़ी जितनी लम्बी होगी, वह उतना ही ज़्यादा तेज़ मिज़ाज़ होगा। बादशाह की बात दूसरी है। वह मुल्ला नहीं। न ही असली मुसलमान है। वह तो मस्तमौला है।

असलम बोलता रहता है और मैं सिर हिलाता रहता हूँ। उसे यक़ीन नहीं आता कि मैं इतना बेवक़ूफ़ हूँ; मुझे यक़ीन नहीं आता कि हकीम साहिब सचमुच मारकाट की तैयारियों में जुटे हुए हैं। हालाँकि अब हिम्मत सिंह ने भी अपनी तक़रीरों में उन्हें ताने देने शुरू कर दिए हैं। और यानीकि भी उनका मज़ाक़ उड़ाने लगा है। और फल्लो जुलाहिन भी यह कहती फिरती है कि हकीम साहिब का दिमाग़ हिल गया है, कि उनका क़ारूरा किसी हकीम को दिखाया जाना चाहिए। फल्लो हर किसी की हवा निकालती रहती है। अगर मौज में हो तो। अगर उदास हो तो कई कई दिनों तक दिखाई ही नहीं देती। असलम कहता है कि कभी कभी एक बड़ी सी बोतल लेकर हकीम साहिब के दवाख़ाने में पहुँच जाती है। दूर से ही सदा लगाती है, हकीम साहिब, ज़रा मेरा क़ारूरा देखकर यह तो बताइए कि पेशाब करते वक़्त मुझे वहाँ इतनी जलन क्यों होती है? असलम को पता नहीं ये सब क़िस्से कौन सुनाना रहता है? उसके मुताबिक़ फल्लो के हाथ में उसका अपना क़ारूरा भी नहीं होता, कि वह किसी गाय या गधे के पेशाब से ही बोतल भर लाती है। असलम बताता है कि किसी ज़माने में हकीम साहिब भी फल्लो के बेशुमार आशिक़ों में से एक हुआ करते थे, कि वह इसीलिए किसी न किसी बहाने से उन्हें उस ज़माने की याद दिलाती रहती है, क्योंकि उसे अपने तजरुबे से यह हक़ीक़त मालूम है कि हकीम साहिब ऊपर से जितने परहेज़गार नज़र आते हैं, नीचे से उतने ही गुनाहगार हैं।

मैं असलम की बातों को याद कर सिर हिला ही रहा होता हूँ कि मेरे कान खड़े हो जाते हैं। बादशाह के घोड़े के क़दमों की दोटूक आवाज़ सुनकर। और दूसरे ही लम्हे सामने से बादशाह अपनी तरफ़ आता हुआ नज़र आता है। मेरा दिल दहल जाता है। बादशाह को देखकर अब भी मुझे वैसी ही मीठी दहशत महसूस होती है जैसी कि बचपन में हुआ करती थी। यूँ लगता है कि जैसे सचमुच का कोई बादशाह किसी कहानी में से उठकर हमारे क़स्बे में घुस आया हो। सफ़ेद घोड़े पर सवार। रंग बिरंगी थिगलियों से लदाफदा। मैंने कभी बादशाह की तरफ़ आँख उठाकर ठीक तरह से नहीं देखा। डर जाता हूँ कि वह पूछ लेगा, तू इतना बुज़दिल क्यों है? असलम

के मुताबिक़ बादशाह बहुत भला और भोला आदमी है। असली सूफ़ी। सिर्फ़ उन लोगों पर बरसता बिगड़ता है जिनके दिल में उसे कोई ख़ास खोट नज़र आ जाए। और वह भी कभी कभी। आम खोट तो उसे हर एक के दिल में दिखाई दे जाता होगा। लेकिन वह हर एक के दिल में झाँकता ही नहीं होगा। यानीकि का दिल उसे नीले आसमान की तरह साफ़ नज़र आता होगा। असलम कहता है कि यानीकि को देखते ही उसकी दाढ़ी में मुस्कुराहटें दौड़ने लगती हैं। उसकी दाढ़ी इतनी ख़ूबसूरत है कि मुझे उसकी असलियत पर यक़ीन नहीं आता। उसे खींचकर देखना चाहता हूँ। केशव को न बादशाह में कोई ख़ास ख़ूबी नज़र आती है न उसकी दाढ़ी में। न उसे उसकी ख़ामोशी या उसके सफ़ेद घोड़े से डर लगता है। उसे मेरे डर पर हँसी आती है। कई बार मुझे समझा चुका है कि पागल आदमी आमतौर पर ख़तरनाक नहीं होता। असलम कहता है कि पागल आदमी एक दूसरे को पहचान लेते हैं। शायद मैं इसीलिए बादशाह की आँख से आँख नहीं मिलाता। डरता हूँ कि अगर एक बार उसने मुझे पहचान लिया तो मेरा डर दूर हो जाएगा। जो मज़ा डर में है निडरता में नहीं। इस वक़्त मेरी नज़रें उसके घोड़े की टाँगों पर टिकी हुई हैं। पता नहीं डर की वजह से या वैसे ही, यूँ महसूस हो रहा है जैसे घोड़ा बहुत ही धीमी रफ़्तार से उड़ रहा हो। जैसे कोई बड़ी सी सफ़ेद मक्खी। बाज़ार में मेरे सिवा और कोई नहीं। हकीम ज़हूरबख़्श का दवाख़ाना यहाँ से नज़र नहीं आता। दारी बज़ाज़ की दुकान, अगले मोड़ के बाद नज़र आएगी। बाज़ार का यह टुकड़ा टूटा फूटा सा है। कुछ दुकानों पर हमेशा ताले लगे रहते हैं, कुछ पता नहीं क्यों खोलियों में बदल गई हैं। उनके मालिक मर खप गए होंगे। अब उन पर बदमाश कुत्तियों का क़ब्ज़ा है। रात को यहाँ से गुज़रते वक़्त गुनगुनाना पड़ता है। लगता है कि जैसे गुज़रे ज़माने की कोई उजड़ी हुई गली हो। इस वक़्त भी गुनगुनाने की ख़्वाहिश हो रही है। बादशाह चिल्ला उठेगा, तू हमें पागल समझता है! वह पागल हो न हो, पहुँचा हुआ ज़रूर है। उसी तरह जैसे यानीकि पहुँचा हुआ हो न हो, पागल ज़रूर है। असलम कहता है कि सब पहुँचे हुए पागल होते हैं और सब पागल पहुँचे हुए। और यह भी कि ये दोनों पागल या पहुँचे हुए हों न हों, बेवक़ूफ़ हरगिज़ नहीं। मैं हर पागल को हर बेवक़ूफ़ से बड़ा मानता हूँ। अगर बादशाह ने पकड़ लिया तो मैं हाथ जोड़कर यह जुमला सुना दूँगा। बादशाह सकते में आ जाएगा। या शायद मौज में। और उसके मुँह से गालियों की झड़ी लग जाएगी। और उसके घोड़े को मोर के पंख। जब बादशाह मौज में हो तो उसका घोड़ा पूँछ उठाकर पैलें डालने लगता है। असलम कहता है कि उसका घोड़ा पहुँचा हुआ या पागल या बेवक़ूफ़ हो न हो, ख़तरनाक ज़रूर है। इसीलिए लोग बादशाह और उसके बेदाग़ घोड़े को दूर से देख देखकर ही ख़ुश और हैरान होते रहते हैं। कहते हैं कि इन दोनों का कुछ पता नहीं कि किस वक़्त मौज में आ जाएँ। मैं मन ही मन दुआ माँग रहा हूँ कि बादशाह मुझे न देखे। आमतौर पर उसकी आँखें आसमान की तरफ़

ही उठी रहती हैं। ख़ासतौर पर गालियाँ उगलते वक़्त। जैसे आसमान या ख़ुदा से ही उसका कोई पुराना झगड़ा हो। इसीलिए शायद लोग उसकी गालियों का बुरा नहीं मानते, बल्कि उल्टा चाहते हैं कि वह उन्हें गालियाँ दे। एक बार मैंने यानीकि के मुँह से भी बादशाह की इस आदत की एक सफ़ाई सुनी थी। वह पता नहीं किस मज़मून पर मुँहज़ोर तक़रीर कर रहा था। और उसके बीचोबीच रुककर उसने मुदब्बराना लहजे में कहा था कि कुछ पहुँचे हुए पीर फक़ीर बग़ैर गाली के बात ही नहीं कर सकते, क्योंकि उन्हें आम इंसानों पर अफ़सोस भी आता है, तरस भी, और ग़ुस्सा भी, यानीकि उनकी गालियाँ दरअसल इसी मिलेजुले उबाल से ही निकलती हैं। अगर यानीकि इस वक़्त यहाँ मौज़ूद होता तो मुझे इतना डर महसूस न होता। यानीकि यूँ दिखाई देता है जैसे बादशाह का कोई बूढ़ा और सूखा सा साईस हो। यानीकि बादशाह से डरता तो नहीं लेकिन उसके सामने सँभल ज़रूर जाता है। कभी कभी बादशाह घोड़े से उतरकर, यानीकि के कन्धे पर हाथ रखकर, पैदल चलना शुरू कर देता है। उसके पाँव हमेशा नंगे रहते हैं, यानीकि के जूते हमेशा फटे हुए। उसका सिर बादशाह के कन्धों तक भी नहीं पहुँचता। दोनों साथ साथ चल रहे हों तो बादशाह सचमुच का बादशाह नज़र आता है और यानीकि झूठमूठ का मसख़रा। लेकिन किसी की हिम्मत नहीं होती कि उन पर हँसे या किसी और हरकत से उनकी ख़ामोशी या गुफ़्तगू में कोई खलल डाल दे। बाज़ार के जिस हिस्से में से वे गुज़र रहे होते हैं, वह एकदम बेआवाज़ हो जाता है। सब लोग हैरानी से उनकी तरफ़ देखना शुरू कर देते हैं। जैसे वे दोनों किसी दूसरी दुनिया के नुमाइन्दे हों। बाद में जगह जगह देर तक बहस होती रहती है कि वे दोनों इतनी संजीदगी से किस सवाल पर ग़ौर कर रहे थे। इन बहसों के दौरान उन दोनों के और उनके आपसी रिश्ते के बारे में सब पुराने क्याफ़े एक बार फिर दोहरा दिए जाते हैं। हालाँकि किसी को उनके बारे में कोई ठीक और ठोस जानकारी नहीं। दरअसल शायद ही किसी को मालूम हो कि वे पैदा कब हुए थे, पागल कब हुए थे, एक दूसरे के दोस्त कब और कैसे बने। जितने मुँह, उतनी बातें। कोई किसी का मुँह बन्द नहीं कर सकता। कोई किसी की ज़ुबान खींच नहीं सकता। इसीलिए यानीकि अक्सर अपनी तक़रीरों की तान इस नतीजे पर तोड़ता है—किसी की किसी भी बात में पूरी सच्चाई नहीं होती। इसीलिए शायद बादशाह बोलता बहुत कम है। और जब बोलता है यूँ महसूस होता है जैसे बादल गरज उठा हो। इसीलिए यानीकि हर एक से कहता फिरता है कि बादशाह उसका बड़ा भाई है। सचमुच का। सगा। बादशाह कहता कुछ नहीं। लेकिन सब जानते हैं कि वह यानीकि को अपना बड़ा भाई मानता है। अगर यानीकि दो तीन दिन बाज़ार में नज़र न आए तो लोग समझ जाते हैं कि वह बादशाह के डेरे पर बैठा ऐश उड़ा रहा होगा। बादशाह की बाँदियों से घिरा हुआ। कहते हैं कि उसके डेरे पर हर चीज़ के ढेर लगे रहते हैं। हर वक़्त। उसके पास ज़मीन तो ज़्यादा नहीं, लेकिन हाथों में वरकत बहुत है। कोई चीज़

कभी ख़त्म ही नहीं होती। उसकी सख़ावत का कोई मुक़ाबला नहीं। हातमताई होता तो वह भी हैरान रह जाता। कोई गदागर या ज़रूरतमन्द उसके दरवाज़े से ख़ाली नहीं लौटता। कई तो कई महीनों तक वहीं डेरा डालकर बैठ जाते हैं। बादशाह ख़ुद तो उन्हें नहीं उठाता, लेकिन उनके दिल में कोई ऐसा ख़याल पैदा कर देता है कि वे ख़ुद ब ख़ुद उठ जाते हैं। उसे ख़िदमतगारों की भी कोई कमी नहीं। ख़ुद वह न हल जोतता है न बीज बोता है। बस चुपचाप बैठा रहता है। या कभी कभी मुँह उठाकर गरजना शुरू कर देता है। या घोड़े पर सवार होकर सैर को निकल जाता है। आसपास के देहात से किसान अपने आप खेतीबाड़ी के लिए उसके डेरे पर पहुँच जाते हैं। उसे औरतों की भी कोई कमी नहीं। असलम कहता है कि औरतों की कमी तो किसी पीर फ़क़ीर को नहीं होती। जिस औरत पर दिन में उसकी नज़र ठहर जाए, वह रात को बँधी बँधाई उसके क़दमों में जा खड़ी होती है। असलम कहता है कि एक बार शाम प्यारी भी उसके डेरे पर जा पहुँची थी। शाम को। अकरम के साथ। लेकिन बादशाह ने उसकी तरफ़ देखा तक नहीं था। क्योंकि वह बिन बुलाए पहुँच गई थी। असलम कहता है कि बादशाह की नज़र उन्हीं औरतों पर ठहरती है जिनके दिल में उसे कोई ख़ास खोट नज़र न आए। और जो नमकीन और नाज़ुक हों। शाम प्यारी जैसी फ़ाहिशा उसकी नज़र पर चढ़ ही नहीं सकती। औरतों के मुआमले में बादशाह स्वामी पूर्णानन्द का भी बाप है। स्वामीजी को तो अपना धन्धा चलाने के लिए कई पाखंड करने पड़ते हैं, बादशाह को कुछ भी नहीं करना पड़ता। स्वामीजी तो सिर्फ़ हिन्दू बाँझों के बिहारी हैं, बादशाह सबका साहिब। स्वामीजी को तो अपनी सखियों की बूढ़ी और बदसूरत सासों को भी ख़ुश रखना पड़ता है, बादशाह की नज़र सिर्फ़ साफ़दिल नाज़नीनों पर ही ठहरती है। पहले तो हरदयाल और जीता भी इस मुक़ाबले में मज़ा लिया करते थे, अब वे दोनों संजीदे हो गए हैं। उन्हें इस बात का नाज़ है कि सिखनियाँ न स्वामीजी के बाग़ में जाती हैं न बादशाह के डेरे पर। असलम अब उनसे नहीं उलझता। मुझे आँख मारकर अपना मुक़ाबला जारी रखता है। कहता है कि हिन्दू धरम में स्वामी पूर्णानन्द जैसे पाखंडियों के लिए तो जगह है लेकिन बादशाह और यानीकि जैसे पहुँचे हुए दीवानों के लिए नहीं। उसका दावा है कि यानीकि अगर अब भी मुसलमान हो जाए तो मुसलमान फ़ौरन उसे अपना पीर बना लेंगे। कभी कभी असलम का लहजा इतना पक्का हो जाता है कि मेरे सिवा शायद ही किसी को पता चलता हो कि वह कहना क्या चाहता है। इसीलिए हरदयाल और जीता उसके मज़हबी मज़ाक़ों पर नाराज़ होते रहते हैं कभी कभी मैं भी चकरा जाता हूँ। मिसाल के तौर पर मुसलमानों के बारे में उसका असली रुख़ क्या है, मैं नहीं जानता। पूछता हूँ तो समझाना शुरू कर देता है कि शायद हम दोनों दरअसल बेरुख़ हैं। और बेमज़हबे। यानीकि की तरह। जो कभी मान के नहीं देता कि वह हिन्दू है। न ही यह कि वह हिन्दू नहीं। अगर कोई उसे ज़्यादा तंग करे तो तहमद उठाकर कह देता है,

देख लो कि वहाँ क्या लिखा है! पूछनेवाला पक्के मुँह से कह देता है, कुछ नहीं। यानीकि तहमद नीचे करके जवाब देता है, बस यही समझ लो कि मैं कुछ नहीं, यानीकि मज़हब के मुआमले में, क्योंकि वैसे तो मैं तुम्हारा बाप हूँ, यानीकि तुम सबका! यानीकि की उड़ानें बहुत लम्बी होती हैं। इधर उसने यह एलान करना शुरू कर दिया है कि अल्ला ईश्वर को साथ लेकर सात समुन्दर पार भाग गया है, यानीकि इस मुल्क से कूच कर गया है। इसी एलान को सुनकर डॉक्टर साहनी ने कहा था कि यानीकि इस क़स्बे का नीत्शे है। और जब दारी ने पूछा था कि नीशे कौन है तो डॉक्टर साहनी नाराज़ हो गया था—दारीशाह, नीशे नहीं, नीत्शे! 'शीन' से पहले 'ते' कहो, 'ते'। और दारी ने कहा था—नीशे ही सही, लेकिन वह है कौन? और डॉक्टर साहनी ने झुँझलाकर जवाब दिया था—है नहीं, दारी शाह, था! एक बहुत भारी फ़िलास्फ़र था, फ़िलास्फ़र। और दारीशाह ने डॉक्टर साहनी की तरफ़ यूँ देखा था जैसे वह पहाड़ खोदकर एक मुर्दा चूहा निकाल लाया हो। असलम कहता है कि नीत्शे वीत्शे का तो उसे पता नहीं, लेकिन मस्त कलन्दरों की मारी सिफ़तें यानीकि में मौजूद हैं। और अगर वह दाढ़ी बढ़ाकर और चोग़ा ओढ़कर बादशाह की बग़ल में जा बैठे और उसकी तरह सफ़ेद घोड़े पर सवार होकर कभी कभी बाज़ार का चक्कर लगा दिया करे तो लोग उसे भी पीर और सूफ़ी कहना शुरू कर दें। यानीकि के दिल में भी यह ख़याल तो उठता ही होगा, लेकिन वह न तो बादशाह की तरह ख़ामोश रह सकता है न दो तीन दिन से ज़्यादा क़स्बे से बाहर। बादशाह कई बार उसे दावत दे चुका है कि वह उसके डेरे पर जा रहे। मुस्तक़िल तौर पर। लेकिन यानीकि वहाँ टिकता नहीं। उसे रौनक़ मेले में ही मज़ा मिलता है। अगर बादशाह का डेरा उजाड़ में न होता तो बात दूसरी थी। अराइयों के कुएँ से डेरा तो नज़र नहीं आता, लेकिन एक घना सा झुरमुट नज़र आ जाता है, जिसके ऊपर उड़ते फड़फड़ाते रंग बिरंगे चिथड़े किसी दूसरी दुनिया के झंडों से दिखाई देते हैं। मैं उन पर नज़रें जमाकर इस दुनिया से दूर उड़ जाने की कोशिश करता रहता हूँ। शायद इसीलिए किसी किसी सपने में महसूस होता है जैसे हमारा घर बादशाह के डेरे में बदल गया हो, या बादशाह का डेरा हमारे घर में। तब मुझे बादशाह और बाबा में कोई फ़र्क़ नज़र नहीं आता। झुँझलाहट भी होती है और ख़ुशी भी। इन सपनों में और भी काफ़ी कुछ होता रहता है, लेकिन दूसरे दिन याद यही रह जाता है कि रात भर मैं बादशाह और बाबा को एक दूसरे से अलग करता रहा था। असलम कहता है कि किसी ज़माने में मैं माँ की तलाश में मारा मारा फिरा करता था। कभी शूम की बीवी की गली में और कभी केशव के घर के आसपास। और अब मैंने बाबा का पीछा करना शुरू कर दिया है। और वह भी सपनों में। इसलिए मेरा अंजाम अच्छा हो ही नहीं सकता। चाहे मैं लाहोर चला जाऊँ, चाहे विलायत। यानीकि का तो डॉक्टर साहनी जाने, मैं यही समझता हूँ कि असलम ही इस क़स्बे का असली नीत्शे है। किसी दिन

हिम्मत करके डॉक्टर साहनी से पूछ लूँगा कि नीत्शे बनने के लिए क्या क्या करना पड़ता है। वह मेरा सवाल सुनकर हैरान रह जाएगा। शायद इतना ख़ुश हो जाए कि कह दे कि नीत्शे की कुछ निशानियाँ मुझमें भी हैं। मैं कहूँगा, अगर ऐसी बात है तो आप मुझे भी अपने साथ विलायत ले जाइए। कहेगा, तुम बहुत भोले हो। मैं जवाब दूँगा, मेरी सूरत पर मत जाइए, सीरत से मैं बहुत बदमाश हूँ; अगर यक़ीन न हो तो अपने राजे से पूछ लीजिए। राजे का नाम सुनते ही वह शायद नाराज़ हो जाए। मैं पूछ लूँगा, डॉक्टर साहिब, सच सच बताइए कि राजा लड़का है या लड़की? और यह भी कि उसके बाप आप हैं या मास्टर बिहारी लाल? और यह भी कि आप हर साल यहाँ क्या करने आते हैं? और यह भी कि आप यानीकि की नेक सलाह मान, राजे की अनपढ़ माँ को मास्टर बिहारी लाल के हवाले कर, ख़ुद अपनी मेम के साथ लन्दन में ही रस बस क्यों नहीं जाते? इस क़स्बे के बग़ैर आपसे रहा नहीं जाता? तो उसे भी ले आइए यहाँ। डॉक्टर अल्ला दित्ते की ईरानी मेमों की तरह वह बेचारी भी यहाँ आते ही बूढ़ी और बदसूरत हो जाएगी। लेकिन अब तो हिन्दू और सिक्ख मन ही मन यहाँ से भागने की सोच रहे हैं। पाकिस्तान के डर से। कहीं इसीलिए तो आप राजे को इस बार अपने साथ...। इतने कड़े कड़े सवाल मेरे छोटे से मुँह में से फ़र फ़र फूटते देख डॉक्टर साहनी सुन्न रह जाएगा। या शायद तैश में आ जाएगा। और पकड़कर पूछेगा कि मुझे उसकी प्राइवेट ज़िन्दगी के बारे में सब कुछ कैसे पता चल गया? मैं जवाब दूँगा, डॉक्टर साहिब, मैं भी एक नन्हा सा नीत्शे ही हूँ, आवारागर्दी करता हूँ, इसलिए बाज़ार में उड़नेवाली सब अफ़वाहें अपने आप मेरे कानों में पड़ती रहती हैं, और ऐसे मौक़ों पर अपने आप मेरे मुँह में से निकलना शुरू कर देती हैं, इसलिए...। मैं इन ऊटपटाँग ख़यालों से खेल ही रहा होता हूँ कि मेरे कान अचानक फिर खड़े हो जाते हैं। बादशाह का सफ़ेद घोड़ा मुझसे तीन चार क़दम दूर खड़ा पीला पेशाब बहा रहा है। बेतहाशा। उसकी महक और फुहार से बाज़ार का यह उजड़ा हुआ टुकड़ा पुरबहार हुआ जा रहा है। बादशाह की आँखें नीचे आसमान में खुबी हुई हैं, घोड़े की मेरे पीले चेहरे में। बादशाह की आँखों का मुझे पता नहीं, घोड़े की आँसुओं से लबालब हैं। जैसे वह कह रहा हो कि वह सब समझता है, कि मैं उसे तो दिखाई दे रहा हूँ, उसके मालिक को नहीं। मैं उससे इल्तिजा करना चाहता हूँ कि वह बादशाह से कहकर मेरी एक मुराद पूरी करवा दे—कि मैं किसी को दिखाई न दूँ, लेकिन मुझे सब दिखाई दें, सब कुछ दिखाई दे। फिर यह सोचकर सहम जाता हूँ कि जब मैं बादशाह और उसके घोड़े को भूलकर इधर उधर की बेकार सोचों में खोया हुआ था तो यह घोड़ा शायद मेरे ही बारे में इधर उधर के अन्दाज़े लगाता रहा होगा, इसीलिए इसकी आँखें डबडबा गई होंगी, इसीलिए ये दोनों यहीं रुक गए होंगे। फिर यह सोचकर कुछ और सहम जाता हूँ कि अगर मैं कुछ देर और यहीं खड़ा रहा तो यह घोड़ा बातें करने लगेगा। और फिर भागने के लिए इरादा और

मुट्ठियाँ बाँध ही रहा होता हूँ कि एक नर्म सी गरज से मेरे कान गूँज उठते हैं।

और यह फ़ैसला किए बग़ैर कि वह गरज बादशाह की थी या उसके घोड़े की, मैं वहाँ से बगटुट भाग खड़ा होता हूँ। रास्ते में कुछ लोग मुझे रोकने की कोशिश करते हैं, लेकिन मैं अपने घर के दरवाज़े पर जाकर ही रुकता हूँ। दहलीज़ पर खड़ी माँ यूँ नज़र आती है जैसे कोई बूढ़ी नौकरानी। उसके हाथ में एक खुला लिफ़ाफ़ा पकड़ा हुआ है। उसके होंठों में कई सवाल एक साथ फड़फड़ा रहे हैं, जिन्हें झटककर मैं लिफ़ाफ़ा उसके हाथ से छीन लेता हूँ। वह यूँ लड़खड़ा जाती है जैसे मैंने उसे धक्का दे दिया हो। उसके सवाल सिमटकर एक बुनियादी सवाल में बदल जाते हैं—मैं तेरी माँ हूँ या कौन हूँ? चिट्ठी बहनजी की है। देवी के नाम। लाहोर से आई है। लिखा है कि वह नरेश को लेकर कुछ दिनों के लिए यहाँ आ रही हैं। पारो के घर ठहरेंगी। बाक़ी सब बातें मिलने पर होंगी। आख़िर में मुझे प्यार और बाबा और माँ को प्रणाम। माँ चिट्ठी तो नहीं पढ़ सकती, लेकिन मेरा चेहरा उसने ज़रूर पढ़ लिया होगा। पूछती है—उसकी फफ्फेकुट्टन की चिट्ठी है? मैं चुप रहता हूँ। वह चिल्लाती है—तुझे मुस्करियाँ किस बात पर आ रही हैं? मैं चुप रहता हूँ। वह तड़प उठती है—क्या लिखा है उस रंडी ने? मैं चुप रहना चाहता हूँ, लेकिन मेरे मुँह से निकल जाता है—वे दोनों कल यहाँ आ रहे हैं। माँ मेरी तरफ़ यूँ देखती है जैसे मैंने उसे एक धक्का और दे दिया हो।

3

रात रेंग रही है। अँधेरा—उजला, नीला और गर्म—चारों तरफ़ ऊँघ रहा है। दूर कहीं दो कुत्ते रुक रुककर एक दूसरे से जानलेवा सवाल जवाब कर रहे हैं। मैं मुचड़े हुए बिस्तर पर बिछा, अपनी छटपटाहट को दबाए, ऊँचे आसमान से नींद या बेहाशी या मौत की भीख माँग रहा हूँ। आसमान की अनगिनत आँखों से बेनियाज़ी बरस रही है—उजली, नीली और सर्द। अँधेरा कभी किसी काले रीछ में बदल जाता है, कभी किसी सफ़ेद हाथी में। मैं कभी किसी नीले बाज़ में बदल जाता हूँ, कभी किसी लाल चिड़िया में। मेरे आसपास सँकरी छत पर तीन लाशें ढीली चारपाइयों में गिरी पड़ी हैं—मैली, पीली और गर्म। बाबा, माँ और देवी। मैं बीच बीच में बेगाने आसमान और अपने अरमानों को भूल एक भीगी निगाह से उन्हें सहला देता हूँ। इस ख़तरे के बावजूद कि अगर माँ ने मेरी खुली आँखों को देख लिया तो वह अपने सारे दुःख दर्द समेटकर मेरे सिरहाने आ बैठेगी और मुझे दुलारना शुरू कर देगी। इस ख़तरे में छुपी लिपटी ख़्वाहिश को मैं शायद नहीं पहचानता।

मैं जानता हूँ कि माँ के होंठ हिल रहे हैं, देवी की आँखें रिस रही हैं, बाबा का चेहरा ज़र्द है। मेरा अन्दाज़ है कि माँ बहनजी को बद्दुआएँ दे रही है, देवी नरेश को याद कर रही है, बाबा के माथे पर एक मोटा सा त्रिशूल फड़क रहा है। कुछ देर पहले, जब मुझे यह गुमान हो गया था कि मेरे सिवा सब सोए हुए थे, माँ यकायक बिलबिला उठी थी: मेरे जीते जी इस बेशरम का ब्याह उस मुश्टंडे से नहीं होगा, नहीं होगा, नहीं होगा! इस एलान के साथ साथ माँ की टाँगों ने तीन बार यूँ झटका खाया था जैसे वे पैताने बैठे किसी भूत को परे धकेल रही हों। कुछ देर कड़वी सी ख़ामोशी घिरी रही थी, जिसे देवी ने एक दबी घुटी धमकी से तोड़ दिया था: नहीं होगा तो मैं किसी कुएँ में डूबकर मर जाऊँगी! माँ ने झट से जवाब दिया था: कल की मरती आज मर, आज मर, आज मर! मैं लड्डू बाँटूँगी! मैंने सोचा था कि अगर बाबा और मैं एक साथ हँस उठें तो शायद वह लड़ाई तमाशे में बदल जाए। लेकिन बाबा ने एक शूकती हुई सिरगोशी में कहा था: अगर अब तुमने कोई भी आवाज़

निकाली तो मैं तुम दोनों को उठाकर नीचे फेंक दूँगा! और फिर वे दोनों चुप हो गई थीं। जैसे मुझे बोलने का मौक़ा दे रही हों।

देवी की सिसकियाँ और माँ की बुदबुदाहट अब भी बाबा तक ज़रूर पहुँच रही होंगी। उनकी मुट्ठियाँ कसी हुई होंगी, लेकिन वे अपनी धमकी पर अमल नहीं करेंगे। उल्टा अभी से अपने कहे पर पछता रहे होंगे। अगर दिन का वक़्त होता तो वे बाहर चले गए होते। अगर बेक़ाबू हो गए तो भी शायद अपना ही माथा पीटकर रह जाएँगे। मुझे उन पर तरस आता है। मुझे आजकल सब पर तरस आता रहता है। अपने आप पर सबसे ज़्यादा। जब से देवी का झमेला फिर से शुरू हुआ है, देवी और मुझमें एक ख़ामोश समझौता सा हो गया है—मैं उसके साथ हूँ। अब मैं उस पर बिगड़ता बरसता नहीं। माँ शिकायतें करती रहती है। हर एक से। हर वक़्त। हर एक की। गली की उन औरतों से भी जिनसे वह सैकड़ों बार लड़ चुकी है, जिन पर उसे कोई भरोसा नहीं, जिन्हें उससे कोई हमदर्दी नहीं, जो उसे तैश दिलाकर तमाशा देखती हैं, जिन्हें वह अपनी जानी दुश्मन मानती है। मुझसे। बाबा से। देवी से। अपने आप से। अपने भगवान से। दीवारों से। मेरी। बाबा की। देवी की। अपनी। अपने भगवान की। दीवारों की। माँ आजकल एकदम अन्धी हुई फिरती है। कभी कभी शायद बहनजी और नरेश को पकड़कर उनसे उनकी ही शिकायतें शुरू कर देती हो। उसे आजकल कुछ पता नहीं चलता कि किससे क्या कह रही है। रोको तो रोने बैठ जाती है। उसके मुँह से आजकल ऊलजुलूल अरमानों, लानतों, हसरतों, कहावतों, यादों की झड़ी सी लगी रहती है। मैं हैरान हूँ कि उसके अन्दर इतना ग़ुबार क्यों भरा पड़ा है। मुझे डर है कि वह पागल हो जाएगी। मुझे शक है कि वह पागल हो चुकी है। उसे यक़ीन है कि हम सब उसे पागल करने पर तुले हुए हैं। हर एक से कहती फिरती है कि देवी तो बुद्धू थी ही, उस शैतान लाहोरन ने बाबा और मुझ पर भी इस बार जादू डाल दिया है। कुछ खिला पिला दिया होगा और क्या! कोई जन्तर मन्तर फूँक दिया होगा और क्या! भोले तो ये दोनों थे ही, उस चुड़ैल ने इनकी रही सही समझ बूझ भी छीन ली है। मैं सब जानती हूँ। इन्हें भ्राताजी भ्राताजी कहकर अपने साथ मिला लिया है, इसे बेटा बेटा कहकर। मेरी सौत, सबकी सहेली। बहनजी, बहनजी! अगर वह इतनी ही अच्छी लगती है तो ले आओ उसे घर! निकाल दो मुझे! रोकता कौन है? मैं लोगों के कपड़े सीकर अपना पेट भर लूँगी। मेरी चिन्ता मत करो! मेरी चिन्ता करता कौन है? मैं किसी की लगती क्या हूँ? मेरा कोई नहीं! एक यह था, अब यह भी सीधे मुँह बात नहीं करता। पता नहीं उस पूतना दाई ने इसे क्या पट्टी पढ़ा दी है। बड़ी धरमात्मा बनी फिरती है। मीठी छुरी! हर वक़्त बेहयाओं की तरह हिनहिन करती रहती है। मैंने किसी दिन उसके दाँत न तोड़ दिए तो कहना मेरा नाम जानकी नहीं। सारा दिन उस मुश्टंडे को साथ लेकर लूर लूर फिरती रहती है। सारा दिन पेटीकोट पहनकर नंगमनंगी उसके इर्दगिर्द नाचती रहती है। सारा दिन सैर सपाटे, गाना बजाना, लुतर लुतर।

मिरासन कहीं की! शरम हया का तो नाम ही नहीं! मैं पूछती हूँ ये लच्छन माँओं के हैं या रंडियों के? वह मुश्टंडा कोई काम क्यों नहीं करता? ऊँट जितना क़द और बैठा रहता है उसकी गोद में! धरमपुत्तर न मेरा सिर! पता नहीं कहाँ से ले आई है उसे! किस कंजरख़ाने से? मैं सब जानती हूँ। अन्धी नहीं। न पढ़ा, न लिखा! न जात, न जमात! न अग्गा न पिच्छा! धीये जा रावी, न कोई आवी न जावी! मैं पूछती हूँ कि उसके अपने माँ बाप कहाँ हैं? यह उसकी लगती क्या है? जो अपने माँ बाप का नहीं बना, और किसी का क्या बनेगा! माँ न मेरा सिर! ये चाले माँओं के हैं या चुड़ैलों के? न मरजाद की फ़िकर, न लोकलाज की! आप क्यों नहीं कर लेती उससे ब्याह? और सब कुछ तो कर ही चुकी होगी। मैं पूछती हूँ घी और आग का मेल ही क्या? दिखावे का बेटा, अन्दरख़ाने खसम! मैं सब जानती हूँ। इतने सालों से हमारे पीछे पड़ी हुई है, इसे और कोई नहीं मिलता? लाहोर में सब मर गए हैं क्या? उठकर चली आती है यहाँ! और कोई मिलेगा कैसे! दूसरे लोग अन्धे नहीं। लाहोर में एक से एक चालाक बैठे हैं। वहाँ इसकी दाल गल ही नहीं सकती। मेरी भोली बेटी का बेड़ा ग़र्क़ करने पर तुली हुई है! इसे बहू नहीं चाहिए, नौकरानी चाहिए। जो इसकी और उस मुश्टंडे की सेवा करे। मैं अन्धी नहीं। लेकिन मेरी सुनता कौन है? न सुने, मेरा भगवान तो सुन ही रहा है। वह नहीं सुनता तो वह भी न सुने! अगर अपनी लड़की किसी काम की होती, अपना घरवाला किसी काम का होता, तो मैं क्यों बुरी कहलाती? अब यह रंडी सबसे कहती फिरती है कि मैं ही पागल हूँ, मैं ही लड़ाकी हूँ, मैं ही अपनी बेटी का घर नहीं बसने दे रही। इस ब्याह से मेरी बेटी का घर बसेगा! निखट्टू लड़का, नदीदी माँ! माँ न मेरा सिर! भ्राताजी, भ्राताजी! मुझे तो उसे देखकर ही आग लग जाती है। मैं सब जानती हूँ। इसके बाप को भी जानती हूँ। वह कम बदमाश नहीं था। अमीर हुआ तो क्या! मुझे इसकी अमीरी नहीं चाहिए। मैं इसके पैसे पर थूकती भी नहीं। अगर शराफ़त नहीं तो पैसा क्या करेगा? बुरा हो उस पारो का! उसी ने इसे उल्टी मत दी है। इतनी सी थी तब भी यह सारा सारा दिन उसी के घर घुसी रहती थी। मुँह की मीठी! धोख़ेबाज़! मासीजी, आप कोई चिन्ता न करें। चिन्ता कैसे न करूँ? मैं उसकी माँ हूँ या कौन हूँ! वह मेरी माने या न माने, मैं कैसे अपने हाथों से उसे कुएँ में धकेल दूँ? आख़िर मेरा अपना खून है। मासीजी, बहनजी के पास बहुत पैसा है! सुहागा है! और अगर है भी तो मैं क्या करूँ? मेरी बेटी सारी उमर उसकी बाँदी बनी रहे? जिसका मरद एक कोड़ी का नहीं, उसकी मिट्टी ख़राब नहीं होगी तो क्या होगी। बेफ़िज़ूल सी बात! मासीजी, लड़का बहुत अच्छा है! अच्छा है न मेरा सिर है! चिट्टी चमड़ी का क्या करूँ? चाटूँ? अगर इतना अच्छा है तो तू क्यों नहीं कर लेती उससे ब्याह? दूसरों का बेड़ा क्यों तबाह कर रही है? जब आते हैं गली और कंज़रख़ाने में कोई फ़र्क़ नहीं रहता। टूँ टाँ, टूँ टाँ, हर वक़्त टूँ टाँ! यह शरीफ़ों के क़ायदे नहीं! मैं पूछती हूँ कि अगर अब यह हाल है, यहाँ यह हाल है, तो ब्याह

के बाद क्या होगा, लाहोर जाकर क्या होगा! यहाँ तो मेरा डर है, वहाँ किसका होगा? यहाँ तो सिर्फ़ गाते बजाते हैं, वहाँ जाकर पता नहीं क्या क्या करेंगे! मेरी लड़की से पता नहीं क्या क्या करवाएँगे! बड़ा भजनीक बना फिरता है! भजनीकी ही करनी है तो ब्याह की क्या ज़रूरत? दोनों मिलकर खोल लो कंजरख़ाना। जा बैठो किसी बाग़ में। उस पखंडी पूर्णानन्द की तरह। ख़बरदार, जो मेरी लड़की की तरफ़ किसी ने आँख उठाकर भी देखा तो! लेकिन मेरी सुनता कौन है? घरवाले नहीं सुनते तो बाहरवाले क्यों सुनें? न सुनें। खाएँ अपने खसमों को। मुझे किसी की कोई परवाह नहीं। मेरी जुत्ती को भी नहीं। मेरे पिता, सुरगों में उनका बासा हो, कहा करते थे, जानकी, तू किसी से भी डर के नहीं रहेगी। क्यों रहूँ डर के? जब तक मेरे हड्ड पैर हैं भूखी नहीं मरूँगी। मैं लोगों के बर्तन माँजकर भी गुज़र कर सकती हूँ। मैंने किसी से कभी कुछ नहीं लिया। सबको दिया ही दिया है। मेरे पिता कहा करते थे, जानकी, तू इतनी बेवक़ूफ़ क्यों है? मैं बेवक़ूफ़ नहीं, सब समझती हूँ, लेकिन मेरे दिल में रत्ती भर मैल नहीं। होती तो फिर क्या था। मैं भी सबकी तरह ऐश करती। मुझे अपने तन तक की होश नहीं। हर वक़्त नौकरानियों की तरह इन सबकी सेवा में जुटी रहती हूँ। लेकिन मैं किसी को दोष क्यों दूँ, मेरा तो नसीब ही ख़राब है। शुरू से ही। न होता तो पिता ने क्यों मुझे ऐसे मरद के पल्ले बाँध दिया होता। इतनी सी तो थी मैं। अभी तो मेरी उमर गुड्डिया पटोले खेलने की थी। तब से नरक भोग रही हूँ। कभी आटा नहीं, कभी दाल नहीं। कभी मारपीट, कभी गाली गलोच। पता नहीं पिछले जनम में क्या करम किए थे। उन्हीं का फल भुगत रही हूँ। नहीं तो ऐसी नलायक़ बेटी के बजाय मेरे घर बट्टा न पैदा हो जाता? नहीं तो मेरा पन्ने जैसा पुत्तर इस न होनी की देखादेखी क्यों निकम्मा हो जाता? मेरे पिता कहा करते थे—जानकी, तेरा बेटा बड़ा होनहार है, इसे खिला पिलाकर जल्दी जल्दी बड़ा कर दे, यह तुझे बहुत सुख देखा! सुहागा सुख देगा! अभी से बात बात पर आँखें दिखाने लगा है। जैसे यह भी मेरा खसम ही हो। इसे भी अब उस मुश्टंडे में कोई बुराई नज़र नहीं आती। और न ही उस मोटी ठुस्सल में। आए कैसे! उस पूतना दाई ने इसे भी अपना दूध पिला दिया होगा। इन तीनों का बस चले तो मुझे घर से निकालकर उसे ही ले आएँ यहाँ! जैसा बाप, वैसा बेटा। यह भी तो बहनजी, बहनजी करता रहता है। यह मुझे सुख देगा! माँ, माँ मैं थानेदार बनूँगा तो पहले तुझे हथकड़ी लगाऊँगा! होनहार न मेरा सिर! मेरे पिता भी बहुत भोले थे। जानकी, तू बहुत भागवान है! लाहोर जाकर तो यह और भी लफंगा हो जाएगा। पढ़ने का क्या फ़ायदा अगर इंसान गुढ़े नहीं तो। भ्राताजी, बीरू लाहोर में हमारे पास ही रहेगा! सबको ही ले जाओ अपने पास! भूखी कहीं की। भ्राताजी, नरेश इसे गाना बजाना सिखा देगा! बस यही कसर बाक़ी रह गई है। इसे भी मीरासी बना दो! कॉलेज जाने की क्या ज़रूरत है? उसी कालो के कॉलेज चले जाओ सब! मेरा तो कलेजा जल जाता है। भ्राताजी, पैसे की बहुत बचत हो जाएगी!

मुझे नहीं चाहिए ऐसी बचत! राम जाने, क्या क्या कसब करके पैसे इकट्ठे किए हैं इसने? किसे पता उस मुश्टंडे को किस यतीमख़ाने से उठा लाई है! भ्राताजी, लड़का बड़े अच्छे घर का है! अगर अच्छे घर का होता तो तुझे कैसे मिलता! बेफ़िज़ूल सी बात! पता नहीं कि हिन्दू भी है कि नहीं। मुझे तो मुसला ही नज़र आता है। जब देखो दीदे फाड़कर देख रहा है उसको! हर वक़्त हिजड़ों की तरह ही ही। मैं पूछती हूँ कि कोई और पुत्तर भी अपनी माँ को इस तरह देखता है? मैं तो आदमी की आँख देखकर ही बता सकती हूँ कि वह शरीफ़ है या बदमाश! आजकल सक्के पुत्तर का भरोसा नहीं और यह धरमपुत्तर ले आई है मेरे लिए लाहोर से! लेकिन मैं क्या करूँ? ये तीनों तो उन दोनों पर ऐसे मस्त हैं, ऐसे मस्त हैं कि मुझे देख देखकर उल्टी आती है। और कुछ कहने की देर नहीं कि तीनों माथा पीटने बैठ जाते हैं। और तो और इस छुटकू का हाथ अब इतना खुल गया है कि मैं तो मुँह खोलने से भी डरती हूँ। पहले होता था कभी हफ़्ते महीने में एकाध बार दो तीन हाथ मार लेता था। पर जब से वह पापन इस बार आई है, इसने तो हद्द ही कर दी है। किसी दिन हड्डी वड्डी तोड़ लेगा अपनी। बहुतेरी कोशिश करती हूँ कि कुछ न कहूँ लेकिन आख़िर इंसान हूँ, सब सोचती समझती हूँ, देखती हूँ, अनर्थ देख सुनकर गूँगी कैसे बनी रहूँ? कोई न कोई बात किसी वक़्त मुँह से निकल ही जाती है। और यह नामुराद तड़तड़ शुरू हो जाता है। आज अपना माथा पीट रहा है, कल अपनी माँ को पीटेगा, अपनी तरीमत को पीटेगा। इसका भी क़ुसूर नहीं, जबसे पैदा हुआ है यही देख रहा है। सौ बार समझा चुकी हूँ, बेटा, माथे पर हाथ मारने से हाथ की लकीरें बदल जाती हैं, नसीब फूट जाता है, कोई मुराद पूरी नहीं होती, कमाई में बरकत नहीं पड़ती, लच्छमी रूठ जाती है, अपने बाप की दुरगत देख, उसने माथा पीट पीटकर क्या बना लिया है, लेकिन यह मेरी एक नहीं सुनता, उल्टा और ज़ोर ज़ोर से पीटता है, मुझे दिखा दिखाकर! किसी दिन इसकी कोई नस वस फट गई तो मैं क्या करूँगी? मेरा तो कई बार दिल करता है कि जहर खा लूँ, चुपचाप, इन्हें पता तो चले! लेकिन इन्हें क्या पता चलेगा, ये सब तो खुशियाँ मनाएँगे, ये सब तो चाहते हैं कि मैं कल की मरती आज मरूँ! खा भी लूँ लेकिन ज़हर भी तो मुफ़्त नहीं मिलता, मुँहमाँगी मौत भी तो किसी क़िस्मतवाले को ही मिलती है! पाई पाई के लिए तो तरसती रहती हूँ, ज़हर अपने सिर से ख़रीदूँगी और ऊपर से इन तीनों के ताने! कहते हैं कि मेरे हाथ में ही बरकत नहीं, मेरी हथेलियों में ही मोरियाँ हैं, मैं ही पैसा पानी की तरह बहाती रहती हूँ। मेरे हाथ में बरकत न होती तो यह घर उजड़ न गया होता? ये सब भूखे मर गए होते। मैंने ही मंग धंगकर, उधार सुधार लेकर अब तक इनका पेट भरा है। मेरी जगह कोई और होती तो कहती, मुझसे नहीं होता! सारा दिन चूल्हे में सिर! धुएँ से मेरी आँखें अन्धी हो गई हैं, फेफड़े जल गए हैं। न कोई खुराक, न कोई दवाई, न कोई ख़ुशी! सारा सारा दिन कलेजा तुफ़ूँतुफ़ूँ करता रहता है, सारी सारी रात सिर में खुरक होती

रहती है, पशाप मुझे जलकर आता है, पेट में मेरे कुछ ठहरता नहीं, हल्का हल्का बुख़ार हर वक़्त मुझे रहता है, नबज़ मेरी नाचती रहती है, दिल मेरा धड़धड़ करता रहता है, फिर भी मैं एक घड़ी आराम से बैठती नहीं। कभी इसके पीछे दौड़ती रहती हूँ, कभी उसके। मैं तो हैरान हूँ कि मैं मर क्यों नहीं जाती, लेकिन मौत से पहले मरूँ भी कैसे? जितनी लिखी है, उतनी काटनी तो है ही। और अगर कभी मुँह से हाय हूक निकल जाती है तो ये सब कहते हैं, बहाने बना रही है, वहमी हो गई है। वहमी न मेरा सिर! बहाने तो मैं तब बनाऊँ अगर किसी को मेरी कोई चिन्ता हो तो। डॉक्टरों, हकीमों को भी कुछ पता नहीं चलता। सबको कई कई बार दिखा चुकी हूँ। वह भी जानते हैं कि मेरी इस घर में कोई क़दर वदर है नहीं। बस आई चलाई कर देते हैं। ध्यान से देखते तक नहीं, न कोई नबज़ टोहता है, न कोई टूटी लगाता है। पानी में रंग घोलकर दे देते हैं। या पुड़ियों में चूना बाँधकर। कुछ कहूँ तो कह देते हैं मालीख़ोलिया का कोई इलाज नहीं। दवाई नहीं देंगे तो इलाज उनके सिर से होगा! बस अपना इलाज आप ही करती रहती हूँ। बदाम वदाम और संगतरे खा खू कर। फिर ये कहते हैं कि इसे तो हर वक़्त खाने की ही पड़ी रहती है, इसे तो सिरफ़ बदहज़मी की बीमारी है! हज़म ही कुछ नहीं होगा तो बदहज़मी कैसे होगी! जब दिल ही अरास्ता नहीं तो बदाम वदाम क्या फ़ायदा देंगे? जिसकी घर में कोई इज़्ज़त नहीं, उसकी सेहत कैसे बनेगी? जिसका मरद ही निकम्मा हो, उसकी औलाद कैसे अच्छी निकलेगी? जिसकी औलाद ही उसे आँखें दिखाएगी, उसे दूसरे क्यों सिर आँखों पर बिठाएँगे? इसीलिए तो वह लाहोरन रंडी भी सीधे मुँह मुझसे बात तक नहीं करती। हर वक़्त भ्राताजी के आगे पीछे घूमती रहती है। कर ले भ्राताजी से ब्याह! पता नहीं कितने भ्राताजी बना रखे हैं उस भूण ने! उसे पता है कि मैंने उसके दिल का चोर पकड़ लिया है। इसीलिए तो मुझसे आँख नहीं मिलाती। उस औतरी को तो मैं सँभाल लूँ, अपनी लड़की को कैसे सँभालूँ? इसने आजकल एक ही रट लगा रखी है। कहती है, मैं कुएँ में कूद मरूँगी! कूद मरे! मैं शुकर न करूँ! यह पट्टी भी इसे उसी ने पढ़ाई होगी। इसका अपना दिमाग़ तो है नहीं। बुरा हो उस पारो का! उसी ने इसे उल्टे रास्ते पर डाल दिया है। मेरे पिता कहा करते थे—जानकी, तेरी बेटी बड़ी भोली है, तुझ पर ही गई है, तू इसे घर बिठाकर रखा कर! जब छोटी थी तो मैं इसे चपेड़ झपेड़ मारकर डरा लेती थी। अब कैसे डराऊँ? कोठे जितना तो इसका क़द हो गया है! उल्टा मुझे मारने को दौड़ती है! क्या कहूँ, मैं तो परदे ही डालती रहती हूँ। शरम के मारे अन्दर वड़ी, मूरख समझे मैं थों डरी! पर अब मैं नहीं डरूँगी। न घरवालों से न बाहरवालों से। उस मुश्टंडे से इसका ब्याह नहीं होने दूँगी। करके देखें तो! मैं छत से छलाँग लगा दूँगी। उधर उसकी डोली निकलेगी, इधर मेरी अरथी! सीधी तरह नहीं मानेंगे तो...

आसमान की अनगिनत आँखों से अचानक सवाल और सुझाव बरसने शुरू हो गए हैं—उजले, नुकीले और गरम। मैं आँखें बन्द कर लेता हूँ। सिर उड़ता हुआ महसूस होता है, आसमान उस पर गिरता हुआ। मैं आँखें खोल देता हूँ। आसमान सँभलकर फैल जाता है—काला, नीला और अलग। अनगिनत आँखें हिलते झिलमिलाते दाँतों में बदल जाती हैं। जैसे जलालपूर्णी का मुँह खुल गया हो—ख़ामोश और भूतीला। मैं अपने दाँत पीसकर आसमान के दाँतों को फिर आँखों में बदल देता हूँ। सवालों और सुझावों की बरखा फिर शुरू हो जाती है। इसमें नहाते नाचते ही शायद मुझे कच्ची नींद आ जाएगी। आसमान की आँखें बन्द हो जाएँगी। और मैं सपनों के जंगल से घिर जाऊँगा। जिसमें यह आसमान कभी किसी मैले मैदान सा नज़र आएगा, कभी किसी सब्ज़ बाग़ सा। माँ कभी किसी बूढ़ी भीलनी की तरह मुँह बनाए बैठी नज़र आएगी, कभी किसी भूखी शेरनी की तरह मुँह फुलाए दहाड़ती हुई। अपना घर कभी किसी बूढ़ी गुड़िया के घर सा नज़र आएगा, कभी किसी गन्दे पागलख़ाने सा। बाबा कभी किसी बूढ़े बैल की तरह सिर झुकाए खड़े नज़र आएँगे, कभी किसी पागल बादशाह की तरह लड़खड़ाते हुए। क़स्बे की गलियाँ पगली पगडंडियों सी नजर आएँगी, क़स्बा किसी उजड़े हुए दयार सा। देवी कभी किसी भोली बकरी की तरह गुमसुम बैठी नज़र आएगी, कभी किसी बेसुध गोपी की तरह गाती नाचती हुई। शाम प्यारी पारो की पोपली माँ में बदल जाएगी, केशव की माँ माई माया में। शूम की बीवी माँ के पास बैठी मीठी मीठी बातें करती सुनाई देगी, कुमारी मेरी गोद में बैठी मुझे मीठी मीठी लोरियाँ देती। दारी दीवाना हो जाएगा। सुन्दर महल चलकर हमारी गली में आ खड़ा होगा। यानीकि के मुँह से सच्चाई की लपटें निकल रही होंगी, हिम्मत सिंह के मुँह से इनक़िलाब की। हक़ीम ज़हूरबख़्श अपना क़ारूरा पीता नज़र आएगा। बादशाह का घोड़ा हवा से बातें करता करता हँसना शुरू कर देगा। सपनों का जंगल स्वामी पूर्णानन्द के बाग़ में बदल जाएगा, मैं स्वामी पूर्णानन्द में। हर बाँझ की गोद में दो बच्चे खेलते नज़र आएँगे। बहनजी कभी किसी बिगड़ी हुई भैंस की तरह भागती हुई नज़र आएगी। कभी किसी बनी ठनी जोगिन की तरह भजन गाती हुई। अराइयों के कुएँ पर महात्मा गाँधी बैठे नज़र आएँगे। एक हाथ में गीता, दूसरे में क़ुरान शरीफ़। आसपास हिन्दुओं और मुसलमानों का मेला। सब एक दूसरे को चूम चाट रहे होंगे। तभी एक तरफ़ से क़ायदेआज़म की कड़क सुनाई देगी और सब जंगली जानवरों में बदल जाएँगे। केशव उन सबके बीच नंगा नाचता नज़र आएगा। मेलेशाह की दोनों तिजोरियाँ तोड़ दी जाएँगी। फल्लो उनमें हाथ डालकर सब गहने निकाल निकालकर उन्हें इधर उधर बाँटना शुरू कर देगी। माँ का शोर सुनाई देगा, मेरे कड़े किस चुड़ेल को दे आए हो? बाबा एक कुबड़े पेड़ के नीचे खड़े माथा पीटते नज़र आएँगे, काका उसी पेड़ पर बैठा किलकारियाँ मारता। मैं सोचूँगा कि दादी भी यहीं कहीं इस जंगल

में छुपी बैठी होगी। देवी की आवाज़ आएगी, दादी और काका तो कबके मर चुके! माँ उससे पूछती दिखाई देगी, तू कब मरेगी? मैं उन्हें वहीं छोड़ भागता हुआ कंजरियों की गली में पहुँच जाऊँगा। मुमताज़ शान्ति कुमारी के चोबारे की खिड़की में खड़ी मुझे आँख मार रही होगी। उसकी मुस्कुराहट में लाहोर किसी लाल नगीने की तरह चमक रहा होगा। मैं चिल्लाना शुरू कर दूँगा, मैं लाहोर नहीं जाऊँगा! असलम की गरज सुनाई देगी, मैं गुजरात नहीं जाऊँगा। केशव हम दोनों से पूछना शुरू कर देगा, तुम भी फेल हो गए हो? हरदयाल और जीता एक आवाज़ में बोलेंगे, हम तो अमृतसर जाएँगे! जीते की बहन बालो मेरी बग़ल में आ खड़ी होगी। मैं आँखें बन्द करके उसकी आँखें चूम लूँगा। मेरी पुचकार से जंगल गूँज उठेगा। फिर नीली मस्जिद का इमाम एक ऊँचे पेड़ पर खड़ा बाँग देता सुनाई देगा। असलम कहेगा, इस ज़ालिम की आवाज़ में जो सोज़ है बालो की आवाज़ में भी नहीं। बालो मेरे कान में कहेगी, असलम ने मुझे आँख मारी है। मैं हँसना शुरू कर दूँगा और बालो मेरा कान काट खाएगी। बक्का जर्राह कहीं से उड़कर हमारे पास आ खड़ा होगा। उसके हाथ में पकड़ा मेरे कान का छोटा सा टुकड़ा रोना शुरू कर देगा। बक्का जर्राह मुझसे कहेगा, अब यह कान कोई नहीं जोड़ सकता। बालो भाग जाएगी। मैं सोचूँगा कि वह माँ को बुलाने चली गई है। इतने में चम्बे डॉक्टर की आवाज़ सुनाई देगी, तुझे क्या पता, तू हजामतें बना जाकर, बड़ा जर्राह बना फिरता है! बक्का एक चमकता हुआ उस्तरा हाथ में लिए उसकी तरफ़ लपक ही रहा होगा। यानीकि आ गया, यानीकि आ गया! लड़ाई लड़ाई माफ़ करो, कुत्ते की लेंडी साफ़ करो! यानीकि ज़िन्दाबाद! पाकिस्तान मुर्दाबाद! बाज़ार चितकबरे कुत्तों से भर जाएगा। यानीकि के मुह से लच्छेदार लफ़्ज़ निकल निकलकर सबके सिरों पर लहराने लगेंगे। हिन्दू मुस्लिम इत्तहाद का एक ही कारगर तरीक़ा है, सब हिन्दू आधे मुसलमान हो जाएँ, सब मुसलमान आधे हिन्दू, और सब सिक्खों को इन दोनों में बराबर बराबर बाँट दिया जाए, यानीकि जिन्हें यह सुझाव मंज़ूर न हो, उन्हें अंग्रेज़ों के साथ विलायत भेज दिया जाए, ताकि डॉक्टर साहनी वहाँ उनका इलाज कर सके। डॉक्टर साहनी सिर हिला हिलाकर कहना शुरू कर देगा, नीत्शे के दिमाग़ का कोई जवाब नहीं, अगर वह मौक़े पर नहीं पहुँच गया होता तो आज हिन्दू मुस्लिम फ़साद हो गया होता। सब कुत्ते हँसना शुरू कर देंगे, मैं रोना। तू रो क्यों रहा है, अब तो हिन्दू मुस्लिम इत्तहाद भी हो गया, हफ़ीज़ा मुझसे पूछेगी। हरदयाल उसे जवाब देगा, इसकी सूरत ही ऐसी है। जीता जोड़ देगा, वह रो इसलिए रहा है क्योंकि यह तो पहले से ही आधा मुसलमान है। मैं हफ़ीज़ा को गले से लगा लूँगा। हक़ीम ज़हूरबख़्श की आवाज़ आएगी, यह हिन्दू लड़का भरे बाज़ार में एक मुसलमान हसीना से बदतमीज़ी कर रहा है। हफ़ीज़ा बालो में बदल जाएगी, मैं असलम में। विश्वा पहलवान चिल्लाता सुनाई देगा, हिन्दू धर्म ख़तरे में पड़ रहा है और तुम लोग उस पागल की तक़रीर पर पागलों की तरह हँस रहे हो! टुंडा लाट

उसे जवाब देगा, वह पागल नहीं, मेरा दोस्त है, पहुँचा हुआ है। टुंडा लाट ज़िन्दाबाद! विश्वा पहलवान मुर्दाबाद। इस बीच बालो फिर हफ़ीज़ा में बदल चुकी होगी, असलम फिर मुझ में। और तभी रहमत क़साई के तख़्ते पर क़ायदेआज़म खड़े नज़र आ जाएँगे, पतले पतंग, चाक़ू की तरह तेज़, अंग्रेज़ी में चीख़ते हुए—इसलाम को ख़तरे से बचाने के लिए पाकिस्टान ज़रूरी है! पाकिस्टान ज़िन्दाबाद! सबको हँसी आ जाएगी। हफ़ीज़ा मेरे कान में कहेगी, क़ायदेआज़म की नानी अंग्रेज़ थी, नाना हिन्दू। स्वामी पूर्णानन्द शोर मचाना शुरू कर देगा, वह लड़की बीरू के कान में कल्मा पढ़ रही है, बीरू अब पूरा मुसलमान हो गया है। रहमत क़साई कहेगा, इसे नंगा करके देखना चाहिए कि यह कितना हिन्दू है, कितना मुसलमान। शोर मच जाएगा कि सबको नंगा करके देखना चाहिए, सबको! उसी वक़्त केशव की माँ और चँबेली जंगल में नंगी दौड़ती नज़र आ जाएँगी। मैं सोचूँगा, मैं सपना देख रहा हूँ। कोशिश करूँगा कि भूल जाऊँ कि सपना देख रहा हूँ। इस कोशिश से कच्ची नींद उचट जाएगी। और मैं फिर आसमान की अनगिनत आँखों के नीचे आ बिछूँगा। आ बिछा हूँ। लेकिन अब उन आँखों से उजली, नीली और नरम रोशनी के सिवा कुछ भी नहीं बरस रहा। उनके सवाल और सुझाव सब सूख गए हैं। शायद मुझे मेरी ग़ैरहाज़िरी की सज़ा देने के लिए ही। अगर उनकी तरफ़ कुछ देर ध्यान लगाकर देखता रहूँ तो शायद वह बरखा फिर शुरू हो जाए। उजली, नुकीली और गर्म। लेकिन वे सवाल और सुझाव उनके थे ही नहीं, मैंने ही उन्हें उन पर थोप दिया था। आसमान की आँखें नहीं। आसमान भी नहीं। तो वह मेरे ऊपर तैर सा क्या रहा है? मेरी अपनी कमज़ोर नज़र की हद। यानीकि कुछ भी नहीं। सितारे हैं, लेकिन आसमान नहीं है। अगर आसमान को मान लूँगा तो भगवान को भी मान लेना पड़ेगा। अगर भगवान को मान लूँगा तो...लेकिन मैं भगवान को अब नहीं मानता। किसी को पता नहीं कि मैं उसका इम्तिहान ले चुका हूँ। असलम को पता है। उसे एक दिन मैंने ही बता दिया था। उसने कहा था, यह तेरा ज़ाती मुआमला है, मैं कुछ नहीं कहूँगा। उसने यह तो ज़रूर सोचा होगा कि मैं गुनाह कर रहा हूँ। वह ख़ुदा को मानता है, लेकिन नमाज़ नहीं पढ़ता। मैं अब भी कभी कभी प्रार्थना तो कर लेता हूँ लेकिन भगवान को नहीं मानता। प्रार्थना डर की वजह से ही करता हूँ। मानता नहीं क्योंकि मैं उसका इम्तिहान ले चुका हूँ, और वह उसमें फ़ेल हो गया था। मेरी ऐनक उसने नहीं जोड़ी थी, हालाँकि मैंने हाथ जोड़कर उससे साफ़ साफ़ कह दिया था कि अगर उसने मेरी ऐनक नहीं जोड़ी तो मैं समझूँगा कि वह नहीं, या अगर है तो मेरे लिए न होने के बराबर। इस इम्तिहान की शुरुआत तो मज़ाक़ में ही हुई थी, लेकिन उससे बात करते करते मैं पक्का हो गया था। अपनी शर्त उसे समझाकर मैंने अपनी टूटी हुई ऐनक को उसके हवाले कर दिया था और ख़ुद आँखें मूँद ली थीं। वैसी लगन मैंने फिर कभी किसी से नहीं लगाई। वैसा सन्नाटा मैंने फिर कभी कहीं नहीं सुना। वैसी दूरियाँ मैंने फिर कभी नहीं नापीं।

न जाने कितनी देर तक मैं बेहोश बैठा रहा। वैसी बेहाशी फिर कभी मुझ पर नहीं छाई। आँखें खुलीं तो महसूस हुआ था जैसे सारा जिस्म आँखों में सिमिट आया हो। वैसी सफ़ाई से फिर कभी मुझे कुछ दिखाई नहीं दिया। मेरी ऐनक उसी तरह टूटी पड़ी थी। वैसा ख़ौफ़नाक ख़ालीपन शायद ही पहले कभी महसूस हुआ हो। मैंने ऐनक को उठाकर परे फेंक दिया था। बाद में माँ से झूठ बोल दिया था कि वह अराइयों के कुएँ में गिर गई थी। माँ ऐनक को भूलकर बार बार यही पूछती रही थी कि मैं अराइयों के कुएँ पर कर क्या रहा था, उसमें झाँक क्यों रहा था, अगर मैं ख़ुद उसमें गिर गया होता तो...। मैं माँ के सवालों को भूलकर भगवान के बारे में ही सोचता रहा था। असलम को यह सारी कहानी हल्के फुल्के अन्दाज़ में ही बताई थी। मैं उस पर यह ज़ाहिर नहीं होने देना चाहता था कि मैंने सचमुच भगवान की आज़माइश की थी, कि मैं हमेशा के लिए उसकी हस्ती से मुनकिर हो गया था, लेकिन उसका चेहरा मेरी बात सुनते सुनते बिल्कुल सुनसान हो गया था। जैसे उसने मेरे मज़ाक़िया अन्दाज़ में भी मेरे ग़ुस्से को पहचान लिया हो। और मेरे ग़ुस्से में मेरे डर को। जैसे उसे मेरा बुरा अंज़ाम नज़र आ गया हो। साफ़ साफ़। जैसे वह भी ख़ुदा का सामना कर चुका हो। अब उसे तो वह बात शायद भूल भी चुकी होगी। मुझे अचानक न जाने क्यों याद आ गई है! मुझे कभी कुछ नहीं भूलता। मैं चाहता हूँ कि मुझे सब कुछ भूल जाया करे। रोज़ की हर बात उसी रोज़। रात को देर तक जागना नहीं चाहिए। जो बातें सपनों में बदल बिगड़कर सामने आनी चाहिए वे भी यूँ ही याद आ जाती हैं। हू ब हू। क़रीब क़रीब। उस याद से मेरे रोंगटे खड़े हो गए हैं। सूखा सा डर अभी तक अन्दर रुका हुआ है। उस ग़ुस्से का कड़वा ज़ायक़ा अभी तक गया नहीं। डर अब उसका नहीं, सिर्फ़ इस बात का है कि मैं बेसहारा हो गया हूँ, बेसहारा ही रहूँगा। कि मेरा अंजाम तो बुरा होगा ही, हालत भी बराबर बुरी ही रहेगी। ग़ुस्सा भी अब उस पर नहीं, उसके न होने पर ही है। और अपने आप पर भी। कि मैंने उसे इम्तिहान में क्यों डाला? अगर उसने ऐनक जोड़ दी होती तो मैं न जाने उससे और क्या क्या तुड़वाता जुड़वाता रहता। हर रोज़ हज़ार दरख़्वास्तें। माँ का मिज़ाज बदल दो। सुन्दर महल मुझे दिलवा दो। काके को वापस भेज दो। पाकिस्तान मत बनने दो। केशव को फ़ेल मत करो। कुमारी को हुक्म दो कि रोज़ एक बार मुझे अलिफ़ नंगी नज़र आ जाया करे। रावण को राम में बदल दो। यानीकि को वाइसराय बना दो। फल्लो को फिर फल फूल लगा दो। सरकारी साँड को खस्सी कर दो। बशीरे दज़्री को रुस्तमेहिन्द बना दो। मुम्ताज़ शान्ति को मेरे साथ सुला दो। और शाम प्यारी को विश्वे पहलवान के साथ। हेडमास्टर की बीवी को बँदरिया बना दो। और उसकी बेटी को बुढ़िया। और राजे को सचमुच का लड़का। और दारी बज़ाज़ को बेज़ुबान। माँ की बाँहें कड़ों से भर दो। कलाई से लेकर कन्धों तक। उसे आग जलाने का तरीक़ा तो सिखा ही दो। और रोटी पकाने का। उसके मुँह में असली दाँत भी उगा दो। गुज़रे

ज़माने की सब यादें उससे छीन लो। बाबा को बाबू बना दो। उनसे भी उनका गुज़रा ज़माना वापस ले लो। ऊँच नीच को मिटा दो। एकदम। एक ही दिन में। सारी दुनिया में। मेरी शादी शूम की बीवी से करवा दो। और बालो से भी। और हफ़ीज़ा से भी। और देवी की किसी देवता से। बहनजी को वापस बुला लो। अपने पास या लाहोर। केशव की माँ की ममता को कम कर दो। केशव के बाबा को फिर मर्द बना दो। और चँबेली के चाकर को भी। महात्मा गाँधी को एक महीने के लिए इस क़स्बे में भिजवा दो। क़ायदेआज़म को विलायत भेज दो। और डॉक्टर साहनी की मेम को यहाँ। और डॉक्टर दित्ते की मेमों को ईरान। वह अगर है तो उसने यही सोचा होगा कि अगर इसके एक इम्तिहान में पास हो गया तो वह पीछे ही पड़ जाएगा। कहेगा, अगर तुम इस इम्तिहान में फ़ेल हो गए तो मैं तुम्हें नहीं मानूँगा। लेकिन उसने ऐसा सोचा क्यों? वह अगर है तो सबके सब इम्तिहानों में पास क्यों नहीं हो सकता? और फिर मैं भी बेवक़ूफ़ नहीं। अगर उसने मेरी ऐनक उस रोज़ जोड़ दी होती तो यह झगड़ा खड़ा ही न होता। तो शायद मैंने उसे किसी दूसरे इम्तिहान में डाला ही न होता। मुझे भी तो उसके फ़ेल हो जाने का डर कम नहीं था! और उसके ख़फ़ा हो जाने का! और इस बात का भी कि शायद मुझसे कोई भूल हो रही हो। कोई गुनाह। इतना तो मैं जानता ही था कि लालच बुरी बला है। कि बार बार की आज़माइश से वह मेरे बरख़िलाफ़ हो जाएगा। आख़िर उस रोज़ से पहले कभी मैंने उससे कुछ क्यों नहीं माँगा था? उस तरह मुँह चढ़कर? मैंने उसे एक मौक़ा दिया था। उसे भी मुझे एक मौक़ा तो देना ही चाहिए था। मैं उससे बराबरी नहीं कर रहा था। उसने मुझसे बराबरी क्यों की? लेकिन उसे क्या पता था कि मेरे अन्दर इतना तूफ़ान मच उठेगा? अगर उसे इतना भी पता नहीं था तो वह जगतपिता किस बात का बना फिरता है? सब कहते फिरते हैं कि उसके हुक्म के बग़ैर एक पत्ता भी हिल नहीं सकता। दरअसल वह अगर है तो उसी ने मेरे अन्दर वह उमंग उठाई होगी। मैं पूछना चाहता हूँ क्यों? अगर वह उसे मंज़ूर नहीं करना चाहता था तो उसने मेरे अन्दर वह ख़याल डाला ही क्यों? उससे नहीं पूछ रहा था। उससे अब कभी कुछ नहीं पूछूँगा। मैं किसी शैतान वैतान को इस बहस में शामिल नहीं होने दूँगा। जब तक मुझे इन सवालों के जवाब नहीं मिलते, मैं उससे मुनकिर ही रहूँगा। इन सवालों के जवाब वही दे सकता है। और वह ख़ामोश है। कहते हैं उसकी लाठी में आवाज़ नहीं होती। मैं पूछता हूँ कि उसके पास लाठी हो ही क्यों? वह ख़ामोश बल्कि है ही नहीं। यह सोचते हुए डर मैं ज़रूर रहा हूँ। डरूँगा कैसे नहीं? डर से इनकार नहीं। इनकार तो उसी से है जिसकी बदौलत शायद यह डर है। इतना डर है। इस तरह का डर है। अब उम्र के साथ साथ यह डर शायद बढ़ता ही चला जाएगा। और शायद यह इनकार भी। इस डर से भी यह साबित नहीं होता कि वह है। बल्कि यही कि यह डर है। उसके होने का भी और न होने का भी। अगर उसने उस रोज़ मेरी ऐनक जोड़ दी होती तो यह टंटा ही न

खड़ा होता। तो इस वक़्त यह डर मेरे अन्दर बैठा धड़क न रहा होता। किसी काले मेंढक की तरह। और न ही बार बार उसके न होने के सबूत जुटाने पड़ते। यह एक और मुसीबत उसी ने डाल दी है। उस छोटे से इम्तिहान में फ़ेल होकर। सुबूत जुटाने की मुसीबत। लेकिन यह तो मैंने ख़ुद ही डाल ली है। ख़ुद ही सही, लेकिन मुसीबत तो है ही। उम्र के साथ साथ यह और जटिल होती जाएगी। अगर उसने उस रोज़ अपने होने का वह छोटा सा सुबूत मुझे दे दिया होता तो मुझे उससे छुटकारा मिल गया होता। अब आख़िर तक मैं उसी से उलझा रहूँगा। उससे नहीं, उसके न होने से। उसके न होने के डर से। उसके होने के डर से भी। और यह एक और मुसीबत है। अब सारी उम्र उसके बारे में मेरे सब फ़िक़रे अधूरे रहेंगे। एक दूसरे को काटते हुए। और सब ख़याल। उसके बारे में। उसके होने के बारे में। उसके न होने के बारे में। ख़ासतौर पर रात को। जब उसके होने या न होने का डर और बड़ा, और काला, हो जाया करेगा। दिन को अगर ये अधूरे ख़याल और फ़िक़रे मन में उठ खड़े होंगे तो दिन भी रात में बदल जाया करेगा। वह अगर है तो उसे सब मालूम होगा कि मैं इस वक़्त क्या सोच रहा हूँ। क्यों तड़प रहा हूँ। वह शायद यही सोचता हो कि मैं देर सबेर ग़लती मान लूँगा। कि मैं यह मान लूँगा कि मुझे उससे टक्कर नहीं लेनी चाहिए थी। मैंने उससे कोई टक्कर नहीं ली थी। सिर्फ़ एक छोटी सी शर्त ही बाँधी थी। यह भी पता नहीं किस रौ में आकर। अगर नई ऐनक बनवा लेने की तौफ़ीक़ होती, उसने दी होती, तो शायद मैंने वह शीशा ही न उठाया होता। वह शायद यह भी सोचता हो कि उस रोज़ मैं ही किसी इम्तिहान में फ़ेल हो गया था। लेकिन उसने मुझे किसी इम्तिहान में डाला ही क्यों? जानता नहीं था कि मैं फ़ेल हो जाऊँगा? जानता नहीं कि सब इंसान उससे यही दुआ माँगते रहते हैं कि वह उन्हें किसी इम्तिहान में न डाले? अगर वह मेरा इम्तिहान ही लेना चाहता था तो फिर कभी नहीं ले सकता था? उससे पहले नहीं ले सकता था? लेकिन अगर वह है तो उसे किसी का इम्तिहान लेने की ज़रूरत ही क्या है? क्या उसे भी अपने होने पर वैसे ही शक है जो मुझे, मुझ जैसे नादानों को? अगर है तो उसमें और मुझमें फ़र्क ही क्या रह जाता है? वह ये सब सोचता नहीं होगा। वह सोचता नहीं होगा। अगर वह भी सोचने लगा तो उसमें और मुझमें फ़र्क़ ही क्या रह जाएगा? तो क्या वह इस फ़र्क़ को बनाए रखने पर ही तुला हुआ है? वह तुला हुआ हो या न हो, अगर उसमें और मुझमें कोई फ़र्क़ ही नहीं तो मैं उसे क्यों मानूँ? इसीलिए वह अगर है तो भी मैं यही कहूँगा कि वह नहीं है, न होने के बराबर है, इसलिए नहीं है, क्योंकि उसके होने का सुबूत मेरे पास एक भी नहीं, न होने का या न होने के बराबर होने का एक है। कहूँगा कि वह मेरे लिए नहीं है। कि वह न मेरा दोस्त है न दुश्मन। न माता न पिता। न बन्धु न सखा। न ख़ुदा न ख़ौफ़। कहूँगा कि वह अब मेरा कुछ भी नहीं। कि वह अगर है तो भी मैं उससे रूठ गया हूँ। कि वह मेरा जो करना चाहे कर ले। कि अब मैं कभी उसे किसी इम्तिहान

में नहीं डालूँगा। कि वह मुझे जिस इम्तिहान में चाहे डाल ले। वह अगर है तो सुन लेगा, सुन रहा होगा, सुनता रहे। कहूँगा कि उसका आसमान भी अब मेरे लिए नहीं है, कि उसकी अनगिनत आँखें भी अब मेरे लिए नहीं हैं, कि उनसे गिर रही उजली, नुकीली, गर्म बरखा भी अब मेरे लिए नहीं है, कि मैं उनसे कभी नींद या बेहोशी या मौत की भीख नहीं माँगूँगा, कि मैं उनसे कभी कुछ नहीं माँगूँगा। मैं बार बार यही सब कहूँगा, मान सकूँ या न सकूँ, कहता बार बार यही सब रहूँगा, जब तक मुझे नींद या बेहोशी या मौत नहीं आ जाती, जब तक वह मेरी टूटी हुई ऐनक जोड़ नहीं देता, जब तक वह मुझे कोई ऐसा जलवा नहीं दिखाता जिससे मैं फ़ना या लाजवाब हो जाऊँ, जब तक मुझे नींद या बेहोशी या मौत नहीं आती, जब तक मुझे बेहोशी या मौत या नींद या बेहोशी या मौत या नींद...।

मेरी आँखें आधी खुली हैं। मुझे ख़बर नहीं कि आसमान पर हूँ या ज़मीन पर, लाहोर में हूँ या कहीं और। कुछ पल पहले एक साफ़ और ख़ामोश सपना आ रहा था। बारिश हो रही थी। सितारे झिलमिला रहे थे। मैं उड़ रहा था। नीचे ऊँची ऊँची इमारतें झूल रही थीं। उनकी छतों पर कुछ लोग खड़े, आँखों पर हाथों के साए किए, मेरी तरफ़ देख रहे थे और झूम रहे थे। और पता नहीं क्या क्या हो रहा था। अब मिलेजुले शोर की चिंगारियाँ उड़ उड़कर मुझ तक आ रही हैं। आसपास तीनों चारपाइयाँ ख़ाली पड़ी हैं। मेरी आँखें पूरी खुल जाती हैं। उठो! जागो! क्या हो गया? किसने? क्या हो गया? भागो! कहीं हिन्दू मुस्लिम फ़साद तो नहीं शुरू हो गया! आवाज़ें सब जानी पहचानी हैं। मैं हड़बड़ाकर चारपाई पर खड़ा हो जाता हूँ। आसपास सब छतों पर मैली कुचैली चादरें मुचड़ी पड़ी हैं। शोर गली में से आ रहा है। किसने? कहाँ? सुबह सवेरे? राम! राम! किस कुएँ में। देवी ने? कौन सी देवी? एक बड़ी सी बाल्टी लाओ दौड़कर! बाल्टी, बाल्टी! छत से साहनियों का कुआँ दिखाई दे रहा है। बाबा का सफ़ेद सिर। माँ का मैला दोपट्टा। विश्वा पहलवान। चँबेली। केशव। बहनजी और नरेश। पारो की माँ। दारी बज़ाज़। कई आँखें मलते हुए बच्चे। दातुन शाह। मैं सीढ़ियाँ उतरकर दौड़ता हुआ केशव के पास जा खड़ा होता हूँ। वह छूटते ही पूछता है, हुआ क्या? बाल्टी लेने कौन गया है? केशव की माँ? किसी आदमी को भेजा होता! दारी बज़ाज़ तू ही क्यों नहीं चला जाता? वह दौड़ेगी कैसे? बाल्टी आ गई, बाल्टी आ गई! विश्वे पहलवान को भगवान ने ही भेज दिया होगा आज इधर! कई लोग कुएँ में झाँक रहे हैं। कुछ लोग उन्हें झाँकने से मना कर रहे हैं। हकीम ज़हूरबख़्श की दाढ़ी इतनी लम्बी? बशीरा दर्ज़ी यहाँ क्या कर रहा है? केशव पूछता है, हुआ क्या? उसे कहो हाथ पाँव मारती रहे! उसे कहो हाथ पाँव न मारे! हाथ पाँव मत मार, बेटी! बस किसी तरह दीवार से चिपकी रह। कोई ईंट वींट पकड़कर! दिखाई दे रही है? तब ठीक है। गिरी कैसे? पता कैसे चला? सब लोग पीछे हट जाओ, पीछे! विश्वा पहलवान बाल्टी बाँधने में इतनी देर

क्यों लगा रहा है? चरस चढ़ा रखी होगी और क्या! सुबह सबेरे नहीं चढ़ाता। अभी कल रात की ही नहीं उतरी होगी और क्या! रहमत क़साई कहाँ से आ गया? किसी ने धक्का तो नहीं दिया? अब क्या पता! होश में है? सब ठीक है। उसे कहो घबराए नहीं। बेटी, घबराओ नहीं। हाथ पाँव मारती रह! हाथ पैर मत मार! लम्बे लम्बे साँस लेती रह! उसे कहो आवाज़ तो दे! वह डूब रही है, आवाज़ अपने सिर से देगी? यह कुआँ पता नहीं किस किस की जान लेगा! पानी निकाल रही थी क्या? अब क्या पता क्या कर रही थी। कुछ तो कर ही रही होगी! विश्वे पहलवान से गाँठ ही नहीं दी जा रही? तो तू दे ले आकर! केशव पूछता है, हुआ क्या? पहलवान, ज़रा ध्यान से, कहीं बाल्टी उसके सिर पर न जा लगे! मुझे सब पता है, चाचा, तू चिल्ला क्यों रहा है? चिल्लाएगा नहीं? उसकी बेटी है, मज़ाक़ तो नहीं! पहलवान गर्मी मत खा! गर्मी कौन भैंचो खा रहा है? पहलवान, ज़ुबान सँभालकर! अब ज़्यादा देर मत करो! देर कौन दल्ला कर रहा है? पहलवान, औरतें खड़ी हैं, कुछ तो ख़याल कर! बाल्टी बँध गई कि नहीं? तू बाँध ले आकर! पहलवान को तैश मत दिलाओ! पहलवान तो पागल है पागल! ठीक है लेकिन उसके बग़ैर कोई निकाल नहीं सकता उसे। बाल्टी से न निकली तो क्या होगा? रस्सी टूट गई तो क्या होगा? भगवान पर भरोसा रखो! पहलवान पता नहीं क्या मन्तर पढ़ रहा है अब? फेंक क्यों नहीं देता बाल्टी? उधर उस बेचारी की जान निकल रही होगी। क्या कहा? रो रही है? तब ठीक है। अब सब लोग एकदम पीछे हट जाओ। कोई चूँ चराँ न करे! सब चुप हो जाओ! केशव पूछता है, हुआ क्या? उसकी माँ चँबेली से कुछ कहे जा रही है। आँखें मटका मटकाकर। बहनजी सबसे अलग खड़ी नरेश से खुसर फुसर कर रही है। दातुन शाह अपने हथियारों से लैस किसी बूढ़े देसी सिपहसालार सा नज़र आ रहा है। माँ कुएँ के सामनेवाली दीवार के पास अकेली गिरी पड़ी कुरला रही है। खाँसीशाह नाली के किनारे बैठा खाँस रहा है। उसका पग्गड़ खुल जाने को है। डॉक्टर साहनी हकीम ज़हूरबख़्श की बग़ल में खड़ा उसकी दाढ़ी में कुछ ढूँढ़ रहा है। उसे कहो बाल्टी आ रही है! उसे कहो कि बाल्टी को पक्का पकड़ ले! उसे कहो कि बाल्टी में बैठ जाए! मैं कह रहा हूँ कि अब बोले नहीं कोई ऊपर से! वह देख नहीं रही कि बाल्टी आ रही है? देख रही है? तब ठीक है। पहलवान से निकल चुकी आज! तो तू क्यों नहीं निकाल लेता आकर? पहलवान, तू अपना काम कर, क्यों वक़्त ज़ाया कर रहा है? मैं वक़्त ज़ाया कर रहा हूँ तो तू क्या कर रहा है? चपर चपर? बाबा पहलवान के पास हाथ जोड़े खड़े हैं। जैसे उसकी आरती उतार रहे हों। केशव पूछता है, हुआ क्या? अच्छा तो अब सब लोग राम का नाम लें। बेटी, तू बाल्टी में बैठने की कोशिश कर। ध्यान से! पारो, तू किधर दौड़ी जा रही है? तू भी कूद मरेगी क्या? केशव की माँ ने पारो को अपने पेट से लगा लिया है। माई माया के मुँह का कारख़ाना चल रहा है। उसकी आँखें यूँ लगता है जैसे मक्खियों पर झपट्टे मार रही हों। पारो की माँ मुँह

पपोल रही है। शायद राम का नाम ले रही हो। मैं नहीं लूँगा। मेरी टाँगें काँप उठती हैं। केशव पूछता है, हुआ क्या? बाल्टी पहुँच गई उसके पास? बेटी, अब तू किसी तरह बाल्टी में बैठ जा! ध्यान से। घबराना नहीं। पहलवान ख़ुद न लुढ़क जाए? शुभ शुभ बोलो सब शुभ शुभ!

केशव की माँ के इस फ़रमान का असर है या किसी और बात का, माँ के सिवा सब लोग कुछ देर के लिए चुप रहते हैं। कुएँ में से भी कोई आवाज़ नहीं आती। मैं डर जाता हूँ। जी चाहता है कि कुएँ पर चढ़कर एक बार देवी को देख आऊँ। लेकिन वहाँ विश्वे पहलवान का पहरा है। बाबा अब भी बदस्तूर हाथ जोड़े खड़े हैं। मुझसे उनके चेहरे की बूढ़ी मुलायमत देखी नहीं जाती।

—हुआ क्या? केशव धीमे से पूछ लेता है।

—कोई कोई घड़ी ऐसी होती है कि जो बात मुँह से निकलती है, पूरी होकर रहती है, केशव की माँ ने जैसे अपने फ़रमान की वजह पेश कर दी हो।

मुझे लगता है जैसे बाबा, पहलवान और मेरे सिवा सब देवी को भूल गए हों।

—दारी बेटा, तू विश्वे को पीछे से पकड़ ले, पारो की माँ सुझाती है।

—वह इतनी भारी तो नहीं, चँबेली कहती है।

—क्या पता कितना पानी भर गया होगा उसमें। माई माया काँपती हुई आवाज़ में कहती है।

—और विश्वा भी तो आख़िर काग़ज़ी पहलवान ही है, दारी मज़ाक़ करता है।

—दारी बेटा...।

—ख़बरदार, किसी ने मुझे हाथ भी लगाया तो! विश्वे पहलवान की आवाज़ कुएँ का चक्कर लगाकर गूँज गई है।

—पहलवान, यह वक़्त ज़िद्द करने का नहीं, दातुनशाह बोलता है।

—ज़िद्द कौन कर रहा है? मैं तो अपना काम ही कर रहा हूँ। बातों से उसकी जान नहीं बचेगी।

—अब इस ज़िद्दी को कौन समझाए कि वह अकेला उसे खींच नहीं सकेगा, दारी दुहाई देता है।

—मैं अकेला नहीं। मेरा महादेव मेरे साथ है।

—लो सुन लो इसकी बात! उधर उसकी जान जा रही है, इधर यह कुएँ का मालिक बना बैठा है! ख़बरदार, ख़बरदार किए जा रहा है।

—इस उल्लू के पट्ठे को बुला कौन लाया? मेलेशाह पूछता है।

—शाहजी, ज़ुबान सँभालकर!

—पहलवान, तू अपना काम कर, मुड़ मुड़के न देख! दातुनशाह हुक्म देता है।

—कोई करने भी तो दे!

—बस बोल मत! किसी तरह बाल्टी उस तक पहुँचा।

—वही तो पहुँचा रहा हूँ, लेकिन वह भैंचो उसमें बैठे भी तो?

—पहलवान, ज़ुबान सँभालकर!

—कुछ तो शरम कर!

—इस बेशरम को बुलाया किसने?

—बुलाया किसी ने नहीं, इसे तो भगवान ने ही भेज दिया है, अब वही इस हरामी को वापस...।

—दारीशाह, तू ज़ुबान सँभालेगा कि नहीं?

—उसे क्यों नहीं कहते?

—कहीं बेचारी बेहोश तो नहीं हो गई? चँबेली पूछती है।

—नहीं हुई तो हो जाएगी, इतनी देर कोई रह सकता है इतने ठंडे पानी में!

माँ की कुरलाहट और ऊँची हो गई है।

—इससे तो अच्छा होता कि कोई समझदार आदमी उतर जाता कुएँ में और उसे उठाकर बिठा देता बाल्टी में।

यह ठहरा हुआ सुझाव हरे हलवाई का है।

—लेकिन वह उतरेगा कैसे? मेलेशाह पूछता है।

हरा हलवाई कब आ गया? उसे भी शायद भगवान ने ही भेज दिया हो। और पता नहीं किस किस को भेजेगा! हरदयाल और जीता अभी तक क्यों नहीं पहुँचे? उनके साथ शायद बालो भी आ जाए। असलम का घर तो बहुत दूर है। अच्छा हुआ कि यानीकि नहीं आ गया। उसे भगवान ने कहीं और भेज दिया होगा। लेकिन पहलवान अगर इसी तरह आले टेले करता रहा तो सारा क़स्बा इकट्ठा हो जाएगा। मुमताज़ शान्ति। बक्का जर्राह। शाम प्यारी। टुंडा लाट। फल्लो। प्रेमा पानवाला...

—उतरा तो जा सकता है, डॉक्टर साहनी मुदब्बराना अन्दाज़ में कहता है।

—डॉक्टर साहब, आपको इन चीज़ों का क्या पता! दारी बज़ाज़ मुँह बनाकर कहता है।

—पता क्यों नहीं होगा उन्हें? पैदा तो आख़िर यहीं हुए थे? विलायत तो बाद में ही गए!

हकीम ज़हूरबख़्श की आवाज़ बहुत सुथरी है।

—ख़ैर, अनाड़ी आदमी नहीं उतर सकता इस कुएँ में। नहीं तो वह उसे बचाता बचाता ख़ुद डूब जाएगा। बहुत गहरा कुआँ है। जिसे तैरना वैरना...

रहमत क़साई दातुनशाह की बात काटकर बोल उठता है—मैं उतर सकता हूँ, मुझे तैरना भी आता है, मैं कई कुओं में उतर चुका हूँ।

उसकी आवाज़ में कोई ढील नहीं, कोई झुकाव नहीं। सबकी नज़रें उस पर तन जाती हैं, उसकी कुएँ पर। विश्वा पहलवान भी सिर घुमाकर देख रहा है। माँ की कुरलाहट यकायक रुक गई है। मुझे अपने दिल की धकधक सुनाई दे रही है।

—पहलवान, तू अपना काम करता रह, इधर मत देख! मेलेशाह खीझी हुई आवाज़ में पुकारता है।

बाबा के हाथ कुछ ढीले पड़ गए हैं। मुझे लगता है कि उन्हें रहमत क़साई की पेशकश मंज़ूर है लेकिन वे दूसरों से डर रहे हैं।

—हुआ क्या? केशव पूछता है।

—तो ठीक है, रहमत, तू...

सबकी नज़रें हरे हलवाई पर उठ जाती हैं, और उसका फ़िक़रा पूरा नहीं होता। हकीम ज़हूरबख़्श रहमत क़साई के पास जा खड़ा हुआ है, डॉक्टर साहनी हरे हलवाई के पास। विश्वा पहलवान कुएँ पर झुका देवी से कुछ कह रहा है। मुझे कुछ साफ़ सुनाई नहीं देता, हालाँकि इस वक़्त उसके सिवा और कोई आवाज़ नहीं आ रही। औरतें माँ के इर्दगिर्द घेरा सा बाँध रही हैं। मुझे डर है कि माँ उनसे लड़ना शुरू कर देगी। बहनजी नरेश के कान में पता नहीं क्या कहे जा रही है। कहीं माँ ने उसे मुस्कुराते देख लिया तो बुरा होगा। कुमारी भी मुस्कुरा रही है। मैं केशव से पूछना चाहता हूँ कि वह क्यों मुस्कुरा रही है, लेकिन वह तो बौखलाया हुआ सा हरे हलवाई की तरफ़ ही देखे जा रहा है। रहमत क़साई भी हरे के इशारे के इन्तज़ार में नज़र आता है। हरा डॉक्टर साहनी की तरफ़ देख रहा है जैसे मदद माँग रहा हो।

—यह वक़्त छुआछूत का नहीं। रहमत, तू जूते उतारकर चढ़ जा कुएँ पर।

बहनजी और कुमारी के सिवा सब औरतें कानों को हाथ लगाकर दो बार राम का नाम लेती हैं। एक साथ। जैसे भगवान ने ही उन्हें कोई इशारा कर दिया हो।

रहमत क़साई कुएँ की तरफ़ क़दम बढ़ा ही रहा होता है कि हकीम ज़हूरबख़्श उसका हाथ पकड़कर कहता है—तू पागल हो गया है क्या?

—हकीम साहब, उसे रोको नहीं। यह वक़्त छुआछूत का नहीं, उस मासूम की जान बचाने का है!

हकीम सब पर एक ज़हरबुझी निगाह डालकर जली आवाज़ में जवाब देता है—यह बात तो तू अपने हिन्दुओं को समझा! हमें क्यों आँखें दिखा रहा है? हमारे इसलाम में तो छुआछूत का नाम तक नहीं!

—हकीम साहब, यह वक़्त बहस का नहीं...

—तू देखता नहीं इन सबकी सूरतों को? दंगा करवाना चाहता है? रहमत

क़साई की बोटी बोटी करवाएगा? एक तो वह अपनी जान ख़तरे में डाले, दूसरे इन काफ़िरों...

—ख़बरदार, जो किसी ने हिन्दुओं को काफ़िर कहा तो!

—पहलवान, तू अपना काम कर!

—हुआ क्या? केशव पूछता है।

—हकीम साहब, आप उसका हाथ क्यों नहीं छोड़ रहे?

—हाथ कैसे छोड़ दूँ? वह मेरा मुस्लिम भाई है। तू पहले इन सबको मनवा, फिर मैं उसका हाथ छोड़ूँगा।

—रहमत, तू हाथ छुड़ा क्यों नहीं लेता?

—हाथ तो छुड़ा लूँ लेकिन...

—लेकिन वेकिन का अब वक़्त नहीं!

—ख़बरदार, जो कोई मुसलमान इस कुएँ पर चढ़ा तो!

—पहलवान, अगर तू ख़बरदार ख़बरदार करने के बजाय उस बिचारी को निकाल लेता तो यह झगड़ा ही क्यों उठता।

—मैं पूरी कोशिश कर रहा हूँ, चाचा, लेकिन लड़की दीवार से इधर उधर ही नहीं हो रही, मैं क्या करूँ? कोढ़किल्ली की तरह चिपकी हुई है ईंटों से। उस बिचारी का भी कोई क़ुसूर नहीं। उसे डर लग रहा है...

—तू अब तक़रीर बन्द कर और किसी तरह लड़की को कुएँ से निकाल!

मेलेशाह का मुँह यूँ बिगड़ा हुआ है जैसे वह अपने बेटे दारी को ही झिड़क रहा हो। विश्वा पहलवान फिर कुएँ में झाँकना शुरू कर देता है। वह उसे दिखाई भी दे रही है या नहीं? इस बीच खाँसीशाह नाली के किनारे से उठकर खर खर करता हरे हलवाई के पास जा खड़ा हुआ है। डॉक्टर साहनी ज़रा परे हट जाता है। मैं वहाँ खड़ा होता तो मैं भी यही करता। खाँसीशाह की मूँछों में पीले मवाद के कई क़तरे टँगे हुए हैं।

—ख़ालसाजी, तुम समझदार आदमी हो, होश की बात करो, क्यों हमारा धर्म भ्रष्ट करवाने पर तुले हुए हो, क्यों फ़साद करवाने पर तुले हुए हो, आख़िर सुबह सवेरे ही आज तुम्हारी मत क्यों मारी गई है? मनियारीवाले ग्यानी की तरह।

—ख़बरदार, जो किसी ने मेरा नाम लिया तो!

मनियारीवाला ग्यानी जैसे उसी वक़्त गली में से उगकर खड़ा हो गया हो।

—खाँसीशाह, मैं किसी का धर्म भ्रष्ट नहीं करवा रहा, कोई फ़साद नहीं करवा रहा, मैं तो उस मसूम की जान...

—तू उस मसूम का चाचा लगता है? दारी बज़ाज़ चिल्ला उठता है।

—मोटी सी बात है, हरा सिंह, पता नहीं तेरे दिमाग़ में क्यों नहीं बैठ रही?

—सिखड़ों का दिमाग़ नहीं होता, दारी सबको याद दिलाता है।

—तू चुप रह, खाँसीशाह उसे झिड़क देता है।

—चुप कैसे रहूँ, चाचा, यह सिखड़ा...

—ख़बरदार जो किसी ने उसे सिखड़ा कहा तो! ग्यानी उगते ही आग उगलने लगा है।

—मोटी सी बात है कि यह कुआँ हिन्दुओं का है। हम सब इसका पानी पीते हैं। और तू इसमें उस क़साई को कुदवा रहा है?

खाँसीशाह यूँ खाँसना शुरू कर देता है जैसे रो रहा हो।

—खाँसीशाह, वह क़साई ही अब उसकी जान बचा सकता है।

रहमत क़साई बहुत ख़ुश नज़र आता है। मुझे ख़तरा है कि वह हाथ छुड़ाकर जूतों समेत कुएँ पर चढ़ जाएगा और सब हिन्दू जूते उतारकर उस पर।

—आख़िर वह मुसलमान ही तो है, हैवान तो नहीं!

—मुसलमान और हैवान...

—ख़बरदार! हकीम गरज उठता है।

—गरजने की कोई ज़रूरत नहीं! यह गली हमारी है, आपके बाप की नहीं! अभी तो पाकिस्तान भी नहीं बना! यह कुआँ हिन्दुओं का है...

—तो ले जाओ इसे हिन्दुस्तान!

—हकीम साहब, आप इन बेवक़ूफ़ों की बातों पर ध्यान न दें।

—ध्यान कैसे न दूँ, हरा सिंह, तू सुन नहीं रहा?

—मैं सब सुन रहा हूँ, लेकिन यह वक़्त सुनने का नहीं, उस मसूम की जान बचाने का है। खाँसीशाह का तो दिमाग़ ख़राब हो गया है खाँस खाँसकर!

—खाँस खाँसकर नहीं, मुसलमानों का ख़ून चूस चूसकर!

—ख़बरदार!

खाँसीशाह की आवाज़ एकदम खुल गई है।

—हरा सिंह अपने केस कटवाकर मुसलमान क्यों नहीं बन जाता है? ले क्यों नहीं आता उस मुसली नूराँ को अपने घर?

—ले आऊँगा, दारीशाह, ले आऊँगा। मुझे किसी माचो का डर नहीं। लेकिन यह वक़्त...

—पहलवान पता नहीं कर क्या रहा है? दातुनशाह बात बदलना चाहता है।

—वह तो तमाशे कर रहा है तमाशे! दारी हाथ नचाकर कहता है।

—वह तो जो कर रहा है कर ही रहा है तू क्या कर रहा है? तुझसे तो कोई तमाशा भी नहीं होता!

दारी मेलेशाह का मुँह देखकर रह जाता है।

—इसीलिए तो कह रहा हूँ कि उतरने दो रहमत को।

हरा हलवाई अपनी धुन का पक्का है।

—उस गाँख़ोर क़साई को? राम! राम!

मेलेशाह का मुँह यूँ हो गया है जैसे किसी ने उसमें गाय का मांस ठूँस दिया हो।

—तो बस ठीक है। उस मसूम की मौत का पाप तुम सबके सिर चढ़ेगा।

—चढ़ता है तो चढ़े! वह मरती है तो मरे! मसूम न मसूम! मैं सब जानती हूँ! वह कूदी क्यों थी कुएँ में? किसने कहा था उसे? किसी ने धक्का तो नहीं दिया था! आई को कोई टाल नहीं सकता! अगर उसकी क़िस्मत में मरना लिखा है तो कोई उसे बचा नहीं सकता! हम उसके लिए अपना धर्म भ्रष्ट करवा लें? हिन्दू मरद क्या

मर गए हैं? बस वही क़साई रह गया है उसकी जान बचाने के लिए? चढ़े तो सही वह कुएँ पर! मैं उसकी टाँगें तोड़ दूँगी! मैंने इस पुट्ठे बालोंवाले की जूड़ी उखाड़ के कुएँ में न फेंक दी तो कहना मैं पारो की माँ नहीं! यह सिखड़ा आख़िर चाहता क्या है? कि हम एक एक घूँट पानी के लिए तरस जाएँ? कि वह क़साई कुएँ में कूदकर उस कमजात को जफ्फे मारे!

मैं पारो की माँ की तरफ़ हक्की बक्की नज़रों से देख रहा हूँ। इसमें इतना तैश कहाँ से आ गया! भगवान ने ही भेज दिया होगा। उसके चेहरे पर झुर्रियों का नाच हो रहा है। माई माया की आँखें बुरी तरह झपट्टे मार रही हैं। केशव की माँ उसके पास जाकर उसे थपकियाँ सी देने लगी है, जैसे उसकी पीठ भी ठोंक रही हो और उसे सुला भी। हरा हलवाई सिर हिलाए जा रहा है। खाँसीशाह फिर नाली के किनारे जा बैठा है। रहमत क़साई यूँ खड़ा है जैसे अब भी कुएँ में उतर जाने के लिए तैयार हो। हकीम ज़हूरबख़्श ने उसका हाथ और मज़बूती से पकड़ लिया है। बशीरा दर्ज़ी उन दोनों के पीछे खड़ा हाँफ रहा है। माँ का मुँह खुला है। चँबेली की आँखें चमक रही हैं। मैं कुमारी की तरफ़ देखने से डरता हूँ। कहीं आँख न मार दे। दातुनशाह ने अपने हथियार नीचे रख दिए हैं। पहलवान बदस्तूर कुएँ पर झुका हुआ है। बाबा उसी तरह हाथ जोड़े खड़े हैं। मनियारीवाला ग्यानी शायद सबको मुँह ही मुँह में गालियाँ दे रहा है। बहनजी और नरेश यूँ खड़े हैं जैसे किसी दूसरे मुल्क के हों। डॉक्टर साहनी हरे हलवाई से कुछ कह रहा है, मेलेशाह अपने आप से। दारी इधर उधर देख रहा है, केशव मेरी तरफ़।

—हुआ क्या? केशव पूछता है।

मैं उससे अलग हो जाता हूँ।

—हमारी तरफ़ से सब जाओ जहन्नुम में। हम जा रहे हैं। हकीम की आवाज़ में थकी हुई हिक़ारत है।

—तो जाओ, रोक कौन रहा है?

—नालायक़ के बच्चे, तू चुप नहीं रह सकता? मेलेशाह दारी को दबा देता है।

—नहीं।

—चलो रहमत मियाँ चलें!

रहमत क़साई रुका रहता है, हरे की तरफ़ देखता हुआ, जैसे उसकी इजाज़त के बग़ैर हिलेगा नहीं।

—उस सिखड़े को भी साथ ले जाओ।

—यह नालायक़ चुप नहीं रह सकता।

—ख़बरदार, अब कोई मेरे दवाख़ाने पर आया तो!

माँ कुरलाना शुरू कर देती है, हकीम रहमत क़साई का हाथ खींचना।

—हमें मरना है तुम्हारी दवाई खाकर!

—नालायक़ के बच्चे तू चुप हो जा!

—मैं भी जा रहा हूँ, हरा हलवाई एलान करता है।

—तो जा, रोक कौन रहा है?

—इस नालायक़ का मुँह कभी बन्द नहीं होगा!

बशीरा दज़्री जभी दबे क़दमों से उनके पीछे हो लेता है। यूँ नज़र आता है जैसे कोई मैला पतंगा घिसिटता जा रहा हो।

—अब मुसले तो गए, इस पहलवान का अब क्या किया जाए?

—बस, अब सब चुप रहो! मैं बाल्टी खींच रहा हूँ।

—तो क्या वह बैठ गई बाल्टी में?

—बैठ नहीं गई तो और क्या?

मेरे सिवा सबके मुँह से राम राम निकल जाता है। माँ के सिवा सब कुएँ के पास खिसक आए हैं। दारी के सिवा सब चुप खड़े हैं।

—पहलवान, मैं लगाऊँ हाथ?

—तू अब क्या हाथ लगाएगा? तू बातें बना खड़ा होकर।

दारी बुदबुदाना शुरू कर देता है।

—तुम सब लोग शोर मचा रहे थे, मैं चुपचाप अपना काम करता रहा।

—पहलवान, अब तू शेख़ी मत मार। ध्यान से बाल्टी खींच।

—खींच नहीं रहा तो और अपना सिर कर रहा हूँ! यह अब मुझे हिदायतें देने आया है!

—उन मुसलों के जाने की देर थी कि भगवान ने उसे बिठा दिया बाल्टी में।

—अब बुलाओ हरे हलवाई को!

—गाँख़ोर क़साई को कुदवाना चाहता था कुएँ में!

—उसका भी क़ुसूर नहीं, घबरा गया था बेचारा।

—उसे अब गोली मारो, परमात्मा से यह माँगो कि यह ठीक ठीक निकल आए।

—कोई हड्डी वड्डी न टूट गई हो बिचारी की!

—नमूनिया न हो जाए!

—चाचा, इसे दो चम्मच बरांडी पिला देना। गरमाइश आ जाएगी बिचारी को।

—पहले उसे निकलने तो दो। अभी से इसे बरांडी की पड़ गई है!

—होश में भी है कि नहीं?

—अभी पता चल जाएगा।

—पहलवान, अब जल्दी मत मचाना! अब तो निकल आई।

—तू चुप रह, दारीशाह, अब मुझे हिदायतें मत दे। अब परधान बन रहा है। पहले कहाँ था?

—पहलवान, उसे छोड़, बाल्टी का ख़याल कर!

बाल्टी नज़र आने लगी है। देवी गठरी सी बनी उसमें बैठी हुई है। उसका मुँह दूसरी तरफ़ है। कुछ पता नहीं चलता कि होश में है या नहीं, ज़िन्दा भी है कि नहीं।

—अगर उन मुसलों ने शोर न मचा दिया होता तो...

—और उस सिखड़े ने...

—देवी की माँ, मुबारकाँ!

माँ वहीं दीवार के पास गिरी पड़ी कुरला रही है। बाबा हाथ बढ़ाकर बाल्टी को पकड़ ही रहे होते हैं कि दारी उन्हें पकड़कर पीछे खींच लेता है।

—चाचा, तू गिर जाएगा, यह काम तेरे बस का नहीं। मुझे पकड़ने दे।

मुझे डर है कि पहलवान बाल्टी को फिर कुएँ में फेंक देगा, लेकिन दारी बज़ाज़ बाबा को एक तरफ़ हटाकर बाल्टी को पकड़ लेता है।

—देवी की माँ, मुबारकाँ! केशव की माँ, माँ के सिर पर खड़ी है, चँबेली उसके पास बैठी उसका सिर दबा रही है। माँ के हाथ हवा में यूँ हिल रहे हैं जैसे वह भगवान या आसमान को इधर से उधर और उधर से इधर हटा रही हो। बहनजी और नरेश ग़ायब हो गए हैं। कुमारी खाँसीशाह से कुछ दूर नाली पर बैठी, धोती का तम्बू सा ताने, पेशाब कर रही है। पारो की माँ और माई माया पास पास खड़ी सिर हिला रही हैं। दातुनशाह अपने हथियारों की तरफ़ देख रहा है, मेलेशाह मनियारीवाले ग्यानी की तरफ़, जो बेतहाशा अपना सिर खुजला रहा है। केशव फिर मेरे पास आ खड़ा हुआ है। अब शायद उसे भी पता चल गया है कि हुआ क्या था।

—डॉक्टर साहनी को बुलाओ।

—वह अब क्या करेगा?

—ज़रा देख लेता इसे।

—देख लेगा, अब जल्दी क्या है? इसे इसी तरह बाल्टी समेत उठाकर ले जाओ घर।

—बाल्टी समेत क्यों? हिल तो रही है। आँखें भी खुली हैं। इसे बाल्टी से निकालो और सहारा देकर ले जाओ, क़दम क़दम!

—क्यों बेटी, चल लोगी?

—पहले इसे बाल्टी से तो निकालो!

—दारीशाह, तू बोलता बहुत है!

—इस नलायक़ के बच्चे से और तो कुछ होता हवाता नहीं, बस बातें बनानी आती हैं!

देवी अब बाल्टी में खड़ी है। पहलवान बाल्टी को पकड़कर बैठा हुआ है। बाबा देवी को सहारा दिए खड़े हैं। माँ कुरला रही है।

—देवी की माँ, मुबारकाँ!

—बेटी, अब पाँव बाहर निकाल लो, एक एक करके!

देवी के पाँव एक एक करके बाल्टी से बाहर आ जाते हैं।

—पैदल चल लोगी घर तक?

—बिचारी पूरी तरह होश में नहीं। जवाब कैसे दे?

निचुड़ते हुए कपड़ों में लिपटी खड़ी देवी किसी गीली मूर्ति सी दिखाई दे रही है।

—अच्छा हुआ मुसले चले गए नहीं तो दीदे फाड़ फाड़कर देखते इसे, केशव की माँ सबको सुनाकर कहती है।

दारी बज़ाज़ दीदे फाड़ फाड़कर देवी को देख रहा है।

—इसे पेट के बल लिटा दो यहीं थोड़ी देर के लिए, डॉक्टर साहनी बाबा को सलाह देता है।

—क्यों? पहलवान पूछता है।

—इसके फेफड़ों में पानी भर गया होगा, इसलिए, दारी बज़ाज़ पहलवान को बताता है।

—तुझसे किसने पूछा है? डॉक्टर साहब, क्यों?

—दारीशाह ठीक ही कह रहा है।

दारी बज़ाज़ पहलवान को दाँत दिखा देता है।

—डॉक्टर साहब, होश की बात करो! अभी अभी कुएँ से निकाली है, ठुरठुर कर रही है, पतलेपानी उसने कपड़े पहन रखे हैं, शरम के मारे वह मरी जा रही है, और आप उसे सबके सामने लिटा रहे हो। पेट के बल!

—पहलवान, डॉक्टर मैं हूँ कि तुम। इसका पानी निकालने दो यहीं। किसी से कहो कोई तौलिया या चादर ले आए दौड़कर! इसके कपड़े यहीं...

—पागल हो गए हो, डॉक्टर साहब! अब सबके सामने इसके कपड़े उतरवाओगे! यह विलायत नहीं! चाचा, तू खड़ा मेरा मुँह क्या देख रहा है? तेरी बेटी भगवान ने बचा दी है। अब ले भी जा इस बेचारी को! घर जाकर इसे बरांडी के दो चार चम्मच चढ़ा दे, फ़ौरन गरमायश आ जाएगी, पानी शानी सब निकल जाएगा। इस विलायती डॉक्टर की मत सुन। यह तो यहीं इसे नंगा कर देगा सबके सामने!

—मैं यहीं ले आऊँ बरांडी और तौलिया? दारी बज़ाज़ डॉक्टर साहनी से पूछता है।

—तू पहले क्या कर रहा था? पहलवान दारी बज़ाज़ से पूछता है।

—पहलवान, तू तो एकदम पागल है!

—और तू एकदम गधा! डॉक्टर साहब, इसका पानी मैं यहाँ नहीं निकालने दूँगा, सबके सामने! चाचा तू अब इसे ले भी जा घर! क्यों तमाशा दिखा रहा है सबको?

डॉक्टर साहनी सिर हिलाता हुआ पीछे हट जाता है।

—देवी की माँ, मुबारकाँ!

बाबा देवी को सहारा देकर घर की तरफ़ चल देते हैं। क़दम क़दम। माँ की कुरलाहट में अब कुछ गालियाँ भी घुल रही हैं। कई और लोग न जाने कहाँ से

निकल निकलकर कुएँ के इर्दगिर्द जमा हो रहे हैं—विश्वे पहलवान के चेले चाँटे, दूसरी गलियों की औरतें, बच्चे, राहगुज़र। दारी बज़ाज़ दीदे फाड़ फाड़कर देवी की तरफ़ देख रहा है, केशव मेरी तरफ़। एक ख़ौफ़नाक सा ख़याल अचानक मुझे चौंकाकर उड़ जाता है—इस सारे तमाशे के दौरान मैं केशव के सिवा किसी और को दिखाई ही नहीं दिया!

तमाशबीनों की भीड़ टूटकर कुछ गुच्छों में बँट गई है। बाक़ी सब सिरगोशियाँ कर रहे हैं, विश्वा पहलवान ऊँची आवाज़ में शेख़ी मार रहा है। अगर उसे भगवान ने आज इधर न भेज दिया होता तो बेचारी कुएँ में पड़ी पड़ी ही मर गई होती। किसी को सही सलामत इतने गहरे कुएँ से निकाल लेना हर एक के बस का काम नहीं! कई बातों का ध्यान रखना पड़ता है। एक साथ! रस्सी न टूट जाए! बाल्टी न उलट जाए! बाल्टी सिर माथे पर न जा लगे। अपनी जान पर खेले बग़ैर ऐसे काम हो ही नहीं सकते! और ऊपर से सबका शोर! दारी बज़ाज़ की बड़बड़! लेकिन अगर हर हर महादेव का हाथ उसके सिर पर न होता तो उसके हाथ पाँव भी फूल जाते! ऐसे मौक़ों पर शोर मचाने से काम नहीं चलता। चलो जो हुआ अच्छा हुआ! जवान जहान लड़की की जान बच गई। वैसे यह कुआँ है बहुत ख़तरनाक! जंगला तो होना ही चाहिए! लेकिन जिसने कूदने की ठान ली हो, उसे जंगला कैसे रोकेगा! पहलवान के पिट्ठू उसकी पीठ ठोंक रहे हैं। लेकिन वह सुबह सबेरे इधर आ कैसे गया? शायद वह भी चँबेली या केशव की माँ के यारों में से एक हो। केशव की माँ पारो की पोपली माँ के पास खड़ी बातें बना रही है। मुँह बना बनाकर। हाथ हिला हिलाकर। उसका पेट भी बढ़ चढ़कर उसकी बातों में हिस्सा ले रहा है। चँबेली और बाबा देवी को सहारा दिए क़दम क़दम हमारे घर के दरवाज़े की तरफ़ बढ़ रहे हैं। दरवाज़ा खुला है। देवी के कपड़े उसकी देह से चिपक गए हैं। उसके बालों में एक रस्सी सी उलझी हुई है। उसकी गर्दन यूँ झुकी हुई है जैसे टूट गई हो। पीछे से वह किसी निचुड़ती हुई दुल्हन सी नज़र आती है। जो वापस अपने मैके न जाना चाहती हो। नरेश और बहनजी पता नहीं कहाँ ग़ायब हो गए हैं? कुछ देर पहले बहनजी के चेहरे पर पुती हुई मुस्कुराहट पर मुझे बहुत ग़ुस्सा आया था। जब वह अपने ख़यालों में खोई हुई हो तो उसका चेहरा नंगा सा हो जाता है। ख़ौफ़नाक। मुस्कुराहटों के बावजूद। जैसे वह मन ही मन किसी ऐसी हरकत पर ख़ुश हो रही हो जो किसी दूसरे को न दिखाना चाहती हो। माँ कहती है कि उसकी आँखें चोरों जैसी हैं। लेकिन जब कभी वह खुलकर मुस्कुराती है तो उसकी आँखों में उजाला सा उतर आता है। माँ की आँखें हमेशा या तो बुझी नज़र आती हैं या जलती हुईं। माँ लड़खड़ाती हुई सी घर की तरफ़ दौड़ रही है। जैसे देवी को पकड़कर वापस कुएँ की तरफ़ घसीट लाना चाहती हो। एक बार

फिर कूदकर देख! अब देखती हूँ कौन निकालता है तुझे! मैं चाहता हूँ कि माँ ठोकर खाकर गिर पड़े। मैं घर नहीं लौटना चाहता। केशव पास खड़ा टुकर टुकर देख रहा है। जैसे पुचकार भी रहा हो और कोंच भी। जानना चाहता है कि हुआ क्या? देवी ने कुएँ में छलाँग क्यों लगाई? उसे शिकायत है कि जब से मेरे लाहोर जाने की बात पक्की हुई है; मैंने उससे कतराना शुरू कर दिया है। उसकी शिकायत बजा है। मुझे उसकी हँसी से डर सा लगने लगा है। उसकी माँ मुझसे कहती रहती है कि मैं उसे समझाऊँ कि बात बात पर हँसना ठीक नहीं। असलम कहता है कि अब उसे कोई कुछ नहीं समझा सकता, कि वह भी क़स्बे के दूसरे पागलों की तरह बेपनाह होता जा रहा है, कि उसे अब हम सब बेहूदा नज़र आते हैं।

—केशव, स्टेशन चलोगे?

मुझे अपनी आवाज़ किसी गुम्बद की गूँज सी सुनाई देती है। खोखली और ख़ौफ़नाक। जैसे मैंने मुँह बरसों बाद खोला हो। केशव मेरी तरफ़ यूँ देखता है जैसे झिड़क रहा हो—तेरी बहन अभी अभी डूबते डूबते बची है और तेरी माँ बेहोश होते होते और तू सुबह की गाड़ी देखने के लिए मचल रहा है! मैं मचल किसी चीज़ के लिए नहीं रहा। सिर्फ़ घर न जाने का बहाना ढूँढ़ रहा हूँ। और केशव की टिकटिकी तोड़ने का और अकेला न रहने का। मेरी टाँगें काँप रही हैं।

—चलोगे?

केशव की हँसी यूँ सुनाई देती है जैसे किसी उजाड़ में तबले की थाप। सब सिरगोशियाँ रुक जाती हैं, सब गर्दनें हमारी तरफ़ मुड़ जाती हैं। केशव की माँ लुढ़कती हुई सी अपनी तरफ़ आती दिखाई देती है। उसका चेहरा मुस्कुराहटों से दमक रहा है। पास पहुँचते ही वह हम दोनों को अपने पेट से लगा लेगी। मैं बाज़ार की तरफ़ भाग उठता हूँ, केशव मेरे पीछे पीछे। मैं मुड़कर नहीं देखता। डरता हूँ कि माँ भी मेरे पीछे भागना शुरू कर देगी। महसूस होता है कि उसकी आँखें मेरी पीठ में खुभती चली जा रही हैं।

ताँगों के अड्डे पर पहुँच हम रुककर हाँफना शुरू कर देते हैं। मुझे लगता है कि केशव अब भी हँस रहा है। इस दौड़ ने देवी की भीगी सहमी काया को मेरी याद से निकाल दिया है। लेकिन साँस सँभलते ही केशव फिर मुझे कौंचना शुरू कर देता है। मुझे ख़तरा है कि अगर मैं ख़ामोश रहा तो वह फिर हँसना शुरू कर देगा। मैं देवी के बारे में कुछ कहना या सोचना नहीं चाहता। लेकिन उसकी सहमी भीगी सी काया फिर किसी फाँस की तरह मेरे गले में अटक सी गई है। अगर मैंने उसे निकालने की कोई भी कोशिश की तो मेरी आँखों से आँसू बह निकलेंगे। तब केशव पता नहीं क्या करेगा। अगर मैंने उसे इसी तरह अटका रहने दिया तो साँस लेते रहना मुश्किल हो जाएगा। मैं केशव का और अपना ध्यान बदल देना चाहता हूँ। लेकिन आसपास कोई तमाशा वमाशा इस वक़्त नहीं हो रहा। बाज़ार बन्द और बेजान पड़ा

है। अड्डे पर उल्लू बोल रहे हैं। तभी एक तेज़ तर्रार ताँगा न जाने किस पोशीदा कोने से निकलकर स्टेशन की तरफ़ उड़ता हुआ नज़र आता है। मेरी उँगली उस तरफ़ उठ जाती है, केशव की आँखें मेरी उँगली की तरफ़। मैं धीरे से कह देता हूँ—वह ताँगा मुमताज़ शान्ति का है, जानते हो? शायद सुबह की गाड़ी से वह आ रही है।

केशव को मुमताज़ शान्ति के दीदार का कोई ख़ास शौक़ नहीं। वह कोई जवाब नहीं देता। उसकी निगाहें फिर मेरे चेहरे को चाप लेती हैं। असलम अगर साथ होता तो केशव की ज़िद्द इतनी सख़्त न होती। लेकिन वह तो बिस्तर में पड़ा होगा। शाम तक देवी की ख़बर उसे भी मिल जाएगी। और हरदयाल और जीते को भी। बाज़ार में जगह जगह बातें होंगी। विश्वा पहलवान पीपलवाले चौक में बैठ चटख़ारे ले लेकर सबको सारा क़िस्सा सुनाएगा। मेरे क़दम उठ ही रहे होते हैं कि केशव मेरा हाथ पकड़कर मुझे रोक लेता है—तेरी बहन अभी अभी मरते मरते बची है और तू मुमताज़ शान्ति के लिए तड़प रहा है! उसका हाथ गिलगिला और ठंडा है। जैसे मरी हुई मछली। असलम के मुताबिक़ बेतहाशा मुश्तबाज़ी करनेवालों के हाथ हमेशा ठंडे पसीने में तर ब तर रहते हैं। हरदयाल और जीते के मुताबिक़ उनके पाँव से भी हर वक़्त ठंडा पसीना छूटता रहता है। मैं अपना हाथ झटके से छुड़ाकर केशव की तरफ़ यूँ देखता हूँ जैसे कह दिया हो, मेरी जान ले लो लेकिन इस तरह मेरी तरफ़ देखो नहीं, न ही मेरा हाथ पकड़ो। वह आँखों ही आँखों में जवाब देता है, हाथ नहीं पकड़ूँगा लेकिन देखना तभी बन्द करूँगा जब देवी का सारा क़िस्सा मुझे मालूम हो जाएगा। देवी का सारा क़िस्सा तो मुझे भी मालूम नहीं। मैं आँखें झुका लेता हूँ। उस पर मेरी झुँझलाहट का असर होता है या मेरी झिझक का, मैं नहीं जानता, लेकिन उसने अपनी ज़िद्द यकायक छोड़ दी है। मुझ पर तरस खाकर या शायद अपने ही किसी अन्दरूनी उतार चढ़ाव से तंग आकर। मुझे महसूस होता है जैसे मुझे किसी शिकंजे से रिहाई मिल गई हो। जैसे मेरे गले में अटकी हुई वह फाँस अपने आप नीचे उतर गई हो। जैसे मैंने अपने आँसू पी लिए हों। जैसे घर बहुत पीछे छूट गया हो। कुछ देर गुमसुम खड़े रहने के बाद हम चुपचाप स्टेशन की तरफ़ चल देते हैं।

सुन्दर महल के गेट पर यानीकि खड़ा नज़र आता है। सूखा और उदास। जैसे अभी अभी शाम प्यारी से निबटकर बाहर आया हो। और अपने किए पर पछता रहा हो। मैं उसे उस मोटी सुअरनी के साथ सोया देख नहीं सकता। सब अफ़वाहों के बावजूद। लेकिन आजकल तो वह यहाँ है भी नहीं। गर्मियाँ शिमले में ही काटती है। या मरी में। दोनों नाम मुझे बहुत सुहाने लगते हैं। शिमला और कोहमरी। यानीकि अपनी तक़रीरों में कभी कभी उनका ज़िक्र कर देता है। शाम प्यारी को लेकर ही। कहता है वह कमीनी चाहे शिमले रहे चाहे मरी, मरवाए बग़ैर एक दिन भी नहीं रह सकती, यानीकि यही उसकी ख़ूबी है, यही ख़राबी, यानीकि उसकी हवस की कोई हद नहीं।

मैं इस वक़्त यानीकि के चक्कर में नहीं फँसना चाहता। वह भी अपने ख़यालों

में खोया हुआ नज़र आता है। इस तरह अकेला वह बहुत कम नज़र आता है। बाज़ार में इतना बेज़ार भी नज़र नहीं आता। न ही इतना ठिगना और मैला। मैं आँखें चुराकर आगे निकल जाना चाहता हूँ। लेकिन केशव के क़दम सुस्त पड़ते जा रहे हैं। उसकी टिकटिकी फिर बँध गई है। अबकी बार यानीकि पर। शायद वह उससे पूछना चाहता है कि वह वहाँ खड़ा क्या सोच रहा है, कि उसकी क़मीज़ फटी हुई क्यों है, कि उसका पाजामा इतना उटंगा क्यों है, कि वह सिर पैर से नंगा क्यों है। मैं केशव को कुछ कहने या कुहनी मारने से डरता हूँ। वह कहीं लड़ना न शुरू कर दे। यानीकि की कलाई पर एक बड़ी सी घड़ी बँधी है। उसके मुँह में ठुँसी हुई मोटी दातुन किसी लम्बे सिगार सी नज़र आती है। उसके मुँह में दाँत नहीं। हमें देखते ही उसकी बाछें खिल जाती हैं। वह दौड़कर हमारे पास आ खड़ा होता है। जैसे हमारा हमजोली हो। केशव उससे हाथ मिलाता है। मेरे हाथ मेरी पीठ पीछे ही बँधे रह जाते हैं। केशव की टिकटिकी अभी भी नहीं टूटी।

—अज़ीज़ो, कहाँ जा रहे हो? यानीकि तुम हमेशा तो इधर सैर नहीं करते? मैं तो कई बार रात को भी यहीं सो जाता हूँ। मोटी महारानी के बाग़ में। बड़ा आनन्द मिलता है। यानीकि नींद आ जाती है। मेरा घर तुमने नहीं देखा। वहाँ मच्छर बहुत हैं। मक्खियों से भी बड़े बड़े। किसी दिन आना, तुम्हें दिखाऊँगा। सुबह की गाड़ी देखने जा रहे हो? यानीकि रौनक़ देखने? सब छोटे बड़े रौनक़ के शौक़ीन हैं। मेरे समेत। रौनक़ का लालच न हो तो कोई पैदा ही न हो। सब अन्दर ही सोए पड़े रहें। लेकिन पैदा होते ही बच्चा चीख़ना चिल्लाना शुरू कर देता है। पता है क्यों? यानीकि कभी सोचा है क्यों? क्योंकि बाहर की रौनक़ उसे अच्छी नहीं लगती। वह चिल्लाता है कि उसे फिर वहीं घुसेड़ दिया जाए जहाँ से वह निकला है। लेकिन कोई उसकी सुनता नहीं। यानीकि किसी को उसकी बात की समझ ही नहीं आती। उसी तरह जैसे तुम्हें मेरी बात की नहीं आ रही। न आए। मैं क्या कर सकता हूँ? लेकिन बेवक़ूफ़ो, सुबह की गाड़ी में तो रौनक़ होती ही नहीं। वह तो शाम की गाड़ी में भी कभी कभी ही होती है। आमतौर पर तो भीड़ ही होती है। और आजकल तो वह भी नहीं होती। लोगों ने सफ़र करना बन्द कर दिया है। यानीकि कहते हैं कि पहले पाकिस्तान का फ़ैसला हो ले। सुबह को तो सब मुसाफ़िर मुरझाए से नज़र आते हैं। खिड़कियाँ भी नहीं खोलते। यानीकि बाहर से कुछ नज़र ही नहीं आता। बस कभी हुआ तो कोई नंगा टामी टाँगें फैलाए सोया पड़ा नज़र आ जाता है। दरअसल सोया हुआ वह नहीं होता। नींद के बहाने नज़्ज़ारे दिखा रहा होता है। यानीकि उसे मालूम है कि अब इस मुल्क में अंग्रेज़ी राज ख़त्म हो रहा है। इसीलिए वह चाहता है कि आख़िरी बहार को बेकार न जाने दे। लेकिन किसी नंगे गोरे को तुम रौनक़ तो नहीं कहोगे? चलो मैं भी तुम्हारे साथ चलता हूँ। यानीकि रौनक़ देखने का शौक़ मुझे भी है। सुबह की गाड़ी देखे एक ज़माना हो गया है। यानीकि एक महीना। क्या पता कि आज गाड़ी गोरों

से भरी हुई हो! सबको वापस वहीं भेजा जा रहा है जहाँ से वे आए थे। सालों ने दो सदियाँ यहाँ साहिबी में गुज़ार दीं। और क्या चाहते हैं? लेकिन अब सवाल यह पैदा होता है कि इस मुल्क का क्या होगा! बँटवारा होगा या कटवारा या दोनों? किसी को इसकी कोई चिन्ता ही नहीं।

—मुझे तो बहुत है।

मैं केशव की आवाज़ से चौंक उठता हूँ।

—शाबाश! नौजवानों को मुल्क की चिन्ता होनी ही चाहिए। यानीकि अगर मुल्क की नहीं तो क़स्बे की तो होनी ही चाहिए।

—मुझे तो मुल्क की भी है और क़स्बे की भी।

केशव के चेहरे पर किसी शरारत या मज़ाक़ या शक के कोई आसार नहीं। वह सचमुच गहरी चिन्ता में डूबा हुआ नज़र आता है। मुझे ख़तरा है कि वह मेरी तरफ़ इशारा करके कह देगा—इस ख़बीस को न मुल्क की चिन्ता है न क़स्बे की।

—बहुत अच्छी बात है, अज़ीज़। यानीकि मैं तुम पर बहुत ख़ुश हूँ। मैं जानता हूँ कि तुम इस बार फिर फ़ेल हो गए हो। मुझे एक दिन तुम्हारी माँ मिल गई थी। वह स्वामी पूर्णानन्द के बाग़ की तरफ़ जा रही थी, मैं बाज़ार में खड़ा बकवास कर रहा था। यानीकि तक़रीर कर रहा था। वह मेरे पास आ खड़ी हुई। जैसे मुझसे कुछ कहना चाहती हो। यानीकि कोई फ़रियाद करना चाहती हो। पहले तो मैंने उसे पहचाना ही नहीं। मोटी बहुत हो गई है। एक ज़माना था कि बहुत नाज़ुक हुआ करती थी। यानीकि तुम्हारी पैदाइश से भी पहले की बात है। तब तुम्हारा बाप इतना दब्बू नहीं होता था। न जाने वह सरकारी साँड अपनी सखियों को क्या खिलाता पिलाता रहता है। सब साँडनियाँ नज़र आती हैं। ख़ैर मैं बोलता रहा, वह बिटर बिटर मेरी तरफ़ देखती रही। मैंने सोचा कोई सिरफिरी होगी, चली जाएगी। लेकिन वह तो घंटा भर हिली ही नहीं। यानीकि बहुत दिलेर औरत है। भरे बाज़ार में सबके सामने सीना ताने खड़ी रही। और जब मैं साँस लेने के लिए रुका तो वह बोली, मेरा बेटा इस बार फिर फ़ेल हो गया है। उसकी आवाज़ सुनते ही मैंने पहचान लिया कि वह कौन है। औरत की सूरत तो बदल जाती है, आवाज़ कभी नहीं बदलती। यानीकि बरसों के बाद भी पहचानी जा सकती है।

केशव अचानक हँसना शुरू कर देता है। उसकी हँसी का किसी एक बात से कोई सीधा ताल्लुक़ मुझे नज़र नहीं आता। यूँ लगता है जैसे उसी वक़्त सब कुछ उसे बिल्कुल बेहूदा नज़र आने लगा हो। मैं डर रहा हूँ कि यानीकि हम दोनों से नाराज़ हो जाएगा। लेकिन उस पर केशव की हँसी का कोई असर ही नहीं हुआ दिखाई देता। वह खड़ा उसकी तरफ़ यूँ देख रहा है जैसे कह रहा हो, जूँही तुम हँसना बन्द करोगे, मैं अपनी बात फिर जारी कर दूँगा। केशव उसका इशारा समझकर हँसी यूँ एकदम बन्द कर देता है जैसे वह झूठमूठ की हो।

—पता नहीं उसने तुम्हारे फ़ेल होने की ख़बर मुझे क्यों दी थी। शायद सोचा हो कि मैं तुम्हें पढ़ा लिखाकर पास करवा दूँगा, या कम अज़ कम किसी दिन तुम्हें पकड़कर समझा दूँगा कि पास होना कितना ज़रूरी है। उसने यह तो कभी भी नहीं सोचा होगा कि मैं समझता हूँ कि फ़ेल होना ज़रूरी हो न हो लियाक़त का सबूत ज़रूर है, कि पास सिर्फ़ पढ़ाकू ही होते हैं और पढ़ाकू लायक़ नहीं होते, सिर्फ़ किताबी कीड़े ही होते हैं, यानीकि उन्हें आता जाता कुछ नहीं...।

केशव की हँसी फिर फूट निकलती है। हँसने के साथ साथ वह मेरी तरफ़ इशारा किए जा रहा है। यानीकि मेरी तरफ़ यूँ देखता है जैसे पहली बार देख रहा हो। मुझे ख़तरा है कि अब वह मेरी माँ के बारे में कोई क़िस्सा सुना देगा। मेरा जी चाहता है कि उन्हें वहीं खड़ा छोड़कर स्टेशन की तरफ़ भाग जाऊँ। केशव की हँसी फिर बन्द हो जाती है।

—तुम उतावले क्यों हो रहे हो, अभी गाड़ी में बहुत वक़्त है। यह घड़ी देखते हो? यह मुझे टुंडे लाट ने दी है। वह मेरा पक्का दोस्त है। तुम दोनों भी पक्के दोस्त हो। यानीकि मेरे नहीं, एक दूसरे के?

—मैं तो इसका हूँ, यह मेरा नहीं।

केशव की आवाज़ बिलकुल बेलिहाज़ है। अगर मैंने उसे रोका नहीं तो वह यानीकि को सब कुछ बता देगा। अपने बारे में, अपनी माँ के बारे में, शूम की बीवी के बारे में, कुमारी के बारे में, मेरी माँ के बारे में, देवी के बारे में, सबके बारे में। लेकिन यानीकि को शायद पहले ही सब कुछ मालूम हो। वह हर वक़्त बाज़ार में गश्त लगाता रहता है, उसे तो सब कुछ से भी ज़्यादा मालूम होगा। सबके बारे में। वह भी केशव की तरह सच बोलने के लिए मशहूर है। आज इत्तफ़ाक़ से इन दोनों का मिलाप हो गया है, आज सब परदे फ़ाश हो जाएँगे। मेरा चेहरा फ़क़ हो जाता है।

—तुम यकायक इतने पीले क्यों पड़ गए?

यानीकि का हाथ मेरी पीठ पर आ पड़ा है। एक सूखे पत्ते सा। इसका वज़न तो बहुत ही कम होगा।

—इसकी बहन ने आज सुबह सबेरे कुएँ में छलाँग लगा दी थी।

केशव की आवाज़ में कोई ऊँच नीच नहीं। उसका चेहरा कोरा है और आँखें ख़ाली। यानीकि का हाथ मेरी पीठ से उड़कर केशव की पीठ पर जा गिरता है।

—बच गई कि नहीं?

—बच गई।

मैं फिर एक तरफ़ कर दिया गया हूँ।

—निकाला किसने?

—विश्वे पहलवान ने।

—वह बड़ा गप्पी है। तुम दोनों मौक़े पर मौजूद थे?

—इसका पता नहीं, मैं आधे पर मौजूद था।

—यानीकि जब विश्वा उसे निकाल रहा था?

—हाँ।

—यानीकि तुमने अपनी आँखों से देखा था? यानीकि उसने कोई हेराफेरी तो नहीं की? वह बहुत झूठ बोलता है। इसीलिए पूछ रहा हूँ।

—हाँ, मैंने अपनी आँखों से देखा था। इसने भी देखा था। और भी कई लोग थे। सारी गली इकट्ठी हो गई थी।

मैं चाहता हूँ कि चिल्लाकर कहूँ, बात मेरी बहन की कर रहे हो, सवाल उससे पूछते जा रहे हो, मुझसे क्यों नहीं पूछते।

—लेकिन क्या सबूत है कि उसने छलाँग ही लगाई थी? कि किसी ने उसे धक्का नहीं दिया? या यूँ ही उसका पाँव वाँव नहीं फिसल गया? यानीकि अगर तुमने या किसी और ने उसे छलाँग लगाते नहीं देखा तो तुम कैसे कह सकते हो कि उसने छलाँग लगा दी थी?

उसका रुख़ केशव की तरफ़ है। मैं ख़ुश हूँ कि मेरी तरफ़ नहीं। मैं केशव का जवाब सुनना चाहता हूँ। मुझे उसकी होशियारी पर हैरानी हो रही है। हैरानी मुझे यानीकि की पूछताछ और उसके अन्दाज़ पर भी कम नहीं हो रही। दोनों यूँ बात कर रहे हैं जैसे इस क़िस्म की बातें पहले कई बार कर चुके हों। और एक मैं हूँ कि मिट्टी का माधो बना खड़ा हूँ। केशव से पछाड़ खा रहा हूँ। यानीकि से डर रहा हूँ।

—बोलो, केशव महाराज, बोलो।

—इससे पूछो। बहन इसकी है। इसे पता होगा। मुझे तो अब यह कुछ बताता नहीं है। अभी से लाहोरी हो गया है।

केशव शायद और भी कुछ कहता, लेकिन यानीकि का रुख़ अब मेरी तरफ़ हो गया है। अगर बाबा पगड़ी उतारकर और सलवार के बजाय पाजामा पहनकर नंगे पाँव खड़े हो जाएँ तो दूर से वे भी यानीकि ही नज़र आएँ। बस सिर्फ़ दाँतों का फ़र्क़ रह जाएगा। बाबा के दाँत पक्के हैं। माँ कहती है कि पक्के तो उसके भी बहुत थे लेकिन कुछ ख़ुराक की कमी से और कुछ बाबा की मारपीट से सब हिलने शुरू हो गए हैं।

—क्यों बे मिट्टी के माधो, तू ही बता!

उसकी आँखों में शरारत तो है, कमीनापन नहीं। केशव की आँखों में इस वक़्त कुछ भी नहीं, वह मानो हम दोनों को आमने सामने कर ख़ुद किनाराकश हो गया है। पहले कभी इतना कोरा नहीं हो पाता था। मेरी अपनी आँखों में फिर आँसू उतर आए हैं। इसीलिए मैं दूसरों की आँखों के बारे में सोच रहा हूँ। अगर मैंने कोई जवाब न दिया तो ये आँसू ढुलक पड़ेंगे।

—मैंने उसे छलाँग लगाते तो नहीं देखा था।

—और किसी ने?

—मुझे पता नहीं।

—लेकिन तुम समझते हो कि उसने छलाँग ही लगाई थी। यानीकि जानबूझकर?

अगर केशव का डर न होता तो मैंने झूठ बोल दिया होता। अगर यानीकि का डर न होता तो मैंने सच बोलने में इतनी देर न लगाई होती। अगर यानीकि के सवालों ने मुझे बाँध न लिया होता तो मैं इन दोनों को वहीं छोड़कर स्टेशन की तरफ़ भाग गया होता। मुझे यह ख़तरा भी है कि मेरा जवाब सुनते ही उसके सवाल और नंगे, और नुकीले हो जाएँगे। सो मैं सिर झुकाए ख़ामोश खड़ा रहता हूँ। इस उम्मीद में कि वह मेरी हालत देखकर या वैसे ही इस बातचीत से उकताकर किसी और तरफ़ बहक जाएगा।

—जवाब दे बीरू!

मैं केशव की कड़क सुन चौंक उठता हूँ। वह मुझसे सच बुलवाने पर तुला हुआ है।

—हाँ, मैं धीमे से कह देता हूँ।

—यानीकि?

—मैं यही समझता हूँ कि उसने जानबूझकर ही छलाँग लगाई थी।

—यानीकि वह ख़ुदकुशी करना चाहती थी।

—हाँ।

—लेकिन, क्यों?

मैं चुप रहता हूँ। केशव को मेरी मदद करनी चाहिए। उसकी तरफ़ देखता हूँ। वह बेलाग खड़ा है।

—जवाब दे बीरू!

—क्योंकि माँ उसकी शादी नहीं होने दे रही।

—किससे?

—नरेश से।

—नरेश कौन है?

—बहनजी का धर्मबेटा।

—यानीकि अपनी माँ का यार!

केशव मुँह उठाकर हँसना शुरू कर देता है, मैं सिर झुकाकर झल्लाना। मुझे ख़तरा है कि केशव यानीकि को बता देगा कि लड़के उसे भी माँ का यार कहते हैं, हालाँकि वह धर्मबेटा नहीं।

—अज़ीज़, अब सारा झमेला मेरी समझ में आ गया है। यानीकि बिलकुल साफ़ हो गया है। इस पर भी साफ़ हो गया होगा, इसीलिए यह हँस रहा है। यह फ़ेल बेशक दो बार हो चुका है लेकिन बेवक़ूफ़ नहीं। यानीकि जो लोग इसे पागल समझते हैं वे बेवक़ूफ़ भी हैं और बेईमान भी। कुछ कुछ तो तुम्हारी समझ में भी आ ही गया

होगा। वर्ना तुम इतने दुखी न होते। तुम नादान तो हो लेकिन बेवक़ूफ़ तुम भी नहीं। कहो तो सारी बात समझा दूँ?

मैं चुप रहता हूँ।

—समझा दो, उस्ताद, समझा दो। यह अपने मुँह से कभी नहीं कहेगा।

केशव की हँसी ख़त्म हो गई है, और उसकी सूरत फिर सपाट। मैं हैरान हूँ कि इसने यानीकि की शागिर्दी कब क़बूल कर ली। कहीं मैं भी कॉलेज का ख़याल छोड़कर इन दोनों के साथ यहीं तो नहीं रह जाऊँगा। अगर यानीकि ने तक़रीर छेड़ दी तो गाड़ी निकल जाएगी।

—गाड़ी की चिन्ता मत करो, अज़ीज़, उसमें अभी बहुत वक़्त है। हमेशा लेट होती है। ऐसा घना साया स्टेशन पर नहीं मिलेगा। यानीकि चलते-चलते ऐसी बातें नहीं हो सकतीं। और धूप में वैसे भी ध्यान बदल जाता है। बोलो, समझा दूँ?

—समझा दो, उस्ताद, यह अपने मुँह से नहीं कहेगा। मैं इसे जानता हूँ।

—मैं इसे ही नहीं जानता, इसके सारे ख़ानदान को भी जानता हूँ। इसका बाप किसी ज़माने में मेरा दोस्त हुआ करता था। यानीकि हम इकट्ठे बैठकर पिया करते थे।

मेरे कान खड़े हो जाते हैं। जी चाहता है कि वह और कुछ समझाने के बजाय उस ज़माने की बातें बताने लगे। फिर डर जाता हूँ कि पता नहीं क्या क्या बता दे।

—डरो नहीं, मैं तुम्हारे बाबा के भेद तुम्हें नहीं बताऊँगा, उसकी बुराई कभी नहीं करूँगा, वह बहुत भला आदमी है। खाने पीनेवाला आदमी कभी बुरा नहीं होता। यानीकि उसमें कमीनापन नहीं होता। ख़ैर तो सुनो। मैं उस बहनजी को भी अच्छी तरह से जानता हूँ। तुम्हारी माँ जो कर रही है ठीक ही कर रही है। तुम्हारी बहन बेवक़ूफ़ है। यानीकि उस पर जवानी की भूख सवार है। उसे कुछ नज़र नहीं आता। लड़की पर जब जवानी आती है तो वह अन्धी हो जाती है। वैसे बेवक़ूफ़ तो तुम्हारी माँ भी कम नहीं, लेकिन नादान वह नहीं। बेवक़ूफ़ी और नादानी का फ़र्क़ बहुत बारीक होता है। यानीकि आम इंसान को दिखाई ही नहीं देता। औरत हमेशा औरत के मन का चोर पकड़ लेती है यानीकि तुम्हारी माँ ने बहनजी की बेईमानी पकड़ ली है। मैं औरत नहीं लेकिन औरत का भी बाप हूँ। यानीकि न नादान हूँ न बेवक़ूफ़। मैं अव्वल दरजे का घाघ हूँ। मैंने ऐसी बहुत देखी हैं जो हर जने खने को भाई और बेटा बनाकर दुगने मज़े लेती हैं। मैं ख़ुद कइयों को ऐसे मज़े दे चुका हूँ। किसी ज़माने में शाम प्यारी भी मेरी धर्मबहन हुआ करती थी। लेकिन उसकी तो बात ही अलग है। यानीकि वह तो अपने सगे भाई या बेटे को भी न छोड़े। उससे तो तौबा ही भली।

कुछ देर के लिए वह ख़ामोश रहता है, मैं सुन्दर महल की तरफ़ देखता रहता हूँ, केशव मेरी तरफ़।

—शाम प्यारी को तो गोली मारो, मैं आम औरतों की बात करना चाहता हूँ। और आम मर्दों की। यानीकि उन लोगों की जो खुलेआम बदमाशी कर ही नहीं सकते।

क्योंकि उन्हें लोकलाज का डर लगा रहता है। उनके लिए बस एक यही चारा रह जाता है। जिससे दिल लगा उसे धर्मबेटा या धर्मभाई बना लिया। यानीकि धर्म की आड़ उनके लिए ज़रूरी हो जाती है। इसमें उनका भी कोई क़ुसूर नहीं। अगर यह आड़ न हो तो आधे लोग तो यूँ ही पागल हो जाएँ। इसीलिए आमतौर पर जो जितना धर्मात्मा होता है उतना ही पाखंडी और कामयाब भी। उस सरकारी साँड स्वामी पूर्णानन्द को ही लो। उससे बड़ा चूतबाज़ इस क़स्बे में और कौन होगा? सब लोग जानते हैं कि उसके बाग़ में क्या क्या गुल खिलते हैं, कैसी कैसी लीलाएँ खेली जाती हैं, लेकिन कोई कुछ नहीं कर सकता। वह सब औरतों का धर्मपति बना हुआ है। और उस मास्टर बिहारी लाल को तो तुम जानते ही हो। डॉक्टर साहनी की बीवी का धर्मभाई। अब डॉक्टर साहनी को क्या पता नहीं? उसे सब पता है। यानीकि वह जानता ही होगा कि अगर वह ख़ुद वहाँ मेम के बग़ैर नहीं रह सकता तो उसकी बीवी यहाँ मर्द के बग़ैर कैसे रह सकती है? फ़र्क़ इतना ही है कि आम औरत हिन्दुस्तान में अगर खुल्लमखुल्ला किसी पराए मर्द के साथ रहने लगे तो लोग उसका जीना हराम कर दें। तो वह क्या करती है? वह किसी मनपसन्द मर्द को अपना धर्मभाई बना लेती है। एक पन्थ दो काज। यानीकि आम के आम, गुठलियों के दाम। यानीकि उसका पाप छुपा रहता है। दूसरों की नज़र से भी और कभी कभी उसकी अपनी नज़र से भी। यानीकि जिस गले सड़े समाज में हर एक पर हज़ारों बन्दिशें होंगी, उसमें उन बन्दिशों को धर्म और धोखे की मदद से ही तोड़ा जा सकता है। यानीकि जिसकी लाठी उसी का सिर! समझे! समझे कि नहीं।

यानीकि यूँ रुक गया है जैसे कह रहा है कि जब तक हम समझेंगे नहीं वह आगे नहीं बढ़ेगा।

—मैं तो सब समझ गया हूँ उस्ताद, इसका मुझे पता नहीं।

केशव तो आज ग़ज़ब ढा रहा है। उसके कसे हुए चेहरे से कुछ पता नहीं चलता कि वह मेरा मज़ाक उड़ा रहा है या यानीकि का। मुझे हैरानी होती है कि मुझे यह शक क्यों हुआ कि वह मज़ाक उड़ा रहा है।

—अब यह कहाँ का इंसाफ़ है कि हिन्दू या सिख लड़की किसी मुसलमान से और मुसलमान लड़की किसी हिन्दू या सिख से इश्क़पेचा ही न लड़ाए! लड़कियों की मिसाल इसलिए दे रहा हूँ क्योंकि बात बीरू की बहन से शुरू हुई थी। और इसलिए भी क्योंकि उन पर पाबन्दियाँ हमेशा ज़्यादा होती हैं, और इसलिए भी क्योंकि वे उन पाबन्दियों को किसी न किसी तरह तोड़ ही लेती हैं। अब पाबन्दियों को या तो बहादुरी से तोड़ा जा सकता है या बेईमानी से। जो बहादुरी नहीं कर पाते, बेईमानी का सहारा लेते हैं। वैसे कभी कभी बहादुरी और बेईमानी में कोई फ़र्क़ नहीं रहता। यानीकि कभी कभी बेईमानी बहादुरी की ही बहन नज़र आती है। समझे! समझे कि नहीं समझे!

इस बार मैं बोल उठता हूँ—मैं तो सब समझ गया हूँ उस्ताद, इसका मुझे पता नहीं।

केशव हँस पड़ता है।

यानीकि एक नज़र मुझ पर डालता है, एक केशव पर। जैसे हमारी समझ की जाँच कर रहा हो।

—यानीकि हिन्दू लड़कियाँ मुसलमानों को और मुसलमान लड़कियाँ हिन्दुओं को राखी बाँधती रहती हैं। बेचारियाँ सोचती हैं कि शायद इसी तरह से मेलमिलाप की कोई सूरत निकल आए। और कभी कभी वह सूरत निकल भी आती है। तुम दोनों ने भी मुसलमान लड़कियों से कभी तो आँख लड़ाई होगी? किसी दोस्त की बहन से या बहन की सहेली से। अगर अभी नहीं लड़ाई तो कभी न कभी तो लड़ाओगे ही। मैं तुमसे तुम्हारे भेद नहीं पूछ रहा, एक बात कर रहा हूँ। यानीकि तुम्हें यह समझा रहा हूँ कि बहता पानी अपना रास्ता निकाल ही लेता है, कि जवानी मस्तानी है। मैं यह नहीं कह रहा कि सब पाबन्दियाँ बुरी हैं, कि बेईमानी बुरी नहीं, कि बहादुरी आसान है। आसान या अच्छा या बुरा दरअसल कुछ भी नहीं। यानीकि सब कुछ है। लेकिन उस चक्कर में मैं तुम्हें नहीं डालूँगा। मैं तो फ़िलहाल यही चिल्लाना चाहता हूँ कि बेकार की पाबन्दियों को तोड़ना कभी कभी ज़रूरी हो जाता है। किसी भी तरीक़े या तदबीर से। अगर खुलकर नहीं तो लुक छुपकर ही सही। अगर डटकर नहीं तो डरकर ही सही। अगर धर्म की मुख़ालिफ़त से नहीं तो उसकी मदद से ही सही। और मैं यह भी चिल्ला ही दूँ कि जो लोग कभी किसी पाबन्दी को नहीं तोड़ते, वे या तो पिस जाते हैं या पागल हो जाते हैं। जैसे कि सब आम लोग। और जो लोग हर पाबन्दी को तोड़ने पर तुले रहते हैं, वे पिसें या न पिसें पागल ज़रूर हो जाते हैं जैसे कि मैं और मेरे जैसे कुछ और ख़ास ख़ास लोग। यानीकि मैं बादशाह को भी इसी ज़ुमरे में शामिल कर लेना चाहता हूँ। हालाँकि वह मेरी तरह भैं भैं नहीं करता। और जो लोग कुछ गिनी चुनी पाबन्दियों को ही तोड़ते हैं, और वह भी पूरी बेबाकी से, यानीकि नतीज़ों और ख़तरों की परवाह किए बग़ैर, वे न पिसते हैं न पागल होते हैं यानीकि उनके चेहरों पर उनकी बेबाकी की चमक आख़िर तक बनी रहती है। और वे अपनी तमाम महरूमियों के बावजूद और बीच मस्त नज़र आते हैं। जैसेकि फल्लो, जिसे क़स्बे के जाहिल न जाने फल्लो जुलाहिन कहकर क्यों बुलाते हैं!

मैं कहना चाहता हूँ कि मैं भी उन जाहिलों में से एक हूँ, लेकिन मेरे मुँह से निकलता कुछ और ही है—तो क्या वह जुलाहिन नहीं?

—हो या न हो, उससे क्या फ़र्क़ पड़ता है। यानीकि उस औरत की सबसे बड़ी ख़ूबी यह तो नहीं कि वह जात की जुलाहिन है?

—तो क्या है? केशव चुपके से कह देता है।

—यही कि वह दिलेर है।

—उस्ताद, एक बात पूछूँ?

मुझे फिर हैरानी होती है कि केशव एकदम इतना दिलेर कैसे हो गया? मैं तो

यानीकि से डर रहा हूँ और वह उसे उस्ताद उस्ताद कहे जा रहा है। मैं क्यों उसे उस्ताद नहीं कह सका खुलकर? अगर हिम्मत करके कह दूँगा तो भी बात बनेगी नहीं। मुझे चाहिए कि अपनी जगह केशव को ही लाहोर भेज दूँ।

—पूछो, पूछते क्यों नहीं? मैं इतनी देर से बकवास क्यों कर रहा हूँ आख़िर? इसीलिए तो कि तुम मुझसे सवाल पूछो ताकि मैं कुछ देर और बकवास कर सकूँ। मुझे बोलने की बीमारी है। जब तक दस बारह घंटे बराबर बोल न लूँ मेरी तसल्ली नहीं होती। यानीकि मैं खाने के बग़ैर तो रह सकता हूँ, बोलने के बग़ैर हरगिज़ नहीं।

—तुमने फल्लो को बहन क्यों बना लिया?

—यानीकि तुम यह पूछ रहे हो कि मैंने उससे याराना लड़ाने के लिए उसे बहन बनाना ज़रूरी क्यों समझा? तो मेरा जवाब है कि मैंने ऐसा नहीं किया। हमने किसी को धोखा नहीं दिया। अपने आपको भी नहीं। जब तक हम साथ रहे, डंके की चोट रहे। न उसने किसी की परवाह की न मैंने। मुसलमानों ने मुझे मार डालने की धमकियाँ दीं, हिन्दुओं ने उसे। लेकिन हम बाज़ नहीं आए। अब मैं बूढ़ा हो गया हूँ और वह बेकार। यानीकि अब अगर वह मुझे भाई कह ले या बाप, कोई फ़र्क़ नहीं पड़ता।

—तो अब उससे तुम्हारा याराना टूट गया है?

—टूटा नहीं, ख़त्म हो गया है। क्योंकि हम दोनों ख़त्म हो गए हैं। अब मुँह में दाँत नहीं रहे, जिस्म में जोश नहीं रहा, रह गई है सिर्फ़ यह जुबान। याराना चलेगा तो कैसे? अब तो वह भी गुज़रे ज़माने की याद में माहिया गाकर ही दिल बहला लेती है। मान के नहीं देती कि वह भी मेरी तरह बेदम हो चुकी है। यानीकि यह भी उसकी खूबियों में से एक है।

यानीकि शायद फल्लो की याद में खो गया है। उसकी बातें केशव की समझ में कैसे आई होंगी? शायद आ भी गई हों। सिर तो वह बराबर हिलाता रहा है, लेकिन उसके चेहरे से कुछ पता नहीं चलता कि वह क्या सोच रहा है। यह भी उसकी नई दानाई की ही एक अलामत है। यानीकि से अलग होने पर उससे पूछूँगा कि वह उसे उस्ताद कब से कहने लगा है। असलम को बताऊँगा। हरदयाल और जीते को भी। घर में पता नहीं क्या हो रहा होगा। यानीकि देवी की बात तो भूल ही गया। शायद गाड़ी को भी भूल गया हो।

—मैं न तुम्हारी बहन को भूला हूँ न गाड़ी को। मैं कभी कुछ नहीं भूलता। इसीलिए सब कुछ उगलता रहता हूँ। तुम्हारी बहन डूबते डूबते बच गई, इस बात की मुझे बहुत ख़ुशी है। बचाया उसे विश्वे पहलवान ने, इस बात का मुझे बहुत ग़म है। क्योंकि अब वह मसानवाले कुएँ पर बैठा बड़ मार रहा होगा। बड़ मारनेवाले लोग मुझे अच्छे नहीं लगते। क्योंकि उनकी बहादुरी में हमेशा बेईमानी मिली रहती है। रही बात बहनजी की। तो वह बहुत पेचीदा मुआमला है। यानीकि तुम दोनों की समझ में अभी नहीं आएगा।

—मेरी समझ में तो आ गया है, इसका मुझे पता नहीं।

मैं कह देना चाहता हूँ कि मेरी समझ में भी आ गया है, लेकिन केशव की तरफ़ एक कड़वी निगाह डालकर ही रह जाता हूँ। वह अपनी बात कहकर फिर एक बुत में बदल गया है।

—बहनजी बेचारी बाल विधवा है। उसके अरमान मैं समझ सकता हूँ। उसका बाप किसी ज़माने में इस इलाक़े का नामी बदमाश हुआ करता था। अमीर भी बहुत था। काफ़ी पैसा छोड़ गया था। जिसे बहनजी ने अपने धर्मभाइयों पर बर्बाद कर दिया। अब तुम बताते हो कि उसने एक धर्मबेटा पाल लिया है। मैं उसकी मजबूरी समझता हूँ। वह मर्द के बग़ैर रह नहीं सकती। लेकिन मैं उसे मुआफ़ नहीं कर सकता। क्योंकि मुझे यक़ीन है कि अगर उसने तुम्हारी बहन की शादी उस लड़के से करवा दी तो उन तीनों का अंजाम बहुत बुरा होगा। यह मत पूछो कि कैसे। उस लड़के को मैं नहीं जानता, लेकिन तुम्हारी माँ को जानता हूँ। वह लड़ झगड़कर भी इस शादी को रोक नहीं सकेगी। यानीकि वह भी तुम्हारी बहन की ख़ुदकुशी की कोशिश से कुछ न कुछ कमज़ोर ज़रूर पड़ गई होगी। बाक़ी रहे तुम्हारे बाबा। तो वे इतने भले आदमी हैं कि उनसे बहनजी जैसी चालाक औरत का मुक़ाबला नहीं होगा।

—लेकिन, उस्ताद, इसे क्या करना चाहिए?

केशव फिर पहल कर गया है और अब मेरी तरफ़ यूँ देख रहा हूँ जैसे कुछ दिखा रहा हो। मैं सुन्दर महल की तरफ़ देखना शुरू कर देता हूँ, लेकिन मेरे कान यानीकि की तरफ़ उठे रहते हैं।

—इसे कुछ भी नहीं करना चाहिए। यानीकि यह कुछ भी नहीं कर सकेगा। बस किनारे खड़ा कुढ़ता रहेगा। लाहोर जाकर शायद यह कुछ करने के क़ाबिल हो जाए, लेकिन अभी तो बहुत चुप्पू नज़र आता है।

—नज़र तो आता है लेकिन है नहीं। आज पता नहीं इसे साँप क्यों सूँघ रहा है।

—वैसे तो ठीक ही है। बड़बोला आदमी भी अच्छा नहीं होता। अब मैं अगर अपनी ज़ुबान को क़ाबू में रख सकूँ तो क़स्बेवाले मेरी बातों को सुना अनसुना क्यों करें? यानीकि मुझे पागल क्यों समझें? लेकिन यह बेचारा तो बिल्कुल गूँगा नज़र आता है।

—नज़र तो आता है लेकिन है नहीं।

—नहीं होगा लेकिन बोलेगा नहीं तो पता कैसे चलेगा कि इसके अन्दर क्या हलचल हो रही है? शायद मुझसे ही शरमा रहा हो। मैं ख़ुद किसी ज़माने में बहुत शर्मीला हुआ करता था। यानीकि शाम प्यारी के सामने भी मेरे कपड़े नहीं उतरते थे। हालाँकि मैं उसका धर्मभाई बन चुका था। यानीकि उस बेहया के सामने भी मैं पूरी तरह से बेशर्म नहीं हो पाता था। तुम उसे जानते नहीं, ख़ुशक़िस्मत हो, लेकिन तुमने उसके क़िस्से तो सुने ही होंगे।

—मैंने तो नहीं सुने, इसका मुझे पता नहीं।

—मैंने बहुत सुने हैं।

—किस से?

मैं विश्वे पहलवान का नाम लेते लेते सँभल जाता हूँ।

—अकरम नाई से।

—तुम उसे कैसे जानते हो? वह तो शाम प्यारी का दल्लाल है!

—वह इसके दोस्त असलम का चचेरा भाई है।

—लेकिन उससे तो हर लड़के को बचकर रहना चाहिए।

—मैं भी इसे यही समझाता हूँ।

केशव भी झूठ बोलने लगा! अब सच्चाई का क्या होगा! वह मुझसे आँख नहीं मिला रहा।

—तब तो इसने मेरे बारे में भी बहुत कुछ सुना होगा?

—ज़रूर सुना होगा।

—तब तो यह समझ सकता है कि मैं क्या कह रहा हूँ। यानीकि उस बेशर्म से तो किसी बेवक़ूफ़ को ही झेंप आती होगी। ख़ासतौर पर उस ज़माने में। जब वह पूरे जोबन पर थी। और मुझ पर मस्त भी थी। अब उस झेंप पर हँसी आती है। अब मैं हर किसी के सामने नंगा हो जाता हूँ, हर किसी को नंगा करने पर तुला रहता हूँ, लेकिन उस ज़माने में उसके सामने नंगा होने से भी झिझकता था। इसलिए नहीं कि मेरा नौनिहाल किसी से कम था, बल्कि इसीलिए कि मैं भी इसकी तरह बहुत झेंपू हुआ करता था। सो मुझे यक़ीन है कि शाम प्यारी जैसी किसी औरत का दीदार होने की देर है, इसकी झिझक अपने आप टूट जाएगी। अगर यह इतना छोटा न होता तो मैं इसे शाम प्यारी से ही मिला देता।

—यह नज़र छोटा आता है लेकिन है नहीं।

—अगर वह आज यहीं होती तो मैं अभी इसे अन्दर से जाता और उससे कहता कि इसकी झेंप उतारके रख दे।

—वह आजकल कहाँ है?

—कोहमरी में मरवा रही है।

—अच्छा।

कोहमरी। कहते हैं रावलपिंडी के पास है। अगर पाकिस्तान बन गया तो पता नहीं वहाँ जा सकूँगा कि नहीं। केशव ने कहना शुरू कर दिया है कि पाकिस्तान बन गया तो वह मुसलमान हो जाएगा, लेकिन इस क़स्बे से नहीं निकलेगा। कहता है वह यहीं पैदा हुआ था, यहीं मरेगा। अगर पाकिस्तान बन गया तो सुन्दर महल को अन्दर से देखने की हसरत भी मन ही मन में रह जाएगी। यानीकि से कहना चाहिए कि वह मुझे अन्दर ले जाए तो मेरी झेंप अपने आप उतर जाएगी।

—वह तो पता नहीं कब आएगी और आएगी तो किस हालत में होगी, यानीकि

उसका कुछ भरोसा नहीं कि मानेगी भी या नहीं। अब वह मुझे मिलकर ख़ुश नहीं होती। न ही मैं उसे मिलकर। लेकिन उसका ख़याल ही ग़लत है। इसकी झेंप तो शायद लाहोर में उतरेगी। लेकिन तब तक इसे एक काम करना चाहिए, यानीकि अराइयों के कुएँ पर जाकर हर रोज़ नंगा नहाना शुरू कर देना चाहिए। अराइयों के कुएँ पर इसलिए कि वहाँ बहुत कम लोग जाते हैं। मसानवाले कुएँ पर इसलिए नहीं कि वहाँ विश्वा पहलवान जमा रहता है। उसके सामने यह अभी नंगा नहीं हो सकेगा। यानीकि जहाँ भी नहाए, नंगा नहाए, क्योंकि...

—उस्ताद, मैं भी इसे यही कहता हूँ, लेकिन यह तो किसी के सामने लँगोट बाँधकर भी नहीं नहाता। और मैं हूँ कि अपनी माँ के सामने भी नंगा नहा लेता हूँ। और वह मेरे सामने। वह भी इसे कई बार कह चुकी है लेकिन यह हमेशा झूठ बोल देता है कि नहाकर आया है। पता नहीं आता क्यों है हमारे घर सुबह सबेरे, अगर नहाना नहीं चाहता तो। अब तो ख़ैर आता भी नहीं। मेरी माँ...

—तुम्हारी माँ बहुत मरदानी औरत है। तबीअत की हरी। हँसोड़। चाहे तो वह भी इसकी झेंप उतार सकती है। मैं उसे अच्छी तरह से जानता हूँ। यानीकि जानता था। किसी ज़माने में।

मैं कहना चाहता हूँ कि किसी ज़माने में मैं भी उसे अच्छी तरह से जानता था, कि एक ज़माना था जब मेरी जान उसे देखते ही निकल जाती थी, कि एक बार मैंने उसे...

—उस्ताद, यह तो अब भी उसे अच्छी तरह से जानता है।

केशव तो आज कमाल कर रहा है। मैं कहना चाहता हूँ कि किसी ज़माने में मुझे उसके पेट से सच्चा प्यार हुआ करता था।

—वह तो अब भी इसे बहुत प्यार करती है, जहाँ मिल जाए इसे गले से लगा लेती है।

केशव के बच्चे चुप हो जा! मैं कहना चाहता हूँ कि यह झूठ बोल रहा है, कि वह मुझे गले से नहीं, पेट से लगाती है, लगाती थी, कि अब मुझे उसके पेट से गर्म दूध की महक नहीं आती, कि...।

—तुम्हारी माँ बहुत मिलनसार है। एक ज़माना था कि राह जाते आदमी की जान निकाल लेती थी। एक ही आँख से। यानीकि इतनी मीठी होती थी कि लोग उसे देखकर दूर से ही पचाके मारने लगते थे। अब पता नहीं इतनी मोटी क्यों होती जा रही है?

—उस्ताद, खाती बहुत है।

—तुम उसे समझाते क्यों नहीं कि इतना न खाया करे। खाने से पेट बढ़ जाता है। यानीकि लुढ़कने लगता है।

मैं कहना चाहता हूँ कि मैं उसे समझा दूँगा।

—मेरी तो वह बात ही नहीं सुनती, इसकी शायद सुन ले। हर वक़्त मेरा मुक़ाबला इससे करती रहती है। कहती है कि मैं नालायक़ हूँ, हर वक़्त हँसता रहता हूँ, हर

साल फ़ेल हो जाता हूँ।

केशव के चेहरे पर इस वक़्त हँसी का निशान तक नहीं। मैं कहना चाहता हूँ कि लाहोर जाकर मैं भी नालायक़ हो जाऊँगा।

—एक काम करो। उससे कहो कि वह उस सरकारी साँड के पास जाना छोड़ दे। अपने आप पतली हो जाएगी। यानीकि पता नहीं वह अपनी चेलियों के मुँह में क्या ठूँसता रहता है, सब देखते ही देखते चौड़ी होती चली जाती हैं। और वैसे भी तुम्हारी माँ से मुझे यह उम्मीद नहीं थी कि वह भी क़स्बे की दूसरी बूढ़ियों की तरह...।

—लेकिन उस्ताद, उसे बूढ़ी मत कहो।

मेरी हँसी निकल जाती है।

—तो क्या वह बूढ़ी नहीं है?

केशव की आँखें लाल हो गई हैं, मेरी हँसी हवा। केशव सचमुच माँ का यार है।

—अच्छा बूढ़ी न सही लेकिन बेवक़ूफ़ी तो वह कर ही रही है। जानती नहीं कि उस पाखंडी का बाग़ बदमाशी का अड्डा है?

मैं कहना चाहता हूँ कि वह जानती है, इसलिए वहाँ जाती है। चँबेली के साथ।

—यानीकि मैं बदमाशी के ख़िलाफ़ नहीं, लेकिन वह हरामी तो हद्द ही कर रहा है।

केशव कसमसा रहा है। मैं अब कुछ नहीं कहना चाहता।

—चलो उस्ताद, अब गाड़ी देखने चलें।

—यानीकि तुम्हें मेरी बात बुरी लगी। बुरी थी भी। तुम अपनी माँ से ऐसी बदतमीज़ी नहीं कर सकते। मैं तुम्हारी जगह होता तो मैं भी न कर सकता। हालाँकि मैं मुँहफट हूँ। मैं ख़ुद किसी दिन उसे समझा दूँगा। यानीकि कह दूँगा कि उस बाग़ में या तो बाँझ औरतें जाती हैं या बेईमान। यानीकि वे जिनकी हवस और किसी से नहीं मिटती। और मैं उसे यह भी कह दूँगा कि वह तुम्हें नालायक़ न कहा करे। और न ही इस झेंपू से तुम्हारा मुक़ाबला किया करे। और न ही तुम्हें हँसने से मना किया करे। यानीकि मैं उससे पूछूँगा कि वह ख़ुद क्या कम हँसती है? हँसी कोई ऐब तो नहीं। हँसी तो एक नियामत है। यानीकि मैं अगर हँसना बन्द कर दूँ तो सचमुच का पागल हो जाऊँ। यानीकि जो हँसते नहीं वे हर वक़्त खाँसते ही रहते हैं। और तुम लोग अगर इस उम्र में नहीं हँसोगे तो कब हँसोगे। यानीकि हँसी इस हौलनाक ज़िन्दगी को गुज़ारने में हमारी मदद करती है। और बेवक़ूफ़ों की बेवक़ूफ़ियों को बर्दाश्त करने में भी। महात्मा गाँधी इसीलिए हर वक़्त हँसते नज़र आते हैं। वैसे हँसी हँसी में भी बहुत फ़र्क़ होता है। अहमक़ों की हँसी असली हँसी नहीं होती। न ही उन लोगों की जिन्हें कभी रोना नहीं आता। वैसे रोने रोने में भी बहुत फ़र्क़ होता है। अहमक़ों का रोना असली रोना नहीं होता। न ही उन लोगों का जिन्हें कभी हँसी नहीं आती यानीकि असली हँसी। यानीकि असली हँसी और असली रोने में कोई ख़ास फ़र्क़ नहीं होता।

दोनों ही आम क़िस्म के सुख दुःख से परे की कैफ़ियतें हैं। लेकिन ये उलझी हुई बातें अभी तुम्हारी समझ में नहीं आ सकतीं। वैसे आ भी सकती हैं, आना चाहें तो। यानीकि अगर तुम उन्हें आने दो तो, अपनी समझ के दरवाज़े बन्द...

मैं कहना चाहता हूँ कि मैं तो उन्हें आने दे रहा हूँ, इसका मुझे पता नहीं। लेकिन इसका चेहरा चाक क्यों हो गया है? अभी तक तो कोरा या करारा ही रहा। शायद वह अपनी माँ पर हुई चोट से अभी बहाल नहीं हुआ। या शायद यानीकि की इन भारी बातों से ही बदमज़ा उठा है। मैं उसे समझाना चाहता हूँ कि उसका उस्ताद अब उड़ रहा है। मैं चाहता हूँ कि वह और उड़े। और मुझे भी साथ उड़ा ले जाए।

—जब मैं तुम्हारी उम्र का था तो मेरी समझ में सिर्फ़ वही बातें आती थीं जो किसी और की में नहीं आती थीं। लेकिन वैसी बातें करनेवाले न घर में मिलते थे न बाहर। सो मैं किताबों में ही डूबा रहना चाहता था। लेकिन मेरे मतलब की किताबें मुझे बहुत कम मिलती थीं। इसलिए मैं अपने ख़यालों में ही डूबा रहता था। दूसरों से कह देता था कि किताबें पढ़ता रहता हूँ। अपनी उम्र के उल्लू मुझे घोटू कहते थे, अपने से बड़े बेवक़ूफ़। यानीकि मैं किसी से कोई बात ही नहीं कर सकता था। इसलिए अपने आपसे ही बोलता रहता था। ऊलजलूल नहीं, ऊँची ऊँची बातें। और जब घरवालों ने मुझे मारना पीटना शुरू कर दिया तो मैं लाहोर भाग गया। अब मुझे याद नहीं कि मैंने वहाँ क्या क्या किया। यानीकि याद तो है लेकिन बेकारी के उन क़िस्सों में तुम्हें क्या दिलचस्पी होगी! मुझे ख़ुद नहीं।

मैं कहना चाहता हूँ कि मुझे तो है, इसका मुझे पता नहीं। केशव सुन तो रहा है लेकिन अब सिर नहीं हिला रहा।

—यानीकि मैं कहना यह चाहता हूँ कि अक़्ल का उम्र से कोई वास्ता नहीं। कई दूध पीते बच्चों का दिमाग़ कई कुबड़े बूढ़ों से भी ज़्यादा तेज़ होता है। अपनी उम्र के सब लड़के मुझे गधे नज़र आते थे। उसी तरह जैसे अब अपनी उम्र के सब बूढ़े। यानीकि मैं अगर स्कूल वकूल छोड़कर घर से भाग न गया होता तो गधा बनकर ही यहाँ रह गया होता। वैसे मैंने कोई मारका बेशक नहीं मारा। मेरी हालत तो तुम देख ही रहे हो। मेरा न कोई घर है न घाट। मेरी जेबें ख़ाली हैं। सब लोग मुझे पागल समझते हैं। किसी को मेरा असली नाम तक मालूम नहीं। लेकिन मुझे यही तसल्ली है कि मैं गधा नहीं। यानीकि मैं ख़ुश हूँ। यानीकि मुझे अपनी हालत पर असली हँसी आती है। और असली रोना भी। यानीकि मेरी खरी खुरदरी बातें तुम्हारी समझ में आएँ या न आएँ, तुम पर उनका कोई असर हो या न हो, तुम्हें उनमें कोई दिलचस्पी हो या न हो, तुम्हें उनमें कोई तुक नज़र आए या न आए, अगर तुम मुझे अपने साथ स्टेशन ले जाना चाहते हो तो तुम्हें ये बातें सुननी ही पड़ेंगी, क्योंकि मैं चुप नहीं रह सकता!

यानीकि का चेहरा भी यकायक चाक हो गया है। केशव मेरी तरफ़ देख रहा है, मैं उसकी तरफ़। वह फिर पहल कर जाता है। बढ़कर उसका हाथ पकड़ लेता है।

और मैं उसके कटे फटे पाँव की तरफ़ देखता रह जाता हूँ।

अब यानीकि उचक उचककर स्टेशन की तरफ़ चल रहा है। जैसे किसी की नक़ल उतार रहा हो। शायद अपनी ही। शायद साथ यह भी जतला रहा है कि चाल का उम्र से कोई वास्ता नहीं। मैं मुड़कर एक निगाह सुन्दर महल पर डाल लेता हूँ। जैसे उसे भी साथ ले लिया हो। ऊँचे ऊँचे पेड़ों से ऊपर उठती हुई उसकी बुरजियाँ। एक नीली, तीन लाल। नीली की नोक पर एक पीला सितारा सा टिमटिमा रहा है। बिजली के कारख़ाने की धड़कन अचानक सुनाई देने लगी है। कभी कभी सपनों में जो महल दिखाई देता है वह इससे भी बड़ा और आलीशान नज़र आता है। सपनों में भी मैं अक्सर यह नहीं भूल पाता कि सपना देख रहा हूँ। असलम कहता है कि मुझे पक्की नींद कभी नहीं आती होगी!

—तुम मुड़ मुड़कर उस महल की तरफ़ क्यों देख रहे हो? वह महल नहीं, माया का ढेर है। उसे भूल जाओ। उसमें कुछ नहीं रखा। यानीकि उससे मुझे बेवफ़ाई और बेईमानी और बेइन्तहा पैसे की ही बू आती है। और तुम उसकी तरफ़ ललचाई हुई नज़रों से देख रहे हो!

केशव की हँसी एक दमघोट आवाज़ पैदा करके गुम हो जाती है। यानीकि शायद इसी क़िस्म की हँसी को असली मानता होगा। मैं चुपचाप क़सम खा लेता हूँ कि सपनों में भी इस महल को नहीं देखूँगा।

—यानीकि हराम की कमाई से बना यह महल दरअसल एक मक़बरा ही है। हलाल की कमाई से इस तरह का महल खड़ा ही नहीं किया जा सकता। मैं तो कई बार सोच चुका हूँ कि इसे आग लगा दूँ। फिर सोचता हूँ कि वह ख़ुद ब ख़ुद किसी दिन ख़ाक में मिल जाएगा। बादशाह भी यही कहता है। बादशाह बहुत ऊँचा इंसान है। एकदम पहुँचा हुआ। यानीकि आसमानी इंसान है। मेरा तो ख़ैर दोस्त भी है और उस्ताद भी। मैंने उससे बहुत कुछ सीखा है। हालाँकि वह यही कहता है कि उसने मुझसे बहुत कुछ सीखा है। वह बहुत हलीम है। हलीम तो ख़ैर मैं भी हूँ, लेकिन सिर्फ़ उसी के सामने। दूसरों को तो ख़ैर वह भी गालियाँ ही देता है। गधों को गालियाँ नहीं देगा तो और क्या देगा? मेरे ख़िलाफ़ उसे बस एक ही शिकायत है कि मैं शोर बहुत मचाता हूँ। यानीकि हर वक़्त यैं यैं करता रहता हूँ। मैं उसे कहता हूँ, उस्ताद क्या करूँ, आदत ही ऐसी पड़ गई है। यानीकि मैं अब इसे बदल नहीं सकता। लेकिन तुम उसे जानते नहीं?

मैं कहना चाहता हूँ कि मैं तो उसके घोड़े को भी जानता हूँ, कि मुझे तो वह भी बहुत पहुँचा हुआ नज़र आता है।

—लेकिन लोग तो उसे भी पागल ही समझते हैं। बेशक उसके मुँह पर नहीं कहते। लेकिन वह सब जानता है। अब मैं तुमसे पूछता हूँ कि अगर वह पागल है तो सयाना कौन है? और अगर यह मान भी लिया जाए कि हम दोनों पागल हैं तो भी

मैं तुमसे यही पूछूँगा कि पागल बड़ा या बेवक़ूफ़? यह सवाल सीधा नहीं, यानीकि बहुत टेढ़ा है, क्योंकि बेवक़ूफ़ों की इस दुनिया में क़दर होती है, पागलों की उस दुनिया में। इसीलिए बेवक़ूफ़ लोग पागलों से बहुत डरते हैं, यानीकि ऊपर से ही नहीं अन्दर से भी, और उसी डर की वजह से उनका मज़ाक उड़ाते हैं, उन्हें तंग करके ख़ुश होते हैं। तुमने देखा ही होगा कि सब लोग हर वक़्त मुझे अंगुश्त देते रहते हैं। यानीकि कुछ एक को छोड़कर सब साले मेरे पीछे पड़े रहते हैं। बादशाह तो कई बार कह चुका है कि मेरा इशारा पाते ही वह मेरे सब दुश्मनों को अपने घोड़े के नीचे कुचलकर रख देगा। मैं ही उसे इशारा नहीं देता। सोचता हूँ उसे इस गन्दगी में घसीटने की क्या ज़रूरत है, मैं ख़ुद ही सब ख़बीसों से सँभल लूँगा। यानीकि वे मुझे नीचा नहीं दिखा सकते। मैं सबकी कमज़ोरियों को अच्छी तरह जानता हूँ, यानीकि किसी का कोई भेद मुझसे छुपा नहीं। इसीलिए जब बाज़ार में खड़ा होकर सबके बख़िए उधेड़ना शुरू कर देता हूँ तो सबको लक़वा मार जाता है। और फिर कोई न कोई हरामज़ादा मुझे पकड़कर पीटना शुरू कर देता है। लेकिन मैं फिर भी बोलता रहता हूँ। मेरी हड्डी इतनी ढीली नहीं कि मारपीट से डर जाऊँ। अब शायद तुम भी यही सोच रहे हो कि मैं अगर पागल नहीं तो नीमपागल ज़रूर हूँ।

मैं कहना चाहता हूँ कि मैं तो नहीं सोच रहा, इसका मुझे पता नहीं। केशव कह देता है—नहीं उस्ताद, हम ऐसा कभी सोच ही नहीं सकते।

केशव बहाल हो गया है।

—अगर सोचो भी तो मुझे क्या फ़र्क़ पड़ता है! यानीकि इस मुल्क में रहकर मेरे जैसा आदमी, यानीकि कोई भी ऐसा आदमी जिसके पास दिल है, दिमाग़ है, और जिसका दिल उसके दिमाग़ को दग़ा देने पर तुला रहता है, और जिसका दिमाग़ उसके दिल को दबाए रखने पर, यानीकि इस मुल्क में या किसी भी और मुल्क में कोई ऐसा आदमी जिसके दिल और दिमाग़ में हमेशा बुनियादी अनबन छिड़ी रहती हो, और वह आदमी उस अनबन को न मिटा सकता हो न निभा—मैं तुमसे पूछता हूँ कि वह आदमी अगर पागल या नीमपागल नहीं हो जाएगा तो क्या हो जाएगा?

केशव मेरी तरफ़ देखता है, जैसे पूछ रहा हो कि यानीकि यकायक तड़प क्यों उठा है। मैं कहना चाहता हूँ कि वह तड़प नहीं रहा, उड़ ही रहा है।

—लेकिन इस सवाल का जवाब भी इसी में छुपा बैठा है, यानीकि मुझे मालूम है, यानीकि उसे छुपा बैठा रहने देने के लिए ही मैं हर वक़्त बकवास करता रहता हूँ, यानीकि तुम न होते तो किसी और से कर रहा होता, अगर कोई भी न होता तो हवा से, अगर हवा भी न होती तो अपने आप से, अगर अपना आप भी न होता तो पता नहीं क्या करता। यानीकि कोई मुझे पागल या नीमपागल कहकर चुप नहीं करा सकता। कई लोग कोशिश करके देख चुके हैं। मैं और चमक उठता हूँ। यानीकि अगर मैं बोलूँ नहीं तो सचमुच का पागल हो जाऊँ। जैसाकि मैं पहले कह चुका हूँ।

मिसाल के तौर पर पाकिस्तान के मसले को ही लो। किसी को कुछ पता नहीं कि पाकिस्तान किस बला का नाम है, कि पाकिस्तान बन जाने के बाद क्या क्या बलाएँ नाज़िल होंगी। यहाँ तक कि बड़े बड़े नेताओं को भी कुछ पता नहीं। कहते ज़रूर हैं कि है लेकिन है दरअसल नहीं। यानीकि न होने के बराबर। लेकिन मुझे सब मालूम है कि पाकिस्तान की माँग क्यों हो रही है, कौन कर रहा है, कि अगर यह माँग मान ली गई तो इस क़स्बे में, यानीकि सारे सूबे में, बल्कि सारे मुल्क में, क्या क्या होगा। इसीलिए दूसरे सब झंझटों को एक तरफ़ हटाकर आजकल मैं पाकिस्तान के झमेले में ही उलझा रहता हूँ।

मैं कहना चाहता हूँ कि मैं भी उसी में उलझकर रह जाना चाहता हूँ।

—अगर तुम्हारी बहन और इसकी माँ के क़िस्से न छिन गए होते तो मैंने तुम दोनों को भी उसमें उलझा लिया होता, क्योंकि मुझे यानीकि हमें यानीकि मुझे और बादशाह को कुछ ऐसे समझदार और बहादुर लड़कों की ज़रूरत है जो इस क़स्बे को बर्बादी से बचाने में हमारी मदद करें, यानीकि घर घर जाकर सबको समझाएँ कि हम न तो मुसलमानों के ख़िलाफ़ हैं न हिन्दुओं और...।

—उस्ताद, मैं तो तुम्हारे साथ हूँ, इसका मुझे पता नहीं, क्योंकि यह तो लाहोर जाने की तैयारियाँ कर रहा है।

—मैं तुम्हारा नाम बादशाह को दे दूँगा, क्योंकि आख़िरी फ़ैसला उसी के हाथ में है। और मैं तो इसे भी यही सलाह दूँगा कि यह लाहोर का ख़याल छोड़ दे, कि इसे इस क़स्बे के लिए यह क़ुर्बानी करनी ही चाहिए।

—लेकिन उस्ताद, यह मानेगा नहीं।

—न माने! लेकिन आज इसे यह ज़रूर बता देना चाहता हूँ कि अगर यह क़स्बा न रहा तो लाहोर भी नहीं रहेगा, यानीकि अगर पाकिस्तान बन गया और दंगे फ़साद शुरू हो गए तो कॉलेज वॉलेज सब बन्द हो जाएँगे, और एक नहीं कई देवियों को कितने ही कुओं में कूदना पड़ेगा, और उन्हें न विश्वा पहलवान बचा सकेगा न उसका हर हर महादेव। लेकिन इस क़स्बे के यानीकि इस सूबे के यानीकि सारे मुल्क के लोग और लीडर इतने जाहिल हैं कि उन्हें अपनी नाक के सिवा कुछ नज़र ही नहीं आता। सब अपने अपने नारों पर नाच रहे हैं, अपनी अपनी बीन बजा रहे हैं। और वक़्त हाथ से निकलता जा रहा है। इस हालत में मैं चुप मारकर कैसे बैठ जाऊँ? अपना इंसानी और तारीख़ी फ़र्ज़ कैसे भूल जाऊँ? और सिर्फ़ फ़र्ज़ की भी बात नहीं। मुझे इस क़स्बे से प्यार है, मैं इसकी एक एक ईंट को जानता हूँ, यानीकि मैं इसमें रहनेवाले कीड़े मकोड़ों को भी जानता हूँ। मैं आँखें बन्द करके कैसे बैठ जाऊँ?

उसकी आवाज़ बैठती जा रही है। बाक़ी का दिन वह कैसे गुज़ारेगा! मैं कहना चाहता हूँ, उस्ताद, इतना ज़ोर मत लगाओ, हम तो यूँ भी तुम्हारे साथ हैं। लेकिन केशव के डर से चुप रहता हूँ। वह फिर कस गया दिखाई देता है। चाहता है कि

मैं लाहोर जाने का ख़याल छोड़कर क़स्बे के लिए अपनी जान की बाज़ी लगा दूँ।

—मैं तो अपनी जान की बाज़ी लगाने के लिए भी तैयार हूँ। जब जंगेअज़ीम शुरू हुआ था और ज़ोरों पर था तब भी मैं चुप नहीं बैठ सकता था, क्योंकि कई बेवक़ूफ़ उस हैवान यानीकि हिटलर के गुण गाते रहते थे, ख़ासतौर पर कई हिन्दू, जिन्हें पता नहीं किसने बहका दिया था कि हिटलर आर्यसमाजी था और सारी दुनिया में वैदिक धर्म की धाक बिठाना चाहता था। तब भी मैं इसी तरह तड़पा करता था, दिन रात, क्योंकि मैं हिटलर की हक़ीक़त समझ सकता था, यानीकि मुझे मालूम था कि अगर उसकी फ़तह हो गई तो सारी दुनिया फ़ना हो जाएगी, लेकिन मेरी दलीलें तब भी किसी की समझ में नहीं आती थीं, यानीकि कई लोग मुझे टोडी बच्चा कहकर मेरा मुँह बन्द करने की कोशिश किया करते थे, उसी तरह जैसे अब कई हिन्दू मुझे मुसला कहकर, हालाँकि सबको मालूम है कि मैं हिन्दू हूँ, लेकिन उनका भी कोई क़ुसूर नहीं, क्योंकि मेरी बातें उनकी समझ में नहीं आतीं, यानीकि आ ही नहीं सकतीं, क्योंकि वे सीधी और आसान नहीं, हो ही नहीं सकतीं, यानीकि मसला अगर सीधा और आसान नहीं होगा तो उसका हल या हाल कैसे सीधा और आसान होगा? यानीकि मैं अपने दिल पर हाथ रखकर न तो यह कह सकता हूँ कि पाकिस्तान नहीं बनना चाहिए, न यह कि बन जाना चाहिए, न यह कि नहीं बनेगा, न यह कि बन के रहेगा। तो मैं अपने दिल पर हाथ रखकर क्या कह सकता हूँ? काश कि मुझे मालूम होता! यानीकि अगर मुझे मालूम होता तो मैं शायद इतना शोर भी न मचाता। दिमाग़ से काम लेना चाहता हूँ तो वह दिल की तरफ़ देखना शुरू कर देता है, यानीकि वह भी दोटूक कुछ नहीं सुझाता। सो आख़िर फिर मुझे अपनी इस ज़ुबान का ही सहारा लेना पड़ता है। यानीकि आजकल मैं हर वक़्त पाकिस्तान के बारे में बोलता रहता हूँ तो सिर्फ़ इसी उम्मीद से कि शायद लगातार बोलते रहने से ही कोई रास्ता निकल आए। और इतना तो मुझ पर साफ़ हो ही गया है कि पाकिस्तान बने न बने, हमें बेवक़ूफ़ नहीं बनना चाहिए, यानीकि किसी के भड़कावे बहकावे में आकर मारकाट नहीं शुरू कर देना चाहिए, लेकिन यह अभी भी साफ़ नहीं हुआ कि यह सीधी सी बात सबको कैसे समझाई जाए, यानीकि बादशाह और मैं इस मसले पर ग़ौर कर रहे हैं। तुम हैरान क्यों होते हो? बादशाह की मदद के बग़ैर मैं इतना बड़ा काम सरंजाम दे ही नहीं सकता। सो हम दोनों ने यह फ़ैसला तो कर ही लिया है कि क़स्बे का अमन हर हालत में बरक़रार रखेंगे, लेकिन यह फ़ैसला अभी नहीं कर सके कि कैसे! इतना तो हम जानते ही हैं कि सिर्फ़ मेरी तक़रीरों या बादशाह की गालियों से काम चलेगा नहीं, क्योंकि लातों के भूत बातों से नहीं मानते, यानीकि कई अमली क़दम ज़रूरी होंगे, लेकिन यह अभी हम नहीं जानते कि वे अमली क़दम क्या हों, उन्हें उठाया या उठवाया कैसे जाए! यह फ़ैसला भी कर लिया है कि हिम्मत सिंह को भी साथ मिला लेंगे, हालाँकि वह यही चाहेगा कि हम उसके साथ जा मिलें,

लेकिन मैं ऐसा नहीं होने दूँगा, क्योंकि अगर हम उसके साथ जा मिले तो महाबीर दल और मुस्लिम लीग वाले और ख़ाकसार सरदार सब हमारे ख़िलाफ़ हो जाएँगे, कहेंगे हम भी कांग्रेसी हैं, फिर भी हिम्मत सिंह की हिमायत ज़रूरी है, क्योंकि वह आदमी ईमानदार है, हालाँकि कुछ लोग अभी भी उसे दस नम्बरिया ही समझते हैं, इस बात के बावजूद कि बेचारे ने न जाने कैसे दिल पर पत्थर रखकर सब ऐब वैब छोड़ दिए हैं, यानीकि अब सिर्फ़ दस बीस पान दिन भर में चबा लेता होगा, कोई और अमल शायद ही करता हो। यह बात नहीं कि अमल करनेवाला आदमी बुरा या अच्छा होता है बल्कि यही कि किसी अमल या ऐब से किसी आदमी की असली खूबियों या ख़राबियों का अन्दाज़ा नहीं लगाया जा सकता, यानीकि वह अन्दाज़ा अक्सर ग़लत ही होता है, क्योंकि कोई न कोई अमल हर आदमी करता है, कोई न कोई ऐब हर आदमी में होता है, यानी कि अमल और ऐब दरअसल आदत का ही दूसरा नाम है, उसी का बिगड़ा हुआ रूप होता है। बहरहाल, हिम्मत सिंह की जिन्दगी महात्मा गाँधी ने यानीकि जंगेआज़ादी ने बदलकर रख दी है, बुनियादी तौर पर, और अब वह अपना सिर हथेली पर रखे रहता है, यानीकि अब उसे कोई ख़ौफ़ नहीं क्योंकि वह ख़ुदग़र्ज़ नहीं, क्योंकि वह मेरी और बादशाह की ही तरह छड़ा छाँड है, यानी उस पर बीवी बच्चों की बन्दिश नहीं, इसलिए वह आज़ाद है, हालाँकि हर छड़ा छाँड आदमी ज़रूरी नहीं कि आज़ाद ही हो, क्योंकि ज़रूरी नहीं कि वह ख़ुदग़र्ज़ न हो, कि वह बेख़ौफ़ हो, जैसे कि मिसाल के तौर पर स्वामी पूर्णानन्द और विश्वा पहलवान—एक अपनी चेलियों का ग़ुलाम है तो दूसरा अपनी शेख़चिल्लियाना आदतों का, उन दोनों का मुक़ाबला हिम्मत सिंह से नहीं किया जा सकता। जानते हो कि उसकी तक़रीरें क्यों इतनी ख़ौफ़नाक होती हैं, यानीकि उन्हें सुनकर ठंडा ख़ून भी खौलने क्यों लगता है? क्योंकि उनमें एक बेख़ौफ़ और सिरफ़रोश देशभक्त की दहाड़ सुनाई दे जाती है, जिसे सुन लेने के बाद एक औसत दर्ज़े के आदमी के लिए भी रोज़मर्रा की मामूली ज़िन्दगी में लौट आना मुश्किल हो जाता है, यानीकि कुछ देर के लिए, क्योंकि ज़्यादा देर के लिए मामूली ज़िन्दगी से दूर या आज़ाद या बेख़बर तो शायद ही कोई रह सकता हो, यानीकि मैं भी नहीं रह सकता, वर्ना इस वक़्त तुम्हारे साथ सुबह की गाड़ी देखने न जा रहा होता, हालाँकि हिम्मत सिंह कई बार हाथ जोड़कर मुझसे कह चुका है कि जितना उसने मुझसे सीखा है उतना तो महात्मा गाँधी से भी नहीं सीखा, यानीकि वह क़समें खाता है कि दरअसल मैंने ही उसे मामूली ज़िन्दगी से ऊपर उठाया है, अपनी मिसाल से, और मैंने ही उसे तक़रीर करने के तरीक़े सिखाए हैं, अपनी मजमाबाज़ियों से, यानीकि...

मैं कहना चाहता हूँ कि बड़ा होकर मैं जब कभी गुज़रे ज़माने को याद किया करूँगा तो यह कहे बग़ैर नहीं रह सकूँगा कि मैंने उससे बहुत कुछ सीखा है, ख़ासतौर पर लम्बे लम्बे फ़िक़रे तराशने का तरीक़ा, हालाँकि मेरे फ़िक़रे अक्सर मेरे मन में

ही बिछे रह जाते हैं, क्योंकि किसी के सामने मुँह खोलने के ख़याल से ही मेरा ख़ून पानी में बदल जाता है और मेरे होंठ सीमेंट में, या मिसाल के तौर पर हर बात को बुनियाद की तरफ़ घसीटने की आदत, यानीकि हर बाल की खाल खींचने की मजबूरी, और साथ ही यह कहते रहने की भी कि बाल की खाल नहीं होती, कि बाल के बहाने मैं अपनी ही खाल खींच रहा हूँ, हालाँकि दूसरों को यही वहम है कि मैं उनकी खाल को ही अपनी समझ रहा हूँ। मैं उससे कहना चाहता हूँ कि मेरी बात शायद ही उसकी समझ में आए, लेकिन बात कहने का यह बेढब ढंग भी मैंने उसी से सीखा है, और लाहोर जाने से पहले मैं उससे और भी बहुत कुछ सीख लेना चाहता हूँ, क्योंकि लाहोर से वापसी पर क़स्बे की कैफ़ियत, और उसकी अपनी, पता नहीं कैसी होगी, यानीकि अगले कुछ दिनों में अपने घरेलू झमेलों के बावजूद मैं उससे कुछ ज़रूरी सबक़ ले लेना चाहता हूँ, ख़ासतौर पर इस क़स्बे की तारीख़ और इसकी ख़ास ख़ास हस्तियों के बारे में, ताकि बड़ा होकर मैं इस सब कुछ को लेकर कुछ मनघड़न्त कहानियाँ लिख सकूँ। मैं उससे यह भी कहना चाहता हूँ कि मुझे डर है कि मुझे जल्द ही लिखने की बीमारी लग जाएगी। उस बीमारी का बीज भी मैंने उसी से लिया है, लेकिन अब उसे ख़ामोश हो जाना चाहिए, क्योंकि उसका गला बिल्कुल बैठ गया है, और उसे अभी सारा दिन न जाने किस किस मज़मून पर बोलना...

हम स्टेशन पर पहुँच गए हैं। गाड़ी अभी नहीं आई, या शायद आकर चली भी गई हो, लेकिन नहीं, उसकी सीटी ज़रूर सुनाई दे जाती। शायद वक़्त बदल गया हो।

—वक़्त नहीं बदला होगा, लेट ही होगी!

यह बार बार मेरे दिल की बात कैसे बूझता जा रहा है? और वह भी हू ब हू। कहीं यह भी केशव की तरह मुश्ता तो नहीं? कहीं इसे भी मिर्गी के दौरे तो नहीं पड़ते? उस्ताद, मुझे भी लोगों के दिल के चोर पकड़ने का तरीक़ा सिखा दो! लेकिन केशव कहाँ ग़ायब हो गया? मैं घबराकर इधर उधर देखता हूँ। प्लेटफ़ॉर्म ख़ाली पड़ा है। पीपलों के पत्ते बिलावजह तालियाँ बजा रहे हैं। एक काला कुत्ता कुछ दूर खड़ा यानीकि की तरफ़ यूँ देख रहा है जैसे वह भी उससे कोई हुनर सीख लेना चाहता हो। कहीं केशव ही इस कुत्ते में तो नहीं बदल गया। मेरे सपनों में अक्सर लोग जानवरों में बदलते रहते हैं, जानवर लोगों में। मैं ख़ुद कभी कभी किसी ख़ूबसूरत परिन्दे में बदल जाता हूँ।

—केशव को देख रहे हो? वह तो मसानवाले कुएँ की तरफ़ निकल गया! उसने तुमसे भी पूछा था, लेकिन तुम किसी सोच में डूब गए थे।

अब इससे पीछा कैसे छुड़ाया जाए!

—तुम भी अगर उधर जाना चाहते हो तो जाओ। मैं नहीं जाऊँगा। वहाँ विश्वा पहलवान जमा हुआ होगा। वैसे मेरी मानो तो तुम अब अपने घर ही लौट जाओ,

क्योंकि अब वहाँ शान्ति हो चुकी होगी, यानीकि तुम्हारी माँ सोच रही होगी कि कहीं तुमने भी किसी कुएँ में छलाँग तो नहीं लगा दी। वैसे मेरी मानो तो कुछ दिनों तक घर से बाहर ही न निकलो, अपनी बहन को भी मत निकलने दो, यानीकि लाहोर के लिए कूच करने तक किसी भी कुएँ के पास न ख़ुद फटको न उसे फटकने दो, क्योंकि कुओं की कशिश तुम नहीं जानते कितनी जानलेवा होती है, ख़ासतौर पर उस इंसान के लिए जो एक बार किसी कुएँ में कूद या गिर या झाँक चुका हो, यानीकि मैं जानता हूँ कि तुम भी इस कशिश के शिकार हो चुके हो, क्योंकि मैंने एक बार तुम्हें अराइयों के कुएँ में झाँकते हुए पकड़ लिया था, वह दिन तुम्हें भी याद तो होगा ही, क्योंकि वैसे दिन आसानी से भुलाए नहीं जा सकते, इसीलिए तुम्हें नसीहत दे रहा हूँ कि लाहोर जाकर भी तुम्हें कुँओं से बचकर ही रहना चाहिए।

मैं कुछ देर तक दबा सा उसकी आँखों में झाँकता रहता हूँ। न जाने क्या कहना चाहता हूँ। शायद कुछ भी नहीं। वर्ना उसने बूझकर बता दिया होता। वह अपनी बातों में डूबता चला जा रहा है। मैं उससे कुछ कहे बग़ैर वापस घर की तरफ़ चल देता हूँ। कुछ क़दमों की दूरी से मुड़कर उसकी तरफ़ देखता हूँ और सोचता हूँ कि कुछ ही देर बाद वह कुत्ता केशव में बदल जाएगा और मसानवाले कुएँ पर विश्वे पहलवान के क़दमों में बैठा केशव उस कुत्ते में। और किसी को ख़बर तक नहीं होगी। न यानीकि को, न पहलवान को, न केशव को, न कुत्ते को, न मुझे। मेरे क़दम तेज़ हो जाते हैं। शायद मुझे ख़तरा है कि पीछे से उन दोनों की आवाज़ आएगी—तुम ग़लत सोच रहे हो, यानीकि सरासर ग़लत!

सरकते हुए प्लेटफ़ॉर्म पर माँ और बाबा बुत बने खड़े मेरी तरफ़ देख रहे हैं। उजड़ी हुई आँखों से, माँ की उटंगी सलवार का नाड़ा लटक रहा है, बाबा के जूतों में से उनके अँगूठे झाँक रहे हैं। उन दोनों को इस तरह साथ साथ खड़े कभी कहीं नहीं देखा। मेरी आँखों में काँटे उग आते हैं। बड़े पीपल के नीचे यानीकि नाच नाचकर तक़रीर कर रहा है। पीपल तालियाँ पीट रहा है। बाबा की ढीली पगड़ी इस तेज़ हवा में उड़ सकती है। दूसरे लोगों से अलग मेरे दोस्त क़तार सी बाँधे खड़े हैं। हरदयाल और जीता हाथ हिला रहे हैं, केशव और असलम फ़ौजी सा सलाम मार रहे हैं। मेरे होंठों पर एक वीरान मुस्कुराहट खिल आती है। दो तीन दिन बाद केशव क़स्बे में अकेला रह जाएगा। तभी अचानक माँ मेरे डिब्बे की तरफ़ लड़खड़ाती हुई नज़र आती है। जैसे उसी वक़्त उसने चलती गाड़ी से टक्कर मार लेने की ठान ली हो। बाबा लपककर उसका हाथ पकड़ लेते हैं। वह दूसरे हाथ से शायद यह इशारा कर रही है कि मैं सिर अन्दर कर लूँ। और शायद यह भी कि मैं उसे भी साथ ले जाऊँ। और शायद यह भी कि मैं अब भी लाहोर जाने का ख़याल छोड़ दूँ। और शायद

यह भी कि मैं बड़ा होकर उसकी सेवा करना न भूलूँ। गाड़ी को उसी वक़्त न जाने क्यों एक हिचकी सी आ जाती है, और मेरा सिर खिड़की से टकराकर अपने आप अन्दर हो जाता है।

प्लेटफ़ॉर्म अब ओझल हो चुका होगा। मैं सिर बाहर निकाले बग़ैर ही झुककर सुन्दर महल की बुरजियाँ देखने की कोशिश कर रहा हूँ। कई बार सुन चुका हूँ कि गाड़ी में से वे बहुत शानदार दिखाई देती हैं। गाड़ी महल के पास पहुँच ही रही होती है कि उसे एक हिचकी और आ जाती है, और मैं डगमगाता हुआ किसी की गोद में गिर जाता हूँ। वह गोद लगता है लोहे की है।

—देखके बीबा देखके!

मैं उछल पड़ता हूँ।

—बीबा नहीं, बीबी, यह तो कोई बेहया है बेहया! तू आराम से बैठ क्यों नहीं जाता? उचक उचककर देख क्या रहा है? माँ का सिर?

एक ज़ालिम अजनबी मुझे यूँ घूर रहा है जैसे मेरी सब कमज़ोरियों को जानता हो।

मैं बैठ जाता हूँ। अधेड़ उम्र की एक मुलायम सी औरत मेरे सामने चौकड़ी मारे बैठी है। उसके पैर नंगे हैं और टख़नों ने चाँदी की हथकड़ियाँ सी पहनी हुई हैं। एक बच्चा उसकी बग़ल में लेटा सो रहा है। मैं फ़ैसला नहीं कर पाता कि वह औरत हिन्दू है या मुसलमान, कि वह मुस्कुरा रही है या यूँ ही मुँह पपोल रही है, कि वह ज़ालिम आदमी सचमुच मेरी कमज़ोरियाँ जानता है या यूँ ही मेरे ख़िलाफ़ हो गया है। मैं फ़ैसला कर लेता हूँ कि उस आदमी से नज़र तक नहीं मिलाऊँगा। सूरत और लिबास से वह किसी मिडिल स्कूल का मास्टर नज़र आता है। रावण का छोटा भाई। अगर वह इसी तरह घूरता गुर्राता रहा तो अपनी सीट बदल लूँगा। वह शायद बदलने न दे। मुझसे अपना ट्रंक नहीं उठाया जाएगा। न ही घी का टीन। माँ ने कहा था, एक पाँव ट्रंक पर रखना, एक टीन पर; आजकल मुसले बहुत मच्छरे हुए हैं, उनसे दूर दूर ही रहना रास्ते में, किसी से लेकर कुछ खा पी न लेना, न ही किसी से बेफ़िज़ूल बात करना, आजकल कोई भरोसा नहीं किसी का! माँ ने और भी बहुत कुछ कहा था। अगर और किसी की माँ ने वह सब कुछ कहा होता तो मुझे हँसी ही आती। माँ पर ग़ुस्सा ही आता था। अब वह बाबा से लड़ रही होगी, कि उन्होंने मुझे अकेला क्यों जाने दिया, किसी जान पहचान के मुसाफ़िर के हवाले क्यों नहीं किया, अगर रास्ते में मुझे कुछ हो हवा गया तो वह क्या करेगी, अगर वह मुश्टंडा मुझे मिलने न आया तो मैं क्या करूँगा, उनके घर कैसे पहुँचूँगा, अगर लाहोर के बजाय मैं पेशावर पहुँच गया तो क्या होगा, अगर गाड़ी रास्ते में ही रुक रक गई तो वह मुश्टंडा मुझे मिले बग़ैर वापस तो नहीं चला जाएगा, अगर वह चला गया तो मैं क्या करूँगा, अगर क़ुली मेरा ट्रंक लेकर भाग गया तो क्या होगा! और भी पता नहीं क्या क्या कह रही होगी। बाबा कभी उसे समझा रहे होंगे, कभी उस पर झुँझला।

बाबा कई बार उसे मना कर चुके हैं कि अब वह नरेश को मुश्टंडा और बहनजी को लाहोरन या फफ्फेकुट्टन कहना छोड़ दे, नहीं तो किसी दिन उनके सामने भी उसके मुँह से निकल जाएगा और देवी की शामत आ जाएगी। देवी का नाम सुनते ही माँ यूँ रोने बैठ जाती है जैसे वह मर चुकी हो। रोते रोते कहती है, उस करमाँ मारी की शामत तो उसी दिन आ गई थी जिस दिन पहली बार उसने उस मुश्टंडे और लाहोरन को देखा था। मुझे हैरानी होती है कि माँ ने 'लाहोरन' के साथ 'रंडी' मिलाना क्यों बन्द कर दिया है। शायद मन ही मन अब भी मिला लेती हो। शायद बाबा की मनाही का ही कुछ असर हो रहा हो। वह फिर रोना बन्द करके बिफर उठती है। मुश्टंडे को मुश्टंडा न कहूँ तो और क्या कहूँ? वह फफ्फेकुट्टन नहीं तो और कौन है? मेरा मुँह कोई बन्द नहीं कर सकता! बोलूँगी नहीं तो मेरी भड़ास कैसे निकलेगी? बाबा कई बार उसे समझा चुके हैं कि उसे ख़ुश होना चाहिए, शुकर करना चाहिए, कि आजकल शादियाँ क़िस्मतवाली लड़कियों की ही हो रही हैं, कि कोई न कोई नुक़्स तो हर लड़के में होता है। माँ का रोना बन्द हो जाता है और चिल्लाना शुरू। माथे पर हाथ मारकर कहती है, यह भी कोई शादी थी? ऐसी शादी तो दुश्मनों की भी न हो! न बरात, न बाजा! न रसम, न रसूम! न पाठ, न पूजा! न पंडत, न शंडत! न डोली, न घोड़ी! न हमारा कोई रिश्तेदार, न उनका! यह भी कोई शादी थी? ऐसी शादी तो चोर भी नहीं करते। सारी उमर सनातनधरमी बने रहे और शादी के वक़्त बन गए महाशे! धीये जा रावी, न कोई आवी न कोई जावी। पकड़कर बाँध दिया बेटी को उस मुश्टंडे के पल्ले! जिसका न कोई घर न बाहर! न नौकरी न चाकरी! सारी दुनिया में बदनामी! लोग पता भी है कि क्या क्या बातें बना रहे हैं? किस किस का मुँह पकड़ूँ? बुरा हो उस पारो का! कीड़े पड़ें उसे! बैठी बिठाई का बेड़ा गरक़ कर दिया उसने! इससे तो सारी उमर कँवारी ही बैठी रहती तो अच्छा रहता! घर में तो रहती! नज़र तो आती! खूह में कूदकर उसने अड़ी मनवा ली अपनी! यह शादी तोड़ नहीं चढ़ेगी! चढ़ ही नहीं सकती! लिखवा लो मुझसे! मेरे मुँह से जो निकलता है, होकर रहता है। बाबा कई बार उसे समझा चुके हैं कि वह मुँह से ऐसी वैसी बातें न निकाला करे, कि जो हो गया सो हो गया, कि अब उसे यही मन्नत माँगनी चाहिए कि देवी जहाँ रहे, जैसी रहे, सुखी रहे! देवी का नाम सुनते ही माँ फिर रोने बैठ जाती है। कुछ पता नहीं चलता कि अपनी क़िस्मत को रो रही है या उसकी याद में।

मैं ख़ुद देवी की याद में रोया तो कभी नहीं लेकिन उसका ध्यान आते ही वह गठरी सी बनी उस बाल्टी में बैठी नज़र आ जाती है। या गीली मूर्ति सी उसमें खड़ी हुई। या बाबा का सहारा लिए क़दम क़दम घर की तरफ़ जाती हुई। या छत पर लेटी सिसकती हुई। उसकी शादी की कोई तस्वीर याद नहीं आती। कल रात वह बहुत याद आई थी। माँ पर पिछली कई रातों की नींद ने हल्ला न बोल दिया होता तो मैं आराम से छटपटा भी न सकता। नींद आ जाने के बाद वह बाल्टी सुन्दर महल की

नीली बुरजी पर टँगी दिखाई दी थी। मैं सोचता रहा था कि शाम प्यारी ने उसमें गठरी सी बनी बैठी देवी को देख लिया तो वह क्या कहेगी। फिर वह बुरजी कंजरियों की गलीवाली नीली मस्जिद में बदल गई थी, जिसका इमाम माँ की आवाज़ में कुरला रहा था, अल्ला हो अकबर! मैं डरता रहा था कि माँ वहाँ पहुँचकर चिल्लाना शुरू कर देगी, मेरी आवाज़ में मत कुरलाओ! फिर मैंने देवी को विश्वे पहलवान के कन्धों पर बैठे देखा था। उसका सिर लटक रहा था और उसके मुँह से पानी का पनाला सा बह रहा था, जिसके नीचे दारी बज़ाज़ खड़ा नहा रहा था और दीदे फाड़ फाड़कर देवी की तरफ़ देख रहा था। उसकी आँखों के फटने की आवाज़ इतनी भयानक थी कि मैं हड़बड़ाकर जाग गया था। माँ के ख़र्राटे अँधेरे को फाड़ रहे थे। उन्हें सुनता सुनता मैं फिर सो गया था। अब देवी कुएँ में पड़ी हाथ पाँव मारती हुई दिखाई दी थी। उसकी आँखों से तीर से छूट रहे थे। फिर देखते ही देखते वह एक रंगीन मछली में बदल गई थी। मैं हैरान था कि वह अराइयों के कुएँ में कैसे पहुँच गई। तभी यानीकि की आवाज़ सुनाई दी थी, कुओं की कशिश बहुत बुरी होती है! अब मैं प्लेटफ़ॉर्म पर खड़ा एक काले कुत्ते से खेल रहा था। कुत्ता बार बार मुझे केशव कहकर बुला रहा था। फिर गाड़ी आ गई थी। उसके डब्बे दियासलाई की डब्बियों से थे। उनमें छोटे छोटे लोग एक दूसरे पर चढ़े बैठे थे। एक डब्बे में गोरे भरे हुए थे। वे सब नंगे थे। उस काले कुत्ते ने उनकी तरफ़ थूथनी उठाकर भौंकना शुरू कर दिया था। मुझे हँसी आ गई थी। कुत्ते ने भौंकना बन्द करके केशव की आवाज़ में कहा था—तेरी बहन कुएँ में पड़ी तड़प रही है और तू यहाँ खड़ा नंगे गोरों को देख रहा है! उसी वक़्त वह गाड़ी उड़कर बड़े पीपल से लिपट गई थी। अब उसमें से वे गोरे गोल गोल और बड़े बड़े बेरों की तरह गिरने शुरू हो गए थे। हर बेर में एक नीली आँख जड़ी हुई थी। देखते ही देखते मेरे इर्दगिर्द नीली आँखों का एक फ़र्श सा बन गया था। उनके डर से मेरी आँखें खुल गई थीं। माँ अब भी ख़र्राटे मार रही थी। बाबा औंधे मुँह मरे से पड़े थे। उनकी तरफ़ देखता देखता मैं फिर सो गया था। अब बशीरा दर्ज़ी साहनियों के कुएँ पर बैठा वुज़ू कर रहा था। मेरी ख़्वाहिश हुई थी कि उसे ख़बरदार कर दूँ कि पारो की माँ ने उसे वहाँ बैठे देख लिया तो हिन्दू मुस्लिम फ़साद उठ खड़ा होगा। बशीरे ने मेरे मन की बात बूझ ली थी। मुस्कुराकर बोला था—अब पाकिस्तान बन गया है, अब कोई हिन्दू मेरा कुछ भी नहीं उखाड़ सकता! उसकी आवाज़ इतनी महीन थी कि जैसे किसी चूहे की हो। फिर कुएँ के पास ही एक पुरानी सी मस्जिद खड़ी हो गई थी, जिसमें से केशव की माँ और चँबेली हाथों में गेंदे के फूल लिए निकल रही थीं। उन्हें देखते ही बशीरा उठ खड़ा हुआ था। उसकी टाँगें काँप रही थीं। केशव की माँ ने दौड़कर बशीरे को पेट से लगा लिया था, चँबेली ने मुझे। वह मस्जिद इस बीच एक चोबारे में बदल चुकी थी, जिसकी खिड़की में शूम की बीवी खड़ी मुझे आँख मार रही थी। मैं सोच रहा था कि इसने अब दारी बज़ाज़ से शादी कर ली होगी।

बशीरे ने फिर शायद मेरे मन की बात बूझ ली थी। बोला था—वह शूम की बीवी नहीं, मुमताज़ शान्ति है, और यह चोबारा दारी बज़ाज़ का नहीं, उसी का है। उसकी आवाज़ भी अब मोटी हो गई थी और वह ख़ुद भी। उसी वक़्त कुएँ में से पारो की माँ की आवाज़ आई थी—मुझे इन मुसलों ने कुएँ में धक्का दे दिया है और तुम उन्हें गले से लगा रही हो! मेरे सिवा सब भाग खड़े हुए थे। मैंने कुएँ में झाँककर देखा तो देवी मछली की तरह उसमें तैरती दिखाई दी थी। मैं समझ गया था कि वह कुआँ अराइयों का था, इसीलिए बशीरा वहाँ बैठा वुज़ू कर रहा था। लेकिन वह इतनी दूर चलकर आया कैसे होगा? शायद वह बशीरा नहीं था, उसका भूत ही था। कुएँ में से देवी बालो की आवाज़ में बोली थी—बीरू, मुझे इस नर्क में से निकालो, बशीरे के भूत को गोली मारो! मैंने कपड़े उतारने शुरू कर दिए थे। तभी एक बाल्टी कुएँ में से उभरती हुई दिखाई दी थी। उसमें बालो बनी ठनी बैठी थी। मैंने कपड़े पहनने शुरू किए ही थे कि बालो ने देवी की आवाज़ में कहा था—बीरू, मुझे इस बाल्टी में से निकालो, तुम्हें कपड़े पहनने की पड़ी है! फिर वह बाल्टी में खड़ी हो गई थी। गीली मूर्ति सी। मैंने दीदे फाड़ फाड़ उसकी तरफ़ देखना शुरू कर दिया था। इस डर के बावजूद कि वह देवी में बदल जाएगी और मैं दारी बज़ाज़ में। तभी बालो हफ़ीज़ा की आवाज़ में हँस पड़ी थी। इसकी अपनी आवाज़ को क्या हुआ? बालो की आवाज़ आई थी—तू दीदे फाड़ फाड़कर क्या देख रहा है, असलू? तो मैं इसे असलम दिखाई दे रहा हूँ? अभी अभी कुएँ से बाहर आई है, इसीलिए। लेकिन इसके कपड़े इतनी जल्दी कैसे सूख गए? अब वह बाल्टी में नंगी खड़ी थी। मुझे कुछ पता नहीं चल रहा था कि वह बालो थी या देवी या हफ़ीज़ा या चँबेली। मैंने आँखें झुका ली थीं। इस डर के बावजूद कि वह ग़ायब हो जाएगी। उसी वक़्त हकीम ज़हूरबख़्श न जाने कहाँ से टपककर मेरे सामने खड़ा हो गया था। उसकी दाढ़ी यूँ बँधी हुई थी जैसे हरे सिंह की हो। उसके साथ रहमत क़साई लँगोट बाँधे खड़ा था। हकीम के हाथ में क़ारूरे से भरी एक बोतल देखकर मैंने बालो को इशारा करना चाहा था कि वह फिर कुएँ में उतर जाए, लेकिन वह बाल्टी समेत ग़ायब हो चुकी थी। हकीम ने हुक्म दिया था—इस बोतल को कुएँ में उँडेल दो! मैंने पूछा था—क्यों? रहमत क़साई ने जवाब दिया था—क्योंकि पाकिस्तान बन गया है। मुझे हँसी आ गई थी। इस डर के बावजूद कि केशव कहीं से नमूदार होकर पूछना शुरू कर देगा—हुआ क्या? हुआ क्या? तभी पीछे से पारो की माँ की आवाज़ आई थी—हाय लोगो, तीन मुसले हमारे कुएँ में ज़हर घोल रहे हैं! गली 'पाकिस्तान मुर्दाबाद' के नारों से गूँज उठी थी। मैं हकीम और रहमत क़साई से कहना चाहता था कि वे घबराएँ नहीं, क्योंकि गली ख़ाली पड़ी थी और हम तीनों किसी सपने में ही सब कुछ देख सुन रहे थे। लेकिन उन दोनों की जगह अब एक बैल खड़ा अपनी मुस्कुराहट की जुगाली कर रहा था। मैं समझ गया था कि वह दरअसल स्वामी पूर्णानन्द ही था। बैल की आवाज़ आई

थी—तुम सरासर ग़लत सोच रहे हो, मैं इस बाग़ का बादशाह हूँ, यानीकि इस क़स्बे का भी! अब मैं किसी घने से बाग़ में एक सफ़ेद घोड़े के पास खड़ा सोच रहा था कि बालो फिर कब नज़र आएगी। घोड़े की पीठ पर बादशाह के भेस में यानीकि बैठा मुझसे कह रहा था—मैंने तुम्हें बताया नहीं था कि कुओं की कशिश बहुत बुरी होती है! मैं झुँझला उठा था और मेरी नींद टूट गई थी। कुछ देर तक सपनों का ग़ुबार मेरे ऊपर उड़ता रहा था। फिर उसमें चाँदनी घुलने लगी थी। माँ के ख़र्राटे ख़त्म हो गए थे। बाबा अपनी चारपाई पर उसी तरह औंधे मुँह मरे से पड़े थे। मुझे उन पर बहुत तरस आया था। बूढ़े होकर भी वे किसी बच्चे की तरह बेसुध सो रहे थे। ख़्वाहिश हुई थी कि उनके साथ जा लेटूँ, लेकिन माँ के जग जाने के डर से पड़ा रहा था। किसी सपने का कोई टुकड़ा पकड़ में नहीं आ रहा था, लेकिन लग यूँ रहा था जैसे कोई रात भर मुझे घचोलता मचोलता रहा हो। उसी वक़्त किसी मुर्ग़ और इमाम की बाँग एक साथ सुबह की हवा में लहरा उठी थी।

—बीबा तू सो रहा है कि जाग रहा है?

वह औरत न जाने अपने बच्चे से पूछ रही है या मुझसे। मैं कोई जवाब नहीं देता।

—तू बीबी को जवाब क्यों नहीं देता? लाट साहब समझता है अपने आपको? तुझे माँ ने यही सिखाया है क्या? जब से आया है पोस्तियों की तरह बैठा झूम रहा है! तेरे सामान का ध्यान तेरा बाप रखेगा? हम तेरे नौकर हैं?

अगर गाड़ी ने एक लम्बी सीटी बजाकर उसका मुँह बन्द न कर दिया होता तो वह पता नहीं और क्या क्या बकता! इस बीच वह और ज़ालिम हो गया है। कुछ और लोग भी सहमे सहमे से उसकी तरफ़ देख रहे हैं। अगर मैंने इसे कोई जवाब न दिया तो और भड़क उठेगा, अगर कुछ कहा तो शायद उठकर मारपीट शुरू कर दे। गाड़ी धीमी हो रही है।

—मैं कह रही थी कि मेरा टेशन आ रहा है। तू मुझे यह गठरी पकड़ा देगा बारी में से?

मैं सिर हिलाकर हाँ कर देता हूँ।

—बोल नहीं सकता तू? गूँगों का डब्बा अलग होना चाहिए!

वह औरत उस आदमी की तरफ़ देखती है। कुछ पता नहीं चलता कि ग़ुस्से में या वैसे ही।

—बीबी, तेरी गठरी मैं उठा लूँगा। मैं भी यहीं उतर रहा हूँ। इस गूँगे से नहीं उठेगी। इसे तो बस दीदे फाड़ फाड़कर देखना ही आता है।

—अरे भाई, तू क्यों उस बिचारे के पीछे पड़ गया है हाथ धोकर? एक बूढ़ा ज़ालिम आदमी से पूछता है।

—बाबा, तू बाप लगता है उसका?

—तौबा! तौबा! बूढ़ा अपने कान छूकर मेरी तरफ़ देखता है। जैसे पूछ रहा हो

कि उस आदमी की मुझसे क्या दुश्मनी है।

—अगर मुझे यहाँ उतरना न होता तो मैं सीधा कर देता इस बदतमीज़ के बच्चे को!

—अरे ख़ुदा के बन्दे, उस बिचारे ने तेरा बिगाड़ा क्या है जो तू इतना लाल पीला हो रहा है! एक तगड़ा सा जाट ज़ालिम आदमी से पूछता है।

—उसने तो नहीं बिगाड़ा, तू बिगाड़ ले!

गाड़ी और धीमी हो गई है।

—तू कौन, मैं ख़ाहमख़ाह! वह औरत मुझे यह मसल सुनाकर अपना मुँह पपोलना शुरू कर देती है।

—अगर तू यहाँ उतर न रहा होता तो मैं तुझे उठाकर बाहर फेंक देता, तगड़ा जाट ज़ालिम आदमी की तरफ़ झुककर दहाड़ उठता है।

जब मैं कल रात के सपनों को याद कर रहा था तो ये लोग क्या कर रहे थे? यकायक यह उबाल क्यों? माँ मौजूद होती तो न जाने क्या करती, क्या कहती। मेरी जगह कोई और होता तो न जाने क्या कहता, क्या करता! मैं गूँगा ही बना रहूँ तो अच्छा है। वैसे ये अलामतें ठीक नहीं। लाहोर जाकर पता नहीं क्या होगा! मैं भी माँ की तरह वहमी हूँ। जैसी माँ, वैसा बेटा! गाड़ी एक ऊँघते हुए स्टेशन को जगा रही है। ज़ालिम आदमी ने पता नहीं तगड़े जाट को क्या जवाब दिया था, लेकिन वह अब मेरे पास बैठा रोटी खा रहा है। उसका मुँह एक तरफ़ से सूज सा गया है, उसकी मूँछें ऊपर नीचे हो रही हैं। मसाले की महक से मेरे नथुने फड़फड़ा उठते हैं।

—टुक्कर खाएगा?

जाट ने आधी रोटी मेरे हाथ में दे दी है। गाड़ी रुक रुककर एक हिचकोला खाती है। ज़ालिम आदमी गिरते गिरते सँभल जाता है।

—बीबा, वह रही मेरी गठरी।

मैं रोटी जाट को पकड़ाकर गठरी उठा लेता हूँ। वह ज़्यादा भारी नहीं। औरत बच्चा उठाए दरवाज़े की तरफ़ बढ़ रही है, मैं खिड़की की तरफ़। मेरे रास्ते में ज़ालिम आदमी डटा हुआ है। मैं मुड़कर जाट की तरफ़ देखता हूँ। वह रोटी सीट पर रखकर उठ खड़ा होता है। उसकी मूँछें हिलती रहती हैं। ज़ालिम आदमी बुदबुदाता हुआ दूसरे दरवाज़े की तरफ़ मुड़ जाता है।

—बीबा, ख़ुदा तुझे लम्बी हयाती दे!

बाहर एक सोया सुकड़ा सा आदमी एक हाथ में बाल्टी, दूसरे में गड़वी उठाए बैठी हुई सी आवाज़ दे रहा है—हिन्दू पानी! हिन्दू पानी! एक बूढ़ा माश्की बोझ से झुका हुआ कराह रहा है—मुस्लिम पानी! मुस्लिम पानी! मेरा जी चाहता है कि उतरकर मुस्लिम पानी पी लूँ। मैंने कभी मश्क का पानी नहीं पिया। लेकिन माँ ने नीचे उतरने से हज़ार बार मना किया था। इसीलिए शायद रह रहकर दिल कर रहा है कि एक मिनट के लिए उतर ही जाऊँ। गाड़ी ने रेंगना शुरू कर दिया है। इस स्टेशन पर भी

सायादार पेड़ों की क़तार सी खड़ी है। पीपल का एक पेड़ यहाँ भी तालियाँ बजा रहा है। अंग्रेज़ी राज की बरकतों पर। फाटक से परे दो ताँगे खड़े हैं। मुलायम औरत का बच्चा बैठा पेशाब कर रहा है, वह ख़ुद झुकी अपनी पिंडलियाँ खुजला रही है। इस क़स्बे में भी खुजली की बीमारी होगी। प्लेटफ़ॉर्म ने तेज़ी से सरकना शुरू कर दिया है। मैं सिर अन्दर कर लेता हूँ। दोनों आँखों में किरक हो रही है। ऐनक का ध्यान रखना चाहिए। फ्रेम बहुत ढीला हो गया है। किसी दिन भगवान से कहूँगा, इसे बदल दो! बार बार नाक चढ़ानी पड़ती है। आदत पड़ जाएगी। एक और बुरी आदत! आने से पहले रावण को नहीं मिल सका। न ही हेडमास्टर को। चिट्ठी लिखूँगा। डीयर रावण! अगर ज़ालिम आदमी उतर न गया होता तो ज़रूर झिड़क देता—तू हँस किस बात पर रहा है, अपने ही आप!

वह जाट आधी रोटी हाथ में लिए बैठा मेरा इन्तज़ार कर रहा है। बैठते ही हाथ बढ़ा देता हूँ। रोटी पर पीला मसाला पुँछा हुआ है। सामनेवाली सीट पर अब एक नई औरत बैठी मेरी तरफ़ देख रही है। एक बच्चा उसकी गोद में है, दो उसके आदमी की गोद में। सब काफ़ी मैले कुचैले हैं। कई गठरियाँ इधर उधर बिखरी पड़ी हैं। औरत के हाथ में एक रंगबिरंगा पंखा है, जिसकी हवा मुझे भी आ रही है और शायद जाट को भी। मैं एक नवाला तोड़कर मुँह में डाल लेता हूँ। जाट ख़ुश हो जाता है, औरत हैरान। वे लोग हिन्दू हैं। जानते होंगे कि मैं भी हिन्दू हूँ।

—वह आदमी तो पागल था, जाट कहता है।

मैं एक नवाला और मुँह में डाल लेता हूँ, हालाँकि पहला अभी पूरी तरह चबा नहीं पाया, ताकि जाट को जवाब न देना पड़े। मसाला बहुत तेज़ है। मज़ेदार। कहीं प्यास न लग जाए। शायद जाट के पास पानी भी हो। मेरे पराँठे अब कौन खाएगा! इसकी तो आधी भी हमारी दो रोटियों के बराबर है। वह औरत मेरे मुँह की तरफ़ यूँ देख रही है जैसे थूक रही हो।

—पता नहीं पागल था कि बेवक़ूफ़, लेकिन था अजीब। जितनी देर बैठा रहा, इस लड़के को झिड़कता ही रहा, जैसे इस बिचारे का बाप हो।

वह बूढ़ा भी अभी ज़ालिम आदमी को भूला नहीं। अब भी कानों को छू रहा है। शायद उसे आदत ही हो। अब मेरा मुँह भी एक तरफ़ से सूज गया है। मूँछें होतीं तो ऊपर नीचे हो रही होतीं।

—सरदार होता तो हम समझते कि गर्मी की वजह से ही पगला गया है, लेकिन वह तो पता नहीं क्या खाके चढ़ा था गाड़ी पर!

मैं बूढ़े को बताना चाहता हूँ कि मेरे ख़याल में वह रावण का छोटा भाई ही था, लेकिन जो सुख गूँगेपन में है, बोलने में नहीं।

—खाया पिया तो मैं उसका सब निकाल देता, पर वह उतर ही गया! और टुक्कर लोगे? मेरे पास है और पोटली में।

मैं सिर हिलाकर न कर देता हूँ। अब शायद इसे भी ग़ुस्सा आ रहा हो कि मैं बोल क्यों नहीं रहा।

—चलो जी, अच्छा हुआ उतर गया। घड़ी दो घड़ी का मौज मेला है, हँस खेलकर गुज़ार लो, क्या लेना है किसी से लड़ झगड़कर!

—वह तो ठीक है बाबाजी, पर इंसाफ़ भी तो कोई चीज़ है आख़र!

—इंसाफ़ तो उसी की दरगाह में है अगर है तो। इस जहान में इंसाफ़ कहाँ है!

—ख़ैर, मैं तो उसे सीधा कर देता, पर वह उतर ही गया।

—बेवक़ूफ़ आदमी को कोई सीधा नहीं कर सकता।

—ख़ैर, मैंने तो...

—ठीक है, ठीक है। अब भूल भी जाओ उसे! उसका भी क़सूर नहीं। आजकल हवा ही ऐसी बह रही है। सब लोग हल्के हुए फिरते हैं हल्के। भाई भाई को मारने दौड़ रहा है, पड़ोसी पड़ोसी को। लड़ाई में लाखों मारे गए। सारी दुनिया में उथल पुथल मची हुई है।

—कलजुग जो हुआ, वह औरत धीमे से कह देती है।

—तू चुप रह, उसका आदमी उसे झिड़क देता है।

—क्या कहा तूने बीवी? जाट झुककर उस औरत से पूछता है।

—कुछ नहीं, वह आदमी जवाब देता है।

—कहा तो था कुछ उसने!

—वह बेवक़ूफ़ है, यूँ ही बड़बड़ करती रहती है।

—लाला, तू उसे बोलने क्यों नहीं देता? जाट फिर बेइंसाफ़ी के ख़िलाफ़ डट गया है।

—तुम लोग बोलने देते हो अपनी औरतों को?

—क्या मतलब? जाट मूँछ मरोड़कर पूछता है।

लाला उसे तो कोई जवाब नहीं देता, मुझे सुनाकर कहता है—इस बेवक़ूफ़ से कहा भी था कि ज़नाने डब्बे में बैठ जा बच्चों को लेकर! कोई और औरत भी है बैठी हुई मरदाने डब्बे में?

मैं कहना चाहता हूँ कि तीन तो मुझे नज़र आ रही हैं, औरों का पता नहीं।

—तीन तो मुझे नज़र आ रही हैं, जाट कह देता है।

—ज़नाने डब्बे में न कोई बन्दा न परन्दा! मैं कैसे बैठ जाती वहाँ अकेली दुकेली? औरत की आवाज़ में तेजी और तिलमिलाहट है।

—तू चुप करेगी कि नहीं? बेवक़ूफ़!

लाला उस पर हाथ उठाते उठाते रुक जाता है।

—लाला, तू उसे बोलने क्यों नहीं देता? जाट फिर पूछता है।

—तुम लोग बोलने देते हो अपनी औरतों को?

—लाला, तू लड़ना चाहता है या बात करना चाहता है?

—मैं लड़ नहीं रहा, बात ही कर रहा हूँ। तुम लोग अपनी औरतों को तो परदे में बिठाकर रखते हो और मुझसे कह रहे हो कि मैं इस बेवक़ूफ़ को बड़बड़ करने दूँ! इंसाफ़ की बात करो!

—कौन कहता है कि हम लोग अपनी औरतों को परदे में रखते हैं, बोलने नहीं देते? तू अन्धा है? देखता नहीं कि वे तीनों मुसलमान हैं? डोरा है! सुन नहीं रहा तू उनकी आवाज़ें?

—मैं न अन्धा हूँ न डोरा, यही बेवक़ूफ़ है!

—मुझे तो यह बेवक़ूफ़ नज़र नहीं आती! मुझे तो तू ही बेवक़ूफ़ नज़र आता है!

लाला काँप रहा है, जैसे जाट से भी डर रहा हो, अपने आप से भी, और अपनी औरत से भी। मैंने जाट से डरना शुरू कर दिया है। कहीं इंसाफ़ की ख़ातिर यह इस लाले को हलाल न कर दे, इसकी बीवी को न भगा ले जाए! वह बूढ़ा न जाने क्या सोचकर अपने कानों को फिर छू रहा है।

—बेवक़ूफ़ न होती तो ज़नाने डब्बे में न बैठ जाती? लाला कुछ सोचकर जवाब देता है।

—जो ज़नाने डब्बे में बैठते हैं, बेवक़ूफ़ नहीं होते? जाट जिरह करता है।

मैं हँसी दबा जाता हूँ। गूँगे न जाने हँस सकते हैं या नहीं। लाले की गोद में बैठे दोनों बच्चे बेदिली से रोना शुरू कर देते हैं। उनकी उम्रों में कोई फ़र्क़ नज़र नहीं आता। एक लड़का है, एक लड़की। वे शायद सिर्फ़ रोने के लिए ही रो रहे हैं।

—अब तू लड़ रहा है या मैं? लाला पूछता है।

—लड़ नहीं रहा, एक बात समझा रहा हूँ तुझे! वह अकेली तीन तीन बच्चों को लेकर ज़नाने डब्बे में कैसे बैठ जाती? उन्हें सँभालती कैसे? तू तो यहाँ या पता नहीं कहाँ बैठा गप्प मारता, उस बिचारी की वहाँ भम्भीरी घूम जाती! किसी बच्चे को प्यास, किसी को पेशाब! और फिर वहाँ न कोई बन्दा न परन्दा! डर न लगता उसे? आख़र औरत जात है, अकेली कैसे जा बैठे वहाँ? इंसाफ़ भी तो कोई चीज़ है!

मैं उम्मीद कर रहा हूँ कि वह बूढ़ा अपने कानों को छूकर कह देगा, इंसाफ़ तो उसी की दरगाह में है, अगर है तो! लेकिन वह बड़े ध्यान से चुपचाप सारी बात सुन रहा है, जैसे आख़िरी फ़ैसला उसे ही सुनाना हो। लाले की गोद में घुसे बच्चे अब चूहों की तरह उछल कूद रहे हैं। मैं डर रहा हूँ कि वह उन्हें उठाकर बाहर फेंक देगा।

—अब बता बेवक़ूफ़ तू है कि वह? जाट पूछता है।

उसकी नज़र अब इंसाफ़ के अलावा उस औरत पर भी जा टिकी है। औरत को न जाने क्या सूझता है कि एक थन निकालकर बच्चे के मुँह में दे देती है। बच्चा भूखा नज़र नहीं आता। थन भरा हुआ नज़र नहीं आता। औरत पीली और सूखी है। मुझे ख़तरा है कि लाला रोना शुरू कर देगा। या फिर अपनी बीवी पर बरसना। औरत की

पीठ उसकी तरफ़ है। फिर भी उसे मालूम तो होगा ही कि उसका थन मुझे और जाट को दिखाई दे रहा है। मैं आँखें बन्द कर लेना चाहता हूँ लेकिन करता नहीं। लाले की गोदवाले बच्चे अब यूँ लेट से गए हैं जैसे बाप का दूध पी रहे हों।

—अब बता कि बेवक़ूफ़...

—अच्छा बाबा, मैं ही बेवक़ूफ़ सही! तू अब जान छोड़! मैं तेरे आगे हाथ जोड़ रहा हूँ।

दोनों बच्चे भी बाप की नक़ल में हाथ जोड़ देते हैं। औरत दूसरा थन निकालकर दबाती है। दूध उसमें भी नहीं। वह कमीज़ नीचे करके बच्चे को चूम लेती है। बच्चा उसकी नाक पकड़ लेता है। औरत नाक से बच्चे के पेट में गुदगुदी कर देती है। बच्चा हँसता नहीं। वह माँ की बग़ल में से सिर निकालकर बाप की तरफ़ देख रहा है।

—हाथ क्यों जोड़ता है, आदमियों की तरह बात कर! जाट लाले को झिड़क देता है।

—हाथ न जोड़ूँ तो और क्या करूँ? पाँव पकड़ूँ तेरे? आजकल तुम लोगों का ज़ोर है, जो चाहो करो!

—क्या मतलब?

—मतलब शतलब तुझे सब पता है। अभी तो पाकस्तान भी नहीं बना! जब बन गया तो पता नहीं हम हिन्दुओं का क्या होगा! तब तो तुम लोग हमारा ख़ून ही पी जाओगे! लाला गर्दन घुमाकर सारे डब्बे की तलाशी सी ले लेता है। उसे शायद एक भी हिन्दू नज़र नहीं आया। मुझ पर उसे कोई भरोसा नहीं। वह मुझे जाट की रोटी खाते देख चुका है। जानता है कि मैं अगर पूरा नहीं तो आधा मुसलमान ज़रूर हूँ।

—अच्छा, तो तुझे यह ग़म खा रहा है अभी से? बाबाजी, सुनी आपने लाले की बात?

—सुनी क्यों नहीं? मैं तो तौबा तौबा कर रहा हूँ! लाला, तू घबरा न! कोई तेरा ख़ून नहीं पिएगा! हम मुसलमान हैं, हैवान नहीं!

बूढ़ा फिर अपने कानों को छू लेता है।

—पाकस्तान तो इनशाल्ला बनेगा ही! हम तो तुम लोगों का ख़ून पिएँगे सो पिएँगे, तू बीवी बच्चों का खून क्यों पी रहा है?

मैं उम्मीद कर रहा हूँ कि बच्चे बोल उठेंगे, लड़ाई लड़ाई माफ़ करो, कुत्ते की लेंडी साफ़ करो!

—भापा मुझे टट्टी आई है, लड़का पुकारता है।

—भापा, मुझे भी, लड़की पुकारती है।

मैं डर रहा हूँ कि औरत पुकार उठेगी, मुझे भी। मैं कहना चाहता हूँ, मुझे प्यास लगी है।

—बैठे रहो चुप करके! लाला उन्हें झिड़क देता है।

—बैठे कैसे रहें! औरत उसे झिड़क देती है।

—तो तू क्यों नहीं ले जाती? बैठी हुई है मुथल्ला मार के। बेवक़ूफ़!

मैं डर रहा हूँ कि जाट उसके मुँह पर एक तमाचा जड़कर कहेगा, ख़बरदार! फिर उसे बेवक़ूफ़ कह रहा है! बेवक़ूफ़!

—वह कैसे ले जाए? देखता नहीं उसकी गोद में बच्चा है?

—तो तू ले जा!

लाले के सब अंग काँप रहे हैं। ये सब शायद यह उम्मीद कर रहे हैं कि मैं कहूँगा, मैं ले जाता हूँ! शायद भूल गए हैं कि मैं गूँगा हूँ। बच्चों ने अपना काम शायद यहीं शुरू कर दिया है। डब्बे में बू मच रही है।

—अब ले भी जाएगा इन्हें, लाले के बच्चे, कि यहीं गन्द डलवाएगा?

लाला अचानक उठ खड़ा होता है। बच्चे गिरते गिरते बचते हैं। रोना शुरू कर देते हैं। लाला दोनों हाथों से उन्हें घसीटता हुआ पाख़ाने की तरफ़ बढ़ जाता है।

—लाला, पाख़ाना उधर नहीं, उधर है! तू पढ़ भी नहीं सकता!

लाला बच्चों को दूसरी तरफ़ घसीटना शुरू कर देता है। बच्चे अब पूरे ज़ोर से चिचला रहे हैं।

—बीबी, तेरा आदमी बहुत बेवक़ूफ़ है, जाट औरत से कहता है।

औरत कोई जवाब नहीं देती।

—बेवक़ूफ़ तो पता नहीं है कि नहीं, पागल ज़रूर है, बूढ़ा जाट से कहता है।

जाट कोई जवाब नहीं देता। वह औरत के जवाब के इन्तज़ार में उसी की तरफ़ देखे जा रहा है। औरत फिर एक थन निकालकर बच्चे के मुँह में ठूँस देती है। बच्चा जैसे अपना फ़र्ज़ पूरा करने के लिए ही उसे चूसना शुरू कर देता है।

—तू गन्ना चूपेगा? मेरे पास है पोटली में! जाट कह तो मुझसे ही रहा है, लेकिन सुना शायद औरत को ही।

मैं सिर हिलाकर हाँ कर देता हूँ।

—बोल, चूपेगा? इस बार उसका रुख़ मेरी तरफ़ है।

मैं फिर सिर हिलाकर हाँ कर देता हूँ।

—बीबी, तू भी चूपेगी?

औरत सिर हिलकार न कर देती है।

—बच्चों को तो चूपने देगी?

औरत कोई जवाब नहीं देती।

—बाबाजी, आप?

—मैं अब क्या चूपूँगा! पहले ख़ुदा से कह कि मेरे दाँत मुझे वापस कर दे, फिर पूछ मुझसे!

जाट कोई जवाब नहीं देता। मैं बूढ़े को बताना चाहता हूँ कि ख़ुदा ने मेरी ऐनक

नहीं जोड़ी थी, उसके दाँत कैसे लौटाएगा। जाट शायद बारी बारी सब मुसाफ़िरों से पूछ लेने के बाद ही पोटेली खोलेगा।

—तेरा लाला गन्ना चूपेगा, बीबी?

औरत कोई जवाब नहीं देती।

—तू ठीक ही कहती है, वह गर्मी में है, नहीं चूपेगा।

जाट झुककर पोटली खोलने में लग जाता है। उसे खोले बग़ैर भी गन्ने के टुकड़े खींचकर निकाल सकता था। औरत की नज़र मेरी तरफ़ उड़ आती है। पता नहीं क्या पैग़ाम लाई है। शायद यही कि वह बेवक़ूफ़ नहीं। मैं मुड़कर खिड़की में से सिर निकाल लेता हूँ। खटाक पटाक! खटाक पटाक! बाहर सब कुछ चकरा सा रहा है—खेत, मवेशी, किसान, पेड़, कुएँ, झाड़ियाँ, झोंपड़ियाँ। दूर की झाड़ियों के ढीले धीमे चक्कर मुझे ख़ासतौर पर पसन्द हैं। वे ज़मीन से ज़रा सी ऊँची उठकर उड़ती हुई सी पीछे छूटती जा रही हैं। तारों पर बैठे परिन्दे नन्हे मुन्ने बच्चों से नज़र आते हैं, झोपड़ियों के बाहर खड़े नंगमनंगे बच्चे छोटे छोटे आदमियों से। आसमान पर कहीं कहीं रूई के फाहे से चिपके हुए हैं। खेतों में कहीं कहीं सोना सा बिखरा हुआ है, कहीं कहीं भूरी पीली हरियाली। मुझे बाहर नहीं देखना चाहिए। उदास हो जाऊँगा।

—ले चूप! एक और लेगा?

मैं सिर हिलाकर न कर देता हूँ।

—ले बीबी, तू भी चूप। अच्छा न सही, बच्चों के लिए ही रख ले। बड़े मिट्ठे हैं।

जाट गन्ने के तीन टुकड़े औरत के पास रख देता है। जैसे उसे लाले की पिटाई के लिए तीन डंडे पेश कर रहा हो।

—लाला तो बैठ ही गया जाकर! कहीं अन्दर बैठा उन्हें पीट न रहा हो?

औरत गर्दन घुमाकर पाख़ाने की तरफ़ देखती है।

—बीबी, तू फ़िकर मत कर! तू कहे तो मैं जाकर देख आऊँ?

औरत कोई जवाब नहीं देती। गाड़ी धीमी हो रही है, उसकी सीटियाँ सौदाई। कुछ लोग उचक उचककर बाहर देख रहे हैं।

—तू चूप क्यों नहीं रहा? ठहरके चूपेगा?

मैं सिर हिलाकर हाँ कर देता हूँ?

—तू जा कहाँ रहा है? लहोर?

मैं सिर हिलाकर हाँ कर देता हूँ।

—बाबाजी, यह लड़का लहोर जा रहा है, जाट बूढ़े को ख़बर सुनाता है।

—कोई लहोर जाए या पिशोर, मुझे क्या? मैं तो जंकशन पर उतर रहा हूँ।

बूढ़ा अचानक इतना उचाट क्यों हो उठा?

—लहोर में तेरा कौन रहता है? बहन?

मैं सिर हिलाकर हाँ कर देता हूँ।

—ब्याही हुई है?

मैं सिर हिलाकर हाँ कर देता हूँ।

—बाबाजी, लहोर में इसकी बहन रहती है। ब्याही हुई है।

—नसीबवाला है। हमारी तो न कोई बहन है न माँ! न धी न पुत्तर! इसीलिए तो मैं कहता हूँ कि इंसाफ़ तो उसकी दरगाह में भी नहीं!

जाट बूढ़े की बात को आगे नहीं बढ़ाता। वह शायद ख़ुदा शुदा से उलझना ही नहीं चाहता। मैं बूढ़े से कई बड़े बड़े सवाल पूछना चाहता हूँ, लेकिन गूँगे सवाल पूछ नहीं सकते, उनकी तरफ़ इशारे ही कर सकते हैं। मैं क्योंकि नया नया गूँगा हुआ हूँ, इसलिए इशारों की महारत मुझे नहीं आई।

—बीबी, तुम लोग जा कहाँ रहे हो?

औरत कोई जवाब नहीं देती।

—उस बेवक़ूफ़ ने इसके दिल में ऐसी दहशत बिठा दी है कि यह अब बोलती ही नहीं, जाट मुझे बताता है।

इस बात का जवाब मैं सिर हिलाकर नहीं दे सकता।

—उस बेवक़ूफ़ का डर तो इसे होगा ही, लेकिन हिन्दू औरत वैसे भी कम ही बोलती है।

—रहने दो, बाबाजी, रहने दो। औरत औरत है, हिन्दू क्या और मुस्लिम क्या! अगर इसे उस बेवक़ूफ़ का डर न होता तो यह कैंकैं कर रही होती इस वक़्त। मैं हिन्दू औरत को जानता हूँ। अन्दर बाहर से। हमारे पिंड में हिन्दू बहुत हैं।

—मेरा मतलब यह था कि हिन्दू औरत मुसलमान मरद से ज़्यादा बात नहीं करती।

—क्यों नहीं करती! सब कुछ करती है, सब कुछ करवाती है। औरत औरत है, चाहे हिन्दू हो या मुस्लिम! क्यों बीबी, मैं झूठ बोल रहा हूँ?

औरत कोई जवाब नहीं देती।

—अब बोल, बूढ़ा कहता है।

—कह तो रहा हूँ कि यह बिचारी बहुत डरी हुई है।

—सिर्फ़ यही नहीं, आजकल सब हिन्दू बहुत डरे हुए हैं, क्या मर्द, क्या औरत! सबको दिन रात यही डर लगा रहता है कि पाकस्तान बन जाएगा, पाकस्तान बन जाएगा।

—वह तो बनेगा ही, बाबाजी, लेकिन यह तो क़ौम ही डरपोक है। बीबी, तू बुरा न मानना, मैं तो एक बात कर रहा हूँ बाबाजी से।

—अब इन दालख़ोरों को कौन समझाए कि पाकस्तान का मतलब यह नहीं है कि हम आपस में बोलना चालना ही बन्द कर दें।

—बाबाजी इन्हें बोलने चालने से क्या मतलब? इन्हें तो सूद बयाज से ही मतलब है। बड़ी मतलबी क़ौम है यह। बीबी, तू बुरा न मानना।

यह मुझसे क्यों नहीं कह रहा, बुरा न मानने के लिए? कहीं मुझे मुसलमान तो नहीं समझ रहा।

—अब यह लड़का भी तो हिन्दू है। क्यों भाई तू हिन्दू ही है न?

मैं सिर हिलाकर आधी हाँ कर देता हूँ।

—इसने मुझसे टुक्कर भी ले लिया, गन्ना भी। मेरा दिल ख़ुश कर दिया इसने! अब यह क्या मुसलमान हो गया है? लेकिन यह बीबी मेरा गन्ना नहीं चूपेगी। चूप भी लेती, पर उस बेवक़ूफ़ से बहुत डरती है। बीबी, इतना मत डर उससे!

औरत कोई जवाब नहीं देती।

—गन्ना शन्ना तो ख़ैर ये लोग हमारा चूप ही लेते हैं। आख़िर चूपेंगे नहीं तो और करेंगे क्या? खेतीबाड़ी तो कर नहीं सकते। लेकिन खाते पीते क्यों नहीं हमारे हाथ का?

बूढ़ा यकायक उबल क्यों पड़ा है?

—न खाएँ, बाबाजी, न खाएँ! यही तो फ़िकर लगी हुई है इन सबको! सोचते हैं कि पाकस्तान बन गया तो इनकी छुआछूत बन्द हो जाएगी। और इनका सूद बयाज भी। इसीलिए तो ये पाकस्तान के ख़लाफ़ हैं।

मैं उससे कहना चाहता हूँ कि मैं छुआछूत के ख़िलाफ़ हूँ। और साहूकारों के भी। और पाकिस्तान के भी। वह पूछेगा, तू किसी चीज़ के हक़ में भी है?

—छोड़ो जी, जो होगा देखा जाएगा!

बूढ़ा फिर उचाट हो गया है। मैं भी बूढ़ा होकर इसी का सा हो जाऊँगा—कभी उबल पड़ूँगा, कभी उचाट हो जाऊँगा, यकायक! गाड़ी रुकने ही वाली नज़र आती है, लेकिन स्टेशन अभी नज़र नहीं आया।

—कहीं संगल के बाहर न खड़ी हो जाए, जाट कहता है।

—गोरे क्या जा रहे हैं, सब कुछ चोपट होता जा रहा है।

मैं बूढ़े से कहना चाहता हूँ कि मैं गोरों के भी ख़िलाफ़ हूँ। गाड़ी रुकते रुकते फिर दौड़ पड़ती है, सीटियाँ मारती हुई।

—मैं भी जंकशन पर ही उतर रहा हूँ। कचहरी में गवाही है। एक क़तल के मुक़दमे में। क़तल किसी और ने किया था, पकड़ा गया मेरा चाचा! छूट जाएगा। हमारा वकील बड़ा लायक़ है, हिन्दू है। मुसलमान वकील बहुत जल्दी जोश में आ जाता है। बस मैं कल ही वापस अपने पिंड चला जाऊँगा। पेंडू आदमी का दिल शहर में नहीं लगता। शहरी लोग बड़े बेईमान होते हैं। मरद क्या और औरत क्या! हिन्दू क्या और मुसलमान क्या! सारे फ़ितने फ़साद शहरों से ही शुरू होते हैं। क्यों बाबाजी, मैं झूठ बोल रहा हूँ या सच?

—बोल तो तू सच ही रहा है, पर इससे भी बड़ा सच यह है कि इंसाफ़ न शहर में है न गाँव में। न इस कचहरी में न उस दरगाह में। इंसाफ़ तो तुम देख लेना पाकिस्तान में भी नहीं होगा।

बूढ़ा यकायक बेलिहाज़ हो गया है, गाड़ी बहुत धीमी। औरत गर्दन घुमाकर पाख़ाने की तरफ़ देखती है।

—बीबी, तेरा लाला सुस्त है सुस्त! इतनी देर में तो सारा पिंड ख़ाली हो जाता। कहीं गिर गुर तो नहीं गया? तू कहे तो देख आऊँ जाकर?

औरत कोई जवाब नहीं देती।

—बाबाजी, कोई समान शमान हो तो...

—हमारा न कोई समान है न शमान। एक पोटली है, वह भी इतनी सी।

जाट और बूढ़ा अब खड़े खड़े झूल रहे हैं।

—बीबी, तेरा लाला भी आ गया है और हमारा लालामूसा भी!

जाट की हँसी उसके चेहरे पर ज़रा नहीं जँचती। यूँ लगता है चेहरा उसका हो, हँसी किसी हिन्दू सूदख़ोर की।

—क्यों लाले, इतनी देर वहाँ बैठा क्या करता रहा तू?

लाला ख़ून का घूँट पीकर रह जाता है। उसके चेहरे पर काँटे से उगे हुए हैं। जाट और बूढ़े के उतर जाने के बाद इसका क़हर मुझ पर उतरेगा। और अपनी बीवी पर। जिसका थन अब ख़ाली जेब की तरह लटक रहा है। बच्चा दूसरे बच्चों की तरफ़ देख रहा है। जैसे पूछ रहा है, तुम इतनी देर वहाँ बैठे क्या करते रहे। दूसरे बच्चे बाप की गोद को गूँध रहे हैं। बाहर लोग सरकती हुई गाड़ी के साथ साथ यूँ भाग रहे हैं जैसे वह रुक न रही हो, रवाना हो रही हो। मैं भी जाट के साथ उठ खड़ा होता हूँ।

—तू कहाँ जा रहा है? पिस जाएगा! देखता नहीं कितनी भीड़ है! बस बैठके गन्ना चूप। चंगा, लाला! चंगा, बीबी! चलो, बाबाजी!

मैं भी उनके पीछे पीछे हो लेता हूँ। जाट मुझे मना करने के बजाय दनदनाता हुआ दरवाज़े की तरफ़ बढ़ जाता है। मैं एक तरफ़ हटकर खड़ा हो जाता हूँ। जब तक कुछ नए लोग नहीं आ जाते, यहीं खड़ा रहूँगा। नहीं तो लाला अभी से लताड़ना शुरू कर देगा। बीवी पर तो पिल ही पड़ा है। वह भी चमक चमककर जवाब दे रही है। मेरी समझ में कुछ भी नहीं आ रहा। शायद ये किसी पोशीदा ज़ुबान में ही लड़ रहे हों। चढ़नेवाले लोग उतरनेवालों को अन्दर धकेल रहे हैं, उतरनेवाले उन्हें बाहर। जाट भी जुटा हुआ है, बूढ़ा भी। सबके चेहरे घबराहट, लालच और ज़बर्दस्ती से बदसूरत हुए जा रहे हैं। मुझे इस छीनाझपटी पर ग़ुस्सा भी आ रहा है, हँसी भी।

गाड़ी छूटने के बाद भी मैं कुछ देर दरवाज़े के पास ही खड़ा रहता हूँ। सीट पर लौटने से पहले मैं फ़ैसला कर लेता हूँ कि मैं बाक़ी का रास्ता भी गूँगा ही बना रहूँगा। अगर हो सका तो बहरा भी। अब डब्बे में हिन्दू ज़्यादा नज़र आते हैं। तीन सिख भी हैं। एक की शक्ल मनियारीवाले ग्यानी से मिलती है, दूसरे की शूम से, तीसरे की माई माया से। तीनों अलग अलग बैठे एक दूसरे को देख देख ख़ुश हो रहे हैं, जैसे कह रहे हों, हम तीन नहीं, सवा तीन लाख़ हैं! मेरी सीट पर एक मोटा लाला

जा बैठा है। अपने ख़ानदान समेत। उसकी बीवी उसकी बेटी नज़र आती है, बेटी उसकी दोहती। मुझे कोई और जगह ढूँढ लेनी चाहिए। लेकिन वह लाला वहाँ भी पहुँच जाएगा। लताड़े बग़ैर छोड़ेगा नहीं। मेरे बेंच के उस किनारे पर एक मुसलमान जोड़ा आ बैठा है। आदमी ने तुर्की टोपी पहनी हुई है, औरत ने मैला सफ़ेद बुर्क़ा। चेहरे से उठा हुआ। दोनों के बीच आठ दस साल का एक लड़का लेटा हुआ है। औरत उसकी पीठ सहला रही है, आदमी झुका हुआ सा कुछ कह या सुन रहा है।

मैं सहमा सहमा सा अपनी जगह में घुसड़ ही रहा होता हूँ कि मोटा लाला मेरी तरफ़ इशारा करके दूसरे से पूछता है—यह भी तुम्हारा है?

—नहीं जी, यह तो राम जाने किसका है! लाला नाक चढ़ाकर देख मेरी तरफ़ रहा है, जवाब उसे दे रहा है।

—भई, ज़रा ठहर तो जा, ऊपर क्यों चढ़ रहा है?

मैं खड़ा हो जाता हूँ। मोटा लाला अपने मांस के ढेर को इधर उधर करने की कोशिश कर रहा है।

—ले बैठ जा अब!

जगह अब और भी कम हो गई है, लेकिन बाईं तरफ़ बैठी सूखी देहातन ज़रा परे सरक जाती है। और मैं उन दोनों के बीच ठुस सा जाता हूँ। मोटे लाले की तरफ़ के हिस्से को केशव की माँ याद आ रही है, देहातन की तरफ़ के हिस्से को फल्लो जुलाहिन। आधा जिस्म सो जाएगा, आधा जागता रहेगा। मोटे लाले की बीवी सो, या सोने का बहाना कर, रही है। उसका रूप रंग कुमारी का सा है। उसकी बेटी बिटर बिटर मुझे देख रही है। शायद गूँगी हो। या होने का बहाना कर रही हो। उसकी शक्ल माँ पर है, जिस्म बाप पर। मेरी शक्ल न जाने किस पर है? शायद किसी शैतान पर। अब ये लोग मुझे लताड़ना कब शुरू करेंगे? मैं तैयार हूँ।

—ये गन्ने भी इसे ही दे दो उठाकर, हमें नहीं चाहिए, औरत बोल अपने लाले से रही है, आँखें मुझे दिखा रही है।

यह अपनी कमीज़ नीचे क्यों नहीं कर लेती? वह अपनी कमीज़ नीचे कर लेती है। बच्चा कमीज़ उठाकर सूखे थन से खेलना शुरू कर देता है।

—चाहिए नहीं थे तो लिए क्यों थे? लाला पूछता है।

—मैंने कहा न कि मैंने नहीं लिए थे, उसी मुश्टंडे ने रख दिए थे मेरे पास। अपने आप।

—अब लिए हैं तो चूप, चूपती क्यों नहीं?

—भापा, मैं गन्ना लूँगा।

—भापा, मैं भी।

मैं उम्मीद कर रहा हूँ कि औरत की गोद में पड़ा बच्चा थन छोड़कर बोल उठेगा, मैं भी।

—मैं कह रही हूँ...

—मैं जानता हूँ तू क्या कह रही है। बेवक़ूफ़! बिज़्जती करवा दी मेरी उसके सामने!

—किसके सामने? मोटा लाला उन दोनों से पूछता है।

—जी था एक इसका हमायती। बेवक़ूफ़ बना दिया मुझे उसके सामने!

—किसके सामने? कुछ बताओगे भी!

—अब छोड़ भी दो बात को!

—छोड़ कैसे दूँ? अब चूप बैठकर उसका गन्ना।

—अरे भाई, किसका? इस चारचिश्मे का? कुछ बताओगे भी!

मोटे लाले का मांस मुझे थपेड़े मार रहा है।

—भापा, मैं गन्ना...

—तू चुप रह! जैसी माँ, वैसी बेटी!

—कोई और भी लड़ रहा है? औरत तड़पकर ताना मारती है।

मैं इधर उधर देखता हूँ। तीनों सिख पास बैठे लोगों से लड़ रहे हैं, दो औरतें एक दूसरी को यूँ घूर रही हैं जैसे लड़ने मरने के लिए तैयार हो रही हों, मेरे पास बैठी देहातन झुँझलाई हुई नज़र आती है, लाले की गोद में बैठे दोनों बच्चे एक दूसरे के बाल खींच रहे हैं, बुर्क़ेवाली औरत अपने आदमी को झिड़क रही है, मोटा लाला अपनी बेटी को। मेरे और मोटे लाले की बीवी के सिवा सब लड़ रहे हैं।

—ख़बरदार, जो मेरी बेटी को कुछ कहा तो! सबके सामने जवान जहान बेटी को झिड़क रहे हो, शरम नहीं आती?

मोटे लाले की बीवी अचानक जाग उठी है। मोटे लाले का ज़िस्म और फूल जाता है।

—तेरी बेटी बेशरम है बेशरम। तेरी तरह। बिटर बिटर इस चारचिश्मे की तरफ़ देख रही है। बेवक़ूफ़!

—बेवक़ूफ़ तुम!

उनकी बेटी बिटर बिटर मेरी तरफ़ देखती रहती है।

—अब चूप, चूपती क्यों नहीं? लाला फिर शुरू हो जाता है।

औरत एक गन्ना उठाकर खिड़की से बाहर फेंक देती है।

—अब फेंककर सच्ची हो रही है?

औरत दूसरा गन्ना बाहर फेंक देती है।

—पहले लिए क्यों थे?

औरत तीसरा गन्ना भी बाहर फेंक देती है।

—सब कुछ फेंक दे उठाकर! बच्चों को भी फेंक दे!

तीनों बच्चे एक साथ रोना शुरू कर देते हैं।

—कहा भी था सैकंड क्लास का ले लो टिकट! मोटे लाले की बीवी मुँह मरोड़कर कहती है।

इसकी तो आवाज़ भी कुमारी की सी है!

—या अल्ला! देहातन अपने कानों को छूकर धीरे से पुकारती है। उसकी पुकार मेरे सिवा किसी और ने शायद ही सुनी हो।

—पैसे तेरे बाप से लाता सैकंड क्लास के लिए? मोटा अपनी बीवी से पूछता है।

—ख़बरदार, जो मेरे बाप का नाम लिया तो!

मैं अपना गन्ना उठाकर बाहर फेंक देता हूँ। मोटे लाले की बेटी अब भी बिटर बिटर मुझे देखे जा रही है। मेरा जी चाहता है कि उसे भी उठाकर बाहर फेंक दूँ। उसकी शक्ल हेडमास्टर की बेटी की सी है। शायद अक़्ल भी।

—अब हो गई शान्ती? अब तो इसने भी फेंक दिया अपना गन्ना! अब तो छोड़ोगे मेरी जान!

—गन्ने थे किसके? मोटा लाला पूछता है।

कोई उसे जवाब नहीं देता। वह बारी बारी हम तीनों के चेहरों की तलाशी लेता है। फिर मुझसे पूछता है—तेरे थे?

मैं सिर हिलाकर न कर देता हूँ।

—इससे क्या पूछते हो, यह तो गूँगा है गूँगा! लाला मोटे लाले से कहता है।

—क्यों बीबा, तू सचमुच गूँगा है? मोटे लाले की बीवी अपनी आवाज़ में झूठी मिठास घोलकर पूछती है।

मैं अब एक अनजाने कुएँ के किनारे खड़ा झूल रहा हूँ। सबकी नज़रें मुझ पर जमी हुई हैं। अगर मैं बोल उठा तो ये सब गूँगे हो जाएँगे। मैं सिर हिलाकर हाँ कर देता हूँ।

—गूँगा तो है ही, सीधा भी बहुत है, लाले की बीवी मोटे लाले की बीवी से कहती है।

मोटे लाले की बीवी अपनी बेटी की तरफ़ देखना शुरू कर देती है, जैसे सोच रही हो, सीधी तो यह भी बहुत है लेकिन गूँगी नहीं।

—उस जाट के हाथ से रोटी लेकर ऐसे खा गया जैसे इसकी माँ ने ही बनाई हो।

—किस जाट के हाथ से? कैसी रोटी? कुछ बताओगे भी।

—वही जो इस बेवक़ूफ़ का हमायती था।

—इनकी न सुनो बहनजी, ये तो जिस बात के पीछे पड़ जाएँ...

—अगर वह तेरा हमायती नहीं था तो तूने गन्ने क्यों लिए उससे?

—इनका तो दिमाग़ ही ख़राब हो गया है शायद!

मोटे लाले की बीवी उसकी तरफ़ यूँ देखती है जैस कहना चाहती हो, इनका भी।

—वह जाट गया कहाँ? मोटा लाला पूछता है।

—गया अपनी माँ के सिर में! उतर गया और क्या! सबके सामने मेरी बिज़्ज़ती

करके! मुसला!

—अच्छा, तो मुसला था, मोटा लाला धीमी आवाज़ में कहता है।

—इतना ऊँचा मत बोलो, लालाजी, आजकल मुसले बहुत मच्छरे हुए हैं। सारी गाड़ी मुसलों से भरी पड़ी है। पता नहीं कहाँ जा रहे हैं सबके सब।

—लहोर जा रहे होंगे और कहाँ! वहाँ इनका बड़ा ज़ोर है। हम भी लहोर जा रहे हैं, मोटा लाला कहता है।

—यह गूँगा भी लाहोर जा रहा है, लाले की बीवी कहती है।

—तुझे कैसे पता? लाला पूछता है।

—पूछ लो इससे!

—लाहोर जा रहा है तू?

मैं सिर हिलाकर हाँ कर देता हूँ।

—समझ तो सब लेता है, सिर्फ़ बोल नहीं सकता, मोटे लाले की बीवी कहती है।

—लाहोर में इसकी बहन रहती है, ब्याही हुई।

—तुझे कैसे पता?

—पूछ लो इससे।

—लाहोर में तेरी बहन रहती है, ब्याही हुई?

मैं सिर हिलाकर हाँ कर देता हूँ।

—वह भी शायद गूँगी हो, मोटे लाले की बीवी कहती है।

—गूँगी होती तो ब्याह न होता, लाले की बीवी कहती है।

—गूँगी हो या लूल्ही, ब्याह सबका हो जाता है।

मोटे लाले की बेटी अब भी मुझे देख रही है, बिटर बिटर, जैसे कह रही हो, मेरा ब्याह न जाने किसी गूँगे से होगा या लूल्हे से!

—इससे पूछ लो।

—तेरी बहन भी गूँगी है?

मैं सिर हिलाकर न कर देता हूँ। सब मायूस हो जाते हैं।

—एक घर में दो गूँगे तो कभी कभी ही होते हैं, मोटे लाले की बीवी कहती है।

—एक घर में दो बेवक़ूफ़ हो सकते हैं तो दो गूँगे क्यों नहीं हो सकते? मोटा लाला पूछता है।

—किस घर की बात कर रहे हो, लालाजी?

—इस बेवक़ूफ़ के बाप के घर की, मोटा लाला अपनी बीवी की तरफ़ उँगली उठाकर कहता है।

दोनों लाले हँस उठते हैं। दोनों की हँसी भयानक है। उनकी बीवियाँ इधर उधर देखकर दुबक जाती हैं।

—इससे पूछो इसकी बहन रहती कहाँ है, मोटे लाले की बीवी शायद बात

बदलने के लिए ही कहती है।

—बताएगा कैसे? है कि नहीं बेवक़ूफ़ी की बात!

—गूँगे की बात गूँगे की माँ ही समझ सकती है, लाले की बीवी कहती है।

—इससे पूछो इसकी माँ भी गूँगी है क्या?

मैं सिर हिलाकर न कर देता हूँ।

—सुन समझ रहा है, सिर्फ़ बोलता नहीं।

—किसी दिन अपने आप बोलने लग जाएगा! भगवान पर भरोसा रखना चाहिए इसे।

—मुसलों के हाथ की रोटी खानेवालों की मत मारी जाती है, इसलिए भगवान भी उनसे रूठ जाते हैं, मोटे लाले की बीवी मुँह बिगाड़कर कहती है।

—इस बिचारे की मत तो पहले से ही मरी हुई होगी, नहीं तो खाता क्यों?

—आप लोगों को मना करना चाहिए था इसे, रोटी छीन लेनी चाहिए थी इसके हाथ से, मोटा लाला पेट पर हाथ मारकर कहता है।

—मना कैसे करता, वह मुसला बहुत मच्छरा हुआ था, इस बेवक़ूफ़ की हमायत कर रहा था।

—किस बात में?

—हर बात में। इसे बीबी, बीबी कहे जा रहा था और यह बेशरम उसके सामने मुथल्ला मारकर बैठी रही।

—मैं क्या करती? आप तो जाकर पख़ाने में बैठ गए और मुझे छोड़ गए यहाँ। यह गूँगा भी न होता तो वह पता नहीं क्या करता! सारा वक़्त दीदे फाड़ फाड़कर देखता रहा मुझे!

—तू शोर नहीं मचा सकती थी? लाला तिड़ककर पूछता है।

—शोर मचाती तो वह और भी शेर हो जाता। सारा डब्बा मुसलों से भरा हुआ था उस वक़्त।

—ऐसे मौक़ों पर शोर मचाना ठीक नहीं होता, मोटे लाले की बीवी लाले को समझाती है।

—शोर मचानेवाली औरत को तो लोग और बदमाश समझते हैं, मोटा लाला जोड़ता है।

—यह बदमाश तो नहीं, बेवक़ूफ़ ज़रूर है। बैठ गई उसके सामने बच्चे को दूध पिलाने।

लाले की बीवी रोना शुरू कर देती है। झूठमूठ।

—अब झूठमूठ रोकर तू सच्ची नहीं हो सकती! बेवक़ूफ़!

लाले की बीवी सचमुच का रोना शुरू कर देती है, उनके बच्चे झूठमूठ का। मोटे लाले की बीवी अपने पति के कान में कुछ कहकर परे हट जाती है, उनकी बेटी शायद

मेरे कान में कुछ कहने के लिए ही मेरी तरफ़ झुक आती है। मोटा लाला उसका कान मरोड़ देता है। वह भी सचमुच का रोना शुरू कर देती है, लेकिन उसकी आँखें बिटर बिटर मुझे देखती रहती हैं। गाड़ी एक चीख़ मारकर सबके कानों को चीर देती है।

—क्या काँकाँ लगा रखी है तुम लोगों ने! लड़ना है तो अपने घर जाकर लड़ो! सबके सामने चीख़ चंघाड़ा मचा रखा है! बेग़ैरतें!

सूखी देहातन की तर ब तर आवाज़ अचानक सब आवाज़ों पर सवार हो गई है। बच्चे रोना बन्द कर देते हैं, लाले की बीवी बन्द करने की कोशिश में कुरला उठती है।

—तुम सब तो दिवाने हो दिवाने! किच कचाड़ा मचा रखा है सारी गड्डी में!

—बेबे, तू इतनी गरम क्यों हो रही है, मोटा लाला पूछता है।

—आप चुप रहो जी, उसकी बीवी बोलती है।

—ख़बरदार, जो मुझे बेबे कहा तो! मैं किसी की बेबे शेबे नहीं! मैंने बहुत सबर कर लिया! मुसले! मुसले! हम मुसले हैं तो तुम कौन हो! कराड़!

—हम तो इसे हिन्दू ही समझते रहे, मोटे लाले की बीवी न जाने मुझे क्यों बता रही है। शायद समझती हो कि मेरी शैतानी से ही देहातन अचानक मुसलमान बन गई है। मैं चाहूँ तो भी किसी इशारे से उसे बता नहीं सकता कि मुझे तो शुरू से ही मालूम था कि वह मुसलमान है।

—ख़बरदार, जो किसी ने मुझे हिन्दू समझा तो!

देहातन की आँखें आग उगल रही हैं।

—यही तो मुसीबत है, इन देहातनों का कुछ पता नहीं चलता कि ये हिन्दू हैं या मुसली।

—ख़बरदार, जो मुझे किसी ने मुसली कहा तो!

देहातन खड़ी काँप रही है। लाले की बीवी का रोना बन्द हो गया है। दोनों लालों के मुँह खुले हैं। गाड़ी एक चीख़ और मार देती है।

—पाकस्तान अभी बना नहीं और ये मुसले...

—ख़बरदार, जो किसी ख़बीस ने मुसलमानों को मुसले कहा तो!

एक लम्बा मुसलमान उठ खड़ा हुआ है।

—ख़बरदार, जो पाकिस्तान के ख़िलाफ़ कोई काफ़िर बोला तो!

एक बूढ़ा मौलवी सामनेवाले कोने में खड़ा काँप रहा है।

—ख़बरदार!

एक लड़का खड़ा होकर ललकारता है।

—ख़बरदार, अगर किसी ने हमारी कोई भी बुराई की तो!

—हम उसे उठाकर गाड़ी से नीचे फेंक देंगे!

—हम उसे जान से मार डालेंगे!

—पाकिस्तान!

—ज़िन्दाबाद!

—क़ायदेआज़म!

—ज़िन्दाबाद!

जब सब मुसलमान अपनी अपनी जगह पर बैठ जाते हैं तो डब्बे में डरावनी सी चुप्पी छा जाती है। गाड़ी की खटाक पटाक किसी दरिन्दे की तरह दौड़ रही है—इधर से उधर, उधर से इधर। मैं उसके साथ साथ दौड़ रहा हूँ। उस पर क़ाबू पाकर उसे किसी गाने से में बदल देने की कोशिश में।

—अब्बा, बहुत दरद है।

मेरे रोएँ खड़े हो जाते हैं। आवाज़ लहराकर कहीं ख़त्म हो जाती है। सबकी निगाहें सबकी तलाशी ले रही हैं। मेरी बुर्क़ेवाली औरत पर ठहर जाती हैं। वह अपने बेटे पर झुकी हुई है। तुर्की टोपीवाला आदमी अपना सिर थामे बैठा है। वह हिन्दुओं को ख़बरदार करनेवालों में शामिल नहीं हुआ था।

—अम्माँ, बहुत दरद है।

अब सबको पता चल गया होगा कि आवाज़ कहाँ से आ रही है, कि दर्द मामूली नहीं।

—अब्बा, बहुत दरद है।

किसी लफ़्ज़ पर कोई ज़ोर नहीं, किसी में कोई शिकायत या उम्मीद या माँग नहीं। बेपनाह दर्द में घुली हुई नंगी आवाज़, जिसने दूसरी सब आवाज़ों को ख़ामोश कर दिया है।

—अम्माँ, बहुत दरद है।

देहातन उठकर बुर्क़ेवाली औरत की तरफ़ बढ़ना शुरू कर देती है। बेहोशोहवास सी।

—अब्बा, बहुत दरद है।

मैं कानों पर हाथ रखकर उन्हें ज़ोर से दबाता हूँ। गाड़ी की खटाक पटाक दूर चली जाती है, लड़के की आवाज़ और पास आ जाती है।

—अम्माँ, बहुत दरद है।

मैं कुछ खुलकर बैठ जाता हूँ। मुँह खिड़की की तरफ़ मोड़ लेता हूँ। बाहर बेलिहाज़ धूप में सब कुछ बदस्तूर चकरा रहा है—खेत, पेड़, पानी, झाड़ियाँ, मवेशी, गाँव, लोग, परिन्दे, आसमान। मैं कभी किसी चीज़ के साथ साथ चकराता हूँ, कभी किसी के।

—अब्बा, बहुत दरद है।

मैं कानों से हाथ उठा लेता हूँ। बीबी, इसे तकलीफ़ क्या है? इसे ले जा कहाँ रहे हो? हर वक़्त दरद होता है? हमारे गाँव में एक हकीम है। उसके हाथों में बड़ी ही शफ़ा है। दूर दूर से मरीज़ आते हैं। क्या हिन्दू, क्या मुसलमान। सब लाइलाज!

बेटा, सन्तरा लेगा? नहीं जी, इसे तो किसी डाकदर को ही दिखाओ। बड़े रोगों का इलाज हकीमों के पास नहीं होता।

—अम्माँ, बहुत दरद है।

—बेटा, हिम्मत नहीं हारते। मैं सदक़े जाऊँ। बीबी इसे तो किसी पीर फ़क़ीर के पास ही ले जाओ तुम! जो काम दुआ करती है, दवा कर ही नहीं सकती। इसका मेदा ख़राब हो गया होगा! इसकी मालिश करो। इसे बादाम का शरबत पिलाओ।

—अब्बा, बहुत दरद है।

—बीबी, तू इसे अपनी गोद में लिटा ले। शायद इसे कुछ आराम आ जाए। बिचारे की हड्डियाँ दिखाई दे रही हैं। खाता पीता भी कुछ नहीं? बीबी, तू रो न। खाएगा नहीं तो ताक़त कैसे आएगी? इसका हौसला पस्त हो जाएगा। ला, मैं पंखा करती हूँ। बेटा, कहाँ दरद है? ज़रा हाथ लगाकर दिखा तो। इलाज कितनी देर से करा रहे हो? बीबी, तू भगवान का भरोसा मत छोड़।

—अब्बा, बहुत दरद है।

—कौन जानता है किस वक़्त ठीक हो जाए। मेरे भतीजे को भी यही तकलीफ़ हो गई थी। क्या क्या नहीं किया मेरे भाई ने! कभी इसके पास, कभी उसके पास! सारी सारी रात तड़पता रहता था। बचने की कोई उम्मीद नहीं थी। फिर एक दिन अपने आप ठीक हो गया। अब सारा दिन डंडे मारता रहता है। तू भी ठीक हो जाएगा, बिल्कुल।

—अम्माँ, बहुत दरद है।

—कितनी जमातें पास कर चुका है? बीबी, रो न। बच्चे को गोद में लेकर रोना नहीं चाहिए। इसे नींद नहीं आती? बनफ़्शे की चाय पिलाकर देखा? और बादाम का शरबत। फोड़ा है? बड़ा फोड़ा? बहुत बुरा होता है। किसी नाई शाई को दिखाओ। अन्दर है फोड़ा? डाकदर क्या कहता है? डाकदरों का कुछ पता नहीं चलता। कोई मन्नत मानो। मन्नतें तो बिचारे मान ही रहे होंगे। जो दुख लिखा हो, मिलकर रहता है। ठीक हो जाएगा, बीबी। तू दिल थोड़ा मत कर। फिर भी इसकी हिम्मत है। न रो रहा है, न तंग कर रहा है।

—अब्बा, बहुत दरद है।

मैं सिर खिड़की से बाहर निकाल लेता हूँ। कट जाए कटता है तो। कभी कभी लाइन में से कई चिंगारियों के फूल फूट निकलते हैं, कभी कभी इंजन इतना धुआँ उगल देता है कि धुएँ की एक गाड़ी सी गाड़ी के साथ साथ उड़ने लगती है। मैं इर्दगिर्द चकराती हुई चीज़ों को देखने के बजाय गाड़ी के पहियों को देख रहा हूँ। कभी कभी ऐसा मोड़ सा आ जाता है कि गाड़ी के दोनों सिरे एक दूसरे के ऐन पास आ जाते हैं। गाड़ी की खटाक पटाक में से कई गाने निकाले जा सकते हैं। दो पत्तर अनाराँ दे! दो पत्तर अनाराँ दे। तेज़ तेज़ कहो तो यह भी फ़िट हो जाता है। चल चला चल! चल चला चल! लेकिन इसका कोई मतलब नहीं निकलता। डंड क मंडल! इसका

तो बिल्कुल नहीं! मुहम्मद न होते, ख़ुदाई न होती! यह ठीक नहीं बैठता। बहुत दरद है! बहुत दरद है! अब्बा, बहुत दरद है! अम्माँ, बहुत दरद है! रब्बा, बहुत दरद है! तेज़ तेज़ कहो तो यही ठीक है। बहुत दरद है! बहुत दरद है! अम्माँ बहुत दरद है। अब्बा, बहुत दरद है! रब्बा...

मैं इस गाने की गोद में सो जाता हूँ। वह लड़का कभी किसी स्कूल के अहाते में पड़ा कराहता नज़र आता है, कभी किसी छत पर, कभी किसी कच्ची सड़क के किनारे पर। मैं हर जगह उसके सिरहाने खड़ा उसकी आँखों में झाँक रहा होता हूँ। आँखें कभी किसी कुएँ में बदल जाती हैं, कभी किसी कुएँ में। हर कुएँ में से वही आवाज़ उठी आ रही सुनाई देती है। अब्बा, बहुत दरद है। अम्माँ, बहुत दरद है। मुझे याद आ जाता है कि मैं गाड़ी में बैठा सोया खोया सा देवी के घर जा रहा हूँ। मेरी आँखें खुल जाती हैं। अन्दर ज़िन्दगी बदस्तूर शोर मचा रही है, बाहर सब कुछ बदस्तूर चकरा रहा है। कुछ देर बाद गाड़ी फिर गाना शुरू कर देती है। अब्बा बहुत दरद है! अम्माँ बहुत दरद है! रब्बा, बहुत दरद है। अन्दर का शोर धीमा होना शुरू हो जाता है। मैं गाने की गोद में उतरता उतरता फिर सो जाता हूँ। वही सपने भेस बदलकर लौट आते हैं। मुझे फिर याद आ जाता है कि मैं देवी के घर जा रहा हूँ। मेरी आँखें फिर खुल जाती हैं। इस बीच गाड़ी रुकती चलती रहती है, लोग उतरते चढ़ते रहते हैं। और मैं इसी तरह सोता जागता लाहोर पहुँच जाता हूँ। वह लड़का लाहोर पहुँचने से पहले ही दर्द से निजात पा जाता है।

वह घर दरअसल देवी या नरेश का नहीं था, बहनजी का ही था। यह हक़ीक़त पहले ही दिन किसी काले चोर की तरह मेरे दिल में घर कर गई थी। जब मैंने देवी को रसोई की दहलीज़ पर यूँ दुबके खड़े देखा था जैसे उसे वहाँ खड़ा कर दिया गया हो। एक ही महीने में उसका रंग उजड़ गया था और मुँह घुट। उसकी काया माँ की काया की सी हो गई दिखाई दी थी। बेरौनक़ और बासी। मुझे देखकर उसके चेहरे पर एक पीली सी चमक तो उभर आई थी, लेकिन उसका मुँह बन्द ही रहा था, जैसे किसी डर ने उसकी ज़ुबान खींच ली हो। सब सवाल बहनजी ने ही पूछे थे। एक बनावटी मुस्कुराहट उन सवालों के दौरान उसकी सूरत को बिगाड़ती सँवारती रही थी।

स्टेशन पर और घर पहुँचने तक नरेश के बर्ताव में जो तपाक दिखाई दिया था अब एक बच्चकानी सी उकताहट में बदल गया था। घर से बाहर जो एक बारोब और कद्दावर आदमी नज़र आया था, घर पहुँचते ही एक नाबालिग़ अजनबी में बदल गया था। उसकी खिली खुली मुस्कुराहट टेढ़ी और मैली हो गई थी। उस दिन से पहले जब कभी उसे क़स्बे में देखा था बहनजी के साथ चिपका हुआ। हमेशा हैरानी होती थी कि वह हर वक़्त किसी बुद्धू बच्चे की तरह उसी के साथ क्यों नत्थी

रहता था, अकेला इधर उधर घूमता क्यों नहीं, बड़ों की तरह खुलकर बात क्यों नहीं करता। स्टेशन पर उसे अकेला देखकर हैरानी हुई थी कि वह शादी के बाद एक ही महीने में इतना बदल सँभल कैसे गया? अब न तो उसकी हरकतों में किसी हिजड़े की सी झूठी शोख़ी नज़र आ रही थी, न उसकी बातों में किसी बच्चे की सी लाडली चुलबुलाहट। सारे सफ़र के दौरान मैंने मुँह तक नहीं खोला था। और अब मैं न सिर्फ़ उसके हर सवाल का जवाब बिला झेंप दे रहा था बल्कि ख़ुद उससे हर क़िस्म के सवाल पूछ भी रहा था—देवी के बारे में, लाहोर के बारे में, बहनजी के बारे में, लाहोर में हिन्दू मुस्लिम खिंचाव के बारे में। उसके सब जवाब भी बिला झेंप होते तो और मज़ा आता। उसे भी मुझ पर शायद वैसी ही हैरानी हुई होगी जैसीकि मुझे उस पर।

स्टेशन से घर तक का वक़्त यूँ कट गया था जैसे हम दोनों ताँगे में बैठे लाहोर की सैर कर रहे हों। चलने से पहले उसने कुछ अंगूर ख़रीद लिए थे, जिन्हें खाते खाते मैं बार बार भूल जाता रहा था कि कुछ ही देर पहले मैं थका चुका सा गाड़ी से उतरा था, कि मैं देवी के घर जा रहा था, कि मेरे अन्दर कई डर छुपे बैठे थे, कि माँ नरेश को मुश्टंडा कहती थी, कि मेरे पास बैठा आदमी मेरा बहनोई था, जिससे शादी करवाने के लिए मेरी बहन ने कुएँ में छलाँग लगा दी थी। वह उँगली उठा उठाकर बताता रहा था कि अनारकली उधर है, बारहदरी उधर, कि रावी इस तरफ़ है, अजायबघर उस तरफ़। रास्ते में पड़नेवाली सब मशहूर सड़कों, बाज़ारों, दरवाज़ों और खंडहरों के नाम उसने दो दो तीन तीन बार बताए थे। मैं मन ही मन उन नामों पर अपनी ज़ुबान फेरता रहा था। वह बार बार कोचवान को कहता रहा था—ज़रा उधर से होते हुए चलो, उस्ताद, हमें घर पहुँचने की कोई जल्दी नहीं, अब ज़रा उधर से भी हो लो, रास्ता लम्बा है तो क्या, तुम पैसों की परवाह न करो, जो माँगोगे, मिल जाएगा।

किराए के बारे में उसकी लापरवाही मुझे अच्छी लगी थी। ख़याल आया था कि शायद उसे कोई नौकरी भी मिल गई हो। पूछना चाहा था लेकिन पूछा नहीं था। उसने कहा था कि किसी दिन वह मुझे लारेंस गार्डंज़ और माल रोड की सैर भी करा लाएगा। कॉलेज खुलने से पहले। उसकी गर्मजोशी देखकर मेरी थकावट उतर और लाहोर देखने की ललक बढ़ गई थी। महसूस हुआ था जैसे उसे भी उस सैर में उतना ही लुत्फ़ आ रहा हो जितना मुझे, जैसे वह भी बहुत दिनों के बाद घर से निकला हो, जैसे उसे भी आज़ादी का एहसास हो रहा हो। मैंने पूछना चाहा था कि वह लाहोर में कितने सालों से रह रहा था, पैदा कहाँ हुआ था, उसके असली माँ बाप कहाँ थे, बहनजी को वह कब से जानता था, उनसे उसका मेल कैसे हुआ था। लेकिन फिर पूछते पूछते रुक गया था। घर पहुँचने से पहले मैंने उसे उस लड़के के बारे में भी बता दिया था और यह भी कि मैं रास्ते भर गूँगा बना रहा था। लड़के के दर्द और मौत के बारे में सुनकर वह उदास हो गया था, मेरे बनावटी गूँगेपन पर

उसे हँसी आ गई थी।

लेकिन बहनजी के सामने होते ही वह फिर एक लाडले बुद्धू में बदल गया था, जैसे उसके साथ किए किसी पोशीदा इक़रारनामे की कोई शर्त पूरी कर रहा हो। मेरी जासूसी शायद उसी घड़ी शुरू हो गई थी, लाहोर पहुँच जाने का चाव शायद उसी वक़्त मुरझाना शुरू हो गया था। सफ़र की थकान लौट आई थी। और उसके साथ क़स्बे की याद, जिसमें उस लड़के के दर्द की याद न जाने कैसे शामिल हो गई थी। मैंने चोरी चोरी उन तीनों के चेहरों को टटोलना शुरू कर दिया था। न जाने किस भेद या जुर्म की तलाश में। उसी वक़्त यह शक मेरे मन में बैठ गया था कि बहनजी के सामने वह देवी से खुलकर बात करना तो दरकिनार, उसे देखता तक नहीं होगा, कि देवी ख़ुद उन दोनों के सामने हमेशा ख़ामोश और ख़ौफ़ज़दा रहती होगी, कि बहनजी उन दोनों की हर हरकत पर कड़ा क़ाबू रखती होगी। पहले ही दिन मैंने भाँप लिया था कि बहनजी देवी के बारे में यूँ बात करती थी जैसे वह वहाँ मौज़ूद ही न हो।

मुझे देवी के हवाले करके वे दोनों दूसरे कमरे में चले गए थे। उस कमरे और रसोई के अलावा एक छोटा सा कमरा और था, जिसमें हम दोनों खड़े एक दूसरे का मुँह देख रहे थे। मैं देवी के चेहरे को और टटोलना नहीं चाहता था, जैसे मुझे ख़तरा हो कि वह देखते ही देखते शिकायतों से अट जाएगा। कुछ ही देर बाद देवी ने धीरे धीरे सुबकना शुरू कर दिया था, मैंने अन्दर ही अन्दर झुँझलाना। फिर उसने आँखें पोंछकर मुझसे बाबा और माँ के बारे में पूछा था, मैंने उससे यह कि उसके कपड़े इतने गन्दे क्यों थे। मेरा ख़याल था कि लाहोर जाकर उसका पहनावा बदल जाएगा। मेरा सवाल सुनते ही वह फिर रोने लगी थी। मुझे अपनी बेवक़ूफ़ी पर ग़ुस्सा आ गया था। उससे मुआफ़ी माँगने के तौर पर मैंने उसे बताया था कि माँ ने उसके लिए दो जोड़े भेजे थे और साथ ताकीद की थी कि वह उन्हें ख़ुद ही पहने, उस फफ्फेकुट्टन को न दे दे। देवी की रुलाई में एक पीली सी हँसी घुल गई थी। फिर मैंने उसे बताया था कि बाबा ने उसे बीस रुपए भेजे थे और साथ ही ताकीद की थी कि वह उनके बारे में माँ से कभी कुछ न कहे। देवी का रोना बन्द हो गया था। फिर मैंने अपना ट्रंक खोल लिया था।

ट्रंक ठसाठस अटा हुआ था। स्टेशन पर नरेश ने मज़ाक किया था—इसमें सोने की ईंटें भर लाए हो क्या? सोने की ईंटों के बजाय ट्रंक में मुचड़े हुए नए कपड़े थे। पिन्नियों का एक बड़ा सा डब्बा था, एक मोटा ख़ेस था, दो चादरें थीं, एक छोटा सा सिरहाना था, एक दरी थी, कुछ रंगीन नाड़े थे, एक जोड़ा नए जूतों का था, और कितनी ही छोटी बड़ी पोटलियाँ इस सब कुछ के बीच फँसी पड़ी थीं। चलने से पहले कई दिनों तक मैं उन्हें निकाल निकालकर बाहर फेंकता रहा था, माँ उठा उठाकर अन्दर। अब ट्रंक में से सौंफ और इलायची और बनफ़शे और सोंठ और कचूर और काली मिरच वग़ैरह की मिलीजुली तीख़ी महक उड़ उड़कर कमरे में फैल रही थी।

उसमें माँ की अपनी ख़ास महक भी मिली हुई थी। देवी को छींकें शुरू हो गई थीं, मेरी आँखों में नमक सा घुल गया था। देवी के जोड़े शायद सबसे नीचे थे। पोटलियों को खींचकर मैं ट्रंक के इर्दगिर्द रख ही रहा था कि बहनजी कमरे में आ गई थी। देवी उसे देखते ही उठ खड़ी हुई थी। मेरे हाथ रुक गए थे।

—यह क्या गन्द मचा दिया आते ही?

बहनजी के लहजे में नफ़रत की एक पोटली बँधी हुई थी।

—इसकी छींकें शुरू हो गईं तो सारी रात बन्द नहीं होंगी। भगवान जाने इसे क्या बीमारी है!

देवी ने एक छींक और मार दी थी।

—देखा! तू तो नया था, इसे तो समझ होनी चाहिए थी कि यहाँ यह दाज न खुलवाती! सारा कमरा गन्दा हो जाएगा। लेकिन जो इंसान सारी उमर गन्दगी में रहा हो, उसे क्या पता सफ़ाई का!

—माताजी, मैं अभी सब साफ...

—अच्छा, अच्छा, अब ज़्यादा ज़ुबान चलाने की ज़रूरत नहीं। इसकी ज़ुबान बस कैंची की तरह चलती है, और कुछ इससे हो न हो!

मैं डर रहा था कि देवी को और छींक न आ जाए, मैं ख़ुद छींकना न शुरू कर दूँ। बहनजी ने तो अपनी छींकों को भी क़ाबू में किया हुआ होगा। तभी दूसरे कमरे से नरेश की छींक की आवाज़ बीच की छत को पार करके कमरे में चली आई थी। वह कमरा बिल्कुल अलग था, रसोई दोनों कमरों से अलग थी। मुझे शायद रसोई में ही सोना पड़ेगा। सर्दियों में। गर्मियों में तो यहाँ के लोग भी छत पर ही सोते होंगे।

—माँ ने घी का यह टीन भेजा है, देवी ने जैसे बहनजी की तरफ़ रिश्वत सी बढ़ा दी हो।

—भेजा है तो अपने बेटे के लिए भेजा होगा या तेरे लिए, हमें उसका घी नहीं चाहिए।

नफ़रत की पोटली खुलती जा रही थी। एक छींक मुझे भी आ गई।

—माँ ने छींकों का सामान तो भेज दिया, साथ उनकी दवा भी भेज दी होती!

अगर यही बात नरेश ने कही होती तो शायद मुझे हँसी आ जाती। बहनजी पर ग़ुस्सा ही आया था। दूसरे कमरे से एक छींक और छत पार करके इधर चली आई थी।

—अब उसे ज़ुक़ाम लग गया तो वह गाएगा कैसे? अक़्ल से काम लिया होता!

मैंने पोटलियाँ उठाकर ट्रंक में दबानी शुरू कर दी थीं।

—माँ ने दो जोड़े भी भेजे हैं और बीस रुपए भी।

मैं उठकर देवी का मुँह बन्द कर देना चाहता था। देखती क्यों नहीं कि वह रिश्वत लेने के मूड में नहीं? हर वक़्त इसी तरह कड़कती तो नहीं रहती? मैं यहाँ कैसे रहूँगा? ऐसी घुटन तो वहाँ भी नहीं होती थी।

—कुछ अक़्ल भी भेज दी होती माँ ने! लेकिन वह लाती कहाँ से? जैसी माँ, वैसी बेटी!

मैंने कभी ख़्वाब में भी नहीं सोचा था कि बहनजी भी माँ के मुहावरों में बोलती उबलती होगी। देवी बेचारी भी क्या सोचती होगी कि एक माँ से पीछा छुड़ाकर वह दूसरी माँ के पंजों में आ फँसी! लेकिन माँ की झिड़कियों पर ग़ुस्से के साथ साथ या बाद हम सबको हँसी भी आती थी। इस औरत...

—माताजी...

—बस, बस! अब ज़ुबान मत चलाओ! यह कूड़ा उठाकर रसोई में ले जाओ!

तभी नरेश दरवाज़े में खड़ा दिखाई दिया था। उसके आने की आहट किसी ने नहीं सुनी थी। मैं ट्रंक बन्द करके उठ खड़ा हुआ था।

—बेटा, तू क्यों आ गया इधर? यहाँ तो पंसारी की दुकान खुली हुई है। तू चल, मैं यह कूड़ा उठवाकर अभी आई।

बहनजी का लहजा यकायक मुलायम हो गया था। मैं उम्मीद कर रहा था कि वह जाने से इनकार कर देगा। या किसी मज़ाक से माहोल को बदल डालेगा। या कहेगा कि मैं भी उसके साथ चलूँ। या पूछेगा कि ट्रंक में क्या है। लेकिन वह मुझसे या देवी से नज़रें मिलाए बग़ैर दूसरे कमरे की तरफ़ मुड़ गया था। मैं उम्मीद कर रहा था कि देवी भी उसके साथ हो लेगी। वह चुपचाप रसोई की तरफ़ चल दी थी। मुझे महसूस हुआ था जैसे मुझे बहनजी के हवाले कर दिया गया हो। मैं ट्रंक पर बैठ गया था।

—बेटा, अब तू आ गया है, तू ही इसे कुछ सिखा समझा, हमारी तो यह एक कान से सुनती है, दूसरे से निकाल देती है।

बहनजी यूँ बोल रही थी जैसे देवी भी वहीं बैठी हो।

—न इसे खाना पकाना आता है, न बर्तन माँजना। सफ़ाई से तो इसे नफ़रत है। कपड़े तो तू देख ही रहा है इसके। बस, सारा दिन इसी तरह बनी रहती है। बिल्कुल अपनी माँ की बेटी है। हर बात में। बेटा, तू बहुत समझदार...

मुझे उसकी मिठास से उल्टी आ रही थी। किसी नौकरानी की बात कर रही है या मेरी बहन की? मेरा खून जोश मार रहा था, मुँह मुक्के में बदलता जा रहा था। मैं सोच रहा था, पहले ही दिन मैं किस जाल में फँसा जा रहा हूँ!

—पूरा महीना हो गया है इसे यहाँ आए, इसने अपना तौर तरीक़ा बदलके नहीं दिया। इसे पता होना चाहिए कि यह लाहोर है, यहाँ सब लोग सफ़ाई से रहते हैं। लेकिन इसने किसी से कुछ सीखा हो तो न! जैसी माँ, वैसी बेटी!

मैं कहना चाहता था, ख़बरदार, जो मेरी माँ की बुराई की तो!

—यह तो हमारी क़िस्मत अच्छी है कि हमें इतने अच्छे मकान में, इतनी अच्छी लोकैलिटी में, इतना फ़र्स्टक्लास पोरशन मिला हुआ है। मालिक मकान मेरा धर्मभाई है। किराया तक नहीं लेता हमसे।

मैं पूछना चाहता था कि उसके कितने धर्मभाई हैं, कितने धर्मबेटे?

—बेटा, तेरी बहन को तो अँगीठी तक जलानी नहीं आती, फुल्का तक बनाना नहीं आता। कितनी बार सिखा चुकी हूँ, कोई असर ही नहीं होता इस पर! धुआँ मचा रहता है हर वक़्त हमारे पोरशन में! नीचेवाले भी तंग आ गए होंगे। उन्हें मेरा लिहाज़ न होता तो पता नहीं क्या करते? वह कुछ करें न करें, इतने सालों से बनी बनाई रेपूटेशन को इस लड़की ने एक ही महीने में मिट्टी में मिलाकर रख दिया है! क्यों बेटा, तू समझ रहा है मेरा पुआइंट कि नहीं?

मैं कहना चाहता था, ख़बरदार, जो मुझे बेटा कहा तो, मैं किसी का बेटा वेटा नहीं!

—नरेश बेचारा भी एकदम दुखी हो गया है इससे। पहले इतना ख़ुश ख़ुश रहता था, अब न उसकी सेहत ठीक रहती है, न उसका मूड। तू जानता ही है कि हम दोनों को गाने बजाने का शौक़ है। हॉबी है हमारी। यह भी जानती है। शादी से पहले भी जानती थी। लेकिन अब पता नहीं क्या हो गया है इसे? जब हम गाना बजाना शुरू करते हैं, यह किसी न किसी बहाने से हमें डिस्टर्ब कर देती है। कभी पूछने चली आएगी, टाइम क्या है, कभी माचिस कहाँ है! हम प्रेक्टिस कर रहे होते हैं, यह बर्तनों की ठाँ ठाँ शुरू कर देती है। दिन में दस बार तो इसकी माचिस गुम होती है। टाइम के लिए इसे घड़ी लेकर दे दी है, लेकिन यह उसे चाबी ही नहीं देती। घर का सारा सामान या इस कमरे में रहता है या रसोई में, लेकिन यह फिर भी किसी न किसी बहाने हमारे कमरे में पहुँच जाती है। दरवाज़ा बन्द हो तो नाक तक नहीं करती। जूँही हम दोनों पाठ के लिए बैठते हैं, इसे पता नहीं क्या हो जाता है! किसी न किसी तरीक़े से डिस्टर्ब कर देती है। और नहीं तो नीचेवालों की बच्ची को उठा लाएगी ऊपर और रुलाना शुरू कर देगी उसे। इसका मन लगाने के लिए इसे रामायण अलग ख़रीद दी थी, भक्ति प्रकाश अलग। सोचा था कि घंटा दो घंटा रसोई में बैठकर पाठ कर लिया करेगी, इसके मन को भी शान्ति मिल जाएगी। लेकिन यह तो अकेली बैठ ही नहीं सकती। और नहीं तो नीचे जाकर नीचेवालों को तंग करना शुरू कर देगी। यह नहीं सोचती कि यह लाहोर है, यहाँ सब लोग बिज़ी रहते हैं, किसी के पास इतना टाइम नहीं कि...

मैं हैरान हो रहा था कि वह अपने फ़िक़रों में अंग्रेज़ी के लफ़्ज़ क्यों टाँकने लगी? क़स्बे में तो ऐसा नहीं करती थी? क्या सभी लाहोरनों को यही आदत है? या सिर्फ़ फफ्फेकुट्टन लाहोरनों की? मुझे माँ याद आ रही थी।

—अब इसे पता होना चाहिए कि नरेश मूडी आदमी है। कभी बात करने के मूड में होता है, कभी नहीं भी होता। लेकिन यह चाहती है कि हर वक़्त इसी के पास बैठा रहे, इसी की चपर चपर सुनता रहे, इसे ही बाहर घुमाता फिराता रहे। कपड़ा पहनना तक तो आता नहीं इसे और सैर करना चाहती है माल रोड की। सैर भी हो जाएगी, पहले तू कोई सलीक़ा तो सीख! इसकी समझ में ही नहीं आता कि आर्टिस्ट

आदमी न फ़जूल बात करता है न सुनता है।

मैं कहना चाहता था कि उसकी समझ में क्यों नहीं आ रहा कि मैं भी आर्टिस्ट आदमी हूँ।

—कभी मैं उस बेचारे का सिर दबा रही होती हूँ तो यह कहती है कि यह दबाएगी। हाथ तो साफ़ होते नहीं अपने और सिर दबाएगी उसका जिसे गन्दगी से इतनी नफ़रत है कि कभी कभी वह मेरी सफ़ाई में भी नुक़्स निकाल देता है। हर वक़्त मेरा सिर खाती रहती है कि मैं उससे यह कहूँ, वह कहूँ। मैं पागल हूँ? मैं अपने बेटे को जानती नहीं? मुझे पता है कि वह बेकार की बातें सुन ही नहीं सकता। इसीलिए तो मैं इसे उसके पास बैठने ही नहीं देती, नहीं तो यह तो उसका दिमाग़ सफ़ाचट कर जाए। अब तू आ गया है तो...

मैं कहना चाहता था कि मैं आ नहीं गया, मुझे तो भगवान ने ही इस मुसीबत में डाल दिया होगा।

—बेटा, तू बहुत समझदार है, कॉलिज पढ़ने जा रहा है, तू मेरी पोज़ीशन भी समझ सकता है, नरेश की भी। अब तू ही इसे समझा कि यह...

मैं सोच रहा था कि कहीं यह भी माँ की तरह यही तो नहीं चाहती कि मैं बड़ा होकर इसकी सेवा करूँ, इसे सुख दूँ? मैं कहना चाहता था कि मैं किसी की सेवा नहीं करूँगा, किसी को सुख नहीं दूँगा, कि मैं अपनी पोज़ीशन नहीं समझता, उसकी कैसे समझूँगा? मैं समझ नहीं पा रहा था कि वह क्या शिकायत कर रही थी, क्या सफ़ाई दे रही थी। मैं हैरान हो रहा था कि पहले ही दिन उसने मुझे देवी के ख़िलाफ़ फुसलाना क्यों शुरू कर दिया था। मुझे माँ याद आ रही थी। मैं सोच रहा था कि उसकी नज़र उसकी ज़ुबान से भी ज़्यादा तेज़ है। देवी की जगह वह होती तो एक दिन भी यहाँ न रहती। मेरी जगह वह होती तो उसने बहनजी का मुँह तोड़के रख दिया होता। उसके सब ख़िताब ठीक थे, सब ख़तरे सही थे।

बहनजी मेरे सिर पर सवार बोलती जा रही थी और मैं बहरा होता जा रहा था। पतली सी धोती में वह किसी मोटी सी मास्टरनी सी दिखाई दे रही थी। उसके चेहरे पर झूठी मुस्कुराहटों की चिन्दियाँ चिपकी हुई थीं। नरेश को इसके नख़रों पर ग़ुस्सा तो आता ही होगा? मैं इसके कमरे में जाकर उससे पूछना चाहता था कि वह इस पूतना दाई का धर्मबेटा क्यों बना? मुझे यानीकि याद आ रहा था। देवी तो इस धोख़ेबाज़ औरत का मुक़ाबला कभी नहीं कर सकेगी? मेरा क्या होगा? मैं चाह रहा था कि वह दूसरे कमरे में चली जाए ताकि मैं ट्रंक को घसीटकर रसोई में ले जाऊँ। मुझे डर था कि ट्रंक की आवाज़ सुनते ही वह फिर छमछम करती इधर लौट आएगी और कहेगी, बेटा तू भी बेवक़ूफ़ निकला! शायद नीचेवाले भी ऊपर आकर शोर मचाना शुरू कर दें। ट्रंक उठाने के लिए नरेश की मदद ज़रूरी होगी, उसे जीजाजी कहकर बुलाना पड़ेगा। वह कहेगी, आर्टिस्ट आदमी ट्रंक नहीं उठा सकता, गा बजा

ही सकता है। लेकिन देवी ने इसे माताजी कहना कब शुरू कर दिया? मैं तो कभी नहीं कहूँगा। मन में फफ्फेकुट्टन ही कहूँगा, मुँह पर कुछ भी नहीं। देवी न जाने कहाँ जाकर बैठ गई? कहीं नीचेवालों के घर न चली गई हो? कहीं उन्हें भी ऊपर न ले आए? शायद दूसरे कमरे में नरेश के पास जा बैठी हो? इसे कुछ देर और यहीं रोके रखना चाहिए। सवालों की बौछाड़ लगा देनी चाहिए। लाहोर के बारे में। नीचेवालों के बारे में। इसकी हॉबी के बारे में। लेकिन मैं तो इससे बात तक नहीं करना चाहता। गुज़ारा कैसे होगा!

—अब पता नहीं कहाँ जाकर बैठ गई है? बस यही हाल है इसका! सारा दिन या तो कुढ़ती रहती है या इधर उधर घूमती रहती है। यह नहीं कि भाई इतनी दूर से आया है, उसके पास बैठे, उससे कोई बात करे, उसकी ख़ातिर करे। बस मुँह फुलाकर चली गई है। नीचेवालों को तंग कर रही होगी जाकर और क्या!

मैं कहना चाहता था कि अगर वह चुप न हुई तो मैं भी नीचेवालों के घर चला जाऊँगा। और उनसे कहूँगा, मुझे ऊपरवाली फफ्फेकुट्टन से बचाओ!

—अब तू कहाँ चल दिया?

—जीजाजी के कमरे में।

—वह बेचारा तो आराम कर रहा होगा।

—ट्रंक अकेले मुझसे नहीं उठाया जाएगा।

—वह तो पहले ही कह रहा था कि तेरा ट्रंक बहुत भारी है। क्या क्या भर लाया है इसमें?

मैं कोई जवाब दिए बग़ैर कमरे से बाहर निकल गया। मुझे ख़तरा था कि पीछे से आवाज़ आएगी, ख़बरदार! लेकिन वह शायद रसोई में चली गई थी। मुझे महसूस हुआ जैसे मुझे किसी क़ैद से निकालकर खुली छत पर छोड़ दिया गया हो। दिन शाम में बदल रहा था। पास कहीं किसी मन्दिर के घड़ियाल की आवाज़ आसमान को हिला झुला रही थी। नीचे से किसी औरत की चिड़चिड़ाहट ऊपर आ रही थी। आसपास लाहोर पसरा हुआ था। सामनेवाले मकान की छत पर एक सफ़ेदपोश बूढ़ा सीधा खड़ा न जाने किसे देख रहा था। शायद मुझे ही। बाद में पता चला था कि वह किसी ज़माने में एक मशहूर लीडर हुआ करता था। अंग्रेज़ों ने उसे उम्रक़ैद की सज़ा देकर काले पानी भेज दिया था। जहाँ से वह कुछ ही साल पहले वापस लौटा था। क्योंकि उसकी सेहत वहाँ बहुत बिगड़ गई थी, और अंग्रेज़ों ने उसे मुआफ़ कर दिया था। अब पिछले कुछ सालों से वह अपनी इकलौती बेटी के पास रह रहा था और अपनी आपबीती पर काम कर रहा था। दिन भर अपने कमरे में बन्द लिखता था, सोचता रहता था, शाम को कुछ देर छत पर खड़ा या टहलता। न कहीं जाता था, न किसी से मिलता था, न अपनी बेटी के सिवा किसी और से कोई बात करता था। बेटी से भी ज़्यादा और हर रोज़ नहीं बोलता था। काले पानी में उसे क़रीब क़रीब

अटूट ख़ामोशी की आदत पड़ गई थी। बाद में यह पता भी चला था कि बहनजी ने उसे भी अपना धर्मभाई बनाया हुआ था। वह कभी कभी उसके लिए कोई ख़ास चीज़ बनाकर उसकी बेटी को दे आती थी, लेकिन वह कभी उससे कोई बात नहीं करता था, दर्शन कभी कभी दे देता था। अब भी शायद वह दर्शन ही दे रहा था। उस शाम उसके बारे में कुछ भी न जानने के बावजूद, उसे उस छत पर अकेला और अचल खड़े देखकर मुझे बहुत शान्ति मिली थी। बाद में यह पता भी चला था कि सारे सूबे में वह देवता सरूप के नाम से जाना जाता था। यह मानते हुए शर्म महसूस हुई थी कि मैंने उसका नाम लाहोर पहुँचकर ही सुना था। बाद में जब कभी उसे उस छत पर खड़े या टहलते देखता, सख़्त ख़्वाहिश होती कि जाकर बहनजी की असलियत उसे बता दूँ और कहूँ कि वह अंग्रेज़ों से कह कहलवाकर कुछ देर के लिए उसे काले पानी भिजवा दे ताकि देवी को कुछ दम मिले, नरेश को कुछ होश आए। लेकिन उस शाम पहली बार उस सफ़ेदपोश बूढ़े को देखकर ही इरादा हुआ था कि दूसरे कमरे में जाकर नरेश से उसके बारे में पूछूँगा।

दूसरे कमरे में नरेश पलँग पर दराज़ सो या सोने का बहाना कर रहा था। उसकी पीठ दरवाज़े की तरफ़ थी। लेटा हुआ वह और लम्बा नज़र आया था। उसके पैर देखकर माँ की एक मारू सी कहावत याद आ गई थी—सिर वड्डे सरदाराँ दे ते पैर वड्डे गँवाराँ दे! इस कहावत के मुताबिक़ मैं न सरदार था न गँवार, नरेश सरदार भी था और गँवार भी। माँ उसे गँवार समझती थी और मुझे सरदार। माँ बार बार याद आ रही थी। वह कमरा भी माँ की याद दिला रहा था, क्योंकि वह इतना खुला खुला और ख़ाली ख़ाली था कि मैंने उसे देखते ही उसका मुक़ाबला अपने घर से शुरू कर दिया था, और अपने घर की हर याद में माँ मिट्टी की तरह मिली रहती थी।

पलँग के पास एक मेज़ पर बाजा रखा हुआ था। बाद में उस बाजे की आवाज़ सुनते ही मैं सकपका उठा करता था। उस रोज़ उसे देखकर ख़्वाहिश हुई थी कि किसी तरह उसे तोड़ या ख़राब करके कमरे से बाहर निकल जाऊँ। एक दीवार के पास एक दरी पर दो आसन बिछे हुए थे, उनके सामने दो चौकियाँ, जिन पर दो बस्ते से बँधे रखे थे। एक कोने में एक तिपाई पर पानी की सुराही पड़ी थी। उसके पास एक चमकता हुआ गिलास। फ़र्श साफ़ और ठंडा था, दीवारें सफ़ेद और सुथरी। आसनों के सामनेवाली दीवार के साथ एक सन्दूक़ सजा हुआ था, जिस पर बिछी फुलवारी कमरे में कई रंग बिखेर रही थी। मैं जूते दरवाज़े के पास ही उतारकर दबे पाँव एक आसन पर जा बैठा था। बैठते ही मन ने धीमे धीमे कराहना शुरू दिया था—अब्बा, बहुत दरद है! अम्माँ, बहुत दरद है! रब्बा, बहुत दरद है!

उस रात के तक़रीबन सारे सपनों में उस लड़के की सदा सुनाई देती रही थी। कभी कोयल की कूक सी, कभी चील की चीख़ सी। कभी साथ बाजा बज रहा होता, कभी गाड़ी गड़गड़ा रही होती। मैं हर सपने में हैरान होता रहा था कि मैं दूसरों को

दिखाई क्यों नहीं दे रहा, अपने आप को दिखाई क्यों दे रहा हूँ। एक सपने में बशीरा दर्ज़ी मेरे ट्रंक में लेटा काँप रहा था, एक में ट्रंक में पड़ी पोटलियाँ उचक उचककर मुझसे पूछ रही थीं कि मुझे इतने दर्द क्यों हैं, कहाँ हैं। एक में लाहोर क़स्बे में बदला हुआ दिखाई दिया था, क़स्बा लाहोर में, और मैं पता नहीं किस किससे पूछ रहा था कि मैं कॉलेज कैसे जाऊँगा। एक बार वह सफ़ेदपोश बूढ़ा किसी छत पर खड़ा मुस्कुराता हुआ दिखाई दिया था। उसकी आँखों से किरनें फूट रही थीं, माथे से ख़ून। ख़्वाहिश हुई थी कि वह कोई कहानी सुनाए। फिर महसूस हुआ था जैसे वह कहानी सुना रहा हो। उसकी कहानी में जगह जगह कुएँ ख़ुदे हुए थे। मैं हर एक में झाँकना चाहता था, वह मुझे मना कर रहा था। मैं समझ गया था कि वह सफ़ेदपोश दरअसल यानीकि का ही एक भूत है। एक सपने में नरेश बहनजी की गोद में बैठा नज़र आया था, लेकिन मैं यही सोचता रहा था कि बहनजी नरेश की गोद में कैसे समा गई! एक सपने में नीचेवाले नंगे नाचते हुए दिखाई दिए थे। उनका नौकर सबसे ज़्यादा नंगा नज़र आ रहा था। मैंने बहनजी से पूछा था, इन लोगों को अपनी रेपूटेशन का ख़याल नहीं? वह जवाब दे ही रही थी कि नरेश ने उसके मुँह पर अपना मुँह रखकर कहा था, माँ मुझे भूख लगी है। एक में माँ और बहनजी एक दूसरे की जूएँ निकाल रही थीं, नरेश उन जूओं को पोटलियों में बाँध रहा था, देवी छींकें मार रही थी, और मैं चिल्ला रहा था—रब्बा, रब्बा, मींह वसा, साहडी कोठी दाने पा!

देवी बार बार मुझे हिला हिलाकर पूछती रहती थी, तू इतना त्रिबक क्यों रहा है? हर बार घड़ी भर के लिए मुझे यह शक होता कि हम दोनों किसी पराई छत पर लेटे छटपटा रहे थे और बहनजी पास खड़ी खड़खड़ा। फिर याद आ जाता कि देवी ने बताया था कि बहनजी दूसरे कमरे में दरी पर सोती थी और नरेश पलँग पर। हर बार दोबारा नींद आने तक मैं आँखें बन्द कर दूसरे कमरे में पहुँच जाता रहा था—किसी अन्धे की तरह हाथों और पाँवों से सुराही और सन्दूक़ और बाजे और चौकियों को टटोलता हुआ, ठोकरें खाता हुआ, झुँझलाता हुआ।

एक सपने में मैं एक ख़ामोश दरिया के किनारे खड़ा दूसरे किनारे को देख रहा था। दरिया के इस किनारे पर एक छोटा सा बाग़ मुझे घेरे हुए था, उस किनारे पर एक बड़ा सा जंगल मेरी निगाहों को। उस किनारे से नरेश की आवाज़ आ रही थी, यह रावी है। आवाज़ के साथ ही जैसे यह पैग़ाम भी मुझ तक पहुँच गया हो कि वह बहनजी के मना करने के बावजूद मुझे लाहोर की सैर करा रहा था, इसीलिए उस जंगल में जा छुपा था। मैं उससे पूछना चाहता था कि देवी को वह कहाँ छोड़ आया था। तभी वह दरिया में तैरती हुई नज़र आई थी। बाग़ और जंगल अब ग़ायब हो गए थे। चारों तरफ़ चमकता हुआ पानी फैला हुआ था। मैं उसी पानी पर खड़ा ख़ुश हो रहा था। फिर देवी दरिया में तैरते हुए एक पलँग पर बैठी बाजा बजाती दिखाई दी थी। मैं डर गया था। मेरे डर की वजह से ही शायद वह दरिया एक गाड़ी में बदल

गया था, और गाड़ी एक कौड़ियाले साँप में, जिसमें बैठे बेशुमार बौने गा बजा रहे थे, गालियाँ उगल रहे थे, एक दूसरे के गले मिल रहे थे, एक दूसरे के गले काट रहे थे, नारे लगा रहे थे। मेरी अपनी आवाज़ न जाने किस बौने के मुँह से निकलकर मुझ तक आई थी, यह चिड़ियाघर है! वही शायद उस रात का आख़िरी सपना था।

कुछ महीनों तक मैं एक नीमगूँगे जासूस की तरह एक जटिल तफ़्तीश सी में जुटा रहा था—और बराबर इस एहसास से छिलता रहा था कि मैं ख़ुद किसी मेहनती जासूस के भेस में एक अनाड़ी मुज़रिम ही था। लाहोर मेरे लिए उस मकान में सिमटकर रह गया था, वह मकान उस पोरशन में, कॉलेज उस काली तफ़्तीश के बहाने भर में। माँ का भूत मेरी मदद भी करता रहा था, मुझे बदहवास भी। उसकी आवाज़ मेरे सपनों में भी फड़फड़ाती रहती थी—देख लिया अब तो, देख लिया अब तो! कभी मसहूस होता कि उसे शान्त करने के लिए ही मैं उस तफ़्तीश की तनहाइयों में उतरता जा रहा था, कभी कि उसे झुठलाने के लिए ही मैं सब मुज़रिमों से रिआयतें कर रहा था। उन रिआयतों और गहराइयों के बावजूद कुछ ही महीनों में मेरी तफ़्तीश ने कई घिनावने नतीजे निकालकर मेरे इर्दगिर्द बिखेर दिए थे। लाहोर में बिताए उस साल का बाक़ी वक़्त मैंने उन नतीजों के नरक में झुलसकर ही गुज़ार दिया होगा, वर्ना लाहोर और कॉलेज की कुछ दूसरी यादों ने भी मेरे दिल को आबाद बर्बाद किया होता।

कुओं की कशिश बहुत बुरी होती है। यानीकि का यह जुमला उन दिनों मुझे अक्सर याद आया करता था। लाहोर पहुँचते ही मैं एक अन्धे कुएँ में जा गिरा था, जहाँ एक भारी सी किताब मेरे हाथ लग गई थी, जिसकी ज़ुबान तो मैं उस सूखे अँधेरे में भी उठा सकता था, लेकिन मज़मून उठाने में मुझे काफ़ी दिक़्क़त होती थी। अब ख़याल आता है कि वह मज़मून ख़ौफ़नाक तो था लेकिन मेरी नज़र से बाहर या बेगाना नहीं था, कि मैं अपने आप से रिआयत के तौर पर ही उसे समझने से इनकार करता रहा था।

पहले दिन की उस भरपूर और भद्दी सी कोशिश के बाद बहनजी ने मुझे अपनी तरफ़ खींचने की कोई और कोशिश नहीं की थी। उसकी बेरुख़ी पर मायूसी कम हुई थी, हैरानी ज़्यादा। पहले दिन की उस खुली खिली सी बातचीत के बाद नरेश ने मेरी तरफ़ कोई और क़दम नहीं बढ़ाया था। उसकी बेरुख़ी पर हैरानी कम हुई थी, दुःख ज़्यादा। ख़ुद मैंने उसे अपनी तरफ़ खींचने की कई नाकाम कोशिशें की थीं, लेकिन वह उनसे बेख़बर ही रहा था, या शायद बेख़बर होने का बहाना करता रहा था। बहनजी के सामने वह मुझसे या देवी से नज़र तक नहीं मिलाता था, बहनजी से अलग वह कभी नज़र ही नहीं आता था। सुबह शाम वे दोनों सैर पर निकल जाते थे। नीचे उतरने से पहले जब बहनजी रसोई में जाकर देवी को हुक्म और हिदायतें दे

रही होती तो वह सीढ़ियों के पास जा खड़ा होता। ख़्वाहिश होती कि उसे खींचकर नीचे ले जाऊँ और पूछूँ कि बहनजी उसकी माँ थी या बीवी, कि उसने शादी देवी से की थी या बहनजी से! लेकिन बहनजी की एक आँख उस वक़्त उसे दुलार रही होती, दूसरी मुझे और

देवी को दुत्कार। मेरी नफ़रत तो शुरू हो गई थी लेकिन बग़ावत अभी नहीं। कुछ ही दिनों में मैंने देख लिया था कि बहनजी की चौकसी और चालाकी में कभी कोई कमी नहीं होती थी। उसकी दोनों आँखें शायद ही कभी एक साथ एक तरफ़ उठती हों, एक साथ एक सी दिखाई देती हों। वह जब चाहती एक से आग बरसा देती, दूसरी से फूल। वह अक्सर आधे मुँह से मुस्कुरा रही होती, आधे से फटकार।

बाहर जाने से पहले वह हमेशा दूसरे कमरे को ताला लगा देती थी। जैसे अन्दर कोई जानवर बन्द हो। मैं ढीले दरवाज़े को धकेलकर अन्दर झाँकता रहता। एक पराई सी महक मुझ पर हमला कर देती। हर चीज़ अपनी जगह पर सजी टिकी देख मुझे ग़ुस्सा सा आ जाता। देवी और माँ को वैसी सफ़ाई और सजावट का तरीक़ा क्यों नहीं आता? सफ़ाई और सजावट क्या ज़रूरी है? कहीं मैं भी बहनजी के मकड़ीजाल में तो नहीं फँसता जा रहा? नरेश की असली माँ भी शायद माँ की तरह गन्दी और ग़रीब हो? इसीलिए वह उसे छोड़कर बहनजी का बेटा बन गया होगा? बेटा न मेरा सिर। लेकिन उसने देवी से शादी क्यों की? बहनजी ने इतना दबाव क्यों डाला? वह जानती नहीं थी कि देवी को कोई सलीक़ा नहीं? मैं देवी के ख़िलाफ़ हूँ या बहनजी के? मेरा कोई दीन ईमान भी है? इस औरत ने उस बेचारी की साँस खींच रखी है और मैं इसके सलीक़े पर फ़िदा हो रहा हूँ? उसे सफ़ाई का सबक़ दे रहा हूँ? मैं ख़ुद भी तो उसी घर से आया हूँ? उसी माँ का बेटा हूँ! मुझे कहाँ आता है सलीक़ा? आख़िर मैं चाहता क्या हूँ? क्यों झाँकता रहता हूँ इस कमरे में?

इस गाढ़े ग़ुस्से और टेढ़े सवाल के बावजूद उस दरवाज़े की दरारों से आँखें सटा सटाकर अन्दर झाँकने से मुझे एक ख़ौफ़नाक सी तसल्ली होती थी, शायद वैसी ही जैसी कि हर नौसिखिए चोर या जासूस को हर बन्द दरवाज़े को धकेल या तोड़कर होती होगी। देवी जब देख लेती नाराज़ होती। उसकी नाराज़गी में से उसका डर साफ़ झाँकता दिखाई दे जाता।

—तुझे तो उस कमरे का वहम हो गया है!

—वह उसे ताला क्यों लगा जाती है?

—ताला न लगाए तो तू निकले ही न वहाँ से।

—मेरे आने से पहले नहीं लगाती थी?

—तुझे वहम क्यों हो गया है उस कमरे का? क्या दिखाई देता है वहाँ?

—मेरे आने से पहले भी वह दोनों उसी कमरे में सोते थे?

—हाँ।

—और तू?

—मैं बाहर छत पर और कहाँ? मुझे अन्दर गर्मी लगती है।

—मुझे भी। उन्हें नहीं लगती?

—लगती होगी, पर उन्हें अब आदत हो गई है। पंखा तो चलता ही रहता है।

—सर्दियों में भी वह दोनों उसी कमरे में सोया करेंगे?

—मुझे क्या पता!

—तू कहाँ सोएगी सर्दियों में?

—तेरे सिर में!

—और मैं तेरे में!

—जहाँ होगा सो जाएँगे, तुझे अभी से सर्दियों की चिन्ता क्यों लग गई?

—सर्दियाँ अब दूर नहीं। तेरी शादी से पहले भी वह इसी पोरशन में रहते थे?

—हाँ।

—अकेले?

—हाँ।

—तब तो अलग अलग कमरों में सोते होंगे?

—मुझे क्या पता! तुझे तो वहम हो गया है सोने का!

—मालिकमकान कहाँ रहता है?

—किसी और मकान में।

—बहनजी का भाई कैसे बना?

—मुझे क्या पता?

—तुझे कुछ पता भी है? तू पूछती नहीं किसी से कोई बात? उनके साथ सैर पर क्यों नहीं जाती?

—रसोई का काम तू करेगा?

—बहनजी क्यों नहीं करती रसोई का काम? उसे तेरा कोई काम पसन्द तो आता नहीं। आते ही फूँफूँ करना शुरू कर देती है।

—इतना ऊँचा मत बोल, ऊपर से आ गए तो...

—तू इतना डरती क्यों है उनसे?

—तू चाहता है कि मैं लड़ती रहूँ उनसे?

—लड़ मत, लेकिन इतना डरती क्यों है?

—तू नहीं डरता? तू तो रात को भी डरता रहता है। पता नहीं कैसे सपने आते रहते हैं तुझे! पता नहीं क्या क्या बोलता बड़बड़ाता रहता है!

—मैं तो ख़ैर डरता ही हूँ। आख़िर मेहमान हूँ। लेकिन तू तो मालकिन है इस घर की। तू नौकरानियों की तरह क्यों रहती है? न तेरे कपड़े साफ़ रहते हैं न तेरा कमरा।

—तुझे भी मेरा कोई काम पसन्द नहीं आता, बहनजी को कैसे आएगा!

—पसन्द की बात नहीं। इसका कमरा भी देख ले और अपना भी!

—यह कमरा मेरा नहीं!

—न सही तेरा, लेकिन उसकी सफ़ाई तो तू ही करती है।

—तुझे तो वहम हो गया है सफ़ाई का! अगर तुझे पसन्द नहीं आती मेरी सफ़ाई तो आप कर लिया कर!

—मैं सिर्फ़ नुक्ताचीनी कर सकता हूँ।

—तेरी बीवी का क्या हाल होगा?

—बहुत बुरा! कभी कभी बहनजी को भी सुना दिया कर इसी तरह?

—तू मुझे इस घर से निकलवाके रहेगा!

—यह घर तेरा नहीं, तेरी उस फफ्फेकुट्टन सास का ही है!

—इतना ऊँचा बोल रहा है, अगर उन्होंने सुना लिया तो...

—वह दोनों कहाँ घूमते रहते हैं इतनी देर तक?

—मुझे क्या पता!

—नरेश कोई नौकरी क्यों नहीं कर लेता?

—मुझे क्या पता!

—तुझे कुछ पता भी है?

—मुझे यह पता है कि अगर माताजी ने किसी दिन उस कमरे में झाँकते देख लिया तुझे तो हम दोनों की आफ़त आ जाएगी!

—वह दोनों उस कमरे में करते क्या रहते हैं दिन भर?

—तेरा सिर!

जब तक वह दोनों बाहर रहते, हम दोनों आपस में खुलकर बातचीत भी कर लेते, लड़ झगड़ भी लेते। हमारी बातों पर शुरू शुरू में एक अजीब सी बन्दिश बनी रहती थी, जैसे हम दोनों ने उन दोनों के बारे में क़रीब क़रीब ख़ामोश रहने का एक ख़ामोश समझौता सा किया हुआ हो। कई सवाल मेरे होंठों तक आते और वहीं सूखकर रह जाते, कई शक मेरे मन में उठते और वहीं बैठकर रह जाते। फिर धीरे धीरे उस समझौते में दरारें पड़ती चली गई थीं। अब हमारी बातें दूसरे कमरे और उन दोनों के इर्दगिर्द घूमती रहतीं। आख़िर एक दिन मैंने उस समझौते को एकदम तोड़ फोड़ डाला था। महसूस हुआ था जैसे देवी को भी उस तोड़ फोड़ से उतनी ही तकलीफ़ और राहत मिली हो जितनी कि मुझे।

दिसम्बर की एक करारी शाम थी। वे दोनों लद फदकर सैर को निकल गए थे, हम दोनों बहनजी के बताए हुए काम निबटा रहे थे। हमें हुक्म दिया गया था कि उनकी

वापसी से पहले ही खा पीकर छोटे कमरे में चले जाएँ। अपना और नरेश का खाना बहनजी ख़ुद ही बनाने लगी थी। घर दो हिस्सों में बँट चुका था। देवी को हिदायत थी कि वह उनके बर्तन माँज दिया करे, सब्ज़ी वगैरह छील दिया करे, आटा भूलकर भी न गूँधे, जब बहनजी रसोई में हो तो वह रसोई से बाहर रहे। दूसरे कमरे में हमारा आना जाना बन्द कर दिया गया था।

—देवी, एक बात पूछूँ?

मुझे अपने तकल्लुफ़ पर हैरानी हुई थी। मैं नहीं जानता था कि मैं उससे क्या पूछनेवाला था। कई सवाल एक साथ उभर आए थे।

—न ही पूछ तो अच्छा है!

उसके लहजे में उकताहट कम थी, घबराहट ज़्यादा।

—तुझे शादी से पहले पता नहीं था?

—क्या पता नहीं था?

—साफ़ साफ़ कहलवाएगी मुझसे?

—पता नहीं तू क्या बक रहा है!

उसका लहजा घबराहट से लबालब था।

—पता नहीं तू परदे क्यों डाल रही है। उन्हें तो तेरी परवाह तक नहीं और तू परदे डाल रही है!

—अब तू चुप भी करेगा?

—नहीं।

—तो बोलता रह।

—तुझे दिखाई कुछ नहीं देता?

—ऐनक तूने लगा रखी है मैंने?

—तू अन्धी है।

—मैं अन्धी ही ठीक हूँ!

—लेकिन मैं तो अन्धा नहीं! मुझे तो सब कुछ दिखाई देता है!

—क्या दिखाई देता है तुझे? तू अन्धा हो न हो, बेशरम बहुत है। बस अब चुप हो जा। या कुछ पढ़ वढ़ ले जाकर। तू यहाँ पढ़ने आया है या मुझे तंग करने?

—मैं न ही आता तो अच्छा था!

—अब आ गया है तो आराम से रह, मुझे भी रहने दे।

—तू आराम से रह रही है?

—मैं कैसे भी रहूँ, तुझे क्या? तू अपनी पढ़ाई लिखाई से मतलब रख।

—मैं अन्धा नहीं! बच्चा नहीं! उनकी रंगरलियाँ देख रहा हूँ! देख तू भी रही है लेकिन पता नहीं क्यों जानबूझकर अन्धी...

—तू बहुत बेशरम होता जा रहा है! मैं तेरी बहन हूँ या कौन हूँ!

मुझे माँ की याद आ गई थी। देवी भी क्या बूढ़ी होकर माँ बन जाएगी? शायद मैं भी। वह तो अभी से बूढ़ी नज़र आने लगी है! शायद मैं भी। माँ का भूत कब हमारा पीछा छोड़ेगा? शायद कभी नहीं।

—मैं अगले साल यहाँ नहीं रहूँगा।

—अगला साल किसने देखा है! यह तो गुज़रने दे। बस अब काम करने दे मुझे। वह आने ही वाले होंगे।

वे जाते पीछे थे, उनके आने का डर हमें पहले ही लग जाता था।

—तू डरती क्यों है उनसे इतना?

—डरूँ नहीं तो और क्या करूँ!

मैं बात को फिर उसी नुक्ते पर लौटा देना चाहता था, जहाँ से वह शुरू हुई थी। मेरी झिझक झड़ रही थी, लेकिन मुझे ख़तरा था कि अगर बात वहीं रुक गई तो शायद रुकी ही रह जाएगी, और मैं अन्दर ही अन्दर झुलसता रहूँगा।

—देवी, तुझे पता था?

—क्या?

—तू जानती नहीं मैं क्या पूछ रहा हूँ?

—नहीं।

—नहीं बताना चाहती? न बता। मैं सब जानता हूँ कि शादी से पहले क्या क्या होता रहा था।

मैं सब कुछ जानता नहीं था, लेकिन देवी को चौंकाने के लिए वह झूठ ज़रूरी था। मैं सब कुछ जानना चाहता भी नहीं था, फिर न जाने क्यों उसे तंग कर रहा था। शायद यही जानने के लिए कि वह कितना जानती थी, कितना समझती थी। मुझे न उसकी जानकारी पर पूरा भरोसा था न समझ पर।

—अगर तू जानता है तो मेरी जान क्यों खा रहा है? मुझे क्यों बता रहा है? कुछ तो शरम होनी चाहिए तुझे।

—मुझे तो है, उन्हें ही नहीं। दरवाज़ा तक बन्द नहीं करते वह! सब दिखाई देता है, आते जाते।

देवी की आँखें फटी जा रही थीं। अब उसे शायद यह यक़ीन हो गया था कि मैं वाक़ई सब कुछ जानता था, और मुझे यह शक कि वह मुझसे भी कहीं ज़्यादा जानती थी।

—अगर तू इसी तरह परदे ही डालती रही तो तेरा बेड़ा ग़र्क़ हो जाएगा, तेरा अंज़ाम बुरा होगा!

वह नहीं जानती थी कि मैंने एक ही जुमले में माँ और असलम के दो चहेते मुहावरे टाँक दिए थे।

—अगर तूने परदे न डाले होते तो शायद यह नौबत ही न आती।

मैं किसी नाना की सी आवाज़ में बोलता चला जा रहा था।

—अगर तूने शादी से पहले ही बाबा को सब कुछ बता दिया होता तो...

क्या बता दिया होता? शादी से पहले मुझे क्या पता था कि शादी के बाद क्या होगा! मुझे क्या पता था कि वह दोनों मेरे दुश्मन बन जाएँगे! शादी से पहले तो मैं यही जानती थी कि वह उनकी धर्ममाँ थी, उन्हें बहुत प्यार करती थी, उनसे मेरी शादी करवाने पर तुली हुई थी।

—तुझे पता नहीं था कि माँ क्या क्या कहती थी, लोग क्या क्या बातें करते थे?

—मुझे उसकी परवाह नहीं थी। अब भी नहीं है। माँ के मुँह में तो जो आता है कह देती है। तू नहीं जानता उसे?

—तूने देखा कुछ नहीं था शादी से पहले?

—अब मैं क्या बताऊँ तुझे कि मैंने क्या देखा था, क्या सुना था! मैं तो अन्धी हो गई थी अन्धी। मैं तो अब भी अन्धी ही रहना चाहती हूँ। मैं तो यही समझती थी कि सभी धर्ममाँएँ...

—धर्ममाँ न मेरा सिर!

मैं माँ की सी आवाज़ में चीख़ उठा था।

—इतना ऊँचा न बोल, अगर वह आ गए तो...

—आ जाएँ आते हैं तो! क्या कर लेंगे हमारा! तू डरती है तो डर, मैं अब नहीं डरूँगा उनसे!

—तो करेगा क्या तू?

मेरी हवा निकल गई थी। उन दोनों को भी इसी भरोसे की शह रहती होगी कि कर न कुछ मैं सकता था न देवी। उन्हें शायद यह अन्दाज़ा भी हो कि मैं तो यह भी नहीं जानता था कि क्या किया जा सकता था, क्या किया जाना चाहिए था। शायद इसीलिए वे दिन ब दिन और बेबाक होते जा रहे थे। पहले उनके कमरे का दरवाज़ा भिड़ा रहता था। अन्दर से कभी बाजे की टूँ टाँ कभी पूजा की ऊँ आँ आती रहती थी। अब दरवाज़ा खुला रहता था और बाजा अक्सर बन्द। आसन और चौकियाँ भी उठा दी गई थीं। पूजा भी अब पलँग पर ही होती थी। पहले पलँग के पास शाम को ही एक दरी पर बहनजी का बिस्तर बिछा दिया जाता था। अब वह दरी उठा दी गई थी और पलँग को खींचकर इस तरह से बिछा दिया गया था कि वह कमरे का मालिक नज़र आता था। पहले सिर या टाँगें दबाने दबवाने का स्वाँग रचा जाता था। अब वे दोनों अक्सर बिलावजह एक दूसरे पर गिरे गिरे से बैठे या लेटे दिखाई देते थे। कभी कुछ खा रहे होते, कभी कुछ। कई बार मैंने नरेश को बहनजी के मुँह में अँगूर के दाने डालते देखा था, कई बार उसे बहनजी का दूध पीते। सपनों में अक्सर वे तरह तरह के करतब करते दिखाई देते। कभी बहनजी उसे सिर पर उठाए इठला रही होती, कभी वह बहनजी के साँवले सीने पर खड़ा भजन गा रहा होता। कभी वे

सुन्दर महल में दिखाई देते, कभी स्वामी पूर्णानन्द के बाग़ में।

—मुझे दुख तो इस बात से होता है कि इसी आदमी के लिए क्या तू उस कुएँ में कूदी थी?

मेरा ग़ुस्सा न जाने कैसे यकायक ग़म में बदल गया था। कुएँ का ज़िक्र उसके सामने पहली बार हुआ था। करना नहीं चाहता था, लेकिन बात मुँह से निकल गई थी। और अब मैं यूँ काँप रहा था जैसे अभी अभी मुझे किसी कुएँ में से निकाला गया हो। देवी ने कुएँ या शायद नरेश का नाम सुनते ही रोना शुरू कर दिया था। बेआवाज़ और बेहरकत। जैसे कोई मुर्दा रो रहा हो। जी चाहा था कि मैं भी उसके साथ रोने बैठ जाऊँ। लेकिन मन मारकर मज़बूत बना रहा था।

—रोने से तो कुछ नहीं होगा।

वह चुप रही थी।

—तू बाबा को क्यों नहीं लिख देती सब कुछ?

—तू पागल है।

उसकी आवाज़ ख़ुश्क थी, आँखें गीली।

—अच्छा तो माँ को ही लिख दे।

—क्या लिख दूँ? कैसे लिख दूँ? माँ तो यही कहेगी, अब देख लिया!

मैं उसे बताना चाहता था कि माँ का भूत भी पिछले कई दिनों से यही कह रहा था मुझसे।

—मैं तेरे फ़ायदे के लिए ही कह रहा हूँ। चुप गुड़प बैठे रहने से कुछ नहीं होगा!

मुझे अपने लहजे पर शरम आनी चाहिए थी। अपनी आवाज़ यूँ सुनाई दी थी जैसे किसी सयाने सफ़ेदपोश की हो।

—अगर तू नहीं लिखेगी तो मैं लिख दूँगा।

—क्या लिख देगा? किसे लिख देगा? लिख भी देगा तो हो क्या जाएगा?

—तो क्या करने से कुछ होगा?

—कुछ भी करने से कुछ नहीं होगा।

—कुछ न कुछ तो करना ही चाहिए तुझे!

—क्या करूँ? शोर मचाऊँ? उससे क्या फ़ायदा होगा मुझे? उल्टी बदनामी ही होगी। मुझे तो बस अब भगवान पर ही भरोसा है!

देवी की आवाज़ यूँ सुनाई दी थी जैसे किसी बूढ़ी विधवा की हो। मुझे भगवान पर ग़ुस्सा आ रहा था। सारी दुनिया को बेवक़ूफ़ बना रखा है उसने! या उसके भूत ने। या उसके भक्तों ने। लेकिन मैं देवी से बहस नहीं करना चाहता था, न ही उससे वह भरोसा छीन लेने की कोई कोशिश। मैं यह भी नहीं चाहता था कि वह उसी भरोसे पर बैठी रहे। मैं न जाने क्या चाहता था। मैंने उससे यह तो मनवा लिया था कि वह दुखी थी। लेकिन उसके दुख की दवा न मेरे पास थी न उसके अपने पास।

—तू आख़िर चाहती क्या है?

मैं उससे वही जानलेवा सवाल पूछ रहा था जो कई बार अपने आप से पूछ चुका था।

—मैं यही चाहती हूँ कि तू चुप रह, कि सारी बात भगवान पर छोड़ दी जाए।

मुझे यह अजीब सा मज़ाक ही लग रहा था कि बहनजी ख़ुद तो पूजा पाठ छोड़कर उस पलँग पर जा लेटी थी और उसे उसने भगवान की गोद में धकेल दिया था। देवी की आँखों से उसी वक़्त कुछ क़तरे यूँ टपक पड़े थे जैसे कटी हुई उँगली से ख़ून। महसूस हुआ था कि उसके भरोसे में भय भी शामिल था। ख़ुद मुझे भरोसा न उस पर था, न उसके भगवान पर। मैं सारी बात न उस पर छोड़ देना चाहता था, न उसके भगवान पर। मैं न जाने क्या करना चाहता था, उससे क्या करवाना चाहता था। एक बार फिर खुलकर उससे पूछना चाहता था कि शादी से पहले उसे और पारो को क्या क्या मालूम था। कि मेरे लाहोर पहुँचने से पहले उसे क्या क्या मालूम हुआ था। कि उसने इतनी ज़िद्द क्यों की थी, कुएँ में छलाँग क्यों लगाई थी? मैं यह जानना चाहता था कि उसकी कामयाब ज़िद्द और नाकाम ख़ुदकुशी का इलज़ाम किस हद तक बहनजी को दिया जा सकता था, किस हद तक नरेश को। मैंने यह क़बूल नहीं किया था कि उसने सिर्फ़ प्यार से मजबूर होकर ही सब कुछ किया था, कि वह प्यार की ख़ातिर ही सब कुछ सह सुन रही थी। वह ख़ुद रो रोकर शायद यही साबित करना चाहती थी, यही इशारा कर रही थी। लेकिन मैं उन दिनों भगवान से उतना ही बेरुख़ था जितना कि प्यार से। इसीलिए शायद मैं इस इरादे पर अड़ा हुआ था कि उसे चुपचाप नहीं बैठना चाहिए, परदे नहीं डालने चाहिए, कुछ करना चाहिए, कोई ऐसा क़दम उठाना चाहिए जिससे उसका डर दूर हो जाए, दुख कम हो जाए, जिससे उसे बहनजी से निजात तो मिल ही जाए।

—अगर किसी को लिखना नहीं चाहती तो उन दोनों से ख़ुद ही बात कर।

—क्या कहूँ उनसे?

मैंने अपने आपको उसकी जगह रखकर सोचने की कोशिश की थी। उन दोनों का सामना करने के ख़याल से ही ज़ुबान तालू से चिपक गई थी, रोएँ खड़े हो गए थे।

—अगर उन दोनों का सामना नहीं हो सकता तो अकेले नरेश से ही पूछ।

—क्या पूछूँ?

—कि उसने तुझे धोखा क्यों दिया?

'धोखा' जैसे किसी काले अजनबी की तरह हम दोनों के बीच नमूदार हो गया हो। देवी चुप बैठी रही थी।

—कि अगर वह बहनजी पर मस्त था तो उसने तुझसे शादी क्यों की थी?

देवी ने जैसे एक कड़वा घूँट पी लिया हो।

—तुझे कैसे पता है कि मैंने उनसे नहीं पूछा? उसके लहजे में बेपनाह दर्द था।

—उसका जवाब?

—यही कि जो माताजी ने कहा, उन्होंने वही किया, कि जो वह कहेंगी, वह वही करेंगे।

—उसे माताजी मत कह मेरे सामने!

उसके आँसू फिर टपक पड़े थे। मेरा ख़ून यकायक ठंडा हो गया था।

—मैं कहूँ न कहूँ वह तो उन्हें अब भी माँ कहकर ही बुलाते हैं! वह दोनों तो अब भी यही कहते हैं कि मेरा ही दिमाग़ ख़राब हो गया है, कि मेरा ही दिल साफ़ नहीं, कि मैं ही नाशुकरी हूँ, कि उन्होंने मुझे उस नरक से निकालकर मुझ पर एहसान ही किया था, कि उन्होंने तुझे यहाँ बुलाकर अपने पास रख लिया, कि मैं और क्या चाहती हूँ?

उसकी आँखें तो रो रही थीं, आवाज़ में कोई कँपकँपी या नमी नहीं थी, जैसे कोई मुर्दा ही बयान सा दे रहा हो।

—तो तू उन दोनों से सारी बात कर चुकी है?

मुझे यक़ीन नहीं आ रहा था।

—एक बार नहीं, कई बार। और यह धमकी भी कई बार सुन चुकी हूँ कि अगर मैंने ज़्यादा शोर मचाया तो वह अपने बेटे को लेकर कहीं और चली जाएँगी। किसी आश्रम वाश्रम में जा बैठेंगी।

उसके लहजे से एक खट्टी सी हँसी उलझी हुई सुनाई दी थी। ख़ुद मुझे एक ख़ुश्क सी हँसी आ गई थी।

—यह तो माँ कहती है, बेटा क्या कहता है?

—बेटा वही कहता है जो माँ, वही करता है जो माँ उससे करवाना चाहती है।

—और तू?

—मैंने सारी बात अपने भगवान पर छोड़ दी है।

काश कि वह मज़ाक कर रही होती!

—कभी नीचेवालों से बात की है तूने?

—नीचेवाले क्या करेंगे? उन्हें तो पहले से ही सब कुछ मालूम था!

नीचेवालों का ख़याल मुझे पहले भी कई बार आ चुका था। नीचेवाली औरत चिड़चिड़ तो बहुत करती थी, लेकिन मैं जानता था कि उसे हम दोनों से हमदर्दी थी। देवी ने शुरू में ही मुझे बता दिया था कि वह दिल की बुरी नहीं थी। सभी चिड़चिड़े दिल के अच्छे होते हैं। सभी मिलापड़े दिल के बुरे हों न हों, बिल्कुल अच्छे नहीं होते। यह बात न जाने कब से और क्यों मेरे दिल में बैठी हुई थी। नीचेवाला आदमी भी बहनजी का धर्मभाई था। वह भी उसी की तरह मीठा था। शायद इसीलिए उसे और उसकी बीवी को सब कुछ पहले से ही मालूम था। उसी वक़्त एक और ख़्वाहिश उड़ती दिखाई दी थी। क्यों न मैं देवी को बताए बग़ैर उस सफ़ेदपोश बूढ़े के पास

जाकर उसे सब कुछ बता दूँ और कहूँ कि वही उन दोनों को सीधा रास्ता दिखाए, अपनी धर्मबहन को समझाए, हम दोनों को उसके पंजे से आज़ाद कर दे! फिर ख़याल आया था कि शायद उसे भी सब कुछ पहले से ही मालूम हो। शायद इसीलिए वह हर शाम उस छत पर खड़ा हो जाता हो। शायद अपने तरीक़े से वह हम सबको सीधा रास्ता ही दिखा रहा हो। शायद मेरे सिवा सबको सब कुछ पहले से ही मालूम था। देवी को, माँ को, पारो को, बाबा को, सबको। अचानक यानीकि याद पर झपट पड़ा था। उसे तो ख़ैर सब कुछ से भी ज़्यादा मालूम था। सबसे पहले। अगर वह यहाँ होता तो ज़रूर उस सफ़ेदपोश बूढ़े से दोस्ती कर लेता, सारी बात की धज्जियाँ उड़ाता रहता, कई सुझाव एक साथ सामने रख रखकर उनकी ख़ामियाँ निकालता रहता। उसे एक ख़त लिखना चाहिए। डीयर यानीकि...। उस ख़त की ख़बर सारे क़स्बे में फैल जाएगी। केशव हर एक से पूछता फिरेगा, हुआ क्या, हुआ क्या? माँ हर एक को बताती फिरेगी, मैंने तो पहले ही कह दिया था कि यह शादी तोड़ नहीं चढ़ेगी, कि वह लाहोरन उस मुश्टंडे की माँ नहीं, मेरी बेटी की सौत ही है! क़स्बे की दीवारों पर लिखा नज़र आएगा देवी की सास उसकी सौत है!

मेरे बदन में झुरझुरी सी दौड़ गई थी।

—तू बैठा सपने देख रहा है और मेरा सारा काम उसी तरह पड़ा है। अब तू उठ ही जा यहाँ से। कुछ पढ़ पुढ़ ले जाके। वह आने ही वाले होंगे। अँगीठी पता नहीं जलेगी भी जल्दी में कि नहीं। माताजी आते ही...

मैं उठकर बाहर चला गया था। सामनेवाली छत पर वह बूढ़ा खड़ा था। अलिफ़ अकेला। मेरे ही किसी सपने के एक सफ़ेदपोश वाशिन्दे सा। आसमान की तरफ़ देखता हुआ। जैसे किसी पतंग या परिन्दे का पीछा कर रहा हो। या अपने ही किसी ख़याल का। या शायद ऊपर उड़ते हुए किसी भगवान को अपनी आपबीती की ताज़ातरीन क़िस्त सुना रहा था। आसमान किसी मस्जिद की तरह ख़ाली था। सिवाय एक फीके से फाहे के। जो किसी चाँद की तरह उसके एक कोने से चिपका हुआ था। मन्दिर का घड़ियाल मुनादी सी कर रहा था। आसमानों की कशिश भी बहुत बुरी होती है। यानीकि इस जुमले पर झूम उठेगा। तभी वे दोनों सुनाई दिए थे। नरेश दूसरे कमरे का ताला खोल रहा था, वह रसोई के दरवाज़े में खड़ी खौल रही थी। मैं छोटे कमरे में चला गया था।

उस रात हम भूखे ही सो गए थे। मेरे सपनों में बार बार धुआँ मच उठता रहा था। और जली हुई रोटियों की बू। धुएँ में से कभी माँ की कड़वी सूरत उभर आती थी, कभी बहनजी की मीठी। दोनों को देखकर एक सी झुँझलाहट होती रही थी। जैसे पहले कभी उन्हें न देखा हो। वे दोनों जैसे मेरी झुँझलाहट को दूर करने के लिए दूसरी औरतों में बदलती रही थीं। माँ को एक बार काले बुर्क़े में देखकर ख़ुशी हुई थी, बहनजी को एक बार नंगा देखकर उल्टी सी आ गई थी। नींद भूख से नुचती रही

थी, भूख नींद से। हर बार आँखें खुलते ही फीके अँधेरे में देवी समाधि लगाए बैठी नज़र आ जाती थी। घरेलू सामान से घिरी हुई। उसने वह रात बैठकर ही गुज़ार दी थी।

उस रात की तपस्या का ही शायद एक असर यह हुआ कि अगले दिन से देवी ने बाक़ायदा मुँह बना और आँखें मूँदकर बैठना शुरू कर दिया था। काफ़ी काफ़ी देर तक। बहनजी की घुरघुर के बावजूद। मानो उसे चिढ़ाने के लिए ही। कहती कि उसी ध्यान से अब उसके मन को शान्ति मिलती थी। मन को तो शायद मिलती हो, लेकिन उसके चेहरे पर उस शान्ति का कोई निशान तक नहीं मिलता था।

मैं ख़ुद उस रात के एक सपने में एक घने बादल से न जाने किस बहस में उलझा रहा था—इस इन्तज़ार और अन्देशे में बँधा हुआ कि किसी भी लम्हे वह बादल किसी लड़खड़ाते हुए भगवान में बदल जाएगा।

गर्मियों की छुट्टियाँ क़रीब आ रही थीं। देवी और मैं दिन गिन रहे थे। शायद वे दोनों भी। फ़ैसला हो चुका था कि देवी मेरे साथ जाएगी। इस फ़ैसले से पहले देवी को यह डर परेशान करता रहा था कि बहनजी उसे जाने नहीं देगी, बाद में यह मायूसी कि उसने एक बार भी उसे मना नहीं किया था। देवी ने दो तीन बार बहनजी से कहा था कि वह नरेश को भी कुछ दिनों के लिए हमारे साथ भेज दे। उसने दोटूक इनकार कर दिया था—वह नहीं जाएगा वहाँ तेरी माँ की जली कटी सुनने! एक बार देवी ने मेरे सामने दबी ज़ुबान से नरेश से भी बात की थी। उसने दोटूक कह दिया था कि वह बहनजी के बग़ैर एक दिन के लिए भी नहीं जाएगा। मुझे देवी पर बहुत ग़ुस्सा आया था। वह अभी तक इस खेल में हिस्सा ले रही थी कि बहनजी उसकी सास थी, नरेश उसका पति। मैं नाराज़ होता तो वह रोना शुरू कर देती। मैं पूछता—देवी, तू क्या सारी उमर इन दोनों के साथ ही काटेगी? कैसे काटेगी? तो वह जवाब देती—और कहाँ जाऊँगी? माँ को तू जानता नहीं? वहाँ रह सकूँगी सारी उमर? तू पता नहीं रहता किस दुनिया में है! यहाँ तो मुझे भगवान का सहारा है, वहाँ तो वह भी नहीं होगा!

मैं यह तो समझ सकता था कि वह सारी उम्र माँ के पास नहीं रह सकेगी, लेकिन यह नहीं कि वहाँ उसे भगवान का सहारा नहीं होगा। मैं चाहता था कि वह जहाँ कहीं भी रहे, उस सहारे के वहम के बग़ैर रहे। मेरी तरह। कभी तिलमिलाकर, कभी तनकर। इसीलिए मैंने उन्हीं दिनों उस पर दबाव डालना शुरू कर दिया था कि वह कोई काम सीख ले, कि वह अपने पैरों पर खड़ी हो जाए। कुछ ही महीनों में मैं उसे यूँ पक्के मुँह से नसीहतें और हिदायतें सी देने लगा था जैसे वह मेरी छोटी बहन हो और अपना बुरा भला न जानती हो। कभी कहता कि वह सिलाई कढ़ाई सीख ले, कभी कि वह कुछ और पढ़ लिखकर नर्स या उस्तानी बन जाए। कभी सलाह देता कि वह लाहोर में ही रहे, अलग कमरा लेकर, कभी कि वह क़स्बे से उस

वक़्त तक वापस न लौटे जब तक नरेश और बहनजी अलग नहीं हो जाते। वह सब सुनकर यूँ हक्की बक्की हो जाती जैसे मैंने कह दिया हो कि वह नरेश को छोड़कर दूसरी शादी कर ले। यह सलाह भी मैं उसे देना तो चाहता था लेकिन हिम्मत नहीं होती थी। वह तो ख़ैर इस तरह की कोई बात सोच भी नहीं सकती होगी, मैं भी सिर्फ़ सोच ही सकता था। उसकी जगह मैं होता तो शायद मैंने भी सब कुछ भगवान पर ही छोड़ दिया होता, मैं भी उस खेल को ख़त्म न कर सकता, मैं भी उस शादी के झूठ से चिपका रहता।

सो वह मेरे साथ जा तो रही थी लेकिन इसी इरादे से कि माँ और बाबा से मिलकर मुझसे पहले ही वापस लौट आएगी। मुझे यक़ीन था कि माँ उसकी हालत देखकर उसे वहीं रख लेगी, उसे वहीं रहने पर मजबूर कर देगी। ख़ुद मैंने अपने दिल ही दिल में यह इरादा बाँधा हुआ था कि मैं किसी हालत में अगले साल बहनजी के घर नहीं रहूँगा। अगर होस्टल का ख़र्च न चला तो कॉलेज छोड़ छाड़कर क़स्बे में जा बैठूँगा, कोई नौकरी कर लूँगा। अगर और कुछ न हुआ तो फ़ौज़ में भर्ती हो जाऊँगा। वैसे यह ख़याल बेहूदा था। असलम के मुताबिक़ चारचिश्मे काग़ज़ी पहलवानों के लिए किसी फ़ौज में कोई जगह नहीं होती।

हमारे इरादों से अलग वे दोनों भी कोई पोशीदा सा इरादा ज़रूर बाँध रहे होंगे, क्योंकि उन दिनों दूसरे कमरे का दरवाज़ा गर्मी के बावजूद अक्सर बन्द रहता था, और अन्दर से बहस की आवाज़ आती रहती थी। देवी दिन भर घर में ही रहती थी, इसलिए उसके कानों में कुछ न कुछ तो पड़ता ही रहता था। मेरे कान काफ़ी पतले थे, इसलिए सुबह शाम और इतवार को मैं भी कुछ न कुछ सुन ही लेता था। उन सुने अधसुने टुकड़ों को जोड़ जाड़कर मैं इस नतीजे पर पहुँचा था। उन दोनों में बहस इस बात पर हो रही थी कि नरेश बम्बई जाए या न जाए। वह वहाँ जाकर फ़िल्मों में अपनी क़िस्मत आज़माना चाहता था, बहनजी कहती थी कि वह उसे जाने नहीं देगी। वह चाहती थी कि वह चुपचाप लाहोर में ही बैठा रहे, कि वह वहीं उसे कोई अच्छा सा काम दिलवा देगी, और नहीं तो बाजा सिखाने का स्कूल ही उसे खोल देगी, कि उसे काम की इतनी चिन्ता क्यों थी, कि आख़िर उन्हें कमी किस चीज़ की थी, कि उनके पास इतना अच्छा पोरशन था, इतनी अच्छी रेपूटेशन थी उनकी, कि वह बम्बई में जाकर करेंगे क्या! वह बम्बई में जाकर ख़ूब पैसे कमाना चाहता था। पुचकार पुचकारकर कहता कि वह उसे एक ही साल में वहाँ इतनी बड़ी कोठी बनवा देगा, कार ख़रीद देगा, कि वह एक सेठानी को जानता था, उससे ख़तोकिताबत कर रहा था। सेठानी का ज़िक्र आते ही बहनजी बिगड़ जाती थी, और वह उसे मनाना शुरू कर देता था। एक दलील वह और भी देता था। उसे यक़ीन था कि लाहोर तो पाकिस्तान में आ जाएगा और हिन्दुओं और सिक्खों को वहाँ से निकलना ही पड़ेगा, क्यों न वह पहले से ही बम्बई में जाकर कोई बन्दोबस्त कर ले। वह पहले अकेला

ही जाना चाहता था। बहनजी इस बात पर भी बहुत बिगड़ती थी। उसे डर था कि वह वहाँ जाकर आवारा हो आएगा, उस सेठानी के जाल में फँस जाएगा। वह उसके डर को हँसी में उड़ाता रहता था। कभी कभी वह भी बिगड़ उठता था। तब उनकी आवाज़ें और ऊँची हो जाती थीं। महसूस होता था जैसे वे छत पर खड़े लड़ रहे हों। मुझे बहुत ख़ुशी होती थी। साथ हैरानी भी कि वह उस सेठानी को कैसे जानता था। बाद में देवी ने बताया था कि शादी से पहले भी एक बार वह बम्बई भाग गया था और बहनजी वहाँ जाकर उसे वापस ले आई थी। हर बार जब कभी देवी उनके बारे में कोई नई बात बता देती थी तो मुझे महसूस होता जैसे वह उनकी कहानी कटी फटी क़िस्तों में सुना रही हो। बहुत ग़ुस्सा आता था।

उनकी उस बहस में मुझे एक बार भी देवी का नाम सुनाई नहीं दिया था। इसलिए भी मुझे यक़ीन सा होता जा रहा था कि देवी को मेरे साथ भेजकर वे दोनों उसे भूल जाएँगे, उससे आजाद हो जाएँगे। इस यक़ीन में से एक ठंडा सा डर फूटता रहता था। कभी ख़्वाहिश होती कि देवी मेरे साथ जाने से इनकार कर दे, कभी कि मैं ख़ुद बेख़ौफ़ होकर उन दोनों से पूछ लूँ कि वे देवी का क्या करना चाहते थे। कभी कभी दूसरे कमरे से बहनजी के रोने की आवाज़ सुनाई दे जाती तो मैं बहुत ख़ुश होता था। उसकी सूरत उस लगातार तकरार की वजह से काफ़ी मनहूस सी रहने लगी थी। अब नरेश कई बार अकेला ही सैर को निकल जाता था। जब तक लौटता नहीं था, बहनजी को चैन नहीं आता था। बात बेबात वह देवी पर झपटती सी रहती थी। उन्हीं दिनों एक दो बार उसे देवी के पास यूँ बैठे देखा था जैसे वह उसे कुछ सिखला फुसला रही हो, नरेश को रोकने के लिए उसकी मदद माँग रही हो। लेकिन यह वहम ज़रूर मेरी अपनी ही किसी बेबुनियाद उम्मीद में से खिल आता होगा कि किसी दिन अचानक देवी की सारी बिपताएँ दूर हो जाएँगी, बहनजी बूढ़ी हो जाएगी और देवी फिर जवान, नरेश सचमुच बहनजी का बेटा बन जाएगा, देवी सचमुच नरेश की बीवी। यही उम्मीद शायद देवी के दिल में भी छुपी बैठी थी। फ़र्क़ यह था कि उसे भगवान का सहारा भी था, मुझे सिर्फ़ अपनी ख़्वाहिश का।

एक दिन मैं कॉलेज से लौटा तो देवी रसोई में बैठी रो रही थी और बहनजी दूसरे कमरे में आसन पर बैठी कोई पोथी सी पढ़ रही थी। क़ायदे के मुताबिक़ देवी को उस वक़्त छोटे कमरे में ध्यानमगन बैठे हुए होना चाहिए था, बहनजी को रसोई में नरेश के लिए चाय बनाते हुए। महसूस हुआ था जैसे देवी ने तो भगवान का सहारा छोड़ दिया हो, बहनजी ने फिर पकड़ लिया हो। देवी का चेहरा धुला हुआ था, बहनजी का बुझा हुआ। मैं चुपचाप देवी के पास बैठ गया। तभी उसने छोटे कमरे की तरफ़ इशारा किया और हम उठकर वहाँ चले गए।

—तेरे जीजाजी चले गए हैं।

देवी के मुँह से 'जीजाजी' की आवाज़ अजीब सी लगी थी।

—कहाँ?

—क्या पता!

—बम्बई?

—क्या पता! मुझे तो कुछ बताया ही नहीं। बस सूटकेस उठाकर नीचे उतर गए। माताजी मुझसे बात ही नहीं कर रहीं।

—माताजी मत कह उसे!

—धीरे बोल!

—वह उसे छोड़ने स्टेशन भी नहीं गई?

—नहीं, सारा दिन झगड़ा होता रहा था।

—कोई नई बात पता चली?

—तुझे तो वहम हो गया है नई बातों का!

—तू उस सेठानी के बारे में जानती है?

—मैं कुछ नहीं जानती!

उसका लहजा कह रहा था, वह सब कुछ जानती है।

—तू अब भी परदे डाल रही है।

—तुझे तो वहम हो गया है परदों का!

—अपना अता पता तो छोड़ ही गया होगा?

—मुझे क्या पता!

—तूने पूछा नहीं?

—पूछती किससे? जब से वह गए हैं मुँह बना हुआ है माताजी का।

—माताजी मत कह उसे।

—इतना ऊँचा मत बोल।

—बस डरती ही रहना सारी उमर!

—दोष तो सारा मुझे ही दिया जाएगा!

—कौन देगा? सब जानते नहीं कि...

—जानते तो हैं, पर उनके मुँह पर तो कोई कुछ नहीं कहता?

मैं कहना चाहता था कि मैं उसके मुँह पर सब कुछ कह दूँगा, जाने से पहले।

—और तो और माँ भी यही कहेगी सारा क़सूर मेरा ही है।

—तू माँ की चिन्ता मत कर, मैं उसे सब समझा दूँगा।

—तू समझा देगा और वह समझ जाएगी! तू माँ को जानता नहीं? भूल गया है?

—भूल तो उसे तेरा भगवान भी नहीं सकता! मैं उसे जानता हूँ, इसीलिए तो कह रहा हूँ। कहूँगा, सारा क़सूर इस फफ्फेकुट्टन का था या उस मुश्टंडे का। कहूँगा, माँ तू ठीक ही कहती थी। एक बार तू भी कह देना। बस वह ख़ुश हो जाएगी। सबके पास जा जाकर तेरे गुण गाएगी।

देवी की हँसी यूँ सुनाई दी जैसे वीराने में गाना।

—उस बेचारे को घर से निकालकर तू हँस रही है, खुशियाँ मना रही है। शर्म तो नहीं आती तुझे?

हम दोनों सन्नाटे में आ गए थे। बहनजी काली माता की तरह दरवाज़े में खड़ी दाँत पीस रही थी। उसका यह रूप मैंने पहले नहीं देखा था। उसके चेहरे से चिंगारियाँ फूट रही थीं, आँखों से ख़ून।

—अब देख क्या रहे हो दोनों खड़े खड़े? दूर हो जाओ मेरी आँखों से! मेरा घर उजाड़के रख दिया है तुमने। मेरे भोले बेटे का दिमाग़ ख़राब कर दिया! अब वह बेचारा दर दर की ठोकरें खाता फिरेगा, और तुम यहाँ बैठकर मौज उड़ाओगे! चले जाओ आज ही अपने घर!

—यह घर मेरा भी तो है...

मुझे देवी की दिलेरी पर बहुत ख़ुशी हुई थी।

—तेरा है न तेरी माँ का है! ख़बरदार जो मुँह खोला तो!

वह एक क़दम आगे बढ़ आई थी, जैसे देवी पर हाथ चलाना चाहती हो। मेरी हथेलियों से पसीना छूट रहा था, आँखों से तीर। अगर उसकी जगह माँ होती तो मैंने माथा पीट लिया होता। अब उसे मार डालने की ख़्वाहिश हो रही थी। दस महीनों की दबी पड़ी नफ़रत भड़क उठी थी। उसकी नज़रें देवी के झुके हुए सिर को झँझोड़ रही थीं, मेरी उसके अपने मनहूस चेहरे को।

—तू कौन होता है मुझे घूरनेवाला! तू मेरा लगता क्या है!

—कुछ नहीं।

—कुछ नहीं तो यहाँ कर क्या रहा है तू? यह तेरी माँ का घर नहीं! मैंने सदाबरत तो नहीं लगा रखा यहाँ।

—माताजी...

—माताजी मत कह इस फफ्फेकुट्टन को!

—सुन लिया! अब यह भी बोलने लगा मेरे सामने! जैसी बहन, वैसा भाई! जैसी माँ, वैसी औलाद!

—फफ्फेकुट्टन!

मुझे जैसे एक ख़ंजर मिल गया हो।

—खबरदार!

—फफ्फेकुट्टन!

मुझे अपनी दिलेरी पर खौफ़ या हैरानी होनी चाहिए थी लेकिन हो ख़ुशी ही रही थी। ऐसी ख़ुशी जो किसी दुश्मन को नीचा दिखाकर होती है, जिस पर बाद में शर्म भी आती है, ग़ुस्सा भी।

—बीरू, तू चुप रह!

—मुझे तेरी मदद नहीं चाहिए!

—फफ्फेकुट्टन!

मैं चाह रहा था कि देवी भी मेरे साथ मिलकर वह लफ़्ज़ दोहराए, लेकिन उसने बिलखना शुरू कर दिया था।

—अब सारी उमर वहीं बैठकर रोना अपनी माँ के पास। साँप के बच्चे को कितना ही दूध...

—साँप की बच्ची तू! फफ्फेकुट्टन!

—ख़बरदार...!

—फफ्फेकुट्टन!

देवी मुझे रसोई की तरफ़ खींच ही रही थी कि नीचेवाली औरत कमरे में दाख़िल होती दिखाई दी थी।

—फफ्फेकुट्टन!

—सुन रही है, उर्मिला! दोनों भाई बहन पागल हो गए हैं। इनकी वजह से ही मेरा बेटा घर छोड़कर बम्बई चला गया है, और ये मुझे आँखें दिखा रहे हैं! मैं साल भर परदे डालती रही हूँ, इन नाशुकरों...

—फफ्फेकुट्टन!

देवी ने मेरा हाथ छोड़ दिया था, जैसे देखना चाहती हो कि मैं और क्या गुल खिलाता हूँ। मैंने जैसे उसी वक़्त फ़ैसला कर लिया हो कि अब और गुल नहीं खिलाऊँगा। मुझे नीचेवाली औरत के चेहरे पर एक मुस्कुराहट सी उभरती दिखाई दी थी। उसी मुस्कुराहट को और उभारने के लिए ही शायद मैंने एक बार फिर नपीतुली आवाज़ में कह दिया था—फफ्फेकुट्टन! फिर उर्मिला उसे दूसरे कमरे में ले गई थी और हम दोनों वहीं खड़े एक दूसरे का मुँह देखने लगे थे। मुझे पहला दिन याद हो आया था। अगर देवी रो न रही होती तो शायद मैं ज़ोर ज़ोर से हँसना शुरू कर देता—ऐसी हँसी जिस पर बाद में हैरानी तो होती, अफ़सोस नहीं।

4

लाहोर से लौटे आज हमें पूरे तीन दिन हो चुके हैं, और घर में अभी तक एक अधूरा सा झगड़ा भी नहीं उठा। मैं इस अनहोनी के लिए तैयार नहीं था। देवी भी हैरान नज़र आती है। इस हैरानी के कारण ही शायद हम दोनों इन तीन दिनों में एक बार भी घर से बाहर नहीं निकले। जैसे फ़ैसला कर लिया हो कि माँ को बिगड़ने का कोई बहाना नहीं देंगे। माँ अपनी जगह हैरान हो रही होगी। जब कभी हमारी नज़रें आपस में टकरा जाती हैं, मैं धीमे से मुस्कुरा देता हूँ। देवी के चेहरे पर एक चेतावनी सी उतर आती है, मैं मुस्कुराहट समेट लेता हूँ। माँ को मुस्कड़ियों से बहुत पुरानी नफ़रत है। उनसे उसका यह शक और पुख़्ता हो जाता है कि सब उसके ख़िलाफ़ कोई साज़िश पका रहे हैं।

बाबा और माँ इस एक साल में कुछ और निढाल हो गए नज़र आते हैं। यूँ उठते बैठते हैं जैसे हर जोड़ जकड़ा हुआ हो। लेकिन शायद इसी बढ़ते हुए बुढ़ापे ने उन दोनों के बीच हमारी ग़ैरहाज़िरी में कोई ऐसा बुनियादी समझौता सा करा दिया है, जिसकी आँच हम दोनों तक भी बराबर पहुँचती रहती है। मैं इस आँच से अपरिचित हूँ। इसीलिए इस अन्देशे को झटक नहीं पाता कि किसी भी ग़लत हवा या हरकत से यह बुझ जाएगी। इसीलिए उन ख़तरों की गिनती सी करता रहता हूँ जो अभी तक ग़लत साबित हुए हैं। इसीलिए इस ख़ौफ़ से कसा रहता हूँ कि जल्द ही कोई नया ख़तरा उठ खड़ा होगा।

गाड़ी में दूसरे हिन्दू और सिक्ख मुसाफ़िरों की तरह दुबका सा बैठा मैं सोचता रहा था कि हमें देखते ही माँ देवी को धिक्कारना शुरू कर देगी और मुझे कुरेदना। बाबा उसे चुप कराने के लिए चिल्लाते रहेंगे और मैं अपने आपको चुप रखने के लिए घर से बाहर भागता रहूँगा। गली की औरतें आ आकर देवी के भेद बटोरेंगी और माँ उन्हें सब कुछ बता बताकर उनसे झूठी हमदर्दी। देवी पहले ही दिन अपनी पीड़ा की पिटारी खोलकर बैठ जाएगी और माँ अपने ज़हर की पुड़िया। अगर देवी अपनी नई आदत के मुताबिक़ मुँह बनाकर समाधि लगाने की कोशिश करेगी तो

माँ ताना मारेगी, यह पाखंड उस रंडी से सीख लिया, उसने और कुछ नहीं सिखाया तुझे! अगर देवी बहनजी की दी हुई रामायण पढ़ने बैठ जाएगी तो माँ जल उठेगी, यह पोथी भी उसी से ले आई हो, मेरी गुरमुखी की गीता में क्या ख़राबी थी, इसकी तो मुझे समझ ही नहीं आती!

लेकिन अभी तक माँ ने न उसे कोई बोली मारी है न उसे मुँह बनाने या चौपाइयाँ गुनगुनाने से मना किया है। हर वक़्त टूटे टेढ़े ट्रंक खोलकर बैठी रहती है। बाबा चुपचाप अख़बार पढ़ते रहते हैं। कहते हैं जब तक पाकिस्तान का पक्का फ़ैसला नहीं होता वह न दौरे पर जाएँगे, न दफ़्तर। यूँ लगता है जैसे अपने तरीक़े से चुपचाप कोई अधूरा सा सत्याग्रह कर रहे हों, जिसमें माँ अपने दस्तूर के ख़िलाफ चुपचाप उनका साथ दे रही हो। वह उन्हें न पैसों के लिए तंग कर रही है न किसी और चीज़ के लिए। केशव की माँ के सिवा कोई औरत अभी तक हमारे घर नहीं आई और वह भी कोई भेद कुरदेने के लिए नहीं, मुझे ख़बरदार करने के लिए ही आई थी कि मैं कुछ दिन केशव से न मिलूँ, क्योंकि उसका पागलपन आजकल गर्मी की वजह से ज़ोरों पर है।

हरदयाल और जीता न जाने अमृतसर से लौटे भी हैं या नहीं, असलम बीमार पड़ा हुआ है, केशव पागल हो गया है, और मैं घर बैठा बैठा बूढ़ा हो रहा हूँ। खिड़की में से कभी केशव दिखाई दे जाता है, कभी कुमारी। केशव मैला सा जाँघिया पहने दौड़ता रहता है। इधर से उधर, उधर से इधर। जैसे कोई उसका पीछा कर रहा हो। एक हाथ से जाँघिए को टटोलता रहता है, दूसरे से हवा को। कभी कोई नारा लगा देता है, कभी कोई। कभी मुसलमान बन जाता है, कभी हिन्दू। कुमारी इस बीच और नाज़ुक हो गई है। पीली और पतली। दिन भर पंखा उठाए चोबारे में टहलती रहती है। माँ ने बताया है कि उसे हर वक़्त अपने माँ बाप की चिन्ता लगी रहती है। वे अभी लाहोर में ही हैं। लाहोर जाते ही मैं कुमारी को भूल गया था। अब भी उसे देखकर दिल में कोई हरक़त नहीं होती, लेकिन वक़्त काटने के लिए उसे देखता ज़रूर रहता हूँ। दारी को वापसी के बाद अभी तक एक बार भी नहीं देखा। बाज़ार जाने की तबीयत ही नहीं हुई। बाबा बताते हैं कि बाज़ार आजकल उजड़ा पड़ा रहता है। कोई किसी से कोई मज़ाक नहीं करता। लोग ताश वाश खेलने के बजाय अख़बारें उलटते पलटते रहते हैं। सब हिन्दू और सिक्ख अन्दरख़ाने अपना अपना सामान बाँध रहे हैं। कुछ लोग क़स्बा छोड़कर न जाने कहाँ कहाँ भाग रहे हैं। माँ थकी हारी सी आवाज़ में कहती रहती है कि हम भी लालामूसा चले जाएँ। बाबा थकी हारी आवाज़ में उसे समझाते रहते हैं कि लालामूसा में तो मुसलमान यहाँ से भी ज़्यादा हैं, और वहाँ न हमारा कोई वाक़फ़ है न चाक़फ़, वहाँ जाकर हम रहेंगे कहाँ, करेंगे क्या? मुझे हैरानी होती रहती है कि यह बहस किसी बदसूरत झगड़े में क्यों नहीं बदल जाती।

जीते के घर जाकर एक बार बालो को देख आना चाहता हूँ। देखता कुमारी को हूँ, याद उसे करता हूँ। लाहोर में वह भी याद नहीं आती थी। सपनों में उसकी सूरत

हफ़ीज़ा से गडमड होता रहती थी। शायद हफ़ीज़ा भी आजकल यहीं हो। असलम को देखने आई होगी। असलम ने गुजरात से एक ख़त लिखा था। उस ख़ानदानी हकीम ने उसे कॉलेज जाने से मना कर दिया था। उसकी दवाई बेकार साबित हुई थी। असलम ने लिखा था कि गुजरात उसे रास नहीं आ रहा, इसलिए वह कुछ ही दिन बाद वापस अपने उजड़े दयार में जा बैठेगा, वहाँ अपनी नज़्मों और बालो की याद से अपना दिल बहलाएगा, हकीम ज़हूरबख़्श के अर्क़ और शरबत पी पीकर मौत का मुक़ाबला करेगा और मेरी वापसी का इन्तज़ार। उसका ख़त पढ़कर बहुत बेचैनी हुई थी। ख़्वाहिश हुई थी कि लिख दूँ कि मुझे भी लाहोर रास नहीं आ रहा। फिर देवी के दुख में ही डूबकर रह गया था। और अब तीन दिनों से माँ और केशव के डर के मारे घर में घुसा बैठा हूँ। अगर कुछ दिन और इसी तरह बैठा रहा तो असलम का सामना नहीं कर सकूँगा। केशव को साथ लेकर किसी दिन उसके घर पहुँच जाना चाहिए। शायद एक दूसरे को देखते ही वे दोनों ठीक हो जाएँगे।

दरवाज़े पर हफ़ीज़ा खड़ी है। लाहोरी लिबास में। सारी गली पर छाई हुई सी। ख़ूबसूरत और उदास। मैंने सोचा था इस बीच उस पर भी शादी की मैल जम गई होगी, लेकिन उदासी के बावजूद मुझे देखते ही उसके चेहरे पर पुरानी शरारत और शोख़ी सी चमक जाती है। लाहोर में शायद बुर्क़ा पहनती हो। वहाँ पहुँचते ही मैं उसके घर जाने का इरादा भी भूल गया था। उसे देखकर उस लाहोर के लिए कसक उठता हूँ जिसे मैं एक साल वहाँ रह आने के बाद भी जान नहीं पाया। इधर आने से पहले सोचा था कि अगर हफ़ीज़ा यहीं हुई तो आज उसे आपा कहकर बुलाऊँगा। अब उसे देखते ही यूँ सुकड़ गया हूँ जैसे पहले उसे कभी देखा तक न हो।

—तुम लाहोर में एक साल रहकर भी बदले नहीं, बीरू! कब आए?

—तीन चार दिन पहले।

—और इधर आज आ रहे हो! रास्ता भूल गया होगा! तुम तो वहाँ मुझे मिलने आनेवाले थे? असलू ने लिखा था। मैं इन्तज़ार ही करती रही। मुझे तुम्हारा पता मालूम होता तो मैं ख़ुद पहुँच जाती तुम्हारी बहन के घर। कहो, वह कैसी है? वह भी आई है?

—हाँ। असलम का हाल कैसा है?

—हाल तो उसका अच्छा नहीं, फिर भी हर वक़्त हँसता हँसाता रहता है। कई बार पूछ चुका है तुम्हारे बारे में। आज ही तुम्हारे घर जाने के लिए ज़िद्द कर रहा था। अम्माँ ने जाने नहीं दिया। हकीम ने ज़्यादा चलने फिरने से मना कर रखा है।

—सो तो नहीं रहा?

—सोता तो वह रात को भी बहुत कम है। कहता है ज़्यादा सोने से उसकी सेहत और ख़राब हो जाएगी। कहता है रात को उसे इलहाम होता है, नज़्मों के लिए

नए नए ख़याल आते हैं, जन्नत के नज़ारे नज़र आते हैं। न जाने क्या क्या बकता रहता है! वह तो शायद हमें हँसाने के लिए ही बकवास करता है, लेकिन अम्माँ...

हफ़ीज़ा की आँखें भर आई हैं, मेरा गला।

—ऊपर चोबारे में है?

—हाँ। तुम चलो, मैं अभी आती हूँ।

मैं खड़ा रहता हूँ। असलम के बारे में कुछ और पूछ लेना चाहता हूँ। कोई सीधा सवाल सूझता नहीं।

—हकीम क्या कहता है?

वह चुप रहती है।

—इलाज हकीम ज़हूरबख़्श का ही है?

—और किसका होगा! और है कौन यहाँ? मैं तो उसे लाहोर ले जाना चाहती हूँ, अम्माँ नहीं मानती। वह भी यहीं रहना चाहता है। कहता है लाहोर के लोगों को तो मारकाट से ही फ़ुर्सत नहीं, उसका इलाज़ कौन करेगा वहाँ!

—तुम लाहोर से कब आईं?

—कई दिन हो गए हैं। आज तारीख़ क्या है?

—मुझे याद नहीं।

—तक़रीबन एक महीना हो गया है। साथ मेरे मियाँ भी आए थे। वह तो वापस चले गए हैं, मैं अभी और रहूँगी। असलू मुझे छेड़ता रहता है। कहता है, तेरे मियाँ वहाँ आवारा हो जाएँगे, दूसरी शादी कर लेंगे। तुम्हारा बहनोई भी आया है?

—नहीं।

मैं सीढ़ियों की तरफ़ बढ़ जाता हूँ।

—असलू, देख तो कौन आ रहा है तुझे मिलने।

असलम के चेहरे पर बड़ी बड़ी आँखों और एक उदास मुस्कुराहट का क़ब्ज़ा है। बशीरा दर्ज़ी याद आ जाता है। मुझे देखते ही वह हाथ बढ़ाकर कहता है—लौटके बुद्धू घर को आए!

मैं उससे हाथ मिलाकर कहता हूँ—उठ नहीं, असलम, लेटा रह।

—क्यों लेटा रहूँ? अभी तो मैं जवान हूँ!

मुझे फीकी सी हँसी आ जाती है।

—खुलके हँस, बीरू, खुलके! हँसना तो मुझे भी मना नहीं। यह बात अलग है कि हँसी के साथ ही मुझे खाँसी भी आ जाती है। अब मैं खाँसीशाह की हालत समझ सकता हूँ। और बशीरे दर्ज़ी की भी। पता नहीं कि वह ज़िन्दा भी है या नहीं?

उसका हाथ किसी नीमजान चूज़े की तरह मेरे हाथ में पड़ा हिल रहा है। उसकी हरारत में अजीब सी ठंडक मिली हुई है। असलम की आवाज़ इतनी साफ़ और सूखी क्यों हो गई है? मैं उसकी चारपाई पर बैठ जाता हूँ। वह हाथ खिसका लेता है।

—उधर कुर्सी पर बैठ, नहीं तो तू भी मेरी तरह पड़ जाएगा बिस्तर में।

—तू इतनी बातें क्यों करता है?

—अब उठ भी जा। मुझे टाँगें फैलाकर लेटने की आदत है। पुरकार की तरह।

मैं उठकर कुर्सी में जा गिरता हूँ।

—तू तो मुझसे भी गया गुज़रा नज़र आता है। ठीक तो है? लाहोर जाकर कोई और इल्लत तो नहीं लगा ली?

—तू बता, तेरी बीमारी इतनी लम्बी क्यों होती जा रही है?

—मरज़ बढ़ता गया जूँ जूँ दवा की!

—हकीम ज़हूरबख़्श का पीछा छोड़ क्यों नहीं देता तू?

—मैं तो छोड़ना चाहता हूँ, वह ही नहीं छोड़ता।

—मैं अम्माँ से बात करूँगा।

—पहले मुझसे तो कर। एक घंटा नीचे फ़िज्जो से लगा रहा, अब अम्माँ याद आ रही है! दोस्त तू मेरा है या उसका?

—किसी और को दिखाना तो चाहिए।

—किसको दिखाऊँ? उस अल्ला दित्ते को? उससे तो उसकी मेमें ज़्यादा माहिर होंगी! और इस बार तो तेरा डॉक्टर साहनी भी नहीं आया विलायत से। अब शायद आएगा भी नहीं। अब आकर करेगा भी क्या? मैं तो हैरान हूँ तू क्यों आ गया?

—तुझे बीमारी शायद सिर्फ़ बोलने की ही है।

—काश कि वही होती! अच्छा एक समझौता कर लेते हैं। तू मुझसे बीमारी के बारे में कुछ मत पूछ, मैं तुझसे लाहोर के बारे में कुछ नहीं पूछूँगा। मैं फ़िज्जो और उसके मियाँ से लाहोर की बातें सुन सुनकर तंग आ गया हूँ। तू मेरी बीमारी के क़िस्सों से तंग आ जाएगा। मैं तो तुझे कुछ बताऊँगा नहीं लेकिन फ़िज्जो और अम्माँ का मुँह मैं कैसे बन्द कर सकता हूँ। यानी कि नहीं कर सकता। अच्छा बोल शर्बत पिएगा? वही जो मैं पीता हूँ या कोई और!

—वही।

—यानीकि हकीम ज़हूरबख़्श का आबेहयात?

—हाँ।

—तो ज़रा आवाज़ दे फ़िज्जो को। मेरी आवाज़ पर तो वह आएगी नहीं।

—आ जाएगी, जल्दी क्या है?

—तुझे नहीं, मुझे तो है। मैं तो शर्बत के सहारे ही जी रहा हूँ। और फिर तुझे देखकर इतनी ख़ुशी हुई है कि गला ख़ुश्क हो गया है।

—पानी दूँ?

—तू अभी तक शरमाता है उसे बुलाने में? अब तो शादी भी हो गई उसकी। फ़िज्जो नहीं कह सकता तो आपा ही कह दे।

मैं चुप रहता हूँ।

—चुप मार जाने की आदत गई नहीं तेरी।

—न ही तेरी चपर चपर करने की।

हफ़ीज़ा ऊपर आ गई है।

—मुहम्मद न होते, ख़ुदाई न होती, ख़ुदा ने यह फ़िज्जो बनाई न होती!

मुझे गुज़रा हुआ ज़माना याद आ जाता है।

—फ़िज्जो, हमें आबेहयात के दो गिलास चाहिए। मैं तो बरफ़ के बग़ैर पीता हूँ, और तू?

—मैं भी।

फ़िज्जो शर्बत लेने नीचे चली जाती है। वह फिर लेट गया है। चादर के नीचे उसकी टाँगें किसी गुलेल की तरह खिंची सी फैली हुई हैं।

—तुझे पता है रावण ने स्कूल छोड़ दिया है?

—नहीं तो! कहाँ गया?

—जहाँ से आया था। यानीकि लुद्धियाने।

—क्यों?

—क्योंकि पाकिस्तान बन रहा है। वैसे वहाँ उसे हेडमास्टरी मिल गई है। अब उस स्कूल की ख़ैर नहीं। सबकी सब बुरी आदतें छूट जाएँगी।

—और हेडमास्टर?

—वह कहीं नहीं जाता यह बादशाहत छोड़कर। बीवी की टाँगें दबानेवाले उसे और कहाँ मिलेंगे? उसकी बिट्टो और मोटी हो गई है, बीवी और बीमार। केशव से मिले हो?

—अभी नहीं। उसकी माँ से मिला हूँ।

असलम मुस्कुरा देता है।

—वह तुझे देखने आता है?

—पहले आता था, अब नहीं। कभी कभी उसकी आवाज़ ऊपर आ जाती है। गली में से दौड़कर गुज़र जाता है। 'पाकिस्तान मुर्दाबाद' चिल्लाता हुआ। अम्माँ को डर लगा रहता है कि किसी दिन कोई मुस्लिम लीगिया उसे मार डालेगा। हरदयाल और जीते से मिले हो?

—अभी नहीं। पता नहीं अभी आए भी हैं कि नहीं।

—इसी बहाने बालो का दीदार तो कर आते।

—किसी दिन दोनों चलेंगे।

हम दोनों मुस्कुरा देते हैं।

—मैं तो ख़ैर क्या जाऊँगा अब! देखकर दंग रह जाएगी। तुम ही मेरा सलाम दे देना। कहना कि मर तो रहा हूँ लेकिन उसे याद करने से बाज़ हरगिज़ नहीं आ रहा।

ख़ामोशी हमारे बीच किसी अनजाने ख़ौफ़ की तरह उभर आती है। अगर हफ़ीज़ा शर्बत लेकर लौट न आई होती तो मेरी नज़रें न जाने कितनी देर और ज़मीन में ही गड़ी रहतीं।

—कुछ खाओगे, बीरू? हफ़ीज़ा पूछती है।

—नहीं।

—अम्माँ कहाँ गई?

—तेरी दवा लाने।

—दर्द की दवा पाई, दर्द लादवा पाया!

हफ़ीज़ा मेरी तरफ़ यूँ देखती है जैसे कह रही हो, यह सारा दिन इसी तरह बोलता रहता है, मैं उसकी तरफ़ यूँ जैसे कह दिया हो, इसे बोलने दो।

—यह लोग मेरी तुकबाज़ी से तंग आ गए हैं। मैं ख़ुद भी। लेकिन आदत से लाचार हूँ। इस फ़िज्जो से कई बार कहा है कि किसी दिन किसी तरीक़े से बालो को ले आए यहाँ। सिर्फ़ एक बार। जाने से पहले उसका दीदार कर लेना चाहता हूँ।

—बीरू, यह बीमार नहीं, बदतमीज़ है।

—बीरू सिर्फ़ बदतमीज़ ही नहीं, बदमाश भी है। तू इसे नहीं जानती। जितना बाहर है, उतना ही अन्दर। तू इसे क्या बता रही है, यह तो ख़ुद बालो पर फ़िदा है।

—असलू, अगर किसी सिक्ख ने सुन लिया तो किरपान निकाल लेगा।

—सुन कैसे लेगा?

—आजकल दीवारों को भी कान लग गए हैं।

—यानीकि तुझे शक है कि बीरू किसी को बता देगा जाकर?

—तू पागल है!

—अच्छा अब तू नीचे चली जा, हमें बातें करने दे।

—बीरू, इसकी बातों का बुरा न मानना।

वह नीचे चली जाती है।

—उसे सचमुच यह शक है कि तू जाकर किसी को बता देगा और सिक्ख हमारे घर पर हल्ला बोल देंगे। उसका भी कोई क़ुसूर नहीं, आजकल सब मुसलमानों का दिमाग़ ख़राब हो गया है। सब हिन्दुओं और सिक्खों का भी। यानीकि सबका। यानीकि से मिले हो?

—नहीं।

—उससे ज़रूर मिलो। वह आजकल ख़ूब खरी खरी सुना रहा है। सब उससे तंग आए हुए हैं। सुना है कि वह बादशाह और फल्लो जुलाहिन और टुंडे लाट से मिलकर एक अमन कमेटी बना रहा है। हिम्मत सिंह भी उनके साथ है। तू भी उस कमेटी में शामिल हो जाना। केशव को साथ लेकर। मैं बीमार न होता तो मैं भी ज़रूर हो जाता।

वह मज़ाक नहीं कर रहा। मैंने उसके चेहरे को अच्छी तरह से टटोल लिया है।

—मैं मज़ाक नहीं कर रहा।

—मैं जानता हूँ।

—हरदयाल और जीता आजकल न जाने किस रंग में होंगे! उनका दिमाग़ तो पिछले साल ही ख़राब हो गया था।

—इसीलिए तो मैं उन्हें मिलने नहीं गया।

—मिलने तो ख़ैर जाओ ही। इसी बहाने बालो का दीदार भी हो जाएगा। मेरे हिस्से का भी कर लेना। और अगर वह कमीने आ गए हों तो उनसे कहना एक बार मिल तो जाएँ आकर। कहना, साथ किरपान न उठा लाएँ। बालो तो अब बला बन गई होगी।

—बहुत याद आती है?

—बहुत!

—मुझे भी।

—हम दोनों का अंजाम बुरा होगा! मैरा तो ख़ैर हो ही रहा है, तेरा भी ज़रूर होगा!

—तू ठीक क्यों नहीं हो जाता अब?

—क्या लुत्फ़ अंजुमन का जब दिल ही बुझ गया हो!

—हफ़ीज़ा ठीक ही कहती है! तू बाहर बिल्कुल नहीं जाता? सैर के लिए भी नहीं? हकीम ने मना कर रखा है?

—तू फिर मेरी बीमारी को ले बैठा।

मैं चुप हो जाता हूँ।

—मेरा बस चले तो सारा दिन बशीरे दर्ज़ी की तरह बाज़ार में ही बैठा रहूँ। लेकिन अम्माँ और फ़िज्जो नीचे उतरने ही नहीं देतीं। बस छत पर ही दो चार क़दम चल लेता हूँ। बूढ़ों की तरह। और हमारी छत ऐसी है कि वहाँ से सिवाय आसमान के कुछ नज़र ही नहीं आता। इसीलिए आसमान से दोस्ती होती जा रही है, ज़मीन से दुश्मनी।

—इलाज ज़रूर बदलना चाहिए तुझे।

—फ़ैसला यह हुआ था कि तू मेरी बीमारी की बात नहीं करेगा।

—अम्माँ से तो करने देगा!

—कर लेना लेकिन मुझसे नहीं।

उसका लहजा चिड़चिड़ा हो उठा है।

—वह तुझसे मिलने आया है और तू उससे लड़ रहा है? ठीक तो कहता है। हकीम के इलाज से कोई फ़र्क़ तो पड़ नहीं रहा।

—तू फिर आ गई! तुझे चैन नहीं आता नीचे?

हफ़ीज़ा मेरी तरफ़ यूँ देखती है जैसे उठ जाने का इशारा दे रही हो।

—अम्माँ आ गई? मैं पूछता हूँ।

—अभी कहाँ! आजकल हकीम ज़हूरबख़्श के दवाख़ाने पर मेला लगा रहता है।

—मरीज़ों का नहीं, मुस्लिम लीगियों का। अकरम कहता है कि हकीम इस क़स्बे

का क़ायदेआज़म बना बैठा है। सीधे मुँह बात ही नहीं करता किसी से।

—अकरम यहीं है?

—वह अब कहाँ जाएगा! कहता है शाम प्यारी भी यहीं आई हुई है आजकल। महल ख़ाली करवा रही है। सारा सामान दिल्ली भिजवा रही है।

—असलू, तू अब कुछ देर के लिए सो जा।

—क्यों सो जाऊँ? अभी तो मैं जवान हूँ!

—सुन लिया, बीरू! हमारी तो जान निकल रही है फ़िकर से, इसे मज़ाक सूझ रहे हैं।

—जान तो ख़ैर मेरी ही निकल रही है। अब अगर मज़ाक भी बन्द कर दूँ तो जीना और भी मुहाल...

—इलाज़ बदलकर देखना चाहिए।

—बीरू को तो वहम हो गया है इलाज का! सोचता होगा हकीम से तो बक्का जर्राह बेहतर। मैं कहता हूँ उन दोनों से डॉक्टर अल्ला दित्ते की मेमें बेहतर। वैसे तुम सब मान क्यों नहीं लेते कि मैं लाइलाज हो चुका हूँ! केशव की तरह। बीरू, किसी दिन उसे भी पकड़ लाना साथ! ख़ूब गुज़रेगी जो...

हफ़ीज़ा सिर हिलाती हुई नीचे चली जाती है। असलम के सिरहाने दो जासूसी नॉवल देखकर मुझे दातुनशाह याद आ जाता है। अफ़वाह है कि दातुनों के सिवा सारा सामान उसने उस तरफ़ भेज दिया है। उसकी गली के लोग बहुत घबराए हुए हैं। कहते हैं कि दातुनशाह को उसके किसी मुसलमान दोस्त ने ख़बरदार कर दिया होगा, जिसका मतलब यही निकलता है कि यहाँ मारकाट होगी और ज़ोर शोर से होगी। जी चाहता है कि असलम से पूछूँ कि उसे कुछ पता है। उसे पता होता तो ज़रूर बता देता। रास्ते में जीते के घर रुकूँगा। अगर वह न हुआ तो बालो से बात करने का बहाना मिल जाएगा। लेकिन उसकी माँ शायद मौक़ा ही न दे। बालो की सगाई हरदयाल से हो चुकी है। न होती तो भी किसी हिन्दू का कोई चांस ही नहीं था। होता तो भी माँ नहीं मानती। वह मान भी जाती तो मेरी हिम्मत न होती। दूर का इश्क़ ही मेरे बस की बात। शादी तो मेरे बाप को भी नहीं करनी चाहिए थी। असलम सोच रहा होगा कि मैं मुस्कुरा किस बात पर रहा हूँ।

—हरे हलवाई का क़िस्सा सुन चुके हो?

—नहीं।

—क्या करते रहे इतने दिन? उसने केस कटवा दिए! मुसलमान बन गया है। दुकान छोड़छाड़कर नूराँ के डेरे पर जा बैठा है। कहता है कि उससे निकाह करेगा। बाक़ी सब कुछ तो कर ही चुका है। अब निकाह भी कर लेगा और क्या!

—सिक्खों ने शोर नहीं मचाया?

—क्यों नहीं मचाया! शोर तो सबने मचाया। हिन्दुओं और मुसलमानों ने भी।

बल्कि सबसे ज़्यादा तो मुसलमानों ने ही। उनकी शिकायत पता है क्या थी? यही कि हरे ने केस तो कटवा दिए लेकिन वह नहीं कटवाया। यानीकि सुन्नतें नहीं करवाईं। अब पूछो कमअक़्लों से! वह बेचारा इस उम्र में सुन्नतें कैसे करवाए! अब अगर नूराँ को शिकायत नहीं तो उन्हें क्यों हो! विश्वा पहलवान अलग उछलता रहा। वह आजकल हिन्दुओं और सिक्खों का सरदार बना हुआ है। जब चरस ज़्यादा चढ़ जाती है तो सरेबाज़ार खड़ा होकर ललकारता है मुसलमानों को! कहता है दस को मारकर मरेगा। कहता है पहल मुसलमानों की तरफ़ से ही होगी। यह अफ़वाह उसी ने फैला रखी है कि उधर पाकिस्तान बना नहीं और इधर आसपास के देहात के मुसलमानों ने हल्ला बोला नहीं।

—तो यह अफ़वाह ग़लत है?

—नहीं तो। अफ़वाह कोई भी ग़लत नहीं होती। हर अफ़वाह में कुछ फ़ीसदी सच्चाई तो होती ही है। और इसमें तो इतनी ज़्यादा फ़ीसदी है कि इसे अफ़वाह कहना ही ग़लत होगा।

—तुझे कैसे पता चलता रहता है सब बातों का, घर बैठे बैठे?

—मैंने जासूस छोड़ रखे हैं, जिनका सरदार अकरम है। वह कहता है कि सब देहाती मुसलमान हकीम ज़हूरबख़्श और मंज़ूरे के बाप के किसी इशारे का इन्तज़ार कर रहे हैं।

—मंज़ूरे का बाप भी लीडर बन गया?

—लीडर नहीं, मुजाहिद! बल्कि मुजाहिदों का भी मामा। फ़ौजी आदमी ठहरा, लड़ाई मारकुटाई नहीं करेगा तो और करेगा क्या? हैरानी तो हकीम ज़हूरबख़्श पर होती है। यक़ीन नहीं आता कि यरक़ान और बवासीर का शर्तिया इलाज करनेवाला यह ख़ानदानी हकीम इतना ख़ूनी भी हो सकता है! और मैं इससे अपना इलाज करवा रहा हूँ। लानत है मुझ पर!

—तो यहाँ फ़साद होकर रहेंगे?

—अकरम तो यही कहता है।

—और तू?

—मैं भी यही समझता हूँ। अकरम कहता है बहुत से हिन्दू और सिक्ख चुपचाप भागने की तैयारियाँ कर रहे हैं। कई तो चले भी गए हैं। तेरे घरवालों ने भी कुछ सोचा ही होगा?

—माँ लालेमूसे के लिए ज़िद्द कर रही है।

असलम को हँसी आ जाती है। फिर खाँसी। जिसकी आवाज़ भयानक है। मैं काँप उठता हूँ। हफ़ीज़ा दौड़ती हुई ऊपर आ जाती है। शर्बत का गिलास उठाकर उसके मुँह से लगाना चाहती है। वह उसे परे हटा देता है। मेरा गिलास भी अभी तक भरा पड़ा है। असलम की आँखें और बड़ी हो गई हैं। मुझे लगता है कि खाँसते हुए

भी वह मुस्कुरा रहा है। मैं उठकर उसकी पीठ सहलाने लगता हूँ। खाल जैसे किसी पिंजरे पर कसी हुई हो। उसी वक़्त असलम की अम्माँ की आवाज़ नीचे से आती है—हफ़ीज़ा बेटी, उसके मुँह में मिसरी डालो, मैं अभी आई!

असलम की आँखों में पानी भर गया है। वह खाँसने के साथ साथ कुछ कहने की कोशिश भी कर रहा है। मैं उसे चुप रहने का इशारा करता हूँ, वह मुझे बैठ जाने का।

—इसे कितनी बार कहा है कि हँसे नहीं।

असलम यकायक खाँसना बन्द करके हँसना शुरू कर देता है।

—इसकी हर बात उल्टी है!

—इस कफ़स के क़ैदियों को...

—बस बस अब चुप ही रहो।

—देख लिया, बीरू! न हँस सकता हूँ न रो...

—बेटा बीरू, तू कब आया? मिसरी डाली इसके मुँह में?

—पता नहीं कहाँ रख दी है इसने!

—रख नहीं दी, खा ली है। लेकिन मिसरी भी अब मुँह में जाते ही ज़हर में बदल...

—बस बस अब बकवास बन्द!

—इतनी देर क्यों लगा दी उस ख़ानदानी दवाख़ाने में।

—बेटा, देर तो लगी सो लगी, वह मिला ही नहीं। उसे आजकल दूसरे ही धन्धों से फ़ुर्सत नहीं।

—तो मेरा क़ारूरा उसका दीदार किए बग़ैर ही लौट आया?

—बीरू बेटा, तू ही इसे समझा कि फ़ज़ूल मत बोला करे। फेफड़ों पर ज़ोर पड़ता है। वह पहले ही इतने कमज़ोर हैं।

—कमज़ोर नहीं, है ही नहीं। यह तो तुम्हारे ख़ुदा की क़ुदरत है, अम्माँ, कि साँस ले रहा हूँ।

—अम्माँ, बीरू भी यही कहता है कि इलाज बदल देना चाहिए।

—ठीक कहता है, फ़िज्जो, लेकिन करें क्या? किसके पास जाएँ? बस एक चम्बा डॉक्टर रह गया है बाक़ी।

—अकरम ने ख़बर दी है कि वह भी दवाइयाँ बाँध रहा है। बस अब कूच करने ही वाला होगा।

—एक तो उस अक्कू ने इसका दिमाग़ ख़राब कर रखा है। दुनिया जहान की ख़बरें सुनाता रहता है इसे। मैं उसे ऊपर नहीं आने दूँगी आइन्दा।

—अम्माँ, अब तो बीरू आ गया है। उसके साथ रोज़ बाज़ार जाया करूँगा। एक हाथ में उसका कन्धा, दूसरे में लाठी।

—और कोई तो बाज़ार में बैठता तक नहीं आजकल और इसे सैरें सूझ रही हैं!

—अकरम कहता है...

—अब छोड़ भी दे उस नामुराद का राग!

मैं उठ खड़ा होता हूँ।

—तू जा रहा है? तंग आ गया? अच्छा, शर्बत तो पी ले अपना। नहीं तो फ़िज्जो समझेगी कि तू भी कट्टर हिन्दू है।

मैं गिलास उठाकर मुँह से लगा लेता हूँ। असलम की अम्माँ की आँखों में हैरानी तैर जाती है।

—अब थोड़ी देर बैठ जा। शर्बत को हज़म हो लेने दे।

मैं बैठ जाता हूँ।

—जीते के घर रुकेगा रास्ते में?

—देखूँगा।

—उसे मेरा पैग़ाम ज़रूर देना।

—बेटा, तू अब सीधा घर ही जा। तेरी माँ घबरा रही होगी। आजकल अकेले घूमना ठीक नहीं।

—क्यों उसे डरा रही हो, अम्माँ?

—डरा नहीं रही, ठीक ही कह रही हूँ। आजकल किसी का कोई भरोसा नहीं। सबका दिमाग़ ख़राब हो गया है।

—अगली बार खाना भी यहीं खाना।

—इसकी माँ को पता चल गया तो?

—माँ को बताने की क्या ज़रूरत है।

—अगली बार उसे भी साथ लेते आना।

—किसे? अम्माँ पूछती है।

—अम्माँ को मत बताना।

—किसे? अम्माँ फिर पूछती है।

—केशव को और किसे, हफ़ीज़ा कहती है।

—उसे क्यों बुलवा रहा है, वह बेचारा तो पागल हो गया है।

—तो क्या हुआ! हमारा पुराना दोस्त है। उसका पागलपन हमें तो नहीं लग जाएगा?

—मैं तो अभी उसे मिला भी नहीं।

—इसीलिए तो कह रहा हूँ उसे साथ लेते आना।

—मैंने अभी उसे बाज़ार में देखा था, अम्माँ बताती है।

—क्या कर रहा था?

—इधर उधर भाग रहा था और नारे लगा रहा था। उसके साथ वह भी था जिसे तू यानीकि कहता है।

—बीरू, एक बात याद आ गई। अच्छा, अम्माँ तुम फ़िज्जो को नीचे ले जाओ। मुझे भूख लगी है।

—भूख तो तुझे क्या लगी होगी, लेकिन ज़्यादा देर इसे अब रोक नहीं यहाँ, इसकी माँ घबरा रही होगी।

वे दोनों नीचे चली जाती हैं।

—अकरम कहता है कि हिम्मत सिंह पीपलवाले चौक में एक जलसा कर रहा है। अमन कमेटी की तरफ़ से। तूने कुछ सुना है?

—कहाँ? कब?

—दिन तो मुझे याद नहीं। वह कहता है, मुनादी होगी बाक़ायदा। शायद इश्तिहार भी लगाए जाएँ। ख़ूब तैयारियाँ हो रही हैं। जलसे की सदारत टुंडा लाट करेगा।

—तू मज़ाक कर रहा है!

—नहीं, ख़ुदा की क़सम!

—तो अकरम मज़ाक कर रहा होगा।

—अकरम कभी मज़ाक नहीं करता। बात को बढ़ा चढ़ा तो देता है, झूठ नहीं बोलता। कहता है कि जलसे में यानीकि और बादशाह भी बोलेंगे। शायद फल्लो जुलाहिन और मुमताज़ शान्ति भी।

—मुमताज़ शान्ति यहीं है?

—आती जाती रहती है। शायद नीली मस्जिद का इमाम भी तक़रीर करे। अकरम कहता है कि हिम्मत सिंह तो कोशिश कर रहा है कि हकीम ज़हूरबख़्श और मंज़ूरे का बाप भी बोलें। शायद चौधरी चिराग़ हुसैन भी। लेकिन फल्लो जुलाहिन अड़ी हुई है कि अगर चौधरी बोलेगा तो वह जलसे में शिरकत ही नहीं करेगी। विश्वे पहलवान ने तो साफ़ इनकार कर दिया है। वह शायद खलबली मचाने की कोशिश करे। लेकिन बादशाह के साथ उसके चार मुरीद भी होंगे। सफ़ेद घोड़ों पर सवार। थानेदार और सिपाही भी मौक़े पर मौजूद होंगे।

असलम की खाँसी फिर छिड़ उठी है। तपेदिक़्क़ तो तंगदस्तों की बीमारी है। और कुढ़नेवालों की। इसे क्यों लग गई?

—एक घूँट शर्बत पी ले, असलम, गला तर हो जाएगा।

—मेरी खाँसी गले से नहीं, फेफड़ों से ही निकलती है। हालाँकि फेफड़े अब न होने के बराबर हैं। मैं न कहता था कि तू लाहोर से लौटेगा तो मैं कहीं और चल दूँगा? ख़ैर, तू मेरी फ़िकर मत कर। खाँसी मुझे अक्सर सिर्फ़ हँसने से ही होती है। शायद मेरे बचे खुचे फेफड़ों को मेरे मज़ाक पसन्द नहीं। याद है केशव को भी पसन्द नहीं आते थे? हाँ तो मैं कह यह रहा था कि बोलना तो हरा हलवाई भी चाहता है लेकिन हिम्मत सिंह उसे समझा रहा है कि सिक्ख भड़क उठेंगे। शायद मुसलमान भी। अकरम कहता है कि हिम्मत सिंह महात्मा गाँधी और मौलाना आज़ाद के पैग़ाम

पढ़कर सुनाएगा। बोल तू जाएगा कि नहीं?

—मैं तो जाऊँगा ही, तू जा सकेगा?

—अकरम कहता है कि अगर चल न सका तो वह मुझे कन्धे पर बिठाकर ले जाएगा।

—अम्माँ जाने देगी?

—अम्माँ से कहूँगा, तेरे घर जा रहा हूँ।

—वह मानेगी नहीं।

—मैं पहुँच ही जाऊँगा किसी न किसी तरह। तू भी हरदयाल और जीते और केशव को साथ लेकर आ जाना।

—हरदयाल और जीता पता नहीं अभी आए भी हैं कि नहीं।

—तो बालो को ही ले आना।

—कन्धे पर बिठाके!

असलम हँसते हँसते सँभल जाता है।

—अच्छा तो अब चलता हूँ।

—भूलना नहीं।

—भूलूँगा कैसे? ऊँट की सी याद है मेरी।

—अब रास्ते में जीते के घर न रुकना, शाम हो रही है।

—अच्छा।

—नीचे अम्माँ और फ़िज्जो को कुछ न बताना अभी।

—अच्छा।

—ख़ुदा हाफ़िज़!

—ख़ुदा हाफ़िज़!

पीपल अपने चौक में खड़ा चहक रहा है। स्टेज के पीछे तीन झंडे टेढ़े डंडों पर लहरा रहे हैं—एक कांग्रेस का, एक मुस्लिम लीग का, और एक अकाली दल का। महाबीर दल का नहीं। विश्वा पहलवान माना नहीं होगा। अपने चेलों के साथ एक तरफ़ बैठा चिलम पी रहा है। अगर धुत्त हो गया तो ऊधम नहीं मचाएगा। अकरम असलम के लिए एक आरामकुर्सी भी साथ उठा लाया था। हरदयाल, जीता, केशव और मैं उस कुर्सी के इर्दगिर्द एक मैली दरी पर बैठे हैं, जैसे असलम के दरबारी हों। उसके चेहरे पर हल्दी सी पुती हुई है। केशव एकटक उसे देख रहा है। वह आँखें बन्द किए बैठा है, जैसे कोई दुआ माँग रहा हो। अकरम उसे हमारे पास बिठाकर ख़ुद इधर उधर टहल और शायद अफ़वाहें बटोर रहा है। हरदयाल और जीता मेरे कहने पर आ तो गए हैं, लेकिन ख़ुश नज़र नहीं आते। दोनों की दाढ़ियाँ निकल आई

हैं। केशव ने उन्हें खींचकर देखना चाहा था कि नक़ली तो नहीं। असलम भी शायद उन्हीं के बारे में सोच रहा हो। केशव ने मेरे कहने पर कमीज़ तो पहन ली थी लेकिन जाँघिया नहीं उतारा। कहता है, यह मेरी वर्दी है। कहता है, मैं ख़ुदाई ख़िदमतगार हूँ। मुट्ठियाँ बाँध खोल रहा है, लेकिन कहता है नारे नहीं लगाएगा क्योंकि यानीकि ने उसे मना कर दिया था।

यानीकि स्टेज पर सजा हुआ है। टुंडे लाट की बग़ल में। गाँधी टोपी पहने। पाँव से नंगा। सदारत टुंडा लाट ही करेगा। उसके ठूँठ उठ बैठ रहे हैं। उसके सिर पर किसी की तुर्की टोपी टिकी हुई है। इस मौक़े के लिए वह मुसलमान बन गया है। बादशाह अभी नहीं आया। न ही उसके मुरीद। लोग उचक उचककर इधर उधर देख रहे हैं, हिम्मत सिंह बार बार अपनी घड़ी को। हकीम ज़हूरबख़्श और मंज़ूरे का बाप उससे बहस कर रहे हैं। शायद अपनी शर्तें मनवा रहे हों। मंज़ूरे के बाप ने ख़ाकी पतलून पहनी हुई है। उसके हाथ में एक हंटर है, जिससे वह अपनी एक पिंडली को पीट रहा है। थानेदार की कुर्सी हमसे ज़्यादा दूर नहीं। फल्लो जुलाहिन अभी नहीं आई। अफ़वाह है कि मुमताज़ शान्ति ने लाहोर से पैग़ाम तो भेज दिया है, आ नहीं सकी। साहूकारों में से सिर्फ़ दातुनशाह नज़र आता है। एक तरफ़ खड़ा कोई जासूसी नॉवल पढ़ रहा है। साइकलवाला मौलवी और उसका बेटा नीली मस्जिदवाले इमाम के पास खड़े हैं। वह हिन्दू नज़र आता है और उससे कुछ ही दूर खड़ा कुन्दन सुनार मुसलमान। मनियारीवाला ग्यानी कुछ दूर बैठा कुछ बड़बड़ा रहा है। दारी बज़ाज़ कभी किसी को अंगुश्त देता है, कभी किसी को। विलायती कहीं नज़र नहीं आता। बक्का ज़र्राह और रहमत क़साई थानेदार की कुर्सी के पीछे खड़े सिरगोशियाँ कर रहे हैं। मेरा ख़याल था कि जलसा शुरू होने से पहले काफ़ी शोरशराबा होगा, लोग यानीकि को आवाज़ें देंगे, वह उन्हें गालियाँ, लेकिन सब सहमे सँभले से नज़र आते हैं। मलाई की बरफ़वाला शीता और प्रेमा पानवाला अभी अभी आए हैं। दोनों यू.पी. के मुसलमान नज़र आते हैं। दो अजनबी से आदमी सिर पर मैली मलमल की टोपियाँ टिकाए रहमत क़साई के पास आ खड़े हुए हैं। मैं हरे हलवाई का नया हुलिया देखना चाहता हूँ। शायद हिम्मत सिंह ने उसे आने से मना कर दिया है। हिम्मत सिंह और हकीम ज़हूरबख़्श शायद किसी फ़ैसले पर पहुँच गए हैं। हिम्मत सिंह अब स्टेज की तरफ़ जा रहा है। तभी बादशाह के घोड़े की टाप सुनाई देती है और केशव खड़ा हो जाता है।

—अब यह कोई नारा लगाएगा, हरदयाल कहता है।

असलम ने आँखें खोल दी हैं। उसका चेहरा जैसे उनकी रोशनी में और पीला पड़ गया हो।

—अब यह हमें पिटवाएगा, जीता जोड़ता है।

—केशव, बैठ जा, मैं उसका जाँघिया खींचकर कहता हूँ।

—बैठ कैसे जाऊँ? सुनता नहीं बादशाह की सवारी आ रही है?

हरदयाल और जीता मेरी तरफ़ यूँ देखते हैं जैसे सारा क़ुसूर मेरा ही हो।

—केशव, अब एक नारा लगा दे, असलम सलाह देता है।

—अभी नहीं, जब यानीकि इशारा देगा तब, केशव जवाब देता है।

—पाकिस्तान का न लगा देना, हरदयाल कहता है।

—न ही इनक़लाब का, जीता जोड़ता है।

—मैं पागल हूँ? केशव पूछता है।

बादशाह के घोड़े की लगाम फल्लो जुलाहिन ने थाम रखी है। उसके दूसरे हाथ में एक शूशक है, उसकी आँखों में मस्ती। काली मलमल के कुर्ते और सफ़ेद लट्ठे की तहमद में वह ताज़िए के लिए लाहोर से आई किसी तवायफ़ सी नज़र आती है। बादशाह का घोड़ा नाच रहा है। उसके मुरीद शायद साथ नहीं आए। बैठे हुए लोग उठ रहे हैं, खड़े हुए एड़ियाँ उठा रहे हैं। हम सब भी खड़े हो जाते हैं। असलम हरदयाल के कन्धे पर हाथ रख लेता है। बादशाह की दाढ़ी डूबते सूरज की तरह सुर्ख़ है, उसकी थिगलियाँ हमेशा से ज़्यादा शानदार।

—बादशाह सलामत! केशव नारा बुलन्द करता है।

—ज़िन्दाबाद! यानीकि और टुंडा लाट और फल्लो जुलाहिन और हिम्मत सिंह जवाब देते हैं।

—बादशाह सलामत! केशव फिर चिल्लाता है।

—ज़िन्दाबाद!

अब की बार हम भी शामिल हो जाते हैं। बादशाह का घोड़ा भी। कुछ लोग हँसना शुरू कर देते हैं, कुछ उन्हें मना करना। फल्लो स्टेज पर जा बैठी है। यानीकि के साथ। हिम्मत सिंह उनके सामने खड़ा हाथों के इशारे से सबको बैठ जाने के लिए कह रहा है। बादशाह लगाम अकरम के हाथ में देकर ख़ुद फल्लो के पासवाली कुर्सी पर जा बैठता है। घोड़ा बादशाह को देख देखकर गर्दन हिला रहा है, बादशाह उसे देख देखकर अपना हाथ। विश्वा पहलवान अपने चेलों समेत नशे में चूर नज़र आता है।

—मेरा नारा ठीक था? केशव मुझसे पूछता है।

—एक टुंडे लाट के लिए भी लगा दे, हरदयाल उसे सलाह देता है।

—एक यानीकि के लिए भी, जीता जोड़ता है।

—मैं पागल हूँ?

—असलम, हँसना मत, कहीं खाँसी न शुरू हो जाए।

—मैं पागल हूँ? असलम पूछता है।

—असलम, तुझे हुआ क्या है?

केशव की आवाज़ में घबराहट है।

—कुछ नहीं, केशव, कुछ नहीं।

—तो फिर यह तुझे हँसने से क्यों मना कर रहा है?

—क्योंकि इस क़फ़स के क़ैदियों को...

—क़फ़स का मतलब? केशव पूछता है।

—तुम लोग चुप भी करोगे?

—टुंडा लाट कुछ कह रहा है।

हरदयाल और जीता भी मूड में आ रहे हैं। असलम मेरे कान में मुँह लगाकर पूछता है—कर आए दीदार?

—हाँ।

—किसका? केशव पूछता है।

—कुमारी का।

—झूठ! मैं सब जानता हूँ।

—कुछ सुनने भी दोगे?

टुंडा लाट जैसे ही बोलना शुरू करता है, उसके ठूँठ उसके मुँह की तरफ़ उठ जाते हैं। जलसे में हँसी की लहर दौड़ जाती है।

—ख़ामोश!

बादशाह की गरज सुनते ही सब गूँगे हो जाते हैं।

—फल्लो बहन और भाइयो! जैसाकि आप सब जानते हैं, यह जलसा अमन कमेटी की तरफ़ से हो रहा है, कांग्रेस या लीग या किसी और पार्टी की तरफ़ से नहीं।

—तो ये झंडे क्यों?

आवाज़ विश्वे पहलवान की है। नशे में चूर लेकिन चौकन्नी।

—ख़ामोश!

बादशाह खड़ा हो गया है।

—झंडों पर जिस भाई को एतराज़ है वह उन्हें न देखे। झंडे सिर्फ़ सजावट के लिए हैं। और इसलिए भी कि अमन कमेटी ने अभी अपना अलग झंडा नहीं बनाया। अगले जलसे तक यह कमी पूरी कर दी जाएगी। हमारे प्यारे बादशाह ने वायदा किया है कि वह अगली बार हमारे लिए अपने डेरे से कुछ थिगलियाँ उठा लाएँगे, और उन्हीं से हमारा असली झंडा बनेगा।

विश्वा पहलवान और उसके चेले हँसना शुरू कर देते हैं, उनकी देखादेखी कुछ और लोग भी।

—यह बात टुंडे लाट ने अभी अभी घड़ी है, केशव मेरे कान में कहता है।

—ख़ामोश! बादशाह फिर हुक्म देता है।

—यह बात टुंडे लाट ने अभी अभी घड़ी होगी, केशव उचककर असलम के कान में भी कह देता है।

—एक नारा और लगा दे, असलम उसे उकसाता है।

—मैं पागल हूँ?

—मेरी बात को मज़ाक समझनेवाले भाई यह मत भूलें कि हमारी अमन कमेटी जिन लोगों के फ़ायदे के लिए इस क़स्बे का अमन अमान क़ायम रखना चाहती है, उनमें से बहुतों के पास अपने तन ढाँकने के लिए थिगलियाँ भी नहीं। इसीलिए हमारा झंडा थिगलियों से ही बनेगा। हमारे बेवक़ूफ़ भाई चाहें इस फ़ैसले पर हँसें, चाहें रोएँ। मैं कहना यह चाहता हूँ कि जब कभी कहीं कोई तूफ़ान आता है, वबा फैलती है, फ़िरक़ादाराना फ़साद होता है, लूटमार होती है, आग लगती है, बिजली गिरती है तो नुक़सान सबसे ज़्यादा ग़रीब ग़ुरबे का ही होता है। और उन ग़रीबों में हिन्दू भी होते हैं, मुसलमान भी, सिक्ख भी, और ईसाई वग़ैरा भी। मज़हब और धर्म और पन्थ की दुहाई देनेवाले यह बुनियादी बात अक्सर भूल जाते हैं। शायद भूलते भी नहीं, भूल जाने का बहाना करते हैं, क्योंकि दरअसल वे बेईमान होते हैं। हमारा मुल्क आज़ाद हो रहा है, अंग्रेज़ अपना बोरिया बिस्तर बाँध रहे हैं, इसलिए हमारा फ़र्ज़ हो जाता है कि हम हर क़दम उठाने से पहले यह सोचें कि इसका फ़ायदा किसको होगा, नुक़सान किसको, कि इस क़दम से हमारी आज़ादी बर्बादी में तो नहीं बदल जाएगी, कि यह क़दम सही है या ग़लत। इसीलिए मैं आपसे कह रहा हूँ कि हमारे सामने आज सबसे कड़ा सवाल फ़िरक़ादाराना अमन का ही है। अगर अमन नहीं होगा तो कुछ भी नहीं होगा। अमन के बग़ैर पाकिस्तान भी बेकार है और हिन्दुस्तान भी। हमें चाहिए कि हम सब यहाँ बैठकर फ़ैसला करें कि दुनिया इधर से उधर हो जाए, हम अपने क़स्बे में कोई दंगा फ़साद नहीं होने देंगे, कि हम अपने क़स्बे में किसी को कोई गड़बड़ मचाने नहीं देंगे, कि हम अपने क़स्बे में कोई ऐसी अफ़वाह नहीं उड़ाएँगे, कोई ऐसी हरकत नहीं करेंगे, जिससे अमन को ख़तरा हो। मैं जानता हूँ कि यह फ़ैसला आसान नहीं होगा, कि इस पर अमल करना और भी मुश्किल होगा। मैं जानता हूँ कि कुछ लोग धर्म और मज़हब और पन्थ की दुहाई दे देकर आप सबको भड़का रहे हैं। मैं जानता हूँ कि सारे मुल्क की फ़ज़ा में ज़हर घुला हुआ है आजकल। लेकिन इन बातों के बावजूद हमारी अमन कमेटी ने यह जलसा इस उम्मीद से बुलाया है कि हम सारे मुल्क के सामने यह साबित कर दिखा सकेंगे कि हम इंसान पहले हैं और हिन्दू, मुस्लिम, सिक्ख, ईसाई वगैरह बाद में!

—टुंडा लाट! केशव नारा बुलन्द करता है।

—ज़िन्दाबाद! आधे से ज़्यादा लोग जवाब देते हैं।

—महात्मा गाँधी! हिम्मत सिंह ललकारता है।

—ज़िन्दाबाद! आधे से कम लोग जवाब देते हैं।

हिम्मत सिंह मायूस नज़र आता है, बादशाह उसे दिलासा देता हुआ।

—भाइयो, मैं तक़रीर नहीं करना चाहता था। मुझे तक़रीरें करने का तरीक़ा ही नहीं आता। मैं एक अदना घड़ीसाज़ हूँ, लीडर नहीं। मैं इतने सालों से चुपचाप इस

क़स्बे में पड़ा हूँ। मेरा किसी से कोई वास्ता नहीं। मेरी टाँगें कटी हुई हैं। मेरा कोई नहीं इस दुनिया में। इसीलिए मेरे दिल में दर्द है, दूसरों के लिए हमदर्दी है। इसीलिए मैं इतने सालों की चुप्पी को तोड़कर आपके सामने आ बैठा हूँ। मुझे इस जलसे का सद्र शायद इसीलिए बनाया गया था क्योंकि मैं न ज़्यादा बोल सकता हूँ न खड़ा हो सकता हूँ।

कुछ लोग हँसते हँसते खाँसना शुरू कर देते हैं।

—ख़ामोश! अगर टुंडे लाट के मज़ाक पर हँसना चाहते हो तो खुलकर हँसो, फिस फिस मत करो!

लोग बादशाह की इजाज़त पा खुलकर हँस ही रहे होते हैं कि वह फिर गरज उठता है—ख़ामोश!

—बादशाह पता नहीं चाहता क्या है? केशव फुसफुसाता है।

—बेगम, हरदयाल उसे बताता है।

—चिड़िया की, जीता जोड़ देता है।

—कुछ सुनने भी दोगे? केशव उन्हें झिड़क देता है।

—...ज़हूरबख़्श अब तक़रीर फ़रमाएँगे।

—हकीम ज़हूरबख़्श! केशव अचानक चिल्ला उठता है।

—ज़िन्दाबाद! स्टेज पर बैठे सब लोग दबी आवाज़ में जवाब देते हैं, मंज़ूरे का बाप और बक्का जर्राह और रहमत क़साई दबंग आवाज़ में।

हकीम ज़हूरबख़्श अपनी सफ़ेद दाढ़ी को खींचता हुआ सा स्टेज की तरफ़ जा रहा है।

—बाबा नानक नज़र आता है कि नहीं? मैं असलम से कहता हूँ।

—बाबा नानक कौन? केशव पूछता है।

—साहिबेसद्र और हाज़िरीनेजलसा! मैं इस अमन कमेटी का मेम्बर नहीं, मैं इस क़स्बे की मुस्लिम लीग का सद्र हूँ। लेकिन यहाँ मैं इस क़स्बे के एक मुसलमान बाशिन्दे की हैसियत से ही मौजूद हूँ। और वह भी सरदार हिम्मत सिंह के इसरार पर। मैं आप लोगों का ज़्यादा वक़्त नहीं लूँगा, क्योंकि मेरी नमाज़ का वक़्त हो रहा है। साहिबेसद्र ने आप सबसे अमन की अपील की है, मैं भी करना चाहता हूँ, लेकिन मैं जानता हूँ कि सिर्फ़ अपील कर देने से इस क़स्बे या इस मुल्क में अमन क़ायम नहीं हो सकता। इसलिए मैं आपसे साफ़ साफ़ लफ़्ज़ों में यह कहना चाहता हूँ कि इस क़स्बे का अमन यहाँ के हिन्दुओं और सिक्खों के हाथों में ही है, उसे ख़तरे में डालने की सारी ज़िम्मेदारी उन्हीं के सिरों पर रहेगी। अगर वह सब सच्चे दिल से पाकिस्तान की हक़ीक़त को मंज़ूर कर लेंगे, पक्के पाकिस्तानी बनकर यहाँ रहने पर राज़ी हो जाएँगे, अपना पैसा और मालमता बाँध बाँधकर हिन्दुस्तान की तरफ़ भेजना बन्द कर देंगे, ख़ुफ़िया तौर पर गोला बारूद जमा करना और क़ायदेआज़म

की शान के ख़िलाफ़ बकवास करना बन्द कर देंगे तो हम मुसलमान उनकी और उनके माल अस्बाब की हिफ़ाजत करने की पूरी पूरी कोशिश करेंगे। लेकिन अगर वह बात बात पर हमें आँखें दिखाएँगे, अन्दरख़ाने हमारी जड़ें काटने से बाज़ नहीं आएँगे, हमारे क़ायदेआज़म और हमारे मज़हब की बेइज़्ज़ती करने से बाज़ नहीं आएँगे तो हम न सिर्फ़ डटकर उनका मुक़ाबला करेंगे बल्कि उनके छक्के छुड़ा के रख देंगे क्योंकि ग़द्दारों के लिए हमारे क़स्बे और हमारे पाकिस्तान में कोई जगह नहीं। मैं यह बात डंके की चोट...

—हकीम ज़हूरबख़्श यह क्यों नहीं कह देता कि हम सब भी हरे हलवाई की तरह केस कटवा कर और सुन्नतें करवा कर मुसलमान हो जाएँ! हमें यह ज़लालत मंज़ूर नहीं होगी! हमें नहीं चाहिए मुसलमानों की हिफ़ाज़त। हम अपनी हिफ़ाज़त आप कर सकते हैं! रही बात छक्के छुड़ाने की, तो सारी दुनिया देख लेगी कि कौन किसके छक्के छुड़ाता है!

विश्वा पहलवान मारे ग़ुस्से के काँप रहा है। उसके चेले उसके इर्दगिर्द खड़े हैं। उसके हाथ में पकड़ी चिलम किसी छोटे से झंडे सी दिखाई देती है। थानेदार लपककर उसके पास पहुँच गया है और अब उसे और उसके साथियों को धमका रहा है।

—साहिबेसद्र सुन ली आपने उस पोस्ती की बात! मैं आपको यही सुनवाना चाहता था। अगर इन लोगों के दिलों में अमन की ख़्वाहिश होती तो यह इस तरह की बातें करते? अगर इन लोगों के दिलों में ग़द्दारी का मादा न होता तो यह इस तरह की ख़ुराफ़ात उगलते? यह तो चाहते हैं कि यहाँ फ़साद हों, दंगे हों, ताकि यह कह सकें कि सारा क़ुसूर मुसलमानों का है, क़ायदेआज़म का है, ताकि पाकिस्तान बनता बनता रुक जाए।

—बनके रहेगा पाकिस्तान! केशव नारा बुलन्द कर देता है।

सब लोगों की नज़रें केशव की तरफ़ मुड़ जाती हैं। हकीम ज़हूरबख़्श ख़ुश नज़र आता है, केशव हैरान।

—केशव के बच्चे, मैं तुझे कच्चा चबा जाऊँगा! हरदयाल दाँत पीसकर कहता है।

केशव मासूम नज़रों से उसकी तरफ़ देखता है, मैं सहमी हुई नज़रों से असलम की तरफ़। जीता हरदयाल का हाथ पकड़ लेता है, केशव अपना हाथ मेरे हाथ से छुड़ाकर हमसे कुछ दूर जा बैठता है। लोगों की नज़रें फिर विश्वे पहलवान और हकीम में बँट जाती हैं।

—वह बेचारा तो पागल है, तू जानता नहीं? असलम हरदयाल को समझाता है।

—वह न बेचारा है न पागल, बेवक़ूफ़ है!

—कुछ भी हो हमारा दोस्त है।

—मुझे नहीं चाहिएँ ऐसे दोस्त!

असलम की आँखें एकदम ख़ाली हो जाती हैं, जैसे उसने दूसरा किनारा देख

लिया हो। थानेदार विश्वे पहलवान को बिठाकर फिर अपनी कुर्सी पर लौट आया है। हकीम ज़हूरबख़्श हिम्मत सिंह से बहस कर रहा है, यानीकि टुंडे लाट से। फल्लो की शूशक किसी लम्बी उँगली सी ऊपर की तरफ़ उठी हुई है। सब लोग सटपटाए हुए से नज़र आते हैं। मंज़ूरे के बाप का हंटर बेतहाशा उसकी पिंडली को पीटे जा रहा है। पीपल के पत्ते सुन्न हैं। दातुनशाह अपने पास खड़े लोगों में दातुनें बाँट रहा है। कुछ लोग लेने से इनकार कर रहे हैं।

—हाज़िरीन, मैं तो इस जलसे में शरीक ही नहीं होना चाहता था। मुझे मालूम था कि अमन की आड़ में यहाँ पाकिस्तान और क़ायदेआज़म की बुराई की जाएगी, मुसलमानों को मुलज़िम ठहराया जाएगा। मुझे मालूम था कि इस अमन कमेटी का असली मक़सद क्या है, कि इसमें हिन्दुओं और सिक्खों का ही ज़ोर है, या उन मुसलमानों का जिन्हें मैं मुसलमान ही नहीं मानता, क्योंकि उन्होंने अपना ईमान बेच डाला है, क्योंकि वह सब...

फल्लो जुलाहिन खड़ी हो जाती है, हकीम का जोश बैठ जाता है। वह एक क़दम उसकी तरफ़ बढ़ाती है, वह एक क़दम पीछे हट जाता है।

—हकीम साहब, आप किसे मुसलमान समझते हैं? अपने आपको? क्योंकि आप नमाज़ पढ़ते हैं, रोज़े रखते हैं? या इसलिए कि आप हिन्दुओं और सिक्खों से नफ़रत करते हैं? ज़रा पता तो चले!

—साहिबेसद्र, इसे...

—सुनाऊँ आपकी असलियत सारे जलसे को?

—साहिबेसद्र, इस औरत को...

—मुझसे नज़र मिलाइए, हकीम साहब, मुझसे! उन्हें क्यों बुला रहे हैं? आपकी नज़र में तो वह भी मुसलमान नहीं। मुझसे बात कीजिए। मैं बताऊँगी आपको आपकी असलियत!

फल्लो अब हकीम की तरफ़ यूँ बढ़ रही है जैसे उसे गले से लगा लेना या उसका गला दबोच डालना चाहती हो। हकीम दाढ़ी खींचता हुआ सा स्टेज से नीचे उतर जाता है।

—मैदान छोड़कर भाग रहे हैं? अपनी असलियत सुनने की ताक़त नहीं आप में?

केशव फल्लो की तरफ़ यूँ देख रहा है जैसे कहना चाहता हो, मुझे सुना दो उसकी असलियत, मुझमें ताक़त है।

हकीम ग़ायब हो गया है, मंज़ूरे का बाप भी। उसकी असलियत भी फल्लो को मालूम होगी। अगर इसने सबकी असलियत सुनानी शुरू कर दी तो सब ग़ायब हो जाएँगे और यह स्टेज पर अकेली खड़ी रह जाएगी। शूशकमार हसीना। बेताज बेगम।

—हकीम असली मुसलमानों को बुलाने गया होगा, हरदयाल धीमी आवाज़ में कहता है।

—नहीं, वह नमाज़ पढ़ने गया है, केशव जवाब देता है।

केशव फिर हमारे पास खिसक आया है। बादशाह फल्लो को बैठ जाने का इशारा कर रहा है, हिम्मत सिंह बादशाह को। जब वे दोनों बैठ जाते हैं तो हिम्मत सिंह खड़ा हो जाता है। हाथ जोड़कर। किसी हट्ट कट्टे महात्मा गाँधी सा। उसके पटे धूप में चमक रहे हैं। जूँही वह बोलने के लिए मुँह खोलता है, बादशाह का घोड़ा हिनहिना उठता है। कुछ लोगों की हँसी छूट जाती है। बादशाह बैठे बैठे ही हुक्म देता है—ख़ामोश! घोड़े की हिनहिनाहट और लोगों की हँसी बीच में ही रुक जाती है।

—हमवतनो! मुझे यह देखकर बेहद ख़ुशी हुई है कि आप हकीम ज़हूरबख़्श और विश्वे पहलवान की बातों पर भड़के नहीं। उनका लहजा लड़ाई का था, प्यार और भाईचारे का नहीं था। अगर आप आनेवाले दिनों में भी इसी तरह शान्त रहे तो हमारे क़स्बे को कोई आँच नहीं आएगी। हमवतनो! मैं आपका ध्यान फिर अमन की तरफ़ लौटाना चाहता हूँ और अमन के देवता महात्मा गाँधी की तरफ़। कितने दुख की बात है कि हम आपस में तकरार करते वक़्त अपने उस बहादुर और बेमिसाल नेता को एकदम भूल जाते हैं जिसने अमन की ख़ातिर अपनी जान की बाज़ी लगा रखी है। जिसकी क़ुर्बानियों के बग़ैर हमें आज़ादी मिल ही नहीं सकती थी। जो हिन्दू मुसलमान में कोई तमीज़ नहीं करता, जिसे क़ुरान भी उतना ही प्यारा है, जितनी कि गीता, गुरुग्रन्थ साहब भी उतना ही अज़ीज़ है जितनी कि बाइबल। जो इस नफ़रत और अफ़रातफ़री के बीचोबीच अमन और भाईचारे का प्रचार कर रहा है। जो कभी कलकत्ते के मुसलमानों को अपने गले से लगा रहा होता है, कभी दिल्ली के मुसलमानों को। जिसने हमें अमन का सबक़ सिखाने के लिए कई बार आमरण व्रत रखा। जिसकी नज़र में हम सब हिन्दुस्तानी हैं। जो पाकिस्तान और तक़सीम के ख़िलाफ़ तो है, लेकिन मारधाड़ के हक़ में नहीं। जो कई बार कह चुका है कि हम सब एक ही पेड़ के पत्ते हैं, कि अगर पेड़ को ही काट दिया जाएगा तो पत्ते कैसे बचे रह जाएँगे! जो कई बार यह पेशकश भी कर चुका है कि मुसलमान सारे देश की हुकूमत अपने हाथों में ले लें, मगर देश के टुकड़े न करें। मैं चाहता हूँ कि आप और सब कुछ भूलकर उस लँगोटिए फ़क़ीर को याद करें, उसका दुख और दर्द पहचानें, उसके बताए हुए रास्ते पर चलने की कोशिश करें। मैं चाहता हूँ कि आप यह न भूलें कि उसी रास्ते पर चलके हमने आज़ादी हासिल की, कि उसी रास्ते पर चलके हम सब आज़ादी की हिफ़ाज़त कर सकेंगे, कि उसी रास्ते पर चलके हम अपने देश की ग़ुरबत को दूर कर सकेंगे। मैं चाहता हूँ कि आप याद रखें कि वह रास्ता सच्चाई और अहिंसा का है, झूठ और नफ़रत का नहीं। मज़हब नहीं सिखाता आपस में बैर रखना, हिन्दी हैं हम वतन है हिन्दोस्ताँ हमारा!

—हिम्मत सिंह! केशव नारा बुलन्द करता है।

—ज़िन्दाबाद! तक़रीबन सब लोग जवाब देते हैं।

—महात्मा गाँधी! हिम्मत सिंह पुकार उठता है।

—ज़िन्दाबाद! तक़रीबन सब लोग जवाब देते हैं।

—हमवतनो! अब मैं इस क़स्बे के अमन की बात करना चाहता हूँ। हकीम ज़हूरबख़्श और विश्वे पहलवान से तो मैं बाद में बात करूँगा ही, आप सबसे यह अपील करना चाहता हूँ कि आप सब अपने दिलों में से नफ़रत को एकदम उखाड़कर बाहर फेंक दें, कि आप सब यह सोचें कि पाकिस्तान बने या न बने, आप सबको यहीं रहना है, कि यहीं आपके घर हैं, यहीं आपकी जड़ें हैं, कि आप सब एक दूसरे को जानते पहचानते हैं, कि आप एक ही पेड़ के पत्ते हैं, एक ही माँ के बेटे हैं। मैं देख रहा हूँ कि मेरा एक मुसलमान भाई कुछ कहना चाहता है। कहो भाई, क्या कहना चाहते हो? बेधड़क होकर कहो!

मैली मलमल की टोपीवाला एक अजनबी अपना हाथ नीचे कर लेता है।

—मैं आपसे यह पूछना चाहता हूँ कि आप पाकिस्तान के हक़ में हैं या नहीं? मेरे सवाल का सीधा सा जवाब दीजिए।

सब लोग हैरानी से उस शख़्स की तरफ़ देख रहे हैं, जिसका लिबास भी अजीब है और लहजा भी। हिम्मत सिंह शायद इस सवाल के लिए तैयार नहीं था। कुछ देर ख़ामोश रहने के बाद ख़स्ता सी आवाज़ में जवाब देता है।

—मैं पाकिस्तान के हक़ में कैसे हो सकता हूँ जब कि मेरा बापू पाकिस्तान के हक़ में नहीं! लेकिन मैं मुसलमानों के ख़िलाफ़ तो नहीं! तुम शायद यह नहीं जानते कि मैं कौन हूँ, किस पार्टी का हूँ?

—मैं सब जानता हूँ। अच्छा यह बताइए कि आप क़ायदेआज़म को अपना लीडर मानते हैं?

—नहीं! मैं गाँधी और नेहरू और आज़ाद और ख़ानबादशाह को ही अपना लीडर मानता हूँ। लेकिन तुम हो कौन? आए कहाँ से हो?

—पहले मेरे सवालों का जवाब दीजिए। नहीं देना चाहते तो साफ़ कह दीजिए, मैं चुप हो जाऊँगा, क्योंकि यह जलसा आप लोगों का है, मैं देख रहा हूँ कि मुसलमान भाई इसमें बहुत कम हैं।

—अफ़सोस की बात है कि तुमने मेरी तक़रीर एक कान से सुनी, दूसरे से निकाल दी, नहीं तो तुम कभी इस तरह की बेहूदा बात न करते।

—ज़ुबानदराज़ी मत कीजिए, साहिब! यह बताइए कि कितने हिन्दू और सिक्ख हैं इस क़स्बे में जो पाकिस्तान को अपना मुल्क और क़ायदेआज़म को अपना रहनुमा मानने के लिए तैयार हैं? मैं सबसे पूछ रहा हूँ। जो शख़्स हाँ में जवाब देना चाहता है, हाथ खड़ा कर दे।

हिम्मत सिंह हक्का बक्का सा खड़ा उस अजनबी की तरफ़ देख रहा है, जैसे उसने जलसा लूट लिया हो। अजनबी की आँखें सारे जलसे की सैर कर रही हैं।

किसी का हाथ उठता न देख वह कुछ कहने जा ही रहा होता है कि केशव अपना हाथ खड़ा कर देता है। जीता झपटकर उसकी बाँह मरोड़ देता है।

—तो साहिबान इतने लोगों में से सिर्फ़ एक हिन्दू ऐसा है जो पाकिस्तान के हक़ में है और उसे भी हाथ खड़ा करने की इजाज़त नहीं!

—नहीं बनेगा पाकिस्तान! केशव चिल्लाकर जीते की तरफ़ देखता है, जैसे कह रहा हो, अब तो ख़ुश है तू?

—और वह एक हिन्दू भी शायद पागल है।

—पागल तेरा बाप होगा! केशव चिल्लाता है। असलम झुककर उसकी पीठ ठोंक देता है।

—अरे भाई, तुम बाहर से आकर क्यों यहाँ हम सबमें फूट डलवा रहे हो? हिम्मत सिंह हारी हुई आवाज़ में पूछता है।

—मैं अपनी मर्ज़ी से तो अपना घर छोड़कर यहाँ नहीं आया? मुझे और मेरे इस मुसलमान भाई को ज़बर्दस्ती ही निकाला गया था वहाँ से! हमारी बीवियों और बेटियों की बेहुरमती की गई वहाँ! किसने की? हिन्दुओं ने। क्यों की? क्योंकि हम मुसलमान हैं। इसी तरह हज़ारों लाखों मुसलमानों को वहाँ से मार भगाया जा रहा है। हर रोज़! हज़ारों लाखों मुसलमान औरतों को बेवा बनाया जा रहा है। हर रोज़! और आप लोग आराम से यहाँ बैठे मौजें उड़ा रहे हैं, जलसे कर रहे हैं, महात्मा गाँधी ज़िन्दाबाद के नारे लगा रहे हैं, पाकिस्तान और क़ायदेआज़म के ख़िलाफ़ ज़हर उगल रहे हैं! और ऊपर से यह शिकायत कि इस क़स्बे का अमन ख़तरे में है? ख़ाक ख़तरे में है!

—पाकिस्तान! बक्का जर्राह यूँ नारा बुलन्द करता है जैसे कोई नश्तर हवा में उछाल रहा हो।

—ज़िन्दाबाद! चार पाँच आवाज़ें जवाब देती हैं।

केशव के मुँह पर हरदयाल का हाथ चिपक गया है।

—क़ायदेआज़म! रहमत क़साई यूँ चिल्लाता है जैसे कोई उसे हलाक कर रहा हो।

—ज़िन्दाबाद! वही चार पाँच आवाज़ें फिर जवाब देती हैं।

केशव हरदयाल का हाथ हटाने की कोशिश कर रहा है।

—नाराएतकबीर! अजनबी मुसलमान इलहामी आवाज़ में चिल्लाता है।

—अल्ला हो अकबर!

केशव हरदयाल का हाथ हटा देने में कामयाब हो गया है।

—बोले सो निहाल! केशव यूँ चिल्लाता है जैसे किसी की नक़ल उतार रहा हो।

—सत सिरी अकाल! तक़रीबन सब लोग जवाब देते हैं। असलम और मैं भी।

—अब तो ख़ुश है तू? केशव हरदयाल से पूछता है।

मैं हैरान हूँ कि विश्वा इतनी गहरी नींद कैसे सो गया? नहीं तो वह भी ज़रूर हरहर महादेव का नारा लगाता। वह अजनबी मुसलमान फिर अपना हाथ खड़ा कर

देता है। अबकी बार हिम्मत सिंह शेरेगुजरात की सी आवाज़ में गरज उठता है।

—मैंने तुम्हें सवाल पूछने की इजाज़त दी थी, तक़रीर करने की नहीं। न ही जलसे में गड़बड़ पैदा करने की। तुम यहाँ के लोगों को आपस में लड़ाना चाहते हो, मज़हब और पाकिस्तान के नाम पर उन्हें भड़काना चाहते हो! तुम झूठ बोल रहे हो कि तुम कहीं से लुट पिटकर यहाँ आए हो। मैं जानता हूँ कि कुछ लोग सारे पंजाब और बंगाल में घूम घूमकर लोगों को गुमराह कर रहे हैं, अफ़वाहें फैला रहे हैं, नफ़रत के बीज बो रहे हैं। उनमें हिन्दू भी हैं, सिक्ख भी, और मुसलमान भी। तुम दोनों भी उन्हीं लोगों में से हो। ऐसे लोगों का न कोई दीन है न ईमान। भाइयो, तुम लोग ऐसे बेईमानों के बहकावे में अगर आ गए तो मैं यही समझूँगा कि मेरी और मेरे बापू की सारी क़ुर्बानियाँ अकारथ ही रहीं। पाकिस्तान बनता है तो बने, तक़सीम होती है तो हो, लेकिन हमें बेवक़ूफ़ नहीं बनना, हम अपने दिलों की तक़सीम नहीं होने देंगे, हम बाहर से आए हुए बलवाइयों की बातों से भड़ककर अपने भाइयों और हमसायों के गले नहीं काटेंगे। हम अपने बापू के दिखाए हुए रास्ते पर अडिग रहेंगे। आप सबको आज यही प्रण लेना है, यही क़सम उठानी है।

—इस क़स्बे के मुसलमान बेग़ैरत हैं। नहीं तो किसी की क्या मजाल थी कि सरे बाज़ार हमें गालियाँ देता।

—झूठ क्यों बोल रहे हो...

—झूठ तुम बोल रहे हो! तुम जो न तो पाकिस्तान के हक़ में हो न क़ायदेआज़म के! चले क्यों नहीं जाते अपने हिन्दुओं और सिक्खों को लेकर अपने हिन्दोस्तान? वहाँ जाकर बैठो अपने बापू के पास! ग़द्दारों के लिए यहाँ कोई जगह नहीं!

—ख़बरदार जो मुझे ग़द्दार कहा तो! थानेदार साहब, आप इसे चुप क्यों नहीं कराते।

—नाराएतकबीर!

—अल्ला हो अकबर!

इस बार सारा जलसा गूँज उठा है। इतने मुसलमान चुपचाप कहाँ से पैदा हो गए? मंज़ूरे का बाप बुला लाया होगा। वह स्टेज के पास खड़ा अपना हंटर चला रहा है। स्टेज पर बैठे लोग आपस में मशविरा कर रहे हैं, बाक़ी सब लोग हिल जुल रहे हैं। हिम्मत सिंह बैठ गया है, बादशाह उठ खड़ा हुआ है।

—ख़ामोश!

सब लोग ख़ामोश हो जाते हैं, बादशाह का घोड़ा हिनहिनाकर अपने मालिक को सलाम करता है।

—ख़ामोश!

घोड़ा भी ख़ामोश हो जाता है। बादशाह ख़ुद काफ़ी देर तक ख़ामोश खड़ा रहता है, जैसे कोई जादू कर रहा हो। शायद उसी जादू के असर से पीपल के पत्ते

खड़खड़ा उठते हैं। बादशाह की दाढ़ी किसी सुर्ख़ झंडे की तरह हवा में लहरा रही है।

—साहिबान, मैं इस जलसे में मौजूद मुसलमानों से मुख़ातिब होना चाहता हूँ, क्योंकि मैं देख रहा हूँ कि उन पर शैतान अपना क़ब्ज़ा जमा रहा है। इस्लाम और पाकिस्तान और क़ायदेआज़म के नाम पर तुम लोग क़त्लेआम करना चाहते हो! तो सबसे पहले तुम्हें मुझे क़त्ल करना होगा, मेरे भाई टुंडे लाट को क़त्ल करना होगा, मेरे वफ़ादार घोड़े को क़त्ल करना होगा, मेरे अज़ीज़ दोस्त यानीकि को क़त्ल करना होगा, मेरी बहन फल्लो जुलाहिन को क़त्ल करना होगा, मेरी बेटी मुमताज़ शान्ति को क़त्ल करना होगा, मेरे भाई हिम्मत सिंह को क़त्ल करना होगा, मेरे सामने बैठे उन मासूम लड़कों की बोटियाँ चबानी होंगी!

बादशाह की उँगली हमारी तरफ़ उठी देख सबकी नज़रें हम पर जम जाती हैं।

—सब हमें घूर रहे हैं, केशव कहता है।

—अब कहीं क़त्लेआम का नारा न लगा देना, हरदयाल उसे हिदायत देता है।

—मैं पागल हूँ?

—मलमल की टोपीवाला वह झूठा मुजाहिद आपको तैश दिला रहा है। मैं उसे नहीं जानता, लेकिन आप सबको अच्छी तरह से जानता हूँ। आप में अच्छे लोग भी हैं और बुरे भी। बुरे मेरी नज़र में वही हैं जो दूसरों से नफ़रत करें, उन्हें नुक़सान पहुँचाना चाहें, उनका बुरा माँगें। ऐसे लोगों की नमाज़ें और रोज़े ख़ुदा भी मंज़ूर नहीं करता। इस्लाम के नाम पर दूसरे मज़हबों के ख़िलाफ़ ज़हर उगलनेवालों का न कोई दीन है न ईमान, न कोई परवरदिगार है, न पैग़म्बर। इस्लाम के नाम पर लूटमार करनेवालों को मैं मुसलमान मानने के लिए तैयार नहीं।

—और हिन्दू धर्म के नाम पर लूटमार करनेवालों को?

—उन्हें मैं हिन्दू मानने के लिए तैयार नहीं। लेकिन इस वक़्त बात मुसलमानों की हो रही है। इस क़स्बे और इलाक़े में अक्सरियत मुसलमानों की है, इसलिए इस सारे इलाक़े और क़स्बे का अमन मुसलमानों के हाथों में ही है, वही उसे क़ायम रख सकते हैं, वही यहाँ क़यामत बरपा कर सकते हैं। हिन्दुओं और सिक्खों को तो अपनी जान के लाले पड़े हुए हैं, वह बेचारे तो चूँचरा भी नहीं कर सकते। और हकीम ज़हूरबख़्श उन्हें धमकियाँ दे रहा है! उसका तो दिमाग़ ख़राब हो गया है जब से वह मुस्लिम लीग का सद्र बना है! पंजनमाज़ी होकर वह ऐसी ऐसी वाहियात बातें करता है कि मुझे शर्म आती है। आप सबको भी आनी चाहिए। आपको चाहिए कि आप अपने हिन्दू और सिक्ख हमसायों को दिलासा दें, उनको ढारस बँधाएँ, क्योंकि ताक़त अब आप लोगों के हाथों में आ रही है। अगर आप उस ताक़त को ज़ुल्म में बदल देंगे तो आप पर ख़ुदा की मार होगी, आप दोज़ख़ में जाएँगे, आपका पाकिस्तान नापाक हो जाएगा। मैं पाकिस्तान के बारे में ज़्यादा नहीं जानता, न ही जानना चाहता हूँ। पाकिस्तान बने न बने मेरी बला से! मैं तो यह जानता हूँ कि मैं उस पाकिस्तान

के हक़ में हरगिज़ नहीं जिसके नाम पर मुसलमानों ने बंगाल और रावलपिंडी में ऐसी ऐसी शर्मनाक हरकतें कीं जैसी कि हैवान भी नहीं कर सकते। अगर पाकिस्तान का मतलब नादिरशाही और गुंडागर्दी है तो मैं पाकिस्तान के ख़िलाफ़ हूँ। अगर इस्लाम का मतलब ज़ुल्म है तो मैं इस्लाम के भी ख़िलाफ़ हूँ। मलमल की टोपीवाला मुजाहिद चाहे तो मुझे सूली पे चढ़ा दे! रही बात क़ायदेआज़म की। मैं उसके बारे में भी ज़्यादा नहीं जानता, न ही जानना चाहता हूँ। लेकिन मैं यह ज़रूर जानता हूँ कि वह आदमी बहुत ज़िद्दी और मग़रूर है। सीधे मुँह महात्मा गाँधी से बात तक नहीं करता। किसी दलील का उस पर असर तक नहीं होता। बरसों से एक ही रट लगा रहा है। उसे यह ख़याल नहीं आता कि मुल्क में ख़ूनख़राबा अगर होगा तो नुक़सान मुसलमानों का भी होगा। बल्कि उनका तो और ज़्यादा होगा, क्योंकि वह तो सारे हिन्दुस्तान में बिखरे पड़े हैं। और उनमें अक्सरियत उन्हीं बेचारों की है जिनके पास तन ढाँकने को थिगलियाँ तक नहीं। लेकिन क़ायदेआज़म को ग़रीबों से क्या वास्ता! वह तो बम्बई में बैठकर वाहीतबाही बोल देता है और बेवक़ूफ़ मुसलमान भड़क उठते हैं। अगर वह सच्चा रहनुमा होता तो वह भी महात्मा गाँधी की तरह बार बार जेल जाता, अपनी कोठी से बाहर निकलकर देखता कि ग़रीब मुसलमान किस हालत में रहते हैं, बंगाल और रावलपिंडी के इलाक़े में जाकर देखता कि उसके पैरोकारों ने क्या क्या गुल खिलाए हैं! मैं ऐसे क़ायदेआज़म के हक़ में नहीं जिसे उर्दू या पंजाबी या बंगाली का एक लफ़्ज़ तक न आता हो, जो देखने में भी अंग्रेज़ हो और बोलने में भी, जो कभी किसी की कोई बात या फ़रियाद ही न समझ सके! आख़िर में मैं एक बार मुसलमानों से यही कहना चाहता हूँ कि वह अपने परवरदिगार से अपने नापाक इरादों और नीयतों के लिए गिड़गिड़ाकर मुआफ़ी माँगें और सोचें कि वह उस पाकिस्तान को लेकर करेंगे क्या जिसकी बुनियाद इन मासूम लड़कों की लाशों पर रखी जाएगी। ख़ुदा के बन्दो, कुछ ख़ौफ़ करो उस ख़ुदा का! याद रखो कि वह हर जगह हर वक़्त हाज़िर नाज़िर है, कि उससे तुम्हारा कोई गुनाह पोशीदा नहीं रह सकता, कि अगर तुमने इन नादान बच्चों पर हाथ उठाया तो क़यामत के दिन उसके क़हर से उसका रसूल भी तुम्हें बचा नहीं सकेगा!

बादशाह बैठ ही रहा होता है कि फल्लो उठ खड़ी होती है। बादशाह की तक़रीर के दौरान उसने शूशक से खेलते खेलते उसे तोड़कर स्टेज के पीछे फेंक दिया था। अब फ़ैसला नहीं कर पा रही कि अपने हाथों का क्या करे। केशव शायद यह सोच रहा है कि बादशाह के लिए नारा लगाए या फल्लो के लिए! कुछ लोग बादशाह की तक़रीर से बहाल होने के लिए अपने सिर झटक रहे हैं, कुछ अपनी आँखें पोंछ रहे हैं। मैली मलमल की टोपीवाले दोनों आदमी ग़ायब हो गए हैं। मंज़ूरे का बाप बदस्तूर अपनी पिंडली को पीट रहा है। बाक़ी मुसलमान काफ़ी कसे हुए से खड़े या बैठे हैं। कोई भी नारा न लगने की वजह से बादशाह की तक़रीर अधूरी सी रह

गई महसूस होती है। फल्लो अपना सारा बोझ एक ही टाँग पर डाले यूँ खड़ी है जैसे तक़रीर करने के बजाय कोई तान निकालने जा रही हो। उसकी आँखों से शरारत के शरारे फूट रहे हैं।

—फल्लो ज़रूर कई गुल खिलाएगी, असलम मेरे कान में कहता है।

—खड़ी सोच क्या रही है?

—यही कि सबसे पहले किस यार की ख़बर ले।

—असलम, इसने किसी सिक्ख से यारी नहीं लगाई कभी?

—हरदयाल के बच्चे, इतना ऊँचा मत बोल।

—हिम्मत सिंह को तू सिक्ख नहीं मानता?

हरदयाल हैरान हो जाता है।

—असलम, अगर उसने कोई मज़ाक की बात कही तो हँसना मत।

—बीरू, तू इसे हँसने से मना क्यों कर रहा है बार बार? केशव पूछता है।

—इसे हकीम ने मना कर रखा है।

—किस हकीम ने?

—हकीम ज़हूरबख़्श ने।

—रोना भी?

—हाँ रोना भी।

—केशव, अब तू ही बता मैं करूँ तो क्या करूँ?

केशव सोच में पड़ जाता है।

—वह खड़ी खड़ी सो तो नहीं गई?

—सो नहीं गई, खो गई है। गुज़रे हुए ज़माने में। अब कर रही है शुरू! हुशियार हो जाओ।

—तुम भी।

—बीरू, मेरा ज़माना गया हुशियारी का।

—सच? केशव पूछता है।

—ख़ुशक़िस्मत हो, जीता कहता है।

—चुप हो जाओ, शुरू कर रही है।

—काश कि मुमताज़ शान्ति भी आ गई होती!

—और शाम प्यारी भी!

—और बा...

असलम बालो का नाम लेते लेते रुक जाता है। जीता उसकी तरफ़ यू देखता है जैसे उसकी जान निकाल लेना चाहता हो।

—जलसे के बाद जीते के घर मजलिस जमाएँगे, मैं असलम के कान में कह देता हूँ।

—तुम लोग चुप भी करोगे?

—वह शुरू तो करे!

बोलने से पहले तोल रही है।

—नख़रे कर रही है।

—बादशाह के घोड़े को नींद आ रही है।

—बादशाह को भी।

—टुंडे लाट को भी।

—मनियारीवाले ग्यानी को भी।

—अब फल्लो ही जगाएगी सबको।

—अपने गुल खिलाकर।

—केशव, तू नारा क्यों नहीं लगा देता?

—मैं पागल हूँ? तू क्यों नहीं...

—फल्लो जुलाहिन! जीता यकायक चिल्ला उठता है।

—ज़िन्दाबाद! हम सब जवाब देते हैं। बाक़ी लोगों को हँसी आ जाती है। फल्लो को भी।

—दोस्तो और अज़ीज़ो, मैं इसी नारे का इन्तज़ार कर रही थी। और यह सोच रही थी कि बादशाह के बाद आपको इस बूढ़ी बेगम में कोई मज़ा नहीं आएगा।

जलसे में हँसी का एक झाँका सा झूम जाता है।

—लेकिन मैं देख रही हूँ कि मेरे क़दरदानों की एक नई पौद पैदा हो गई है।

असलम की हँसी खाँसी में उलझ गई है।

—तुझे मना भी किया था।

—शर्बत पी लो एक घूँट।

अकरम घोड़े की लगाम किसी के हाथ में देकर असलम के पास दौड़ आया है। असलम शर्बत पी लेता है।

—इसी पौद को क़ातिलों के हाथों से बचाने के लिए आज हम यह जलसा कर रहे हैं।

पीपल के पत्तों की देखादेखी लोग तालियाँ बजा देते हैं।

—बेशक इस जलसे में औरतें मौजूद नहीं, लेकिन मैं एक औरत की हैसियत से सबसे पहले अपनी बहनों से ही एक बात कहना चाहती हूँ। मुझे यक़ीन है कि मेरी बात उनके कानों तक पहुँच जाएगी। हमारे क़स्बे की सारी औरतें अगर यह ठान लें कि वह यहाँ कोई फ़ितना फ़साद नहीं होने देंगी तो मर्दों की मजाल नहीं कि वह कोई शरारत या बदमाशी करें। ख़ुदावन्द करीम ने औरत को पैदा ही इसीलिए किया था कि वह मर्द को क़ाबू में रखे। औरत के बग़ैर मर्द बेकार है, वहशी है। इंसानियत का मादा औरत के दिल में मर्द की निस्बत कहीं ज़्यादा होता है, क्योंकि

उसका दिल नर्म होता है, क्योंकि उसके दिल में ममता भरी रहती है। आप एक बूढ़ी बाँझ के मुँह से ममता की बात सुनकर हैरान तो ज़रूर हो रहे होंगे, लेकिन यह बात उस बदनसीब के दिल से निकल रही है, इसका असर आपके दिलों पर हो न हो, मेरी बहनों के दिलों पर ज़रूर होगा। इसीलिए मैं आपसे कुछ कहने से पहले उनसे एक बार फिर कह देना चाहती हूँ कि वह अपनी ताक़त पहचानें, अपने मर्दों को ख़ुदा का ख़ौफ़ दिलाएँ, उन्हें हैवानियत से बचा लें। क्योंकि इस क़स्बे और इलाक़े में अक्सरियत मुसलमानों की है, इसलिए यहाँ अमन क़ायम रखने की ज़िम्मेदारी मुसलमान औरतों पर और ज़्यादा हो जाती है। अगर वह यह बात अपने दिलों में बिठा लें कि वह किसी हिन्दू या सिक्ख औरत की इस्मत और उसका सुहाग लुटने नहीं देंगी, उसके बच्चों को यतीम होने नहीं देंगी, उसके मुँह से रोटी का टुकड़ा छिनने नहीं देंगी तो उनके मर्द अपने आप निहत्थे होकर सीधे रास्ते पर आ जाएँगे। नहीं, मैं ग़लत कह रही हूँ। यह काम इतना आसान नहीं। आजकल सबके दिलों में कदूरत भरी हुई है, सबके दिमाग़ों पर बरबरियत का क़ब्ज़ा है। कोई ठंडे दिल और दिमाग़ से कुछ सोच ही नहीं रहा। लूटमार का लालच सबको है, सब बदले की भूख से पागल हुए जा रहे हैं। अमृतसर में हुए ज़ुल्मों का बदला यहाँ लेना चाहते हैं, यहाँ के ज़ुल्मों का बदला अमृतसर में। इसलिए मैं जिस फ़र्ज़ की बात कर रही हूँ, उसे निभाना आसान नहीं, हम सब जिस सीधे रास्ते की बात कर रहे हैं, उस पर चलना आसान नहीं। इसीलिए यह और भी ज़रूरी हो जाता है कि मेरी बहनें अपने मर्दों के बहकावे में न आएँ, उन्हें धमकी या प्यार या किसी भी तरीक़े से अपने क़ाबू में कर लें ताकि वह वहशियाना हरकतों के नाक़ाबिल हो जाएँ। मैं अपने तजरुबे से जानती हूँ कि औरत चाहे तो मर्द का तख़्ता पलटके रख सकती है, कि मर्द उसकी मर्ज़ी के ख़िलाफ़ कुछ नहीं कर सकता।

जलसा झूम रहा है। मंज़ूरे का बाप भी मुँह बाए फल्लो की तरफ़ देख रहा है, नीली मस्जिद का इमाम भी। बादशाह ने उठकर फल्लो की पीठ ठोंक दी है।

—यह अमन के हक़ में बोल रही है या मर्दों के ख़िलाफ़? केशव शिकायत करता है।

—तू चुप ही रह, हरदयाल कहता है।

—इसे इतनी ज़बर्दस्त उर्दू किसने सिखा दी? मैं पूछता हूँ।

—हकीम ज़हूरबख़्श ने, असलम जवाब देता है।

—और बादशाह ने, जीता जोड़ता है।

—फिर शुरू कर रही है।

—मैं न कहता था यह कई गुल खिलाएगी।

—दोस्तो और अज़ीज़ो! जैसा कि आप सब जानते हैं मैंने हिन्दू और मुसलमान और सिक्ख में कभी कोई तमीज़ नहीं की। इस मुआमले में मैं भी अपने तरीक़े से

महात्मा गाँधी से कम नहीं।

सब लोग हँस उठते हैं।

—मैं इस क़स्बे और इलाक़े की सब चीदा चीदा हस्तियों की असलियत अच्छी तरह से जानती हूँ। इतनी अच्छी तरह से उनकी अपनी बीवियाँ भी नहीं जानती होंगी।

लोग फिर हँस उठते हैं।

—दो तीन को छोड़कर वह सब आजकल मारकाट की तैयारियों में ही जुटे हुए हैं। कोई बरछियाँ जमा कर रहा है तो कोई बन्दूक़ें बाँट रहा है। मैं आज यहाँ उनके नाम नहीं गिनवाऊँगी। उनमें से कुछ इस जलसे में भी मौजूद हैं। मेरी बातों पर हँस तो रहे हैं, लेकिन मैं जानती हूँ कि उनके दिल कितने काले हैं। उनमें हिन्दू भी हैं और मुसलमान भी।

सब लोग सन्नाटे में आ गए हैं।

—सिक्खों को तो भूल ही गई! केशव शिकायत करता है।

—मैं आज अमन के इस जलसे में उन सबको ख़बरदार कर देना चाहती हूँ कि अगर वह अपनी ख़तरनाक और ज़लील हरकतों से बाज़ नहीं आए तो मैं एक एक के घर जाकर उसकी सारी असलियत उसकी बीवी को बता दूँगी, उसका सारा काला चिट्ठा पढ़कर उसे सुना दूँगी। कोई इस बात को गीदड़ भभकी समझने की ग़लती न करे! मैं जो कहती हूँ करके दिखाती हूँ। मैं अमन की ख़ातिर सब कुछ करने पर तुली हुई हूँ।

—फल्लो जुलाहिन! केशव नारा बुलन्द करता है।

—ज़िन्दाबाद! अबकी बार तक़रीबन सब जवाब देते हैं। शायद वह भी जिसकी तरफ़ उसका इशारा था।

—आख़िर में मैं हिन्दुओं और सिक्खों से भी कुछ कहना चाहती हूँ। मैं जानती हूँ कि वह बहुत घबराए हुए हैं। मैं यह भी जानती हूँ कि उनमें से कुछ अपना सामान बाँध रहे हैं, कुछ मुक़ाबले की तैयारियाँ कर रहे हैं। मुझे यह दोनों बातें ख़तरनाक नज़र आती हैं। उनसे मेरी यही दरख़्वास्त है कि वह गुमराह मुसलमानों को कोई बहाना न दें, कि वह हमारे हाथों को मज़बूत करें, कि वह हमारी अमन कमेटी की ताक़त को बढ़ाएँ, कि वह न मुक़ाबले की तैयारियाँ करें, न यहाँ से भागने की।

—तू यह क्यों नहीं कह देती कि वह चुपचाप बैठे रहें क़ुर्बानी के बकरों की तरह!

—पहलवान, तू फिर जाग उठा? चरस उतर गई तेरी? अगर तुझे कुछ कहना है तो यहाँ आके क्यों नहीं कहता? वहाँ खड़ा क्यों ग़ुर्रा रहा है? चिलम उठा ला और हमारे साथ बैठकर आराम से अमन के मसले पर ग़ौर कर।

—तक़रीरों से अमन का मसला हल नहीं होगा!

—तो कैसे होगा? चरस पीने से?

सब लोग हँस पड़ते हैं।

—एक तरफ़ तो तू मुमताज़ शान्ति का भाई बना फिरता है, दूसरी तरफ़ तू हरकतें ऐसी कर रहा है जिनसे सिर्फ़ मुमताज़ शान्ति ही नहीं, हम सब भी तुझसे नाराज़ हैं। तू आख़िर चाहता क्या है? क्या तू यही चाहता है कि इस क़स्बे की भी ईंट से ईंट बज उठे, कि यहाँ भी ख़ून की होली खेली जाए, कि यहाँ भी नंगी औरतों के जुलूस निकाले जाएँ, बच्चों की खोपड़ियाँ नेज़ों पर टँगी दिखाई दें? थानेदार साहब, बोलने दीजिए उसे!

—मुझे इस बात का फ़ख़र है कि मुमताज़ शान्ति मुझे अपना भाई मानती है। फल्लो, मैं तो तेरा भी भाई ही हूँ। तू समझती है कि मुझे इस क़स्बे से मुहब्बत नहीं? तू समझती है कि इस क़स्बे की तबाही से मुझे दुख नहीं होगा? तू जानती नहीं कि इस क़स्बे और आसपास के देहात के कितने मुसलमान मेरे शागिर्द रह चुके हैं? कितने अभी तक मेरे जिगरी दोस्त हैं? मैं तो उन हिन्दुओं में से भी नहीं जो मुसलमानों के हाथों का खाते पीते नहीं, उनसे तरह तरह के परहेज़ करते हैं। मैं तो महाबीर दल में भी मजबूरन भर्ती हुआ हूँ। फल्लो, तुझे क्या बताऊँ इस भरे जलसे में कि मुझ पर आजकल क्या बीत रही है! मैं आजकल चरस नशे के लिए नहीं पीता, सिर्फ़ अपना ग़म ग़लत करने के लिए पीता हूँ। मुझे तो पीपल का यह पेड़ ही सारी उम्र चैन नहीं लेने देगा कहीं और!

पहलवान का गला भर आया है।

—पहलवान, मैं सब जानती हूँ। अमन कमेटी के दूसरे सब लोग भी। इसीलिए तो हमने तुझे जलसे में शिरकत करने के लिए ख़ास दावत दी थी। बल्कि तेरी मिन्नतें की थीं। बोल, की थीं या नहीं? लेकिन तूने न जाने क्यों इनकार कर दिया!

विश्वा कुछ देर ख़ामोश रहता है।

—भरत मिलाप हो रहा है! हरदयाल फुसफुसाता है।

—मैंने इनकार इसलिए नहीं किया था कि मैं अमन नहीं चाहता या मुझे तुम लोगों की दयानतदारी पर शक है।

—तो फिर क्यों किया था?

—इसलिए कि मैं हिन्दुओं और सिक्खों को इस भुलावे में नहीं रखना चाहता कि उनकी जानें, जायदाद और इज़्ज़त यहाँ महफ़ूज़ हैं।

—हम उन्हें इस भुलावे में रखना चाहते हैं? अगर यह बात होती तो हम यह जलसा क्यों करते? तू अगर गहरी नींद सो न गया होता तो तुझे पता चल जाता कि हम सब आगाह हैं कि इस क़स्बे का अमन ख़तरे में है।

—फल्लो, 'अमन ख़तरे में है' कह देने से वैसी दहशत नहीं होती जैसी कि यह कहने से कि हिन्दुओं और सिक्खों की जानें ख़तरे में हैं, उनकी बहू बेटियों की इज़्ज़त ख़तरे में है, उनकी जमा जायदाद ख़तरे में है। बल्कि मैं तो यह कहूँगा कि साफ़ साफ़ लफ़्ज़ों में सबको यह सुना देना चाहिए कि आसपास के देहात के

सब मुसलमान इस क़स्बे के कुछ मुसलमानों से मिलकर हिन्दुओं और सिक्खों का क़त्लेआम करने पर तुले हुए हैं, उनके घरों को आग लगाने पर तुले हुए हैं, उनकी बेटियों को भगा ले जाने पर तुले हुए हैं।

—इस लच्छेदार ज़ुबान का फ़ायदा?

—यही कि किसी को कोई भुलावा तो नहीं रहेगा! जो लोग अपनी जान बचाने के लिए कहीं और भाग जाना चाहते हैं, भाग तो सकेंगे वक़्त से।

—तू क़स्बे को ख़ाली करवाना चाहता है?

—नहीं। लेकिन मैं यह भी नहीं चाहता कि लोग इस भरोसे पर बैठे रहें कि अमन कमेटी उनके जान और माल की हिफ़ाज़त कर सकेगी।

—तू अफ़रातफ़री फैलाना चाहता है!

—फल्लो, तू समझ क्यों नहीं रही मेरी बात? जान बूझकर नादान क्यों बन रही है? मैं कितनी बार और कहूँ कि मैं किसी को किसी भुलावे में नहीं रखना चाहता?

—न रख भुलावे में लेकिन भड़का तो मत!

—भड़का कौन रहा है? मैं बेवक़ूफ़ हूँ? मैं नहीं जानता कि भड़कने भड़काने से हमें कोई फ़ायदा नहीं होगा? मैं नहीं जानता कि मुसलमान बहाने ढूँढ़ रहे हैं? मैं नहीं जानता कि सारी पोलीस उनके साथ है? मैं नहीं जानता कि मलमल की टोपियोंवाले नक़ली मुल्ला दिल्ली और लखनऊ से आ आकर उनका दिमाग़ ख़राब कर रहे हैं? मैं नहीं जानता कि सारे सूबे में क्या क्या हो रहा है? मैं यह सब जानता हूँ। मैं और भी बहुत कुछ जानता हूँ! लेकिन मैं यह मानने के लिए तैयार नहीं कि हिन्दू और सिक्ख मेमने बने बैठे रहें और अपने बचाव के लिए कुछ भी न करें। अब आई समझ में मेरी बात? तू मुझे यह बता कि अमन कमेटी उनके बचाव के लिए तक़रीरों के अलावा करेगी क्या? कौन से अमली क़दम उठाएगी?

फल्लो लाजवाब सी हो गई दिखाई देती है। झुककर हिम्मत सिंह और यानीकि से मशवरा कर रही है। बाक़ी लोगों में भी चेहमेगोइयाँ शुरू हो गई हैं। थानेदार विश्वे को बैठ जाने के लिए कह रहा है, उसके चेले खड़ा रहने के लिए।

—पहलवान ने तो कमाल कर दिया!

—फल्लो ने भी।

—उसने तो सबको मात करके रख दिया!

—ऐसे बातें कर रहे थे जैसे मसानवाले कुएँ पर बैठे हों!

—यही तो कमाल है! समाँ बाँध दिया दोनों ने!

—जलसे के बाद हम भी जीते के घर बैठकर समाँ बाँधेंगे।

—क़स्बे का अमन ख़तरे में है और इसे समाँ बाँधने की सूझ रही है!

—इसीलिए तो, केशव। फिर न जाने हम सब इकट्ठे हो भी सकेंगे या नहीं!

केशव सोच में पड़ जाता है।

—हिम्मत सिंह क्यों उठ खड़ा हुआ?

—बहुत हारा हुआ नज़र आता है बेचारा!

—पान की तलब लग रही होगी उसे।

—पानों से तो उसकी जेबें भरी रहती हैं।

—शुरू कर रहा है।

—ख़ामोश! बादशाह गरजता है।

—हमवतनो, मैं दोबारा बोलना नहीं चाहता था। लेकिन विश्वे पहलवान ने जो सवाल उठाया है उसका जवाब देना ज़रूरी है। यह सवाल बहुत बुनियादी है। उसका जवाब भी बुनियादी ही होना चाहिए। सवाल यह है कि इस क़स्बे के हिन्दू और सिक्ख क्या करें?

—वह तो जो करेंगे सो करेंगे, सवाल यह है कि आप लोगों की अमन कमेटी क्या करना चाहती है, तक़रीरों के अलावा?

—मैं पहलवान से अपील करना चाहता हूँ कि वह मुझे टोके नहीं। मैं उसका सवाल समझ गया हूँ, वह अब मेरा जवाब समझने की कोशिश करे।

विश्वा पहलवान बैठ जाता है। अगर उसने फिर अपना ग़म ग़लत करना शुरू कर दिया तो हिम्मत सिंह का जवाब बेकार चला जाएगा।

—हमवतनो! आप सोच रहे होंगे कि हिम्मत सिंह आज इस बुझे हुए लहजे में क्यों बोल रहा है, कि उसकी आवाज़ आज इतनी उदास क्यों है! तो ज़रा ग़ौर से सुनिए मेरी बात। मैं आज उदास इसलिए हूँ क्योंकि मेरे वतन के टुकड़े हो रहे हैं, मेरे हमवतनों के दिलों के टुकड़े हो रहे हैं। उधर हमें आज़ादी मिल रही है, इधर हम उसे बर्बाद कर देने पर आमादा नज़र आते हैं। अंग्रेज़ों को तो हमने अपने देश से निकाल दिया, नफ़रत को हमने अपने दिलों से नहीं निकाला। मैं उदास इसलिए हूँ कि वही नफ़रत आज नंगी होकर हमारे सामने नाच रही है और हम शर्म से सिर झुका लेने के बजाय अश अश कर रहे हैं। अहिंसा के जिस प्यारे और पाक हथियार से हमने आज़ादी हासिल की, उसे एक तरफ़ फेंककर हमने कई ख़ूँख़्वार और नापाक हथियार अपने हाथों में उठा लिए हैं। मैं आज उदास इसलिए हूँ कि मेरे हमवतन आज अपने बापू को भूल गए हैं, उसकी तपस्या को भूल गए हैं, उसके बताए हुए रास्ते को भूल गए हैं। मैं आज उदास इसलिए हूँ कि मुझसे अपने हमवतनों की हैवानियत देखी नहीं जाती, कि मुझसे अपने बापू का दुख देखा नहीं जाता।

—सरदार हिम्मत सिंह! विश्वा पहलवान नारा बुलन्द करता है।

—ज़िन्दाबाद!

—महात्मा गाँधी!

—ज़िन्दाबाद!

—हमवतनो, विश्वा पहलवान बिल्कुल ठीक कह रहा है कि ख़ाली तक़रीरों

से काम नहीं चलेगा। अगर हम अपने क़स्बे को तबाही से बचाना चाहते हैं तो हमें ठोस अमली क़दम उठाने होंगे। तक़रीरें तक़रार से बेहतर तो हैं, किरदार से बेहतर हरगिज़ नहीं। मुझे अल्लामा इक़बाल का एक शेर याद आ रहा है। इक़बाल बड़ा उपदेशक है, मन बातों से मोह लेता है। गुफ़्तार का ग़ाज़ी वह भी बना, किरदार का ग़ाज़ी बन न सका!

सब लोग झूम झूमकर तालियाँ बजा रहे हैं। पीपल के पत्ते भी। बादशाह का घोड़ा खुर मार मारकर अपनी ख़ुशी दिखा रहा है।

—हमवतनो, आज हम सब बहुत कड़े इम्तिहान से गुज़र रहे हैं। अगर हम कामयाब हो गए तो आनेवाली नस्लों को हम पर फ़ख्र होगा, अगर हम फ़ेल हो गए तो वह हम पर लानतें बरसाएँगी। सो, अगर हम किरदार के ग़ाज़ी बनना चाहते हैं तो हमें फिर से वही हथियार अपने हाथों में उठा लेना होगा, जिसने हमें आज़ादी दिलाई, तो हमें फिर उसी रास्ते पर साबितक़दम हो जाना होगा, जिस पर चलकर हम यहाँ तक पहुँचे। मेरा इशारा अहिंसा के हथियार की तरफ़ है, सत्याग्रह के रास्ते की तरफ़ है। विश्वे पहलवान ने सवाल उठाया है कि हमारी अमन कमेटी हिन्दुओं और सिक्खों के बचाव के लिए क्या करेगी? पहली बात तो यह कि अमन कमेटी हमारी नहीं, आप सबकी है।

—अमन कमेटी! केशव नारा लगाता है।

—ज़िन्दाबाद!

—तू चुप नहीं रह सकता? हरदयाल उसे झिड़क देता है।

—यह वक़्त चुप रहने का नहीं, अमन कमेटी को सहयोग देने का है।

—तू तो पागल है, पागल!

—मैं अमन कमेटी का मेम्बर हूँ, अमन का दीवाना हूँ। तू पागल और दीवाने का फ़र्क़ नहीं जानता।

हरदयाल हँस देता है।

—यह वक़्त हँसने का नहीं, हिम्मत सिंह की मदद करने का है।

हम सब हँस देते हैं।

—ख़ामोश! बादशाह गरज उठता है।

—हमवतनो! अगर आप लोग पूरी ईमानदारी से अमन कमेटी को सहयोग देंगे, हमारी मदद करेंगे, हमारे सुझावों को अमली जामा पहनाएँगे तो हम यक़ीनन अपने नेक इरादों में कामयाब हो जाएँगे। अगर आप किनारे खड़े हमारी खिल्ली उड़ाते रहेंगे, नुक़्ते निकालते रहेंगे, बहाने बनाते रहेंगे तो यक़ीनन अमनदुश्मन ताक़तें अपने नापाक इरादों में कामयाब हो जाएँगी। सीधी सी बात है, सीधा सा चुनाव है। आपको चाहिए कि इस पर ठंडे दिमाग़ और सच्चे दिल से ग़ौर करें।

—अमन के दुश्मन! केशव नारा लगाता है।

—मुर्दाबाद!

इस बार मंज़ूरे का बाप, रहमत क़साई, बक्का जर्राह, साइकलवाला मौलवी, उसका बेटा, मनियारीवाला ग्यानी, विश्वा पहलवान, प्रेमा पानवाला, अकरम, दारी बज़ाज़, दातुनशाह, थानेदार...यानीकि सब लोग नारे में शामिल हो जाते हैं। केशव इतना ख़ुश नज़र आता है कि मैं उसका हाथ पकड़ लेता हूँ, ताकि वह उठकर इधर उधर दौड़ना न शुरू कर दे।

—तू फ़िकर न कर, बीरू। यह वक्त दौड़ने का नहीं, बैठकर हिम्मत सिंह की तक़रीर सुनने का है।

मैं उसका हाथ छोड़ देता हूँ।

—अब एक नारा केशव के लिए भी हो जाए, जीता शायद अपने आपको ही सुझा रहा है।

—ख़बरदार! मैं लीडर नहीं, ख़ुदाई ख़िदमतगार हूँ।

—हिम्मत सिंह फिर शुरू कर रहा है।

—हमवतनो! आपको याद होगा कि बापू ने अकेले ही नोआखली का दौरा करके लाखों हिन्दुओं को बचा लिया था, लाखों मुसलमानों के दिल बदल डाले थे। और अब वह लाखों मुसलमानों को बचाने और लाखों हिन्दुओं के दिल बदल डालने के लिए कलकत्ते जाने के लिए तैयार हो रहा है। अकेला। दूसरे लीडर कुर्सियों के लिए आपस में लड़ रहे हैं, वह अमन के लिए अपनी जान ख़तरे में डाल रहा है। मैं जानता हूँ कि बापू बड़ा आदमी है। शायद दुनिया भर में सबसे बड़ा आदमी। मैं जानता हूँ कि हम उसकी बराबरी नहीं कर सकते। लेकिन जो काम उसने इतने बड़े पैमाने पर कर दिखाया है, वही क्या हम इस क़स्बे में एक छोटे से पैमाने पर नहीं कर सकते? ज़रूर कर सकते हैं! और कोई चारा हमारे पास है ही नहीं। मुक़ाबले की बात हर लिहाज़ से ग़लत है! असूलन भी और असलन भी। ईंट का जवाब पत्थर से देने का इरादा ही नहीं होना चाहिए। बुराई का मुक़ाबला बुराई से किया ही नहीं जा सकता। इसीलिए मैं कहता हूँ कि हिन्दुओं और सिक्खों की हिफ़ाज़त हथियारों से नहीं होगी, अहिंसा से ही होगी। इसलिए मैं कहता हूँ कि हिन्दू और सिक्ख मुक़ाबले का ख़याल छोड़कर मुहब्बत का रास्ता अपनाएँ, कि उसी से वह अपने मुसलमान भाइयों के दिलों तक पहुँच सकेंगे। बहुत से मुसलमान भाई हमारे साथ हैं, बहुत सों ने हमारा साथ देने का वायदा किया है, बाक़ियों को हम अपने ख़ुलूस से अपनी तरफ़ खींच लेंगे। मुझे पूरा भरोसा है कि बापू का रास्ता ही हमारा असली रास्ता है, कि उसी रास्ते से हम अपनी मंज़िल पर पहुँच सकेंगे। बादशाह और फल्लो और मैं कल से ही आसपास के देहात का दौरा करना भी शुरू कर देंगे। वहाँ से भागकर यहाँ आ जाने के ख़्वाहिशमन्द भाइयों को हम यही सुझाव देंगे कि वह अपने घरों को न छोड़ें। यहाँ से भागकर कहीं और चले जाने के ख़्वाहिशमन्द भाइयों को भी यही

कहेंगे कि वह यहीं जमे रहें। भागमभागी अगर एक बार शुरू हो गई तो बन्द नहीं हो सकेगी। भेड़चाल का मुक़ाबला नामुमकिन होगा। बापू भी बार बार यही कह रहा है, पंडित नेहरू भी। मैं आपको यक़ीन दिलाता हूँ कि अपने एक एक मुस्लिम भाई के घर जाकर हम उससे अमन की भीख माँगेंगे। उससे पूछेंगे कि वह अपने फ़ुलाँ दोस्त या हमसाए का गला किस हाथ से काटेगा, अपने फ़ुलाँ दोस्त या हमसाए की बीवी या बेटी की बेहुरमती किस हाथ से करेगा। आप सब इस गदागरी में हमारी मदद कर सकते हैं। ख़ास तौर पर नौजवान लोग। और अमली क़दम भी उठाए जाएँगे। इस जलसे के फ़ौरन बाद एक छोटा सा इजलास और होगा। डॉक्टर अल्ला दित्ते की कोठी पर। उसमें हकीम ज़हूरबख़्श और विश्वा पहलवान और सरदार के स्कूल के हेडमास्टर को भी बुलाया गया है। और कई लोगों को भी। अगर वह लोग अपने आप नहीं आएँगे तो हम लोग उन्हें अपने कन्धे पर बिठाकर ले जाएँगे।

सब लोग तालियाँ बजा देते हैं। हिम्मत सिंह की उदासी दूर होती जा रही है।

—उस छोटे इजलास में सारे मसले पर फिर ग़ौर किया जाएगा, सारे सुझावों को सँवारा निखारा जाएगा, अमन के दुश्मनों की फ़हरिस्तें बनाई जाएँगी, ताकि हम उनके दिल बदलने के लिए पूरी पूरी कोशिश कर सकें। उस इजलास में किए गए फ़ैसले अगले जलसे में आपके सामने रख दिए जाएँगे। मैं ज़्यादा तफ़सील में नहीं जाना चाहता। मेरा दोस्त यानीकि बेक़रार हो रहा है। अपनी तक़रीर से आपके दिलोदिमाग़ को तरोताज़ा करने के लिए।

लोगों की हँसी छूट जाती है, यानीकि की छींक।

—लेकिन साथियो, बैठने से पहले एक बुनियादी बात फिर दोहरा देना चाहता हूँ, ताकि वह आपके सीनों पर नक़्श हो जाए। अगर आप बर्बादी से बचना चाहते हैं तो आपके हाथों में एक ही हथियार होना चाहिए, अहिंसा का; आपके दिलों में एक ही जज़्बा होना चाहिए, प्यार का; आपके दिमाग़ों में एक ही चिन्ता होनी चाहिए, अमन की! बस मैं और कुछ नहीं कहना चाहता। जय हिन्द!

—सरदार हिम्मत सिंह! विश्वा पहलवान मुक्का बाँधकर नारा लगाता है।

—ज़िन्दाबाद!

—शेरेगुजरात!

—ज़िन्दाबाद!

—हमारा क़स्बा!

—ज़िन्दाबाद!

—अमन के दुश्मन!

—मुर्दाबाद!

हिम्मत सिंह बैठ गया है। एक हाथ पटों पर फेर रहा है, एक पेट पर। एक आँख से दूसरे लोगों को देख रहा है, एक से स्टेज पर बैठे अपने साथियों को। लोग

हिल जुल रहे हैं, बातें कर रहे हैं। जलसा जश्न में बदल गया दिखाई देता है, लोग नाबालिग लड़कों में।

—हिम्मत सिंह ने भी कमाल कर दिया आज!

—असलम, वह तो हमेशा ही करता है।

—लेकिन केशव, आज तो उसने विश्वे पहलवान को भी जीत लिया। और कई कट्टर मुसलमानों को भी।

—मुझे भी, हरदयाल कहता है।

—मुझे भी, जीता जोड़ता है।

—मैं तो ख़ैर पहले ही उसकी तरफ़ था, केशव कहता है।

—मैं भी, मैं कहता हूँ।

—मैं भी, असलम कहता है।

—लेकिन असलम, उसे आख़िर में 'जय हिन्द' नहीं कहना चाहिए था।

—तो क्या कहता? जय पाकिस्तान? हरदयाल पूछता है।

—मुसलमान नाराज़ हो जाएँगे।

—नहीं होते केशव, तू फ़िकर न कर।

—कैसे न करूँ? मेरे दिमाग़ में तो एक ही चिन्ता है, अमन की!

—आज तो यह भी कमाल कर रहा है, हरदयाल हँसते हुए कहता है।

—केशव, अब पागलपन का पाखंड छोड़ ही दे तू, जीता जोड़ देता है।

—पागलपन के बहाने सबको दिखा लिया, और क्या चाहता है तू? अब यह कच्छा उतार ही दे।

—उतार कैसे दूँ? वह तो मेरी वर्दी है।

—केशव, तू बहुत बदमाश हो गया है!

—असलम, मेरे हाथ में एक ही हथियार है, अहिंसा का!

हम सब हँस पड़ते हैं, केशव हैरानी से हमें देखता रहता है।

—केशव, तुझे अपनी बातों पर हँसी नहीं आती?

—मैं पागल हूँ?

—अच्छा यह बता बुरी आदत छोड़ दी कि नहीं?

—कौन सी बुरी आदत?

—अब और भी लगा ली क्या?

—कौन सी?

—हाथ चलाने की।

—नहीं।

—आजकल दिन में कितनी बार करता है?

—हरदयाल तो पागल हो गया है अमृतसर जाकर! अब मैं इसके लिए हिसाब

रखता फिरूँगा?

—मेरे लिए नहीं, अपने लिए।

—क्यों?

—अच्छा यह बता अब भी माँ के सामने नंगा ही नहाता है? जीता पूछता है।

—नहीं।

—क्यों?

—माँ को शर्म आती है।

—तुझे नहीं आती?

—नहीं।

—अच्छा यह बता कि अगले साल इम्तिहान में बैठेगा या नहीं? हरदयाल पूछता है।

—नहीं।

—क्यों?

—मेरे सामने अब एक ही इम्तिहान है, अमन का!

हम फिर हँस पड़ते हैं, वह फिर हैरानी से हमारी तरफ़ देखना शुरू कर देता है।

—इसका अब कुछ पता नहीं चलता कि यह अपना मज़ाक उड़ा रहा है या हमारा, हरदयाल कहता है।

—इसका अब कुछ पता नहीं चलता कि यह मसख़रा है या मूरख, जीता जोड़ता है।

—अच्छे मसख़रे की सबसे बड़ी ख़ूबी यही होती है, असलम फ़ैसला सुनाता है।

—मैं मसख़रा नहीं।

—ख़ामोश!

बादशाह का फ़रमान सारे शोर के ऊपर लहरा रहा है।

—सदारत बादशाह कर रहा है या टुंडा लाट? जीता पूछता है।

—टुंडे लाट को तो पता नहीं साँप क्यों सूँघ गया है? न वह ख़ुद हिल रहा है, न उसके ठूँठ।

—उनको तो उसने दबाकर रखा हुआ होगा।

—लेकिन बोल क्यों नहीं रहा?

—क्योंकि किरदार का ग़ाज़ी बन गया है।

—शाबाश केशव! असलम कहता है।

—यह हरामी पागल क्या हुआ है, इसे तो पर लग गए हैं! हरदयाल कहता है।

—मैं पागल नहीं, हरामी हूँ।

—तू पागल भी है, हरामी भी।

—ख़ामोश! बादशाह फिर गरजता है।

—यानीकि खड़ा हो गया है।

—यह दिन ब दिन ठिगना होता जा रहा है।

—क़ुरान पाक में लिखा है कि ठिगनों के दिमाग़ का कोई ठिकाना नहीं होता।

—असलम, किसी दिन तुझे कोई मुल्ला मार डालेगा।

—मरे को मारे शाह मदार!

—असलम, यह शाह मदार कौन था? केशव पूछता है।

—यानीकि कुछ कह रहा है।

—मुँह ही मुँह में।

—न जाने क्या शोशा छोड़ेगा।

—यानीकि!

—ज़िन्दाबाद! सब लोग हँसी ख़ुशी जवाब देते हैं।

—केशव, एक बार फिर।

—यानीकि!

—ज़िन्दाबाद!

—केशव, एक बार फिर।

—मैं पागल हूँ?

केशव यकायक तिलमिला उठा है। हम सब हकबका जाते हैं। उसकी आवाज़ ज़रूर यानीकि के कानों तक पहुँच गई होगी। वह सीधा हमारी तरफ़ देख रहा है। कुछ लोग और भी। मैं आँखें बन्द कर लेता हूँ। अमन के दुश्मनों और दंगों की कल्पना करता हूँ तो स्याही के सैलाब में कोई सूरत साफ़ नज़र नहीं आती। जैसे कोई काला सपना बिखर बिगड़ रहा हो। आँखें खोलकर देखता हूँ तो यक़ीन नहीं आता कि क़ातिलों और ज़ानियों से घिरा हुआ हूँ। अब तो विश्वा भी अमन का दोस्त बन गया। यानीकि की तक़रीर से शायद मंज़ूरे का बाप भी मोम हो जाए। दिल क्या सचमुच बदल जाते हैं? बक्का जर्राह और रहमत क़साई क्या सचमुच बरछियाँ और भाले जमा कर रहे हैं? बाबा कहते हैं कि बक्के जर्राह ने क़सम उठाकर वायदा किया है कि वह हमें अपने घर में पनाह देगा। भूसे की कोठरी में। माँ को यक़ीन नहीं आता। वह कहती है कि वह हम सबको ज़बर्दस्ती मुसलमान बना देगा। जानती नहीं कि मैं तो अब भी आधा मुसलमान हूँ। कई बार कलमा पढ़ चुका हूँ। कई बार असलम के घर सब कुछ खा पी चुका हूँ। मुझे तो मुसलमानों की महक भी अच्छी लगती है।

—बीरू, तू भी यानीकि की तरह गहरे में उतर गया?

—हाँ असलम।

—क्या सोच रहा था?

—अपने अंजाम के बारे में।

—मैं भी।

—तुम दोनों तो पागल हो, केशव कहता है।

—केशव, आहिस्ता बोल, यानीकि सब सुन रहा है।

—उसने तो टिकटिकी ही बाँध दी।

—अब तू ही उसकी टिकटिकी तोड़ सकता है, कोई नारा लगाकर।

—मैं पागल नहीं!

यानीकि शायद केशव के इसी इनकार का इन्तज़ार कर रहा था। एड़ियाँ उठाकर तक़रीर शुरू कर देता है। सबके कान खड़े हो जाते हैं। बादशाह के घोड़े के भी।

—अज़ीज़ेमन, पागल न तुम हो, न तुम्हारे दोस्त। न मैं हूँ, न मेरे साथी। पागल तो दरअसल वही सब हैं जिनकी वजह से यह जलसा हो रहा है, जिनकी वजह से मैं यहाँ खड़ा यह तक़रीर कर रहा हूँ, जिनकी वजह से बादशाह अपनी इबादत छोड़कर हमारे बीच बैठा अपना क़ीमती वक़्त ज़ाया कर रहा है, जिनकी वजह से फल्लो जुलाहिन अपने मवेशी किसी के हवाले करके इस जलसे में शामिल हो रही है, जिनकी वजह से टुंडा लाट अपनी अनमोल घड़ी को भूलकर इस जलसे की सदारत कर रहा है। यानीकि गिनती के कुछ लोगों को छोड़कर इस क़स्बे के सारे बाशिन्दे पागल हैं। यानीकि जो पागल नहीं, वह बेवक़ूफ़ हैं। मैं उन गिनती के लोगों के नाम नहीं गिनवाना चाहता, क्योंकि मुझे ख़तरा है कि अपनी तारीफ़ सुनकर वह भी बाक़ियों की तरह पागल या बेवक़ूफ़ हो जाएँगे। यानीकि पागलों में वह लोग भी हैं जो इस जलसे में मौजूद हैं और वह भी जो अपने घरों में घुसे इस क़स्बे में मारकाट मचाने के मनसूबे बाँध रहे हैं या मारकाट से बचने के लिए यहाँ से भाग जाने के इरादे। मैं इतनी देर तक टिकटिकी बाँधकर इन मासूम बच्चों की तरफ़ इसीलिए देखता रहा कि कहीं इनकी टोली में भी कोई बेवक़ूफ़ या पागल न छुपा बैठा हो। यह एलान करते हुए मुझे बेहद ख़ुशी हो रही है कि मेरी तफ़्तीश के मुताबिक़ यह बच्चे अमन और इत्तहाद के सच्चे सिपाही हैं। इन्हें न पाकिस्तान से कोई वास्ता है, न हिन्दुस्तान से। ख़ासतौर पर ऐसे पाकिस्तान और हिन्दुस्तान से जिसकी जड़ें ख़ून से सींची जा रही हैं। यानीकि यह सब मेरी टिकटिकी के कड़े इम्तिहान में पास हो गए हैं। काश कि मैं इस जलसे में मौजूद बाक़ी सब लोगों के बारे में भी यही एलान कर सकता! बाइबल में एक जगह लिखा है कि आपको सच्चाई दूध पीते बच्चों के मुँह से ही सुनाई देगी। यही बात गीता और ग्रन्थ साहब और क़ुरान में भी कहीं न कहीं ज़रूर लिखी होगी। बेशक यह लड़के दूध पीते बच्चे नहीं, लेकिन बाल की खाल उतारने का कोई फ़ायदा नहीं होता। यानीकि मैं इन मासूमों की मिसाल देकर उन मूर्खों के सिर झुका देना चाहता हूँ जिन्हें उनके झूठे रहनुमाओं ने गुमराह कर दिया है। यानीकि मैं उन सबको खरी खरी सुनाना चाहता हूँ जिनके दिलों में खोट भरा हुआ है और दिमाग़ों में भूसा। यानीकि सबसे पहले मैं उन ख़ूनचूस और सूदख़ोर साहूकारों को लताड़ना चहता हूँ जिनकी तिजोरियाँ हराम की कमाई से अटी पड़ी हैं। और उसके बाद उन

बड़े बड़े ज़मींदारों को जो पाकिस्तान को बहाना बनाकर उन साहूकारों की हराम की कमाई पर अपना क़ब्ज़ा जमा लेना चाहते हैं। और उसके बाद उन बदमाशों को जिनका कोई दीन ईमान नहीं और जो इस क़स्बे में अफ़रातफ़री और नफ़रत सिर्फ़ इसलिए फैला रहे हैं ताकि उन्हें पराई औरतों पर दस्तदराज़ी का मौक़ा मिल सके। और उसके बाद उन हैवानों को जो अपनी हवस पूरी करने के लिए ही मज़हब का सहारा ले रहे हैं। और आख़िर में उन बेवक़ूफ़ों को जो झूठे जोश में आकर हमेशा यह भूल जाते हैं कि उनके हाथ अब भी ख़ाली हैं और पाकिस्तान बन जाने के बाद भी ख़ाली ही रहेंगे, कि सब साहूकार और ज़मींदार और बदमाश और हैवान और रहनुमा अब भी उन्हें उल्लू बना रहे हैं और पाकिस्तान बन जाने के बाद भी उन्हें उल्लू ही बनाते रहेंगे। यानीकि मेरी लताड़ से बहुत कम लोग बचे रह जाएँगे। यानीकि गिनती के चन्द लोग, जिनके नाम मैं नहीं गिनवाना चाहता।

—यानीकि! केशव नारा लगाता है।

—ज़िन्दाबाद! गिनती के कुछ लोग जवाब देते हैं।

—केशव, यह नारा तूने ग़लत मौक़े पर लगाया, हरदयाल शिकायत करता है!

—मैं जानता हूँ, लेकिन उसकी हिम्मत बँधाने के लिए यह ज़रूरी था।

—केशव ठीक कह रहा है, असलम उसकी पीठ ठोंकता है।

—अच्छा, अब सुनो, वह फिर शुरू कर रहा है।

—कई लोग उठ रहे हैं, जीता कहता है।

—उठने दो। वह सब बेवक़ूफ़ हैं।

—यानीकि अगर इसी तरह सबको लताड़ता रहा तो गिनती के कुछ लोगों को छोड़ बाक़ी एक एक करके उठ जाएँगे।

—उठ जाएँ, मैं नहीं उठूँगा। मैं अमन का सच्चा सिपाही हूँ।

यानीकि ने एड़ियाँ फिर उठा ली हैं। वह बोलने से पहले मुँह पपोल ही रहा होता है कि हिम्मत सिंह उठकर उसके कान में कुछ कह देता है।

—हिम्मत सिंह उसे कह रहा होगा कि वह सबको न लताड़े, हरदयाल अन्दाज़ा लगाता है।

—लेकिन वह बाज़ नहीं आएगा, जीता कहता है।

—उसे बाज़ आना भी नहीं चाहिए, केशव कहता है।

—साहिबान, मेरे भाई हिम्मत सिंह को यह डर है कि आपको मेरी खरी खरी अखर जाएगी। वह चाहता है कि मैं चालाकी से काम लूँ। लेकिन मैं मुँहफट आदमी हूँ। इस बुढ़ापे में मैं बदल नहीं सकता। वैसे मेरे साथियों ने आपसे अभी तक जो कुछ कहा है, मैं उससे सौ फीसदी मुत्तफ़िक़ तो हूँ, लेकिन मैं उनकी बातों को दोहराना नहीं चाहता। मैं आपका ध्यान उनकी बातों की बुनियाद की तरफ़ दौड़ाना चाहता हूँ। वह बुनियाद कहाँ है? वह बुनियाद आपके दिलों में है, जिन पर डर और लालच

का राज है, जिनमें नफ़रत और फूट का बसेरा है। आप ज़रा ईमानदारी से सोचें तो आपको यह मानना पड़ेगा कि आप सदियों से एक दूसरे से डरते चले आ रहे हैं, कि आप सदियों से एक दूसरे की बहू बेटियों को ललचाई हुई नज़रों से देखते चले आ रहे हैं, कि आप सदियों से एक दूसरे से सदियों पुराने बदले चुकाने के ख़्वाब लेते चले आ रहे हैं। पाकिस्तान इसी डर और नफ़रत और लालच का ही एक ख़ौफ़नाक नतीजा है। फ़िरक़ादाराना फ़सादात की जड़ें भी इसी डर और लालच और नफ़रत की ज़हरख़ेज़ ज़मीन में धँसी हुई हैं।

—फ़िरक़ारदाराना फ़सादात! हिम्मत सिंह चिंघाड़ उठता है।

—मुर्दाबाद! जवाब काफ़ी जानदार है।

—पाकिस्तान! केशव नारा बुलन्द करता है।

एक पल की ख़ामोशी के बाद ज़िन्दाबाद और मुर्दाबाद की आवाज़ें एक साथ उठती हैं। मुर्दाबाद की मुर्दा और मद्धिम, ज़िन्दाबाद की ज़िन्दा और ऊँची। मैं ख़ामोश रहता हूँ। शायद असलम भी। स्टेज पर बैठे हुए सब लोग भी। कुछ लोग घूर घूरकर केशव की तरफ़ देख रहे हैं। केशव हैरान नज़र आता है।

—केशव के बच्चे, तू फ़साद करवाके रहेगा, हरदयाल उसे झिड़कता है।

—और फिर कहता है कि तू अमन का सच्चा सिपाही है! जीता चोट मारता है।

केशव ख़ामोश रहता है।

—जब तक हिन्दू और सिक्ख पाकिस्तान ज़िन्दाबाद का नारा नहीं लगाते, हिन्दू मुस्लिम इत्तहाद हो ही नहीं सकता!

यह फ़रमान मंज़ूरे के बाप ने जारी किया है। सबकी नज़रें उसकी तरफ़ उठ जाती हैं। वह अपनी पिंडली को बेरहमी से पीट रहा है।

—इसे दर्द नहीं होता?

—केशव, अब बात मत बदल! हरदयाल हुक्म देता है।

—मंज़ूरा कहाँ है?

—केशव, अब बात मत बदल! जीता हुक्म देता है।

—कोई बात करने भी दोगे?

—मेजर साहिब, आप क्या फ़रमा रहे थे? यानीकि के लहजे की तंज़िया लचक पर कुछ लोगों को हँसी आ जाती है।

—मैं इस पागल से उलझना नहीं चाहता।

मंज़ूरे के बाप ने जैसे कोई सफ़ाई पेश कर दी हो।

—यानीकि आप डरपोक हैं। मैं आपको अच्छी तरह से जानता हूँ। और आपके उस्ताद हकीम ज़हूरबख़्श को भी। जो पहले से ही मैदान छोड़ गया है। अगर आपने इसी वक़्त अपना हंटर चलाना बन्द नहीं किया तो मैं इसी हंटर से आपकी सारी हेकड़ी निकाल दूँगा। मुझे आपकी सारी असलियत मालूम है। सारी उम्र आप अंग्रेज़ों

की थूक चाटते रहे और अब रातोंरात आप पाकिस्तान के हामी बन गए! अगर आप सचमुच चाहते हैं कि हिन्दू और सिक्ख सच्चे दिल से पाकिस्तान ज़िन्दाबाद का नारा लगाएँ तो आपको पहले यह साबित कर दिखाना होगा कि आप उनके ख़ून के प्यासे नहीं, उनकी जायदाद के भूखे नहीं, अमन के दुश्मन नहीं। यही पैग़ाम मैं हकीम ज़हूरबख़्श को भेजना चाहता हूँ। मुझे अपनी जान की परवाह हरगिज़ नहीं। इसीलिए मैं आप सबको खरी खरी सुना सकता हूँ। इसीलिए आप सब मुझे पागल समझते हैं और मैं आपको नापाक। लेकिन इस लिहाज़ से तो इस स्टेज पर बैठे हम सब पागल हैं। इस लिहाज़ से तो महात्मा गाँधी भी महापागल है। यानीकि वह सब इंसान पागल हैं जिनके दिलों में न कोई डर है, न कोई लालच है, न कोई नफ़रत है। बाइबल में एक जगह लिखा है कि जिस इंसान के दिल में कोई डर नहीं होता, उससे ख़ुदा भी ख़ौफ़ खाता है। मेजर साहिब मुँह बना रहे हैं। सोच रहे होंगे कि यह सिरफिरा आज बार बार बाइबल का हवाला क्यों दे रहा है। वह इसलिए कि अगर मैं क़ुरान का हवाला दूँगा तो हिन्दू और सिक्ख समझेंगे कि मैं मुसलमानों की चापलूसी कर रहा हूँ। अगर गीता या ग्रन्थ साहिब का हवाला दूँगा तो मुसलमान कहेंगे कि मैं काफ़िर हूँ। ख़ुशक़िस्मती से यहाँ ईसाइयों का एक भी घर नहीं, लेकिन कुछ लोग यह कहने से बाज़ नहीं आएँगे कि मैं अपनी जान बचाने के लिए ईसाई बन गया हूँ। लेकिन मैं डंके की चोट यह कह देना चाहता हूँ कि मैं किसी भी मज़हब को नहीं मानता यानीकि मैं सरासर ग़ैरमज़हबी हूँ। यानीकि इस लिहाज़ से मैं महात्मा गाँधी से भी आगे निकल गया हूँ। यानीकि मैं एक लम्हे के लिए भी यह भूल नहीं सकता कि मज़हब के नाम पर दुनिया भर में क्या क्या ज़ुल्म ढाए गए हैं। इसलिए शायद अपनी बात कहने के लिए मुझे बाइबल का सहारा भी नहीं लेना चाहिए था, क्योंकि उसमें भी हर मज़हबी किताब की तरह खरी खरी बातों के साथ साथ कई खोटी खोटी बातें भी दर्ज हैं। यानीकि मुझसे भूल हुई, मैं आपसे और अपने आपसे मुआफ़ी माँगना चाहता हूँ।

—असलम, यह अपने आपसे मुआफ़ी क्यों माँग रहा है?

—केशव, मुआफ़ी नहीं माँग रहा, मज़ाक उड़ा रहा है।

—किसका?

—अपना।

—क्यों?

—खरी खरी सुनानेवाले अक्सर अपना मज़ाक उड़ाते रहते हैं।

—क्यों?

—इसका जवाब बाद में दूँगा।

—तो साहिबान, मैं कहना यह चाहता था कि जो लोग इस क़स्बे को बर्बादी से बचाना चाहते हैं, उन्हें सबसे पहले अपने दिलों को टटोलना होगा। यानीकि वहाँ दबी

पड़ी नफ़रत को जड़ से उखाड़ना होगा, वहाँ छुपे बैठे डर को निकालकर बाहर फेंक देना होगा, वहाँ भरी पड़ी हिरस पर हल्ला बोल देना होगा। हिन्दुओं और सिक्खों को मैं यही सलाह दूँगा कि वह मुक़ाबले का ख़याल छोड़ दें। यानीकि वह बारूद और बन्दूक़ें, लाठियाँ और ईंटें, चाक़ू और किरपानें, यानीकि वह सारा अल्लम ग़ल्लम जो उन्होंने जमा कर रखा है मुसलमानों के हवाले कर दें।

जलसे में बेचैनी की लहर दौड़ जाती है।

—हिन्दुओं और सिक्खों को मैं यह सलाह भी दूँगा कि वह किसी मुसलमान को मुसला कहकर न बुलाएँ। उन्हें भी नहीं जो हिन्दुओं को किराड़ या काफ़िर कहकर बुलाते हैं। मज़ाक में भी नहीं। यानीकि अपनी ज़ुबान को क़ाबू में रखें। जब तक पाकिस्तान का जोश ठंडा नहीं हो जाता। मेजर साहिब हैरान हो रहे होंगे कि सारी उम्र मज़ाकबाज़ी में गुज़ार देने के बाद मैं अब इतना संजीदा क्यों हो गया हूँ! मुझे उनकी हैरानी की परवाह नहीं। यानीकि मैं जानता हूँ कि यह वक़्त मज़ाकबाज़ी का नहीं। मज़ाक करने और सहने के लिए मुहब्बत ज़रूरी होती है, एक दूसरे का लिहाज़ ज़रूरी होता है, हिन्दुओं और सिक्खों से मैं यह भी कहूँगा कि वह मुसलमानों से किसी क़िस्म का परहेज़ न करें। यानीकि छुआछूत से तौबा कर लें। उनके साथ बैठकर, उन्हें साथ बिठाकर, एक ही थाली में से खाएँ, एक ही प्याले में से पिएँ। फिर देखें कि मुसलमानों के दिल बदलते हैं कि नहीं। मैं जानता हूँ कि हिन्दू और सिक्ख औरतों को मेरे इस सुझाव पर अमल करने में ख़ास दिक़्क़त होगी। उनकी इस दिक़्क़त को दूर करने का काम मैं फल्लो को सौंपना चाहता हूँ। यानीकि मैं चाहता हूँ कि वह घर घर जा जाकर सब हिन्दू और सिक्ख औरतों को समझाए। अगर हो सके तो साथ मुमताज़ शान्ति को भी ले जाए, क्योंकि वह हिन्दू मुस्लिम प्यार की एक गाती बजाती मिसाल है।

कुछ पता नहीं चलता कि वह हिन्दुओं और सिक्खों का मज़ाक उड़ा रहा है या मुमताज़ शान्ति का।

—मुमताज़ शान्ति!

—ज़िन्दाबाद!

हमारी टोली और यानीकि के अलावा कोई इस नारे में शामिल नहीं होता, लेकिन केशव मारे ख़ुशी के बैठ नहीं पा रहा।

—शाबाश, अज़ीज़, शाबाश! हिन्दू मुस्लिम प्यार की उस ख़ूबसूरत मिसाल की तरफ़ लोगों का ध्यान दिलाने के लिए यह नारा ज़रूरी था। और अब मैं हिन्दू साहूकारों को भी एक सलाह दे देना चाहता हूँ। यह सलाह काफ़ी कड़वी है। यानीकि आसानी से उनके गले से नहीं उतरेगी। कितने अफ़सोस की बात है कि दातुनशाह के अलावा एक भी साहूकार इस जलसे में मौजूद नहीं। यानीकि वह सब इस वक़्त भी अपनी तिजोरियों की हिफ़ाज़त कर रहे हैं। दारीशाह को मैं असली साहूकार नहीं

मानता। न ही दातुनशाह को। लेकिन मुझे उम्मीद है कि वह दोनों मेरा पैग़ाम असली साहूकारों तक ज़रूर पहुँचा देंगे। तो साहूकारों को मैं यही मशवरा देना चाहता हूँ कि वह अपनी तिजोरियों में भरे पड़े सोने चाँदी को उन ग़रीब मुसलमानों में बाँट दें जो उस सोने चाँदी के असली मालिक हैं, यानीकि जिन्हें लूट लूटकर उन्होंने अपनी तिजोरियाँ भर रखी हैं। आप यह न समझें कि मैं मज़ाक कर रहा हूँ। यह सलाह मेरे दिल से निकल रही है, क्योंकि मुझे यक़ीन है कि जब तक इस पर अमल नहीं होगा, इस क़स्बे का अमन ख़तरे में ही रहेगा, यानीकि यहाँ के मुसलमानों के दिलों में भरी पड़ी कदूरत निकलेगी नहीं।

सब लोग हक्के बक्के हो गए नज़र आते हैं। बादशाह का घोड़ा भी यूँ गर्दन हिला रहा है जैसे यानीकि को सँभल जाने का इशारा कर रहा हो। पीपल के पत्ते भी एकदम सुन्न हो गए हैं। यानीकि ख़ुद अपनी हिम्मत पर हैरान दिखाई देता है।

—यह सलाह तो दातुनशाह को भी नामंज़ूर होगी।

—केशव, तू बिल्कुल ठीक कह रहा है।

—असलम, उसने यह सलाह दी क्यों?

—मुसलमानों को ख़ुश करने के लिए।

—नहीं, हरदयाल, उन्हें भड़काने के लिए।

—तुम दोनों तो एकदम पागल हो।

—अब उसे बैठ जाना चाहिए।

—बैठेगा कैसे? अभी तो मुसलमानों को लताड़ेगा।

—साहिबान, मैं देख रहा हूँ कि आप सब मेरी सलाह सुनकर सकते में आ गए हैं। मेजर साहिब सोच रहे होंगे कि मैं मुसलमानों को बरग़लाने की कोशिश कर रहा हूँ। मैं किसी को बरग़लाना नहीं चाहता। मैं तो अपना दिल खोलकर रख रहा हूँ आप सबके सामने! यानीकि सच बोल रहा हूँ। बहरहाल, अब मैं मुसलमानों की तरफ़ मुड़ना चाहता हूँ। मेरा अज़ीज़ दोस्त बादशाह उनकी ख़बर ले चुका है, यानीकि उन्हें खरी खरी सुना चुका है। मैं सिर्फ़ यही कहना चाहता हूँ कि जो मुसलमान जिहाद का शोर मचा रहे हैं, दीन की दुहाई दे रहे हैं, पाकिस्तान की ख़ातिर ख़ून की नदियाँ बहा देने पर तुले हुए हैं, वह न तो सच्चे मुजाहिद हैं, न मुसलमान, न पाकिस्तानी। वह तो दरअसल अव्वल दर्जे के अहमक़ हैं। मुझे तो उन पर तरस ही आता है, ग़ुस्सा नहीं। वह नहीं जानते कि सब बड़े बड़े मुसलमान ज़मींदार और लीडर और बदमाश सब बड़े बड़े हिन्दू और सिक्ख जागीरदारों और साहूकारों और बदमाशों से ख़ुफ़िया तौर पर मिले हुए हैं, उनकी रिश्वतें ले लेकर अपनी जेबें भर रहे हैं, उन्हें इसलाम और पाकिस्तान की कोई फ़िकर नहीं। यानीकि अगर आज यहाँ फ़साद छिड़ जाए तो शाम प्यारी और खाँसीशाह जैसे मूज़ी तो चौधरी चिराग़ हुसैन और हकीम ज़हूरबख़्श जैसे लोगों की मदद से अपना माल अस्बाब उठाकर सरहद के उस पार जा बैठेंगे,

प्रेमे पानवाले और ग्यानी मनियारीवाले जैसे मिस्कीन यहाँ के मिस्कीन मुसलमानों के हाथों मारे जाएँगे। और यही हालत उस तरफ़ के मिस्कीन मुसलमानों की होगी। मुझे यह कहते हुए बहुत दुख होता है कि इस मोटी सी बात को महात्मा गाँधी भी अभी तक नहीं समझे। यानीकि वह भी अमीर और ग़रीब को एक ही लाठी से हाँक रहे हैं, हालाँकि उन्हें अपने तजरुबे से मालूम होना चाहिए था कि अमीर आदमी का न कोई धर्म होता है, न ईमान, कि ग़रीब आदमी को हमेशा धर्म और ईमान के नाम पर उल्लू बनाया जाता है।

यानीकि ख़ामोश हो जाता है, लेकिन बैठता नहीं, जैसे लोगों को अपनी बात पर ग़ौर करने का मौक़ा दे रहा हो।

—मुसलमानों को बीच में ही छोड़कर महात्मा गाँधी के पीछे पड़ गया, हरदयाल कहता है।

—मौजी आदमी है!

—असलम, इसकी मौजें हमें मरवाएँगी, जीता जवाब देता है।

—तुम तीनों उसकी बात समझे नहीं।

—केशव, मैं तो समझ गया हूँ।

—बीरू, पूरी तरह तू भी नहीं समझा होगा।

—हिम्मत सिंह उसके कान में कुछ कह रहा है।

—कह रहा होगा कि वह महात्मा गाँधी को न लताड़े।

—हिम्मत सिंह भी उसकी बात समझा नहीं।

—मेजर साहब सोच रहे होंगे कि मैं मुसलमानों में फूट डालने की कोशिश कर रहा हूँ। हिम्मत सिंह को यह ग़लतफ़हमी हो गई है कि मैं महात्माजी के ख़िलाफ़ बोल रहा हूँ। इसी से आप लोग अन्दाज़ा लगा लें कि सच्ची बात को समझना, यानीकि निगलना, कितना मुश्किल होता है। बहरहाल, मैं सच बोलने से बाज़ नहीं आ सकता। मैंने महात्मा गाँधी और हिम्मत सिंह से यही सीखा है। इसलिए आख़िर में एक सच्ची बात और कह देना चाहता हूँ। आप सबसे। यानीकि हिन्दुओं और सिक्खों से भी, मुसलमानों से भी। उस बात का ताल्लुक़ हरे हलवाई से है।

—अब पता नहीं क्या शोशा छेड़ेगा!

—जीते के बच्चे, सच्ची बात सुनने दे।

—मैं देख रहा हूँ कि हरे हलवाई का नाम सुनते ही आप सब की हालत ख़राब हो गई है। मैं आपसे पूछना चाहता हूँ, क्यों? यानीकि आप उस सिंह सूरमे की बहादुरी पर अश अश करने के बजाय बग़लें क्यों झाँकने लगे? आपको शर्म उसकी हरकत पर आ रही है या अपनी कमीनगी पर? उसने आख़िर गुनाह कौन सा कर दिया? अपनी जान पर खेल कर उसने हमारे सामने एक मिसाल ही तो रख दी है! सच्ची मुहब्बत की मिसाल! यानीकि ऐसी मुहब्बत की जो किसी मज़हब की ग़ुलाम नहीं।

और ऐन ऐसे मौक़े पर जब हमें ऐसी ही मिसाल की ज़रूरत थी। नूराँ की ख़ातिर अपने केस कटवा कर हरे हलवाई ने यह साबित कर दिखाया है कि सच्ची मुहब्बत झूठे मज़हब की मोहताज नहीं। और नूराँ ने उससे निकाह करके यह साबित कर दिखाया है कि औरत बहादुरी में मर्द से पीछे नहीं। उन दोनों ने दरअसल इस क़स्बे में एक नये मज़हब की बुनियाद डाल दी है, जो यह सिखाता है कि हम सब इनसान हैं, कि हम महज़ हिन्दू या सिक्ख या मुसलमान नहीं। यानीकि मैं आप सबसे, और ख़ास तौर पर नौजवानों से, यही कहना चाहता हूँ कि आप भी उन दोनों के दिखाए हुए रास्ते को अपनाएँ। यानीकि अगर आप मुसलमान हैं और आपको किसी हिन्दू या सिक्ख लड़की या औरत से सच्चा प्यार है तो आप उस प्यार को किसी ऐब या बीमारी की तरह छुपाते न फिरें, बल्कि बेधड़क होकर उसकी ख़ातिर अपनी जान पर खेल जाने के लिए आमादा हो जाएँ। यही मशवरा मैं हिन्दुओं और सिक्खों को भी दूँगा। यानीकि मुझे यक़ीन है कि इस क़स्बे का अमन उन्हीं इने गिने आशिक़ों के हाथों में है जो अपने माशूक़ों की ख़ातिर हर क़िस्म की क़ुरबानी देने के लिए तैयार हैं। मैं जानता हूँ कि ऐसे जाँनिसार आशिक़ और माशूक़ हमारे क़स्बे में मौजूद हैं। मैं उनके नाम नहीं लेना चाहता। यानीकि मैं उन्हें मौक़ा देना चाहता हूँ कि वह ख़ुद बेख़ौफ़ होकर हमारे सामने आएँ। अब तक तो वह ख़ामोश रहे, ख़ुफ़िया तौर पर ही अपना काम करते रहे। अब वक़्त आ गया है कि वह बेपरदा हो कर अपने प्यार का एलान करें। यानीकि नूराँ और हरे के नक़्शेक़दम पर चलकर सब तंगदिल और मक्कार लोगों को यह सबक़ सिखा दें कि मज़हब के नाम पर मुल्क की तक़सीम तो की जा सकती है, दिलों की नहीं, कि मजहब के नाम पर पाकिस्तान तो बनाया जा सकता है, सच्चे आशिक़ों को उल्लू नहीं। मेरे साथियों ने अमन क़ायम रखने के लिए जो सुझाव आपके सामने रखे हैं, मैं उन सबसे मुत्तफ़िक़ तो हूँ, लेकिन मेरा अपना असली सुझाव यही है कि इस क़स्बे के नौजवान अब नंगे हो जाएँ। यानीकि वह नौजवान जो अब तक बुज़ुर्गों के डर से छुप लुककर ही किसी दूसरे मज़हब की औरत या लड़की से इश्क़ करते रहे, वह अब खुलेआम अपने माशूकों के नाम लें, उनसे मिलें, उनके लिए तड़पें, और उनके लिए अपना मज़हब बदल दें। अगर बीस जाँबाज़ भी ऐसे निकल आएँ तो किसी की मजाल नहीं होगी यहाँ कोई गड़बड़ मचाने की। मैं देख रहा हूँ कि आप मेरा सुझाव सुनकर चकरा से गए हैं। मैं यही चाहता था। यानीकि मैं आपको चौंका देना चाहता था। मैं देख रहा हूँ कि थानेदार साहिब हथकड़ियाँ दिखा दिखाकर मुझे धमका रहे हैं, लेकिन मुझे क़ैद या क़त्ल की परवाह नहीं। मैं बेशक नौजवान नहीं, लेकिन मैं आज आप सबके सामने नंगा हो जाना चाहता हूँ। यानीकि डंके की चोट यह एलान कर देना चाहता हूँ, कि फल्लो जुलाहिन मेरी बहन नहीं, माशूक़ा है कि मैं इसी वक़्त उससे निकाह...

हिम्मत सिंह लपककर उसके मुँह पर हाथ रख देता है, लेकिन उसकी ज़ुबान

उस हाथ के नीचे चलती रहती है। फल्लो और बादशाह हिम्मत सिंह को बिठाने की कोशिश कर रहे हैं, टुंडा लाट लोगों से बैठे रहने की अपील। बादशाह के घोड़े ने हिनहिनाना शुरू कर दिया है, पीपल के पत्तों ने तालियाँ बजाना। केशव असलम की कुर्सी पर खड़ा अकेला ही 'यानीकि ज़िन्दाबाद' और 'हरा सिंह ज़िन्दाबाद' के नारे लगा रहा है। जलसे में खलबली मच गई है। हरदयाल और जीता ग़ायब हो गए हैं। असलम मेरी तरफ़ यूँ देख रहा है जैसे बेपरदा हो जाने की इजाज़त माँग रहा हो। उसकी हँसी में ज़र्दी सी घुली हुई है।

बक्के जर्राह के मकान के पिछवाड़े दुबकी बैठी भूसे की एक कोठरी में हम एक दूसरे पर गिरे पड़े से बैठे हैं। सहमी हुई भेड़ों की तरह। एक दूसरे के बदन और भय की बू से क़रीब क़रीब बेहोश। भूख और प्यास और नींद से क़रीब क़रीब बेजान।

हमला शुरू होते ही हम यहाँ दौड़ आए थे। जूतों के बग़ैर। जैसे थे, वैसे ही। बक्के की हिदायत के मुताबिक़। हालाँकि माँ आख़िर तक कहती रही थी कि उसे उस क़साई पर कोई भरोसा नहीं। लेकिन यह उसने भी मान लिया था कि उसकी कोठरी में जा छुपने के सिवा कोई चारा नहीं था। लालेमूसे की रट उसने बन्द कर दी थी। बक्के ने बाबा को यक़ीन सा दिला दिया था कि वह अपनी जान पर खेलकर हमारी हिफ़ाज़त करेगा, बशर्ते कि हमने किसी को बताया नहीं। मैंने असलम को बता दिया था। अगर केशव ज़िन्दा होता तो शायद उसे भी बता दिया होता। कोठरी की तरफ़ भागते भागते मैं केशव को याद कर रहा था। मज़ाक मज़ाक में ही उसने जान दे दी। अमन की ख़ातिर। उसकी भूख हड़ताल का किसी पर कोई असर नहीं हुआ। रास्ते में माँ दो बार गिरी थी। दूसरी बार उसके दाँत भी उछलकर बाहर आ पड़े। नाली में। बाबा ने माँ का हाथ खींचकर उसे उठा दिया था। साथ एक गाली भी दे दी थी। माँ ने लँगड़ाते हुए दौड़ना शुरू कर दिया था। वह शायद दाँतों को भूल ही गई थी। उन्हें मैंने उठा लिया था। अगर वे नाली में न गिरे होते तो टूट गए होते। अगर नाली ज़्यादा गन्दी होती तो मैं उसमें हाथ न डाल पाता। दौड़ते दौड़ते मैं उन्हें अपनी तहमद से रगड़ता और सोचता रहा था कि माँ उन्हें पहनेगी भी या नहीं।

कभी कभी उन्हीं दाँतों की कटकटाहट सुनाई दे जाती है। माँ उन्हें यूँ बजा देती है जैसे उसे अचानक कँपकँपी छिड़ गई हो। उसे कुमारी पर ग़ुस्सा आ रहा होगा। और शायद दारी पर भी। कुमारी फफक रही है। दारी उसे धमकाता है तो वह कुछ देर के लिए दम घोटकर बैठी रहती है। फिर फूट पड़ती है। उसके रोने का अन्दाज़ भी बाँका है। लाहोरी। इस डर के बावजूद कि कोई उसकी या दारी की आवाज़ सुन लेगा, मैं चाहता हूँ कि वह इसी तरह फिस फिस करती रहे। दारी दबी ज़ुबान में एक ही धमकी दुहरा रहा है—अगर किसी ने सुन लिया तो बक्के का बाप भी कुछ नहीं

कर सकेगा। बक्के का नाम सुनते ही वह तड़प सी उठती है। जैसे किसी ने उसकी बाँहें या चोटी मरोड़ दी हो। साथ ही वह अपनी आवाज़ दबाने की कोशिश भी करती है, जिससे यह ख़तरा बना रहता है कि किसी भी वक़्त उसकी चीख़ निकल जाएगी। और कोठरी का दरवाज़ा तोड़कर कई मुजाहिद अन्दर आ जाएँगे। कुछ कुमारी पर टूट पड़ेंगे, कुछ देवी पर। बाबा बोलेंगे तो उनका गला काट दिया जाएगा। माँ मुझे अपनी गोद में घसीट ही रही होगी कि एक बरछी उसकी गर्दन में ख़ुब जाएगी, दूसरी मेरे सीने में।

मैं बार बार इस तरह की तस्वीरें देख रहा हूँ। और सोच रहा हूँ कि किसकी जान पहले निकलेगी, किसकी बाद में। शायद कुमारी भी यही कल्पना कर रही हो। जब से आई है, इसी तरह तड़प फफक रही है। वह और दारी हमारे बाद आए थे। जब रात बहुत गहरी हो गई थी। और ढोल ख़ामोश हो चुके थे। और मारकाट ज़ोरों पर थी। और मरने कटनेवालों की चीख़ें चारों तरफ़ छूटती उड़ती सुनाई दे रही थीं। और माँ ने नाक से लकीरें खींचनी शुरू कर दी थीं। बाबा बार बार कानों को छू रहे थे। देवी होंठों ही होंठों में कुछ दुहराए जा रही थी। तभी कोठरी का दरवाज़ा यूँ टूट सा गया था जैसे किसी ने बाहर से भरपूर लात मार दी हो। दरवाज़े में कुमारी और दारी खड़े झूल रहे थे। जैसे अभी अभी किसी कुएँ या क़ब्र में से निकलकर आए हों। उनके पीछे बक्का खड़ा था। उसके हाथों में नंगी तलवार थी और चेहरे पर नंगी मुस्कुराहटों का बिखराव। बाहर चाँद चमक रहा था। और शायद किसी जलते मकान का गर्म उजाला भी। उन दोनों को अन्दर धकेलकर बक्के ने हुक्म सा दिया था—बस साँस रोककर पड़े रहो सब, अगर जान की सलामती चाहते हो तो! उसकी आँखें ख़ून और हवस से भरी हुई थीं। कुछ देर तक वह दहलीज़ में खड़ा कुमारी को घूरता रहा था। सबकी टिकटिकी को नज़रअन्दाज़ करता हुआ। फिर जैसे उसे अचानक कुछ याद आ गया हो। उसने दरवाज़ा यूँ बन्द कर दिया जैसे हम सबके मुँह पर एक करारा तमाचा जड़ दिया हो।

उसके जाते ही कुमारी ने फफकना शुरू कर दिया था। तब से यही कर रही है। दारी की धमकियों के बावजूद चुप नहीं कर पा रही। कोशिश ज़रूर कर रही होगी। जानती होगी कि अगर आवाज़ किसी ने सुन ली तो सब मार दिए जाएँगे। इसको न जाने हुआ क्या है। मेरा ख़याल था कि माँ मौक़ा पाते ही उससे पूछताछ करने लगेगी। वे इतनी देर कहाँ छुपे रहे? बक्का उन्हें क्यों ले आया है? उसकी साड़ी पर ये छींटे से कैसे हैं? बाहर क्या हो रहा है? मेरा ख़याल था कि दारी दरवाज़ा बन्द होते ही दबी ज़ुबान में हमें सब कुछ बताना शुरू कर देगा। लेकिन कुमारी रोने सिसकने में डूबी हुई है, दारी उसे धमकाने में। माँ मन्नतें माँग रही है। बाबा ने अपना चेहरा हाथों से ढाँप लिया है। केशव यहाँ होता तो हर एक से बार बार पूछता रहता—इसे हुआ क्या, इसे हुआ क्या? उसे चुप रखना नामुमकिन होता। उसकी

माँ उसके बाबू को लेकर अपने किसी मुसलमान मेहरबान के घर जा छुपी होगी। शायद उसी आदमी के घर जिसे मैंने उस पर चढ़ा देखा था। उस बात को कितने बरस हो गए? केशव बेचारा बेमौत मर गया। उसका व्रत बेकार गया। हिम्मत सिंह महात्माजी को ख़बर करने की बात किया करता था। शायद उसने लिख भी दिया हो। शायद महात्माजी ने जवाब भी दे दिया हो। केशव को समझाने की कोशिश की हो! लेकिन वह तो मरने पर तुल सा गया था। क्या क्या बातें बनाता था! बीरू, भूखे रहने से आत्मा बलवान होती है! बीरू, मैं मर भी गया तो मेरे विचार ज़िन्दा रहेंगे! बीरू, मैं इसलिए मर रहा हूँ ताकि तुम लोग ज़िन्दा रह सको! अगर भूख से न मर गया होता तो अब मारा जाता। आख़िरी दिनों में एकदम ख़ामोश हो गया था। और ख़स्ता। मुस्कुराता नहीं था लेकिन लगता यही था जैसे मुस्कुरा रहा हो। असलम के लफ़्ज़ों में फ़ाक़ाकशों की सूरतें इतनी साफ़ सुथरी हो जाती हैं कि मर रहे हों तो भी लगता है कि मुस्कुरा रहे हैं। केशव की सब पसलियाँ गिनी जा सकती थीं। आख़िरी दिनों में। नंगा बैठा रहता था। उसी कोठरी में जिसमें एक दिन उसकी माँ को किसी के नीचे उछलते देखा था। बार बार याद आ रहा है वह नज़्ज़ारा। अब शायद सपनों में भी दिखाई देने लगे। केशव की पसलियों की तरह। यूँ लगता है जैसे कोई पिंजरा सामने रख दिया हो। असलम मर जाएगा तो उसका कंकाल भी दिखाई देना शुरू हो जाएगा। ये चीख़ें भी सुनाई दिया करेंगी। यह कोठरी भी दिखाई दिया करेगी। बक्के की बेशर्म आँखें भी। सिसकती हुई कुमारी भी। क़स्बा छूट गया तो सब कुछ। कभी कोई जगह, कभी कोई। कभी कोई आदमी, कभी कोई जानवर। कुमारी इस वक़्त अच्छी लग रही है। कम बनावटी। रोने से इसकी बनावट धुल गई होगी। असलम मर गया तो ऐसे जुमले किससे सुनूँगा, किसे सुनाऊँगा! शायद मर ही गया हो। न भी मरा हो तो भी अब मिलेगा नहीं। शायद यहीं आ जाए। अकरम के कन्धों पर बैठकर। अकरम मारकाट कर रहा होगा, या शाम प्यारी के महल की देखभाल? उस महल को जलाएँगे नहीं। हकीम ज़हूरबख़्श उस पर क़ब्ज़ा कर लेगा। अपना शफ़ाख़ाना खोल देगा वहाँ। शोर कभी कभी अचानक यूँ थम जाता है कि महसूस हो सब मर गए हैं। फिर गोलियाँ गूँज उठती हैं।

इस कोठरी में आए हमें न जाने कितने घंटे हो गए हैं। कुमारी की कलाई भी ख़ाली है। ख़याल था उसके पास घड़ी होगी। शायद कहीं और डाल रखी हो। गहनों वगैरह के साथ। शायद गहने बक्के ने छीन लिए हों। दारी की कलाई भी ख़ाली है। टुंडे लाट की वह घड़ी किसी ने लूट ली होगी। जब हम आए थे तो परिन्दे घोंसलों को लौट रहे थे, सूरज अपने घर को। भागते भागते मैंने आसमान की तरफ़ देखा था। उसमें जगह जगह सुर्ख फाहे से चिपके हुए थे। कुछ और लोग भी भागदौड़ रहे थे। उन्होंने भी छुपने का इन्तज़ाम किया हुआ होगा। हैरानी हो रही थी कि हल्ला बोलनेवाले ढोल बजा बजाकर हमें छुपने का मौक़ा क्यों दे रहे थे। मेरी तहमद इतनी

ढीली बँधी हुई थी कि मैं उसे पकड़कर दौड़ रहा था। माँ का नाड़ा लटक रहा था। दोनों बार जब वह गिरी थी तो मुझे ख़तरा रहा था कि वह उसके पाँव से उलझकर खुल जाएगा। बाबा जल्दी में पगड़ी भी नहीं उठा सके थे। उनका बड़ा सफ़ेद सिर मुझे बादशाह के सफ़ेद घोड़े की याद दिला रहा था। जिसे आजकल मैं अक्सर सपनों में देखता हूँ। कभी किसी कुत्ते के भेस में, कभी किसी रीछ के। बहुत उलझे हुए सपने होते हैं आजकल। महसूस होता रहता है कि इन्हें पहले कई बार देख चुका हूँ, कई बार और देखूँगा।

देवी ने दोनों हाथों में रामायण दबा रखी थी। यूँ जैसे अपनी जान नहीं उसे बचाने के लिए ही भाग रही हो। घर से निकलते वक़्त माँ उस पोटली को उठाना भूल गई थी जिसे वह कई दिनों से इसी मौक़े के लिए भर बाँध रही थी। हर रोज़ कई कई बार उसे खोलती बाँधती रही थी। कई कई बार हर एक से कहती रही थी—ऐसा न हो कि यह यहीं धरी रह जाए जल्दी में, अगर मैं भूल भी जाऊँ तो मुझे याद करा देना। हरे हलवाई की दुकान के पास पहुँच उसे अचानक याद हो आया था कि वह उस पोटली को घर ही भूल आई थी। और उसने वहीं बैठकर रोना सा शुरू कर दिया था। मैं तो अफ़रातफ़री में थी, तुम सब क्या कर रहे थे? तुम सब कैसे ख़ाली हाथ दौड़ आए? कुछ तो सोचा होता! हमारे जैसा मूरख भी होगा कोई इस जहान में! लोगों ने सन्दूक़ भर भरके भेज दिए, हम एक पोटली भी न उठा सके! सारी उमर की कमाई में से एक पोटली भी न बचा सके। मेरे सिरहाने तो रखी थी! मेरी भी मत ही मारी गई! अब खाओगे मेरा सिर, वहाँ! किसी को कोई ध्यान हो तो न! मैं तो कभी किसी मुसले के हाथ का नहीं खाऊँगी! मैं तो उस कोठरी में बैठी बैठी भूखी मर जाऊँगी! तुम सब यही तो चाहते हो! कड़े पहले ग़रक़ हो गए, चूड़ियाँ अब पोटली में पड़ी रह गईं! मैं तो यहीं बैठी रहूँगी जब तक वह पोटली नहीं आती। अब मेरा मुँह क्या देख रहे हो? ले क्यों नहीं आते दौड़कर? मेरी अक़्ल को परमात्मा जाने क्या हो गया था! मैं तो कभी भूलती ही नहीं कोई बात! मेरे चाचा कहा करते थे...। और बाबा उसे उठाने के लिए उसकी बाँह उखाड़ ही रहे थे कि एक लम्बा दबंग देहाती कहीं से निकलकर हमारे सिर पर आ खड़ा हुआ था। हाथ में अपने से भी ऊँची एक लाठी उठाए। यकायक ढोलों की आवाज़ मेरे कानों में बजने लगी थी। उस आदमी को देखते ही हम काँप उठे थे और माँ चुप हो गई थी। बेबे, तुझे वह पोटली अपने इस लड़के की जान से भी ज़्यादा प्यारी है? भाग जाओ, नहीं तो सब मारे जाओगे! मैं इसी लाठी से सबका सिर...। फिर उसकी आवाज़ हँसी में डूब गई थी। और जब उसने झूठमूठ हमें धमकाया था तो माँ की चीख़ निकल गई थी। और मेरा पेशाब।

उस जाट ने हमें वहीं मार क्यों नहीं दिया? सोचा होगा कि लाठी से बहुत देर लगेगी। या उसे अपने सरदार का हुक्म होगा कि जब तक हमला बाक़ायदा तरीक़े से शुरू नहीं होता तब तक सिर्फ़ धमकाओ। अगर उसे हँसी न आ जाती तो शायद

एक आध लाठी मार ही देता। यह भी नहीं पूछा उसने कि हम जा कहाँ रहे थे छुपने। वैसे ही तरस आ गया होगा उसे। मुझ पर। या माँ पर। माँ के दाँत उस वक़्त मेरे पास थे। उनके बग़ैर वह और बूढ़ी नज़र आ रही थी। जाट ने वे दाँत मेरे हाथ में देखे होंगे। शायद उसे हँसी उन्हीं पर आई हो। या माँ की बातों पर। पोटली पर। वह मुझे भी याद आ चुकी है। कई बार। माँ को तो ख़ैर बराबर आ रही है। अँधेरे के बावजूद दिखाई दे रहा है कि कभी उसका चेहरा पिघल सा जाता है और कभी होंठ बुलबुलों में बदल जाते हैं। अगर वह पोटली होती तो कुछ खा रहे होते हम सब। कुमारी और दारी भी कुछ नहीं लाए। शायद कुमारी भी अपनी पोटली को ही रो रही हो। अगर यहाँ से बच निकले तो भी वापस मकान में तो नहीं जा सकेंगे। मकान तब तक जल या लुट चुका होगा। इसी तरह ख़ाली हाथ किसी कैम्प में पहुँच जाएँगे। पैदल चलकर। या किसी फ़ौजी ट्रक में बैठकर। या गाड़ी में। रास्ते में कहीं गाड़ी को रोक लिया जाएगा। और सबको हलाक कर दिया जाएगा। जैसा कि उधर से आनेवाली कुछ गाड़ियों के साथ हो चुका है। लाशों से भरी गाड़ी जब हिन्दुस्तान पहुँचेगी तो हिन्दू और सिक्ख फिर उबल उठेंगे। अगर यह सब न हुआ और किसी तरह हम उधर पहुँच भी गए तो करेंगे क्या, खाएँगे क्या? पोटली ले भी आते तो क्या होता! कितने दिन चलतीं माँ की चूड़ियाँ! लेकिन बात चूड़ियों की नहीं। न ही चलने की। बात यह है कि जब हम उधर पहुँचेंगे तो हमारे पास इन मैले कुचैले कपड़ों के सिवा कुछ भी नहीं होगा। निशानी के तौर पर भी नहीं। न देखने के लिए न दिखाने के लिए। इधर गुज़ारी ज़िन्दगी जैसे उस पोटली में ही बँधी रह गई हो। चूड़ियों काँटों के अलावा उसमें टूटे फूटे सन्दूक़ों की चाबियाँ भी थीं। और कुछ नक़दी। जिसे माँ ने हम सबसे छुपाकर रखा होगा। इसी मुश्किल वक़्त के लिए। माँ की बचत इसी तरह बेकार जाती है। एक बार उसने दस दस के दो नोट कपड़ों के साथ धो डाले थे। अभी तक उन्हें याद करती है। अब भी कर रही होगी। बाबा की जेब में शायद एक पैसा भी न हो। देवी की रामायण में भी। देवी के गहने भी उस पोटली में रह गए होंगे। शायद माँ ने अब भी कुछ कहीं छुपा रखा हो। अगर बक्के ने इस हिफ़ाज़त की क़ीमत माँगी तो क्या देंगे? उसे यक़ीन नहीं आएगा कि हमारे पास कुछ भी नहीं। दारी और कुमारी भी ख़ाली हाथ ही आए थे। कुमारी ने कुछ गहने पहन रखे हैं। शायद कुछ नोट भी छुपा रखे हों कहीं। साड़ी के नीचे। अन्दर। पोटली में भगवान की एक फटी पुरानी तस्वीर भी थी। और मेरा मैट्रिक का सर्टिफ़िकेट। मुड़ा तुड़ा। डाकख़ाने के हिसाब की किताब। क़रीब क़रीब ख़ाली। मेरे स्कूल की एक ग्रुप फ़ोटो। जिसमें हम सब दोस्त साथ साथ खड़े हैं। मेरी ढीली पगड़ी। केशव की गन्दी टोपी। असलम का तुर्रा। हरदयाल और जीते की चोंचदार पगड़ियाँ। उस तस्वीर में भी रावण का एक हाथ वहीं है। उसी को सहलाता हुआ। अगर रावण खड़ा होता तो उसका दूसरा हाथ पीछे होता। गंगा यहाँ से निकलती है, वहाँ जा गिरती है। जुग़राफ़िए के साथ साथ

अपने जिस्म का जुग़राफ़िया भी समझाता जाता था।

उस तस्वीर को मैंने ख़ुद कल पोटली में रखा था। साथ ही अपनी डायरी भी। माँ की मैली अधूरी गुरमुखी गीता में। उसके फटे हुए हनुमान चालीसे के नीचे। उस डायरी में कई बातों का डरा डरा सा ज़िक्र है। कई लोगों का भी। अपने नरक का नक़्शा। घर की गाथा। सपनों में देखे साँपों का ज़िक्र। शूम की बीवीवाला क़िस्सा। बालो के लबों की बलाएँ। हफ़ीज़ा और पारो के ख़ाके। माई माया के चेहरे की तस्वीरें। लाहोर की बातें। नरेश की नक़ली माँ की ख़बर। केशव की माँ की झलकियाँ। और भी कई यादें। नीली मस्जिद की बातें। यानीकि की तक़रीरों के टुकड़े। दादी की बातें। काके की मौत की बात। बक्के और चम्बे डॉक्टर की लड़ाइयाँ। बाबा के ख़िलाफ़ शिकायतें। वही उस डायरी को पढ़ सकते थे। शायद उन्होंने पढ़ा भी हो उसे। सोचते होंगे, बेटा बदमाश है! बाबा की भी कोई निशानी ज़रूर होगी उस पोटली में। गाँव की ज़मीन का कोई काग़ज़। कोई सर्टिफिकेट। किसी दोस्त या अफ़सर की कोई चिट्ठी। दादी की दी हुई कोई चीज़। अशरफ़ी! वह तो नहीं होगी। शायद बाबा ने भी कोई डायरी दबा रखी हो उसमें। उन्होंने भी अपनी ज़िन्दगी के भेद उसमें दर्ज किए हों। देवी ने अपनी चीज़ें अपनी रामायण में ही छुपा रखी होंगी। क्या? नरेश की कोई तस्वीर। शायद बहनजी की भी। और पारो का कोई ख़त! माँ की भी कोई पोशीदा चीज़ उस पोटली में होगी? गहनों और पैसों के अलावा? नहीं। इसी मौक़े के लिए बनाई पिन्नियाँ भी पोटली में ही रह गईं। देखने में भद्दी, खाने में बुरी नहीं। बक्का जो देगा, अगर देगा तो, उसे बाबा और मैं तो खा लेंगे, शौक़ से, देवी और माँ क्या करेंगी? कुमारी का भी कुछ पता नहीं। वह भी अपनी पोटली भूल आई है। उसने बनाई ही नहीं होगी। शायद भूख से ही बेहाल हो रही है। कितने ही लोग कहीं न कहीं छुपे बैठे भूख और प्यास से बदहवास हो रहे होंगे। हमला करनेवालों के खाने पीने का इन्तज़ाम किसने किया होगा? क़स्बे के मुसलमानों ने। मुसलमानों की यूँ भी मौज है। परहेज़ करते नहीं। सो साथ लूट रहे होंगे, साथ खा। शायद कुछ सिक्खों ने सूअर का गोश्त बनाकर रख दिया हो उनके लिए अपने घरों में। शायद बक्का गाय का मांस बना लाए हम सबके लिए। इस वक़्त बाहर कुछ आराम है। कुछ देर के लिए छुट्टी। कोई खुलकर चीख़ता भी नहीं होगा। कुमारी को चुप कैसे कराया जाए? मुझे कोशिश करनी चाहिए। दारी की तो वह मान नहीं रही। लेकिन मैं बोलकर नहीं, बलाएँ लेकर चुप कराऊँगा उसे। यह मैं कैसी बातें सोच रहा हूँ? भूखे पेट भी दूसरी भूख! लानत है। असलम को इस रात का हाल कैसे सुनाऊँगा। ख़त तो आते जाते ही रहेंगे। लोग भी। ख़ास ख़ास मौक़ों पर। क्या पता पहरे बिठा दिए जाएँ सरहदों पर। यह मैं क्यों सोच रहा हूँ? कल की कल। अभी तो आज की ही सोचूँ। अब की।

अब कोठरी महक रही है। कुमारी के बदन या इतर फुलेल से नहीं। शायद माँ ने बाग़ लगा दिए हों। बाबा का यह मुहावरा मुझे बहुत अच्छा लगता है। उन्हें भी।

अक्सर इस्तेमाल करते हैं। इस वक़्त भी कर रहे होंगे। मन ही मन। अगर यहीं रहना है तो एक कोने का इस्तेमाल इस काम के लिए भी करना होगा। नाक बन्द कर लेनी चाहिए। मौत के साए में भी मितिलाहट। इसीलिए माँ ने मोटी इलाइची बाँध दी थी पोटली में। और कड़वी गोली। जिसकी हिन्दू महक ही काफ़ी होती। मुजाहिदों के लिए। कई आ चुके होते अब तक। अगर कुमारी की ख़ुशबू से किसी को पता चल गया कि वह यहाँ छुपी हुई है तो न जाने कितने मनचले मारकाट छोड़कर यहाँ जमा हो जाएँ। कोठरी के बाहर लम्बी क़तार। शायद कुमारी यही सोच सोचकर सिसक रही हो। न जाने कितने घंटे और यहीं बन्द रहना पड़ेगा। या कितने दिन। अगर मारे न गए तो मर जाएँगे। भूख प्यास से ही। और अगर बच भी गए तो जबरन मुसलमान बना दिए जाएँगे। हरदयाल के मुताबिक़ पहले गोमांस मुँह में ठूँसा जाएगा, फिर क़लमा पढ़वाया जाएगा, फिर सुन्नतों के लिए किसी क़साई को बुलवाया जाएगा। शायद रहमत क़साई को। वह अपने छुरों का इस्तेमाल कर रहा होगा। अगर बक्के का दिल भी बदल गया तो क्या करेंगे? वह क्या करेगा? वह ख़ुद मारकाट कर रहा है। फिर उसने हमें पनाह क्यों दी? बाबा से इक़रार क्यों किया? उसे क्या मिलेगा? उसे मालूम होगा कि हमें उस पर पूरा भरोसा नहीं। माँ को तो अधूरा भी नहीं। चाहे तो इसी पर बिगड़ जाए। और धक्के देकर बाहर निकाल दे। गली में पहुँचते ही गले कट जाएँगे। गोलियाँ तो सिर्फ़ सरदारों की गली पर ही चलाई जा रही होंगी। बक्का ख़ुद कुछ भी न करे, दूसरों के रास्ते में नहीं खड़ा होगा। जान पर खेलने की बात ही ग़लत। कोई नहीं खेलता। क़िस्से कहानी की बात दूसरी। कुमारी और दारी को क्यों ले आया? कहाँ से घसीट लाया? यहाँ लाने से पहले न जाने क्या क्या किया हो उसने कुमारी से! अब उसकी नज़र देवी पर होगी। हम सबको मारकर उन दोनों को मुसलमान बना लेगा। शायद निकाह भी कर ले। या यूँ ही घर डाल ले। इस ख़याल से भी मेरा खून खौला नहीं। मुसलमानों के ख़िलाफ़ तो हरिगज़ नहीं। बक्के के ख़िलाफ़ भी कम। लेकिन इससे कुछ साबित नहीं होता। साबित यही होता है कि इस वक़्त डर के सिवा मेरे मन में कुछ भी नहीं। और शायद यह भी कि मैं बुज़दिल हूँ। और शायद यह भी कि मैं न हिन्दू हूँ न मुसलमान। और शायद यह भी कि मैं मर कट तो सकता हूँ, मार काट नहीं सकता। और शायद यह भी कि मैं मार काट से डर ही सकता हूँ, उसमें शामिल नहीं हो सकता। कभी भी। किसी भी हालत में। कुछ कहा नहीं जा सकता। मौक़े मौक़े की बात है। हरदयाल और जीता मुक़ाबले में हिस्सा ले रहे हैं, डटे हुए हैं। डर उन्हें भी होगा, लेकिन उसके बावजूद वे अपनी गलीवालों के साथ मिलकर लड़ रहे हैं। क्यों? किस असूल के लिए? मैं जानना चाहता हूँ। मैं जानता हूँ। अगर मुक़ाबला न करें तो क्या करें? मैं नहीं जानता। उन्हें यही ख़याल जोश दिलाता होगा कि वे मुसलमानों को मज़ा चखाकर मरेंगे। मुझे क्यों इस ख़याल से कोई ख़ुशी नहीं हो रही? न ही कोई जोश आ रहा है। मरने मारने में मज़ा कैसा?

लेकिन न होता तो यह सब न हो रहा होता। न ही मैं माथा पीटता। जो हो, मैं यहाँ बैठा बहाने बना रहा हूँ। दूसरे देश की सूरत बिगाड़ रहे हैं। यानीकि लड़ मर रहे हैं। मुझसे कोई लड़ाई नहीं लड़ी जाएगी। जीतना तो दूर की बात है। मैं हर मुश्किल में इसी तरह किसी अँधेरे में दुबका बैठा अपने आपको कोसा करूँगा। ताकि मुझे और कुछ न करना पड़े। सिवाय नुक़्ते निकालने के।

माँ ने भी फुसफुसाना शुरू कर दिया है। कुमारी की देखादेखी या वैसे ही। बाबा दाँत पीसकर धमका रहे हैं—चुप हो जा नहीं तो ज़ुबान खींच लूँगा! खींचेंगे नहीं। मैं जानता हूँ। लेकिन मौत के साए में भी इनकी अनबन उसी तरह चल रही है। अगर कुछ देर और हम यहीं बन्द रहे तो पागल हो जाएँगे। एक दूसरे का गला घोंट देंगे। मैं तो शायद अपना ही। वह भी अधूरा। एक और कोठरी याद आ रही है। एक और अँधेरा। और मरे हुए साँप सी वह रस्सी। और उस गाय का फूला हुआ पेट। गला यकायक सूख गया है। मुँह में बची खुची थूक समेटकर उसे निगल लेता हूँ। ख़याल बदल देना चाहिए। इन दोनों से दूर चला जाना चाहिए। यहीं बैठे बैठे। कुमारी को साथ लेकर। उसने सिर दीवार से लगा लिया है, चेहरा हाथों के पीछे छुपा लिया है। हाथ ज़रा सा बढ़ाऊँ तो उसके पैर और पिंडलियाँ सहला सकता हूँ। अँधेरा है। किसी को कुछ पता नहीं चलेगा। चल भी गया तो कोई हरज नहीं। मरने से पहले का मज़ा। दारी की धमकियों से वह चुप नहीं होगी। वह डरी हुई है। उसे प्यार चाहिए। एक डरे हुए लड़के का। हाथ बढ़ाने की हिम्मत नहीं होती। कोई और अंग ही लगा दूँ। टाँगें सीधी करने के बहाने एक पाँव उसके एक पाँव से सटा देता हूँ। तलुए के साथ तलुआ। जैसे देखा जा रहा हो कि कौन सा बड़ा है। क़रीब क़रीब बराबर ही हैं। दोनों के बीच मिट्टी का एक बारीक परदा सा किरक रहा है। अभी पूरा यक़ीन नहीं हुआ कि पाँव उसी का है। और किसका होगा! फिर भी अपने दबाव में दुलार नहीं मिलाऊँगा, जब तक वह दबाव का दबा सा जवाब नहीं देती। असलम माशूक़ की रज़ामन्दी की अलामतें बताया करता था। उसने पाँव हटाया नहीं, यही काफ़ी है। वह मेरी माशूक़ नहीं। यह वक़्त इश्क़ का नहीं। न ही मज़े लेने का। मैं मज़े नहीं ले रहा। न ही दे रहा हूँ। न ही उसे डराना चाहता हूँ। सिर्फ़ दिलासा देना चाहता हूँ। क्योंकि और कोई दे नहीं रहा। अगर खुलकर दे सकता तो पाँव के बजाय मुँह का इस्तेमाल करता। और शायद हाथों का भी। किसी ज़माने में मुझे उससे इश्क़ भी था। रूहानी बेशक नहीं। वह तो सिर्फ़ शूम की बीवी से ही था। अब वह याद तक नहीं आती। अगर यह दुखी न होती तो मैं मोम न होता। मैं चाहता हूँ कि हम दोनों इस अँधेरे से कहीं दूर चले जाएँ। बाहर से आ रही भयानक आवाज़ों से भी। अन्दर बैठी भयानक ख़ामोशी से भी। दारी की धमकियों से भी। बक्के की बेशर्म आँखों से भी। उसने न जाने क्या किया या कहा होगा इसे! अधूरा सा यक़ीन होता जा रहा है कि मेरी पेशक़दमी पर वह हैरान तो हुई होगी, नाराज़ नहीं। मुझे चिन्ता उसकी नहीं,

दूसरों की ही होनी चाहिए। वह चुप तो रहेगी ही, दबाव में दिलचस्पी ले या न ले। देवी को कुछ दिखाई नहीं देगा। उसकी आँखें बन्द हैं। माँ सोच ही नहीं सकती कि उसका भोला बेटा इस तरह की हरकतें सोच भी सकता है। बाबा भाँप भी जाएँगे तो कुछ नहीं कहेंगे। न ही बुरा मानेंगे। बल्कि ख़ुश ही होंगे। उनके अपने दिल में शायद ऐसे ही शोशे उठ रहे हों। जिस्म में तो अब शायद ही। शूम की बीवी शायद ऊधम मचा रही हो उनके मन में। धीमा सा! बाबा मेरे बाप न होते तो दोस्त हो सकते थे। तब कुमारी के एक पाँव के साथ उनका पाँव प्यार कर रहा होता, दूसरे से मेरा। बाक़ी रहा दारी। उसे इस वक़्त अपनी ही चिन्ता होगी। अपनी जान की। नहीं तो धमकाने के बजाय वह उसके बोसे ले रहा होता। वह तो ख़ैर यहाँ नहीं। मतलब मुहावरे के बोसों से था। वैसे भी अगर अफ़वाहों में अधूरी सी सच्चाई है तो दारी को ख़ुश और ख़ामोश रखने के लिए यही काफ़ी है कि अपना दूसरा पाँव उसके हाथ में दे दूँ। या और कोई अंग। वह उससे खेलता रहेगा, मैं कुमारी के पाँव से। किसी बहाने से उसके पास जा बैठूँ तो मज़ा आ जाए। ऐसे संकट में भी इस तरह के ख़याल मेरे मन में कैसे उठ सकते हैं। किसी भी मन का कोई ठिकाना नहीं। न ही किसी तन का। वैसे इन ख़यालों में ख़राबी भी क्या है। ख़यालों को बाँधकर नहीं रखा जा सकता। न ही रखना चाहिए। पूरा खुला भी नहीं छोड़ा जा सकता। क्यों नहीं? क्योंकि क़यामत आ सकती है। जैसे कि आई हुई है इस क़स्बे में। लेकिन नहीं। वह ख़यालों की आज़ादी की वजह से नहीं। वह क़यामत भी नहीं। केशव होता तो क़यामत का मतलब पूछता। सही सही। इस कोठरी में बैठा बैठा शायद बूढ़ा हो गया हूँ। इसीलिए बड़े बड़े ख़याल। बड़े बड़े नहीं, बुरे बुरे। मैं हर ख़याल की वकालत कर सकता हूँ। हर बुरे ख़याल की। मन ही मन। वकालत न सही, कल्पना तो कर ही सकता हूँ। करता ही रहता हूँ। बुरे और अच्छे ख़यालों की। अक्सर एक साथ। पता नहीं कि यह ख़ूबी है या ख़राबी। वैसे अगर अपने अन्दर बैठकर दूसरों के अन्दर के बारे में अन्दाज़े लगाने की आदत न होती तो मैं मर गया होता। आदत तो है, महारत अभी नहीं। वह भी आ जाएगी। अगर इसी तरह जुटा रहा तो। अन्दाज़ों का माहिर बीरू। थोड़ी थोड़ी तो अब भी है। न होती तो पिस गया होता। दुख मैंने भी कम नहीं झेले इस छोटी सी उमर में। अपनी माँ का बेटा हूँ। बूढ़ा हो जाऊँगा तो उसी की तरह बात बात पर आँखें भिगो लिया करूँगा। इस रात की याद आया करेगी तो रोंगटे खड़े हो जाया करेंगे जैसे कि इस वक़्त। लेकिन बुढ़ापे में शायद ही इस रात की याद आए। कभी तो आएगी। बुढ़ापे में यादें जवान हो जाती हैं। कौन कहता है? मैं। क्योंकि मैं बचपन में ही बूढ़ा हो गया था। अब अगर मर भी जाऊँ तो क्या! बहुत कुछ देख लिया। बहुत कुछ सह लिया। एक कामना थी। कुमारी को छूने की। आज वह भी पूरी हो गई। अमन के दुश्मनों की मेहरबानी से। पाँव से ही सही, पाँव को ही सही, छुआ तो। और क्या पता उसके मन को भी छू लिया हो। उसका रोना कुछ तो कम

हो ही गया है। कुछ देर बाद बन्द भी हो जाएगा। अगर ये घड़ियाँ आख़िरी हैं तो हमें एक दूसरे को थाम लेना चाहिए। खुलकर। कम अज़ कम हाथ तो पकड़ ही लेने चाहिए। क्योंकि हो सकता है कि बक्के ने कुछ भी किया या कहा न हो इसे। सिर्फ़ डरी हुई हो यह। वह तो मैं भी कम नहीं। फिर मुझे क्यों नहीं आ रहा रोना। अपना अपना स्वभाव है। तो मेरा स्वभाव क्या है? मैं शायद सख़्त हो गया हूँ। दुख देख देखकर। बार बार दुख का ही बखान क्यों? बखान नहीं, बड़। यह भी माँ की ही देन है। दूसरे भगवान को याद कर रहे हैं, मैं माँ को। जो यूँ सटी हुई साथ बैठी है जैसे उसे सर्दी लग रही हो। इस गर्मी में। जो लोग बाहर जल रहे हैं, उनका ख़याल करो। उनका भी कर रहा हूँ। एक वक़्त में एक ही ख़याल नहीं उठता मेरे मन में। शायद किसी के मन में नहीं। एकदम दस ख़याल घुस आते हैं दिमाग़ में। घुसते नहीं, उठ खड़े होते हैं। दस नहीं, बीस। गिने किसने हैं। अगर दर्ज करने पड़ें तो मुसीबत हो जाए। बयान करने पड़ें तो भी। मुँहज़ुबानी। जब से डायरी लिखनी शुरू की है, पता चल गया है कि अन्दर और बाहर में कितना फ़र्क़ है। पता नहीं चला, अन्दाजा हो गया है। कुछ कुछ। ख़ामोशी में जो ख़याल आते हैं, उन्हें तरतीब तो दी जा सकती है, हू ब हू उतारा नहीं जा सकता। कोई मानेगा नहीं कि यह ख़याल मेरा है। अगर हम सब एक दूसरे की कमर में हाथ डालकर बैठ जाएँ तो डर कुछ कम हो जाए। मौत का सामना कुछ आसान हो जाए। तो करूँ पेश यह सुझाव! दरवाज़ा अगर इसी वक़्त टूट जाए और कई मुजाहिद एक साथ अन्दर घुस आएँ और सबके हाथों में ख़ूनी हथियार हों तो मैं क्या करूँगा? क्या चिल्लाऊँगा? और दूसरे क्या करेंगे? क्या चिल्लाएँगे? और हमला करनेवाले हमें मारते वक़्त क्या कहेंगे? अल्ला का नाम लेंगे? हमें कोई गाली देंगे? हमें नहीं हिन्दुओं को? बग़ैर कुछ बोले किसी को मारना मुश्किल होता होगा। ख़ासतौर पर जान से। रावण तो मूँछ उखाड़ते वक़्त भी चुप नहीं रह सकता था। इस मारकाट में मास्टर भी हिस्सा ले रहे होंगे? डॉक्टर भी? वकील भी? मुल्ला भी? पुजारी भी? बूढ़े भी? बीमार भी? औरतें भी? औरतों तक बात अभी नहीं पहुँची। वे मर्दों के लिए रोटियाँ सेंक रही होंगी। और लूट मार का माल सँभाल रही होंगी। यक़ीन नहीं आता। आए न आए। कितना अच्छा सुझाव था फल्लो का। अच्छे सुझावों पर अमल आसान नहीं होता। इसीलिए तो महात्माजी मारे मारे फिरते हैं। आजकल पता नहीं कहाँ हैं! किसको समझा रहे हैं! उनके दिल में कोई कदूरत क्यों नहीं? उन जैसे और भी तो कई होंगे। उनकी क्यों नहीं सुनता कोई? नीली मस्जिदवाला इमाम क्या सचमुच किसी को मार सकता है? किसी के साथ जबरन ज़ना कर सकता है? किसी बच्चे का गला काट सकता है? मैं नहीं मान सकता! मैंने तो अभी तक यही नहीं माना कि हकीम ज़हूरबख़्श ही सब हुक्म चला रहा है। मुझे तो अपने कानों पर भी यक़ीन नहीं आता। इसीलिए सुनी अनसुनी कर रहा हूँ। कर नहीं पा रहा। मैं तो अपनी आँखों से देख लूँगा तब भी नहीं मानूँगा।

कुमारी अब भी रो रही है। लेकिन पहले से कम। जैसे आँसू ख़त्म हो गए हों। या डर। अगर हम खुलकर बातें कर सकते तो क्या कहते एक दूसरे को? यह ख़ामोशी उन बातों से बेहतर है। माँ रोते रोते रामरट शुरू कर देती है। और उसे तोड़कर फिर रोना। देवी अभी भी समाधि सी लगाए बैठी है। इसने अच्छा तरीक़ा निकाल लिया है। लाहोर में भी यही करने लगी थी। मौत के साथ साथ माताजी के बारे में भी सोच रही होगी। और नरेश के बारे में भी। वह न जाने कहाँ है! माताजी शायद मारी गई हो। लेकिन वह बहुत चालाक है। मारनेवाले को भाई बना लेगी। बाबा किसी टूटे हुए बुत से गिरे बैठे हैं, दारी किसी मरे मेंढक सा। कुमारी ने अपने चेहरे पर उँगलियों का एक जंगला सा तान लिया है। रो न रही होती तो उसके पीछे से आँख मार देती। अब सिर्फ़ देख रही होगी। मुझे भी। उसने अपना या मेरा पाँव इधर उधर नहीं किया। उसे महसूस ही नहीं हुआ होगा। हुआ भी हो तो वह पता नहीं चलने देगी। लाहोरन! बद से बदनाम बुरा। मैंने इसे इस अधूरे अँधेरे में बालो बना दिया है। छू इसे रहा हूँ, छटपटा उसके लिए। छटपटा नहीं रहा। एक बात बता रहा हूँ। ताकि ताक़त बनी रहे। बच निकलने की। बाहर भड़क रही आगों की काँपती हुई रोशनी कभी कभी दरवाज़े की दरारों में से अन्दर आ जाती है। अँधेरा अँगड़ा उठता है। महसूस होता है जैसे आग हमारी तलाश कर रही हो। मेरा जिस्म झुंझला उठता है। देह पर माँ का दबाव बढ़ जाता है। वह मेरे साथ सटी बैठी है। उसके साथ देवी। देवी से उधर बाबा। गिरे पड़े से। सामनेवाली फटी हुई दीवार से ओट लगाए कुमारी। उसके पास ही उकड़ूँ बैठा हुआ दारी। उसकी आँखें दरवाज़े से हटती ही नहीं। दरवाज़े के बाहर शायद बक्के ने कोई पहरेदार बिठा रखा हो। उसे पता होना चाहिए कि हम भाग नहीं सकते। होगा। बीसियों सवाल मेरे दिमाग़ को उधेड़ रहे हैं। उसने हमें पनाह दे रखी है, या क़ैद? उसकी नीयत नेक है या नहीं? हम बचेंगे या नहीं? सारे या कुछ? बच भी गए तो जाएँगे कहाँ? जिएँगे कैसे? अगर उधर भेज दिए तो क्या होगा? बाहर क्या क्या हो रहा है? वक़्त क्या है? भूख प्यास भड़क उठी तो क्या करेंगे? इन सवालों के बावजूद मेरा पाँव अब खुलकर उसके पाँव को सहला रहा है। उसकी ख़ामोशी के बावजूद। मेरे जिस्म के दो हिस्से हो गए हैं। कमर से ऊपर मौत और उसका डर हावी है, उससे नीचे ज़िन्दगी और उसकी हरारत। सिर पर ख़तरा सवार है, पैर पर ख़ुशी। बाहर तूफ़ान मचा हुआ है, मैं बैठा इस बदमाश की बलाएँ ले रहा हूँ। रगड़ ने तलुओं के बीच खिंचे किरक के परदे को हटा मिटा दिया है। अब कुमारी के मांस की करारी सी नरमी मुझे महसूस हो रही है। मज़ा भी आ रहा है, शर्म भी। उसे न जाने क्या महसूस हो रहा है। अगर यह रात आख़िरी है, इस क़स्बे में या इस दुनिया में, तो यह तसल्ली तो रहेगी कि मौत के साए में भी मैं मुहब्बत से बाज़ नहीं आया। इसके पैर से ही नहीं, सारी औरतों के पैरों से प्यार बटोर रहा हूँ। मारकाट के बीचोबीच। सबके सामने। असलम होता तो दाद देता।

बहादुरी की भी और जुमलों की भी। उससे मुलाक़ात अब नहीं होगी। न ही हो तो बेहतर। उसे पता भी नहीं चलेगा कि मैं मारा गया या बचकर निकल गया। न ही मुझे कि वह मर चुका है या अभी तड़प रहा है। हरदयाल और जीता तो शायद नज़र आ जाएँ। किसी कैम्प में। या यूँ ही हिन्दुस्तान में घूमते भटकते। उनसे इस रात की बातें होंगी तो क्या बताऊँगा, क्या छुपाऊँगा? वे बताएँगे कि उन्होंने किस किसको मारा, कितनों को मारा, कितनों को बचाया, कैसे बचाया तो मैं उनसे क्या कहूँगा, दिल में क्या सोचूँगा? बालो नहीं बचेगी। उस पर तो कई शैतानों की नज़र होगी। हरदयाल कहता था, हरामियों ने लिस्टें बना रखी हैं सब लड़कियों की! मुझे यक़ीन नहीं आता था। फिर एक दिन उसने बताया था कि अमृतसर में हिन्दुओं और सिक्खों ने भी वैसी ही लिस्टें बनाई हुई थीं। उसने अपनी आँखों से एक लिस्ट देखी थी। मुझे फिर भी यक़ीन नहीं आया था। तब जीते ने तुनककर कहा था, तुझे तो तब यक़ीन आएगा जब वे हरामी बालो और देवी को उठा ले जाएँगे। देवी को तो शायद कोई हाथ भी न लगाए। उसके तप का तेज देखकर ही दुबक जाएँगे। बालो में भी तेज तो है लेकिन दूसरा। जब उसकी मौत या बेहुरमती की कल्पना करता हूँ तो कान गर्म हो जाते हैं। पर उसके क़ातिलों को क़त्ल कर देने की उमंग नहीं उठती। क्यों नहीं? यह वक़्त ऐसे सवालों का नहीं, ऐसे सवालों के जवाब जुटाने का नहीं। तो यह वक़्त किन सवालों का है? यह वक़्त इस सवाल का भी नहीं। तो वक़्त कैसे काटूँ? जैसे काट रहा हूँ। जैसे तैसे। ऊब को ऊलजलूल अन्दाज़ों से मारकर। यानीकि चुप मारकर पड़ा रहूँ। साँप की तरह। नींद के इन्तज़ार में। मौत के इन्तज़ार में। दूसरों की तरह। दूसरे तो परमात्मा से दया की भीख माँग रहे होंगे। माँ मेरी जान की भी। मैं प्रार्थना भी नहीं कर सकता। माँ कई बार कानों में सुझा चुकी है, राम का नाम लो, राम का नाम लो। झूठ बोल देता हूँ, ले रहा हूँ, ले रहा हूँ। लेकिन लिया एक बार भी नहीं। जब आए थे और अँधेरा अभी नहीं उतरा था और ढोल बज रहे थे तब भी माँ ने यही सुझाया था। उसे टालने के लिए हाथ जोड़कर होंठ हिला दिए थे। अन्दर से न कोई दुआ उठी थी न इल्तिजा। अपनी वह टूटी हुई ऐनक याद आती रही थी। जिसे भगवान ने नहीं जोड़ा था। मेरे हाथ जोड़ने के बावजूद। इस भागदौड़ में शायद यह ऐनक भी टूट जाए। ढीली तो है ही। बार बार नाक सुकेड़नी पड़ती है। ग्यानीजी की तरह। टूट गई तो भागदौड़ बन्द। इस ख़याल से क़रीब क़रीब उतना ही काँप रहा हूँ जितना कि मार दिए जाने के ख़तरे से। इसके बग़ैर तो यह भी नहीं देख सकूँगा कि किसके हाथ में कौन सा हथियार है, कि हाथ वार के लिए उठ रहा है या प्यार के लिए। हर मुसीबत में मुझे इसी की चिन्ता लगी रहती है। कभी कभी सपने में टूट जाती है तो बिलबिलाता हुआ जाग उठता हूँ। अपनी उस छत पर लेटा लेटा सोचा करता था कि चोर आ गए तो ऐनक चारपाई के नीचे ही पड़ी रहेगी और मैं धड़ाम से नीचे जा गिरूँगा। गली में। माई माया के मकान के साथ साथ बहती नाली में।

जहाँ किसी ज़माने में भिड़ों से खेला करता था। सिर तरबूज़ की तरह फट जाएगा। लेकिन पास खड़े लोगों से यही पूछता सुना जाऊँगा कि मेरी ऐनक किसी ने चारपाई के नीचे से उठाई या नहीं। लेकिन इस ऐनक ने एक अच्छा काम तो कर ही दिया। भगवान से आज़ादी दिला दी। हमेशा के लिए। शायद।

यह सोचकर चौंक उठा हूँ कि इतने बड़े संकट का सामना उसके बग़ैर कर रहा हूँ। वह अगर है तो मेरी बेवक़ूफ़ी या बहादुरी पर हैरान हो रहा होगा। मैं एक और ही बात पर हैरान हो रहा हूँ। जो लोग बाहर तबाही मचा रहे हैं, उनसे डर तो रहा हूँ लेकिन उनके लिए मेरे दिल में नफ़रत नहीं। न ही शायद ग़ुस्सा। न ही उनका मुक़ाबला करने की ख़्वाहिश। न उनसे बदला लेने की उमंग। तो मुझे किस चीज़ का सहारा है? अपने डर के सिवा। किस विचार का? किस विश्वास का? किस ज़िद्द का? सवाल खोपड़ी में गूँज मचा रहे हैं। इस वक़्त इस अँधेरे में एकदम अकेला हूँ। घरवालों के बावजूद। दारी और कुमारी के बावजूद। न किसी ईश्वर का सहारा है, न किसी आँसू का। न किसी विश्वास का, न किसी विरोध का। न किसी ज़रूरत का, न किसी ज़िद्द का। मरना नहीं चाहता। लेकिन ज़िन्दा रहने के लिए किसी को मारना भी नहीं चाहता। कुमारी के सोए हुए पैर से पैर सटाकर पड़े रहने के सिवा कुछ भी नहीं करना चाहता। न ही शायद कर सकता हूँ। कर सकता तो भी न करता। दुश्मन के सामने डट जाने के लिए निडरता ही नहीं, यह यक़ीन भी ज़रूरी है कि सामने जो है वह दरअसल दुश्मन ही है। मुझे ऐसा कोई यक़ीन नहीं। कुछ लोग इसके बग़ैर भी लड़ लेते होंगे। मैं तो इसके होते हुए भी शायद ही लड़ सकता। तो क्या मैं महात्मा हूँ? वह होता तो इस वक़्त बाहर खड़ा बक्के और उसके साथियों से बहस कर रहा होता। बहस की तो ख़ैर नौबत ही नहीं आती। दरअसल दुश्मन के सामने डट जाने के लिए एक अन्धा सा भरोसा यह भी होना चाहिए कि वह तो तुम्हारा दुश्मन है, तुम उसके दुश्मन नहीं। कि दुश्मनी का काला फूल पहले उसी के दिल में खिला था। ऐसा कोई भरोसा मुझमें नहीं। न कभी था। न शायद इस मारकाट के बाद आएगा। इसीलिए तो इस अँधेरे में हूँ। इतने अँधेरे में हूँ। इतना अकेला हूँ। कोई मानेगा नहीं कि यह मामूली सा लड़का अपने अन्दर इतना कुछ छुपाए बैठा है। न माने। मौत ही शायद मुझे इस अँधेरे में से निकालेगी। मौत से मोह तो नहीं हो गया? यहाँ बैठे बैठे? बीज तो पहले से ही होगा अन्दर। बाबा का। मुझे काला कृष्ण चाहिए। गोरी गीता। माँ को मुँहज़ुबानी याद है। गुरमुखी की। ग़लत सलत। अब भी उसे ही रट रही होगी। अपनी तरफ़ से कुछ जोड़जाड़कर। मन्त्र की महिमा! मेरे लिए नहीं। नास्तिक न होता तो भी क्या बार बार उसी के बारे में सोच रहा होता? नास्तिक का नाता उससे और भी गहरा। मैं तो ख़ैर तब भी अकेला ही होता। इतना ही। बेसहारा। इन सबकी तरह। ये तो मुझसे भी ज़्यादा डरे हुए हैं। माँ की मिनमिन ने उसे कोई शान्ति तो नहीं दी! बाबा की ख़ामोशी में भी ख़ौफ़ ज़्यादा, विश्वास कम। देवी की

दौड़ का अन्दाज़ा मुझे नहीं। उसके दुख का है। दुख ने उसकी आँखें खोल दी हैं। अन्दर की तरफ़। कुमारी शायद मेरी ही तरह है। अकेली और उलझी हुई। इसीलिए उसने मेरा पैर ठुकराया नहीं। अभी तक। दूसरा भी उसे दे दूँ? लेकिन जो धीमी सी लहर उठी थी, अब बैठ गई। बैठी ही रहे तो बेहतर। भूख ने अँतड़ियाँ उमेठ रखी हैं। दूसरी भूख ने। एक वक़्त में एक ही भूख काफ़ी। पैर पीछे हटा लेता हूँ। उसका पैर आगे नहीं बढ़ा। साबित हुआ सोया हुआ है। सोया रहे। मैंने अपना काम कर दिया। उसका रोना कम कर दिया। बन्द नहीं कर सका। करना भी नहीं चाहता था। ख़ामोशी ख़ौफ़नाक हो जाती।

अब वह बहुत धीमे धीमे रो रही है। और साफ़ साफ़। ऐसे रोने की आवाज़ अँधेरे में दूर दूर तक फैल जाती है। याद नहीं किसने बताया था। सितारों की रोशनी की तरह। उसके लिए ख़ामोशी भी ज़रूरी है। अँधेरे के साथ साथ। यह अपनी तरफ़ से जोड़ दिया। इस वक़्त बाहर शोर बहुत है। बन्दूक़ों का। बन्दूक़ें चलानेवालों का। नाम ले लेकर गोलियाँ चलाई जा रही हैं। बारूद ख़त्म हो जाएगा तो बरछियों की बारी। गली में जैसे घोड़े दौड़ रहे हों। छुरों की आवाज़ तो आ नहीं रही। छुरेबाज़ों की तो आ रही है। दूसरे धन्धों से निबटकर अब ख़ून की होली। आग की आवाज़ आ रही है। आग लगानेवालों की भी। शायद उसमें जलनेवालों की भी शामिल हो। भुनते हुए मांस की बू। अगर इस कोठरी में आग लग गई तो हम सब नाचना शुरू कर देंगे। लेकिन बक्का लगने नहीं देगा। आग सिर्फ़ उन गलियों में जहाँ मुसलमानों के मकान नहीं। लेकिन फैल भी तो सकती है? बक्के ने बीवी बच्चों को बताया नहीं होगा कि हम यहाँ हैं। नहीं तो बच्चे हमें देखने आ जाते। उन्हें तो शायद यह भी न बताया हो कि वह मारकाट कर रहा है। ऐसी बातें बताई नहीं जातीं। सबको सब कुछ पता होगा। फल्लो का दिखाया हुआ रास्ता किसी ने नहीं अपनाया। लोगों ने गाँधी की नहीं सुनी, फल्लो बेचारी किस खेत की मूली! अमन कमेटी नाकाम ही रही। हिम्मत सिंह रो रहा होगा। शायद इधर उधर दौड़ रहा हो। मना कर रहा हो। मारा जाएगा। मारा गया होगा। और टुंडा लाट? और बादशाह? और हरा हलवाई? और नूराँ? और यानीकि? उन पर तो दोनों तरफ़ से बरस रही होंगी। बरछियाँ और लानतें। यानीकि अब भी दलीलें दे रहा होगा। दीवारों को। शायद ख़ामोश हो गया हो। सदमे से। उनमें से तो शायद एक भी न बचे। उन पर तो दोनों तरफ़ों की मार। उनके बग़ैर क़स्बा बेरौनक़ हो जाएगा। रौनक़ की चिन्ता किसे है! मुझे तो है। इन दंगों के बाद पागलों की एक नई पौद। इधर भी, उधर भी। इस रात का आँखों देखा हाल। मैं तो कानों सुना ही सुना सकता हूँ। वह भी सारा कहाँ सुन रहा हूँ! अपने ख़यालों से ही फ़ुर्सत नहीं। वे भी ज़रूरी हैं। पूरी तस्वीर के लिए। पूरी तस्वीर तो शायद ही कोई उतार सके। नए पागल क़स्बेवालों को मर खप चुके लोगों की याद दिलाया करेंगे। मैं बच गया तो न जाने कब तक क़स्बे को याद करूँगा? और कहाँ कहाँ?

और किस किसको? अगर आँखों में कभी नमकीन सी नमी आ जाती है तो सिर्फ़ इस ख़याल से कि यह क़स्बा अब किसी और का। मेरा दिल नहीं पत्थर है। काश कि मैं भी कुमारी की तरह हो सकता! काश कि मुझे भी बक्के ने इतना डरा दिया होता! दारी ने उसे धमकाना बन्द कर दिया है। इतने शोर में उसकी सूँसूँ किसे सुनाई देगी? कुत्ते फ़रियाद कर रहे हैं। इतने कहाँ से आ गए? कितनों को तो मैं ही जानता हूँ। कभी कभी वे भी याद आया करेंगे। कुछ गधे भी शामिल हो गए हैं। कुछ पता नहीं चलता कि हँस रहे हैं या रो। जब हम आए थे तो परिन्दों ने आफ़त मचा रखी थी। कुछ देर बाद बाँग देनेवाले मुर्ग़ों और मुल्लाओं का शोर भी शुरू हो जाएगा। रात तो अभी जवान होगी! नमाज़ पढ़ने की फ़ुर्सत आज किसे होगी! फ़ुर्सत या हिम्मत? दोनों। अगर मैं मार काट कर रहा होता तो अपने ख़ूनी हाथ ख़ुदा को दिखा सकता? दिखाने से पहले धो लेंगे। उसे माननेवालों का कोई ठिकाना नहीं। कोई भरोसा नहीं। उसी के नाम पर ही सब गुनाह। अब तो ज़ना भी। उसी के नाम पर सब बेइंसाफ़ियाँ। यह इलहाम मुझे अब हुआ? हो तो गया। अभी मेरी उम्र ही क्या है! इसी उम्र में इतना बड़ा भ्रम टूट गया! बाक़ी की उम्र अब कैसे कटेगी? बाक़ी शायद बची ही न हो। आज की रात ही आख़िरी रात। वैसे वह भी अपने बन्दों से बेहतर शायद न हो। हो ही नहीं सकता। वह अगर है तो सारी बातों का आदी हो चुका होगा। सारी स्याहियों का। सारी बेशर्मियों और बेवक़ूफ़ियों का भी। इसीलिए उन्हें लड़ाता रहता होगा आपस में। ताकि तादाद में कमी होती रहे। बराबर।

मैं तो यूँ सोच रहा हूँ जैसे मान लिया हो कि वह है। कि उसकी मर्ज़ी के बग़ैर कोई पत्ता हिल सकता है न कोई परिन्दा पुकार। परिन्दों और पत्तों को तो मैं नहीं जानता, इंसान तो उसकी मर्ज़ी या हुक्म के बग़ैर ही यह सब कुछ कर रहे होंगे। मैं क्यों उलझ रहा हूँ उससे? कहीं मैंने उसे मुआफ़ तो नहीं कर दिया? वह ऐनक न जोड़ने के लिए। या न जोड़ सकने के लिए। कहीं मैंने इस हक़ीक़त को भुला तो नहीं दिया कि यह सारा ख़ूनख़राबा उसी के नाम पर हो रहा है? उसी के नामलेवा कर रहे हैं? इधर भी और उधर भी। दोनों तरफ़ एक सी आग। एक सा अँधेरा। मुझे उस तरफ़ का क्या पता! मुझे सब पता है। अख़बारें तो हैं ही, अन्दाज़े भी हैं। मैं बला का अन्दाज़ेबाज़ हूँ। दोनों तरफ़ एक से दरिन्दों की धाक। दोनों तरफ़ उसी के नाम की दुहाई। अगर वह ऐसे ही हैवानों का ख़ुदा है तो मैं उसके बग़ैर ही भला। इस मुसीबत में भी। आज फिर उसे ललकारने का मन हो रहा है। फिर उसका इम्तिहान लेने का। अगर यह आग अभी बुझा दी तो घुटने टेक दूँगा। कहोगे तो मुसलमान भी हो जाऊँगा। अगर तुम मुसलमान हो तो। नहीं, यह शर्त उसके लिए आसान होगी। केशव को ज़िन्दा कर दो! क़ायदेआज़म को महात्मा गाँधी बना दो। कुमारी को उठाकर मेरी बग़ल में बिठा दो! मुझे उड़ाकर बालो के पास ले जाओ। इस क़िस्म की माँगें उसे माननेवाले नहीं करते होंगे। ऐसे कड़े इम्तिहान एक ही बार लिए जा सकते हैं। वह

भी बचपन में। वैसे इस पागलपन का क़ुसूर उस पर क्यों? क्योंकि वह अगर है तो सारा क़ुसूर उसी का है। और वह अगर नहीं तो क़ुसूर की तक़्सीम की जा सकती है। उस पर भी ऐसे ही झगड़े होंगे। मैं बरसों तक इसी तक़्सीम में उलझा रहूँगा। और उस से। लेकिन बरसों तक तो शायद नौबत ही न आए। आज ही काम तमाम हो जाए। हो जाए। शाबाश! ख़ून कुछ खौला तो! मुसलमानों के ख़िलाफ़ नहीं। सिक्खों के ख़िलाफ भी नहीं। हिन्दुओं के ख़िलाफ़ भी नहीं। ईसाई मज़े में हैं। उनका कोई नाम ही नहीं लेता। हम ईसाई होते तो हमें कोई न मारता। ख़ैर। मेरा खून तो ख़ुदा के ख़िलाफ़ ही खौल रहा है। इसी जोश में मौत का डर मद्धिम हो गया। शायद। पाँव फिर मचल उठा। उसका दबाव बेधड़क दुलार में बदल गया। कहीं ऐसा न हो कि यह कमबख़्त बिलकुल बेक़ाबू हो जाए। और इसकी देखादेखी दूसरे अंग भी। सारा जिस्म मजनूँ। कुमारी ने रोना बन्द कर दिया है। दुलारना अभी शुरू नहीं किया। ठंडी है। डर से। रात शायद ख़त्म होने को है। इसीलिए बाहर अफ़रातफ़री सी मची हुई है। हकीम ज़हूरबख़्श की गरज गूँज रही है। चारों तरफ़। उसकी आवाज़ किसी हवा या बला की तरह लहरा लहरा जाती है। जैसे सीधी आसमान से उतर रही हो। और मुजाहिदों को बेहोश करती जा रही हो। बाबा की कहानियों में कभी कभी आकाशवाणी हुआ करती थी। और फिर आकाशवाणी हुई! बाबा आवाज़ बदलकर बोलते थे तो रोंगटे खड़े हो जाते थे। समझ में नहीं आता था कि आकाशवाणी क्या होती है, क्यों होती है, कौन करता है। वह तो अब भी नहीं आता। मुसलमान आकाशवाणी को क्या कहते होंगे? इलहाम? हकीम किसी छत पर चढ़ा फ़रमान उड़ा रहा है। अब उसे अनसुना करना नामुमकिन हो गया है। शायद पहले कहीं और से बोल रहा था। अँधेरे में उसकी दाढ़ी चमक रही होगी। बोलते बोलते उसे दुलार देता होगा। मौत का फ़रिश्ता। बाबा से पूछना चाहता हूँ कि यह आवाज़ क्या सचमुच उसी की है। असलम को भी सुनाई दे रही होगी। इसे किसी हिन्दू ने मार क्यों नहीं दिया? अगर यह मर जाता तो क्या बच जाता? क़ुसूर इस बेचारे का भी नहीं। तो किसका है? इसके इर्दगिर्द मुजाहिदों का घेरा होगा। मंज़ूरे का बाप तलवार ताने खड़ा होगा। नहीं बन्दूक़। और इसी ने कई बार मेरी नब्ज़ पर अपनी नर्म नर्म बूढ़ी उँगलियाँ रखी हैं। मेरे पेट को अपने पतले हाथों से दबाया है। मेरी ज़ुबान देखी है। मेरे क़ारूरे की शीशी को आँखों के सामने लहराकर कहा है, इसका जिगर बढ़ गया है! मुझे यक़ीन नहीं आता कि अब यह इस तरह हिदायतें दे रहा है। अपना पाँव पीछे हटाकर कान हकीम की आवाज़ पर लगा देता हूँ।

पहले साहनियों की गली का सफ़ाया करो! एक एक मकान की तलाशी लो! एक एक कमरे, कोठरी की! आग हवा का रुख देखकर! कहीं किसी मोमिन का मकान न जल जाए। ग़द्दारों की ख़बर बाद में लेंगे। पहले काफ़िरों को ठिकाने लगाओ! जल्दी से जल्दी! अगर किसी बेवक़ूफ़ ने किसी काफ़िर को अपने घर में

या कहीं और छुपा रखा है तो कान खोलकर सुन ले...बक्का सुन रहा होगा। पता नहीं उसने हमें हलाक क्यों नहीं किया अभी तक। वक़्त नहीं मिला होगा। सोचता होगा, ये अपने आप ही मर जाएँगे। हकीम की हिदायतें सुनकर डाँवाडोल तो ज़रूर हो जाता होगा। शायद उसने हकीम से मंज़ूरी ले रखी हो। कह दिया हो, मैंने वायदा कर दिया था। हकीम को उसके वायदे का क्या लिहाज़! अगर उसे पता चल गया तो तीन चार मुजाहिद इधर भेज देगा। जाओ, उन्हें अभी जहन्नुम भेज दो! यह वक़्त लिहाज़ मुलाहिज़े का नहीं! इस्लाम ख़तरे में है! मूज़ियों पर तो ख़ुदा भी तरस नहीं खाता। यह मत भूलो कि इन लोगों ने हमेशा तुम्हारा ख़ून चूसा है, तुमसे नफ़रत की है! यह मत भूलो कि ये बनिए किसी के भाई नहीं! यह मत भूलो कि ये दालखोर दिल के काले होते हैं! यह मत भूलो कि पाकिस्तान हमारा है, सिर्फ़ हमारा! इसमें नापाकों के लिए कोई जगह नहीं। इस मौक़े को हाथ से मत जाने दो! सबको मार डालो। यह मत भूलो कि उधर तुम्हारे भाइयों को भूना जा रहा है, तुम्हारी बहनों और माँओं और बेटियों की बेहुरमती की जा रही है, उनके जुलूस निकाले जा रहे हैं! यह मत भूलो...इसका बस चला तो यह किसी को कुछ भी भूलने नहीं देगा। हो सकता है कि इसने भी चोरी चोरी कुछ हिन्दुओं को अपने घर में छुपा रखा हो। वे अब इसकी बकवास सुन रहे होंगे। और सोच रहे होंगे कि इसकी नीयत क्या है। इसकी बीवी इस वक़्त शायद उन्हें दाल रोटी खिला रही हो। और दिलासा दे रही हो। कह रही हो, बूढ़े की बातों पर मत जाओ। बक्का तो हमें भूल ही गया। भूला ही रहे तो अच्छा। आते ही फिर दीदे फाड़ फाड़कर देखने लगेगा कुमारी को। और वह फिर रोना शुरू कर देगी। मुश्किल से उसे चुप कराया है। मेरे पैरों ने। अब सिर्फ़ सिसक रही है। थोड़ी थोड़ी देर बाद। यह मत भूलो कि सिक्ख और साँप में कोई फ़र्क़ नहीं। उन्होंने उधर तुम्हारे भाइयों पर इतने ज़ुल्म...हरदयाल और जीता भी कहीं छुपे बैठे यह सब सुन रहे होंगे। और सोच रहे होंगे कि मैं सुन रहा हूँ या नहीं। वे मन ही मन इसे हलाक कर रहे होंगे। और सोच रहे होंगे कि हक़ीक़त में कैसे करें। मैं ऐसी बात सोच ही नहीं सकता। क्यों? मैं और ऊलजुलूल जो सोच लेता हूँ। खाँसीशाह की हवेली में बहुत से लोग छुपे हुए हैं। उस हरामज़ादे का सारा कुनबा! हवेली पर हल्ला बोल दो! दरवाज़े तोड़ दो! आग मत लगाना अभी! हवेली हराम की कमाई से भरी पड़ी है। और शायद हथियारों से भी। उन्हीं हथियारों से हरामख़ोरों को हलाक करो। यह मत भूलो...इसे सब मालूम है। महीनों से इस रात की तैयारियाँ हो रही होंगी। और अमन कमेटीवाले तक़रीरें ही करते रहे। प्रभातफेरियाँ ही निकालते रहे। और कर भी क्या सकते थे! इसे शायद यह भी मालूम हो कि हम यहाँ छुपे बैठे हैं। अभी हिदायत देगा कि बक्के की कोठरी में बैठे बुज़दिलों के गले काट दो! माँ गिड़गिड़ाकर कहेगी, मेरा काट लो, मेरे बेटे का रहने दो। मैं कहूँगा, मेरा काट लो, कुमारी का रहने दो! अमन कमेटीवाले अगर इसका दिल बदल लेते तो यह तबाही न होती।

लेकिन बदलते कैसे? बापू क़ायदेआज़म का न बदल सके। अगर वे आज यहाँ होते तो वे अभी मारे जाते। हकीम शोर मचा रहा होता, यह मत भूलो कि बापू बनिया है, हिन्दू है। हिम्मत सिंह आख़िर तक बापू की दुहाई देता रहा। यानीकि बुनियादी बातों की। बादशाह इस्लाम की। फल्लो सबकी पोल खोल दिखाने की धमकियाँ। सब कोशिशें बेकार गईं। तो क़ुसूर किसका? किसका नहीं? देश का बँटवारा तो हो गया, क़ुसूर का होता रहेगा। बरसों तक। पहल किसने की? कहाँ की? क़ुसूर की जड़ें बहुत गहरी हैं। दूर दूर तक फैली हुई हैं। हर एक के दिल में। सदियों पुरानी अदावतों और यादों में। मुझे बार बार यानीकि की याद आ रही है। उसकी मुलाक़ात बापू से होनी चाहिए थी। कम अज़ कम एक बार। दुनिया की नज़र में दोनों दीवाने। शायद ख़ूब गुज़रती। सरदारों की गली अभी सर नहीं हुई। वह सूअर का बच्चा विश्वा पहलवान वहीं बैठा हम पर गोलियाँ चला रहा है। उनका बारूद अभी ख़त्म नहीं हुआ। सब वहाँ पहुँच जाओ। वह मोर्चा अब तोड़ना होगा। मिलिटरी आ गई तो मुश्किल होगा। खाँसीशाह की हवेली को बाद में भी लूटा जा सकता है। रात ख़त्म होनेवाली है। वक़्त जाया मत करो। ख़ुदा का नाम लो और उस मोर्चे पर टूट पड़ो। यह मत भूलो कि अपने मकान यह मरदूद अपने साथ नहीं ले जा सकते। लूट खसूट बाद में भी हो सकती है। दिन में भी हो सकती है। पहला काम पहले। पहले मर्दों को मारो, फिर औरतों और बच्चों को। किसी पर रहम मत करो! किसी की फ़रियाद मत सुनो। बहरे हो जाओ! टुंडे लाट की तलाश जारी रखो! वह मुसलमान नहीं। अगर किसी के बारे में शक हो तो उसे नंगा करके देख लो! लाशों को साथ साथ आग में फेंकते जाओ...यह क्यों नहीं कह देता कि ज़ख़्मियों को भी। यह तो मज़े ले लेकर हुक्म चला रहा है। कोई सुन भी रहा होगा! सुने न सुने, काम तो अपना अपना कर ही रहे हैं सब। न जाने कितने लोग मर चुके होंगे? अगर सच्चे मुजाहिद हो तो हिम्मत करो और फ़जर की नमाज़ से पहले ही क़स्बे को काफ़िरों से पाक कर दो। सुबह होने तक एक भी सूअर बचे नहीं। न ही कोई सूअर का बच्चा। यह मत भूलो...मैं इसकी नज़र में सूअर हूँ या सूअर का बच्चा? शायद दोनों। इसीलिए दो बार मारा जाऊँगा। जब बक्का हमें मारने आएगा तो मैं उससे कहँगा, पहले मुझे मारो! वह मेरी बहादुरी पर ख़ुश हो जाएगा। शायद उसका दिल बदल जाए। दिल कहानियों में ही बदलते हैं। माँ मुझे भूसे में छुपा देगी। कई दिन बेहोश पड़ा रहूँगा। एक दिन बक्का भूसा लेने आएगा तो मुझे सुरसुराते देख उसकी चीख़ निकल जाएगी। और मैं होश में आ जाऊँगा। देखूँगा कि बक्का मेरे क़दमों में बेसुध पड़ा है। यह रात अचानक याद आ जाएगी। सोच में पड़ जाऊँगा कि बक्के को पानी पिलाऊँ या उसका गला घोंटकर बाहर भाग जाऊँ। भागने की बेवक़ूफ़ी नहीं करूँगा। न ही उसका गला घोंटने की। उसे जगाकर कहूँगा, मुझे मुसलमान बना लो, क्योंकि सब मज़हब मेरी नज़र में एक से हैं। बक्का कहेगा, अगर मरना नहीं चाहते तो कहो कि इस्लाम सारे मज़हबों

से अच्छा है। मैं कह दूँगा। उधर जाकर बाक़ी लोग अपनी बहादुरी की बातें सुनाएँगे, मैं अपनी बुज़दिली की। लेकिन बक्का शायद अपने वायदे का पक्का निकले। जब मिलिटरी आएगी तो हमें उसके हवाले कर देगा। कुमारी को शायद अपने पास ही रख ले। क़ीमत के तौर पर। फिर सारी उम्र अपने मरीज़ों को बताता रहेगा कि किस तरह अपनी जान पर खेलकर उसने अपना वायदा निभाया। उसके मरीज़ उसकी नेकदिली पर अश अश किया करेंगे। मैं आगे के ख़्वाब ले रहा हूँ। हकीम भी। सबको सुना सुनाकर। यह मत भूलो कि बच जाओगे तो ग़ाज़ी कहलाओगे, मारे जाओगे तो शहीद। यह भी मत भूलो कि शहीद सीधे बहिश्त में जाते हैं...जहाँ उनके दाएँ बाएँ हूरें नाचती रहती हैं। हर वक़्त। उनके इशारों पर। तिगनी का नाच। जो मैंने कभी नहीं देखा। मैं पूछना चाहता हूँ कि वे हूरें नंगी होती हैं या पोशाक में। कि उनको नाच सिखाता कौन है। कि वे आती कहाँ से हैं। कि वे सिर्फ़ नाचती ही हैं या कुछ और भी करती करवाती हैं। मैं पूछना चाहता हूँ कि हकीम ने बहिश्त के लौंडों का नाम क्यों नहीं लिया। जिन्हें अरबी में शायद ग़िलमान कहते हैं। एक बार मौलवी नज़ीर अहमद ने बताया था। उसकी पढ़ाई फ़ारसी अरबीनुमा उर्दू कभी नहीं भूलेगी। उधर जाकर भी नहीं। वहाँ तो और याद आया करेगी। इस रात की तरह। इस क़स्बे की तरह। कहीं मौलवी नज़ीर अहमद भी पागल न हो गया हो। दूसरों की देखादेखी। हकीम तो शायद सचमुच पागल हो गया है। मारे ख़ुशी के। यह सोच सोचकर कि सुबह होने तक यह क़स्बा काफ़िरों से पाक हो जाएगा। कुछ कायर बचे रह जाएँगे। लेकिन इसे क्या मिलेगा? सवाब। इतने काफ़िरों को एक साथ जहन्नुम भेज देने का। मैं ख़ुद उड़ा जा रहा हूँ। उसी तरफ़। कोठरी समेत। भूख अपने चमत्कार दिखा रही है। मुझे बहिश्त के दरवाज़े पर छोड़ देगी। वहाँ खड़ा फ़रिश्ता कहेगा, पहले दिखाओ। देखकर कहेगा, तुम तो आधे मुसलमान हो, उनके लिए यहाँ कोई जगह नहीं। मैं न उधर का न इधर का। उड़ नहीं रहा, उड़ना चाहता हूँ। बहुत पुरानी उमंग है। कभी कभी सपनों में पूरी हो जाती है। दूसरे दिन याद नहीं आता कि रात को किस अज़ीबोग़रीब परिन्दे में बदल गया था। मैं तो उड़ने के सपने ले रहा हूँ, ये सब सो रहे हैं। मेरा पैर भी। कुमारी के पैर से सटकर। मुझे बताए बग़ैर। अगर उसने ज़रा सी भी हरकत की तो यह चौंक उठेगा। शायद उसका भी सो रहा हो। दोनों सपने देख रहे होंगे। परिन्दों के। पैर आधे परिन्दे तो होते ही हैं। हकीम गरज रहा है। सरदार के स्कूल को आग मत लगाना! वहाँ इसलामिया स्कूल खोलेंगे। लेकिन एक एक कमरे की तलाशी ज़रूर लेना। हेडमास्टर के मकान की भी। वहाँ कुछ और मास्टर भी छुपे हुए हों शायद। शायद हिम्मत सिंह भी। जो उसका सिर काटकर लाएगा, मुँहमाँगा इनाम पाएगा...यह हकीम बोल रहा है या मेरे ही अन्दर बैठा कोई हैवान? मेरे नहीं, इसके। मेरे अन्दर तो एक सहमा हुआ बच्चा ही बैठा महसूस होता है। अपनी बड़ी बड़ी सोचों के बावजूद। इस पतले पतंग बूढ़े की सफ़ेद सूफ़ियाना दाढ़ी से कौन

अन्दाज़ा लगा सकेगा कि यह दरअसल एक दरिन्दा है। ख़ून का प्यासा। नज़र पीर फ़क़ीर आता है, उगल ज़हर रहा है। जो जितना मज़हबी, उतना ही ख़तरनाक। ज़रूरी नहीं। बादशाह भी तो मज़हबी है। महात्मा गाँधी भी। बादशाह अब भी घोड़े पर सवार इधर उधर दौड़ रहा होगा। बापू अब भी लाठी टेकता हुआ न जाने कहाँ कहाँ भटक रहा होगा। दोनों दीवाने। बादशाह पर हाथ उठाने की हिम्मत किसी में नहीं होगी। हकीम में भी नहीं। वह सिर्फ़ हुक्म ही चला रहा है या बन्दूक़ भी? बीच बीच में निशाना बाँध लेता होगा। मुँह बन्द करके। अब कुछ थक गया सुनाई देता है। पास ख़ून का एक गिलास पड़ा होगा। मैं क्यों उसी पर निशाना बाँधकर बैठ गया हूँ? अगर वह फ़रिश्ते की सूरत में शैतान है तो उधर भी देवता सिर्फ़ देखने के। बच्चों की बोटियाँ! नंगी औरतों के जुलूस! बूढ़ों की पीठों पर कोड़े! न जाने इन अफ़वाहों में कितनी सच्चाई है! यहाँ यह सब हो रहा है तो वहाँ क्यों नहीं? यहाँ शायद कुछ भी न हो रहा है। मेरे कान क्या झूठ सुन रहे हैं? हकीम ने इतना शोर यूँ ही मचा रखा है? पागलों की तरह। पागलपन हर मज़हब का एक जैसा। लेकिन पागलों का तो नाम बदनाम है। इस क़स्बे के तो पागल ही सबसे अच्छे। मज़हबी पागलपन की बात कर रहा हूँ। मैं इसीलिए नास्तिक हूँ। बच निकला यहाँ से तो और कड़ा हो जाऊँगा। लेकिन बचूँगा कैसे? बच भी गया तो कटा फटा सा ही बचूँगा। यहाँ से बाहर धकेलने से पहले बक्का सबका एक एक कान काट लेगा। देवी और कुमारी की एक एक छाती भी। मेरी शायद टाँग भी तोड़ दे। कहीं ऐसा न हो कि और सब तो मार दिए जाएँ और मैं बचा रह जाऊँ? ख़ुदकुशी कर लूँगा। तरीक़ा तो आता ही है। यहीं कोई रस्सी मिल जाएगी। कहीं ऐसा न हो कि मैं मार दिया जाऊँ, बाक़ी सब बचकर निकल जाएँ। माँ ख़ुदकुशी कर लेगी। या पागल हो जाएगी। हर किसी से पूछती फिरेगी, कहीं मेरा बीरू तो नहीं देखा? भोला सा है। बुद्धू सा। होगा शायद यही कि हम सब तो मार दिए जाएँगे, कुमारी बची रह जाएगी। बक्का उसे अपनी बीवी बना लेगा। या बाँदी। नाम बदल देगा। सकीना या हफ़ीज़ा। मुसलमान नाम मुझे पसन्द हैं। मुसलमान औरतें भी। जब बक्का मारने को होगा तो कहूँगा, मुझे मत मारो, मुझे मुसलमान नाम पसन्द हैं, और औरतें भी। वह मेरी हिम्मत पर इतना हैरान होगा कि उसका हाथ हवा में टँगा रह जाएगा। कहूँगा, मैं तो आधा मुसलमान हूँ! बाँग सुनते ही मेरे तो रोंगटे खड़े हो जाते हैं! वह समझेगा कि मैं उसका या इस्लाम का मज़ाक उड़ा रहा हूँ। लेकिन मैं तो सच ही बोल रहा हूँ। कल शाम जब हम इस कोठरी में घुस रहे थे तो एक तरफ़ मुजाहिदों के ढोल बज रहे थे, दूसरी तरफ़ इमामों की अज़ानें उठ रही थीं। अपने चहेते इमाम की आवाज़ सुनते ही मेरा तो गला भर आया था। यूँ महसूस हुआ था कि जैसे वह अपने ख़ुदा के हुज़ूर में खड़ा गिड़गिड़ा रहा हो। सबके गुनाहों की मुआफ़ी माँग रहा हो। और मैं उड़कर नीली मस्जिद में पहुँच गया था। नीली मस्जिद की दीवार से पीठ लगाकर खड़ा हो गया था, उसी

तरह जैसे किसी किसी वीरान दोपहर को हो जाया करता था। किसी ज़माने में। अरबी का मुझ पर इतना असर! सिर्फ़ अरबी का नहीं, इस इमाम की मारू आवाज़ का भी। उसकी आवाज़ के सोज़ का। जो मुमताज़ शान्ति ने ही उसे दिया होगा। उसकी लगन के इनाम के तौर पर। अरबी तो उसने मुसलमान बनने के बाद ही सीखी होगी। शायद सीखी ही न हो। कुछ आयतें वगैरह याद कर ली होंगी। एक दो तो मुझे भी याद हैं। मज़ाक में सीख ली थीं। असलम से। जो मारने आएगा, उसे सुना दूँगा। रुँधे गले से। मौलवी नज़ीर अहमद की तरह हलक़ से आवाज़ निकालकर। और मुँह बिगाड़कर। मारनेवाला मान जाएगा कि मैं दिल से मुसलमान हूँ। लेकिन मारने से बाज़ नहीं आएगा। अगर मैं किसी मुसलमान लड़की पर आशिक़ होता तो क्या उसके लिए मुसलमान हो जाता? वह कहती तो ज़रूर हो जाता। आशिक़ों का ईमान तो होता है, दीन नहीं। असलम बालो के लिए सिक्ख बनने को तैयार है। मैं भी। लेकिन अब ख़ाक बनेंगे! बालो शायद ही बचे। बच भी गई तो पता नहीं किस हालत में। नीली मस्जिदवाला इमाम नाम ख़ुदा का लेता होगा, इबादत मुमताज़ शान्ति की करता होगा। अब भी। वह न जाने लाहोर में है या नहीं। जहाँ भी हो, उसका दिल नहीं बदला होगा। इस पागलपन से दुखी हो रही होगी। उसने तो ज़रूर कुछ लोगों को अपने घर में छुपा रखा होगा। लेकिन यहाँ नहीं। यहाँ की तो हालत ही और हो गई है। लाहोर में उसके डेरे पर शायद अब भी गाना बजाना चल रहा हो। नहीं। अगर लाहोर होगी तो यहाँ के बारे में सोच रही होगी। अगर यहाँ है तो ज़रूर किसी बुआ के पास बैठी रो रही होगी। हकीम काफ़ी देर से ख़ामोश है। वुज़ू कर रहा होगा। नीली मस्जिद का इमाम भी। कल शाम की बाँग के बाद शायद वह भी बन्दूक़ उठाकर मुजाहिदों से जा मिला हो। रात भर की मारकाट के बाद अब तहमद से ख़ून के धब्बे उतार रहा होगा। सुबह की बाँग से पहले क्या अब भी कल शाम की तरह गिड़गिड़ा सकेगा? क्या अब भी उसकी आवाज़ सुन मेरा गला भर आएगा? वह तो अब यूँ भी भरा हुआ है। भूख से। शुक्र है कि अभी प्यास नहीं लगी। प्यास से भूख बेहतर। बेहतर नहीं, आसान। आसान नहीं, कम भयानक। अगर चुन सकूँ तो भूख से मरना चाहूँगा या प्यास से? बरछी से या भाले से? तलवार से या बन्दूक़ से? बन्दूक़ से। नहीं तो न जाने कितनी देर लग जाए। मुसलमान तो यूँ भी हलाल करते हैं। कलमा पढ़ पढ़कर मार रहे होंगे। बक्का मज़े ले ले कर मारेगा। जर्राही करेगा। अगर अपने आपको तड़पते देखना हो तो तलवार ही ठीक है। बक्के से कहूँगा, उस्ताद, अब चीरफाड़ बन्द कर दो, मैं अपने आपको तड़पते देखना चाहता हूँ, तुम भी देखना, पास खड़े होकर। वह समझेगा कि मैं उस पर कोई चोट कर रहा हूँ। तैश में आकर तलवार चला देगा। मैं उसके वार से बचने के लिए कभी इधर दुबक जाऊँगा, कभी उधर। उसे कई वार करने पड़ेंगे। फिर भी शायद बच ही जाऊँ। हड्डी सख़्त है। जैसी माँ, वैसा बेटा! बच गया तो उम्र भर अपाहिज बना रहूँगा। कहीं बैठा या खड़ा या लुढ़कता

हुआ भीख माँगा करूँगा। दर्दसनी सदाएँ लगा लगाकर। अपने ठूँठ दिखा दिखाकर। अगर यहीं रह गया तो नीली मस्जिद के बाहर डेरा जमा दूँगा। बूढ़ी बेसवाओं की मीठी गालियाँ और बासी रोटियाँ खाया करूँगा। कभी कभी मुमताज़ शान्ति का दीदार भी नसीब हो जाया करेगा। शायद गले में कुछ सोज़ भी आ जाए। जब इस रात की याद आएगी तो रोना शुरू कर दूँगा। बक्का उस गली में से भूलकर भी नहीं गुज़रेगा। लेकिन यहाँ रहने कौन देगा? उधर पहुँचकर किसी मन्दिर के इर्दगिर्द ही मँडराना पड़ेगा। आसपास अपने जैसे अपाहिजों का हुजूम। किसी के हाथ नहीं, किसी के कान। किसी का दिमाग़ ठिकाने पर नहीं, किसी की नाक। कोई रो नहीं सकता, किसी की हँसी ही बन्द नहीं होती। सब अपनी अपनी दास्तानें सुनाने पर मजबूर। मैं मुँह नहीं खोलूँगा। वह समझेगा, गूँगा है। जैसे उस गाड़ी में बैठे लोगों ने समझा था। जब मैं लाहोर जा रहा था। न जाने गूँगा बनने की ख़्वाहिश क्यों? ख़्वाहिश नहीं, ख़तरा। शायद उसी शोर का ही असर है जिसे बचपन से सुन रहा हूँ। माँ के पेट में बैठा भी। अब सन्नाटा ही रास आता है। मेरा बस चले तो चारों तरफ़ हू का आलम रहे। हर वक़्त। हर घर में। सब बिटर बिटर एक दूसरे को देखें। कभी कभी कोई इशारा भी कर लें। लेकिन मुँह खोलना मना हो। किसी भी बात के लिए। जो बात इशारों से न हो सके, लिखकर कही जाए। जो लिखी न जा सके, अनकही ही रह जाए। ऐसा आलम कहीं नहीं मिलेगा। अगर मौत और मुसलमानों का डर न होता तो इस कोठरी में भी कुहराम मचा होता। कहीं मेरे सिवा सब सो या मर तो नहीं गए? कुमारी जाग रही है। शायद उसका पैर भी। अपना भी जग गया है, लेकिन अब दुलारने की तबीयत नहीं। वह तो पहले भी कहाँ थी? यूँ दिल बहला रहा था। बेदिली से! कुमारी सोच रही होगी कि उजाले से सहम रहा हूँ। अँधेरे का काम अँधेरे में। मुजाहिद भी शायद थम जाएँ। मुक़ाबला करनेवाले भी। उनका बारूद ख़त्म हो रहा होगा। लेकिन मिर्चों की बोरियाँ तो अभी रखी होंगी। और ईंटों के ढेर। हरदयाल ने बताया था। और उबलता तेल! पुराने ज़माने के तरीक़े। पुराने ज़माने की गली। मकान एक दूसरे पर गिरते हुए। एक घर भी मुसलमानों का नहीं। होता तो वे लोग शायद जीते के घर छुपे बैठे होते। बालो उनकी देखभाल कर रही होती। उसकी माँ उसे रोक रही होती। जब वह मोर्चा टूटेगा तो बहुत तबाही होगी। शायद टूट ही गया हो। इसीलिए हकीम ख़ामोश हो गया होगा। वहाँ पहुँचकर उनका हाथ बँटा रहा होगा। अब तो सुबह हो ही जाए। वह तो अपने वक़्त पर ही होगा। वैसे अँधेरा मद्धिम पड़ रहा है। झूठी सुबह। तो यह क़स्बा आज पाक हो जाएगा। क़ायदेआज़म कहीं बैठा इतरा रहा होगा कि उसकी ज़िद्द पूरी हो गई। क्या वह चाहता था कि यह मार काट हो? कि सारे हिन्दुओं और सिक्खों को उधर भेज दिया जाए? किसे पता कौन क्या चाहता है। मुझे तो नहीं। हर हरकत सोच समझ में से ही नहीं निकलती। हम हैवान भी तो हैं। भी नहीं ही। हैवानिस्तान! मुल्क के दोनों हिस्सों का असली नाम। हकीम वुज़ू कर चुका होगा।

अपनी हरकत पर हँसी नहीं आएगी उसे। हँसनेवाला इंसान हैवान नहीं होता। हकीम को कभी हँसते नहीं देखा। इस पागलपन से पहले भी नहीं! इसे पागलपन कहकर टाल देना भी ग़लत होगा। कोई नाम तो देना ही होगा। सहूलियत के लिए। इस नहूसत को। इसे नहूसत कहकर टाल देना भी ग़लत होगा। कुछ तो कहना ही पड़ेगा। वर्ना यानीकि की तरह कोई फ़िकरा ख़त्म ही नहीं होगा। हर नाम के बाद यानीकि। वह न जाने अब कब सुनाई देगा! शायद सिर्फ़ सपनों में। अब सो जाना चाहिए। माँ की गोद में सिर रखकर। देवी की गोद में पैर। दोनों ख़ुश हो जाएँगी। इतने भयानक रतजगे के बाद नींद किसे आएगी? मुझे आ रही है। जिस्म की बुनियादी बन्दिशें। या लाचारियाँ। खाना, पीना, सोना, रोना, वग़ैरा। शायद दूसरों को दुख देना भी इन्हीं लाचारियों में से एक। और दूसरों से दुखी होना। लेकिन इस बर्बरता को बन्दिश या लाचारी कहकर टाल देना भी ग़लत होगा। टाल नहीं रहा। समझने की कोशिश कर रहा हूँ। क्योंकि और कुछ कर नहीं सकता। कर नहीं रहा। शायद करना ही नहीं चाहता। चाहने की बात भी नहीं। अगर मार काट या मर कट रहा होता तो भी बीच बीच में रुककर रोना शुरू कर देता। मुझे भी महात्मा होना चाहिए था। नास्तिक महात्मा। जूँ जूँ बाहर का शोर कम होता जा रहा है, अन्दर का बढ़ता जा रहा है। दिन की रोशनी मैं मारधाड़ मुश्किल होगी। मुश्किल नहीं, भद्दी। भद्दी नहीं, और भयानक। इसलिए ज़रूरी नहीं कि बन्द हो जाए। कम शायद हो जाए। लेकिन कुछ लोगों को तो और लुत्फ़ आएगा। नंगे होकर नाचने में। अगर फ़ौज आ गई तो भी कुछ नहीं होगा। फ़ौजी और फ़सादी का फ़र्क़ मिट गया। फ़ौजी अगर मुसलमान हुए तो मुजाहिदों से मिल जाएँगे। उनका काम आसान कर देंगे। लूटा हुआ माल ट्रकों में भरकर उनके घरों तक पहुँचा देंगे। लूटी हुई औरतें भी। बालो न जाने किस जानवर के हिस्से में आएगी। उसकी आहोज़ारी की कल्पना से भी मेरा ख़ून इतना नहीं खौलता कि उठकर मरने मिटने पर तैयार हो जाऊँ। ठंडा हो गया हूँ। यह ठंडक बुरी है या अच्छी? मेरा ग़ुस्सा नफ़रत में क्यों नहीं बदल रहा? एकतरफ़ा नफ़रत में! अब ख़ैर क्या बदलेगा। अब तो दम ही नहीं रहा। कुछ भूख ने निकाल दिया, कुछ इस सोच विचार ने। शायद दिन चढ़ते ही सबको अपने किए पर शर्म आ जाए। इतनी कि सब एक दूसरे के गले मिलकर ज़ारोक़तार रोना शुरू कर दें। और रोते रोते अधबुझी आगों को बुझाना। और ज़ख़्मियों की मरहम पट्टी। और लुटा हुआ माल वापस। लुटी हुई औरतें भी। लेकिन जो मर चुके हैं, उनका क्या होगा! जिनके जिस्म कट फट चुके हैं, उनका क्या होगा! जिन औरतों के साथ जबरन ज़ना किए जा चुके हैं, उनका क्या होगा! मैं तक़रीर कर रहा हूँ। मन ही मन। तक़रीरों से अगर तारीकी दूर की जा सकती तो यह सब हो ही न रहा होता। जब जोश ठंडा हो जाएगा तो लोग झूठी तसल्लियों की अफ़ीम खाकर सो जाएँगे। होनहार बलवान है! आत्मा अमर है! जो हो गया सो हो गया! क़ुसूर सबका था! यानीकि किसी का भी नहीं था! सिवाय अंग्रेज़ों का। वे अब जा ही रहे हैं। अब हम

सब फिर भाई भाई। अपने अपने मुल्क के मालिक। अपनी अपनी तक़दीर के कातिब। अब इक्के दुक्के दंगे से हमारी तसल्ली नहीं होगी। हमारे आपसी झगड़े तो आख़िर सब वहीं के वहीं हैं। उनकी जड़ें तो नहीं कटीं। बल्कि और गहरे में उतर गई हैं। इसलिए अब हम मैदानेजंग में ही मिलेंगे। दो आज़ाद मुल्कों की तरह। यह तो मैं यानीकि के दिए तीर ही चला रहा हूँ। असली तालीम मैंने उसी से पाई है। रावण तो रुलाता ही रहा। अब मेरी तालीम का क्या होगा! आला तालीम का! उधर जाकर किसी पागल उस्ताद को ढूँढ लूँगा। अब नींद आ रही है। आनी नहीं चाहिए। देखना चाहता हूँ कि दिन की रौशनी में रात कैसी नज़र आती है। और बक्का कैसा। वह ख़बर लेने आएगा अगर ज़िन्दा है तो। देखना चाहता हूँ कि कपड़े बदलकर आता है या वैसे ही। खून के छींटों से सजा धजा। अपने कारनामों पर इतराता हुआ। देखना चाहता हूँ कि इस बार भी उसके हाथ में तलवार ही होगी या किसी काफ़िर की खोपड़ी भी। और यह भी कि उसे देखकर मेरे मुँह से चीख़ निकलती है या नहीं। और यह भी कि उसकी नज़र अब भी नंगी है या नहीं। सुनना चाहता हूँ कि हकीम दिन में कैसे दनदनाता है। जागते हुए मरना चाहता हूँ। और कोई बहादुरी नहीं दिखाई, यही सही। मैं आख़िर तक जागता रहा! और डगमगाता रहा! लेकिन यह डींग मारूँगा किसके सामने! वैसे होगा यही कि सुबह होते ही हिसाब किताब शुरू हो जाएगा। लाशों की गिनती। कितने हिन्दू, कितने सिक्ख। कुछ तो मुसलमान भी होंगे। एक एक के बदले में दस दस मारने के इरादे। उस तरफ़ हमारे तो इतने मारे गए, उधर इनके इतने कम क्यों? उधर तो नंगी औरतों के जुलूस भी निकाले गए, यहाँ क्यों नहीं? तार तार कर दो इनके कपड़े लत्ते! फाड़ डालो इन सबको भी! इनके मर्दों के सामने। और फिर घुमाओ इन्हें बाज़ार में! इनके नामर्द मर्दों के सामने। कुछ पता तो चले इन्हें। कुछ ख़ौफ़ तो बैठे ख़ुदा का इनके दिलों में! उधर तो सुनते हैं कि हमारी ख़ातूनों के सीने भी काट लिए गए, बाल भी। हम भी इन्हें सालम नहीं जाने देंगे। काट लो एक एक सबका! मूँड डालो सबके बाल! और फिर मारो एक एक लात सबके चूतड़ों पर! यही हमें हाथ नहीं लगाने देती थीं। हमारे हाथ से लेकर खाती नहीं थीं कुछ। अब खिलाओ इन्हें सब कुछ। मुँह भर दो! और कहो, जाओ अपने हिन्दुस्तान! यहाँ यतीमों की तादाद इतनी कम क्यों? बेवाओं का बावैला इतना धीमा क्यों? मल्बे के ढेर इतने छोटे क्यों? जब तक यह सब बराबर नहीं हो जाता, आराम हराम है। खून का बदला ख़ून! ईंट का जवाब पत्थर! बाप का बदला बेटे से! गधे का ग़ुस्सा कुम्हार पर! लेकिन यह सब कुछ हुआ होगा उधर? कोई अफ़वाह सरासर झूठी नहीं होती। अब लोग यहाँ से उधर जाएँगे, उनकी फ़रियाद सुनकर उधर के लोग उधर के मुसलमानों से बदले लेंगे। उधर तो अभी बहुत हैं। हिन्दुस्तान के हर कोने में। हरदयाल कहता है उसकी गलीवालों ने क़स्में खा रखी हैं। उधर जाकर आराम से न बैठने की। और यह सिलसिला जारी रहेगा। सदियों तक। सो अभी अँधेरा

ही रहे तो बेहतर। क्योंकि उजाले का अँधेरा सहा नहीं जाएगा। क्योंकि सुबह हो जाने पर भी किसी को कोई शर्म नहीं आएगी। कोई किसी को गले से नहीं लगाएगा। कोई किसी को कोई तसल्ली नहीं देगा। नमाज़ और नाश्ते के बाद मुजाहिद और ताज़ादम हो जाएँगे, उनके तास्सुब और तेज़। मुक़ाबले में डटे हुए ढीठ अपने हाथों से अपनी औरतों और औलाद को मौत के घाट उतार देंगे। और समझेंगे कि उन्होंने अपना धर्म निभा दिया। तो मैं क्या चाहता हूँ? कि वे अपनी औरतों और औलाद को क़ातिलों के हवाले कर दें? कि वे ख़ुद मुसलमान हो जाएँ? कि वे अपने सिरों पर हाथ बाँधकर निकल आएँ और अपने आपको दुश्मनों के रहम पर छोड़ दें? मैं नहीं जानता कि मैं क्या चाहता हूँ। इसलिए सबको एक ही लाठी से पीट रहा हूँ। बापू की तरह। अपना मुक़ाबला बापू से! उनकी नज़र में सब एक से क़ुसूरवार। लेकिन बापू जानते हैं कि वे क्या चाहते हैं। उनके असूलों पर अमल बहुत मुश्किल। वे ख़ुद मानते हैं। कभी कभी ख़ुद डगमगा जाते हैं। बात बात पर व्रत। नहीं, सिर्फ़ बुनियादी बातों पर। केशव ने उनके असूलों के लिए ही जान दे दी। मैं दे सकूँगा? जान देने के लिए जो पागलपन ज़रूरी है, वह मुझमें नहीं। न ही वह जो जान लेने के लिए। इसीलिए यहाँ छुपा बैठा हूँ। जब तक मुझे जोश आएगा, फ़ौज आ जाएगी। अगर मुक़ाबला करनेवालों के दिल साफ़ होते तो उन्हें किसी हल्की लाठी से ठकोरा जा सकता था। उनमें और उनके दुश्मनों में बापू को कोई ख़ास फ़र्क़ नज़र नहीं आता होगा। मुझे भी। अगर वे महज़ मुक़ाबला कर रहे होते तो बात दूसरी थी। उनके दिल भी कदूरतों से भरे हुए होंगे। और बदले चुकाने के इरादों से। बापू को यह सब मालूम है। मुझे भी। मैं उनका एक गुमनाम चेला। केशव का काम मैं पूरा करूँगा। उधर जाकर। कानों सुना हाल सुनाऊँगा सबको। इस अँधेरे में बैठे बैठे जो रौशनी मुझे दिखाई दी है वह सबमें बाँट दूँगा। कहूँगा, मैं उधर से इसके सिवा कुछ भी नहीं ला सका। किसी को यक़ीन नहीं आएगा कि मुझमें इतनी समझ बूझ हो सकती है। न आए। मैं अपनी कहानी सुनाता रहूँगा। बापूजी की तरह। बात बात में उनसे बराबरी। वैसे उनकी भी आजकल सुनता कोई नहीं। इसीलिए वे इतने अकेले और उदास नज़र आते हैं। अख़बारों में छपनेवाली हर तस्वीर में। जैसे सबका साथ छूट गया हो। जैसे रास्ता रूठ गया हो। जैसे सारे जहान में कोई भी उन्हें जानता पहचानता न हो। जैसे वे एक साथ अपने और हर एक के अन्दर झाँक रहे हों। किसी आवाज़ या उजाले के इन्तज़ार में। किसी उम्मीद के बग़ैर। किसी किसी तस्वीर में तो यूँ नज़र आते हैं जैसे एक टेढ़ी सी लाठी किसी ऐसे बूढ़े बच्चे के हाथ में थमा दी गई हो जिसे अभी चलना तक न आता हो। और उसे कह दिया गया हो, जाओ, दर दर की ठोकरें खाओ और सबको सीधे रास्ते पर चलाओ! लेकिन उनकी डूबी डूबी सूरत से अब यही अन्दाज़ा लगता है कि उन्हें ख़ुद सीधा रास्ता मालूम नहीं। या शायद यह शक झलकता है कि उनके दिखाए दुश्वार रास्ते पर अब कोई नहीं चलेगा। आजकल उनकी वे तस्वीरें किसी अख़बार

में नहीं छपतीं जिनमें वे किसी नटखट महात्मा से नज़र आते थे। और किसी करारे मसख़रे से भी। जो हर एक की हर ख़ता दिल से मुआफ़ कर चुका हो। अगर किसी तरह उन तक यह ख़बर पहुँच जाए कि इस क़स्बे के एक पागल लड़के ने अमन की ख़ातिर व्रत रखा और अपनी जान गँवा दी तो उन पर क्या असर होगा? वे कुछ और अकेले हो जाएँगे या कुछ कम? अगर किसी तरह उन्हें यह पता चल जाए कि इसी क़स्बे का एक और पागल लड़का भूसे की इस कोठरी में भूखा प्यासा बैठा यह अन्दाज़ा लगा रहा है तो उन्हें यक़ीन आएगा या नहीं? हँसी आएगी या नहीं। हिम्मत सिंह की हर तक़रीर में उनका ज़िक्र रहता था। कितने प्यार से वह उनका नाम लिया करता था। किसी किसी तक़रीर में वह उन्हें बापू के बजाय भोला बादशाह कहकर भी पुकारा करता था। कभी कभी वह बचकाना तरीक़े से शेखी बघारता था, मैंने अपने इन हाथों से बापू की मालिश की है! कई बार! सबको अपने हाथ दिखा दिखाकर यह फ़िक़रा दुहराता था। और फिर ख़ुद उन्हें देखना शुरू कर देता था। जैसे उसे उनकी हिम्मत और ख़ुशक़िस्मती पर यक़ीन न आ रहा हो। उसके शेर से पंजे और बापू का चिड़िया सा जिस्म! मुझे हैरानी होती थी। मालिश करवाते वक़्त उससे मज़ाक करते होंगे। और मुल्क के बारे में बातें। छोटी बड़ी। हिम्मत सिंह उन्हें यहाँ आने के लिए कहता होगा। अगर वे एक बार यहाँ आ जाते तो क्या यह तबाही न होती? अगर आज दिन भर ये लोग रात की तरह जुटे रहे तो क्या होगा! अगर बक्के ने आज भी हमारी ख़बर न ली तो क्या होगा! भूख से मरना बेहतर या बरछी से? अगर फ़ौजी....

अचानक नीली मस्जिद के इमाम की अज़ान उड़ निकलती है। जैसे रात भर की क़ैद के बाद कोई नीला कबूतर। दूसरी अज़ानों से अलग और ऊपर। सीधी आसमान की तरफ़। जैसे नमाज़ियों के बजाय आज वह अपने ख़ुदा से ही गुफ़्तगू कर रहा हो। अज़ान के बहाने शिकवा। मैं लरज़ जाता हूँ। माँ धीमे से पुचकार देती है। वह मेरी सोच का अन्दाज़ा नहीं लगा सकती। उसने सोचा होगा कि कोई बुरा सपना देख रहा हूँ। मैं इस वक़्त देख कुछ भी नहीं रहा। मेरी आँखों पर झिलमिलाता परदा सा आ पड़ा है। मैं इमाम की जानलेवा आवाज़ सुन रहा हूँ। और उसके ख़ुदा की ईमानलेवा ख़ामोशी भी। यह इमाम मारकाट में कैसे शरीक हुआ होगा! नहीं हुआ होगा। रात भर सिजदे में गिरा गिड़गिड़ाता रहा होगा। इसकी आवाज़ से सब दिल दहल जाने चाहिए। अगर यह इसी तरह दिन भर बाँग देता रहे तो फ़सादियों के हाथ रुके रहें। मैं इस ख़याल से खेल ही रहा होता हूँ कि एक गोली कहीं से छूटकर इमाम की सदा को मार गिराती है। मैं फिर काँप उठता हूँ। इस बार माँ का खुरदरा प्यार उसके खुरदरे हाथों में उतर आता है, जिनसे अब वह मेरे भीगे हुए चेहरे को बुहार रही है। फिर न जाने किस काली सोच पर अचानक उसके मुँह से एक फटी हुई चीख़ निकल जाती है। कोठरी का दरवाज़ा जैसे उसी के जवाब में झुँझला उठा

हो। मैं एक झटके से सीधा हो जाता हूँ। दरवाज़े में बक्का जर्राह और उसकी बेजान सी बीवी सिर झुकाए खड़े हैं। बक्का बदला हुआ नज़र आता है। शायद धुले हुए कपड़ों के कारण। उसके एक हाथ में महकती हुई तन्दूरी रोटियों की चंगेर है, दूसरे में पानी का लोटा लटक रहा है। लोटा जैसे रो भी रहा हो। मैं उसके मोटे मोटे आँसू पी लेना चाहता हूँ। बक्के की बीवी के एक हाथ में मिट्टी की हँडिया है, दूसरे में नीले शीशे का गिलास। वे दोनों यूँ ठिठके से खड़े हैं जैसे अन्दर आने की इजाज़त माँग रहे हों। दरवाज़ा खुलते ही अधूरे उजाले का एक रेला सा अन्दर आ गया था। वह अब अन्दर के अधूरे अँधेरे में घुलमिल गया है। मैं दरवाज़े से नज़रें हटाकर दूसरों को देखता हूँ। दारी अब भी मेंढक की तरह पिचका उचका सा बैठा है। उसकी आँखें दरवाज़े की तरफ़ उठी हुई हैं और चेहरा एकदम ख़ाली है। कुमारी ने अपने चेहरे को हाथों से ढाँप रखा है। उँगलियों की सलाख़ों के पीछे से उसकी आँखें क़ैदियों की तरह झाँक रही हैं। देवी चौकड़ी मारे बैठी है। उसकी आँखें बन्द हैं और मुँह खुला। उसके चेहरे से कुछ पता नहीं चलता कि वह नींद में है या आनन्द में। बाबा उकड़ूँ बैठे हैं। उनके बड़े से सिर को उनके हाथों ने थाम रखा है, कुहनियों को काँपते हुए घुटनों ने। उनकी आँखों में इल्तिजा का मद्धिम सा उजाला है, चेहरे पर ख़ौफ़ की उजली सी ज़र्दी। माँ की आँखों में आतंक के सिवा कुछ भी नहीं। मुझे छुपा लेने की कोशिश में वह उछल उछलकर मुझ पर गिर सी रही है। अगर वह रुकी नहीं तो मैं तो बेक़ाबू होकर उसे या अपने आपको पीटना शुरू कर दूँगा। दरवाज़े में वे दोनों अब भी सिर झुकाए खड़े हैं। जैसे किसी जुर्म की सज़ा भुगत रहे हों। या जैसे मुजरिम होने का बहाना कर रहे हों। मैं बक्के के चेहरे को चीरकर देखना चाहता हूँ। कल शाम यह चेहरा उसके पास नहीं था। कुछ लम्बे लम्हों के बाद बाबा लड़खड़ाते हुए दरवाज़े की तरफ़ बढ़ते दिखाई देते हैं। माँ के मुँह में से एक फटी सी चीख़ और निकल जाती है। मैं उसके दोनों हाथ मरोड़ देता हूँ। वह बिलखना शुरू कर देती है। दारी की टिकटिकी नहीं टूटी। न ही देवी की समाधि। कुमारी की आँखें उसी तरह उँगलियों के पीछे से झाँक रही हैं। उधर बक्के ने रोटियों की चंगेर बाबा के हवाले कर दी है और पानी का लोटा नीचे रख दिया है। उसकी बीवी गिलास बक्के को पकड़ा हँडिया लोटे के पास रख देती है। फिर भागती हुई सी कोठरी से बाहर चली जाती है। जैसे उसे कोई ज़रूरी काम याद आ गया हो। या कोई ऐसी चीज़ नज़र आ गई हो जिसे वह देखना न चाहती हो। उसके जाते ही बक्का बदल सा जाता है। उसकी झिझक अब उतर गई है। चेहरे पर कल रातवाली बेशर्मी फैल गई है। माँ ने इस बीच अपने दोपट्टे का एक गोला सा बनाकर उसे अपने मुँह में ठूँस लिया है। उसकी देह मेरे साथ सटी धड़क रही है।

—चाचा, रोटी टुक्कर खाके सो जाओ सब!

उसकी आवाज़ की ऊँचाई अजीब सुनाई देती है। उसका सुझाव भी। जैसे इशारा

दे रहा हो कि अभी कई दिन और इसी कोठरी में गुज़ारने पड़ेंगे। और यह धमकी भी कि अगर उसका दिया रोटी टुक्कर न खाया तो वह नाराज़ होगा।

—चाचा, चाची से कह कि अगर बीरू की ख़ैर चाहती है तो इसी पल चुप हो जाए।

माँ फ़ौरन मुँह में से दोपट्टे का गोला निकालकर यूँ चुप हो जाती है जैसे कभी चीख़ी या बोली न हो। उसने अपनी सिसकियों को भी न जाने कैसे इतनी जल्दी बाँध सा लिया है। अब वह अपनी नज़रों से बक्के को बाहर धकेल रही है। लेकिन बक्के ने नंगी नज़रों से कुमारी को घूरना शुरू कर दिया है। जैसे मन ही मन कोई फ़ैसला कर रहा हो। उसकी बीवी खड़ी रहती तो उसकी आँखें शायद झुकी रहतीं।

—चाचा, अभी ख़तरा दूर नहीं हुआ। होगा भी नहीं, जब तक सरदारों की गलीवाला मोर्चा फ़तह नहीं होता। अब उन उल्लू के पट्ठों को कौन समझाए जाकर! सबके सब मारे जाएँगे माचोद! इंशाल्ला! लेकिन तुम लोग तो बेफ़िकर रहो! मैंने जो इक़रार किया है, उसे पूरा करूँगा। किसी दूसरे का ज़िम्मा मैं नहीं लेता। इसी वास्ते कह रहा हूँ कि खा पीकर सो जाओ सब!

कह नहीं रहा, हुक्म दे रहा है। बात बाबा से कर रहा है, देख बदस्तूर कुमारी की तरफ़। उसने आँखें भी बन्द कर ली हैं और उँगलियों के जँगले को भी। अगर उसने रात की तरह रोना शुरू कर दिया तो अच्छा नहीं होगा! यह अब चला क्यों नहीं जाता? हमें सुलाने पर क्यों ज़िद कर रहा है? बाबा चंगेर नीचे क्यों नहीं रख देते? उनका मुँह क्यों खुला है? यूँ झुके झुके से खड़े हैं जैसे देखते ही देखते दुहरे हो जाएँगे। बक्के से पूछ लूँ कि कौन ज़िन्दा है, कौन मर गया है। इसे मालूम नहीं होगा। बताएगा नहीं। हो सकता है इसने अपने हाथों से किसी को न मारा हो, अपनी आँखों से किसी को मरते न देखा हो। नहीं हो सकता। रात भर न जाने क्या क्या करता रहा होगा। आँखें चढ़ी हुई हैं। कपड़े बदलकर आया है। इसकी बीवी भाग क्यों गई? दिन भर आराम करेगा, रात को फिर शुरू हो जाएगा। आराम कोई नहीं करेगा।

—अच्छा चाचा, मैं चलता हूँ।

बाबा चंगेर उठाकर सलाम सा कर देते हैं। बक्का खड़ा कुमारी को घूरता रहता है। वह कहीं रोना न शुरू कर दे। दारी भी बहुत सहमा हुआ नज़र आ रहा है।

—तुम लोग खा पी के सो जाओ सब।

उसे हिलता न देखकर ही शायद माँ अपनी मुन्दरियाँ उतारकर उसकी तरफ़ बढ़ा देती है। फिर कुमारी भी तेज़ी से अपने कुछ गहने उतारकर उसके क़दमों में फेंक देती है। बक्का अब गहनों को घूर रहा है। जैसे उनसे पूछ रहा हो कि वे हराम के हैं या हलाल के। इस बीच माँ ने न जाने कहाँ से कुछ और गहने भी निकाल लिए हैं। अब वह उन्हें अपने हाथों में उछाल रही है। जैसे बक्के को उनका वज़न दिखा रही हो। बक्के की नज़रें गहनों से हटकर फिर कुमारी पर जा टिकती हैं। माँ अपने गहने

उसके क़दमों में फेंक देती है।

—चाचा, मुझे नहीं चाहिए इनके गहने! मुझे किसी चीज़ का लालच नहीं।

उसकी आवाज़ काँप रही है। बाबा दाँत पीसकर पहले माँ की तरफ़ देखते हैं, फिर कुमारी की तरफ़। फिर अपने चेहरे को पिघलाकर बक्के की तरफ़ देखना शुरू कर देते हैं।

—चाचा, चंगेर को नीचे क्यों नहीं रख देते!

बाबा झट से चंगेर नीचे रख देते हैं। फिर हाथ जोड़कर झुक जाते हैं।

—चाचा, क्यों शर्मिन्दा करते हो! अच्छा अब रोटी टुक्कर खा लो और सो जाओ। फ़ौज आ गई तो मैं जगा दूँगा तुम सबको। अच्छा तो अब चलता हूँ। ख़ुदा हाफ़िज़!

जाने से पहले वह झुककर सारे गहने समेट लेता है, मैं डरता रहता हूँ कि माँ की चीख़ निकल जाएगी। लेकिन उसकी देह मेरे साथ सटी धड़कती रहती है। दरवाज़ा बाहर से बन्द हो जाता है। बाबा चंगेर के पास बैठ जाते हैं। हँडिया में कोई दाल ही होगी। बाबा एक रोटी उठा लेते हैं। कुछ पल उसे देखते रहते हैं। फिर फाड़कर उसके चार बड़े बड़े टुकड़े कर देते हैं। फिर कुछ पल उन टुकड़ों को देखते रहते हैं। मैं हाथ बढ़ाकर दो टुकड़े उनके हाथों से ले लेता हूँ। एक माँ की तरफ़ बढ़ा देता हूँ। वह मुँह मोड़ लेती है। मैं वही टुकड़ा देवी की तरफ़ बढ़ा देता हूँ। वह उसे यूँ पकड़ लेती है जैसे वह चिट्ठी हो। बाक़ी के दो टुकड़े बाबा ने दारी को दे दिए हैं। अब वह उनकी तरफ़ देख रहा है। बाबा अब दूसरी रोटी को फाड़ रहे हैं। किसी ने हाथ नहीं धोए। माँ शोर मचा देगी, हाथ तो धो लो! अब माँ के सिवा सबके हाथ में एक एक टुकड़ा पकड़ा हुआ है। मेरे सिवा सब अपने अपने टुकड़े को घूर रहे हैं। जैसे उससे पूछ रहे हों, तू हमें खाएगा या हम तुझे? मैं अपना टुकड़ा ज़बर्दस्ती माँ के हाथों में थमाकर उसे परे धकेलता हुआ उठ खड़ा होता हूँ। जूँ ही चंगेर के पास बैठता हूँ, बाबा एक बुर्की हँडिया में डुबो देते हैं। कुछ देर बाद कुछ रोटियाँ, कुछ दाल, और सारा पानी ख़त्म करके हम फिर अपनी अपनी जगहों पर खिसक जाते हैं। माँ ने तो ख़ैर अपनी जगह छोड़ी ही नहीं थी। वह फिर मेरे साथ सटकर धड़कना शुरू कर देती है। रोटी खाते वक़्त किसी ने किसी से कोई बात नहीं की थी। न ही नज़र ही मिलाई थी। माँ ने मुश्किल से वही टुकड़ा ख़त्म किया था जो मैंने ज़बर्दस्ती उसके हाथों में थमा दिया था। वह भी दाल के बग़ैर। थोड़ा सा पानी भी उसने कड़वे मुँह से पी लिया था। अब सब सो जाने को तैयार नज़र आते हैं। माँ का मुँह टेढ़ा हो रहा है। शायद मुसलों के दिए टुकड़े खा लेने के बाद अब वह मितिला रही है। या शायद अपने गहनों की याद में ही पिघल रही है। या शायद उस ज़माने की याद में जब वह अनजान थी और उसकी शादी अभी बाबा से नहीं हुई थी। माँ के मुँह की तरफ़ देखता देखता और उसकी विपदाओं के बारे में सोचता सोचता मैं ऊँघना शुरू कर देता हूँ।

जीते के घर के सामने घुटा सा खड़ा असलम का इन्तज़ार कर रहा हूँ। न जाने कब से। थकावट से अन्दाज़ा लगाऊँ तो शायद कल शाम से। अन्दर जाकर जीते के पास बैठ जाना चाहिए था। लेकिन असलम ने घर के सामने ही मिलने को कहा था। कहा नहीं था, यूँ ही फ़ैसला सा हो गया था कि बाहर ही मिलेंगे। वैसे जीता अन्दर होता तो उसने ख़ुद ही मुझे बुला लिया होता। वह हरदयाल के घर जा बैठा होगा। लेकिन वह भी तो यहीं कहीं है। हैरानी होती है कि मुझे ठीक ठीक मालूम क्यों नहीं कि हरदयाल का घर कौन सा है। अँधेरे में सब घर एक से दिखाई देते हैं। कभी कभी प्यारे दोस्तों के नाम तक भूल जाते हैं। असलम मारा गया होगा। नहीं मर गया होगा। ख़बर तो मिल ही जाती किसी तरह। चलने से पहले उसे खाँसी या हँसी ने दबोच लिया होगा। और वह हकीम ज़हूरबख़्श की बेकार दवा लेकर लेट गया होगा। या किसी मुल्ला ने ही उसका रास्ता रोक लिया होगा। क्यों अज़ीज़ इतनी रात गए सरदारों की गली में क्या करने जा रहे हो? जानते नहीं कि क़स्बे की हालत क्या है? या शायद उसकी माँ ने ही मना कर दिया हो। वह तो मेरी माँ ने मुझे भी किया ही होगा। हैरानी होती कि माँ के ख़याल पर भी कोई ख़फ़गी पैदा नहीं हुई। यह बार बार हैरानी क्यों हो रही है! असलम और मैं आज मिलकर बालो की बलाएँ लेंगे। पहली और आखिरी बार। फिर मौक़ा नहीं मिलेगा। ख़ूनखराबा शुरू होने ही वाला है। लेकिन यह गली तो इतनी वीरान नज़र आती है गोया फ़साद हो चुके हों। कहीं हो ही तो नहीं चुके? और मैं किसी ग़लत दिन यहाँ आ खड़ा हुआ हूँ। अगर हो चुके होते तो मैं मारा गया होता। जिरह बहुत करता हूँ। असलम के मुताबिक़ मुझे जर्राह होना चाहिए था। या वकील। अगर फ़साद हो चुके हैं तो मैंने बक्के की उस कोठरी में कुछ वक़्त ज़रूर गुज़ारा ही होगा। याद नहीं आता। हो सकता है वहीं पड़ा यह सपना देख रहा हूँ। अगर यह सपना होता तो इस ख़याल से नींद टूट जाती। ज़रूरी नहीं। सपनों में ज़रूरी कुछ भी नहीं होता। हँसी आ रही है कि सपने में भी जिरह कर रहा हूँ। जो हो, मैं असलम का इन्तज़ार कर रहा हूँ। अगर यह सपना है तो भी कोई फ़र्क़ नहीं पड़ता। जब तक यह टूटता नहीं, किसी हक़ीक़त से कम नहीं। ज़्यादा ज़रूर है। वर्ना सोच में इतनी सफ़ाई न होती। बालो से मुलाक़ात हो या न हो, इरादा हमारा यही था कि उसके रू ब रू हो गए तो उसे बता देंगे कि हम दोनों उस पर आशिक़ हैं। अगर जीते ने पकड़ लिया तो कहेगा, क़स्बे में क़त्लेआम हो रहा है और तुम्हें तमाशे सूझ रहे हैं! कहीं क़त्लेआम हो ही न चुका हो। कहीं सिर्फ़ मैं ही तो नहीं बाक़ी बचा रह गया? मकान मुर्दा नज़र आते हैं, आसमान बेहोश। जीते के घर के दरवाज़े पर हरी चिक लटक रही है। शायद यह घर मंज़ूरे का है। लेकिन वह तो गली ही दूसरी है। मंज़ूरे का बाप पहरा भी नहीं दे रहा। वैसे वक़्त का कुछ पता नहीं चल रहा। यह चिक भी

पहले नज़र नहीं आई थी। अगर वक़्त रात का है तो यह उजाला सा कहाँ से रिस बरस रहा है? अगर वक़्त दिन का है तो इतना संगीन सन्नाटा क्यों? कोई साया तक तो मँडरा नहीं रहा। अजीब सी अजनबियत उतर आई है। हरी चिक के पीछे खड़ी बालो भी हैरान हो रही होगी कि मैं बीरू हूँ या बीरू का भूत। अगर असलम न आया तो अकेला ही उसके सामने बेपरदा हो जाऊँगा। कहूँगा, वह तो दग़ा दे गया, अब उसका प्यार भी मुझसे ही ले लो। उसे हमारे ख़ब्त की ख़बर तक नहीं होगी। उसे अभी मालूम ही नहीं होगा कि इश्क़ किस बला का नाम है। इतनी नादान नहीं होगी। आख़िर जीते की बहन है। और हरदयाल की मंगेतर। हँसी आ जाती है। साथ ही यह ख़याल कि हँसना नहीं चाहिए। वर्ना सब लोग जाग उठेंगे। लेकिन लगता यही है कि यहाँ कोई नहीं। सब लोग हिन्दुस्तान भाग गए होंगे। अपने भूतों को यहीं छोड़कर। मैं भाग गया तो मेरा भूत भी यहीं भटकता रहेगा। कभी नीली गली में, कभी पीपलवाले चौक के आसपास। कभी बेरियोंवाली सड़क पर, कभी अराइयोंवाले कुएँ पर। कभी फल्लो के पीछे पीछे, कभी नूराँ की तलाश में। यह मालूम क्यों नहीं हो जाता कि हक़ीक़त में खड़ा आगे के सपने देख रहा हूँ या सपने में भूत को? यह मालूम न ही हो तो बेहतर! आसमान यकायक लाल हो गया है। अगर आँधी आ गई तो असलम उड़ जाएगा। उड़ता हुआ किसी सूखे बाज़ सा नज़र आएगा। बालो मुझसे पूछेगी, तुझे आसमान में क्या दिखाई दे रहा है? उड़ता हुआ भी वह नज़्में गुनगुनाता रहेगा। कहता है, मैं ख़ुद तो बीमार हूँ लेकिन मेरी नज़्में सेहतमन्द हैं। मेरी मौत के बाद मेरी नज़्में और ज़िन्दा हो उठेंगी। बालो को उर्दू नहीं आती। अगर क़स्बा छूट गया तो मुझे भी भूल जाएगी। धीरे धीरे। अगर कसूबा छूट चुका है तो शायद भूल ही चुकी हो। कुछ कुछ। मुझे ठीक ठीक मालूम क्यों नहीं कि मैं हक़ीक़त में यहाँ हूँ या यहाँ होने का सपना ही देख रहा हूँ। अगर ज़ेहन पर ज़ोर डालूँगा तो यह समाँ या सपना टूट जाएगा। मुझे ठीक ठीक कुछ भी मालूम न हो तो बेहतर। वह हरी चिक अब हवा में बदल गई है, वह दरवाज़ा दीवार में। गली में साँप रेंगते दिखाई दे रहे हैं। या शायद साँपों सी रस्सियाँ। मैं टाँगें ऊपर खींचकर हवा में लटक सा जाता हूँ। महसूस होता है जैसे कोई बालों से पकड़कर मुझे ऊपर की तरफ़ खींच रहा है। मेरे बाल लम्बे होते जा रहे हैं, मैं ख़ुद छोटा। शायद कोई मुजाहिद यह साबित कर दिखाना चाहता है कि मैं दरअसल सिक्ख हूँ। अब असलम ऐन उस जगह पर खड़ा है जहाँ कुछ देर पहले मैं था। किसी काले तीतर सा दिखाई देता है। मैं उसे इशारे कर रहा हूँ कि या तो वह भी टाँगें समेटकर ऊपर उड़ आए या किसी दीवार को धकेलकर किसी के घर घुस जाए वर्ना वे साँप उसे डस लेंगे। वह मुझे इशारे कर रहा है कि मैं नीचे की तरफ़ न देखूँ। उसके हाथ परों की तरह फड़फड़ा रहे हैं।

अराइयों के कुएँ पर नूराँ नहा रही है। उसका जिस्म पानी के नीचे आग की तरह मचल रहा है। शायद नूराँ न हो, चँबेली हो, लेकिन तब हरा एक तरफ़ खड़ा पहरा न दे रहा होता। उसे मालूम नहीं कि मैं यहाँ छुपा बैठा नूराँ का नूर देख रहा हूँ। और चँबेली की उस चमक को याद कर रहा हूँ जिसे मैंने शायद किसी सपने में ही देखा था। अगर हरा और नूराँ मुझे देख भी लें तो पहचान नहीं सकेंगे। आसानी से। लेकिन डर शायद जाएँ। मैं इस वक़्त एक नीले कबूतर के भेस में हूँ। इस पेड़ पर। मेरा चेहरा नहीं बदला। इसीलिए उसे अपने परों में छुपाने की कोशिश कर रहा हूँ। इस डर के बावजूद कि ऐनक नूराँ की पीठ पर जा गिरेगी। और मेरी पोल खुल जाएगी। तब उनसे कहूँगा, मैं जान बचाने के लिए मुसलमान बन गया था, अब मेरी शादी किसी मुसलमान लड़की से करवा दो। नूराँ की ही किसी बहन या भतीजी से। लेकिन हरे ने तो जूड़ा बाँध रखा है। शायद यह हिन्दुस्तान ही हो। और हरा किसी ग़द्दार की मदद से नूराँ को क़स्बे में से निकाल लाया हो। और अब उसे नहला रहा हो। सिक्ख बना लेने से पहले। आसपास नज़र डालने से कुछ पता नहीं चलता कि कहाँ हूँ। अगर यह हिन्दुस्तान है तो अराइयों का कुआँ यहाँ कैसे? और मैं अभी तक इस भेस में क्यों? मेरा दिमाग़ और ख़राब हो गया होगा, नज़र और कमज़ोर। तरह तरह की चोटों से। माँ और बाबा और देवी शायद मारे गए हों। लेकिन मुझे याद क्यों नहीं आ रहा कि कहाँ और कैसे? किसके हाथों से? उनका ख़याल छोड़ नूराँ को ही निहारूँ, क्योंकि यह नज़्ज़ारा फिर नसीब नहीं होगा। सपनों में भी ऐसी ख़ूबसूरती कम ही नज़र आती है। मेरी नज़र का असर है या कोई और जादू, नूराँ बालो में बदलती जा रही है। हरे के चेहरे पर कोई हैरानी नहीं। मेरी नज़र का ही धोखा होगा। बालो को तो कोई मुजाहिद उठा ले गया होगा। या उसने छत से छलाँग दी होगी। उड़कर असलम के घर पहुँच जाना चाहिए। शायद वह भी न बता सके कि मुझे हो क्या गया है। शायद उसके होश भी ठिकाने न हों। शायद वह ज़िन्दा भी न हो। ज़िन्दा तो शायद मैं भी नहीं। या न होने के बराबर हूँ। अपनी हालत पर रोना आ रहा है। कबूतर बन जाने के बाद भी आँखें आँसुओं से आज़ाद नहीं हुईं। न दिल अरमानों से। हरे से सब सवाल पूछ लेने चाहिए। क़स्बा किस रंग में है? फ़साद ख़त्म हो चुके हैं कि अभी शुरू ही नहीं हुए? नूराँ इतना नहा क्यों रही है? यानीकि किस मौज में है? मुझे कबूतर किसने बना दिया? यह ख़्वाब है या हक़ीक़त? हरे ने भी रोना शुरू कर दिया है। नूराँ शायद पानी में बदल गई है, पानी शायद ख़ून में। जहाँ खड़ी वह नहा और नाच सी रही थी, वहाँ एक बड़ा सा पत्थर गिरा पड़ा है। मैं कुछ कहने के लिए होंठ हिलाता हूँ। आवाज़ निकलती है, न जाने मैं कहाँ हूँ! हरा हैरानी से इधर उधर देखता है। उसके बाल साँपों में बदल गए हैं। उनमें से एक सीधा मेरी तरफ़ देख रहा है, जैसे कह रहा हो, मैं तुझे जानता हूँ। मैं हकलाना शुरू कर देता हूँ। ऐनक नीचे गिर जाती है। अब लहराती हुई स्याह हरियाली के सिवा कुछ नज़र नहीं आता।

बशीरा दर्ज़ी अपनी दुकान में बैठा मशीन चला रहा है। बेतहाशा। बग़ैर किसी शोर के। बाज़ार बन्द है। मैले अँधेरे में लिपटा हुआ। यह इस अँधेरे में न जाने क्या सी रहा है, क्या सोच रहा है? सोच मैं रहा हूँ, यह सिर्फ़ सी रहा है। मर जाने के बाद इसमें दम आ गया है। हर बीमारी का इलाज मौत। हर दर्द की दवा। असली और आख़िरी। ये जुमले भी मौलवी नज़ीर अहमद के। हमारे स्कूल में तो अब उल्लू बोल रहे होंगे। शायद सारे क़स्बे में। मुझे सुनाई नहीं दे रहे। हर मकान पर किसी भूत का क़ब्ज़ा होगा। और किसी मुसलमान का। हर रात दोनों में दंगा हुआ करेगा। बशीरे से पूछना चाहिए कि भूत वह है या मैं या हम दोनों। यह मुझे पहचान नहीं सकेगा। मैंने कभी इससे बात नहीं की। इसकी हालत इतनी हैबतनाक हुआ करती थी कि देखते ही यह डर उठ खड़ा होता था कि कहीं मैं भी इसकी तरह बीमार न पड़ जाऊँ। अब ख़ुश नज़र आता है। पहचान लेगा तो पूछेगा, तुम अपने भाइयों के साथ अपने हिन्दुस्तान क्यों नहीं भाग गए? इसके रुख़ से पता नहीं चलता कि इसे मेरी ख़बर भी है या नहीं, कि वह इसी दुनिया में है या किसी और में, कि कफ़न सी रहा है या कोई और पोशाक। मेरे रुख़ से शायद इसे भी कुछ पता नहीं चलेगा। रुख़ के अलावा रौशनी भी अजीब सी है। अँधेरे में हल्की सी सुर्ख़ी यूँ घुली हुई है जैसे कोई लौ किसी परदे के पीछे छुपी लड़खड़ा रही हो। किसी से बात किए एक ज़माना गुज़र गया महसूस होता है। यह बशीरा हो या उसका भूत, अब इससे बात किए बग़ैर नहीं रहूँगा।

—उस्ताद, क्या सी रहे हो?

—कफ़न।

—किसका?

—पूछो, किस किसका?

—किस किसका?

—नाम मुझे याद नहीं। सैकड़ों हज़ारों का।

—तो क्या इतने मुसलमान भी मारे गए यहाँ?

—मैं हिन्दुओं और सिक्खों के लिए भी सी रहा हूँ।

—लेकिन उन्हें तो जलाया जाता है।

—जिरह मत करो।

—तुम्हें कहा किसने?

—अपने आप सी रहा हूँ। अपने लिए भी।

—तो तुम अभी ज़िन्दा हो?

—नहीं।

—तो यह तमाशा कहाँ हो रहा है?

—जहन्नुम में।

—तुम्हारी मौत कब हुई?

—फ़सादों के दौरान।

—मारा किसने था?

—मारा तो बीमारी ने ही था, लेकिन शोर यही मचाया गया था कि किसी काफ़िर ने ही मेरा गला घोंट दिया था।

—शोर किसने मचाया था?

—मेरे मुसलमान भाइयों ने।

—फ़सादों की शुरुआत इसी अफ़वाह से हुई थी?

—नहीं। अफ़वाहें और भी बहुत थीं। लेकिन अफ़वाह अगर एक न उड़ी होती तो भी फ़साद होकर ही रहते।

—क्यों?

—क्योंकि मुसलमान बदला लेने पर तुले हुए थे, हिन्दू और सिक्ख मुक़ाबला करने पर।

—पहल किसने की थी?

—यहाँ तो मुसलमानों ने ही की होगी।

—और अमन कमेटीवाले?

—उन्हें तो सब पागल समझते थे।

—तुम भी?

—मैं भी।

—वे सब जो मेरे दोस्त थे?

—उन सबको तो चुन चुनकर मार दिया गया था। तुम न जाने कैसे बच गए!

—तो मैं बच गया हूँ?

—तुम नहीं जानते?

—मैं कुछ नहीं जानता।

—ख़ुशक़िस्मत हो।

—तुम सब कुछ जानते हो?

—सब कुछ तो वह भी नहीं जानता होगा।

—वह कौन?

—वही जिसे तुम नहीं मानते।

—जहन्नुम में पहुँचकर क्या सब इंसान इस तरह तेज़ हो जाते हैं?

—हाँ।

—मैं क्यों नहीं हुआ?

—तुम तो अभी मरे भी नहीं पूरी तरह।

—कब मरूँगा?

—किसी फ़रिश्ते से पूछकर बताऊँगा।

—जहन्नुम में फ़रिश्ते भी रहते हैं?

—आते जाते रहते हैं।

—तो अब फ़रिश्तों से दोस्ती है तुम्हारी?

—और किससे होगी अब!

—किसी हिन्दू फ़रिश्ते को भी जानते हो?

—फ़रिश्तों का कोई मज़हब नहीं होता।

—काश कि इंसानों का भी न होता! अच्छा, एक अच्छा सा कफ़न मेरे लिए भी सी देना।

—पहले पूरी तरह मर तो लो।

—मालूम कैसे होगा?

—यह मालूम करने की ख़्वाहिश ही नहीं रहेगी।

—तुम तो महात्मा हो गए!

—महात्मा नहीं, सूफ़ी।

—मरने के बाद भी महात्मा और सूफ़ी का फ़र्क़ मिटता नहीं?

—मैं मज़ाक कर रहा था।

—तुम सचमुच अपना कफ़न भी सी रहे हो?

—मैं मज़ाक कर रहा था।

—मरने के बाद क्या सब इंसान मज़ाक में मज़ा लेने लगते हैं?

—मरने के बाद सब कुछ मज़ाक ही नज़र आता है।

—तुम्हें याद है मरने से पहले तुम हर वक़्त क्या कराहते रहते थे?

—मैं मरना नहीं चाहता! मैं मरना नहीं चाहता!

—और अब तुम्हें उस याद पर हँसी आती है?

—मरने के बाद हर याद पर हँसी ही आती है।

—जहन्नुम में भी?

—वहाँ नहीं। जहन्नुम तो नाम ही उस जगह का है जहाँ हँसी न आए।

—तो तुम जहन्नुम में नहीं!

—ज़ाहिर है कि इस वक़्त नहीं हूँ, क्योंकि हँस रहा हूँ।

—तो हर वक़्त क्यों नहीं हँसते?

—काश कि हर वक़्त हँस सकता!

—एक बात बतलाओगे?

—कोशिश करूँगा।

—मरने के बाद भी कोशिश ख़त्म नहीं होती?
—जहन्नुम में नहीं होती।
—तुम जहन्नुम में क्यों हो?
—क्या पता! वैसे तुम हिन्दुओं के मुताबिक़ मेरे करम ही ऐसे रहे होंगे।
—मैं पूरा हिन्दू नहीं।
—मैं शायद पूरा मुसलमान नहीं था।
—इसीलिए शायद हम एक दूसरे से डर नहीं रहे।
—शायद।
—कोई मानेगा नहीं कि तुमसे सचमुच ये बातें हुई थीं।
—सचमुच हुई भी तो नहीं।
—तुम्हें यह क़स्बा याद नहीं आता वहाँ?
—क्यों नहीं आता? आता है, इसीलिए तो यहाँ बैठा ये कफ़न सी रहा हूँ।
—जब मुझे याद आया करेगा तो मैं न जाने क्या किया करूँगा।
—तुम भी कफ़न ही सिया करोगे। मेरी तरह। मुहावरे के। मुहावरों के।

उसकी आवाज़ अब बदलती हुई सुनाई देती है। महसूस होता है जैसे बशीरे के भेस में असलम ही बोल रहा हो। फिर यह एहसास यक़ीन में बदल जाता है। मैं उससे कहना चाहता हूँ कि वह भेस बदलकर बात करे, मज़ाक काफ़ी हो लिया। अभी तक हुई बातों पर हैरानी होती है। देखना चाहता हूँ कि अब उससे कैसी बातें होंगी। लेकिन देखते ही देखते वह एक हँसते हुए कंकाल में बदल जाता है। जहाँ एक लम्हा पहले उसकी मशीन पड़ी थी वहाँ अब एक घायल बच्चा पड़ा तड़प रहा है।

केशव समाधि सी लगाए बैठा है। उसी कोठरी में जिसमें एक बार मैंने उसके साथ मिलकर झाँका था। और उसकी हँसमुख माँ को किसी काले से मर्द के नीचे उछलते लहराते देखा था। वह नज़्ज़ारा आँखों के सामने तस्वीर की तरह नाच उठता है। केशव ने वही फटा पुराना जाँघिया सा पहन रखा है जिसे वह अपनी वर्दी कहा करता था। उसकी आँखें बन्द हैं और चेहरा पिचका हुआ। मुझे बापू याद आ जाते हैं, पसलियाँ यूँ उभरी हुई हैं जैसे कह रही हों, हमें गिनो वर्ना हम बाहर आ गिरेंगी। मैं उन्हें गिनना शुरू कर देता हूँ। गिनती में बार बार ग़लती कर जाता हूँ। डरता हूँ कि वह चिल्ला उठेगा, अब तुझसे गिना भी नहीं जाता! नल के नीचे उसकी माँ कुबड़ी बनी नाच सी रही है। नल अपने आप चल रहा है। वह अपने बदन की बलाएँ ले रही है। हालाँकि उस पर अब वह बहार नहीं जिस पर शर्म भी आती थी, हुशियारी भी। वह अचानक एक बदसूरत बुढ़िया में बदल जाती है। पेट जाँघों के बीच झूल रहा है, छातियाँ पेट

के ऊपर। केशव की पसलियों की गिनती भूल इस हिसाब में खो जाता हूँ कि यहाँ कितने दिनों बाद आया हूँ। कुछ याद नहीं आता। मेरी उलझन को देखकर ही मानो एक मुस्कुराहट केशव के चेहरे से चिपक जाती है। किसी चमगादड़ की तरह। उसे छील उतारने के लिए हाथ बढ़ाता हूँ तो वह एक बिच्छू में बदल जाती है। हाथ खींच लेता हूँ तो बिच्छू फिर चमगादड़ में बदल जाता है। केशव की माँ अब सीधी खड़ी अपना बदन निचोड़ रही है। अब माँ सी नज़र आ रही है। अगर इस ख़याल को फ़ौरन दबा नहीं दिया तो वह सचमुच माँ में बदल जाएगी। अगर ज़्यादा दबा दिया तो किसी और ही बला में। बाहर गली में अब घुड़दौड़ सी हो रही है। शायद हमला शुरू हो गया हो। किस हमले के बारे में सोच रहा हूँ? यह शोर मेरे अन्दर से ही उठा होगा।

—बेटा, यह न बोलता है न बोलने देता है। इसे क्या हो गया है?

आवाज़ केशव की माँ की है। सूरत भी। लेकिन मुझे यही लगता है जैसे मेरी माँ मुझसे मेरी ही शिकायत कर रही हो।

—भूख हड़ताल में बोलना ठीक नहीं होता।

—तुझे क्या पता?

—बापू भी बहुत कम बोलते हैं।

—तूने क्यों नहीं की भूख हड़ताल? और किसी ने क्यों नहीं की? इस पगले को आगे कर दिया और आप सब पीछे हट गए! शर्म आनी चाहिए।

मुझे इतनी शर्म आ जाती है कि मैं रोना शुरू कर देता हूँ, रोते रोते हैरान हो रहा हूँ कि इसकी इस सीधी सी शिकायत ने मुझे इतना दुख क्यों दिया। शायद मैं रोकर सच्चा होने की कोशिश कर रहा हूँ। ताकि केशव भी माँ के साथ मिलकर मुझे कोसना न शुरू कर दे।

—तू अब रोकर सच्चा नहीं हो सकता।

मेरे आँसू यकायक सूख जाते हैं। मन होता है कि कह दूँ, रो कौन रहा है! केशव ने हमारी बातें सुनी तो ज़रूर होंगी, लेकिन बुद्ध की तरह बेगाना सा बना बैठा है। उसकी माँ एक झुर्रियाली झाड़ी सी खड़ी है। उसे अब कपड़े पहन लेने चाहिए। नज़र उठाता हूँ तो वह कपड़े पहने खड़ी दिखाई देती है। खिली हुई सी। जैसे उसकी झुर्रियाँ झड़ गई हों।

—बेटा, इसे कहो कि कुछ तो खा ले। ऐसा ब्रत तो बापू भी नहीं रखते होंगे। यह मर गया तो मैं क्या करूँगी?

—मैं इसके लिए बकरी का दूध लाया हूँ।

केशव ने सुना नहीं होगा, वर्ना बरस पड़ता, झूठ क्यों बोल रहे हो! उसकी माँ को भी यक़ीन नहीं आया होगा। मेरे हाथ ख़ाली हैं। वह हँस रही है। मैं अपनी झेंप मिटाने के लिए ही दरवाज़े पर नज़रें जमा देता हूँ। दरवाज़ा खटाक से खुल जाता

है। चँबेली मचलती हुई अन्दर आती है। खजूरों से लदी फदी। बकरी के दूध से भरी पूरी। मैं दंग रह जाता हूँ। अगर इस पर यह रौनक़ है तो क़स्बे में भी अभी अमन ही होगा। दरवाज़ा बन्द करने के लिए क़दम उठा ही रहा होता हूँ कि बादशाह का घोड़ा दहलीज़ पार करता दिखाई देता है। एक सफ़ेद बकरे या शायद कुत्ते के भेस में। उसकी पीठ पर एक पैग़ाम चिपका हुआ है। बादशाह ने केशव या उसकी माँ को बुलवा भेजा होगा। या शायद यह ख़बर भेज दी होगी कि क़स्बे के अमन को अब कोई ख़तरा नहीं। चँबेली शायद सीधी उस सरकारी साँड के बाग़ से आई है। लेकिन वह तो कई दिनों से लापता है। किसी और बाग़ में जा बैठ होगा। घोड़ा बेक़रार नज़र आता है। मैं उसकी पीठ से पैग़ाम उतारने के लिए हाथ बढ़ा ही रहा होता हूँ कि चँबेली चहचहाना शुरू कर देती है, जैसे मैंने ही उसे ऐसा करने का इशारा कर दिया हो। उसके थरथरते जिस्म से खजूरें अब बेरों की तरह झड़ रही है। मैं एक लम्हे के लिए बेरियोंवाली सड़क पर पहुँच जाता हूँ। सब बेरियाँ बेरौनक़ खड़ी हैं। चँबेली अब ख़ूब खुलकर नाच रही है। कहीं मुमताज़ शान्ति के चोबारे पर ही तो नहीं हम सब! अगर यह कुछ देर और इसी तरह नाचती रही तो सब खजूरें झड़ जाएँगी और यह नीचे से नंगी निकल आएगी। मेरा जिस्म एक पुरानी याद से आबाद हो जाता है। यह मस्ती बेमौक़ा है। इसकी भी और मेरी भी। बाहर न जाने क्या हो रहा है। इसका चाकर इसकी तलाश में मारा मारा फिर रहा होगा। मैं कब तक इन इनी गिनी यादों से चिपका रहूँगा। ध्यान बदलने के लिए इधर उधर बिखरी खजूरों की तरफ़ देखता हूँ तो वे मकौड़ों में बदल जाती हैं। मेरा मुँह बिगड़ जाता है। चँबेली नाचना चहचहाना बन्द कर देती है। फिर मुझे गोद में ले लोरी देने लगती है। महसूस होता है जैसे हम दोनों की कोई पुरानी मनोकामना पूरी हो गई हो। मैं उसकी गर्दन से यूँ लिपटा हुआ हूँ जैसे उसका गला दबोचकर ही रहूँगा। अब केशव की माँ ने केशव को गोद में उठा लिया है। वह आँखें बन्द किए मुस्कुरा रहा है, जैसे उसे सब कुछ दिखाई दे रहा हो। मैं शूम की बीवी की याद के पीछे भागता भागता कड़ा होता जा रहा हूँ। वह भी शायद कहीं बैठी बाबा को याद कर रही हो। साथ मुझे भी। शायद मार दी गई हो या मुसलमान बना ली गई हो। इस वक़्त याद क्यों आ गई! चँबेली को पता चल गया होगा कि उस पर चढ़ा चढ़ा भी मैं किसी और के पास पहुँच गया हूँ। वह मुझे फेंक देती है, उसी की नक़्ल में केशव की माँ केशव को। अब वे दोनों यूँ खड़ी हैं जैसे किसी अखाड़े में हों। मैं हैरान हो रहा हूँ कि हमें कोई चोट क्यों नहीं आई, कि मुझे कहीं कोई दर्द क्यों नहीं हो रहा, कि केशव की आँखें अभी तक बन्द क्यों हैं। तभी घोड़ा भौंकना शुरू कर देता है। केशव को हँसी आ जाती है। घोड़ा इशारा कर रहा है कि हम उछलकर उसकी पीठ पर जा बैठें। दरवाज़ा बन्द होने की आवाज़ सुनाई देती है। अब कोठरी में मेरे और केशव के सिवाय कोई नहीं। उसकी आँखें अब खुली हुई हैं और चेहरा खिला हुआ। मैं उसकी नज़र से नज़र नहीं मिलाता। मैं

जानना चाहता हूँ कि यह सब ख़्वाब में हो रहा है या हक़ीक़त में, मेरे ख़्वाब में हो रहा है या किसी और के में, पहली बार हो रहा है या पहले भी हो चुका है। लेकिन इसके बारे में केशव से कुछ कहूँ या पूछूँगा नहीं।

—केशव, तू हँस किस बात पर रहा है?

उसकी हँसी हवा हो जाती है।

—हँस नहीं रहा, बीरू, भूख की वजह से ही मुँह टेढ़ा हो गया होगा। मैं तो दरअसल सोग ही मना रहा हूँ।

—कोई सोग मना रहा है, कोई कफ़न सी रहा है, और मैं कुछ भी नहीं कर पा रहा।

—कफ़न कौन सी रहा है?

—पता नहीं अब सी रहा है कि नहीं।

—तूने उसे देखा कहाँ?

—अब याद नहीं।

—था कौन?

—अब याद नहीं।

—तेरी याद को क्या हो गया?

—पता नहीं।

—असलम को साथ क्यों नहीं लाए?

—वह अब चल फिर नहीं सकता।

—मैंने तो सुना था कि वह चल बसा।

—तो मैं उसे साथ कैसे ले आता।

—मैंने तो सुना था कि तू भी मर चुका है।

—किससे सुना था?

—अब याद नहीं। तू आया कैसे?

—अब याद नहीं।

मैं फ़ैसला नहीं कर पा रहा कि वह मेरी नक़ल उतार रहा है या मैं उसकी। वह भी शायद यही सोच रहा हो। मैं फ़ैसला नहीं कर पा रहा कि यह मुलाक़ात मार काट से पहले हो रही है या उसके बाद। वह भी शायद यही सोच रहा हो। मैं अपनी लाइल्मी उस पर ज़ाहिर नहीं होने देना चाहता। वह भी शायद इसीलिए चुप है।

—तू भूख हड़ताल कब तोड़ेगा?

—जब मुझे यक़ीन हो जाएगा कि क़स्बे के अमन को कोई ख़तरा नहीं।

—वह कैसे होगा?

—अन्दर से आवाज़ आएगी।

—और अगर तू उससे पहले ही मर गया तो?

—यह भी हो सकता है कि तू मेरे भूत से ही बात कर रहा हो। यानीकि मैं मर चुका हूँ।

—कैसे पता चले कि हक़ीक़त क्या है?

—मुझे क्या मालूम! मैं तो एक मामूली सा पागल हूँ।

—अगर तू ज़िन्दा होता तो कभी यह न कहता।

—अगर तू ज़िन्दा होता तो तू भी कभी यह न कहता।

मैं लाजवाब सा हो जाता हूँ। अब किसी और को आ जाना चाहिए। दरवाज़ा बन्द है। दरवाज़ा खटाक से खुल जाता है। दहलीज़ पर बादशाह खड़ा है। उसकी दाढ़ी दमक रही है, घोड़ा दुम हिला रहा है। घोड़े पर फल्लो बैठी बीड़ी पी रही है। उसके ऊपर टुंडा लाट हवा में लटका हुआ सा दिखाई देता है। यानीकि भी ज़रूर यहीं कहीं होगा।

—यानीकि तो जेल में बन्द है।

बादशाह ने मेरे मन का एक सवाल बूझ लिया है। शायद बाक़ी सब भी बूझ ले। मुझे होशियार हो जाना चाहिए। सिर्फ़ उन्हीं बातों को मन में उठने देना चाहिए जिन्हें बादशाह से बुझवाना चाहता हूँ। सबसे बड़ा सवाल यही है कि यह सब हो रहा है या हो चुका है। अब मैं बादशाह को देख रहा हूँ। सवालिया नज़रों से। जिन्हें वह नज़रअन्दाज़ कर रहा है। उसने मेरा सवाल बूझ तो लिया है लेकिन जवाब नहीं देना चाहता। क्योंकि उसे यह यक़ीन नहीं कि मैं उसका जवाब समझ सकूँगा। या शायद पहले यह जान लेना चाहता है कि मेरे मन को और कौन से सवाल सता रहे हैं। मैं उसके सामने अपने सारे मन को नंगा नहीं होने दूँगा। उसका वही कोना उसे दिखाऊँगा जिसमें वह सवाल डटा खड़ा है कि यह सब हो रहा है या हो चुका है। यानीकि यह ख़्वाब है या हक़ीक़त। शायद सबके सामने बताना न चाहता हो। ये लोग यहाँ आए क्यों हैं?

—हम केशव से यह कहने आए हैं कि वह अपनी ज़िद्द छोड़ दे।

—क्यों?

—क्योंकि जो होना था हो चुका।

—मैं ज़िद्द नहीं कर रहा, सत्याग्रह कर रहा हूँ।

केशव की आवाज़ की ऊँचाई और कड़क पर बादशाह भी हैरान नज़र आता है। ये लोग हिम्मत सिंह को भी साथ ले आते तो अच्छा रहता। वह केशव की बात

शायद ज़्यादा आसानी से समझ सकता। शायद उसे समझा भी सकता। बादशाह कहीं ख़फ़ा न हो जाए।

—तुम घबराओ नहीं, अज़ीज़; मुझे तुम्हारे इस जाँबाज़ दोस्त पर ग़ुस्सा आ ही नहीं सकता।

मैं झेंप जाता हूँ, केशव एक क़हक़हा छोड़ देता है। उसकी पसलियाँ न टूट जाएँ! घोड़ा भी हिनहिना रहा है जैसे केशव की नक़ल उतार रहा हो। फल्लो उसकी पीठ पर झूठमूठ के थप्पड़ मार रही है। टुंडा लाट अब भी ग़ुब्बारे की तरह हवा में लटका हुआ है। मैं सबका ध्यान उसकी तरफ़ ले जाकर पूछना चाहता हूँ कि वह क्या कर रहा है।

—वह भी केशव की तरह सत्याग्रह कर रहा है।

—क्यों?

—क्योंकि वह भी नहीं जानता कि उसका सत्याग्रह बेकार है।

—क्यों?

—क्योंकि जो होना था हो चुका। अगर नहीं हुआ तो होकर रहेगा।

—क्यों?

—क्योंकि लोग या तो बेवक़ूफ़ हैं या पागल।

—क्यों?

—क्योंकि न अपना बुरा भला जानते हैं न दूसरों का।

—क्यों?

—क्योंकि उन्हें अपनी नाक की नोक के सिवा कुछ नज़र ही नहीं आता।

—क्यों?

—क्योंकि उनकी आँखें इधर उधर उठती ही नहीं।

—क्यों?

—क्योंकि वे जाहिल हैं।

—क्यों?

—क्योंकि वे इंसान हैं।

उसके आख़िरी जवाब का असर है या यूँ ही, मैं अचानक उचाट हो जाता हूँ। उसका चेहरा अब भी सुबह के सूरज की तरह दमक रहा है। बाक़ियों को हमारा सवाल जवाब बेतुका लगा होगा। मेरी उलझन उससे दूर नहीं हुई। अगर यानीकि जेल में बन्द है तो सब बाहर क्यों हैं?

—क्योंकि वह अभी ज़िन्दा है और हम सब मर चुके हैं।

—और केशव?
—इससे तुम ख़ुद पूछ लो।
—पूछ चुका हूँ!
—तो?
—इसे मालूम नहीं?
—और तुम्हें?
—मुझे भी नहीं।
—तो तुम दोनों अभी ज़िन्दा हो।

मुझे यक़ीन नहीं आया। केशव ने उछलना शुरू कर दिया है। कुछ पता नहीं चलता कि वह ख़ुश है या ख़फ़ा। कोठरी में सुर्ख़ उजाला बिखरता जा रहा है। जिसमें धीरे धीरे मेरे सिवा सब गुम हुए जा रहे हैं, जैसे मुझे यहीं छटपटाता छोड़ ख़ुद इस दुनिया की खाक़ से दूर किसी दूसरी दुनिया के नूर में डूबते जा रहे हों।

किसी की भूतैली काया सा अपने स्कूल के आँगन में इधर उधर डोल रहा हूँ। अपने भूत और इस रात को रौंदता हुआ। मानो नंगे पैरों को किसी ऐसे कील या कंकर की अनमनी सी तलाश हो जिसकी करारी चुभन से यह काया चौंक उठे, फिर अपनी हो जाए, ताकि मैं भी दूसरों की तरह किसी दीवार या दर्द का सहारा ले सकूँ।

हर तरफ़ बिखरा अँधेरा बिछा पैरों से उलझ उलझ जाता है। महसूस होता है हवाई ज़ंजीरों का एक जाल साथ साथ घिसिट रहा हो। उसी तरह जैसे किसी ज़माने में किसी किसी उजड़ी दोपहर बेरियोंवाली सड़क पर गुमसुम टलहते वक़्त किसी सूखी झाड़ी का एक ढीला सा गुच्छा पाइँचा पकड़ साथ हो लेता था और कुछ देर बाद टाँग की हल्की सी झुँझलाहट से अलग हो जाता था और दोपहर की दिशाहीन हवा उसे इधर उधर लुढ़काना शुरू कर देती थी।

पाँव पटख़ता हूँ तो सिर साथ झनझना उठता है। उस कोठरी में गुज़ारे काले घंटों की सारी ख़ामोशी एक ख़ौफ़नाक शोर में बदल जाती है। मन होता है कि एक तरफ़ खड़ा हो जाऊँ, सिर को थोड़ा सा झुका लूँ, और दोनों हाथों से माथा पीटना शुरू कर दूँ। आँखें मूँदकर। उसी तरह जैसे किसी ज़माने में किसी किसी वीरान शाम बाबा पीटा करते थे और उनके माथे पर एक मोटा सा त्रिशूल फड़कने लगता था और ख़्वाहिश होती थी कि उछलकर अपने छोटे छोटे हाथों से उस त्रिशूल को शान्त कर दूँ और फिर बाबा न जाने क्या सोचकर अचानक रुक जाते थे और काँपते हुए हाथों की एक किताब सी बनाकर उसे यूँ घूरना शुरू कर देते थे जैसे उसे पहली बार पढ़ रहे हों या जैसे उससे कोई पुराना सवाल पूछ रहे हों और मैं इस इन्तज़ार में कसा रहता था कि वह किताब कब बन्द होगी और वह धड़कता हुआ त्रिशूल

कब मिटेगा। मन होता है कि यहीं रुककर माथा पीटना शुरू कर दूँ ताकि उसके पीछे मचा शोर एक मोटे त्रिशूल में बदल जाए और मैं भी अपने काँपते हुए हाथों से कोई पुराना सवाल पूछ सकूँ। लेकिन माथा भी बेगाना महसूस होता है, शोर भी, और मन भी। उसी तरह जैसे किसी ज़माने में किसी किसी उजाड़ रात अपनी उस बदबूदार छत पर पड़े छटपटाते वक़्त ऊपर उड़ता हुआ काला नीला आकाश इतना दूर और बेगाना और बेपहनाह नज़र आता था कि आँखें भीग जाती थीं और रात भयानक सपनों से कटती रहती थी और माँ बार बार मेरे माथे पर अपना महकता हुआ खुरदरा हाथ रखकर मिनमिना देती थी, इसे आज फिर किसी की नज़र लग गई, हे भगवान, इसे तो कभी कुछ न हो, और मैं घबराकर फिर किसी काले सपने की तरफ़ फिसल जाता था।

हर तरफ़ बिखरे बिछे अँधेरे में कुछ और साए से भी मँडरा रहे हैं। शायद वे भी अपने अपने भूत और इस रात को रौंद रहे हों। मैं उनसे अछूता रहना चाहता हूँ। किसी को पहचानना नहीं चाहता। किसी से कुछ पूछना नहीं चाहता। ऐसा करने से यह कैफ़ियत टूट जाएगी, और मैं भी दूसरों की तरह किसी दर्द या दीवार का सहारा लेकर बैठ जाऊँगा, हर तरफ़ बिखरे बिछे अँधेरे का ही एक अंग बन अपने भूत और इस रात को रौंदना बन्द कर दूँगा। मैं कुछ देर इसी कैफ़ियत की काली गहराइयों में गिरा रहना चाहता हूँ। उसी तरह जैसे किसी ज़माने में हर लम्बी बीमारी के बाद ड्योढ़ी में बिछी उस बेचारी सी चारपाई में गिरा पड़ा मैं माँ और बाबा और देवी की अन्तहीन आपसी तकरार से दूर किसी दूसरी ही दुनिया की नीलाहट में खो जाता था और माँ आते जाते मुझ पर थूथू करती रहती थी क्योंकि उसे यह वहम चैन से नहीं बैठने देता था कि मुझे भी किसी की नज़र खा जाएगी और मैं अपनी दुनिया के किसी नीले कोने में छुपा बैठा कोरी बेगानी नज़रों से उसकी तरफ़ यूँ देखता रहता था जैसे वह किसी आवारा गाय या बकरी की तरह उस दुनिया में घुस आई हो और फिर माँ सब काम छोड़कर मेरे पास आ बैठती थी क्योंकि उसे यक़ीन हो जाता था कि मैं बेहोश हुआ जा रहा हूँ और उसके बोझ से चारपाई बहुत गहरी हो जाती थी मानो हम दोनों किसी कुएँ में जा गिरे हों और फिर इस ख़याल से मुझे ख़ौफ़नाक राहत मिला करती थी कि किसी को ख़बर तक नहीं होगी और हम उसी कुएँ में पड़े पड़े ख़त्म हो जाएँगे। कभी माँ मुझे सोया हुआ समझकर शिवजी के मन्दिर चली जाती थी और मैं चारपाई के कुएँ में पड़ा पड़ा गली से गुज़रनेवालों की पदचाप से उन्हें पहचानने की कोशिश करता करता दादी की गर्म गोद में जा बैठता था और उसकी पोपली कहानियाँ और कहावतें सुनता सुनता और उसकी बूढ़ी बू के साथ साथ उड़ता हुआ उस पहाड़ी गाँव में पहुँच जाता था जहाँ चाचा रघुपत के घर में न जाने कब और कैसे उसकी मौत हो गई थी और काके को गाँववालों की नज़र खा गई थी और जहाँ से माँ एक दिन लुटी पिटी सी लौट आई थी और जिसकी ऊबड़

खाबड़ पत्थरजड़ी गलियों में बारिश का पानी बच्चों की तरह किलकारियाँ मारता हुआ दौड़ें लगाया करता था और जो किसी किसी सपने में एक बड़े से जुगनू की तरह जगमगा उठा करता था और फिर न जाने कब माँ मन्दिर से वापिस आ जाती थी और मेरे माथे को छू छूकर न जाने किससे बार बार पूछती रहती थी, इसे इतना पसीना क्यों आ गया!

आँखें यूँ अकड़ी हुई सी महसूस होती हैं जैसे किसी ने उन्हें उधेड़कर उनमें एक एक कील या कंकर इस तरीक़े से फँसा दिया हो कि उन्हें झपकना या बन्द करना क़रीब क़रीब नामुमकिन हो उठा हो। उनकी बीनाई बेगानी महसूस होती है, उन्हें इस बिखरे बिछे अँधेरे में जो कुछ दिखाई दे रहा है वह सब तो और भी। मानो मेरी अपनी आँखों को इन अकड़ी उधड़ी आँखों ने कहीं पीछे धकेल दिया हो, जहाँ से उन्हें आसपास बिखरी बर्बादी के अलावा किसी दूसरे नरक का नक़्शा भी साफ़ दिखाई दे रहा हो। मैं नहीं चाहता कि मेरी वह दुहरी नज़र किसी इकहरी नज़र से उलझे। मैं नहीं चाहता कि मेरी यह दुहरी कैफ़ियत किसी इकहरी पूछताछ का शिकार हो। उसी तरह जैसे किसी ज़माने में जब घर से हर चीज़ उड़ सी जाती थी और बाबा दिन भर ग़ायब रहते थे और माँ अपने दुश्मनों से उधार माँगने पर मजबूर हो जाती थी तो कभी कभी मुझे किताब और फ़ीस और खाने के बग़ैर ही स्कूल जाना पड़ता था और वहाँ भरी क्लास में रावण के कमीने ताने सुन आँखें ज़मीन में गड़ जाती थीं और ज़मीन बेशुमार ज़ख़्मों से झिलमिलाना शुरू कर देती थी और जी चाहता था कि उसी दम किसी बाज़ या अबाबील में बदल जाऊँ और स्कूल के आँगन में खड़े उस पेड़ की सबसे ऊँची शाख़ पर जा बैठूँ जिसे एक बार रावण ने ही जाने किस मौज में बड़दादा का दिलचस्प ख़िताब दे दिया था और फिर मैं कोई सवाल या नज़र सह नहीं पाता था, यहाँ तक कि असलम और केशव की हमदर्दी भी नागवार हो उठती थी और उन्हें चकमा देकर मैं बेरियोंवाली सड़क या अराइयों के कुएँ की तरफ़ निकल जाता था और शाम तक वहीं गुम रहने के बाद घर लौटने पर यूँ महसूस होता था मानो मुझे फिर उसी आदिम गुफ़ा में धकेल दिया गया हो जिसमें बैठे तीन अजनबी मेरे इन्तज़ार में ही जर मर रहे हों और मुझे देखते ही फिर बहाल हो गए हों लेकिन मैं उनसे नज़र तक नहीं मिलाता था क्योंकि मुझे यक़ीन हुआ करता था कि वह उस कैफ़ियत में शरीक नहीं हो सकेंगे जिसे लिये मैं घर लौटा था और जो मेरी अपनी शिरकत से भी परे थी। आँखों को मसलता हूँ तो महसूस होता है कि रोने की कोशिश या बहाना कर रहा हूँ लेकिन उनकी अकड़ कम नहीं होती, न ही उनकी सूखन में से कोई नमी फूटती है। जब उन्हें मसलना बन्द करता हूँ तो कुछ लम्हों के लिए अँगड़ाते हुए अँधेरे में दुमदार सितारे से दौड़ते रहते हैं। उसी तरह जैसे किसी ज़माने में जब किसी किसी दम तोड़ती उदास दोपहर को उस नीली मस्जिद की दीवार के सुकड़े हुए साए में जा खड़ा होता था और किसी दरवाज़े में बैठी किसी

पान चबाती बूढ़ी बेसवा को मुमताज़ शान्ति की बुआ मान लेता था और मन ही मन उससे मुमताज़ शान्ति के साथ अपने प्यार की बातें किया और सुना करता था और जब नीली मस्जिद के इमाम की वह गहरी गिड़गिड़ाती सी आवाज़ मेरी ऊँघती हुई कैफ़ियत को उखाड़ सा देती थी तो महसूस होता था जैसे मेरी मदहोश आँखों के सामने सितारों का नाच हो रहा हो।

अराइयों का वह बाग़ोबहार कुआँ और उसका वह आबेहयात सा पानी और बेरियोंवाली वह वीरान सड़क और पत्थर जड़ी गलियोंवाला वह गुड़ियाघर सा गाँव और मुमताज़ शान्ति की वह नीली गली और उसमें बैठी वे बाँकी बूढ़ियाँ और बालो की वे बेक़रार आँखें और अपने घर की वे बदबूदार छत और बादशाह के घोड़े की वह अजीबोग़रीब सफ़ेदी और फल्लो जुलाहिन के वे काली मलमल के कुरते और असलम की वे उदास आँखें और नूराँ अराइन की नमकीन सूरत और माई माया का वह क़ीमती मकान और अपने स्कूल का यह बड़दादा और विश्वे पहलवान का वह पीपलवाला चौक और क़स्बे की सारी बल खाती गलियाँ और सजी धजी दीवारें—यह सब कुछ अब सपनों में ही दिखाई दिया करेगा। किसी किसी रात। तरह तरह की तबदीलियों के साथ। तरह तरह की तुर्शियों समेत। यहाँ की दूसरी करारी यादों से लथपथ। और फिर धीरे धीरे सपनों में भी इस सब कुछ का दख़ल कम होता चला जाएगा। और एक ज़माना ऐसा आएगा कि किसी भी चेहरे या जगह या चीज़ या आवाज़ या चमक या दर्द या दिन को याद करने पर धुन्ध और अँधेरे के सिवा कुछ दिखाई नहीं देगा। उसी तरह जैसे किसी ज़माने में दिमाग़ पर दबाव डालने के बावजूद न शूम की बीवी की सूरत दिखाई देती थी न दादी की और एक बादल सा सामने से गुज़र जाता था और मैं सटपटाकर यह मान लेने का बहाना किया करता था कि उन दोनों को ज़रूर किसी सपने में ही देखा होगा उसी तरह जैसे किसी ज़माने में शायद चँबेली के उस अलिफ़ नंगे जिस्म को भी और फिर अपनी हार पर खिसियानी सी हँसी आ जाती थी और फिर उन तीनों की सूरतें एक साथ ऐसी सफ़ाई से नज़र के सामने तन सी जाती थीं कि मैं काँप उठता था।

डोलते डोलते बड़दादा के नीचे जा खड़ा हुआ हूँ। जैसे किसी आशीर्वाद के लिए। यह पेड़ उस चौकवाले पीपल की तरह बात बात पर तालियाँ नहीं पीटता। शायद मास्टरों से डरता है। हालाँकि यह ख़ुद किसी मास्टर से कम नहीं। फैला फूला सा। किसी ज़माने में अक्सर सुबह की प्रार्थना के बाद जब ग्यानी मास्टर अरदासा बोल रहा होता था और मेरा गला बिला वजह भर आता था तो मैं दुआ माँगा करता था कि किसी तोते या चिड़िया या बाज़ या अबाबील में बदल दिया जाऊँ और बड़दादा की चोटी पर बिठा दिया जाऊँ, इस धमकी के साथ कि अगर मुझसे चहका न गया तो फिर बीरू में बदल दिया जाऊँगा। सिर पेड़ से लटकते हुए घड़ियाल को छू रहा है। किसी ज़माने में प्रार्थना से पहले या आधी या सारी छुट्टी के वक़्त इस घड़ियाल को

बजाने के लिए लड़कों में होड़ सी लग जाती थी और जब कभी मुझे मौक़ा मिलता था तो इस तक पहुँचने के लिए बार बार उछलना पड़ता था और कभी कभी घंटी के साथ साथ कोई उँगली भी बज उठती थी। जी चाह रहा है कि अपने सिर से बेतहाशा इसे बजाना शुरू कर दूँ। किसी पागल मदारी या पुजारी की तरह। इस उम्मीद पर कि ऐसा करने से सिर में मचा शोर थम जाएगा। और हर तरफ़ बिखरा बिछा अँधेरा हवा हो जाएगा। और कराहें क़हक़हों में बदल जाएँगी। और उल्लू अबाबीलों में। और भूत सब भस्म हो जाएँगे। और आँगन जगमगा उठेगा और दर्द मर जाएँगे। और मुर्दे ज़िन्दा हो उठेंगे। और घाव सब भर जाएँगे। और घर सब फिर आबाद हो जाएँगे। और किसी को किसी का कोई पाप या क़ुसूर याद नहीं रहेगा। और सबकी सब ख़ताएँ मुआफ़ हो जाएँगी। और असलम की शादी बालो से कर दी जाएगी। और मेरी मुमताज़ शान्ति से। और...

घड़ियाल की मोटी ठंडी तश्तरी अपने तपे हुए माथे पर यूँ महसूस होती है जैसे किसी ज़माने में हर बीमारी के दौरान हर तीसरे चौथे मिनिट बाद माँ की गीली मैली हथेली हुआ करती थी। उस ज़माने में अपने घर के दोज़ख़ में बैठा बैठा मैं अपना मन इसी तरह के सपनों से सहलाया करता था। पर उस दोज़ख़ की आग और ऊब कम नहीं होती थी। कभी असलम और कभी केशव के घर चला जाता था। लेकिन वह दोज़ख़ किसी हवाई खेमे या खोल की तरह मेरे ऊपर कसा तना रहता था।

इस याद के असर से या यूँ ही एक बार घड़ियाल को अपने माथे से ठुंकारकर फिर इधर उधर डोलना शुरू कर देता हूँ। हाथ कभी मुट्ठियों में कस जाते हैं, कभी पंजों में खुल। नाख़ूनों से हथेलियों का सन्नाटा नहीं टूटता, पंजों से उँगलियों की अकड़ दूर नहीं होती। कभी कभी बालों को सहलाने के बहाने उन्हें इतने ज़ोर से खींच लेता हूँ कि एड़ियाँ साथ खुंचि उठती हैं लेकिन महसूस यही होता है मानो कोई और किसी और को कष्ट दे रहा हो, मानो दर्द बहुत दूर से आ रहा हो, सिर के अन्दर मचे शोर में लिपटा हुआ। अगर इस सिर को उतार या काटकर कहीं रख या फेंक दूँ तो शायद कुछ आराम मिले। लेकिन हाथ हुक्म नहीं मानेंगे। क्योंकि जिस्म भी बेगाना है, मन भी। क्योंकि कोई और ही मेरे भेस में इधर उधर भटक रहा है। मेरे भूत और इस रात को रौंदता हुआ। दूसरी कायाओं से अलग। आसपास फड़फड़ाती कराहों से अछूता। किसी कील या कंकर की अनमनी सी तलाश में। या शायद यूँ ही। वक़्त काटने के लिए। कटे फटे लोगों से घिरा। उनके दर्द से दूर। उनके दर्द में डूबा हुआ।

कराहें हर तरफ़ बिखरे बिछे अँधेरे से लथपथ हैं, दर्द और दहशत से बोझल हैं। किसी में कोई लय या लहर नहीं। किसी में कोई सफ़ाई या सख़्ती नहीं। किसी में कोई विश्वास या आशा नहीं। किसी में किसी को घायल कर देने या बदल डालने की ताक़त नहीं। सब गिचगिच गलों में से डरते डरते फूट रही हैं। जैसे अपने दर्द से ग़द्दारी कर रही हों। किसी का किसी दूसरी से कोई नाता सुनाई नहीं देता। किसी में

किसी दूसरे का दुख शामिल नहीं। अगर मैं कराह सकता तो क्या इसी तरह कराहता? यह सवाल भी बेगाना नज़र आता है। मैं किसी कराह को पहचानना नहीं चाहता, किसी के साथ मिलकर कराहना नहीं चाहता। इन कराहों को सुनता न सुनता किसी ख़ामोश और ख़तरनाक पागल की तरह इधर उधर डोल रहा हूँ। अपने ही जैसे कुछ और ख़ामोश और ख़तरनाक पागलों की तरह। लेकिन उनसे भी अलग।

कुछ लोग हर तरफ़ बिखरे बिछे अँधेरे को यूँ उलट पुलट रहे हैं जैसे किसी बिछुड़े हुए अज़ीज़ को ढूँढ रहे हों। या किसी खोई हुई चीज़ को। चुपचाप। उसका नाम लेकर उसे पुकारने से परहेज़ करते हुए। जैसे उन्हें अन्देशा हो कि नाम सुनते ही कोई भूत या बला बोल उठेगी, मैं यहाँ हूँ! और जब वे वहाँ पहुँचेंगे तो वहाँ कोई नहीं होगा, कुछ नहीं होगा। या न होने के बराबर। शायद उन्हें यह अन्देशा भी हो कि उस अज़ीज़ या चीज़ का नाम सुनते ही कोई और भूत या बला बोल उठेगी, मैंने आपकी उस चीज़ या अज़ीज़ को अपनी आँखों से जलते या मरते देखा था। फ़लाँ मकान या फ़लाँ गली में। या फ़लाँ आदमी के हाथों हलाक होते। या फ़लाँ मुसले के नीचे पड़े चीख़ते चिल्लाते। शायद मैं ख़ुद इन्हीं अन्देशों की वजह से खामोश हूँ। वर्ना बालो और हरदयाल और जीते को पुकार रहा होता। लेकिन मैं खामोश इसलिए भी हूँ कि मुझे ख़तरा है कि मेरे मुँह से जो आवाज़ निकलेगी वह मेरी नहीं होगी, या किसी को सुनाई नहीं देगी, या किसी से पहचानी नहीं जाएगी। मेरे मन में और कई अन्देशे भी होंगे। मैं इस वक़्त किसी भी भूत या बला का सामना करने की हालत में नहीं। मैं इस वक़्त किसी भी हालत में नहीं। हालाँकि महसूस होना शुरू हो गया है कि वापस लौट रहा हूँ। कहीं से। न जाने कहाँ से। अभी लौटना नहीं चाहता। आसपास बिखरे बिछे लोगों के बीच ही कहीं मेरे घरवाले भी गिरे पड़े सो या रो रहे होंगे। मेरा पूरा परिवार सही सलामत है। इस ख़याल में धीमी सी ख़ुशी महसूस होती है। और इस ख़ुशी पर धीमी सी शर्म। मैंने तो किसी को मरते या जलते देखा तक नहीं। और इतने लोग आसपास जल मर रहे थे। कोई मानेगा नहीं कि मैं इसी क़स्बे में से बचकर निकला था। कोई मानेगा नहीं कि मैंने जलने और मरनेवालों की आवाज़ें ही सुनी थीं। मारने और जलानेवालों की भी। दूर से। उस कोठरी की कोख में बैठे बैठे। बीच बीच में वे आवाज़ें भी मर जाती थीं या शायद मैं ही ग़ायब हो जाता था। अपने ख़ौफ़ में। अपने अन्दाज़ों में। अपने ख़यालों में। अपने सपनों में। जैसे कि अब हो रहा हूँ। जिस्म हर हालत में अपनी ही हाजतों के मातहत क्यों रहता है? उन्हें पूरा करने की कोशिशों पर मजबूर। आदमी हर हालत में जिस्म का ग़ुलाम क्यों रहता है? ये जुमले असलम को पसन्द आते। शायद मौलवी नज़ीर अहमद को भी। जिस्म अपने आप कुछ नहीं कर सकता। उसके अन्दर भी शायद कोई बला बैठी रहती है। जो उसे चैन से बैठने नहीं देती। जिरह बहुत करता हूँ। क्यों करता हूँ? उस कोठरी में बैठा भी यही करता रहा। और करता भी क्या? वक़्त तो काटना ही था। कोई मानेगा नहीं कि इसी उम्र

में मुझे वक़्त काटने की समस्या रहने लगी है। गर्दन कट जाती तो इस समस्या से छुट्टी मिल जाती। अब न जाने कहाँ कहाँ की गर्द फाँकनी पड़ेगी! कहाँ कहाँ का वक़्त काटना पड़ेगा! बाबा भी यही सोच रहे होंगे। माँ भी। देवी नरेश को याद कर रही होगी। और अपनी उस झूठी सास को। देवी अब क्या करेगी? कहाँ रहेगी? जब तक माँ ज़िन्दा रहेगी, उसकी झिड़कियाँ सहेगी, उसके बाद मेरी। उधर जाकर। जहाँ हम किसी को नहीं जानते। एक आदमी को भी नहीं।

आँखें बन्द करके उधर की कल्पना करता हूँ तो एक अधूरी सी त्रिकोण सामने लटक जाती है। इसी बहाने आँखें बन्द हो गईं। ग़नीमत है। शायद वहाँ पहुँचकर भीख ही माँगनी पड़े। अन्धे होने का बहाना करना पड़े। लोगो, आँखें बड़ी नियामत हैं! मेरी बूढ़ी माँ दो दिनों से भूखी है! इसीलिए बिलबिला रही है। लोग कहेंगे, पहले इसे चुप कराओ, फिर भीख देंगे। लोगो, मेरी बहन के तन पर कपड़ा नहीं। लोग कहेंगे, वह है कहाँ? बाबा के बारे में कोई सदा नहीं सूझ रही। अगर उन्हें भी भीख माँगनी पड़ी तो क्या करेंगे? किसी सड़क के किनारे बैठ जाएँगे, हाथ आगे बढ़ा देंगे, सिर घुटनों में डाल देंगे, लेकिन कोई आवाज़ नहीं निकाल सकेंगे। जब ग़ुस्सा हद से ज़्यादा हो जाएगा तो दो तीन हाथ माथे पर मार दिया करेंगे। ढीला सा त्रिशूल उभर आया करेगा। स्कूल के छोटे छोटे लड़के मेरी लाठी या चोटी खींचकर भाग जाया करेंगे। और दूर जाकर आवाज़ कसेंगे, पाकिस्तानी सूरदास! चोटी तो रखनी ही पड़ेगी। नहीं तो कोई हिन्दू मुसलमान समझकर मार देगा। क़स्बे के हिन्दू भिखारियों को किसने मारा होगा? एक भी सिक्ख भिखारी नहीं था यहाँ। हिन्दू भी हिन्दुस्तानी ही हुआ करते थे। उधर से इधर आए हुए। शीते के देश के। माँ मेरी तरफ़ इशारे कर करके कहा करेगी, हाय मुसलों ने मेरे हीरे जैसे पुत्तर की आँखें निकाल लीं! इस मार काट के बाद भी माँ मुसलमान को मुसला ही कहेगी। अब तो और भी न जाने क्या क्या नाम देगी उन्हें। माँ ने इस मार काट से शायद ही कुछ सीखा हो। मैंने क्या सीखा है? यह मार काट क्या सबको कुछ सिखाने के लिए ही हुई थी? क्या सिखाने के लिए? किसी ने कुछ नहीं सीखा होगा। बचकाना सवाल। बचकाना जवाब।

आँखें अब खोल ही दूँ। वे कील या कंकर लौट आएँगे। किसी से टकरा जाऊँगा। या किसी के सामान से। या किसी की लाश से। कुछ लोग अपने सामान के साथ अपनी लाशें भी उठा लाए होंगे। वैसे ऐनक उतार या तोड़ दूँ तो तीन चौथाई अन्धा तो अभी हो जाऊँ। उस कोठरी में भी मुझे इस ऐनक की उतनी ही चिन्ता थी जितनी कि अपनी जान की। अब भी उतनी ही है जितनी कि इस बात की कि उधर पहुँचकर क्या करेंगे, उधर पहुँचेंगे कैसे। अगर भगवान ने उस ऐनक को जोड़ दिया होता तो इस ऐनक की चिन्ता इतनी न होती। तो शायद उस कोठरी में बैठा बैठा मैं उसी का नाम जपता रहता। कोई मानेगा नहीं कि इतने भयंकर संकट में से मैं उसका सहारा लिए बग़ैर ही गुज़र गया। एक बार भी अपनी या किसी और की जानबख़्शी के लिए

उसे नहीं कहा। न ही किसी और चीज़ या चमत्कार के लिए। झूठ मूठ तरीक़े से भी नहीं। मज़ाक में भी नहीं। फ़र्ज़ पूरा करने के लिए भी नहीं। माँ को टालने के लिए भी नहीं। एक दो बार डगमगा ज़रूर गया था। मदद नहीं माँगी लेकिन उलझा तो रहा उसी से बराबर। सपनों में भी। उसने तो यही समझा होगा कि उसके सामने सिर झुका रहा हूँ। उसने कुछ भी समझा हो मैं तो उसे याद न करने की कोशिश ही कर रहा था। जैसे अब। वह तो ख़ैर अच्छा ही किया वर्ना वक़्त काटना और मुश्किल हो जाता। जब लोगों की गर्दनें कट रही थीं, मैं वक़्त काट रहा था। और यह सोच रहा था कि उसे काटने में आसानी कैसे हो! सोच नहीं रहा था, लेकिन हक़ीक़त तो यही थी! और क्या करता? क्या कर सकता था? इन सवालों से भी खेलता रहा था। वक़्त काटने के लिए भी और वैसे भी। ये सवाल न जाने कब तक जान निकालते रहेंगे! अब क्यों कोस रहा हूँ अपने आपको? तो और क्या करूँ? इस वक़्त को कैसे काटूँ? कोई मानेगा नहीं कि इतनी लम्बी मारकाट के दौरान मैंने एक लाश भी नहीं देखी। सपनों में भी नहीं। न जाने इस बात पर ख़ुशी हो रही है या रंज। शायद शर्म ही आ रही है। आनी ही चाहिए। उस कोठरी से इस आँगन तक के रास्ते में भी नहीं। एक लाश भी नहीं। न ही कोई घायल। न ही किसी के ख़ून के छींटे। न ही किसी के शरीर का कोई जला भुना अंग। जैसे हमें कोठरी से बाहर निकालने से पहले बक्के ने वह रास्ता साफ़ करवा दिया हो। उसी तरह जैसे हमें रोटी देने से पहले उसने कपड़े बदल लिए थे। क़ातिलों के अपने क़ायदे होते हैं, ज़ानियों की अपनी निफ़ासतें। बक्का क़ातिल है न ज़ानी। हालाँकि उसने इन दो दिनों में कई क़त्ल भी किए होंगे, कई औरतों से जबरन ज़ना भी किया होगा। मकान भी कई जलाए होंगे। लूट खुसूट में भी ज़रूर हिस्सा लिया होगा। बढ़ चढ़कर। और इससे पहले उसने कभी कोई हरकत नहीं की होगी ऐसी। और इसके बाद शायद ही कभी करे। और उसी बक्के ने हमारी जानें बचाईं, हमें रोटी दी! एक हाथ से गुनाह, दूसरे से सवाब! लेकिन मैं हैरान क्यों हो रहा हूँ! दुनिया का तो यही दस्तूर है। और अभी तो एक ही बक्के को देखा है मैंने। उस जैसे बीस होंगे इसी क़स्बे में। वर्ना इतने लोग बचे न रह जाते। न ही इतने मकान। न ही इतना सामान। न जाने ये लोग कब उठा लाए, कैसे उठा लाए! कुछ लोग तो अभी तक आ रहे हैं। वही लोग जो अब तक लूटमार कर रहे थे अब बरामदी में मदद कर रहे हैं। हम तो कुछ भी नहीं लाए। घर से निकले और उस काली कोठरी में जा बैठे। वहाँ से निकले और इस आँगन में चले आए। ख़ाली हाथ। नंगे पाँव। पास जो कुछ था उस मुसले को दे दिया। एक पोटली बना रखी थी, उसे घर में ही भूल आए, लेकिन मेरा यह बचूँगड़ा बच गया, उसका लाख लाख शुकर है। माँ किसी के पास बैठी यही सब फुसफुसा रही होगी। कह रही होगी, इन मुसलों का अब भी कोई भरोसा नहीं, सबको इकट्ठा करके स्कूल को आग लगा देंगे। कह रही होगी, बक्के क़साई ने हमें तो छोड़ दिया पर गहने तो नहीं छोड़े उसने।

वह तो उस कोठरी से निकलती ही नहीं थी। सबको बारी बारी उसे समझाना पड़ा था कि मिलिटरीवाले आ गए हैं, कि उनमें हिन्दू भी हैं और सिक्ख भी, कि हम एक रात इस स्कूल में रहेंगे और फिर हमें किसी कैम्प में भेज दिया जाएगा और फिर हिन्दुस्तान। माँ बार बार कहती रही थी, मैं नहीं जाती हिन्दुस्तान, मुझे नहीं अच्छे लगते हिन्दुस्तानी, न ही उनकी बोली मुझे आती है! बड़ी मुश्किल से वह मानी थी और वह भी इस शर्त पर कि एक सिपाही हमारे साथ चलेगा और वह हिन्दू होगा। माँ को बक्के की नीयत पर तो शक था ही, यह ख़तरा भी था कि रास्ते में कोई और मुसला हमें मार डालेगा। मैं हैरान होता रहा था कि बक्का इतने सब्र से उसकी बातें कैसे सुन रहा था। वह चाहता तो घसीटकर उसे कोठरी से बाहर फेंक सकता था। आख़िर वह एक फ़ौजी को साथ ले आया था। वह था तो मुसलमान लेकिन बहाना कर रहा था हिन्दू होने का। माँ इतनी डर गई थी कि उसने और आनाकानी नहीं की थी। बक्का हमारे आगे आगे चल रहा था, वह फ़ौजी पीछे पीछे। रास्ते भर कुछ और लोग भी इधर उधर से निकलकर हमारे जुलूस में शामिल होते रहे थे। रास्ते भर मैंने सिर नहीं उठाया था। मेरे आगे आगे कुमारी चल रही थी। झूलती हुई सी। जब बक्का फ़ौजी को बुलाने गया हुआ था तो माँ ने बताया था कि बक्के की उन रोटियों में पोस्त वोस्त मिली हुई थी। इसीलिए हम दिन भर ऊँघते रहे थे। कुमारी की लड़खड़ाहट देख मुझे माँ का यह शक याद आ गया था। और फिर न जाने क्यों रास्ते में ही मेरा यह अन्दाज़ा यक़ीन में बदल गया था कि बक्के ने कुमारी से ज़रूर जबरन ज़ना किया होगा। न जाने किस वक़्त न जाने कितनी बार। न जाने कितने और मुजाहिदों से मिलकर। शायद जब हम सो रहे थे। या शायद उन्हें उस कोठरी में लाने से पहले ही। कहीं और। मैं सोचता रहा था कि कुमारी ने माँ को बता दिया होगा। दिन के दौरान। कानों में। जब मैं सो रहा था। उसी पोस्त वोस्त के नशे में। लेकिन बक्के को हमसे डरने की क्या ज़रूरत थी। पोस्त वोस्त नहीं मिलाई होगी उसने। जो करना था उसी रात कर लिया होगा। उन दोनों को वहाँ लाने से पहले। किसी दूसरी कोठरी में। किसी और के घर। शायद उसी शख़्स ने उन्हें बक्के के हवाले कर दिया हो। शायद उस शख़्स ने भी कुमारी से ज़बर्दस्ती की हो। कई और मुजाहिदों से मिलकर। लेकिन उन्होंने उसे ज़िन्दा क्यों छोड़ दिया? उसकी छातियाँ क्यों नहीं काट लीं? उसका जुलूस क्यों नहीं निकाला? बक्के ने देवी को क्यों छोड़ दिया? बाबा का लिहाज। या वह उसे पसन्द नहीं आई होगी। या वह देवी के तप जप से डर गया होगा। या उसने फ़ैसला कर लिया होगा कि सारी क़ीमत कुमारी से ही वसूल करेगा। मैं सोचता रहा था कि माँ को सब मालूम होगा। कुमारी ने उसे न बताया हो तो भी। बाबा को भी। दारी को भी। शायद देवी को भी। इसीलिए शायद बक्के के साथ बहस के दौरान माँ का एक हाथ देवी की पीठ पर फैला रहा था, दूसरा कुमारी की पीठ पर। मुझे माँ की ममता पर हैरानी होती रही थी। कुमारी ने बक्के को देखते ही मुँह में कपड़ा ठूँस

लिया था। रास्ते भर मैं कुमारी की पीली एड़ियों और उन्हें सहलाती उसकी सफ़ेद साड़ी को घूरता रहा था। और उस साड़ी पर छिटके सूखे ख़ून के धब्बे बेक़ायदा बूटियों से दिखाई देते रहे थे। रास्ता बहुत जल्द कट गया था। अब याद आ रहा है कि रास्ते भर आग और मांस की बू नथुनों को नोंचती रही थी और धुआँ आँखों को।

बक्के और फ़ौजी का डर न होता तो आँखें मसल ली होतीं, नाक बन्द कर ली होती। अगर आँख उठाकर इधर उधर देख लिया होता तो पता नहीं क्या क्या नज़र आता। गली सड़ी लाशें। गिद्धों से घिरा आसमान। दरवाज़ों में खड़ी औरतें। उनकी टाँगों से लिपटे बच्चे। उनकी आँखों की हैरानी। आवारा कुत्ते। अब यह भी याद नहीं कि रास्ता कौन सा था। हो सकता है कि नीली गली में से ही गुज़रकर आए हों। किसी दिन अचानक याद आ जाएगा। किसी काले सपने में। या यूँ ही चलते चलते। शायद पैदल ही उधर जाना पड़े। किसी काफ़िले के साथ। पुराने ज़माने के लोगों की तरह। ख़ानाबदोशों की तरह। लेकिन हमारे कन्धों पर तो कुछ भी नहीं होगा। यादों के बोझ के सिवा। हम दूसरों का सामान लाद लेंगे अपने ऊपर। दूसरे ऐसा करने देंगे? शायद नहीं। हमारी नीयत पर शक करेंगे। सोचेंगे हम उनका सामान लेकर चम्पत हो जाएँगे। शायद उधर जाकर यही काम करना पड़े। क़ुली! ओ क़ुली! किसी दिन सब कुछ याद आ जाएगा। सब कुछ कभी याद नहीं आएगा। वह तो ख़ैर न ही आए तो बेहतर। जीना मुश्किल हो जाएगा। मुझे सताने के लिए सपने ही काफ़ी होंगे। जिनमें इस क़स्बे की और इस ज़माने की कटी फटी तस्वीरें तरह तरह के रूप बदलकर दिखाई दिया करेंगी। आख़िर तक। इस वक़्त तो यही ख़्वाहिश है कि सब कुछ भूल जाए। दिमाग़ धुल जाए। नया मुल्क, नई जिन्दग़ी। सारा सिलसिला नए सिरे से। कोरी तख़्ती। ताकि कोई कसक ही न हो। ताकि बदला लेने की ख़्वाहिश ही न उठे। वह तो शायद यूँ भी नहीं उठेगी। वर्ना अब तक उठ चुकी होती। शायद दिल ही बुझ गया हो। बुझा ही रहे तो बेहतर। बदले का बोझ नहीं उठाया जाएगा। लेकिन अगर यह ख़्वाहिश पूरी हो गई और यहाँ का सब कुछ यहीं छूट गया तो उधर जाकर पछताता तो नहीं रहूँगा उम्र भर? दूसरों से पूछना पड़ेगा कि मुझ पर क्या बीता था। महसूस होगा कि कुछ भी नहीं बीता था। सब लोग अपने अपने गुज़रे ज़माने को याद किया करेंगे, मैं उनका मुँह देखा करूँगा। इस उम्मीद में कि शायद मुझे अपने गुज़रे ज़माने की कोई झलक उनके चेहरों पर नज़र आ जाए। किसी को यक़ीन नहीं आएगा कि मुझे कुछ भी याद नहीं। जिसको आ जाएगा, वह सोचेगा, बेचारा पागल हो गया है, किसी गहरी चोट से, अपने आप ठीक हो जाएगा, न भी हुआ तो कोई बात नहीं, इसका पागलपन ख़तरनाक नहीं, बेचारे की याद्दाश्त ही तो गई है, उनसे तो अच्छा है जिनका सब कुछ चला गया, ख़ुशक़िस्मत है कि भूल गया सब कुछ, वर्ना यह भी हमारी तरह हर वक़्त गुज़रे ज़माने को ही धुनता रहता, जीना मुहाल हो जाता कमबख़्त का, और इसे जाननेवालों का भी, अब मौज में है, इसे कोई मोह ही नहीं

होगा, याद्दाश्त ही नहीं तो मोह कैसा! तब मैं उस मूरख को समझाऊँगा, देखिए साहिब, मुझे कोई चोट नहीं लगी, मेरा तो सारा परिवार सही सलामत आ गया इस तरफ़, मैंने तो अपनी आँखों से न किसी को मरते देखा न मारते, न कोई लाश देखी न आग, देखी भी हो तो याद नहीं, साहिब बहादुर, हम तो उन बेशुमार ख़ुशक़िस्मतों में से थे जिनके पास उधर भी कुछ नहीं था, यह बात भी मैं अपनी याद की बिना पर नहीं सुनी सुनाई के सहारे ही कह रहा हूँ, वैसे आप याद्दाश्त को इतनी कम अहमियत क्यों देते हैं, वह तो बहुत ज़रूरी ज़हमत है, उसके बग़ैर इंसान पागल हो न हो ख़तरनाक ज़रूर हो जाता है, अपने लिए भी और दूसरों के लिए भी, क्योंकि वह बहुत सी बन्दिशों से आज़ाद हो जाता है। सुननेवाले का यह यक़ीन और पुख़्ता हो जाएगा कि मेरा दिमाग हिल चुका है। किसी संगीन सदमे से। वैसे दिमाग़ तो हिल ही चुका होगा अब तक। सदमों से न सही, सैकड़ों बार की माथा पिटाई से ही सही। हिला हुआ भी अपना काम तो कर ही रहा है। जैसे तैसे। बाबा का भी। लेकिन काम कर रहा होता तो हम माथा क्यों पीटते? कोई और भी पीटता है? हज़ारों। शायद सब। क़रीब क़रीब। माथा शायद क़ुदरत ने बनाया ही इसीलिए हो। हाथों की मार पीट के लिए। हर माथा नहीं। हर हाथ भी नहीं। असलम ज़रूर इस अन्दाज़े की दाद देता। साथ यह भी जोड़ देता, क़ुरानपाक में लिखा है कि इंसान को अपने ऐब क़ुदरत के कन्धों पर नहीं लादने चाहिए। उसे अपने इस ऐब के बारे में कभी बताया नहीं। न ही बाबा के बारे में। न ही अपने घर के बारे में और कुछ। वैसे उसने अन्दाज़ा तो लगा ही लिया होगा। शायद उसे भी यह ऐब हो। ऐब नहीं आदत। उसे नहीं होगी। मुझे भी न होती अगर मैंने माँ के पेट में पड़े पड़े बाबा को अपना माथा पीटते न सुना होता। कहाँ कहाँ की सोच रहा हूँ। कोई मानेगा नहीं कि इस आँगन में इधर उधर डोलता हुआ मैं ये नुक़्ते निकाल रहा हूँ! उधर जाकर किसकी नज़र से सराहूँगा इन नुक़्तों को? अभी से नुक़्तों की तलाश? या नुमाइश? अभी से उधर की चिन्ता? या शायद चाव? उधर जाकर नए दर्द, नए दोस्त, नए अन्देशे, नए अरमान। नई ख़्वाहिशें, नए ख़ौफ़। लेकिन पुराने घाव, पुरानी यादें। अभी तो ख़ैर इधर का मातम ही ख़त्म नहीं हुआ। अभी तो ख़ैर शुरू ही नहीं हुआ। क़ायदे से। खुलकर। वह तो उधर जाकर ही होगा। उधरवाले इधर आकर उधर का करेंगे, इधरवाले उधर जाकर इधर का। अभी तो सब सुन्न हैं। मेरी तरह। और सहमे हुए। अगले सदमे के इन्तज़ार में। कुछ तो इस वक़्त भी शेख़ियाँ ही मार रहे होंगे। इस आँगन में। अपने आप से ही। हमने यह किया, हमने वह किया। हम यह न करते तो वह न होता, हम वह न करते तो यह न होता। हम यूँ न करते तो कई और लोग मारे जाते, हम यूँ न करते तो दुश्मन का नुक़सान और कम होता। कुछ काले इरादे बाँध रहे होंगे। उधर जाकर बदले लेने के। हम तो चुन चुनकर मारेंगे। चैन से नहीं बैठेंगे जब तक हमारी आग नहीं बुझती। हम किसी बापू शापू की नहीं मानेंगे। कुछ तो ख़ैर ऐसे भी होंगे जो सिर्फ़ उदास होंगे।

उदास तो बहुत धीमा शब्द है। टूटे हुए। कुछ तो सो भी रहे होंगे, यूँ जैसे मर गए हों। कुछ तो मर भी गए होंगे। आँगन में आकर। मारे ख़ुशी के। और यूँ दिखाई दे रहे होंगे जैसे सो रहे हो। अब मुझे कई लाशें नज़र आ जाएँगी। यह अरमान भी नहीं रहेगा। ज़ख़्मियों की तो ख़ैर कोई कमी नहीं होगी। अगर लेट जाऊँ तो शायद मुझे भी नींद आ जाए। मौतनुमा नींद। और सपने। लेकिन मैं तो सोया ही रहा दिन भर। सपने भी काफ़ी देख लिए। अब आँखें खोलने का वक़्त है। वे तो यूँ खुली हैं जैसे दो ज़ख़्म हों। माँ सो गई होगी। किसी को अपने दुखड़े सुनाते सुनाते। या बक्के और कुमारी के बारे में बताते बताते। नहीं तो मुझे ढूँढ रही होती। दबी दबी आवाज़ें दे रही होती। हर एक से पूछ रही होती, कहीं मेरा बीरू तो नहीं देखा? मेरा स्कूल अन्दर से उसने पहली बार देखा है। और आख़िरी बार। अब वह भी सपने देख रही होगी। सुख के। जो उसे उधर जाकर भी नहीं मिलेगा। उधर जाकर उसका दुख ज़्यादा हो जाएगा या कम? दूर तो ख़ैर नहीं होगा। दूर कैसे होगा? किससे होगा? मुझसे तो नहीं होगा। कुछ भी। उधर जाकर इतना तो महसूस होगा कि मुल्क आज़ाद हो गया। कि इनक़िलाब आ गया? उधर तो शादियाने बज रहे होंगे। वह तो शायद इधर भी। आज़ादी तो दोनों तरफ़ एक साथ आई है। बर्बादी भी। बराबर। यह हिसाब बाद में होगा। उसमें कई ग़लतियाँ की जाएँगी। जानबूझकर। एक दूसरे का क़ुसूर बढ़ाकर दिखाने के लिए। और नुक़सान कम। तो क्या सब कुछ मेरी समझ में अभी से समा गया। और नहीं तो क्या! सब कुछ न सही, बहुत कुछ तो समा ही गया। मैं दरअसल उस कोठरी में बैठा बैठा बूढ़ा हो गया था। जब बाहर निकला तो भीतर की आँखें खुल चुकी थीं, बाहर की अकड़। लेकिन दोनों को दुनिया भर की बारीकियाँ एक सी दिखाई दे रही थीं। इसीलिए तो मुझे पता ही नहीं चला था कि हम किस रास्ते से उस स्कूल के आँगन तक पहुँचे। इसीलिए तो वहाँ पहुँचते ही मैं किसी दूसरे आलम में पहुँच गया था। यह सब मैं किसे बताऊँगा उधर जाकर? मजमे लगाया करूँगा। किसी पराए शहर के पुरशोर चौक में। इस क़स्बे के क़िस्से सुनाया करूँगा। सजा सजाकर। बढ़ा चढ़ाकर। कोई सुनेगा नहीं। न सुने अपना मनबहकावा तो होता ही रहेगा। जैसे अब हो रहा है। शायद।

अब और चला नहीं जा रहा। थकावट लौट आई है। सन्नाटा टूट रहा है। तन का। मन का अभी नहीं। उतना अब वह भी नहीं जितना पहले था। दिखाई देना शुरू हो गया है। सुनाई भी। महसूस होना भी। अब क्या होगा! अब क्या करूँगा! अब सदमों के लिए तैयार हो जाऊँ। आँगन उनसे अटा हुआ है। अब एक कोने में खड़ा झूल रहा हूँ। जैसे किसी उजड़े हुए शहर में कोई भूखा शेर। या किसी काले सपने में कोई बेपनाह अन्धा। या किसी ठंडे मैदानेजंग में कोई नीमज़िन्दा सिपाही। जिसे अब कोई ख़तरा न हो। कोई उम्मीद न हो। कोई ख़्वाहिश न हो। कोई इन्तजार न हो।

कुछ लोग अब भी आ रहे हैं। न जाने कहाँ कहाँ से निकलकर। उनमें से

कुछ तो गेट पार करते ही चीख़ उठते हैं। जैसे किसी ग़लत जंगल में आ गए हों। फिर अचानक चुप हो जाते हैं। जैसे याद आ गया हो कि यहाँ चीख़ना मना है। या ख़तरनाक। जब हम आए थे तो मैला सा अँधेरा उतर रहा था। अब मैला सा उजाला उभर रहा है। तब बड़दादा के बालों में छुपे बैठे परिन्दे चीं चीं कर रहे थे। जैसे अपने आँगन में आ घुसे घायलों का मन बहला रहे हों। या उनसे शिकायतें कर रहे हों। अब उनकी फड़फड़ाहटें सुनाई दे रही हैं। जैसे सुबह की तैयारियाँ हो रही हों। अभी से। रात क्या इतनी जल्दी कट भी गई? इतनी आसानी से नींद के बग़ैर ही। लेकिन मैं तो अभी नींद के लिए तैयार ही नहीं। धूप में यह दुख न जाने कैसा दिखाई देगा। और दूसरों के सामान के ये बेढब ढेर! और इनके इर्दगिर्द बचे खुचे लोगों की झाड़ियाँ सी। जिनमें से निकलती चीख़ोपुकार भी जैसे किन्हीं अज़ीबोग़रीब परिन्दों की ही हो। जो इधर उधर गिरे पड़े दम तोड़ रहे हों। इंसानी आवाज़ों की नक़लें सी उतारते हुए। मैं इस चीख़ोपुकार को अब अधूरे ध्यान से सुन रहा हूँ। इस ख़तरे के बावजूद कि कोई जानी पहचानी आवाज़ उछलकर मुझे मार डालेगी। या शायद इसी उम्मीद से। आसमान की तरफ़ देखता हूँ तो कुछ नज़र नहीं आता। सितारों से छिदे बेगाने और बेरहम फैलाव के सिवा। अपने मकान की वह सुकड़ी हुई बदबूदार छत फिर याद आ जाती है। हवा जैसे उसी याद से बन्द हो गई हो। आँगन भी कुछ छोटा हो गया हो। कमीज़ से चेहरे को पंखा करता हूँ। चेहरा अपनी ही किसी पोशीदा याद से चौंक उठता है। कुछ पता नहीं चलता कि मुस्कुराने जा रहा हूँ या रोने। क़िस्म क़िस्म की कराहें कानों को उमेठ रही हैं। जगह जगह से दर्द की धज्जियाँ उड़ रही हैं। अँधेरे में सिगरेटों और बीड़ियों के नगीने लहरा रहे हैं। चाचा रघुपत याद आ जाते हैं। साथ ही दादी। और उसकी देह की बूढ़ी महक। और काका। उसके कसमसाते हुए हाथ। और उस गाँव की पत्थरजड़ी गलियाँ। क्या अब उम्र भर यही हुआ करेगा? हर हवा और महक इसी तरह गुज़रे ज़माने की गर्द उड़ाती हुई आया करेगी? अँधेरे में जड़े नगीनों से यूँ लगता है जैसे कुछ लोग एक दूसरे को ख़ुफ़िया इशारे कर रहे हों। मैं इन इशारों के साथ साथ अपनी आँखें इधर उधर दौड़ाता हुआ खड़ा रहता हूँ।

आँगन के एक कोने से कुछ बच्चों की हँसी थिरकती हुई सी मेरी तरफ़ आती है। दूसरे किसी कोने में दो आदमी जगह के लिए लड़ रहे हैं। तीसरा आदमी उन्हें उपदेश दे रहा है कि उन्हें शर्म आनी चाहिए। कि उन्होंने सारी मारकाट से कुछ नहीं सीखा। कि अगर वे आपस में ही लड़ते झगड़ते रहेंगे तो उधर जाकर दुश्मन से बदला उनका बाप लेगा! उन दोनों को शर्म पता नहीं आती है या नहीं, वे चुप ज़रूर हो जाते हैं। मुझे पहले अफ़सोस सा हो आता है। फिर झुँझलाहट। फिर ग़ुस्सा। कड़वा और करारा। उस तीसरे आदमी के पास जाकर उससे पूछना चाहता हूँ कि उसे शर्म नहीं आती। कि उसने सारी मारकाट से कुछ नहीं सीखा। कि वह उधर जाकर भी बदले की आग ही भड़काएगा तो अमन कैसे क़ायम होगा। मैं उसे समझाना चाहता हूँ।

और दूसरे दोनों को भी। वह सब कुछ जो मैं ख़ुद अभी नहीं समझा। न सही, लेकिन इतना तो समझ ही गया हूँ कि वे तीनों ग़लत हैं। वे दोनों ग़लत चीज़ के लिए लड़ रहे हैं, तीसरा उन्हें ग़लत दलील दे रहा है। बदले की बात ही ग़लत है। दुश्मनी की भी। कोई मानेगा नहीं कि मैं इस आँगन में खड़ा होकर इस तरह सोच सकता हूँ। उधर जाकर कुछ लोग तो बदले चुकाने में जुट जाएँगे, कुछ उन्हें यह समझाने में कि बदला बेकार है, कि जो कुछ इधर हुआ, वैसा ही सब कुछ उधर भी तो हुआ। मैं यही काम करूँगा। गुमराहों से बहस। कोई मेरी सुनेगा नहीं। सब मुझे मुसलमानों का एक एजेंट समझेंगे। पाकिस्तानी जासूस। हिन्दू के भेस में मुसलमान। मैं कहूँगा, देख लो। तू पाकिस्तानी बन गया? यक़ीन नहीं आता। अगर जाकर उन तीनों से कहूँगा कि वे मुसलमानों को अपना दुश्मन न समझें तो वे कहेंगे, चल पागल! इस वक़्त तो सभी पागल नज़र आते हैं। यह वक़्त समझने समझाने का नहीं। सिर्फ़ सहने का है। चुपचाप। केशव याद आ जाता है। असलम भी। एक जुमले से केशव, दूसरे से असलम। असलम भी अगर मर गया है तो केशव से जा मिला होगा। किसी जन्नत में। जिसमें मुझे विश्वास नहीं। लेकिन वह हो तो सकती है। शायद वे दोनों किसी हूर का दामन पकड़े यह सब देख रहे हों। किसी दूसरे किनारे से। काश कि मुझे मालूम होता कि मौत के बाद क्या होता है! काश कि मुझे विश्वास होता कि मौत के बाद कुछ होता है! विश्वास न सही शक तो है। लेकिन जिन्हें यह विश्वास होता है वे तो और आज़ाद हो जाते हैं। कई क़िस्म की बन्दिशों से। हर क़िस्म की हरकतों के लिए। जिन्हें यह विश्वास नहीं होता वे भी। काश कि यह फ़ैसला किया जा सकता कि विश्वास बेहतर है या शक! बेहतर की बात नहीं। बात कुछ और ही है। मेरे बस की नहीं। फ़िलहाल। मैं फिर किसी पुरानी और पेचीदा बहस में फँस गया हूँ। यह वक़्त उस बहस का भी नहीं। तो इस वक़्त को कैसे काटूँ? क्या सोचकर? किस गहराई में? किस समझ के सहारे? किस सुबह के इन्तज़ार में? मुझे भी किसी उपदेश की ज़रूरत है। किसी उपदेशक की। जो सब कुछ समझा दे मुझे। शुरू से आख़िर तक। यह सब क्यों हुआ? इधर भी और उधर भी। यह सब कैसे टाला जा सकता था? सिर्फ़ टाल देने की बात नहीं। यह सब कैसे न होता? यह सब कैसे न हो? कभी भी। उसके लिए यह समझना ज़रूरी है कि यह सब क्यों हुआ? लेकिन उपदेशक तो शायद यही उपदेश दे कि यह सब न होने के बराबर है। न हुए होने के। क्योंकि न कोई मरता है, न कोई मारता है। यह वक़्त उस उपदेशक से उलझने का नहीं। इस वक़्त एक ही उपदेशक को बर्दाश्त कर सकता हूँ। यानीकि को। पागल को पागल से प्यार होता है। वह मारा गया होगा। नहीं तो वह भी यहीं कहीं होता। कराह रहा होता, या कुछ कह। हो सकता है यहीं हो। और इस सब पर हँस या रो रहा हो। चुपचाप।

ध्यान लगाकर आसपास से आ रही आवाज़ों को सुनना चाहिए। सुनता हूँ तो कान एक ही आवाज़ पर टिक जाते हैं। कोई बूढ़ा कहीं पड़ा हाय हाय कर रहा है।

एक ही लय में। दूसरी कराहों से ऊपर और अलग। अकेला। जैसे उसे मज़ा भी आ रहा हो, मौत भी। आवाज़ पहचानने की कोशिश करता हूँ। आवाज़ किसी अजनबी की जान पड़ती है। जो भी हो, है शायद आख़िरी दमों पर ही। जाकर देखूँगा नहीं। इस दोटूक फ़ैसले पर झुँझलाहट होती है। जिसे दबाने के लिए ही उस आवाज़ की तरफ़ चल पड़ता हूँ। महसूस होता है कि वह उस तरफ़ से नहीं आ रही, कि वह किसी तरफ़ से नहीं आ रही, कि वह सब तरफ़ों से आ रही है। एक साथ। किस किस तरफ़ भागूँगा! फिर भी चलता रहता हूँ। इधर उधर नज़र दौड़ाता हुआ। इधर उधर गिरे पड़े घायलों से बचता हुआ। इनकी मरहम पट्टी कब होगी? कौन करेगा? सामान के ढेर क़दम क़दम पर रास्ता रोक लेते हैं। यह सब कैसे उठा लाए ये लोग? हमें भी किसी फ़ौजी की मिन्नत समाजत करनी चाहिए। शायद वह पोटली अभी वहीं पड़ी हो। बाक़ी का कूड़ा लूट लिया गया हो। किसी फ़ौजी से कहूँ कि मेरी यह तहमद उतार लो और मुझे वह पोटली ला दो। उसमें मेरी डायरी बँधी रखी है। उसे साथ ले जाना चाहता हूँ। यादगार के तौर पर। याद्दाश्त बनाए रखने के लिए। जिसके बग़ैर इस क़स्बे से रिश्ता रहेगा नहीं। अगर इस वक़्त पास होती तो एक तरफ़ बैठा लिख रहा होता उसी में। उँगलियों से। उन्हें किसी के ख़ून में डुबो डुबोकर। या किसी सामानवाले से कहता, इस कूड़े में से एक पेंसिल निकालकर मुझे दे दो। कोई देता नहीं। अपने सामान को कूड़ा भी न कहने देता। मुझे यह सब शायद इसीलिए कूड़ा नज़र आ रहा है क्योंकि हमारे पास कोई सामान नहीं। कोई साज़ भी नहीं। वह डायरी ही साज़ का काम कर सकती थी। अब बार बार याद आ रही है। कोठरी में शायद एक बार भी नहीं आई थी। किसी से काग़ज़ पेंसिल माँगकर नई शुरू कर देनी चाहिए। इस आँगन के बयान से। उस बूढ़ी आवाज़ के ज़िक्र से। अपनी बेबसी से। कोई देगा नहीं। सब दुत्कार देंगे। हमें जान की फ़िकर है, इस बेफ़िकरे को काग़ज पेंसिल चाहिए! अब बाप का दफ़्तर खोलेगा यहाँ? चल पागल! अपने पास कुछ है नहीं दूसरों के सामान पर नज़र! अब काग़ज़ पेंसिल माँग रहा है, फिर कहेगा, एक कमीज़ भी दे दो। लालची!

कई लोगों ने तो सब कुछ यूँ सजा समेट लिया है जैसे यहाँ भी छोटे छोटे घर बना लिए हों। और अब उन्हें देख देखकर खुश हो रहे हों। और उनका मुक़ाबला दूसरों के घरों से कर करके। और मुझ जैसे बेघरों से उन्हें बचाए रखने के तरीक़े सोच सोचकर। ऊँच नीच यहाँ भी उसी तरह क़ायम है। बल्कि और भद्दी दिखाई दे रही है। यानीकि यहाँ होता तो ख़ामोश न रहता। वह हाय हाय यानीकि की नहीं होगी। वह होता तो सबको डाँट रहा होता। इसी सामान ने तुम लोगों का सत्यानाश किया है और तुम अब भी इसी को पूज रहे हो। यानीकि तुम्हारा लालच अभी मरा नहीं, सगे सम्बन्धी बेशक सब मारे गए हों! कुछ लोगों ने तो अपने इर्दगिर्द सामान की चारदीवारी सी उसार ली है। एक कमज़ोर सा क़िला। घूम शायद वही रहे हैं जो

ख़ाली हाथ हैं। मेरी तरह दूसरों की जायदाद को देख देख जलते हुए। जी चाहता है कि चलते चलते इन दीवारों को गिराता जाऊँ। इन लोगों पर थूकता जाऊँ। कुछ लोग अपनी गठरियों वग़ैरा से चमगादड़ों की तरह चिपके हुए हैं। जी चाहता है कि उन्हें छीलकर एक तरफ़ फेंक दूँ। अगर हम भी कुछ कूड़ा बचा लाए होते तो उसी से चिपके रहते। माँ उस पोटली को गोद में लिए बैठी रहती, मैं उस डायरी को सीने से लगाए। तब इतनी तिलमिलाहट न होती। न ही उस बूढ़े की तलाश जिसकी हाय हाय अब हवा में बदल गई है। अपनी गश्त को तोड़ कहीं गिर बैठ जाने की सोच ही रहा होता हूँ कि माँ दिखाई दे जाती है। जिसे याद करता हूँ, वही सामने आ जाता है। या उसका भूत। माँ खोई खोई सी चली आ रही है। मेरी ही तरफ़। मुझे देखे बग़ैर। शायद नींद में ही चल रही हो। शायद मुझे ही ढूँढ रही हो। अगर एक तरफ़ हो जाऊँ तो वह लड़खड़ाती हुई आगे बढ़ जाएगी। कहीं वह हाय हाय इसी की तो नहीं थी? शायद दर्द ने आवाज़ बदल दी हो उसकी। आवाज़ दे देता हूँ। अपनी आवाज़ बदली हुई सुनाई देती है। सुनते ही माँ यूँ बैठ जाती है जैसे मैंने उसे यही हुक्म दिया हो। बैठते ही वह अपना माथा दोनों हाथों में थाम लेती है। जैसे बाबा की नक़्ल उतार रही हो। कहीं वह हाय हाय बाबा की ही तो नहीं थी? मैं उसके पास जा बैठता हूँ। वह रोना शुरू कर देती है। किसी सँभली हुई बुढ़िया की तरह। रोने का यह तरीक़ा उसका अपना नहीं। वह तो बोले बिलबिलाए बग़ैर रो ही नहीं सकती। महसूस होता है जैसे कोई बूढ़ी बच्ची अपनी ज़िद्द मनवाने के लिए रोने का बहाना कर रही हो। लेकिन इस वक़्त वह किसी भी आवाज़ के बग़ैर रो रही है। चेहरे को बिगाड़े बग़ैर। असलम की माँ शायद इसी तरह रोती हो। असलम की याद में। अगर वह मर गया है तो। उसे याद करते वक़्त वह शायद मुझे भी याद कर लिया करेगी। थोड़ा सा। हफ़ीज़ा भी। ज़रा आगे खिसककर अपनी बाँह माँ के गले में डाल देता हूँ। उसके मुँह से एक चीख़ निकलते निकलते रुक जाती है। जैसे मैंने ग़लती से उसका गला घोंट दिया हो। चीख़ने का यह अन्दाज़ भी उसका अपना नहीं। वह चीख़ती है तो चीख़ती ही चली जाती है। जैसे गले को बार बार एक ही जगह पर खरोंच रही हो। बाँह हटा लेता हूँ। वह माथा थामे बैठी रहती है। बहुत थकी हारी दिखाई देती है। लेकिन थकने हारने का यह ढंग भी उसका अपना नहीं। थक हार जाने के बाद भी वह जली कटी सुनाने से बाज़ नहीं आती। सारी दुनिया को। अगर किसी तरह इसे और थका दूँ तो शायद इसे नींद आ जाए। रोना इसे दूसरों को देखकर ही आ रहा होगा। दूसरों का सामान देखकर। अपनी वह पोटली याद आ रही होगी। वैसे मुझे देख देख भी रो रही होगी। ख़ुशी के आँसू। मुझे क्यों नहीं आ रहे? न ख़ुशी के, न ग़मी के। मैं हाय हाय तो कर सकता हूँ, रो नहीं सकता। उस बूढ़े को क्या हुआ? उसकी आवाज़ कहाँ खो गई? किसी बूढ़े का भूत ही शायद कराह रहा था। यह देखने के लिए कि कोई उसकी आवाज़ पहचानता है या नहीं। भगवान पर विश्वास नहीं तो भूत पर क्यों?

यह वक़्त इस ईमानलेवा सवाल का नहीं। माँ को तो इस वक़्त मेरी ज़रूरत भी नहीं।

उठ ही रहा होता हूँ कि वह हाथ खींचकर मुझे अपने ऊपर गिरा सा लेती है। सँभलकर फिर उसके सामने बैठ जाता हूँ। पाँव के बल। जैसे वह ख़ुद बैठी है। उसकी तरफ़ थोड़ा सा उचका हुआ। मानो दोनों गीटियाँ खेलने की तैयारियों में हों। रोना बन्द करके वह गीटियोंवाला कोई गीत न गुनगुनाना शुरू कर दे! किसी गुज़रे ज़माने की याद में। जब बचपन में ही उसकी शादी बाबा से कर दी गई थी। और उसकी सहेलियाँ अभी गीटियों और गुड्डियों से खेल रही थीं। बाबा भी उस वक़्त ज़्यादा बड़े नहीं रहे होंगे। उन्होंने कभी मुझसे उस ज़माने की बात ही नहीं की। याद तो उन्हें भी बहुत कुछ आता होगा। अकेले ही उदास हो लेते होंगे। पी लेने के बाद। अब तो पीना भी बन्द कर दिया। इसीलिए अब हर वक़्त उदास रहते हैं। शायद वे भी रो रहे हों। माँ की ही तरह। देवी के पास बैठे। किसी तरह माँ को उठाकर वहीं ले जाऊँ जहाँ वे दोनों बैठे हैं। फिर सब एक साथ रो सकेंगे। किसी सुखी परिवार की तरह। लेकिन माँ तो यूँ बैठी है जैसे अभी और रोना चाहती हो। और उसके बाद शायद बोलना। उसने जैसे मेरे सब ख़याल बूझ लिए हों। अचानक बोलना शुरू कर देती है। बोलने का यह अन्दाज़ भी उसका अपना नहीं। कितनी साफ़ और सूखी आवाज़ में बोल रही है! जैसे उसके सब दाग़ धुल गए हों। सब अरमान उड़ गए हों। जैसे उसकी आँखों में एक भी आँसू न हो। दिल में एक भी हसरत न हो। जैसे वह दुख और सुख से दूर किसी ऐसे किनारे पर जा बैठी हो जहाँ से उसे सब कुछ एक सा और ओपरा नज़र आ रहा हो। जो वह बोल रही है, वह भी उसका अपना नहीं। जैसे माँ के भेस में कोई बूढ़ी बैरागिन ही कोरी सी आवाज़ में ये खबरें सी सुना रही हो। मैं उन्हें यूँ सुन रहा हूँ जैसे किसी नई ख़बर का ख़तरा न हो।

मेलेशाह मारा गया।
विश्वा पहलवान मारा गया।
माई माया मारी गई।
मेरे मन्दर का पुजारी मारा गया।
वह अन्धा भिखारी मारा गया।
प्रेमा पानवाला मारा गया।
मलाई की बरफ़वाला शीता मारा गया।
हमारी हन्दे माँगनेवाली मारी गई।
उसकी लड़की का कुछ पता नहीं।
केशव का बाबू मारा गया।
उसकी माँ के साथ पापियों ने न जाने क्या क्या किया।
उसका ख़ून बन्द नहीं हो रहा।

सारे कपड़े लाल हो गए हैं।
चँबेली का कुछ पता नहीं।
उसका चाकर मारा गया।
मेलेशाह की लाश को टुकड़े टुकड़े कर दिया गया।
कुमारी और दारी ने उन्हें अपनी आँखों से देखा है।
कोठरी में आने से पहले वे मेलेशाह के घर में थे।
बक्के और रहमत क़साई ने वहीं कुमारी से सब कुछ किया।
मेलेशाह और दारी के सामने।
फिर उन्होंने मेलेशाह को मार दिया।
दारी और कुमारी के सामने।
माई माया की लाश नाली में पड़ी हुई है।
वह पागल यानीकि मारा गया।
वह टुंडा मारा गया।
वह बिस्कुटोंवाला मारा गया।
उसकी वह हिन्दुस्तानन मारी गई।
उसका तोता गंगाराम मारा गया।
खाँसीशाह मारा गया।
उसकी शाहनी मारी गई।
उनके सारे दोहते और पोते मारे गए।
हरा हलवाई मारा गया।
उसकी नूराँ का कुछ पता नहीं।
फल्लो जुलाहिन मारी गई।
उसका भी पापियों ने बुरा हाल किया।
हिम्मत सिंह मारा गया।
वह और फल्लो एक ही खोले में छुपे हुए थे।
पारो की माँ मारी गई।
उसकी लाश नाली में पड़ी हुई है।
बादशाह मारा गया।
उसका घोड़ा मारा गया।
तेरा हरदयाला मारा गया।
उसकी माँ मारी गई।
उसका बाप मारा गया।
मनियारीवाला ग्यानी मारा गया।
गुरुद्वारे का भाई मारा गया।

तेरा जीता मारा गया।
बालो बच गई पर पहचानी नहीं जाती।
उसका पापियों ने बुरा हाल किया।
माँ के सामने लहूलुहान लेटी पड़ी है।
माँ सही सलामत है।
दोनों मिलकर परमात्मा जाने क्या क्या बोल रही हैं।
कभी तेरा नाम लेकर, कभी जीते का, कभी हरदयाले का, कभी असलू का।
बालो अपने कपड़े उतारने की ज़िद्द कर रही है।
उसकी माँ की हँसी ही नहीं रुकती।
शास्त्रीजी मारे गए।
पकोड़ियोंवाला फ़क़ीरा मारा गया।
राजे की माँ मारी गई।
राजे का कुछ पता नहीं।
मुरमुरोंवाला सन्ता मारा गया।
तेरे स्कूल का बड़ा मास्टर मारा गया।
मास्टरनी मारी गई।
लड़की का कुछ पता नहीं।
चम्बा डाक्टर मारा गया।
उसकी घरवाली का कुछ पता नहीं।
रानी कटी फटी उधर पड़ी है।
उसका पापियों ने बुरा हाल किया।
डाक्टर दित्ता मारा गया।
उसकी मेमों का पापियों ने बुरा हाल किया।
मेलेशाह मारा गया।
विश्वा पहलवान मारा गया।
माई माया मारी गई।
मेरे मन्दर का पुजारी...

न जाने कितनी देर बाद मैं उठ खड़ा हुआ था। माँ अब भी बोल रही थी। उसी साफ़ और सूखी आवाज़ में। एक बार रावण ने हमें हेमलट की कहानी सुनाई थी। बताया था कि नाटक के अन्त में मंच पर लाशों का अम्बार इकट्ठा हो जाता है। उसी मंच की कल्पना करते करते मैंने फिर इधर उधर डोलना शुरू कर दिया था। किसी की भूतैली काया की तरह। वह बूढ़ी हाय हाय ही शायद अब एक कंकरीली पुकार में

बदल गई थी, जो उगते हुए उजाले में बार बार लहराकर अचानक टूट सी जाती थी। किसी काले मज़ाक या तीख़े ताने की तरह। जैसे कोई बूढ़ा बच्चा किसी कोने में अकेला छुपा बैठा किसी बकरी की नक़ल उतार रहा हो। भूखे घायलों का मन बहलाने के लिए। या उन्हें तैश दिलाने के लिए। या सिर्फ़ यह बताने के लिए कि उनकी कराहें बेमानी हैं, उनका दुख बेकार। और सब कुछ भूलकर मैंने उस बकरी की सी कंकरीली पुकार को पूरे ध्यान से सुनना शुरू कर दिया था। जैसे उसी आवाज़ में सारी आवाज़ों का सार सिमिट गया हो। हर बार उस आवाज़ की शोख़ी पर एक मुस्कुराहट मेरा मुँह मरोड़ ही रही होती थी कि मितिली आ जाती थी। जिसके बावजूद मैं साँस रोककर उस पुकार की अगली कड़ी का इन्तज़ार करने लगता था। जैसे किसी अधजले मकान में दबा बैठा कोई मलबे के नीचे सुरसुरा रही किसी चिड़िया की आवाज़ पर ही अपने कान लगा दे और भूल जाए कि वह ख़ुद किस ख़तरे में है। शायद वह कंकरीली पुकार किसी बूढ़े बच्चे या बकरी की न होकर किसी और ही बला की थी। शायद उस पुकार में किसी मज़ाक या ताने से परे का ही कोई पगला स्वर फड़फड़ा रहा था। जिसमें न कोई शोर था न संगीत, न कोई भूत था न भविष्य, न कोई आरज़ू थी न उम्मीद। बार बार वह उस अधूरे उजाले में किसी महीन ज़ंजीर की तरह बल खाकर खनक खनक जाती थी। मैं साँस रोककर उस उजड़े हुए कोने की तरफ़ बढ़ गया था। जहाँ से शायद वह पुकार उठ रही थी। इस डर के बावजूद कि वहाँ कोई और ही बला बैठी होगी, जिसकी आवाज़ तो किसी बकरी की होगी, जिस्म किसी अनजाने जानवर का।

लेकिन जब मैं वहाँ पहुँचा तो उस कोने में कुछ भी नहीं था। सिवाय एक लावारिस बच्चे के जो अकेला और नंगा पड़ा तड़प रहा था। देश की आज़ादी और अज़ाब से बेख़बर। ख़ून के एक छोटे से तालाब में। उसकी आँखें मुझ पर जम गई थीं। मैं अपने डगमगाते पैरों पर खड़ा झूलता हुआ उसकी आँखों में झाँकता रहा था। आख़िर उसकी तड़प ख़त्म हो गई थी। और मैंने उसके पास बैठ रोना शुरू कर दिया था।

●●●